국학현대문학총서 11

집 떠난 이들의 노래
- 재외동포문학 연구

이 승 하

국학자료원

머리말

　요즈음 우리들 귓가에 자주 들려오는 말로 디아스포라Diaspora가 있다. 디아스포라의 사전적인 정의는 "유대 왕국이 패망하여 바빌로니아로 유폐幽閉된 뒤 이방인 사이에 흩어져 살게 된 유대인들"이다. 이 말이 오늘날에는 전쟁과 식민지화로 고국을 등져야 했던 난민과 그 후손들을 통칭하는 단어로 확장되어 쓰이고 있다. 특히 고국을 떠난 이민자들이 고국과 관련지어 쓴 문학작품을 통틀어 '디아스포라 문학'이라고 한다.

　태어나기는 한반도에서 태어났으나 이국에 가서 살아야 했던 사람들의 삶은 무척 고달팠으리라. 그 나라의 말을 배우고 관습을 익혀야지만 먹고살 길이 생겼을 것이다. 말뿐만 아니라 피부색도 다르고 생활습관도 다르고 가치관도 다르고 입맛도 다르니 서러운 일을 어디 한두 번만 겪었을 것인가. 집 떠나면 고생인데 이민자들은 서러워도 괴로워도 먼 이역의 하늘 아래 삶의 터전을 마련하고 어떻게든 살아가야만 했다. 그런 그들이 시를 쓰고 소설을 썼다. 한글로 쓴 이도 있었고 그 나라의 언어로 쓴 이도 있었다. 이민 1.5세대만 해도 모국어 구사에 서툴게 되고 이민 2세대가 한글로 글을 쓰기란 거의 불가능한 일이었다. 재외동포가 구사한 언어가 모국어가 아닐지라도 한국인으로서의 정체성 확인에 골몰하고 이민자로서의 애환을 다루었다면 한국문학의 변방에 위치할 수 있지 않을까? 세계화를 말로만 부르짖지 말고 우리 문학의 외연을 넓히는 의미에서 그들의 문학을 포용할 수는 없는 것일까? 재외동포문학을 제대로, 본격적으로 연구하자는 취지에서 출범한 국제한인문학회에 초창기부터 몸담으면서 연구에 박차를 가하게 되었다.

재외동포문학에 관심을 갖게 된 연유가 있다. 1999년이었다. 윤동주의 발자취를 찾아서 중국 여행을 하였다. 연길시의 한 서점에 들렀을 때 내 눈에 띈 것은 조선족 중·고교 학생들이 공부하는 조선어 교과서였다. 교과서를 보니까 조병화의 시와 정완영의 시조도 실려 있고 북한 시인 조기천의 시도 실려 있고 연변의 대표적인 시인 김성휘·김철·리상각·리욱·박화의 시도 실려 있었다. 연변 조선족 시인 석화 씨의 도움으로 나머지 교과서를 전부 구입하여 논문을 한 편 써보았다. 처음 써본 재외동포문학에 대한 논문 「연변 조선족 중·고교 교과서 수록 시 연구」를 2005년에 발표하고는 다음해에 펴낸 『한국 시문학의 빈터를 찾아서』라는 책에 실었다. 이 책을 내고 나서 중국 여행을 다시 할 기회가 있어 연길시에 갔는데 이번에도 들른 그 서점에서 발견한 교과서는 판형이 바뀌어 있었다. 권두에 칼라 화보도 싣고 판형도 키우는 등 상당히 계량돼(?) 있는 것이었다. 다시 또 석화 시인의 도움을 받아 전권을 구해 살펴보았더니 놀랍게도 북한 시인의 시는 한 편도 실려 있지 않았다. 그 대신 김광섭·김현승·김춘수·허영자·정현종·안도현 등의 시가 새롭게 실려 있었다. 교과서 개편의 양상을 연구하여 「연변 조선족 중·고교 개편 교과서에 수록된 시」라는 글을 썼다. 그 이후 내 관심사는 재러시아 고려인 문학, 재일교포 문학, 재미교포 문학 등으로 확대되어 이런저런 연구를 해보게 되었다.

국제한인문학회를 비롯한 여러 학회에 관여하게 되면서 국제학술대회에 참가하기 위해 혹은 자료 조사를 위해 우즈베키스탄과 카자흐스탄에, 중국 연변에, 일본 동경에 다녀오기도 했다. 연변 조선족 문인들은 한글로 글을 쓰고 있어서 언어상의 갈등이 크게 없었지만 러시아어로 소설을 쓰는 박미하일이나 일본어로 소설을 쓰는 이회성·이양지·유미리·현월 등은 모국어를 모르는 데서 오는 갈등이 대단히 큰 작가임을 작품을 보고 확인할 수 있었다. 한편, 한국에서 살면서 자국의 언어로 쓰거나 한글을 배워 한글로 시를 쓰는 제3세계의 시인들이 있다. 흔히 '다문화 외국인'이라고 불리는 사람들이다. 창작21작가회 주최 '다문화 외국인 시낭송회'에 몇 차례 참가하면서 관심을 갖게 된 외국인들과 국내에 사는 동안 한글 실력을 키워 시를 쓰는 이들의 작품을 보고 글을 한 편 써보기도 했다. 백담사 만해마을에서 미얀마에서 온 문인들과 세미나를 갖고 나서 짧은 글을 써보기도 했다.

재미시인들이 한글로 쓴 작품에 대해 애정을 갖게 된 것은 전적으로 경희대 김종회 교수 덕분이다. 미주문인협회에서 내고 있는 계간『미주문학』의 소설 계간평을 쓰고 있던 김 교수가 시 쪽 평을 써줄 수 있겠냐고 전화를 해온 것은 2003년 초였다. 2005년 겨울호까지 3년 동안 계간평을 쓴 덕에 미주문인협회의 여름 문학캠프에 연속 두 해 강연자로 초대를 받아 갔다 왔다. 2009년에는 미주 시문학회 초청으로 다시 미국 LA에 가서 문학 강연을 하고 왔다. 제Ⅱ부의 글은 미국에서 활동하고 있는 7명의 시인과 1명의 소설가에 대한 것이다. 이상하게도 재미교포 문단에서 영어로 글을 쓰는 작가들에 비해 한글로 글을 쓰는 작가들은 별달리 주목을 못 받고 있는데, 이는 바람직한 일이 아니다. 미국에서 모국어를 지키며 글을 쓴다는 것 자체가 힘든 일일 터이니 이들이 쓴 작품을 잘 살펴보아야 한다는 것이 내 생각이다.

문학인은 태생적으로 떠돌이이다. 어느 한 곳에 안주하지 않고 늘 미지의 곳으로 떠나고 싶어하는 존재이기에 새로운 글을 쓰고 또 쓰는 것이다. 재외동포 또한 모국을 떠나서, 고향을 등지고 살아가는 떠돌이들이다. 부모형제나 일가친척이 멀리 있다는 것 자체만으로도 외로울 것이고, 명절이면 마음이 더 허전할 것이다. 그 허전함을 달래려 시도 소설도 쓴 것이 아니랴. 2010년 판『외교백서』(외교통상부 발행)를 보니 이런저런 이유로 조국을 떠나 다른 나라에서 삶의 둥지를 튼 동포의 숫자가 682만 명이라고 한다. 엄청난 숫자다. 그들 중 일부가 심혈을 기울여 쓴 문학작품에 대한 관심을 갖고서 석탑에 돌을 하나씩 올린다는 심정으로 편편의 글을 썼다.

이 책에 실리게 된 대다수의 글은 2007년 여름방학 이후에 쓴 것들이다. 구설의 아픔이 무척 심했을 때 학과의 신상웅·이동하·전영태 선생님, 방현석·이대영·박철화 후배교수의 격려는 큰 힘이 되었다. 마음 편히 연구에 전념할 수 있게끔 많은 배려를 해주신 은사님들과 후배교수들에게 감사의 마음을 전하고 싶다.

이 책은 국학자료원에서 다섯 번째로 내는 것이다. 새미를 통해 1999년에『생명 옹호와 영원 회귀의 시학』을, 2004년에『한국 현대시에 나타난 10대 명제』를 정찬용 사장의 배려로 낸 바 있었고, 새미작가론총서 13권『송욱』과 19권『김현승』을 펴낸 바 있다. 이번에 정구형 대표의 권유로 또 한 권의 책을 내게 되니 감사의 마음 이루 헤아릴 수 없다. 꼼꼼하게 교정을 봐주신 편집부의 박지연 실장님과 표지 디자인을 정성껏 해주신 정현미 님께도 감사의 마음을 전하고 싶다.

책이란 많이 낸다고 좋은 것이 아닐진대 벌써 몇 권째인지, 부끄럽다는 것이 솔직한 심정이다. 이 책을 이루고 있는 글들이 과연 얼마라도 값어치가 있는 것인지, 자신이 서질 않는다. 하지만 늘 부족하기에 새로운 도전정신으로 자료를 찾아 헤매고, 책을 읽고, 글을 쓰고 있다. 몇 편의 글은 나라 바깥에 가서 자료를 찾아와 쓰기도 했는데, 구상에서 완성까지 꽤 오랜 세월이 걸린 것도 있다. 귀한 자료를 구해준 카자흐스탄 알마아티의 최석 시인, 연길의 석화 시인, 일본 교토조형예술대학원에 유학 가서 석·박사 학위를 받은 제자 고 박윤희에게 마음에서 우러난 감사를 드린다. 연변 조선족 시인들의 시집을 빌려준 송희복 교수와 송영순 선생, 고려인 시인 전동혁에 대해 조언을 해주고 귀한 사진까지 보내주신 카자흐스탄의 김병학 시인, '다문화 외국인 시낭송회'에 초대해준 문창길 시인에게도 인사를 드린다. 『문예춘추』에 실린 아쿠타가와상 심사평을 한글로 옮겨준 한진숙 석사에게도 감사의 인사를 전한다. 필요한 자료 요청에 늘 흔쾌히 응해준 중앙대 도서관 황현준 선생께도 감사의 마음을 전한다. 나는 모든 글을 집에서 쓰는데 늘 배려해주는 아내에게 처음으로 감사의 인사를 전하고 싶다. 사진 작업을 도와준 딸 민휘에게도 고맙다는 말을 전한다.

대학교수란 세 가지 덕목 중 한 가지는 갖고 있어야 한다고 생각해왔다. 훌륭한 인품과 탁월한 교수법과 꾸준한 학문 연구가 그것이다. 앞의 두 가지는 나와 거리가 먼 것이기에 연구라도 열심히 하려고 애를 쓰고 있다.

자식이 낸 책을 손에 들면 큰 기쁨을 느낀다고 하신 아버지, 어머니 두 분이 이 책을 쓰고 있던 중에 모두 돌아가셨다. 책을 들고 부모님 묘소를 찾아가 큰절 올리고 싶다.

2013년 봄에
이승하

차례

II. 재미 시인과 소설가를 찾아서

I.

디아스포라의 현장

연변 조선족
중·고교 개편 교과서에 수록된 시

　재외동포문학에 대한 연구가 근년에 들어 더욱 활발해지고 있다. 국제비교한국학회에서는 『Comparative Korean Studies』를 제20권 2호까지 발간하였고 국제한인문학회에서는 『국제한인문학연구』를 제10호까지 발간하였다. 두 학술지에 실리는 대다수 논문이 재외동포문학에 대한 것이다. 지금까지는 영어로 쓴 재미한인문학과 일본어로 쓴 재일조선인문학에 대한 연구가 가장 활발하게 진행되었다. 이 두 지역의 문학은 몇 사람의 연구자가 종합 정리한 바 있다.[1]

---

1) 김종회 편, 『한민족 문화권의 문학』, 국학자료원, 2003.
　　　　　, 『한민족 문화권의 문학 2』, 국학자료원, 2006.
　김환기 편, 『재일 디아스포라 문학』, 새미, 2006.
　유숙자, 『재일 한국인 문학연구』, 도서출판 월인, 2000.
　이동하·정효구, 『재미한인문학연구』, 도서출판 월인, 2003.
　조규익, 『해방전 재미한인 이민문학』 1~6, 도서출판 월인, 1999.

구소련 시절 연해주에 정착해 살던 조선인들이 스탈린에 의해 중앙아시아 지역(현재의 카자흐스탄, 우즈베키스탄, 키르기스스탄 등지)으로 강제 이주된 이후, 그 지역에서 창작된 작품이 연구되기도 했다.[2] 구소련은 언어말살정책을 펴 강제 이주한 이들(흔히 '고려인'으로 일컫는다)이 한글 교육을 받지 못하게 함으로써 중앙아시아 지역에서 창작된 작품은 대개 러시아어로 된 것이 아니면 카자흐스탄어로 된 것이라 발굴과 연구가 미국과 일본 두 지역에 비해서는 활발하지 않다.

그런데 재중국 조선족 문학은 한글로 창작된 것이 대다수인지라 번역이 불필요함에도 불구하고 연구가 그다지 활발하지 않다. 소설은 오상순이 정리한 적이 있지만[3] 시 분야는 연구가 일천하다. 황송문의 연구가 있는데 일종의 문학사로 쓴 책임에도 총 160쪽밖에 되지 않는다. 시 인용이 많으므로 본문은 100쪽 남짓 되는데, 조선족 시문학의 흐름에 대한 대략적인 소개의 글이다.[4] 김정훈과 노철이 쓴 「중국조선족 시문학」은 망명 초기부터 1945년까지의 시문학사만 전개하고 있다.[5]

재중국 조선족 문학은 일단 양이 만만치 않다. 광복 전에도 후에도, 6·25전쟁 중에도 전후에도, 1960년대 이후로도 작품이 다른 곳에 비해 훨씬 많이 나오고 있다. 중국 문화대혁명 기간(1966~1976년)에 작품 창작이 중단되긴 했지만[6] 그 이후에는 더욱 활발히 작품이 창작되고 있다.

홍기삼 편, 『재일 한국인 문학』, 솔, 2001.
2) 이 지역에서 나온 문학은 이명재 등이 공저 『억압과 망각, 그리고 디아스포라』(한국문화사, 2004)를 통해 정리하였다.
3) 오상순, 『개방개혁과 중국조선족 소설문학』, 도서출판 월인, 2002.
4) 황송문, 『중국조선족 시문학의 변화양상 연구』, 국학자료원, 2003.
5) 김정훈·노철, 「중국조선족 시문학」, 정덕준 외, 『중국조선족 문학의 어제와 오늘』, 푸른사상, 2006.
6) 윤윤진은 문화대혁명 기간에 재중국조선족 작가들이 겪은 수난을 이렇게 기술하였다. "1966년 7월에 연변문련이 해산되고 『연변』 『장백산』과 같은 문예지가 폐간되었으며 김학철과 같은 작가들은 감옥으로, 다른 작가들은 농촌으로 갔다. 그리고 '운동건장'들이 나서서 '민족문화혈통론'이요, '민족분렬주의언어방침'이

짧은 글로 재중국 조선족의 시문학사를 기술할 수는 없다. 그래서 하나의 방법론으로 택한 것이 2004년부터 2008년까지 연변에서 발간된 중·고등학교 국어 교과서에 실려 있는 현대시를 살펴보는 것이다. 조선족 국어 교과서에 실려 있는 시라고 해서 조선족의 시를 대표한다고 보기는 어렵다. 하지만 교과서가 마침 개편되었는데 이전의 8편보다 많은 13편의 조선족 시인의 시가 실려 있다. 교과서에는 또 일제 강점기 때 시인들의 시와 남한 시인들의 시도 함께 실려 있다. 본고는 조선족의 시만 다루지 않고 일제 강점기 때 시인들의 시 11편과 해방 이후 대한민국 시인들이 쓴 8편의 시를 함께 살펴보려고 한다. 물론 가장 중점적으로 살펴보아야 할 것은 조선족 시인들의 작품이지만 다른 시들도 함께 살펴보는 이유는 교과서 편찬자의 우리 시에 대한 이해와 시 교육의 실태를 함께 고찰해보기 위해서이다. 재중국 조선족이 어떤 시를 쓰고 있는지를 연구하기 위한 전초작업으로서 교과서 수록 시에 대한 연구는 해볼 만한 작업이라고 생각한다.

조선족 국어교과서의 체계

우리는 초등학교 6년, 중학교 3년, 고등학교 3년의 학제를 갖고 있지만 연변에서는 의무교육을 하는 소학교가 9년제이고 이들 중 7~9학년

요, '반당사회주의대독초'요 하면서 지난 시기의 성과를 마구 부정하였으며 문학령역에서 林彪, 江靑 일당이 내놓은 모든 인물 가운데서 긍정인물을 돌출히 하고 영웅인물 가운데서 영웅인물을 돌출히 하고 영웅인물 가운데서 영웅인물을 주요 영웅인물을 돌출히 한다는 이른바 '3돌출'을 내세우고 여지없는 타격을 하였다. 그 결과 중국문단과 마찬가지로 문학창작은 철저히 고갈되였다." ―윤윤진, 「중국조선족문학」, 신동욱 편, 『한국 현대문학사』, 집문당, 2004, 896쪽.
황송문은 「7. 문화대혁명기의 중국조선족문학(1966~1976)」에서 이 시기의 창작은 대부분 모택동의 만수무강을 빌고, 모택동을 찬양하는 '만세' 일색이었다고 한다. 김학철과 김철은 투옥되었고 채택룡은 북한으로 피신했다. ―황송문, 『중국조선족 시문학의 변화양상 연구』, 국학자료원, 2003, 134~135쪽.

을 따로 떼어 초급중학교라 한다. 우
리로 치면 고등학교를 이들은 고급중
학교라 하는데 의무교육이 아니다.
'의무교육조선족학교교과서'라는 단
서가 책에 붙어 있는『조선어문』7학
년 상·하권, 8학년 상·하권, 9학년
상·하권은 이를테면 중학교 교과서
이다. '조선족고급중학교교과서'라는
부제가 붙어 있는『조선어문』1, 2, 3,
4권은 우리로 치면 고등학교 1, 2학
년 교과서이다. 고등학교 3학년 때는
선택 교과서인『조선어문 – 시가와 수

고등학교 3학년 때 공부하는 선택교과서 중
하나인『조선어문 – 시가와 수필 감상』

필 감상』,『조선어문 – 소설 감상』,『조선어문 – 희곡 감상』,『조선어
문 – 신문과 전기』,『조선어문 – 습작』,『조선어문 – 문법』중 몇 권을
택해서 공부한다.

초급중학교 교과서는 연변교육출판사조선어문편집실에서 펴내는
것이고, 고급중학교 교과서는 이곳과 동북조선문교재연구개발쎈터에
서 공동으로 펴내는 것도 특이하다. 선택 교과서들도 두 단체에서 공동
으로 펴내는데『조선어문 – 문법』만은 류은종과 김광수 공저로 저자가
밝혀져 있다. 국어 교과서와 문학 교과서를 따로 펴내고 출판사별로 검
인정으로 나오는 우리나라와 달리 연변에서는 국어교과서와 문학교과
서가 따로 되어 있지 않고 국정으로 1종만 출간되고 있다는 것도 우리
와 다른 점이다. 어느 한 해에 한꺼번에 개정판이 나오지 않고 무려 5년
에 걸쳐 개편 작업이 이루어진 것도 우리와 다른 점이다.[7] 편집진 인력

---

7) 책의 초판 발행 일자가 아래와 같이 차이가 있다.

도 넉넉하지 않고 출판 환경도 열악하여 한꺼번에 개정판을 내지 못했기 때문이라 여겨진다.

필수교과서『조선어문』10권과 선택교과서『조선어문－시가와 수필 감상』에 실린 현대시는 모두 32편8)이다. 우리로 치면 고등학교 1학년 2학기 때 공부하는『조선어문』2에는 조룡남의 시 1편만 수록되어 있는데 이렇게 적은 것은 그 책에「청산별곡」과 당시 3편(이백·두보·백거이의 작품)이 함께 실려 있기 때문이다.『조선어문』4권에는 현대시가 1편도 없는 대신 정철의「관동별곡」이 실려 있다. 11권 교과서에는 양사언·김천택·이직·정몽주·길재·이황9)·신흠·정철·윤선도·맹사성의 고시조와 정철의 가사, 뿌쉬낀·모택동·서정10)·흄·프로스트·기베린의 외국시 및 중국의 당시와 송사도 몇 편 수록되어 있지만 검토 대상에서는 제외한다.

32편의 시는 크게 세 부류로 나눌 수 있다. 즉, 재중국 조선족 시인의 시, 일제 강점기 때의 시, 광복 이후 남한 시인이 쓴 시다.

『조선어문』7학년 상권 : 2004년 7월.
『조선어문』7학년 하권 : 2005년 2월.
『조선어문』8학년 상권 : 2005년 8월.
『조선어문』8학년 하권 : 2006년 1월.
『조선어문』9학년 상권 : 2006년 7월.
『조선어문』9학년 하권 : 2006년 12월.
『조선어문』1 : 2007년 8월.
『조선어문』2 : 2007년 10월.
『조선어문』3 : 2007년 12월.
『조선어문』4 : 2008년 4월.

8) 실제로는 33편이지만 이육사의「청포도」는 9학년 상권에도 나오고 선택 교과서『조선어문－시가와 수필 감상』에도 나오므로 이를 1편으로 셈하면 총 32편이다.

9) 연변 교과서는 북한식 표기법을 따르고 있어 이백을 리백으로, 이황을 리황으로 표기한다. 이상화는 리상화로, 이육사는 리육사로 표기하고 있다. 하지만 우리는 두음법칙을 적용하고 있어서 이백, 이황, 이상화로 표기하므로 이에 따르기로 한다. 다만 조선족 시인은 그쪽의 표기대로 둔다.

10) 서정은 중국의 현대 시인이다.

7학년 상권
김소월, 「엄마야 누나야」
허영자, 「행복」
리상각, 「실개울」
조룡남, 「고향 생각」

7학년 하권
조병화, 「해마다 봄이 되면」
김광섭, 「저녁에」
석화, 「연변」

8학년 상권
정현종, 「모든 순간이 꽃봉오리인 것을」
안도현, 「우리가 눈발이라면」

8학년 하권
김현승 「행복의 얼굴」
윤동주, 「새로운 길」
이상화, 「빼앗긴 들에도 봄은 오는가」
리임원, 「꽃의 언어」

9학년 상권
이육사, 「청포도」
박팔양, 「진달래」
김상옥, 「사향」

9학년 하권
김춘수, 「꽃」
김소월, 「초혼」
윤동주, 「서시」
윤동주, 「내 인생에 가을이 오면」

신현철, 「풀빛 추억」
김현순, 「샛별」
석화, 「옥수수밭에서」

『조선어문』 1
한춘, 「낫 갈기」
리삼월, 「접목」

『조선어문』 2
조룡남, 「옥을 파간 자리」

『조선어문』 3
김소월, 「진달래꽃」
김철, 「대장간 모루 우에서」
김철, 「탑」

『조선어문 – 시가와 수필 감상』
이육사, 「청포도」
정지용, 「향수」
한용운, 「님의 침묵」
조룡남, 「천지」

『조선어문』 9학년(한국의 중3)
상권 표지

　이상 32편의 시를 분류해보면 재중국 조선족 시인의 시 13편, 일제
강점기 때의 시 11편, 광복 이후 남한 시인이 쓴 시가 8편이다. 이 가운
데 재중국 조선족 시인의 시를 중심으로 논하되 나머지 시들도 간단간
단히 다루고자 하는데, 그 이유는 교과서 편집진의 시 선택 기준을 살펴
보면 한국시 전체에 대한 그들의 인식을 알 수 있기 때문이다.

재중국 조선족 시인들의 시

조선족이 쓴 시는 13편이므로 총 41%를 차지한다. 개편 이전의 교과서에는 총 28편 중 8편이 실렸으므로 28%였는데 점유율이 훨씬 높아졌다. 조선족 시인들의 작품을 많이 실은 것은 그 땅에 나고 자란 시인들을 배려하기 위해서일 것이다. 국정 중·고교 교과서에 실리는 시이니만큼 신중하게 선정된 시인들이요 시작품임에 틀림없으리라 본다.

시인의 면면이 많이 바뀌었는데 개편 이전에는 김성휘(2편)·김철·김해룡·리상각·리욱·박화(2편)의 시 총 8편이 실렸다. 이 가운데 개편된 교과서에 다시금 수록된 시인은 김철과 리상각뿐이다. 김현순·리삼월·리임원·석화(2편)·신현철·조룡남(3편)·한춘이 교과서에 새로 들어간 시인이다. 4명이 빠지고 7명이 추가되었다. 시인 선정에 있어 큰 변화가 이루어진 것이다. 시세계는 몇 가지 부류로 나눌 수 있는데 우선 기억 속의 농촌 풍경을 목가적으로 노래한 시들이 있다.

> 실개울 물소리가 실개울을 떠나서
> 노상 내 귀전에 맴돈다.
>
> 고향 떠나 수천리 걸어왔어도
> 실개울 물소리는 내 귀전에
> 고향 떠나 수십년 흘러갔어도
> 실개울 물소리는 내 귀전에
>
> — 리상각, 「실개울」 제1, 2연

> 봄이 오면 고향 생각 어머님 생각
> 뻐꾸기 우는 숲이 그립습니다.
> 누님 나물 캐던 보리밭머리

날 좀 보소 피여나던 빨간 개나리

—조룡남,「고향 생각」제1연

어릴 때 떠나온 고향에 대한 그리움을 담은 시편이다. 리상각은 고향을 실개울 물소리로 기억하고, 조룡남은 어머니와 누나, 그리고 뻐꾸기 우는 숲, 보리밭머리, 물새가 나는 강, 물방아, 실버들 등으로 기억한다. 몸은 비록 타지에 있어도 마음은 늘 고향 쪽으로 향해 있으니 바로 수구초심의 경지다. 두 시인에게 고향에 대한 그리움은 성인이 된 지금 더욱 절실하다. 이런 시를 통해서 알 수 있는 것은 연변의 도시화가 한국처럼 급속히 진행되지 않았다는 점이다. 13편 시 가운데 도시 소재의 시는 1편도 없다. 어머니에 대한 그리움을 담은 석화의「옥수수밭에서」나 어린 시절 함께 놀았던 친구들을 그리워하는 신현철의「풀빛 추억」도 농경사회 특유의 목가적인 풍경을 그리고 있다.

등에
그리고 가슴에
아기를 업고 또 안고 있는
내 엄마 같은 옥수수여

큰절이라도
드리고 싶다
달구지 바퀴에 깊숙이 패인
길 한복판에
그대로 넙적 엎드려
절하고 싶다

—석화,「옥수수밭에서」제3, 4연

들쑹날쑹 풀빛 풍경 속에

시름없는 개구쟁이들 뛰놀고
이쁜 녀자애들의 얼굴에
해살이 찬란한다

풀물처럼 지워지지 않는
흘러간 얼굴들이
천진한 마음들이
올챙이떼처럼 떼지어
오르며 내리며
맑은 산개울에 출렁인다

—신현철, 「풀빛 추억」 제2, 3연

　이런 시편에는 시골 풍경이 잘 그려져 있다. 시인은 어린 시절과, 그 시절을 함께했던 사람들을 하염없이 그리워한다. 그런데 이들 시에는 '현실'이 빠져 있다. 지나친 회고지정은 현실을 망각하게 하고 현실감각을 무디게 할 수 있다. 연변 중·고교 교과서에 실려 있는 33편 시 가운데 도시적 서정을 담은 시가 1편도 없다는 것은 문제가 있다. 조선족 시인이 쓴 이상 4편의 시는 시상 자체가 무척이나 단순하고 소박하다. 시가 지니는 중요한 특징인 비유·상징·반어·역설 등도 거의 구사하지 않아 시가 더더욱 평면적이고 직설적이다.

사래 긴 밭을 갈면 가끔씩
오랜 옛말이 기와조각으로 묻어나오고
룽드레 우물가에서
키 높은 버드나무가 늘 푸르다

할아버지가 마을 뒤산에
낮은 언덕으로 누워계시고
해살이 유리창에 반짝이는 교실에서

우리 아이들이 공부가 한창이다

—석화, 「연변」 제2, 3연

석화는 연변의 과거와 현재를 노래하고 있다. '룽드레 우물가'로 상징되는 이민의 역사와 조상의 고난("낮은 언덕으로 누워 계시고"), 전통의 유실("오랜 옛말이 기와조각에 묻어나오고") 등은 과거지사이고, "햇살이 유리창에 반짝이는 교실에서/ 우리 아이들이 공부가 한창이다"는 현재상황이다. 연변 사회의 앞날에 대한 밝은 전망을 교실에서 공부하는 아이들을 통해서 해본 것인데, 이 또한 단순·소박하기 이를 데 없다. 제목이 '연변'이니 만큼 연변의 현주소를 좀 더 구체적으로 들려주었더라면 좋았을 것이다.

백두산 이마가 높다
두만강 천리를 흘러
내가 지금 자랑스러운
여기가 연변이다

—「연변」 제4연

시인은 마지막 연에 가서 연변의 자연환경을 한껏 자랑하고 있다. 떠나온 조국을 향한 그리움을 이렇게 노래한 것이겠지만 백두산이 높은 것과 두만강이 길다는 것을 자랑할 것이 아니라 지금 연변에서 사는 조선족의 삶과 꿈에 초점을 맞추었더라면 더욱 현실감 있는 시가 되었을 것이다. 다행스러운 점은 그의 다른 연작시 중에는 연변의 현실이 자주 노래되고 있다는 것인데, 그의 여타 시에 대한 논의는 이 글의 범주를 넘어선다. 이상의 시편은 회고지정을 담은 것들인데, 이와 반대로 현실을 직시하고 극복하려는 의지의 시편도 찾아볼 수 있다.

탑은—
하늘을 찔러
피 흐르게 하고

세련된 령혼을
한 점 아픔으로
달래고 있다

그 우에 빠알간 동화 같은 별 하나
앉아서
볕쪼임을 하고 있다
찢겨진 기발의
혈적을 날리며…

—김철, 「탑」 전문

　　앞서 예시한 시들은 시인의 유년기 회상기라고 할 수 있는데 이는 체험과 기억의 차원이다. 하지만 「탑」은 시인이 상상력을 발휘해서 쓴, 다른 차원의 시다. 탑이 하늘을 찔러 피 흘리게 한다는 상상도 기발나지만 그 탑 위에 동화 같은 별 하나가 앉아서 볕을 쪼이고 있다는 상상도 대단히 신선한 비유를 얻었다. 별이 찢겨진 깃발의 혈적血積을 날리고 있다는 것도 무척 낯선 표현이다. 이 시의 제2연에 나오는 "세련된 령혼"이란 말 그대로, 세련된 표현이라 할 수 있다.

어둠이 대지에
검은 장막을 덮고 있을 때
나는 장막 밖으로
뛰쳐나왔다.

장막 밖에서 장막에 구멍을 뚫고

어두운 세상 엿보고 있을 때
사람들은 나를
샛별이라 불렀다.

　　　　　　　　　　　　　　　—김현순, 「샛별」 전문

　이 시는 샛별을 묘사한 것이다. 조선족 교과서에 실린 시에서 설명이
아닌 묘사의 시를 보는 것도 흔치 않은 일이다. 이 시에서 화자는 샛별
과 동일시된다. 어둠이란 검은 장막에 덮여 있지 않고 장막 밖으로 뛰쳐
나와, 장막에 구멍을 뚫고 어두운 세상을 엿보는 존재가 샛별이고 나 자
신이다. 이런 행동하는 존재인 나를 사람들은 샛별이라 부른다고 시인
은 말한다. 이 시는 짧은 서정시로서 샛별을 의인화한 기법이 돋보인다.

꽃의 언어는
무지개보다 더욱 빛나는 것

선화야, 경아
우리가 불러줄 때
꽃은 밝은 모습으로 대답해주고
백일홍, 방울꽃, 아이꽃… 하고
이름지어주면
비에 젖지 않은 이들만이 듣게
구겨지지 않은 마음만이 받게
대답한다.

　　　　　　　　　　　　　　　—리임원, 「꽃의 언어」 제1, 2연

　이 시에서 꽃은 식물의 범주에서 벗어나 인식의 주체가 된다. 꽃은
'의인화'만 된 것이 아니라 언어를 구사함으로써 사유하는 존재가 된다.
꽃을 보고 화자의 마음에 일어난 것이 언어화되는 과정을 이 시는 잘 보

여주고 있다. 연변 조선족의 교과서에 이런 모던한 시가 실리고 있다는 것이 놀랍다. 김춘수의 영향을 받았다는 혐의를 지울 수 없지만 표절한 것 같지는 않다.

> 낫은 갈아야 할 것이다
> 한평생 갈아야 할 것이다
> 망판 같은 숫돌이 닳아 없어질 때까지
> 반월만 한 낫날이 닳아 없어질 때까지
>
> 꿈꾸는 나무의 가지도 쳐주고
> 새둥지엔 풀도 깔아주고
>
> —한춘, 「낫 갈기」 제1, 2연

이런 시는 관념 혹은 인식의 차원을 지향한다. 일상성을 추구하는 것이 아니라 정신주의를 구현하고 있기 때문에 고급중학교(우리의 고등학교) 1학년 학생이 이해하기는 쉽지 않은 시다.

> 막혔던 물길은 열어주고
> 배고픈 기다림은 깎아주고
> 그리고 마음의 잡동사니
> 하나둘 썩둑썩둑 자르면
> 찬란한 비명소리 익어갈 테지
> 혼자서 낫 가는 일
> 세상에서 가장 쓸쓸한 일
> 낫 가는 일은 버릴 수 없는 일
>
> —「낫 갈기」 제3연

낫이란 물건은 날카로움을 유지하지 않으면 안 된다. 그리고 낫이 날카로움을 계속 유지하려면 누군가가 제때 낫을 갈아주어야 가능하다. 낫을 간다는 것은 정신을 벼리는 일이기도 한데, 이것을 '한평생' 한다는 것은 고단하고 지겨운 일이다. 혼자서 낫을 가는 세상에서 가장 쓸쓸한 이 일을 그만둘 수 없다는 것은 우리의 생이 낫 가는 것과 마찬가지이기 때문이다. 숫돌과 낫날이 닳아 없어질 때까지 갈아야 한다는 것은 고난이고 역정이지만 우리는 이 운명을 피할 수 없다. 이 시의 주제를 한자어로 쓰면 '精神一到何事不成'이다.

> 접목의 아픔을 참고
> 먼 이웃
> 남의
> 뿌리에서
> 모지름을 쓰면서 자랐다
>
> 이곳 토질에 맞게
> 이곳 비에 맞춤하게
> 이곳 바람에 어울리게
>
> 잎을 돋히고
> 꽃을 피우고
>
> —리삼월, 「접목」 제1~3연

　시인은 '접목'의 의미를 따져보고 있다. 나무를 인위적으로 잘라서 붙이는 접목을 통해 리삼월은 한 생명체가 다른 환경에 적응하기 위해서는 고통이 따른다는 것을 말해준다. '인내는 쓰다, 그러나 그 열매는 달다'란 경구 그대로, 힘든 과정을 잘 극복하고 현실에 적응하게 되면 나중에는 더 알찬 열매를 맺을 수 있음을 들려준다. 이 시는 리듬감이 특히 잘 살아 있다.

이제는 접목한 자리에
튼튼한 태를 둘렀거니

큰바람도 두렵지 않고
한마당 나무들과도 정이 들고
열매도 한아름 안고…

그러나 허리를 잘리어
옮겨오던 그날의 칼소리
가끔 메아리로 되돌아오면
기억은 아직도 아프다

　　　　　　　　　　　　　　　　　　　－「접목」 제4~6연

　하지만 나무에게 지난날의 고통은 쉽게 잊혀지는 것이 아니다. 이 시
는 마지막 연에 가서 반전을 이루는데, 접목이 되어 잘 생장하고 있더라
도 "허리를 잘리어/ 옮겨오던 그날의 칼소리"는 잊혀지지 않아 때로는
그것이 화자의 기억을 아프게 들쑤신다. 이 시에 대한 교과서 편찬자의
해설은 "자연계의 식물에서 나무의 우량종을 만들어내기 위하여 사용
하는 접목의 원리는 사회생활에도 적용된다"[11]는 것이지만 시에 대한
정확한 이해라고 볼 수 없다. 접목의 아픔을 참고 자라는 식물, 그 식물
이 지난날에 겪은 아픔에 대한 기억이 「접목」의 소재이며 주제이다.
'인내'를 주제로 한 또 한 편의 시가 있다.

대장간 모루 우에서
나는 늘 매를 맞아 사람이 된다
벌겋게 달아오른 나의 열정

---

11) 연변조선족 교과서는 참고서의 역할까지 하므로 작품 해설과 작자에 대한 소
　개가 함께 실린다.

뜨거울 때 나는 매를 청한다
맞을 때는 미처 몰라도
맞고 나면 나 매값을 한다
그래서 나 내 몸이 식을 때
노상 주르르 눈물을 흘린다

　　　－김철, 「대장간 모루 우에서」 전문

중국작가협회 연변분회 주석을
지낸 김철 시인

　　김철의 시는 앞서 다루었던 「탑」과 이 시가 교과서에 실려 있는데
「탑」의 상상력에 못지않은 실력을 발휘하고 있다. 쇳덩어리인 화자는
대장간 모루 위에서 매를 맞아 사람이 된다. 뜨거울 때 매를 청하고 맞
고 나서는 매값을 한다. 열정으로 벌겋게 달아오르고, 몸이 식을 때는
눈물을 주르르 흘리고 마는 모루 위의 존재가 상징하는 것은 인간의 열
정이다. 사람은 나이를 먹더라도 열정을 잃으면 안 된다는 것이 이 시의
주제다. 열정이 있기에 화자는 매를 청한다. 고생과 시련을 두려워하지
말고 혼신의 열정으로 생을 살아가기를 바라는 것이 시인의 의도였던
듯하다. 고3 교과서에 실려 있는 만큼 조금은 어렵고, 고도의 상징성을
지닌 작품이다. 하지만 교과서 수록 시 32편 중 가장 난해한 시는 조룡
남의 「옥을 파간 자리」이다.

내 가슴에는 웅뎅이 하나
그것은 오래전에 옥을 파간 자리
나는 모른다 그 옥이 지금은
누구의 머리를 장식했는지
누구의 목걸이에서 빛뿌리는지

내 가슴에는 웅뎅이 하나
그것은 오래 전에 옥을 파간 자리

오랜 세월 흘러갔건만
오늘도 옹뎅이엔 허연 소금 돋치여
마를 줄 모르는 비물이, 눈물이 고이여 있다
　　　　　　　　　　　　　　―「옥을 파간 자리」 전문

　이 시는 시 자체만으로는 학생들이 이해할 수 없으므로 편찬자는 3쪽
에 걸쳐 '편자의 말'이라는 해설문이 붙여놓았다. 조룡남 시인의 일대기
에 대한 설명이 교과서에 실려 있는 것이다. 그는 훈춘琿春 출신으로, 16
세 때 문단에 데뷔하여 연변사범학교를 졸업하고 교직에 있다가 1957
년, '반우파투쟁'[12]에 연루되어 20년 동안 오지로 쫓겨나 노역에 시달리
며 많은 고통을 겪었다. 1978년 복권 이후 그는 연변작가협회 부주석,
연변자치주정협 상무위원 등을 역임하며 활발
히 문학 활동을 했다. 교과서에는 이 시의 작
품 해설[13]과 아울러 창작의 배경이 상세하게
기술되어 있다. 1986년 봄에 조룡남이 고향 훈
춘의 삼도구 금광에 가보게 되는데, 그곳은 이
미 폐광이 되어 있었다. 아래는 시인이 직접
쓴 부분이다.

반우파 투쟁에 연루되어 20년
동안 고생한 조룡남 시인

―――――――――――――――――

12) 반우파투쟁: 모택동이 소련식 공산주의를 추종하는 유소파를 숙청하는 과정에
서 정풍운동이란 것을 일으켰는데, 정풍운동은 각계각층의 불만 분출로 이어
졌다. 그러자 모택동은 정풍운동에 참여했던 사람들을 갑자기 역적으로 몰아
세워 숙청했는데 이것이 반우파투쟁이다. 모택동은 자신이 야심차게 추진한
대약진운동을 비판했다는 이유로 팽덕회 국방부장을 숙청하고, 멋모르고 정풍
에 뛰어들었던 50여 만 명을 오지로 추방하거나 투옥하였다. ―小島晋治·丸山松
幸,『중국근현대사』, 박원호 역, 지식산업사, 1998, 190~191쪽 참조.
13) 조선족 교과서에는 '공부할 문제'가 '학습활동'이라는 제목 아래 나오는데, 작품
마다 3~4개씩 실려 있다. 즉, 교과서가 참고서의 역할까지 한다. 같은 출판사
에서『교수참고서』도 발간하고 있는데 이는 학생용이 아니라 교사용이다.

금을 다 캐가고 폐광되여버린 금광, 버력들만이 지저분한 흉물스러운 모습. 아, 내 가슴도 금을 다 캐간 폐광 아닌가? 순간 뇌를 치는 련상이 있었으니 그것이 바로 가슴속에 남아있는 '옥을 파간 자리'였다. 부랴부랴 수첩을 끄집어내여 떠오르는 생각을 적어넣었다.

시인은 또 말하기를, 옥을 어떤 이는 청춘이라고 하고 어떤 이는 이상이라고 하지만 자신은 "기다리다 기다리다 나를 떠나지 않으면 안 됐던 그 녀인"을 생각하고 썼다고 했다. 정치적인 이유로 추방된 탓에 사랑하는 사람과 맺어지지 못한 운명을 한탄하며 쓴 시라는 것이다. 이 시는 시대 상황에 대한 가슴 아픈 진단이라고 할 수 있다. 즉, 32편 시 가운데 시대 상황을 가장 적극적으로 반영한 것이다. 조룡남의 또 다른 시가 교과서에 실려 있다.

> 너는 령혼의 거울이길래
> 내 령혼의 진실한 모습을 비춰보려고
> 나는 왔다
> 내 혈관에 굽이치는 피의 원천으로
>
> 조상의 뼈인양 일어서서 굽어보는
> 숭엄한 열여섯 메부리들 앞에서
> 창천의 뜻이 비낀 푸른 물에
> 내 령혼의 얼룩을 헹구노니
>
> 력사의 회고로 무거워지는 마음
> 추돌인양 호심 깊이 가라앉으며
> 설음과 한의 깊이를 재여본다
> 못이 된 눈물의 깊이를 헤아린다
>
> ―「천지」 부분

"력사의 회고로 무거워지는 마음"을 담은 만큼 역사의식의 산물인 이 시에서 화자는 백두산 천지를 보고 우리 민족의 한을 노래하고 있다. 하지만 33편 시 가운데 북만주에서 우리 선조가 독립운동을 하며 겪었던 고통을 다룬 시는 보이지 않는 것이 아쉽다. 이와 아울러 연변이 그간 변화되어온 모습, 현재 조선족의 삶, 조선족의 이상 등을 다룬 시편도 교과서에서 찾아볼 수 없다. 자랑스러울 것이 없지는 않을 텐데 회고지정과 인정미담을 많이 다룬 것도 아쉬운 사항이다. 하지만 김철·한춘·리삼월·리임원·조룡남 등이 이룩한 시적 성취도는 낮게 볼 수 없다. 이상 13편 시를 분류해보면 다음과 같다.

유년기 회상의 시 : 「실개울」 「고향 생각」
「옥수수밭에서」 「풀빛 추억」 「연변」
상상력과 인식의 시 : 「탑」 「샛별」 「꽃의 언어」 「낫 갈기」
교육적 효과를 노린 시 : 「접목」 「대장간 모루 우에서」
「옥을 파간 자리」 「천지」

이를 보면 교과서에 수록된 조선족 시인의 13편 시는 주제적 측면에서나 소재적 측면에서나 그다지 다양하다고 볼 수 없다. 사물에 대한 새로운 인식의 세계를 보여주거나 상상력을 발휘해서 쓴 시가 상대적으로 적은 것도 아쉽다. 개편을 하면서 제외된 시들이 많은데 이승하는 개편 이전의 교과서들을 대상으로 해서 쓴 논문 「연변 조선족 중·고교 교과서 수록 시 연구」에서 이들 시를 이렇게 논한 바 있다.[14)]

김성휘, 「내가 만약 물방울이라면」 : 고향과 고향 사람들에 대한 애정을 숨김없이 표현.

---

14) 이승하, 「연변 조선족 중·고교 교과서 수록 시 연구」, 『한국 시문학의 빈터를 찾아서』, 푸른사상, 2006, 32~39쪽.

김성휘,「언덕우에 조용히 서있는 동무」: 일제와의 싸움에서
  죽은 선열에 대한 애도.
리욱,「가야금」: 국가의 흥망성쇠와 우리의 민족성을 노래.
김철,「선생님의 들창가 지날 때마다」: 선생님을 존경하자는
  주제를 담은 시.
리상각,「보노라 못잊어 가다 또 한번」: 자연의 아름다움에
  대한 순수한 애정.
김해룡, (제목 없음): 자연의 작은 것도 무시해서는 안 된다는
  내용의 시조.
박화,「산향의 샘물」: 운율을 잘 살려서 쓴 전통서정시.
박화,「이 나라 이 땅에서」: 이제는 중국을 위해 신명을 바치
  겠다는 다짐을 하고 있음.

  8편 시의 주제를 보면 크게 달라진 것이 있다. 예전에는 일제와의 투
쟁을 다룬 시, 국가의 흥망성쇠와 우리의 민족성을 노래한 시가 있었다.
특히「이 나라 이 땅에서」처럼 나는 조선족이지만 우리는 중국 국적을
가졌고 이제 내 조국은 중국이라는 점을 강조한 시가 있었다는 사실이
다. 더욱 놀라운 것은 교과서 개편 작업을 하면서 북한 출신 시인의 시
를 다 빼고 1편도 싣지 않았다는 것이다. 무려 4편이나 실려 있는 조기
천의 시「흰 바위에 앉아서」「영남이」「두만강」「조선은 싸운다」는 모
두 민족의식과 투쟁정신을 강조한 것이며, 김상오의「나의 조국」도 마
찬가지다. 이런 시를 다 뺌으로써 '조국'과 '민족'과 '역사'에 대한 개념은
이제 교과서 수록 시에서 찾아보기 어렵게 되었다. 이런 것들이 강조되
던 시기가 지났음을 조선족 교과서 편찬자도 인식한 것이다.

  일제 강점기 시대 시인들의 시

  일제 강점기 시대의 시 11편에 대한 논의는 남과 북이 어떻게 평가하

고 있는지를 중심으로 살펴보고, 이런 시를 채택한 조선족 교과서 편찬자의 의도도 함께 살펴보고자 한다. 교과서 편찬자는 소월의 시 가운데 「초혼」을 두고 "잃어버린 조국에 대한 애틋한 마음을 님과의 리별에 비겨 절절하게 읊조리고 있다"[15]는 말로 시인의 의도를 밝히고 있다. 문학평론가 이숭원이 이 시의 의의를 "가장 소중한 존재가 사라진 데서 오는 형언할 수 없는 상실감을 호곡과 같은 어조로 표현"[16]했음에 둔 것과는 사뭇 대조적이다. 송희복은 이 시를 "서정적 자아가 감내해야 할 이 치명적인 상실감은 세계의 경이로운 충격에 대한 심리적 반응의 결과"[17]로 보고 있다. 즉, 연변에서는 「초혼」을 일제 강점기라는 시대 상황에 대한 인식의 결과물로 본 반면 남한에서는 초혼의 외침을 지극히 개인적인 것에서 연유한 것으로 보았다. 소월은 남과 북 모두에서 높게 평가하는 시인인데 그에 걸맞게 연변에서도 이 시와 「엄마야 누나야」, 「진달래꽃」 등 3편의 시를 수록, 소월의 문학적 위치를 가늠케 한다.

윤동주는 연변이 낳은 대표적인 시인이므로 3편의 시가 교과서에 실리는 것은 당연하다고 본다. 그런데 「서시」는 남쪽에서도 널리 사랑받고 있으므로 조선족 교과서에 실리는 것이 당연하다고 하겠지만 비교적 덜 알려진 「새로운 길」과 「내 인생에 가을이 오면」이 채택된 것이 이채롭다.

> 내를 건너서 숲으로
> 고개를 넘어서 마을로,
>
> 어제도 가고 오늘도 갈
> 나의 길 새로운 길.

15) 연변교육출판사조선어문편집실,『조선어문』9학년 하권, 2006.12, 5쪽.
16) 이숭원,『교과서 시 정본 해설』, Human & Books, 2008, 37쪽.
17) 송희복,『한국 서정시의 이해』, 예하, 1991, 18쪽.

민들레가 피고 까치가 날고
아가씨가 지나고 바람이 일고,

나의 길은 언제나 새로운 길
오늘도⋯ 래일도⋯.

내를 건너서 숲으로
고개를 넘어서 마을로.
                              ―「새로운 길」 전문

　동시에 가까운 이 시에서 윤동주는 길의 의미를 '새롭다'는 데 두면서
미래지향적이고 희망적이고 진취적인 삶을 살 결심을 하고 있다. 교과
서 편찬자는 이런 주제가 학생들이 밝은 미래를 설계하는 데 도움이 될
거라는 생각에서 실었을 것이다.

내 인생에 가을이 오면
나는 나에게 물어볼 이야기들이 있습니다.
내 인생에 가을이 오면
나는 나에게 사람들을 사랑했느냐고 물을 것입니다.
그때 가벼운 마음으로 말할 수 있도록
나는 지금 많은 사람들을 사랑하겠습니다.

(중략)

내 인생에 가을이 오면
나는 나에게 어떤 열매를 얼마만큼 맺었느냐고 물을 것입니다
그때 사랑스럽게 대답할 수 있도록
지금 나는 내 마음밭에 좋은 생각의 씨를 뿌려
좋은 말과 좋은 행동의 열매를 부지런히 키워야 하겠습니다.
                      ―「내 인생에 가을이 오면」 첫 연, 끝 연

윤동주는 타인을 폭넓게 사랑하겠다고 말한 뒤에 하루하루를 최선을 다해 살겠다고 한다. 남에게 상처 주는 말과 행동을 하지 않겠으며, 내 삶의 날들을 기쁨으로 아름답게 가꾸고, "좋은 생각의 씨를 뿌려/ 좋은 말과 좋은 행동의 열매를 부지런히 키워야 하겠"다고 결심하고 있다. 윤동주의 이런 결심을 본받아 학생들도 성실하고 착하게 살아가기를 바라는 마음에서 편찬자는 이 시를 실었을 것이다. 물론 좋은 의도에서 이 시를 선정했겠지만 윤동주의 시세계를 알 수 있는 대표작 중에서는 비교적 짧은 「서시」만 실었다는 것은 문제가 있다. 학생들이 윤동주의 시세계를 제대로 이해하는 데 도움을 주려는 의도는 교과서 편찬자에게 없었던 것이다. 더군다나 종교적인 성찰과 신앙상의 고뇌를 제외하고 윤동주의 시는 논할 수 없는데 그런 시가 채택되지 않음으로써 윤동주의 시를 오해하게 할 수도 있다.

이상화의 「빼앗긴 들에도 봄은 오는가」와 박팔양의 「진달래」, 이육사의 「청포도」, 정지용의 「향수」는 모두 예전 교과서에 수록되어 있던 것인데 개편 과정에서 다시금 실렸다. 박세영의 「산제비」와 이용악의 「낡은 집」이 개편 과정에서 사라진 것은 아쉬운 일이다. 「빼앗긴 들에도 봄은 오는가」에 대한 평가는 남과 북이 크게 다르지 않다. 수도 없이 투옥되었다가 중국 북경에서 옥사한 이육사이므로 「청포도」를 두고 "흰색의 책임감 속에서 나라를 빼앗긴 당시 조선인민들의 강렬한 소망을 노래했습니다."라고 한 편찬자의 말에 수긍이 간다. 하지만 남쪽에서의 평가는 이와 좀 다르다. 이숭원은 포도에 마을 사람들의 역사적인 삶의 과정과 희망과 꿈이 얽혀 있다고 보고, "손님과 나는 시간의 흐름과 공간의 넓이가 집약된 민족의 축도를 앞에 놓고 희망의 미래를 설계하는 것"[18]으로 보았다.

---

18) 이숭원, 앞의 책, 210쪽.

진달래꽃은 봄의 선구자외다.
그는 봄소식을 먼저 전하는 예언자
봄의 모양을 먼저 그리는 선구자외다.
비바람에 속절없이 그 엷은 꽃잎이 짐은
선구자의 불행한 수난이외다.

―「진달래」 제4연

　박팔양의 「진달래」에 나오는 '선구자'는 만주 벌판을 쫓겨다니며 일제와 맞서 싸운 독립운동가를, "비바람에 속절없이 (저버린) 그 엷은 꽃잎"은 선구자의 불행한 수난을 상징한다. '비바람'은 일제의 가혹한 탄압을, '낙화'는 독립운동가들의 때 이른 죽음으로 봐도 무방하다. 박팔양은 오래 피어 있는 것이 좋은 것이 아니라 제때 피어나는 것이 중요하다는 이야기를 하고 있는데, 이 역시 교훈적인 주제다.

　정지용의 「향수」에 대해서는 "고향에 대한 그리움을 나타낼 수 있는 토속적인 언어를 잘 발굴하여 시의 매력을 크게 하였다."고 하여 남쪽의 이해와 별반 다를 바 없는 평가를 하였다. 한용운의 「님의 침묵」은 교과서가 개편되면서 새로 들어간 시인데 '리해와 감상'에서 다음과 같이 평하고 있다.

　　이 시는 '사랑'과 '리별'이라는 인간 정서의 보편적인 문제와 '님의 침묵'이라는 존재론적인 물음을 결합하여 상징의 공간을 형상화함으로써, 그리고 '애상'과 '영원한 결별'이라는 전통정서의 소극적인 '체념'의 수준을 넘어 '리별 곧 만남', '침묵 곧 말씀'이라는 역설적인 '만남'에로의 희망을 가지게 함으로써 서정시사에서 기적 같은 성과를 보여주었다. '님'은 자기에게 가장 소중한 대상을 가리키는 것인데 작자가 승려라는 점으로 보아 부처를 가리킨다고 볼 수도 있고 또한 철저한 민족주의자라는 점으로 보아 조국을 가리킨다고 볼 수도 있다.[19]

역설을 구사한 형식상의 특징과 아울러 내용에 대한 파악도 확실히 하여 학생들의 시에 대한 이해도를 높이고 있다. 님이 부처가 아니면 조국이라는 지적은 이 시를 너무 단순화시킨 것이다.

이상 시 가운데 순수서정시 계열의 시는 김소월의 3편 시와 윤동주의 3편 시, 정지용과 한용운의 시이며 나머지 이상화·박팔양·이육사의 시는 민족적 저항시로 분류할 수 있다. 이용악과 박세영의 시를 개편 과정에서 빼버린 것은 그렇다 치더라도 최남선·김동환·김영랑·심훈·백석·이상·김기림·오장환·유치환·서정주·김광균의 시를 싣지 않은 것은 조선족 교과서 편찬자의 편향된 시각을 말해주는 것이라 아니할 수 없다. 친일시를 썼던 최남선과 서정주나 난해한 모더니즘 시를 썼던 이상과 김기림은 제외한다손 치더라도 우리 시의 위상을 드높인 김영랑·백석·유치환의 시를 교육 과정에서 배울 수 없다는 것은 잘못된 일이다. 조선족 교과서가 어느 시점에 가서 다시 개정판을 낸다면 이는 꼭 시정되어야 할 것이다.

남한 시인들의 시

대한민국 국적의 시인이 쓴 작품은 총 8편인데, 조병화의 「해마다 봄이 되면」과 김상옥의 「사향」은 예전 교과서에 실렸던 것이 다시 실린 것이고, 개편된 교과서에 다시 실리지 못한 것이 정완영의 「조국」이다. 이 3편은 한국의 교과서에 과거에 실렸거나(「사향」「조국」) 현재 실려 있으므로(「해마다 봄이 되면」) 조선족 교과서 편찬자가 우리 교과서를 참고했음을 알 수 있다.

「해마다 봄이 되면」에서 조병화는 만물이 소생하는 봄이 되었으니

---

19) 연변교육출판사조선어문편집실·동북조선문교재연구개발쎈터 편, 『조선어문─시가와 수필 감상』, 연변교육출판사, 2008, 52쪽.

너희들은 "항상 봄처럼 부지런해라" 하고 말한다. 윤동주의 「내 인생에 가을이 오면」과 마찬가지로 시의 미학적 완성도보다는 교훈성에 주안점을 두어 선정한 작품이다. 이 무난하고 평이한 시는 조병화의 대표작도 아니다. 김상옥의 「사향」은 1947년에 발간된 『草笛』에 실려 있는 시조다.

일제 강점기 때 최남선과 이병기가 앞장서 시조부흥운동을 전개했고, 그 이후 시조는 지금까지도 명맥을 유지하고 있다. 수많은 현대시조 가운데 1940년대의 작품을 선택해서인지 작품의 내용이 지나치게 복고적이다. 연변 쪽의 개발이 더디다 할지라도 21세기인 지금 "백양숲 사립을 가린 초가집들"과 "송아지 몰고 오며 바라보던 진달래", "어질고 고운 그들 메남새도 캐여오리"가 환기하는 세계는 전근대적인 전원 풍경이다. 연변이라고 해서 이런 농촌이 지금도 있을 것 같지 않다. "고향마을의 자연과 인정을 다채롭게 표현"하였기에 선정했다는 말이 교과서에 실려 있지만 이런 복고적이고 비현실적인 공간에 대해 연변의 중학교 학생들이 과연 공감할지 의구심이 간다. 정서가 구태의연한 이런 시보다는 새롭게 교과서에 수록된 5편의 시에 주목할 필요가 있다. 일단 작고시인 3인의 작품을 살펴본다.

> 저렇게 많은 중에서
> 별 하나가 나를 내려다본다.
>
> 이렇게 많은 사람 중에서
> 그 별 하나를 쳐다본다.
>
> 밤이 깊을수록
> 별은 밝음 속에 사라지고
> 나는 어둠속에 사라진다.

이렇게 정다운
너 하나 나 하나는
어디서 무엇이 되어
다시 만나랴.

—「저녁에」 전문

김광섭의 「저녁에」는 우주와 인간, 영원과 순간, 삶과 죽음이 별개가
아님을 말해주고 있다. 우리는 인간이란 존재가 관계를 맺는 대상이 인
간뿐이라고 생각하지만 시인은 별, 밤, 어둠 등과도 관계를 맺으면서 살
아간다는 형이상학적인 깨달음의 경지를 독자에게 전해준다. 이 시도
그렇지만 김춘수의 「꽃」도 절대순수를 지향한 서정시의 대표작으로 평
가받고 있는 작품이다. 다만 한 가지 특이한 점은 이 시의 마지막 행이
처음 발표될 때는 "잊혀지지 않는 하나의 의미가 되고 싶다"였지만 시
집이나 시선집에 실릴 때는 "잊혀지지 않는 하나의 눈짓이 되고 싶다"
로 고쳐졌는데 교과서 편찬자는 처음 발표했을 때의 작품을 실었다는
것이다. 김춘수가 1960년대 후반부터 무의미시론을 주창했다는 사실을
알고 있었다면 '의미'가 아니라 '눈짓'으로 바꿨을 것이다. 김현승의 「행
복의 얼굴」은 허영자의 「행복」과 비교해서 살펴보는 것이 좋겠다.

내게 행복이 온다면
나는 그에게 감사하고
내게 불행이 와도
나는 또 그에게 감사한다.

한번은 밖에서 오고
한번은 안에서 오는 행복이다.

우리의 행복의 문은

밖에서도 열리지만
안에서도 열리게 되어 있다.

내가 행복할 때
나는 오늘의 해빛을 따스히 사랑하고
내가 불행할 때
나는 래일의 별들을 사랑한다.

이와 같이 내 생명의 숨결은
밖에서도 들이쉬고
안에서도 내여쉬게 되어 있다.

이와 같이 내 생명의 바다는
밀물이 되기도 하고
썰물이 되기도 하면서
끊임없이 끊임없이 출렁거린다!

                        −「행복의 얼굴」 전문

눈이랑 손이랑
깨끗이 씻고
자알 찾아보면 있을 거야

깜짝 놀랄 만큼
신바람나는 일이
어딘가 어딘가에 꼭 있을 거야

아이들이 보물찾기 놀이할 때
보물을 감춰두는

바위틈새 같은 데에
나무구멍 같은 데에

행복은 아기자기
숨겨져 있을 거야

─「행복」 전문

　김현승의 시는 '그'가 누구인지 밝혀져야 주제가 도출될 수 있다. 그
는 하나님이다. 내게 불행이 와도 행복이 와도 하나님에게 감사하는 마
음을 가져야 함을 역설하고 있다. 불행한 일이 닥쳐도 하나님을 믿는 자
라면 그 불행을 극복할 힘을 주실 거라는 믿음이 중요하다는 것이 전반
부의 내용이다. 후반부는 내가 생명체로 태어나 지금 살아 있다는 것 자
체가 하나님의 축복임을 명심하자는 내용이다. 허영자의 동시는 행복
이라는 것이 억지로 찾으려고 해야 찾아낼 수 있는 것이 아니라 아이들
이 보물찾기 놀이를 할 때처럼 바위 틈새나 나무 구멍 같은 데 있으니
구태여 찾으러 멀리 갈 필요가 없다는 내용이다. 교훈적이면서도 재미
가 있다. 일종의 행복론이 중1 1학기와 중2 2학기 교과서에 나오는 이
유는 자명하다. 출세나 물질에서 행복을 찾으려 하지 말고 자기 주변에
서 찾아야 한다는 교훈을 주기 위해 선정된 시임에 틀림없다. 정현종의
「모든 순간이 꽃봉오리인 것을」도 이 시인의 시로서는 드물게 교훈적
이다.

나는 가끔 후회한다
그때 그 일이
노다지였을지도 모르는데…
그때 그 사람이
그때 그 물건이
노다지였을지도 모르는데…
더 열심히 파고들고
더 열심히 말을 걸고

더 열심히 귀 기울이고
더 열심히 사랑할 걸…
반벙어리처럼
귀머거리처럼
보내지는 않았는가
우두커니처럼
더 열심히 그 순간을
사랑할 것을…

모든 순간이 다아
꽃봉오리인 것을
내 열심에 따라 피여날
꽃봉오리인 것을!
　　　　　　　－「모든 순간이 꽃봉오리인 것을」 전문

　　우리나라 교과서에 실려 있는 이 시가 연변 중2 교과서에도 실렸다.
그 이유는 지금 이 순간을 열심히 살아야 한다는 교훈성을 지니고 있기
때문이다. 인간은 누구나 후회하며 살아가지만 매 순간 최선을 다하는
삶이면 후회가 없거나, 있더라도 아주 적다는 내용이다.

우리가 눈발이라면
허공에서 쭈빗쭈빗 흩날리는
진눈깨비는 되지 말자.
세상이 바람 불고 춥고 어둡다 해도
사람이 사는 마을
가장 낮은 곳으로
따뜻한 함박눈이 되여 내리자.
우리가 눈발이라면
잠 못 든 이의 창문가에서는
편지가 되고

그이의 깊고 붉은 상처 우에 돋는
새살이 되자.
                                    -「우리가 눈발이라면」전문

　남한의 중1 교과서에 나오는 안도현의 시인데 연변 교과서 편찬자가
가져다 썼다. '진눈까비', '함박눈이 되여', '상처 우에' 등 연변의 문법에
맞게 고친 것이 색다르다. 이 시는 언뜻 보면 자연친화적인 순수서정시
같지만 이 시 역시도 청유형 종결어미에 담겨 있는 내용이 꽤나 교훈적
이다. 이기심을 버리고 누구라도 도우면서 살아가야 한다는 것이 이 시
의 주제이다.
　이상 살펴본 바에 따르면 총 8편의 시 가운데 김광섭의 「저녁에」, 김
상옥의 「사향」, 김춘수의 「꽃」 3편을 제외한 나머지 5편은 그 시인의
대표작이 아님에도 불구하고 학생들에게 교훈을 주는 내용이기에 채택
되었음을 알 수 있다. 교과서에 실리는 시라고 하여 반드시 교훈적인 내
용을 담을 필요는 없다. 남한 시 중에서 현대성이나 실험성을 지닌 작품
도 실어 균형을 유지했더라면 더 좋지 않았을까. 이 5편은 사실상 시인
들의 대표작이 아니다. 주제가 건전하다는 이유로 시를 선택한 것은 비
록 독자 대상이 중·고교 학생들일지라도 바람직하지 않다. 그 시의 문
학성이 선정 기준이 되지 않고 '바른 생활'을 위한 지침이 되는 시를 뽑
은 것은 문제가 있다.

연변 조선족 교과서 수록 시에 대한 총괄적 검토

　지금까지 연구자는 2004년부터 2008년까지 5년에 걸쳐 개편작업이
이뤄진 재중국 조선족 초급중학교와 고급중학교(고등학교) 교과서에
실려 있는 현대시 32편을 대상으로 하여 그 시를 감상해가면서 교과서

편찬자의 선정 의도를 파악해보려 했다.

그 결과 개편 이전의 교과서와 달라진 점이 많다. 첫째, 일제 강점기 때의 시인으로 김소월·박세영·이상화·박팔양·윤동주·이육사·정지용·이용악의 시가 전에는 실려 있었는데 개편된 교과서에는 박세영·이용악의 시가 빠져 있다. 현행 교과서에는 김소월의 시가 3편, 윤동주의 시가 3편, 이상화·이육사·박팔양·정지용·한용운의 시가 각 1편씩 실려 있다. 대단히 편향된 선정이고, 선정 기준이 무엇인지도 알 수 없다.

둘째, 북한의 시인이 빠져 있다. 이전 교과서에는 조기천의 시가 4편, 김상오의 시가 1편 실려 있었는데 개편 교과서에는 이들의 시는 물론 그 어떤 북한 시인의 시도 실려 있지 않다. 이는 교과서 편찬자가 북한의 시를, 이념을 앞세운 시이건 그렇지 않은 순수시이건 간에 교육에 적합한 시로 인정하지 않았다는 뜻이 된다. 또한 북한과 재중국 조선족과의 관계가 나빠졌음을 짐작해볼 수 있다.

셋째, 남한 시인의 면면이 다양해졌다는 점이다. 이전 교과서에는 남한 시인의 작품이라고는 조병화의 「해마다 봄이 되면」, 김상옥의 「사향」, 정완영의 「조국」 3편이 전부였다. 이 가운데 「사향」과 「조국」이 현대시조이므로 자유시는 조병화의 「해마다 봄이 되면」 1편밖에 없었다. 개편된 교과서에는 허영자·조병화·김광섭·정현종·안도현·김현승·김춘수(학년별 순서)의 시와 김상옥의 시조가 실려 있다. 조병화의 시와 김상옥의 시조는 이전 교과서와 같은 것이 실려 있다. 새 교과서에서도 빠지면 안 될 작품으로 간주했기 때문일 텐데, 과연 그럴 만한 수준인지 검토해볼 필요가 있다.

넷째, 재중국 조선족 시인의 면면이 더욱더 다양해졌고 작품도 8편에서 13편으로 늘어났다. 북한 시인의 작품이 사라진 자리에 조선족 시인이 대신하게 되었음을 알 수 있다.

연변교육출판사에서 2004년 8월에 펴낸 『교수참고서』 7학년 상권에는 '조선어문 과정 표준'에 나와 있는 조선어문 학습의 총체적인 목표를 다음과 같이 인용하고 있다. 이 표준에 입각해 새롭게 교과서를 편찬한 것이다.

7학년 『교수참고서』 상권에는 조선어 학습의 총체적인 목표가 나와 있다.

1. 언어활동과 언어와 문학에 대한 기본적인 지식을 익혀 다양한 조선어문 사용 상황에서 활용하는 능력을 기른다.

2. 정확하고 효과적인 조선어문 사용의 원리를 익혀 다양한 조선어문 자료를 리해하고 사상과 정서를 효과적으로 표현하는 능력을 기른다.

3. 중화민족의 우수한 문화와 외국의 진보문화의 영양을 섭취하여 기본적인 인문소양을 갖추고 점차 량호한 개성과 건전한 인격을 형성한다.

4. 조선말과 글을 소중히 여기고 언어문자능력을 발전시킴과 동시에 사유능력을 발전시키고 조선어문학습의 량호한 습관과 기본적인 학습방법을 갖추어 평생학습과 발전의 량호한 조선어문 토대를 마련한다.[20]

교육의 목표가 기능 위주에 있다는 것이다. 학생들에게 문학의 향기를 맡게 하고 시의 묘미를 맛보게 하려는 의도는 거의 없다. 교과서 편찬자의 의도는 학생들이 언어를 원활히 습득하여 조선어 표현 능력을 발휘할 수 있게끔 하는 데 있음을 알 수 있다. 조선의 역사를 알고 문화를 익힌다거나 민족의식을 기른다거나 하는 의도는 없다. 오히려 "중화

---

20) 연변교육출판사조선어문편집실, 『교수참고서』 7학년 상권, 2004, 9쪽.

민족의 우수한 문화와 외국의 진보문화의 영양을 섭취하여 기본적인 인문소양을 갖추"는 것이 목표이다. 그래서 이런 선정 결과가 나온 것이다. 그러니까 시인들이 구사하는 각종 비유법, 문학사적인 흐름, 시의 본질, 현대시가 지닌 난해함, 각 시인의 특징 등에 대한 공부는 교과서 편찬자에게 중요한 것이 아니다. 시에 대한 이런 공부보다는 "조선말과 글을 소중히 여기며 언어문자능력을 발전시키"는 수준이면 되었던 것이다. '조선어문학습'에 시도 도움이 되었기 때문에 실은 것일 뿐, '문학' 혹은 '시' 자체에 대한 공부는 별 필요가 없는 것이라 생각하였다.

조선족의 시 13편 중에는 농촌에서 성장기를 보낸 이들의 향수를 다룬 시가 많았다. 그 어떤 고난과 역경이 오더라도 불굴의 의지로 이를 극복해야 한다는 주제를 담은 시도 있었다. 체험담이 아닌, 나름의 상상력을 발휘한 김철의 2편 시는 상당한 수준에 이르러 있다고 본다. 정신주의를 추구한 시, 사물의 의미를 탐색한 시도 있었지만 이별의 아픔을 다룬 조룡남의 「옥을 파간 자리」는 현실적인 문제에 천착한 예외적인 작품이었다. 전반적으로 조선족의 시는 시세계가 다양하지 않았다.

일제 강점기 때의 시 11편 중에는 김소월의 「초혼」과 「진달래꽃」, 한용운의 「님의 침묵」, 정지용의 「향수」, 이상화의 「빼앗긴 들에도 봄은 오는가」, 윤동주의 「서시」, 이육사의 「청포도」 같은 명시도 포함되어 있지만 중요한 시인이 너무 많이 제외되어 있다. 친일시를 썼던 최남선·임화·서정주가 제외된 것은 그럴 수도 있지만 모더니스트라고 할 수 있는 이상·김기림·김광균, 북방의 정서를 담아낸 김동환·백석·이용악, 생명파의 기수 유치환 등이 제외된 것은 무척 아쉬운 일이다. 교과서 편찬자가 남한의 시문학사에 대한 관심이 없었음을 반영하는 아쉬운 선정 결과이다.

광복 이후 남한 시인이 쓴 8편의 시는 김상옥·김광섭·김춘수의 시를 제외하고는 교훈적인 내용을 담고 있으며, 그 시인의 대표작인 아닌 점에서도 아쉬움을 남긴다. 시의 효용적인 관점을 중시하여 선정한 결과, 우수한 남한의 시를 거의 소개하지 못한 교과서가 되고 말았다.

연변에서 또다시 국어 교과서 개편 작업이 행해진다면 재중국 조선족의 문학사와 북한의 문학사, 남한의 문학사가 간단히 정리된 것이라도 실어 연변 학생들이 중요한 시인의 이름 정도는 들어볼 수 있도록 해야 할 것이다. 김일성 사후 북한 문학에도 큰 변화가 오는데 단 1편의 시도 실리지 않은 것은 조선족 학생들의 균형 있는 시각을 위해 시정되어야 할 사항이다. 현대시 32편 중 문학사에 길이 남을 시가 7편이나마 실려 있어 다행스럽다.

연변 조선족 시인들의
시에 나타난 '두만강'

두만강은 우리나라 동북부의 함경도에 위치하여 중국과 러시아와의 국경을 따라 흐르는 길이 521km에 달하는 긴 강이다. 원래 함경도 땅은 여진족의 거주지였지만 조선조 숙종 때 백두산에 정계비를 세우고 두만강과 압록강을 국경선으로 확정지은 이후 지금까지 반도와 대륙을 경계 짓는 두 강은 국경선의 역할을 하고 있다.

일제 강점기가 시작되기 훨씬 전부터 조선인의 두만강, 압록강 월강 越江이 이루어졌다. 청나라는 중국 통일을 이룩한 후 1677년에 장백산 과 압록강, 두만강 이북의 천여 리 되는 지역을 청조의 발상지로 삼아 '봉금지구封禁地區'로 정하고 조선인이 여기에 들어가 개간하거나 산삼 을 캐고 채집하거나 벌목하고 사냥하는 것을 엄금했으며, 이민족의 이 주를 엄금하였다.[1] 이렇게 법으로 금한 것은 이미 그 시절에 꽤 많은 조선인이 월강하고 있었기 때문이다. 엄한 봉금령에도 불구하고 포수나 심마니들이 몰래 월강했으며, 1869년 전후로 조선에 대기근이 들자 다수의 조선인이 월강, 만주로 이주해 가서 살았다. 월강을 얼마나 큰 죄로 다스렸는지 알 수 있게 하는 노래가 있다.

월편에 나부끼는 갈대잎 가지는
애타는 내 가슴을 불러야 보건만
이 몸이 건느면 월강죄래요

기러기 갈 때마다 일러야 보내며
꿈길에 그대와는 늘 같이 다녀도
이 몸이 건느면 월강죄래요

새봄이 다 가도록 기별조차 없는 님을
가을밤 안신까지 또 어찌 참으리요
두만강 얼음은 다 풀리였는데

새봄이 아니 오랴 열세 봄 넘어와도
못 참을 내랴마는 가신 님 낯 잊을까
강남의 연자燕子들은 제 집 찾아 나왔는데

—「월강곡」 전문

이 노래는 지금까지 수집된 중국 조선족 창작민요 가운데서 가장 오래된 노래로 1910년대 간도 사립학교의 『조선어문』 교과서에 수록되어 있다.[2] 당시에는 그만큼 월강에 따른 사연이 많았다는 뜻이다. 포수와 심마니들에게 월강은 넘나듦이었지만 이주민에게는 그대로 생이별

1) 조선족략사편찬조, 『조선족략사』, 연변인민출판사, 1987, 2쪽.
2) 석화, 「우리 노래 100년에 깃든 이야기」, <길림신문>, 2012.5.4.

이었다. 월강하는 사람의 숫자가 늘자 간도 개발을 이유로 1880년대에 청나라는 봉금령을 철폐했는데 그러자 이주민이 급격히 늘어나 일제의 강점 전 해인 1909년 북간도의 조선인 이주민의 수가 18만 5천여 명에 달한다.[3] 이후 일제가 조선을 강점하자 나라의 독립을 위해 넘어온 독립투사와 일제의 압제를 피해 넘어온 이주민의 수는 더욱 늘어난다.[4] 이른바 중국 조선인문학이란 그들 또는 그들의 후손에 의해 중국을 배경으로 영위된 문학을 가리킨다.[5]

두만강은 한국 근·현대 문학사 전개에 있어 그 어떤 강보다도 자주 문인들에 의해 형상화되었다. 김동환은 『국경의 밤』(1925)에서 두만강을 건너 고향을 떠날 수밖에 없는 한민족의 비극을 상징하는 공간으로 설정하였다. 김동환은 「선구자」 「눈이 내리느니」 등에서도 두만강을 사실적으로 묘사함으로써 이 땅에 살 수 없는 우리 민족의 슬픈 이민사를 구체화했다. 소설 쪽에서는 최서해의 「고국」과 「향수」, 한설야의 「과도기」, 이효석의 「노령근해」, 이기영의 『두만강』 등 한두 편이 아니다. 이용악의 「두만강 너 우리의 강아」는 일제강점기 하에 나온 '강' 소재 시 중에서 대표작의 자리를 차지하고 있다.

> 잠들지 말라 우리의 강아
> 오늘 밤도
> 너의 가슴을 밟는 뭇 슬픔이 목말으고

---

3) 윤윤진, 「중국조선족문학」, 신동욱 편, 『한국 현대문학사』, 집문당, 2004, 824쪽.
4) 정덕준 등의 연구에 따르면 한민족의 중국 이주를 네 단계로 나누고 있다. 첫 단계는 19세기 중엽 이후 3·1운동 직전까지, 두 번째 단계는 3·1운동 이후 만주사변(1931) 직전까지, 세 번째 단계는 만주사변 때부터 광복 때까지, 네 번째 단계는 광복 이후부터 중국 건국 때까지로 나누었다. 첫 단계 때는 봉건 관료의 가렴주구를 피해 살길을 찾아 떠난 농민들이 주를 이루었지만 3·1운동 이후에는 애국지사들이 항일 투쟁을 목적으로 만주 등지로 이주한 것이라고 했다. ─정덕준 외, 『중국조선족 문학의 어제와 오늘』, 푸른사상, 2006, 35쪽.
5) 윤윤진, 앞의 책, 같은 쪽.

얼음길은 거츨다 길은 멀다

길이 마음의 눈을 덮어줄
검은 날개는 없나냐
두만강 너 우리의 강아
북간도로 간다는 강원도치와 마조앉은
나는 울 줄을 몰라 외롭다
　　　　　　　　　　　　　　─「두만강 너 우리의 강아」 마지막 2개 연6)

『낡은 집』(1938)에 실려 있는 이 시에서 화자는 유민의 대열에 서려고 하는 사람 앞에서 자괴감에 휩싸여 있다. 이 땅에서 살아갈 수가 없다는 동족의 치욕적인 운명 앞에서 화자가 아무 말도 해줄 수 없는 데서 오는 자괴감이다. 북간도로 간다는 강원도 출신 사람 앞에서 가지 말라고도 잘 가라고도 말을 못 해주고 다만 "잠들지 말라 우리의 강아" 하고 마음속으로만 말하고 있다.

이 시가 발표된 1938년은 마침 김정구가 가요 「눈물 젖은 두만강」7)을 부르기 시작한 해이다. 일제는 우국의 뜻을 지닌 이 노래의 보급을 막았다. 그래서 이 노래는 오래 묻혀 있다가 1960년대에 들어와서 다시 라디오 전파를 타기 시작했고, 지금은 흘러간 노래 중 최고의 명곡이 되어 있다.

연변 조선족 시인들에게 두만강은 어떤 의미를 지닌 강일까? 대한민국 국적을 가진 사람들도 백두산 관광길에 중국 쪽 도문시圖們市까지 가서 강 건너 온성군 쪽을 바라볼 수 있다. 지역에 따라 강이 아주 얕은 데도 있고 지척에서 북한 땅을 바라볼 수도 있다. 하지만 한국인 관광객에

---

6) 이용악, 『낡은 집』, 기민사, 1987, 44쪽. 1938년 삼문사에서 초판이 나온 시집을 기민사에서 해금 무렵에 다시 발간한 것.
7) 김용호가 작사하고 이시우가 작곡한 이 곡은 SP오케레코드사에서 유성기 음반으로 발매되었다.

게는 월경이 철저히 금지되어 있다.

대한민국의 헌법 제3조는 "대한민국의 영토는 한반도와 그 부속도서로 한다."로 되어 있다. 그렇다면 우리나라의 국경선은 두만강과 압록강인데 남한의 시인들에게 '두만강'은 별다른 의미가 없는 듯하다. 섬진강이나 낙동강, 한강을 노래한 시인은 많았지만 두만강은 시적 대상이된 적이 별로 없었다. 통일문학사를 누군가 기술한다면 두만강을 노래한 연변 조선족 시인들의 작품이 다뤄져야 한다. 연변 조선족 시인들에게도 압록강은 시적 대상이 되는 경우가 별반 없었던 데 반해 두만강은수많은 시인들이 즐겨 다룬 시적 대상이었다. 최근 십수 년 동안 연변에서 발간된 시집을 모아서 훑어본 결과 두만강을 다룬 것이 17편이나 되어 이들 시의 특징을 살펴보고자 한다. 연변 조선족의 시에 왜 유독 두만강이 많이 나오는 것일까? 조선족 시인들이 두만강을 어떤 식으로 다루었는지, 두만강이 그들에게 도대체 어떤 뜻을 지닌 강인지 시를 통해밝혀보는 것이 이 글을 쓰게 된 주된 이유이다. 연변 조선족 시인들의이주민이 된 조상에 대한 생각과 중국 국적으로 살아가는 현재의 처지에 대한 생각, 그리고 분단과 통일에 대한 생각도 두만강 소재의 시에잘 나타나 있어 연구에 임하게 되었다.

민족 수난의 역사와 함께한 강

리욱[8]은 지나간 시절, 두만강과 압록강을 사이에 둔 양국이 모두 월강죄를 얼마나 엄히 다루었는지 이야기한다.

　　아득한 그 시절 푸른 하늘에 별이 총총하던 밤

---

8) 리욱(1907~1984)은 러시아 블라디보스토크에서 태어나 1951년부터 연변대학에서 교편을 잡았다. 연변 시단의 개척자로 7권짜리 『리욱시전집』이 나와 있다.

이야기는 세월처럼 기나긴 이야기는
재밀재밀하기도 하였지만
무시무시하기도 하였다
70년전 륙진에 큰 흉년이 들어서
샛섬을 건너는 적
두만강은 주검을 싣고 오열嗚咽하였느니라는…
그리고 건너선 김참봉 이선달은 갈 곳 없고
이깔나무에 까마귀 울었느니라는…

월강죄는 무서워도
하나 둘 한 떼 두 떼 주린 배는 검은 흙을 탐내어
오랑캐령 넘어서 남강, 북강, 서강이라는 곳
진동나무 속 귀틀집 막사리에
솔 강불 피우고 묵은 데를 떠서
감자씨를 박았단다.
보리씨를 박았단다.
그러니 대지를 밟고선 그들을 뉘가 건드렸으랴?9)

—「옛말」 부분10)

화룡시 근교에 있는 리욱 시비

---

9) 인용하는 시는 모두 연변 쪽의 맞춤법과 띄어쓰기를 그대로 지켰다. 즉, 발표지
   면에 있는 그대로 인용하였다.
10) 리욱, 『북두성』, 연변인민출판사, 1947.

사람들이 두만강을 건넌 이유를 "70년전 류진에 큰 흉년이 들어서"라고 명시하고 있다. 육진은 세종 때 개척한 함경북도의 북쪽 경원·경흥·부령·온성·종성·회령의 여섯 진鎭을 가리키는데, 이곳에 흉년이 들어 월강을 할 수밖에 없었다는 이야기를 하고 있다. 시에는 만주의 남강, 북강, 서강이라는 곳에 가서 감자씨와 보리씨를 뿌리는 이주민의 개척사가 전개된다. 이주민들이 겪은 고생의 정도는 "그 어른들 손톱이 닳고 발꿈치 닳았다"나 손톱과 발꿈치가 "천 번 닳아 밭이 만 번 닳아 논이 된" 것이라는 구절에 여실히 나타나 있다. 두만강을 건너온 이후 만주에서의 삶이 고난의 연속이었음을 리욱은 이 한 편의 시로 들려주었다. 즉, 이 시는 사람들이 왜 두만강을 넘어야 했는지, 이주 이후에는 어떻게 살아갔는지 알려주기 위해 쓴 증언의 시 혹은 목적시라고 할 수 있다.

> 반갑다 두만강아 내 오늘 또 왔노라
> 눈물과 한숨으로 얼룩진 너였다마는
> 언제나 가슴 뜨겁게 맞아주던 강이여
>
> 보고싶던 흐름아 그리웁던 얼굴아
> 여울소리 감칠맛에 출렁덩 몸 잠그니
> 천갈래 만만갈래로 맺힌 한이 풀리는듯
>
> 천추만대 살아오던 조국땅 빼앗기고
> 말과 글 성씨까지 앗기웠던 치욕이여
> 흘러간 자욱마다에 피 고였던 아픔아
>
> 가난에 시달리고 권세에 쫓기면서
> 발뿌리에 돌이 걸려 피가 맺혀 넘어져도
> 강이여 넘어야만 했구나 뼈아프던 흐름아
>
> — 「두만강」 제1~4연[11]

설인12)은 이 시에서 두만강의 역사적인 의미를 제법 상세하게 들려주고 있다. 우리 조상이 고국을 떠나 두만강을 넘어서 낯설고 언어도 다른 이국에서 살아가야 했던 이유를 제3연과 4연에 일목요연하게 설명하고 있다. "가난에 시달리고 권세에 쫓겨" 건너가야 했던 두만강은 "눈물과 한숨으로 얼룩진" 강이며 "천갈래 만만갈래 맺힌 한"이 서린 강이다. 이 강의 과거는 이러할지라도 앞으로는 어떤 강이어야 하는 것일까.

> 고생끝에 락이라 오늘에는 웃음이요
> 아름드리나무 찍고 거친 쑥밭 일궜더니
> 좋구나 금파만경에 덩실덩실 춤이요
>
> 구주의 땅 그 큰 몸집 우두두 떨더니
> 오붓한 저기 저 치닫는 초요고지
> 달리니 숨가쁘지만 지칠줄 모르네
>
> 차례진 문전옥답 오곡에 휘여들고
> 산간에는 소와 양떼 강물에는 고기떼
> 할머니 호물딱 웃음도 가슴 후련하여라
>
> —「두만강」 제5~7연13)

시는 제5연부터 분위기를 일신하여 희망의 노래가 된다. 두만강 일대에서 밭을 일구고 목축을 하며 살아가는 주민들에게 앞으로는 이곳이 살기 좋은 땅이 될 것이라고 말해준다. 두만강의 북한 쪽 유역 면적은 1만 513㎢이고 중국과 러시아 쪽 유역 면적은 4만 1,242㎢이다. 다 사실

---

11) 설인,『들국화』, 연변인민출판사, 2009, 204쪽.
12) 1921년 연길 출생 설인은 소학교 교원에서 출발하여 대학교 교수까지 했다. 중국작가협회 회원으로서 평생 동안 연변 문학계의 발전에 힘쓴 공로로 중국작가협회로부터 '문예창작 종사 60주년 영예증서'를 받았다.
13) 설인, 앞의 책, 204~205쪽.

은 척박한 곳으로서 농사짓고 가축 기르기에 적합하지 않다. 하지만 두만강의 역사가 늘 쫓겨서 올라가던 사람들에 의해 이루어졌으므로 앞으로는 정치적 안정과 함께 경제적으로도 보다 넉넉한 삶이 허락되기를 바라면서 이 시를 썼던 것이다.

심예란14)에게도 두만강은 역사의 강이다. "천지가 드리운 흰 수염은/ 태초의 할아버지"는 단군을 가리킨다.

조룡남 시집 표지   설인 시집 표지   심예란 시집 표지

허리 굽은 두만강이
구겨진 옛말을 다듬질하는 소리
아리랑고개를 넘는다

천지가 드리운 흰 수염은
태초의 할아버지

각이 삐뚤어진 력사를
애써 맞추며
건정건정 걸어온다

                                        ―「두만강」 전문15)

14) 연변재정학원 경제관리학부를 나온 심예란은 현재 연변작가협회 회원으로 있다.

심예란은 두만강을 의인화하고 있다. 단군왕검의 성지인 백두산에서 시작하는 두만강은 "구겨진 옛말을 다듬질하는 소리"인 아리랑의 가락을 기억하고 있다. 하지만 강은 허리가 굽었고, 각이 삐뚤어진 역사를 갖게 되었다. 고향을 버리고 국경(두만강)을 넘어 이역만리에서 수많은 사람들이 살아가게 된 뼈아픈 역사를 갖고 있는 두만강이어서 그만 각이 삐뚤어지고 말았다는 것이다.

이와 같이 3명의 시인은 간도 이민사를 다루는 과정에서 두만강의 역사적인 의미를 탐구하였다. 조룡남[16]은 조금 다른 각도에서 두만강을 시화하고 있다.

> 옷 벗고 알몸으로
> 강물에 뛰여들어
> 온몸에 감탕을 칠하고싶다
> 너처럼 더러운 때물이 되어
> 흐려서 흐려서 흐르고싶다
>
> 차라리 오염이 된 이 세상을
> 보지나 말게 듣지나 말게
> 너처럼 눈 멀고 귀 먹고
> 령혼까지 흐리멍텅 만취하여서

---

15) 심예란, 『아침은 호주머니속에서 새 길 꺼낸다』, 연변인민출판사, 2008, 56쪽.
16) 1935년 훈춘에서 태어난 조룡남은 연변사범대학을 나와 중학교 교사 생활을 하였다. 그러나 1957년 모택동의 지시에 의해 전개된 '반우파투쟁'의 불똥이 연변 사회에도 튀어 '우파'로 오인된 조룡남은 재산과 직장 등 모든 것을 잃고 시골로 추방되어 20년 이상 고생하다 1979년에야 복권되었다. 복권 이후 중국작가협회 연변분회 부주석까지 하였다. 반우파투쟁은 1957년 6월 8일부터 모택동의 지시를 좇아 중국공산당이 '우파분자'들에 대한 전면적인 공격에 나서면서 시작되었다(처벌받은 55만 2,877명 중에서 정말 우파는 1%도 안 되었다고 80년대에 가서 판명이 되었다). 이리하여 전국적인 대중선동적인 반우파투쟁이 벌어졌고 연변에서도 7월 5일부터 반우파투쟁 동원대회가 개최되었다. ─리해선 책임편집, 『연변작가협회 대사기』, 연변인민출판사, 2006, 21~24쪽 참고.

이리 비칠 저리 비칠 갈지자로 흐르고싶다
700리 원한이 괴어서
700리 눈물이 된 강,
700리 눈물이 다시 썩어서
700리 고름이 된 오늘도
너의 이름 두만강이라 불러야 하나?!
　　　　　　　　　　　－「두만강을 마주서서」 제1~3연[17]

　조룡남은 두만강을 대단히 비관적으로 묘사한다. 시인 자신 중국에
서 시작된 '반우파투쟁'의 희생자였기 때문이다. 그는 자신이 겪은 개인
적인 수난을 역사적인 의미로 확대시키고자 두만강을 '눈물이 썩어서
고름이 된 700리 강'이라고 하였다. 조룡남에게 있어서 두만강은 더러
운 때물이 흐르는 오염된 강이다. 또한 원한의 강이요 눈물의 강이다.
반우파투쟁 때 55만 명이 넘는 중국인이 시골로 추방되거나 투옥, 강제
노동 등의 처벌을 받았는데 이 가운데 중국 국적을 지닌 조선족도 다수
포함되어 있었다. 그 가운데 한 사람이었던 조룡남에게 중국과 북한 사
이에 가로놓여 있는 거무튀튀한 두만강은 자신의 고난을 상징하는 원
한의 강이다. 조룡남은 두만강이 나라 잃은 원한이 괴어서 눈물이 된 강
이며, 분단에 따른 눈물로 다시 썩어서 고름이 된 강이라고 하였다. 개
인사적인 설움과 역사에 대한 부정적인 인식은 이와 같이 두만강 앞에
선 시인을 원한에 사로잡히게 한다.

　질식할듯 숨막히는 이 가슴을
　시꺼멓게 흐린 이 비애를
　하늘아, 땅아, 어디에 하소하랴?
　너처럼 한이 번져 눈물겨웁게

17) 조룡남, 『그리며 사는 마음』, 연변인민출판사, 1995, 116쪽.

어깨춤으로나 덩실 추며 가볼가
미친듯 강뚝길 내달으면서
속적삼 벗어 흔들어 부르고싶다
죽을수 없는 너의 혼을
죽어서는 안될 너의 혼을
돌아오라 돌아가자, 눈물 젖은 두만강!
—「두만강을 마주서서」 제4~5연[18]

　잃어버린 20년 세월을 생각하면 시인의 마음도 저 강처럼 시커멓고, 가슴이 답답하여 질식할 것만 같다고 한다. 하지만 조룡남은 두만강의 혼(정신)은 죽을 수 없고 죽어서는 안 된다면서 현실극복의 의지를 보여준다. 그러다 마지막에 가서는 "돌아오라 돌아가자, 눈물 젖은 두만강!" 하고 부르짖는다. 비극에 함몰되지 않고 현실초극에의 의지를 결국에는 불태우는 것이다. 시인은 강에 자신의 감정을 이입하여 많이 아파하고 있지만 아픔을 잊고자 노력하겠다는 다짐을 강을 바라보며 해보았다. 리욱의 시와 다른 점은 민족의 고난을 그린 시라기보다는 개인적인 원한과 한풀이의 의미가 강화되었다는 점이다.
　이상 4편의 시는 두만강이 지닌 역사적인 의미를 시인 나름대로 살펴본 것이라고 할 수 있다. 그런데 네 시인이 말하고 있는 '역사'는 다소 막연하였다. 역사라는 것은 구체적인 사건의 연속이고 그 사건의 중심에는 사람이 있다. "주검을 싣고 오열하였던" 강(리욱), "눈물과 한숨으로 얼룩진 너"(설원), "각이 삐뚤어진 력사"(심예란), "700리 원한이 괴어서/ 700리 눈물이 된 강"(조룡남)은 두만강에 얽힌 역사를 다소 추상화했다는 느낌을 지울 수 없다. 두만강의 역사를 좀 더 구체성을 갖고 다루었더라면 깊은 울림을 전해줄 수 있었을 것이다.

---

18) 위의 책, 116~117쪽.

비탄의 강에서 희망의 강으로

김동진[19]은 두만강에 대해 각기 다른 지면에 5편의 시를 썼다.

> 눈물 젖은 사공의 노래는
> 천년의 갈숲에 스며들고
> 세월은 아픔을 삼키며
> 아득히 흘러가고있었다
> 신단수잎새우로
> 속절없이 뜨고 진 해달이여
> 가깝고도 머언 땅밑으로
> 뿌리는 얼기설기 해마다 엉키련만
> 무엇이 부실부족하기로
> 그렇게 많이도 울어야 했는가
> 부서진 태초의 물빛꿈이
> 평생의 한으로 맺혀
> 모름지기 원성의 갈기를 추켜세운
> 두만강― 력사의 강
> 너는 진작 눈물이 말라버린
> 저 하늘의 빛이요
> 이 땅의 소리였다
>
> ―「두만강은 눈물이 아니다」 전문[20]

사공은 강의 이쪽과 저쪽을 오가는 사람이지만 행인은 고향을 등지
고 다시 못 올 곳으로 가는 사람이다. 남는 사람과 떠나는 사람이 이별

---

19) 1944년 흑룡강성 영안시에서 태어나 길림성 훈춘시 문화국 창작실 창작원으로
   있다가 2004년에 정년퇴임했다. 중국소수민족작가학회 회원, 연변작가협회 이
   사와 훈춘작가협회 고문을 역임했다.
20) 김동진, 『두만강 새벽안개』, 연변인민출판사, 2007, 25쪽.

하는 과정에서 울음바다가 되기도 했던 장면에서 시의 모티브를 갖고 왔다. 그런 아픔을 겪은 "력사의 강"인 두만강이 세월이 흘러 이제는 눈물이 말라버린 강이 되었다고 한다. 두만강이 역사의 강임에는 틀림없지만 이제는 이 강에 오면 "저 하늘의 빛"을 볼 수 있고 "이 땅의 소리"를 들을 수 있다고 한다. 빛과 소리를 내는 밝고 유장한 강이므로 비애에 사로잡혀 「눈물 젖은 두만강」 같은 노래를 불러서는 안 된다는 것이다. 과거의 두만강은 고국을 등지고 넘었던 비극의 강이어서 비관조로 노래할 수밖에 없었지만 이제 이 강의 이미지가 달라져야 한다고 시인은 말한다. 시인은 두만강을 보고 여인의 성숙한 육체를 느끼기도 한다.

> 백모시치마자락에
> 신들린 장삼소매
> 허리꼬기에 어깨놀리기
> 술래잡기에 감돌아들기
>
> 새벽강 즈려밟아
> 한결 가벼운 외씨버선발
> 새날의 비상승천을 꿈꾸는
> 두만강녀인의 한마당 춤사위
>
> 어이 할거나
> 터질듯 터질듯이
> 부풀어오른 저 앞섶을…
>
> ―「두만강 새벽안개」제3~5연[21]

김동진이 본 두만강은 강심이 제법 깊었는지 눈물의 강이 아니라 춤추는 강이다. 수량이 많아서일까, 가슴이 터질 듯 부풀어오른 강이다.

___
21) 위의 책, 37쪽.

강의 여성적 이미지를 한껏 강조한 이 시를 구상하면서 시인은 안개가
자욱한 두만강변을 거니는 주몽신화 속의 유화를 염두에 둔 것으로 여
겨진다. 김동진은 두만강을 '할 말이 많은 강'이라고도 한다.

> 하기야 훌쩍 가버리면
> 모든게 이것으로 끝나겠지만
> 그래도 산굽이를 돌 때마다
> 몇번쯤은 주춤거리며
> 안타까운 표정을 짓는다
>
> 지나간 이야기는
> 싸악 잊는다 해도
> 살아가는 오늘의 이야기만은
> 속시원히 터치고싶은데
> 갈 길이 하도 급해
> 돌아설수 없는 몸
>
> —「할 말이 많은 두만강」 제1~2연[22]

　심예란처럼 김동진 시인도 두만강을 의인화하고 있다. 이 강을 건너
간 이주민의 갖가지 사연을 아는 두만강은 안타까운 표정을 짓기도 하
는데, 강은 갈 길이 급해 무어라 말을 해주지 않는다. 그간 온갖 일이 두
만강과 그 기슭에서 있었노라고 사람들에게 말해주고 싶지만 두만강이
말을 할 수 없으니 얼마나 답답한 노릇이냐고 한다. 김동진은 강의 입장
에 서서 사람에게 하고 싶은 말을 다 해줄 수 없다고 안타까워한다.

---

22) 김동진, 『백두산에 가서는』, 흑룡강조선민족출판사, 2001, 4쪽.

박장길 시집 표지   김동진 시집 표지   리성비 시집 표지

웃음과 눈물의 허구한 사연을
그대로 한가슴 새겨안고
언어보다 곱절 아픈 몸짓으로
뒹굴고 감뛰며
거떻게 서럽게 떠날수밖에

천하 좋은 말은 다하면서도
어떤 말귀는 알아듣지 못하는
밉도록 야속한 무리앞에
두만강은 정말
너무나 할 말이 많다

                           —「할 말이 많은 두만강」 제3~4연23)

    두만강은 "웃음과 눈물의 허구한 사연"을 가슴에 새겨 안고 흘러갔던
강이다. 광복이 되자 많은 사람들이 귀국하였고, 그때의 두만강은 웃음
의 강이었다. 그 전후로 강은 눈물의 허구한 사연을 가슴에 새겨 안고

---

23) 위의 책, 4쪽.

흐르면서 강을 건너는 사람들에게 할 말이 많지만 말을 할 수가 없다. 시인은 남북 분단 이후 북한의 정치체제를 염두에 두고 이 시를 쓴 것으로 보인다. "어떤 말귀는 알아듣지 못하는/ 밉도록 야속한 무리"는 연변 조선족이 아니라 북한 사람일 터인데, 그들과의 소통이 원활히 되지 않음을 김동진은 암시하고 있다. 아무튼 과거에 집착하지 않으려는 시인의 의도를 잘 보여준 시라고 여겨진다.

> 누가 두만강이 가는것을
> 보았다고 하는가
> 여기 이렇게 두만강이
> 두눈 퍼렇게 뜨고 살아있는데
> 심장 뛰는 소리 높이 들려오는데
> 백두봉아래 굽이치는
> 천리 높푸른 숨결로
> 배달가슴에 뻗어내린
> 신단수 하얀 뿌리 적셔주고있는데
> 흘러간것은 오직
> 풀과 꽃과 나무의 떨어진 잎새
> 바람과 구름과 안개의 부서진 쪼각뿐인데
> 새로이 만년을 흐른다 해도
> 영원토록 우리와 함께 하는
> 빛이요 소리요 노래요 춤인데
> 얼이요 혼이요 젊음이요 사랑인데
> 누가 이토록 엄청난 거짓말을
> 두만강이 가는것을 보았다고 하는가.
> ─「흘러도 가지 않는 강」 전문[24]

이 시에서는 역사를 거슬러 올라 신화적인 의미까지 짚어보고 있다.

---

24) 『연변문학』, 2001.2, 연변문학사, 99쪽.

월간 『연변문학』 표지
왼쪽은 소설가 류원무 씨

'흘러도 가지 않는다'는 것은 상징적인 의미를 지니고 있다. '흐른다'는 것은 시간의 경과를 뜻하는 것이고 '간다'는 것은 사라져버림을 의미한다. 이미 수천 년을 흘러온 두만강이요, 앞으로 수만 년이 흘러갈지라도 이 강은 영원토록 우리와 함께 하는 "빛이요 노래요 노래요 춤"이며 "얼이요 혼이요 젊음이요 사랑"이라서 사라지지 않을 것이라고 시인은 말한다. 아무리 세월이 지나도 강이 멈출 수는 없다는 것이다. 흘러간 것은 단지 풀과 꽃과 나무의 떨어진 잎새, 그리고 바람과 구름과 안개의 부서진 조각 같은 것들뿐이므로 슬퍼하거나 서러워하지 말자고 시인은 주장하고 있다. 김동진은 연변 조선족 주민들에게 밝은 미래에 대한 믿음을 갖자고 권유하기 위해 이런 일련의 희망적인 시를 썼다고 본다.

두만강아 너는 어디서 흘러오니
네가 우리 할아버지와 그 할아버지의 할아버지
피줄에서 샘솟는다는 것이 정말이냐

두만강아 너는 어디서 흘러오니
우리 조상들의 피줄에서 흘러온다면 검푸른 두만강아 그럼 그 피줄을 이어받은 우리의 몸에 흐르는 피도 검푸른 빛갈이겠구나

두만강아 너는 어디서 흘러오니
우리 할아버지의 피는 원래 새하얬지만 굽이돌아 고패치며 딩굴어 떨어지며 그리고 부딪쳐 쪼각났다가 다시 한줄기로 뭉쳐지면서 수천개의 해와 달을 한몸에 떠싣고 오다니 이렇게

시퍼렇게 멍이 들어 검프르러졌다지
                              ―「두만강아」제1~3연[25)]

　석화[26)]도 이 시에서 두만강이 국경을 가르고 있는 단순한 강이 아니라 조상 대대로 삶의 터전이었음을 강조하고 있다. 그는 특히 강의 물줄기와 사람의 핏줄을 연결지어 강의 의미를 대대손손 유전되는 그 어떤 정신적인 것으로 보았다. 그런데 이 강이 어느 때부터 그만 시퍼렇게 멍들어 검푸른 빛깔을 띠게 되었다고 말한다. 이 대목에서부터 대체로 비관적인 인식을 보여주게 마련인데 석화는 다른 시각으로 두만강을 본다.

김해룡 시조집 표지

　두만강아 너는 어디서 흘러오니
　비록 예까지 흘러오느라 온몸은 시퍼런 멍줄이 갔지만 높뛰

25) 석화,『나의 고백』, 연변인민출판사, 1989, 67쪽.
26) 1958년 길림성 용정 출생으로, 연변대학 조선어문학부에서 공부한 뒤 한국에
　　유학을 와 배제대학 대학원에서 다년간 공부하였다. 월간『연변문학』서울지
　　사장을 역임했고 현재 중국작가협회 회원이면서 연변작가협회 부주석으로 있
　　는 거물급 시인이다.

는 가슴을 헤치고 웨치는 고함소리는 도리여 씩씩하고 장쾌한
두 기슭의 벼랑 끝에 메아리를 걸어주는구나

　두만강아 너는 어디서 흘러오니
　원래는 새하얀 줄기였다는데 이렇게 검푸르러졌으니 두만강
아 이제는 빨간 흐름이 되어야 하지 않겠니

　두만강아 너는 어디서 흘러오니
　네 흘러온 길은 한가닥이니 달려갈 길도 한줄기일텐데 아침
에 뜨는 해를 세수시켜주고 저녁에 지는 해를 품에 안아라 그리
고 기슭에 피여나 반기는 연분홍 진달래의 천만떨기 꽃잎을 한
몸에 실어보아라

—「두만강아」 제4~6연

　과거에 강의 색깔이 새하　다는 것은 투명했었다는 뜻이 아니다. 사
람으로 치면 창백했다는 뜻이다. 그러나 외세에 시달리고 국권을 잃어
식민지가 되고 전쟁을 겪는 과정에서 멍이 들어 검푸른 빛을 띠게 되었
다. 이제는 노을빛을 받아 빨간색을 띠어야 한다는 것인데, 이 색을 공
산주의를 상징하는 색깔로 이해하면 곤란하다. 강으로 하여금 "아침에
뜨는 해를 세수시켜주고 저녁에 지는 해를 품에 안아라 그리고 기슭에
피여나 반기는 연분홍 진달래의 천만떨기 꽃잎을 한몸에 실어보아라"
라고 명하는 것은 희망찬 미래를 설계하는 사람들을 위해 이제 이 강의
색깔이 밝아져야 한다는 뜻으로 쓴 것이다. 우리 조상에게 두만강은 비
탄의 강, 절망의 강이었지만 우리 세대에는 희망의 강, 뜨거운 열망의
강으로 의미가 바뀌어야 함을 주장하고 있다고 보면 되겠다.
　김동진의 4편의 시와 석화의 시는 두만강을 다루되 과거에 집착하여
'눈물의 강' 운운하지 않는다. 새로운 희망을 담보한 미래지향적인 세계
관으로 두만강을 다루고 있다. 가요 「눈물 젖은 두만강」과는 완전히 다

른 인식으로 두만강을 다루었다는 점에서 새로운 시적 경지를 보여준
것이라 여겨진다.

민족주의적인 시각으로 본 두만강

김동진의 시 가운데 민족의식이 뚜렷한 것이 있어 이 시는 다른 관점
에서 논하는 것이 좋겠다.

> 이 가슴 밑바닥을 흐르는
> 푸른 동아줄같은 두만강에는
> 자나깨나 물갈기로 날리는
> 흰 옷자락의 나붓김이 있다
>
> 할아버지와 할머니의 가슴 적시고
> 아버지와 어머니의 가슴 적시고
> 지금은 이 가슴 밑바닥을 흐르는 강
>
> 숙명의 물피리 불어
> 백두의 산문을 열고
> 동으로 구비치는 천리길
> 그 기인 애환과 희열을 떠나
> 나는 나의 삶을 이야기할수 없다
>
> 이 가슴 밑바닥을 적시며
> 피처럼 혈관속에 스며드는 강
> 아니 피가 되여 혈관속을 흐르는 강
> 그 은은한 여울소리를 떠나
> 나는 나의 노래를 부를수 없다.
> ─「이 가슴 밑바닥을 흐르는 강」 전문[27]

지나간 역사에 얽매여 두만강을 비극적으로 형상화하지 않겠다는 시인의 결심의 산물이다. 그래서 이 시의 정조는 조룡남이 노래한 두만강과는 상반된다. 우리 민족의 기상과 기개, 현실인식과 미래에 대한 희망 등을 밝고 당당하게 노래하고 있다. 두만강은 "기인 애환"의 강이기도 했지만 이제는 "희열"의 강이다. 또한 두만강을 "피가 되여 혈관속을 흐르는 강"이라고 표현한 것은 역사의식과 함께 민족의식을 강조하기 위해서였다. 강의 이쪽에 살건 저쪽에 살건 우리는 모두 같은 민족이라는 유대감을 주장하고 있는 것이다. 연변 조선족 젊은이들이 돈벌이를 위해 자꾸만 외지로 나가 십수 년 전부터 연변에서는 조선인들이 현저히 줄어들고 있다. 뿐만 아니라 조선족 젊은이들이 어디에 살고 있든지 간에 민족의식이 약화되고 있다. 이것을 우려해 흰 옷자락도 강조하고 할아버지와 할머니의 가슴을 적신 강이라고 말해주기도 한다. 결국 두만강은 보통의 강이 아니라 "가슴 밑바닥을 적시며/ 피처럼 혈관속을 스며드는 강"이요, 나아가 "피가 되여 혈관속을 흐르는 강"임을 강조하고 있다. 하지만 이런 식의 민족 혹은 혈연 강조는 이제 조선족 젊은이들에게 쇠귀에 경 읽기일 것이다.

두만강 주변의 안개가 걷힌 뒤에 리성비[28] 시인이 본 것은 백두산이었다. 백두산은 두만강과 압록강 사이에서 두 강을 경계 짓는 산이기도 하다.

> 푸른 바다
> 푸른 하늘
> ≪아리랑≫ 파도의 흰자락 빛으로

---

27) <연변일보>, 2011.10.21.
28) 1955년 길림성 용정시 출생 시인으로 연변대학을 졸업하였다. 잡지 『예술세계』를 편집하고 있고 연변작가협회 이사로 있다.

새롭게 설레일 영원

안개 걷히면 보이리라
크나큰 상채기 같은
골짜기 사이사이로
백두의 얼의 장쾌함이
지난 밤 꿈결 같이 환히 보이리라

—「두만강·1」 마지막 2연[29]

리성비도 민족주의적인 시각에서 두만강을 보고 있다. 두만강의 원류는 백두산에 있다. 백두산 동남쪽 대연지봉(2,360m)의 동쪽 기슭에서 발원하는 '석을수'를 원류로 하는 강이 두만강이다. 안개 걷히면 보일 백두산의 "얼의 장쾌함"은 우리 민족의 기상을 나타내는 것일 터이다. 시인은 다른 시에서 강의 양안에 다 흰옷 입은 사람이 산다고 한다.

굽이굽이 꺼억꺼억
목이 메이다

강 량안 흰 옷 비낀
일천리 일천리

가아는 물결 오오는 물결
멀미의 전설

걸음걸음 바위에 부딪치는
푸른 멍의 랑만

오랜 세월 멍든 가슴에

---

29) 리성비,『이슬 꿰는 빛』, 연변인민출판사, 1997, 43~44쪽.

꿈결같이 와 안기는 소망의 갈매기
지나온 자욱자욱
진달래꽃 붉게 핀다

―「두만강·2」 전문30)

　강의 양안이니 북한 쪽과 중국 쪽 모두를 말함인데 흰옷을 입고 있으니 다 조선족이다. 그런데 두만강이 곧 국경이므로 이 강을 자유롭게 오갈 수 없다. 물결은 가고 오는데 화자는 목이 메고, "오랜 세월 멍든 가슴"으로 살아간다. 민족은 같지만 국가는 다른 안타까운 현실이 반영되어 있는 시로 볼 수 있다. "소망의 갈매기"는 보다 자유롭게 오갈 수 있는 미래를 상징하는 것으로 보아야 한다. '푸른 멍'과 붉게 핀 '진달래꽃'은 색깔로 보면 대조적인 의미이지만 모두 '한'을 나타내는 색깔로 간주하였다. 시인은 보고 싶은 열망으로 마음의 꽃은 붉게 피고, 보지 못하는 안타까움으로 마음에는 푸른 멍이 든다고 하였다. 이와 같이 리성비는 민족적 동질성을 지닌 연변 조선족과 북한 주민들과의 이산문제를 거론하였다.
　모동필31)도 투철한 민족주의정신에 입각하여 두만강을 노래하였다.

저기 두만강아!
피어린 넋으로 한 맺힌 우리네 두만강아
시커먼 오물만이 출렁출렁
우리 아픔을 지워주노니
님 잃은 선조들의 옛추억
맑았던 너의 령혼에 비낄수 있게

---

30) 위의 책, 45쪽.
31) 2005년 월간 『연변문학』이 주관하고 한국해외한민족연구소에서 후원하는 윤동주문학상의 신인상을 수상하였다.

거꾸로 흐르라, 두만강아!
우리네 병든 령혼
검푸른 먹구름처럼 하늘을 가려
찬란한 빛을 삼켰으니

거꾸로 흐르라, 두만강아!

두만강 흘러흘러
우리 피줄따라 흐르노니
이어받은 피여
말라가고있구나

—「거꾸로 흐르라, 두만강아!」 제1~5연[32)]

　명령어와 영탄법을 동원하면서 격렬하게 전개되는 이 시에서 모동필
은 두만강을 일단 부정적으로 묘사하고 있다. "피어린 넋", "시커먼 오
물", "우리 아픔", "병든 령혼", "검푸른 먹구름" 등은 모두 피가 말라가
고 있다는 것을 강조하기 위해 동원된 것들이다. 두만강은 우리의 핏줄
을 따라 흐르는데 이어받은 그 핏줄이 말라가고 있다는 것은 우리의 민
족의식이 중국으로 이주해온 이후 약화되고 있음을 한탄한 데서 나온
표현이다. "두만강 흘러흘러/ 우리 피줄따라 흐르"는데 피는 말라가고
있고, 두만강에는 이제 시커먼 오물만 출렁거린다고 한다. 남과 북은
60년 넘도록 분단이 된 채 대립하고 있다. 연변 조선족 시인으로서는 이
문제가 착잡하지 않을 수 없을 터인데, 모동필은 바로 이 문제를 거론하
고 있다. 그리고 자신은 한민족이지만 핏줄 따라 흐르지 않고 중국에서
삶을 꾸려가고 있다. 시인은 민족의식이 예전 같지 않은 연변 조선족의
처지를 "병든 령혼"과 "님 잃은 나그네"에 빗대어 자조하고 있다. 현재

---

32) 중국조선족문학우수작품집 編委會, 『2005 중국조선족문학우수작품집』, 흑룡강
　　조선민족출판사, 2006, 220~221쪽.

중국의 연변[33]에 흩어져 살고 있는 조선족의 수는 현저히 줄어 10년 만에 거의 절반으로 줄어들었다. 일자리를 구하려 대한민국에 나와 있거나 중국의 대도시에 흩어져 살아가는 바람에 연변 조선족은 급격히 줄어들고 있고 그 공백을 중국의 한족이 채우고 있다. 모동필은 이런 사회적 현상까지 염두에 두고 이 시를 쓴 것으로 보인다. "우리네 피물도 역류하라!"고 외치게 된 데는 민족의식 약화에 대한 우려가 상당한 역할을 했을 것이다.

밀려오는 아픔으로 노래를 부른다
두만강 여울소리를 쓸쓸히 밟으며
하얗게 울리는 노래
목마른 물새처럼 물결우에 내리고
쓰러지며 일어서는 파도의 가슴속에
무거운 한숨처럼 비껴있는
할아버지 산은 숙연히 흔들린다

아름다운 유산 산을 안고
하염없이 흐르는 피맺힌 젖줄기속에
그리움은 눈물에 젖는가
붉게 울어도 고요히 울부짖는
진달래 향기를 불태우며
남남처럼 낯선
얼굴조차 볼수 없는 꿈을 부르며
노래는 흐느낀다

한떨기 슬픔으로 피어나는 노래
전설의 산에서

---

33) 연변은 연변조선족자치주를 줄여 쓰는 말로 동북 3성, 즉 지린성[吉林省], 랴오닝성[遼寧省], 헤이룽장성[黑龍江省]을 통칭한 것이다.

원성의 세찬 폭포로 떨어지고
흩어진 기다림에 지친 모습들이
설레이는 강물
언젠가 꿈결처럼 넘쳐날 만남에
우리의 그리움이 사라질 때까지
파도로 이어질 노래
온 가슴에 피줄기로 흐르고있다

                        ㅡ「두만강의 노래」 전문[34]

  이 시를 쓴 최룡국[35]도 두만강에 얽힌 이런저런 사연들을 함축적으로 이야기하다가 "우리의 그리움이 사라질 때까지/ 파도로 이어질 노래/ 온 가슴에 피줄기로 흐르고있다"고 하면서 혈연에 기반한 민족주의적인 시각을 강조하고 있다. 두만강이 중국과 북조선으로 국경을 갈라놓고 있는 강이지만 연변 조선족과 북한 인민은 역사도 같고 언어도 같은 한 민족임을 강조하고 있다.

  민족주의는 이제 시효가 거의 다한 이념임을 이들 조선족 시인들은 깨달을 때가 되었다. 대한민국 국민과 조선민주주의인민공화국 인민과 연변의 조선족이 '한 핏줄'이기에 공동체의식을 가져야 한다는 주장이 암암리에 들어 있는 이런 시는 이제 누구도 설득시키기가 어렵다. 어찌 보면 민족의식을 상실해가는 조선족 젊은이들에 대한 안타까움이 강해 이런 시를 썼다고 본다. 즉, 연변 조선족 젊은이들의 민족의식 상실에 대한 안타까움이 이런 시를 쓰게 한 것으로 볼 수 있다.

---

34) 문예편집실 편집, 『연변우수작품선집』, 연변인민출판사, 1992, 534~535쪽.
35) 1956년 길림성 왕청현에서 나 연변대학 졸업 후 연변작가협회에서 활동하고 있는 시인이다.

현재의 두만강을 노래한 시인

김해룡36)의 시조집에도 2편의 두만강 노래가 나온다.

　　　　팔뚝 같은 고기 뛰고 유람선 오가니
　　　　택시들 늘어서고 물새떼 날아든다
　　　　알괘라 월강곡 구슬프던 그날 그 강 아니냐
　　　　　　　　　　　　　　　　　－「두만강을 굽어보며」 전문37)

　　　　이 강에 흐르는 물 어쩌면 넋인것을
　　　　백의동포 뿌린 눈물 묻노니 얼마더냐
　　　　물이야 아니 갈가만 마음 그냥 우누나
　　　　　　　　　　　　　　　　　－「두만강을 보면서」 전문38)

　　앞의 시는 현재의 두만강 모습이다. 두만강도 수심이 깊은 곳에서는
팔뚝 같은 물고기가 뛰는가 보다. 강에는 유람선이 다니기도 한다고 시
인은 말하고 있다. "택시들 늘어서고 물새떼 날아든다"고 하니, 관광지
내지는 유원지로 개발된 곳도 있는 모양이다. 「월강곡」은 옛 노래로서
지금은 그때와는 다르다. '아니냐'를 그때 그 강이라는 뜻으로 해석할
수도 있고, 그때 그 강이 아니라는 뜻으로 해석할 수도 있다. 연구자는
같은 강이지만 그때와는 이렇게 달라지지 않았느냐, 라는 뜻으로 이해
하고 싶다. 「두만강을 굽어보며」는 지금까지 살펴본 두만강 소재 시 가
운데 현재의 두만강을 그리고 있을 뿐 아니라 가장 긍정적인 시각으로

---

36) 1939년 길림성 용정에서 태어난 김해룡은 연변대학 어문학부를 나와 모교에서
　　교편을 잡고 후학들을 가르치다 1999년에 정년퇴임하였다.
37) 김해룡, 『불취웅영언선』, 연변인민출판사, 2010, 159쪽.
38) 위의 책, 141쪽.

다룬 작품이어서 주목을 요한다. 「두만강을 보면서」는 앞에서 봤던 시와 크게 다르지 않다. 두만강은 눈물의 강이며 슬픔의 강이며 수난의 강이다. 이 강을 건너갔던 사람들의 심정을 생각하며 쓴 시여서 비탄조의 시가 되고 말았다.

> 다함없는 흐름우에 무덤을 파고
> 묻히는 비방울들 재생의 륜회
>
> 두만강에 온통 꽃이 핀다
> 하늘길 다녀온 꿈송이들
>
> 북치는 동그란 꽃들속에 크는
> 일곱빛무지개 피여라 천리
>
> 큰숨 고르는 고향에 흘러오면
> 두만강은 두만강다와진다
>
> 　　　　　　　　　　　－「비방울꽃 피는 두만강」 전문39)

탈향이 아니라 귀향을 노래한 시인도 있다. 박장길40)은 비가 내리는 두만강을 묘사하고 있다. "하늘길 다녀온 꿈송이들"이 비를 뜻하는 것인지, 죽은 조상을 뜻하는 것인지 확실하지 않다. 아무튼 시는 전반적으로 밝은 이미지로 전개되는데, 마지막 연이 의미심장하다. 화자는 분명히 두만강을 고향의 강이라고 생각하고 있다. 하늘의 비 입자가 두만강에 떨어지고, 그 강은 고향으로 흘러간다. 즉, 화자는 자신의 고향을 북한 땅 어디라고 생각하고 있다. 살기는 중국 땅 연길에서 살고 있지만 자신의 고향을 두만강이 흐르는 어느 마을로 생각하고 있는 것이다. 이

---

39) 박장길, 『짧은 시, 긴 탄식』, 연변인민출판사, 2010, 141쪽.
40) 1960년 생으로 연변작가협회 이사이면서 연길시 조선족예술단 창작실 주임이다.

시는 그러니까 귀향의식의 산물이다. 고향을 떠나와 여기 연길에서 지금 살고 있지만 언젠가는 고향에 돌아갈 것이라는 귀향의식은 수구초심과 다를 바 없다. 시인에게 고향은 헐벗은 북녘 땅이 아니다. 언젠가 돌아가 안길 어머니의 품처럼 따뜻한 곳이다.

뼈아픈 과거를 다룬 것이 아니라 현재의 두만강을 노래한 2편의 시조와 1편의 시를 보면 희망이 넘치는 미래지향적인 시도 있고 어둡게 묘사된 시도 있다. 중국 연변 조선족이 처해 있는 현재의 상황이 그리 밝지 않지만 미래는 그래도 희망적이라고 생각하고 싶기에 이런 시가 나온 것이다.

지금까지 총 17편에 이르는 두만강 소재의 시를 살펴보았다. 연변 조선족 시인들은 대한민국의 시인들보다 두만강을 쉽게 볼 수 있는 지리적 이점 때문에 자주 두만강을 다루고 있기도 하지만 이주민의 후손이기에 두만강의 역사적 의미에 대해 더욱 심각하게 생각하고 있다. 시인들의 조상은 눈물을 흘리면서, 혹은 설움에 복받쳐 노래를 부르면서 두만강을 건너가서 중국 땅에서 살게 되었다. 강 이남은 (조부 혹은 고조부의) '고향'의 의미로 남게 되었고, 이제 자신의 조국은 중국이다. 모국은 한국이고 조국은 중국이 된 아이러니컬한 이중성은 두만강에 대한 사색과 고찰을 가능케 해 이런 시를 쓰게 했던 것이다. 앞으로 계속해서 연변 조선족 시인들의 시에 두만강이 나온다면 아마도 김해룡의 「두만강을 굽어보며」 같은 작품이 나오지 않을까 예상된다. 또한 두만강 소재의 시 가운데서 분단 극복이나 통일 지향의 시를 발견하게 될지도 모른다. 김정일이 죽은 지금 북한의 체제는 어떻게든 변할 것이고, 그것을 시 창작의 질료로 삼을 시인들이 분명히 나올 것이다.

연변 조선족 시인들의 시에 나타난
민족의식과 국가관

해외에서 문학 활동을 하고 있는 동포 가운데 재중국 조선족에 의해 창작된 작품은 모국어로 되어 있어 따로 번역을 하지 않아도 이해되는 특장점이 있다. 그럼에도 불구하고 국내에서 지금까지 조선족의 한글 문학 작품이 그다지 폭넓게, 깊이 있게 연구되지는 않았다. 특히 소설에 비해 시에 대한 연구는 상대적으로 소홀했었다는 느낌을 지울 수 없다. 소설의 경우 김학철의 작품 대다수가 국내에 간행되었고[1] 연변 대표

---

1) 김학철의 소설은 3권짜리 『격정시대』가 1994년에 풀빛에서, 2006년에 실천문학사에서 나왔다. 이밖에 『최후의 분대장』(문학과지성사, 1995), 『20세기의 신화』(창비, 1996), 『우렁이 속 같은 세상』(창비, 2001)이 간행되었다. 김학철에 대한 평전과 연구서도 나와 있다.
조성일 외, 『김학철론』, 흑룡강조선민족출판사, 1990.
이해영, 『청년 김학철과 그의 시대』, 역락, 2006.
김호웅·김해양, 『김학철 평전』, 실천문학사, 2007.
강옥, 『김학철 문학 연구』, 국학자료원, 2010.

여성작가 소설집 같은 것2)도 나와 있는 데 반해 재중국 조선족 시인의 시집은 국내 출판사에서 새롭게 간행된 예가 없다. 지금까지 국내에서 발간된 중국 조선족 문학사 중 시가 따로 하나의 장을 점하고 있는 것은 4권 정도 된다.

> 소재영 외, 『연변지역 조선족 문학연구』, 숭실대학교 출판부,
> 1992.
> 황송문, 『중국조선족 시문학의 변화 양상 연구』, 국학자료원,
> 2003.
> 윤윤진, 「중국조선족문학」, 신동욱 편, 『한국 현대문학사』,
> 집문당, 2004.
> 정덕준 외, 『중국조선족 문학의 어제와 오늘』, 푸른사상, 2006.

이밖에 재중국 조선족 시인 김철에 대한 연변 쪽의 연구서와 리성비에 대한 논문3)이 나와 있기는 하지만 지금 이 시대 중국에서 작품 활동을 하고 있는 조선족 시인들에 대한 연구는 찾아보기 어렵다. 즉, 중국에서 소수민족으로 살아가면서 겪는 일, 교포사회가 지금 당면해 있는 문제, 그들의 정서와 꿈, 고민과 모색이 묻어나 있는 작품에 대한 연구는 거의 이루어진 적이 없다고 봐야 할 것이다. 본고는 재중국 조선족 시의 역사가 아니라 근년의 모습에 대해 고찰해보려 한다. 텍스트로 삼은 시집은 아래 5권이다.

> 리상각, 『까마귀』, 료녕민족출판사, 1999.
> 김학천, 『꿈 많은 봇나무 숲』, 연변인민출판사, 1998.

---

2) 리선희 외, 『너는 웃고 나는 울고』, 도서출판 벽호, 1995.
3) 최웅구, 『김철과 그의 시』, 흑룡강조선민족출판사, 1981.
  박태상, 「연변 시인 리성비의 작품세계」, 국제한인문학회, 『국제한인문학연구』
  창간호, 2004.

석화, 『세월의 귀』, 흑룡강조선민족출판사, 1998.
석화, 『연변』, 연변민족출판사, 2006.
중국조선족문학우수작품집편집위원회, 『2005 중국조선족문
학 우수작품집』, 흑룡강조선민족출판사, 2006.

북한에서 태어나 연변으로 이주한 리상각, 길림성에서 태어난 김학
천, 용정에서 태어난 석화는 민족의식과 국가관의 측면에서 큰 차이가
나며, 각각 어떤 관점을 대표한다. 여타 시인들에 대한 연구도 필요하다
고 생각되어 『2005 중국조선족문학 우수작품집』에서 논의될 값어치가
있는 시를 쓴 3명의 시인을 골라냈다. 논자는 이들 시집의 전반적인 특
징이나 문학적 가치를 논하려는 생각은 없다. 이들 시집 중 중국에서 한
민족 시인으로 살아가면서 느끼는 민족적 정체성에 대한 시인의 생각이
나 조국에 대한 고민이 투영되어 있는 시를 대상으로 논의를 전개하고
자 한다.

고향과 한국적인 것의 원형

리상각은 1939년 강원도 양구 출생으로, 십수 년간 연변작가협회 기
관지인 『연변문학』의 주간과 사장을 맡아오면서
『리상각 시선집』 등 15권의 시집을 펴낸 연변의
대표적인 조선족 시인이다. 그쪽 연구자에 의해
"언제나 순결한 마음과 티 없이 맑은 정서 속에서
시상을 펼치며 아름다운 정의 세계를 보여주고 있
다"[4]는 평을 들은 그는 자신이 조선족 시인임을
시를 통해 분명히 밝히고 있다.

리상각 시인

---

4) 윤윤진, 「중국조선족문학」, 신동욱 편, 『한국 현대문학사』, 집문당, 2004, 915쪽.

당신의 살결처럼 부드럽습니다
당신의 체취처럼 향긋합니다
당신의 모습처럼 어여쁩니다
아, 당신 몸에 어울리는 당신의 한복
언제나 당신을 떠날수 없습니다

─「한복」 앞 연

울 어머니 다듬이질하던
그 두방망이 내 가슴에 들어왔다
네가 언뜻 나타나기만 해도
토닥토닥 다듬이질이다

─「다듬이질」 제1연

리상각은 '한국적인 것'을 찾아내 이를 시화하는 작업을 하고 있다. 우리 민족이 예로부터 자랑해온 한복을 "당신 몸에 어울리는 당신의 한복"이라고 했다. "언제나 당신을 떠날수 없습니다"라고 한 것은 한복을 입지 않고 살아갈 수 없다는 뜻이다. "울 어머니 다듬이질하던/ 그 두방망이"는 "사랑의 순결한 마음을/ 하얗게 바래워서/ 구김살 하나 없이 하느라고"라는 다듬이질의 의미와 잘 어울려, 「한복」과 자연스럽게 연결된다. 한국적인 것의 원형을 한복과 그 한복의 구김살을 없애는 다듬이질에서 찾아냈던 것이다. 시인은 유년기를 강원도에서 보내서 그런지 농촌의 풍경과 정서를 다음과 같이 눈에 보일 듯이 그린다.

벽돌기와집은 보기에도 오시시 추워난다
초가집은 마주서면 온몸이 훈훈해진다
초가지붕은 어머니의 낡은 모시수건
허름한 툇마루는 내가 안겨 자란
어머니의 색난 치마폭
장국내 푹 배인 흙벽은 조상때부터 쌓은

인정의 내음이 향긋하다
그래서 초가집에 들어서면 어머니 품에 안긴 마음
할아버지 모습도 얼른거린다
길을 가다가 낯선 초가집을 바라보아도
내 집, 내 어머니 같다

―「초가집」 전문

　이 시는 거의 모든 문장이 은유로 이루어져 있다. 초가지붕은 어머니
의 낡은 모시수건이고 허름한 툇마루는 내가 안겨 자란 어머니의 색
난[5] 치마폭이다. 장국 냄새 푹 배인 흙벽을 두고 조상 때부터 쌓은 인정
의 냄새라고 한 것에 이르면 시인이 그린 풍경이 옛 시절 우리나라의 시
골 풍경과 다를 바 없음을 알게 된다. 그의 시집에는 고향에 대한 그리
움을 노래한 시가 아주 많다. 고향 노래는 대개 떠나온 시골마을에 대한
풍경 묘사와 전원생활에 대한 예찬이다. 시인에게 있어 유년기를 보낸
고향은 낙원이었다.

머루 다래 단물은 어디서 무르녹을까
가래토시 개암은 어디서 톡톡 튈가

과일향기 벼향기 목메게 실어오는
서느러운 바람에 가슴이 후련타

―「고향의 가을」 제5~6연

고향은 시골이나
이 몸은 서울에 있네

서울에 살지마는

---

5) 뜻 모를 낱말. 색난(色難)은 아닌 것 같고, '색 날아간'이란 뜻이 아닐까.

마음은 시골에 있네.

―「시골아이」 제1~2연

　사람은 어렸을 때 먹었던 것과 맡았던 냄새를 어른이 되어서도 잊지 못한다. 앞의 시는 고향의 대한 추억을 머루와 다래의 맛과 과일과 벼에서 풍기는 향기로 나타내본 것이다. 뒤의 시에서 '서울'은 대한민국의 수도 서울이 아니다. 연길시 혹은 대도시의 대명사로 서울을 끌어다 쓴 것이다. 다른 시에서도 리상각은 "티없이 맑은 고향 봄하늘이 그립다"(「봄수심」), "내 마음은 항상 한줄기 강이 되어 먼 고향으로 흘러간다"(「내 마음」)는 식으로 수구초심의 경지를 추구하고 있다. 망향의 노래, 과거 예찬의 노래가 많지만 민족적 자의식과 남북한 통일에의 의지를 구현한 시가 있어 주목을 요한다.

리상각 시집 표지

　　　억만년 세월을 두고 번개는
　　　하늘에 칼질을 했다만
　　　하늘 한쪼각도 찢어내지 못했다
　　　하늘이 좋아서 백조는 난다
　　　백조의 겨레여 높이 날자

　　　뢰성은 강산을 뒤엎자고
　　　천둥치고 지동을 쳤다만
　　　산은 산대로 솟아있다
　　　물은 물대로 흐른다
　　　강토여 우리 강토여 영원하라

―「백조의 겨레」 제1, 2연

제1연에서 시인은 한민족을 '백조의 겨레'로 표현하고 있다. 중국인 국적을 갖고 중국 땅에서 살고 있지만 시인이 말하는 '강토'는 "산은 산 대로" "물은 물대로"라는 표현에 잘 나타나 있듯 한반도를 가리키는 것 이지 대륙이나 동북 3성을 가리키는 것이 아니다.

> 하나의 해가 항상 동에서 뜨듯이
> 하나의 달이 항상 동에서 뜨듯이
> 동방하늘을 날아예는 불사조
> 백조의 겨레여 우리도
> 언제나 하나로 날자
>
> —「백조의 겨레」 제3연

제3연에 가서 리상각은 해와 달이 동에서 뜬다는 사실과 "동방하늘 을 날아예는 불사조"를 언급하고선 "우리도/ 언제나 하나로 날자"면서 겨레의 하나 됨을, 즉 통일을 강조한다. 억만년 세월의 번개와 뇌성도 강토를 찢어놓지 못했다고 한다. 백조의 겨레인 우리가 언제나 하나로 날자고 주장하고 있으므로 통일에의 의지를 표명한 것이 틀림없다. '백 조의 겨레'는 백의민족의 대유법이다. 이런 주제의식은 다른 시에서도 엿볼 수 있다.

> 달콤한 어릴적 기억은
> 인정 많은 이웃집 아줌마
> 날 친자식처럼 사랑해준거야
> 그 아줌마 어데 계실가
>
> 낯선 길손이라도
> 그렇게 살뜰히 대해준거야
> 누구라도 찾아오면 동네어른들

한피줄 한형제로 안거지

따뜻한 웃음이
따뜻한 인정이
꾸밈새없는 무궁화처럼
궁한 살림에 향기롭던 시절

ー「무궁화 꽃내음」 전문

　대한민국의 국화인 무궁화를 소재로 한 이 시에서 리상각이 강조한
것은 민족의식이다. 제2연에서 낯선 길손이라도 한 핏줄 한 형제로 대
해주어야 한다고 했는데, 이것 역시 분단 상황에 대한 은유적 표현으로
보아야 한다. 시인의 어릴 적 기억으로는 인정 많은 이웃집 아줌마가 자
신을 친자식처럼 사랑해주었고 따뜻한 웃음과 인정이 궁한 살림을 향
기롭게 해주었는데 그렇지 못한 조국의 현실이 안타깝다는 것이다. 남
북한 통일을 전면에 내세운 시는 아니지만 분단 극복의 꿈이 미미하게
나마 느껴지는 시이다. 리상각의 시를 높게 평가한 한국의 연구자는 황
송문이다. 황 교수는 『중국조선족 시문학의 변화 양상 연구』에서 10쪽
을 할애해 리상각을 논하면서 그의 원초적이며 향토적인 서정성이 적
합한 언어로 직조되는 데에서 건강한 시가 생성된다고 호평하였다.[6]
정덕준도 리상각의 향토적 정서가 "몸과 마음속에 무의식적으로 간직
한 민족적 정서를 환기"한다고 평한 바 있다.[7]
　이런 높은 평가에도 불구하고 연구자가 보건대 리상각 시의 수준이
그리 높은 편이 아니다. 형식은 단순하고 내용은 소박하다. 작품성이라
는 기준으로 보면 일제 강점기 때의 시보다 수준이 낮다. 하지만 남쪽의
평가 기준을 갖고 재단하면 조선족의 시는 수준 미달 판정이 나올 것이

---

6) 황송문, 『중국조선족 시문학의 변화 양상 연구』, 국학자료원, 2003, 119쪽.
7) 정덕준 외, 『중국조선족 문학의 어제와 오늘』, 푸른사상, 2006, 105쪽.

많으므로 연구 자체가 힘들어진다. 평가의 기준을 민족의식으로 잡으면 리상각의 시는 어느 정도의 수준에 도달했다고 볼 수 있다. 평범한 고향 노래, 자연 예찬의 수준을 넘어섰더라면 하는 아쉬움이 남는다.

민족과 조국에 대한 이중적 시각

1954년 길림성 돈화시에서 태어나 연변대학교 중문학부를 졸업한 김학천은 연변작가협회 상무부주석, 연변민족문학원 상무부원장, 중국작가협회 제5기 전국위원 등을 거친 연변의 대표적인 시인이다. 김학천은 중국어 시집을 낸 이후 1998년이 되어서야 비로소 조선어 개인시집 『꿈 많은 봇나무 숲』을 냈는데, 이 시집에는 자신의 국가관을 밝힌 시편이 다수 수록되어 있다.

김학천 시인

내 처음으로 반짝이는 대학생휘장을
높뛰는 가슴에 달았을 때
내 처음으로 빨간가위 학생증을
떨리는 두손에 받아들었을 때
마치도 갓 입대한 전사가 총을 받아쥐고
돌격의 시각을 기다릴 때처럼

그때에야
나는 알았습니다
내가 10억중의 하나임을

나는 느꼈습니다

내가 얼마나 가볍고도 무거운가를
마치도 망망림해의 하나의 잎새처럼
마치도 백설 떠인 장백의 높은 산봉우리처럼

아, 십억과 하나
하나와 십억의 변증법의
이내 혈맥속에서
그처럼 짙으게
그처럼 뜨겁게
생명의 피로 어울렸음을 느끼였습니다

조국
고생 많으신 자애로운 어머니
                                    －「조국은 나를 지켜봅니다」 제1~5연

    처음 대학생 휘장을 가슴에 달고 학생증을 받은 날의 감회가 잘 나타
나 있다. 10억 중국인과 내가 같은 혈맥 속에서 짙게, 뜨겁게, 생명의 피
로 어울려 있음을 느낀 그날의 감격이 세월이 가도 잊혀지지 않는다. 이
시에서 말하는 '조국'은 중국이다. 이 시를 쓴 1985년 9월 중국의 인구
는 대략 10억이었는데[8] 시적 화자, 즉 시인 자신임에 틀림없는 김학천
이 10억 중국 인구 중의 일원임을 자랑스러워하고 있다. '혈맥'이라는
시어를 가져다 쓰고 있는 것이 이채롭다.
    시인은 조선족임에 틀림없지만 중국을 조국이라고 생각하고는 "고
생 많으신 자애로운 어머니"라고 표현하였다. 하지만 내가 짐지고 있는
책임감의 무게를 나타내기 위해 쓴 "백설 떠인[9] 장백의 높은 산봉우리

---

8) 중국은 그때나 지금이나 정확한 인구 조사가 불가능하다. 한족은 1가구에 1명,
   소수민족은 1가구에 2인의 자녀만을 허용하는 정책으로 인해 출생신고를 하지
   않는 신생아의 수가 엄청나게 많다.
9) '떠이다'는 '높이 쳐들어 이다'나 '무엇을 소중하게 여겨 높이 받들다'는 뜻.

처럼"이라는 시구를 보면 자신의 조국이 조선임을 부정하지 않겠다는 뜻이 내포되어 있다. 백두산은 한국인에게는 민족의 영산이지만 '장백산'이라고 부르는 중국인에게는 국경지대에 있는 큰 산 중 하나에 불과하다. 그러니까 김학천은 자신의 조국이 중국이기도 하고 조선이기도 하다는 이중적인 생각에서 벗어나지 못해 "백설 떠인 장백의 높은 산봉우리처럼"이라는 직유법을 썼던 것이다. 조국인 중국에 대한 시인의 애정과 자부심은 다음 시에도 잘 나타나 있다.

김학천 시집 표지

보잉737비행기가 휘파람 일으키며
만메터 고공에 떠올랐을 때
나는 구름우에서
탐스럽게 조국을 굽어본다

(중략)

장성과 장강은
거룡의 죽지 않는 혼백을 흐느적이며

황산과 황화는
황색피부민족의 신기한 령광으로 반짝이고
유서깊은 청장고원은
지구의 지붕으로 솟아오른다
                              ―「구름우에서」 제1, 3연

　비행기 창을 통해 아래를 굽어보니 중국을 대표할 만한 건축물과 자
연이 보인다. '장성'은 만리장성이고 청장고원10)은 티베트고원이다. 시
인이 '조국'이라고 말한 곳은 중국이다. 비행기에서 내려다보이는 중국
의 각 곳, 즉 장성과 장강, 황산과 황화, 청장고원 등이 자랑스럽다. 이
시에서 중요시해야 할 것은 "조국을 굽어보며/ 또 고향을 찾고있다"는
마지막 문장이다. 조국을 굽어보며 고향(연변)을 찾는다는 이 문장의 뜻
은 시인의 고향이 압록강과 두만강의 북쪽이지 그 남쪽이 아니라는 뜻
이다. 자신의 할아버지나 더 윗대의 고향은 조선반도의 어느 곳이었겠
지만 자신 혹은 부모대의 고향은 연변이라는 인식이 이런 구절을 쓰게
했다. 김학천에게 있어 조국은 중국이고 고향도 중국 땅이다.

당신은 또렷합니다
백설 떠인 백두의 산벼랑이
한그루 또 한그루
억세고도 아름다운
미인송을 받들어올리듯이

추상적이면서도 구체적인 곳
몽롱하면서도 또렷한 곳
이것이 바로 당신이겠지요
연변이여

10) 청장고원(靑藏高原) : 티베트고원의 중국식 표기명.

나의 순박한 꿈의 고향이여

－「고향」제4~5연

　　"백설 떠인 백두"는 연변 쪽에서 볼 수 있는 그 백두이다. 이런 시를 보면 "나의 순박한 꿈의 고향"인 연변이 중국 땅이며 자신이 중국인이라는 데 대한 자부심이 대단하다. 조상의 고향은 분명 두만강과 압록강 이남 그 어디이겠지만 그곳에 대한 기억이 없는 시인으로서는 향수도 있을 리 없다. 반면, 자신의 고향은 중국 땅 연변이라는 인식이 투철하다.

　　뢰봉(1940~1962)은 한때 중국 사람들에게 가장 추앙받았던 영웅이다. 그는 문화혁명 기간에 정치적 선전을 위해 이용되었다. 인민해방군에 투신해 평생을 이웃을 위해 봉사한 그는 중국 공산주의의 이상형으로 받들어지고 있다. 한푼 두푼 모은 돈을 수재민들에게 보냈다거나, 몸이 아파 병원에 가던 도중 공사장에서 일손이 달리는 것을 보고 벽돌을 함께 날랐다는 일화는 지금까지 회자되고 있다. 그가 스물두 살의 젊은 나이에 교통사고로 숨지자 모택동은 친히 "뢰봉을 따라 배우자"는 붓글씨를 보냈다. 시인은 중국인들의 뢰봉 예찬에 동참한다.

　　　유서 깊은 동방은
　　　그 이름의 고향
　　　중화민족 문명과 례의의 정화가 집결됐다

　　　저어
　　　서방세계까지
　　　그 많은 계급
　　　그 많은 가치관
　　　그 많은 편견들을 뿌리치고
　　　그 이름을
　　　전 인류의 전범이라

디아스포라의 현장　89

　　　　　한결같이 추대한다
　　　　　　　　　　　　　　　　　　　　-「뢰봉」끝부분

　　김학천에게 있어 세계는 동방과 서방으로 나뉘어 있다. 동방을 대표
할 수 있는 뢰봉은 중화민족의 문명과 례의(예의)의 정화가 집결된 인물
로서 시인은 그 이름을 "전 인류의 전범이라/ 한결같이 추대한다"며 높
이 기린다. 조선족 시인임에도 불구하고 이 시에서 김학천은 자기를 중
화민족과 동일시하고 있다. 이미 구시대의 인물인 뢰봉 예찬에 동참했
다는 것 자체가 자신의 정체성을 중화민족과 동일시하고 있음을 알게
한다. 그의 한글판 첫 시집이 중국어 시집 발간 이후에 낸 것임을 감안
하면 이와 같은 동일시는 얼마든지 가능한 것이다. 하지만 다른 시에서
는 조선족을 '백의민족'이라 부르며 자신의 태생을 강조하고 있다.

　　　　단소와 장고는 흥분되어 뛰노는 음부(音符)들과
　　　　노래하며 춤추며
　　　　부르하롱강변에서 새로운 세기에로 나아간다

　　　　백의민족의 기쁨은 빙빙 돌고있는 춤판으로
　　　　백의민족의 정서는 활활 타오르는 축구장으로
　　　　민족은 커가고 있다

　　　　'아리랑'의 유유한 선률에
　　　　이 계절의 정서를 포근히 포착한 민족은
　　　　번영의 새날을 맞이한다
　　　　　　　　　　　　　　　　　　　-「연변의 10월」끝부분

　　이런 시에서는 자신이 조선족임을 자임하면서 단소와 장고의 음에
맞춰 춤을 추는 연변 사람들의 안녕을 기원한다. 특히 아리랑 선율까지

언급하면서 조선족이 번영의 새날을 맞이할 거라며 희망의 메시지를 전하기도 한다. 민족적 정체성 면에 있어서는 앞의 시와 달리 백의민족임을 자랑스러워하고 있다.

이상 김학천의 시를 보면 자신의 조국을 중국으로 보고 중화민족과 동일시를 꿈꾸다가 백의민족임을 자랑스러워하는 등 민족적 정체성 면에 있어서는 혼란에 빠져 있음을 알 수 있다. 하지만 조국은 분명히 중국으로 생각하고 있기에 북한이나 남한에 대한 동경 같은 것은 어느 시에서도 보이지 않는다. 남한의 입장에서 보면 조선족 시인의 이런 관점이 아쉬울 수도 있고 안타까울 수도 있다. 하지만 한 걸음 물러나 생각해보면 재중국 조선족 시인의 이런 이중성은 가장 정직한 태도일 수 있다. 길림성에서 태어난 조선족 시인이 중국작가협회 전국위원까지 되었다면 중국에 대한 생각이 우리와 같을 수는 없는 법이다.

모국과 모국어에 대한 확고한 인식

1958년 중국 용정에서 태어난 시인 석화는 1982년 연변대학을 나와 대전의 배제대학 석사과정을 수료하였다. 1976년 『연변일보』를 통해 작품 활동을 시작하여 지금까지 『나의 고백』『꽃의 의미』『세월의 귀』『연변』 등 4권의 시집을 냈다. 연변인민방송국 문학부 주임을 역임했고 현재 중국작가협회 회원 겸 연변작가협회 부주석이다.

시를 낭송하고 있는 석화 시인

『세월의 귀』에 실려 있는 시부터 살펴본다. 중국과 북한의 국경지대에 있는 인구 13만 6천 명쯤 되는 도시 도문圖們의 남쪽은 함북 온성군이다. 시인은 도문에 와서 착잡한 심정에 사로잡힌다. 자신의 국적은 중국이므로 부모(혹은 조부모)가 떠나온 모국 북조선으로 통행증 없이는 갈 수 없다.

> 이쪽이 이승이라면
> 저쪽은
>
> 도문 갈 때마다
> 빠져들어보는
> 어둡고 긴 턴넬
>
> ―「턴넬 ― 도문을 가며 1」 제1, 2연
>
> 어느날 내 이 허물
> 다 벗어놓고
>
> 너처럼 피어나랴
> 이 천지간에
>
> ―「천지꽃 ― 도문을 가며 2」 제1, 2연
>
> 기실 모두가 저쪽에서 건너온것이지만 지금은 그저 바라보
> 고있을수밖에 없다
>
> ―「피안 ― 도문을 가며 3」 제1연

세 편으로 된 연작시에 깔려 있는 가장 근본적인 감정은 '회한'이다. 이쪽(중국 쪽)이 이승이라면 저쪽(북한 쪽)은 저승일진대 그 말을 차마 할 수 없다. 두 곳 사이에는 어둡고 긴 역사의 터널이 있다. 일제 강점기가 시작되기 전부터 한민족의 중국 이주가 시작되어 일제의 지배 기간 36년 동안 여러 가지 이유로 수많은 동포가 도문을 넘어 중국에 가서 살게 되었고, 이제는 국경선을 사이에 두고 도문 남쪽으로 통행증 없이는

갈 수 없게 되었다. 시인은 그런 신세가 된 자신을 한탄하며 '허물'이라
는 낱말을 동원하였다. 천지꽃은 진달래의 함경북도 방언이다. 진달래
는 국경선의 남과 북을 아랑곳하지 않고 피어나는데 자신은 저승 같은
국경의 남쪽을 바라보고만 있다. "기실 모두 저쪽에서 건너온것이지만"
지금은 그저 바라보고 있을 수밖에 없다. 이런 처지가 된 상황에 대한
안타까움과 함께, 경제적으로 많은 어려움을 겪고 있는 북한 동포들에
대한 연민의 정도 조금은 느껴진다. 석화의 민족적 정체성에 대한 확인
작업은 다음 시에 잘 나타나 있다.

> 분명 이 도시 어느 거리 어느 골목 어느 문지방 밑에 묻혀있을
> 거라는 확신으로 헤매돕니다. 엄마
>
> 한손엔 반병쯤 남은 술, 다른 한손엔 꼬리 달린 마른 명태 반
> 쪼각 아니 그동안 뒤집어썼던 명예라는것 민족이라는것 욕심이
> 라는것 인품이라는것 회의라는것 수치라는것 모두다 걸어안고
> 이리비틀저리비틀 헤매돕니다. 엄마
> ―「어느 밤 태를 찾아서」 제1, 2연

한족이 지배층인 중국 땅에서 시인은 소수민족의 하나인 조선족으로
태어나 살아가고 있다. 오랜만에 고향 용정을 찾아간 시인(혹은 시적 화
자)은 술에 취해 이 거리 저 골목을 헤매 돈다. "날이 밝으면 넥타이를
꼭 매고 옷깃 한곳 흩어질세라 자신만만한 자세로 큰길로 나서서 행복
한 출연을 계속"해야만 하는 그를 옥죄고 있는 것은 명예, 민족, 욕심,
인품, 회의, 수치 등등이다. 이런 것들을 안고서 자신은 중국에서 이리
비틀 저리 비틀 헤매 돈다고 자조하고 있다. 중국에서 조선족으로 살아
가는 것의 어려움을 석화처럼 적나라하게 표현한 시인은 없었다. 그는
취해서 엄마에게 이렇게 하소연한다.

그러나 저 멀리 동은 터오기 마련, 온갖 도깨비들은 모두다 제
가 갈데로 가버리고 나만이 차렷! 앞으로 갓! 해야 합니다. 엄마
―「어느 밤 태를 찾아서」 마지막 연

중국에서 한족漢族이 아닌 한 소수민족이다.
한족이 중심인 사회에서 "민족이라는것"에 대해
고민하지 않을 수 없을 것이다. 게다가 동북 3성
의 조선족 인구 비율이 해마다 급감하고 있어서
그런지 고향을 찾은 시인은 비애에 사로잡혀 취
중에 어머니를 부르며 신세한탄하고 있다. 시인
의 모국어에 대한 지극한 사랑과 신뢰는 다음 시
에 잘 나타나 있다.

석화 시집 표지

하나의 피줄속에
굽이쳐오면서
두만강 대동강 한강을 다 합하여
백두의 폭포수로 쾅쾅 쏟아질 줄도 아는
우리 말

(중략)

우리 말
우리라는 말 한마디에
그대와 나
눈빛이 먼저 밝아지고
가슴이 벌써 뜨거워지는
우리는
우리라는 말속의 우리―
―「우리 말 우리라는 말」 제4, 6연

시인은 '우리 말'이 "어머니의 품속에서/ 숨결로 이어지고/ 아버지의 눈빛을 거쳐/ 온 세상 만물을 이름지으며" "천만년을 이어" 왔다고 예찬하고 있다. 그와 함께, '우리'라는 말의 아름다움을 높이 기리고 있다. 그대와 나를 하나로 묶는 것이 복수 '우리'다. 조선어 혹은 모국어를 '우리 말'이라고 하는데, 그 말 속의 '우리'라는 표현을 주목한 이유는, 시인이 동족의식이나 동류의식 혹은 민족적 자각 같을 것을 '우리'라는 말에서 느꼈기 때문이다. 영어에서는 수많은 문장의 주어가 'I'이지만 조선족은 말할 때 '우리'를 주어로 삼는 경우가 많다. 시인은 바로 이 점을 모티브로 삼아 시를 썼다. 개인보다는 가족, 일가, 친지, 친구, 동네사람 등을 상위 개념으로 두는 것은 5천 년 동안 대가족제도와 농경사회를 유지해 왔기 때문이다. 그런데 이제는 모국어도 우리라는 말도 예전 같지 않다. 부모자식 간에 장구한 세월 헤어져 살아가야 하는 분단 상황도 분단 상황이지만 사람과 사람 사이에 정을 나누지 않게 된 현실에 대해 시인은 개탄하고 있다. 언어에 대한 남다른 자각은 연작시 「연변」에서도 계속된다. 시집 『연변』에는 이 제목의 연작시가 31편 실려 있다.

기차도 여기 와서는
조선말로 붕―
한족말로 우[鳴]―
기적 울고
지나가는 바람도
한족바람은 퍼~엉[風] 불고
조선족바람은 말 그대로
바람 바람 바람 분다

그런데 여기서는
하늘을 나는 새새끼들조차

중국노래 한국노래
다 같이 잘 부르고
납골당에 밤이 깊으면
조선족귀신 한족귀신들이
우리들이 못알아듣는 말로
저들끼리만 가만가만 속삭인다
　　　　　　　　　　　　　－「연변·2」 전반부

　　조선말과 중국말은 기적소리조차 표기하는 방식이 다르다. 그런데
연변에서 살아가려면 이 두 가지 말을 다 잘 구사해야 한다. 조선족끼리
는 조선말을 하지만 한족과 대화를 하려면 중국
말을 해야 한다. 귀신들은 조선족, 한족 구분이
없이 저들끼리 잘도 속삭이는데 생사람은 조선
족 따로 한족 따로 말을 하니 연변에서는 두 가
지 말을 다 잘할 줄 알아야 한다는 것이다. 연변
사람들은 2개의 모국어를 갖고 있다는 뜻이다.
시인은 연변의 달라진 모습을 다음과 같이 묘사
하기도 한다.

석화의 제4시집 표지

그런데 근래 아폴로인지 신주(神舟)인지
뜬다는 소문에
가짜려권이든 위장결혼이든 가릴것 없이
보따리 싸안고 떠날 준비를 단단히 하고있으니
이젠 달나라나 별나라에 가서 찾을수밖에
　　　　　　　　　　　　　－「연변·4」 부분

사과도 아닌것이
배도 아닌것이

한알의 과일로 무르익어가고 있다
백두산 산줄기 줄기져내리다가
모아산이란 이름으로 우뚝 멈춰서버린 곳
그 기슭을 따라서 둘레둘레에
만무라 과원이 펼쳐지거니
사과도 아닌것이
배도 아닌것이
한알의 과일로 무르익어가고 있다

—「연변·7」 부분

아폴로는 미국이 쏘아올린 우주로켓의 이름이고 신주는 중국에서 개발한 로켓의 이름이다. 중국의 우주 개발은 러시아와 미국에 비해 뒤쳐졌지만 튼튼한 경제력을 바탕으로 빠른 속도로 따라붙고 있는 중이다. 그런데 로켓이 문제가 아니다. 떠날 준비로 부산한 연변사람들을 시인은 냉소적으로 묘사하고 있다. 분명한 점은 연변에 새로운 바람이 불어닥쳐 사람들은 가짜여권을 만들어서라도, 위장결혼을 해서라도 대한민국으로 떠날 차비를 하고 있다는 것이다. 연변의 달라진 풍속도에 대한 비판의식이 감지된다.

뒤의 시는 연변에서의 삶에 대한 총체적 고찰이다. 연변에서는 사과도 아니고 배도 아닌, 접붙이기하여 탄생한 '연변사과배'로 살아갈 수밖에 없다는 자조적인 말을 하고 있다. 혈통은 소수민족 중 하나인 조선족이지만 국적은 분명 중국이다. 그래서 조국도 중국인 것이다. 중국 땅에서 살지만 "동구밖으로 서성이는/ 할아버지의 허리가 더욱 굽어"(「연변·31」) 있으니 선조의 고향에 가서 살 수는 없다. 이런 이중성은 자신을 사과도 아니고 배도 아닌 '연변사과배'라는 애매한 위치에 두게 한다. 이는 어찌할 도리가 없는, 자신에게 주어진 운명이다. 이런 운명에 대해 고민을 석화는 누구보다 진지하게 하고 있다.

여타 시인들의 민족의식과 국가관

『2005 중국조선족문학 우수작품집』에 실려 있는 시를 살펴본다. 조선족으로 중국에서 살아가는 데서 오는 어려움은 김영애의 「장독」에도 잘 나타나 있다.

베란다 한귀퉁이에
장독이 놓여있다

달이 가고
해가 가고
세기가 바뀌여도
말없이 지켜가는
고유의 끈끈함

날로 동화되여가는
우리 민족앞에서
순수한 조선족은

베란다 한귀퉁이에
아픔으로 신음하고있는
벙어리 장독이다.

—「장독」 전문

오늘날 조선족이 처해 있는 입장을 장독에 비유하고 있다. 장독은 땅에 묻혀 있어야 제 기능을 발휘할 수 있는데 아파트 베란다에 있으니 고추장, 된장을 담는 용기일 뿐이다. 김칫독의 역할을 못하고 있으니 벙어리 신세. 예전에는 연변의 조선족이 고유의 문화와 습속을 지켜왔는데 세대가 내려갈수록 점점 더 중국 사회에 동화되고 있음을 시인은 안타까워하고 있다. 민족성을 지키려는 조선족을 "베란다 한귀퉁이에/ 아픔으로 신음하고있는/ 벙어리 장독"으로 표현하고 있다. 흔히 하는 말로 '순수한 조선족'은 '찬밥 신세'라는 것이다.

해마다 펴내고 있는 중국조선족문학
『우수작품집』의 2005년 판

저기 두만강아!
피어린 넋으로 한 맺힌 우리네 두만강아
시커먼 오물만이 출렁출렁
우리 아픔을 지워주노니
님 잃은 선조들의 옛추억
맑았던 너의 령혼에 비낄수 있게

거꾸로 흐르라, 두만강아!
                    ―「거꾸로 흐르라, 두만강아!」 부분

모동필은 투철한 민족의식을 갖고 있다. 그에게 두만강은 중국과 조선 두 나라 사이에 흐르는 강이면서 조국으로 갈 수 없게 가로막고 있는 국경선이기도 하다. "두만강 흘러흘러/ 우리 피줄따라 흐르"는데 피는 말라가고 있고, 두만강은 시커먼 오물만 출렁거린다. 남과 북은 60년 넘도록 분단이 된 채 대립하고 있다. 시인은 분명 조선인이지만 핏줄 따라 흐르지 않고 중국에서 삶을 꾸려가고 있다. 이런 자신의 처지를 "병든 영혼"과 "님 잃은 나그네"에 빗대어 자조하고 있지만 「천지괴물」에서는 태도를 달리한다.

> 스쳐가는 바람은
> 고유한 우리네 얼 앗아가려는
> 날강도들을 혼내시라던
> 단군할아버님의 성화를 지고
> 천지에 터 잡았다
> 속삭이였다
>
> 나무는 가지를 흐느껴 흐느적
> 벙어리 손시늉으로
> 'ㄱ, ㄴ, ㄷ, ㄹ', 'ㅏ, ㅑ, ㅓ, ㅕ'
> 우리말 우리글 모르는 이들에게
> 우리말 우리글 가르치라
> 세종대왕께서 보내시였단다
>
> ─「천지괴물」부분

모동필은 백두산 천지에서 산다고 하는 괴물을 "태초의 존재를 부수며 떠오른/ 풍운조화 삶속의 영령"으로 간주하고서 이 시를 썼다. 천지의 바람이 단군할아버지의 성화를 지고 터 잡고 속삭인다고 했고, 천지 주변의 나무는 모양이 한글 자음과 모음의 모양을 하고 있다고 했다. 이런 표현은 민족의식의 산물이다. 연변에서 사는 조선족이지만 조국과 모국어에 대한 의식이 이렇듯 투철한데, 시는 이렇게 끝난다.

말이 없는 천지괴물은
한 많은 울분을
백두폭포에 실어
이 땅을 쿵쿵 내리찧었고
나의 안타까움은
태양빛을 가르며 하늘을 찔렀다.

—「천지괴물」 끝부분

천지연 괴물의 '한 많은 울분'과 나의 안타까움은 역사와 현재 상황에
대한 회한에서 비롯된 것이다. 조국의 분단과 조국을 떠나 사는 자신의
처지에 대한 한탄이 민족의식으로 승화된 예가 바로「천지괴물」이다.

할아버지의 중국 이주사를 한 편의 시로 쓴 강효삼의「할아버지 무덤
흙」은 재중국 조선족의 고향과 조국에 대한 인식을 확실히 보여준 작품
이다.

압록강 수풍댐 수몰지에 고향을 밀어넣고 어둡던 북녘땅 낮
선 한 끝 여기가 어디길래 그렇듯 험한 길 택했을까
빚대신 딸 하나 떨구고 오면서도 울음인가 넉두린가 수심가
를 부르며 압록강 건넜다는 평안도내기 나의 할아버지
하늘아래 첫 동네라 벽동산골 돌에 맞혀 호미끝 불꽃 튀는 곳
깡깡 마른 조이밭에 신물이 났는가
뼈 에이는 북만추위 그토록 매몰차도
벌이 넓어 좋았더란다 흙이 살쪄 기뻤더란다

—「할아버지 무덤흙」 앞부분

압록강에 수풍댐이 들어서면서 벽동 산골의 고향이 수몰된 화자의
할아버지는 북만주로 간다. "빚대신 딸 하나 떨구고" 왔으니 이미 그 시
절에 가족의 비극적인 이산이 있었다. 추위는 매몰찼지만 다행히 흙이

디아스포라의 현장 101

비옥해 농사가 잘되었다. 할아버지는 "떠나올 땐 빈손으로 왔지만 우린 결코 이땅에서 빈손으로 살지 않았다"고 스스로를 대견해한다. "보아라 저 들판 가득 황금의 곡창을, 저 금파도를 누가 일구어놓았는가를" 하며 자랑도 한다. 할아버지의 피땀 어린 노동의 결과 이룩한 새 삶의 터전이 시의 화자인들 자랑스럽지 않을 수 없다. 시는 이렇게 끝난다.

> 나의 할아버지 세대들 무수한 뼈와 살 고이 삭은 이 무덤들의
> 흙에 뿌리가 있어 우리 이 땅에서 이렇게 무성하거니 묻지 마라
> 여기가 어디냐고 무엇이냐고
> ─여기는 우리 땅 우리 고향 바로 우리의 조국인것을!
> ─「할아버지 무덤흙」 끝부분

강효삼은 할아버지 세대의 뼈가 묻혀 있는 북만주 땅을 우리 땅, 우리 고향으로 인식하고 있음을 천명하고 여기를 우리의 조국이라고 말하고 있다. 즉, 할아버지는 압록강 수풍댐 수몰지에 고향을 밀어넣고 북만주에 와서 땅을 일구었고, 여기는 이제 우리 땅 우리 고향이고 우리 조국이 되었다는 것이다. 시인은 고향도 조국도 두 개라고 생각하면서 고민하지 않는다. 고향은 이 땅이고 조국은 중국이다. 중국에서 사는 조선족의 상당수가 이런 생각을 하고 있을 것이고, 시인은 이를 대신하여 말하고 있다.

지금까지 연구자는 재중국 조선족 시인들의 작품 중에 민족의식이나 국가관이 어떻게 나타나 있는가를 중심으로 살펴보았다.

리상각은 강원도 양구가 출생지여서 그런지 한복과 다듬이질 같은 것을 시적 소재로 삼으면서 자신의 고향의식을 분명히 하는 시인이다. 「백조의 겨레」나 「무궁화 꽃내음」 같은 시는 시인의 투철한 민족의식

의 산물이고, 남북한 통일에 대한 꿈도 피력하고 있다.

김학천은 중국어로 시집을 먼저 내고 나서 한글로 된 시집을 냈다. 그는 자신이 중국 국적을 갖고 있는 것을 자랑스러워하기도 하고 뢰봉 예찬에 진심으로 동참하기도 한다. 비행기에서 중국의 산천과 유적지를 내려다보면서 자부심을 느끼기도 한다. 하지만 조선족을 '백의민족'이라고 부르며 민족의식을 드러내기도 한다. 시인은 민족적 정체성에 대해 혼란에 빠져 있다. 그런데 이런 혼란은 중국에서 소수민족의 일원으로 살아가는 한 당연히 겪게 되는 것이다. 혼란이야말로 재중국 조선족의 가장 정직한 내면이라고 본다.

석화는 재중국 조선족 시인 중 조선인이면서 중국에서 산다는 것에 대해 많은 고민을 하고 있는 시인이다. 한글과 '우리'라는 말을 자랑스러워하지만 자신의 정체성 확인과 확보가 쉽지 않아 많은 갈등을 겪고 있다. 그 갈등을 상징적으로 보여주고 있는 사물이 사과도 아니고 배도 아닌 '연변사과배'다.

이밖에 김영애는 조선족이 한족의 문화와 습속에 동화되고 있는 사실을 안타까워한다. 모동필은 자신의 모국인 조선과 모국어인 한글에 대한 사랑을 피력하지만 강효삼은 자신의 조국을 중국으로 생각하고 고향도 만주인 것을 자랑스럽게 생각한다.

이상 몇몇 시인의 시에 나타난 민족의식과 국가관을 살펴보니 각자 나름대로 확고하기도 하고 회의적이기도 하다. 자신의 몸에 흐르는 피는 조선족이지만 시인에 따라서 조국을 조선이라고 생각하기도 하고 중국이라고 생각하기도 한다. 이러한 혼란과 갈등이야말로 재중국 조선족의 정체성을 가장 정직하게 말해주는 것이라 여겨진다. 앞으로 재중국 조선족의 문학을 연구할 때 민족의식과 국가관 같은 것은 부차적인 문제가 될 것이다. 이제는 이 개념을 대신할 다른 개념이 필요할 때인데, 앞으로의 연구자는 연변 조선족 시인들의 작품에 대해서도 작품 자체의 내재적 가치를 갖고 논해야 할 것이다. 민족의식과 국가관이 약화되고 있는 터에 이를 대신할 다른 개념이 필요한 시점이지만 아직은 다른 개념이 나오지 않았으므로 이 개념을 갖고서 몇몇 시인들의 시를 논해보았다.

재러시아 고려인
소설가 박미하일의 작품세계

　　19세기 중반에 러시아로 이주했던 조선인의 이민 5세가 되는 박미하일은 국내에 가장 널리 알려져 있는 카자흐스탄 국적의 화가 겸 소설가이다.[1] 그는 1949년 우즈베키스탄 타슈켄트 근교에서 태어났다. 1959년 타지키스탄으로 이주하여 그곳의 두산베미술대학 유화학과를 1970년에 졸업했다. 현재 러시아 작가협회와 카자흐스탄 문학가연맹 회원, 러시아미술가협회 회원으로 활동하고 있다. 카자흐스탄의 수도 알마아

---

[1] 박미하일은 국내에 처음 번역된 소설 『해바라기 꽃잎 바람에 날리다』의 머리말에서 "나의 고조부께서는 18세기 중반에 러시아로 떠나셨다"고 했는데 이는 본인이 '세기'의 뜻을 모르고 이렇게 쓴 것이다. 그래서 두 번째로 국내에 번역된 소설 『발가벗은 사진작가』에서는 "나의 먼 조상들은 19세기 중반에 한국을 떠나 러시아에 정착하였습니다"로 고쳐놓았다. 조선인의 연해주 이주가 시작된 해는 1863년이며, 두만강을 건너 남우수리 지역에 최초로 정착하였다. ―최강민, 「중앙아시아 고려인 시에 나타난 조국과 고향 이미지」, 이명재 외, 『억압과 망각, 그리고 디아스포라』, 한국문화사, 2004, 213쪽 참조.

티에서 활동하다 모스크바로 이주했는데 한국에도 종종 체류하고 있다.[2] 1993년, 인사동 그림마당 '민'에서 첫 개인전시회를 연 이래 1995년, 2000년, 2004년에 서울에서 개인전을 열었다. 2008년 서울 삼일로 창고극장에서, 2009년 익산 보석박물관 기획전시실에서도 개인전을 열었다. 한국에서 그는 화가로 더 널리 알려져 있다.

2008년 삼일로 창고극장에서 개최된 박미하일 미술전람회 포스터

1976년부터 소설을 발표하기 시작한 그의 작품은 지금까지 국내에 2권이 번역되었다. 도서출판 새터에서 1995년에 전성희가 번역해 출간한 『해바라기 꽃잎 바람에 날리다』에는 작가 자신의 젊은 날의 초상이라고 할 수 있는 연작장편소설 「천사들의 기슭」과 이민 1세대와 2세대 조상의 러시아 정착 과정을 담은 장편소설 「해바라기 꽃잎 바람에 날리다」가 실려 있다. 2007년에 수산출판사에서 역시 전성희 번역으로 러시아인과 한국인 혼혈인 화가의 삶을 다룬 연작소설집 『발가벗은 사진작가』가 출간되었다. 그 외 재외동포재단과 국제펜클럽한국본부가 제정한 재외동포문학상 제3회 소설부문 수상작인 단편소설 「해바라기」가 『문학사상』(2004. 2)에 실려 있고, 단편소설 「포플러가 빛나더라」와 「기다림」이 인터넷 자료실에 올라와 있다. 2012년에는 장편소설 『밤, 그 또 다른 태양』이 역시 전성희 번역으로 출간되었다.

박미하일에 대한 연구는 일천하다. 김종회는 한 논문에서 그의 작품 세계를 4쪽에 걸쳐,[3] 이정숙은 6쪽에 걸쳐 논의하고 있다.[4] 이정숙의

---

2) 작가의 약력은 두 권의 번역소설 해설과 『문학사상』 2004년 2월호의 것을 참고함.
3) 김종회, 「구소련지역 고려인 문학의 형성과 작품세계」, 중앙아시아문인협회, 『고려문화』 제1호, 2006, 276~279쪽.

논문은 작품 인용이 1/3을 차지하고 있으므로 역시 4쪽에 걸쳐 언급한 셈이다. 이 두 논자의 글은 박미하일이 이런 사람이다, 이런 작품세계를 갖고 있다는 소개의 차원에서 짤막하게 쓴 것이 므로 그의 소설에 대한 본격적인 논의는 지금까 지 행해지지 않았다고 보아야 한다.[5] '디아스포 라' 문학에 대한 연구가 본격화된 요즈음, 구소 련지역의 문학을 대표할 만한 박미하일에 대한 연구는 작가와 작품에 대한 간단한 소개가 아니 라 작품에 대한 분석과 평가의 차원에서 행해져 야 한다. 단편소설을 제외하고 지금까지 번역된 3편의 소설에는 모두 재러시아 고려인 작가로

젊은 날의 박미하일

서의 고뇌가 담겨 있어 이 점을 중점적으로 고찰해보고자 한다.

우리 문학사는 그간 재외한인 작가의 작품은 다루지 않았다. 이병기·백철의『국문학 전사』, 백철의『신문학사조사』, 조연현의『한국현대문학사』, 김윤식·김현의『한국문학사』에는 조명희가 나오지 않지만 1989년 현대문학사에서 낸『한국현대문학사』에는 조명희라는 이름이 10회 이상 나온다. 카프의 일원이었던 조명희는 1928년까지 식민지 조선에서 활동하다가 그해 소련으로 망명, 니콜스크에 살면서 대작『만주의 빨치산』을 썼다. 1937년 강제이주를 당했고, 소련 헌병에게 끌려가 1938년 하바롭스크 감옥에서 총살된 것으로 전해진다. 그나마 조명희의 소설은 한글로 쓴 것이어서 다뤄질 수 있었다.『순교자』를 쓴 김은 국이나 최초의 아쿠타가와상 수상자인 이회성은 앞서 제시한 그 어떤

4) 이정숙,「중앙아시아 고려인문학의 보편성과 개별성」, 김종회 편,『중앙아시아 고려인 디아스포라 문학』, 국학자료원, 2010, 43~48쪽.
5) 장사선·우정권의『고려인 디아스포라 문학연구』(월인, 2005)에는 박미하일의 「해바라기」와「밤샐 무렵」이라는 단편소설이 언급되고 있다. 그러나 이 책의 본문에도 참고서지에도 본고의 대상인 3편 소설은 작품명이 나오지 않는다.

문학사에도 이름이 나오지 않는다. 『순교자』는 영어로, 제66회 아쿠타가와상 수상작 「다듬이질하는 여인」은 일어로 씌어졌기 때문이다.

문학사 중 2004년에 집문당에서 나온 『한국 현대문학사』는 획기적인 책이다. 여섯 개 장으로 되어 있는 이 책의 제6장 제목이 '해외 한국문학'인데 제1편이 '중국조선족문학'이고 제2편이 '일본의 조선문학 연구'이다. 중국 조선족의 문학은 한글로 씌어져 문학사로 수용되었다. 하지만 일본의 조선문학 연구는 재일교포의 문학에 대한 연구는 아니다. 21세기에 들어서서야 한국문학사가 재외한인의 문학을 다루게 되었다는 사실에 주목할 필요가 있다. 외국어로 쓴 작품을 문학사에 수용할 단계에 이르지는 못했지만 수많은 연구서들[6]은 이제 재외한인의 작품이 우리 문학사로 편입될 시기가 되었음을 말해주고 있다.

홍기삼은 「재외 한국인 문학 개관」이란 글에서 '한민족 문화권'이라는 개념을 썼다.[7] 김종회도 그의 논의를 받아들여 "우리가 한국문학의 영역 개념을 지나치게 경직시키는 것이 그다지 바람직한 태도가 아니라는 조금 유연한 인식 방법"을 갖자고 주장하였다.[8] 한국문학의 세계화를 위해서는 해외에 나가 사는 682만 한국인 중[9] 누가 어떤 문학작품

---

6) 연대순으로 살펴보니 아래와 같이 13권에 달한다.
 소재영 외, 『연변지역 조선족 문학연구』, 숭실대학교 출판부, 1992; 유숙자, 『재일한국인 문학연구』, 월인, 2000; 설성경 외, 『세계 속의 한국문학』, 새미, 2002; 이명재, 『통일시대 문학의 길찾기』, 새미, 2002; 이동하·정효구, 『재미한인문학연구』, 월인, 2003; 황송문, 『중국조선족 시문학의 변화양상 연구』, 국학자료원, 2003; 김종회 편, 『한민족문화권의 문학』, 국학자료원, 2003; 이명재 외, 『억압과 망각, 그리고 디아스포라 – 구소련권 고려인문학』, 한국문화사, 2004; 장사선, 『고려인 디아스포라 문학연구』, 월인, 2005; 정덕준 외, 『중국조선족 문학의 어제와 오늘』, 푸른사상, 2006; 김환기 편, 『재일 디아스포라 문학』, 새미, 2006; 김종회 편, 『한민족문화권의 문학 2』, 국학자료원, 2006; 김종회 편, 『중앙아시아 고려인 디아스포라 문학』, 국학자료원, 2010.
7) 홍기삼, 「재외 한국인 문학 개관」, 『문학사와 문학비평』, 해냄, 1996, 283~290쪽.
8) 김종회, 「한민족 문화권의 새로운 영역」, 『문학의 숲과 나무』, 민음사, 2002, 58쪽.
9) 외교통상부의 『외교백서』 2010년판에는 2009년 해외동포의 수가 682만 2,606명이라고 나와 있다.

을 썼는지 살펴보는 일이 선행되어야 한다. 모국어를 모르는 고려인 5세라는 한계에도 불구하고 소설을 쓰고 있는 박미하일의 경우 이 땅의 문학연구가들이 소개만 하는 차원에 그치고 있으므로 작품 자체에 대한 연구는 필요하고도 급한 일이다. 특히 국내에 번역되어 있는 박미하일의 세 작품은 모두 이국에서 고려인으로 살아가면서 부닥친 정체성 확인에 대한 문제를 다루고 있어 택하게 되었다.

자기 정체성 확인의 혼란스러움

「천사들의 기슭」은 장편소설 분량의 연작소설이다. 서문에서 박미하일은 다음과 같이 창작 과정과 작품의 주제에 대해 밝히고 있다.

> 이 소설은 내가 성인이 되면서부터 조금씩 메모를 해두었던 것인데, 1985년 고르바초프가 집권한 다음해인 1986년에 작품을 완성하여 모스크바의 문학지 『므이슬리』와 알마아타의 문학지 『프쁘르스또르』에 발표했던 것이다. 내용은 공산주의 체제의 획일적인 문화정책 하에서 자유로운 예술혼을 찾고자 하는 한 화가의 모습을 그린 것이지만, 그렇다고 해서 결코 이념적인 소설은 아니다. 공산주의 체제이든 자본주의 체제이든, 어느 시대 어느 체제 하에서도 예술가가 마주치는 가장 큰 벽은 자기 자신이기 때문이다.[10]

소설이 오랜 시일에 걸쳐서 씌어졌지만 고르바초프 집권 이후 비로소 완성시켜 발표했음을 강조하고 있다. 즉, 공산주의 체제가 소련이 해체되지 않은 채로 계속 이어졌더라면 발표하지 못했을 것이라는 말이다. 소설의 내용은 자신의 예술세계를 자유롭게 추구할 수 없는 공산주

---

10) 박미하일, 『해바라기 꽃잎 바람에 날리다』, 전성희 역, 새터, 1995, 8~9쪽.

의 체제하에 살아가는 젊은 화가의 방황과 좌절의 기록이라 할 수 있다. 김종회는 이 작품에 대해 "때로 구소련 연방의 문화정책이나 사회주의 체제의 획일성에 대한 비판적 서술이 작품 속에 드러나기는 하지만, 전체적으로 보아 대사회적 관점의 구체성이 지속적으로 유지되지는 않는다"고 했다.11) 체제 비판이나 현실 부정이 이 소설의 핵심이 아니라는 말이다. 이정숙은 "존재에 대한 의문, 삶에 대한 공허함과 황량함, 방황과 먼 곳에 대한 그리움 등이 그의 소설의 바탕을 이루고 있다"고 평했다.12) 두 연구자 모두 공산주의 체제에서 자신의 삶을 제대로 꾸려가지 못하는 예술가의 방황에 초점을 맞추어 논하고 있다.

자유로운 창작 활동을 가로막는 체제의 폐쇄성 때문에 주인공 아르까지 임은 15년 동안 그림을 그리면서도 전시회를 한 번도 갖지 못한다. 아르까지와 동료 화가들의 삶은 극빈에 가깝다. 가난한 화가들의 고생담이 소설 내용의 상당 부분을 차지한다. 아르까지의 아내 넬리는 남편이 능력을 발휘하지 못하는 현실을 안타깝게 여겨 개인전을 마련해 주려고 뚱보 술주정뱅이인 전시위원회 위원장에게 몸을 바치는 일까지 한다. 이런 내용은 공산주의 체제에 대한 통렬한 비판이라고 할 수 있다. 박미하일은 틈틈이 써둔 소설의 이런 체제비판적인 내용 때문에 고르바초프의 집권 이후에야 발표하고 책으로 묶을 수 있었던 것이다.

소설의 프롤로그인 제1장의 「물고기」는 다분히 환상적으로 처리되어 있지만 잘 살펴보면 다음과 같은 내용이다. 아르까지는 아내의 살신성인적인 노력 덕분에 마침내 전시회를 열게 된다. 하지만 그 전 날 밤 창고에 불이 나 그림들이 몽땅 타버리고 마는데, 이에 대한 상징적 기술이다. 주인공은 넋이 나간 상태가 되고, 그러면서 자신의 젊은 날의 이

---

11) 김종회, 앞의 글, 277쪽.
12) 이정숙, 앞의 글, 45~46쪽.

야기가 하나씩 전개된다. 영화 중에는 현재의 상황을 앞머리에서 보여주고 나서 과거의 어느 시점에서 출발하면서 이야기를 전개해나가는 것들이 있는데, 이 소설이 바로 이런 수법을 쓰고 있다.

　주인공 아르까지 임과 소설가 박미하일이 겹쳐지는 부분이 많다. 공산주의 체제에서 순수예술을 지향하는 화가라는 점이 일단 같다. 그리고 두 사람은 조선인이다. 아르까지는 자신이 조선인이란 사실을 철저히 인식하고 살아간다. 이에 반해 아내인 넬리는 조선인이면서도 이 점에 대해 무관심하다. 넬리는 아르까지와 혼전에 육체관계를 맺은 직후 자신이 조선인으로 살아가고 있는 것에 대해 다음과 같이 솔직하게 견해를 밝힌다.

> "(상략) 나는 밥하는 것 말고는 조선 음식을 만들 줄도 몰라. 그 이상 요구하지는 않겠지? 사실 나한테는 겉모양 말고는 조선인다운 면이 하나도 없어. 말도 모르고, 관습도 모르고. 부모님들도 전혀 모르고 계시더군. 너는 조선족 마을에 살았으니 말을 배우는 것도 더 쉬웠을 거야. 하지만 창피하다는 생각은 안 들어. 주위 사람들이 민족적 자각 운운하면서 잃어버린 언어를 배우기 시작하고 서로들 자신이 그 누구보다도 조선인에 가깝다고 입에 거품을 물어가며 내세우는 걸 보면, 솔직히 말해서 그런 사람들은 허세를 부리는 것일 뿐이지."

　넬리가 털어놓는 이야기는 시사하는 바가 크다. 박미하일은 자신의 고조할아버지가 19세기 중엽 러시아 연해주 지역으로 이민을 갔다. 2대인 증조할아버지, 3대인 할아버지, 4대인 아버지, 5대인 자신에 이르러 있는데, 아내가 되는 넬리도 밝혀져 있지는 않지만 이민 5세대일 것이다. 하지만 넬리는 조선족 마을에서 성장하지 않아 한국말도 모르고 관습도 모르므로 조선인임을 자각하기란 쉽지 않은 일이다. 부모 또한 한국말과 한국의 관습을 모르지만 넬리는 그것을 부끄럽게 생각해보지 않았다고 한다. 그래서 성인이 된 이 시점에서 주변의 고려인[13]들이 "민족적 자각 운운하면서 잃어버린 언어를 배우기 시작하고 서로들 자신이 그 누구보다도 조선인에 가깝다고 입에 거품을 물어가며 내세우는" 것을 보니 한심하다는 생각이 든다. 그런 것이 조국애라던가 민족애에서 나오는 순수한 감정이 아니라 '허세'에 불과하다는 생각을 넬리는 하고 있다. 이것이 소설 속 등장인물 중 한 사람의 생각이라고만 볼 수는 없다. 이민 5세대에 이르러 있는 넬리 세대의 고려인 다수가 이런 생각을 하고 있고, 작가는 그것을 대신해서 말해주고 있는 셈이다.

넬리가 말끝에 시를 한 편 읽어달라고 하자 아르까지는 넬리가 알아들을 수 없는 한국어로 통일신라시대의 문인 최치원의 시를 읊는다. 이 장면은 작자가 의식했든 안했든지 간에 「천사들의 기슭」의 하이라이트이다.

> "좋아……. 그럼 들어봐. 나, 가을바람에 묻혀, 쓸쓸히 노래 부르네. 세상사람 그 누구도, 알아주지 못하는데, 창밖엔 밤비만 구슬피 내리는데, 고향 만리 길이, 등잔 앞에 타오른다."
> "'등잔 앞에'라는 게 무슨 말이야?" 하고 그녀가 잠시 후에 물었다.
> "촛불인데…… 촛불 앞에서라는 뜻이야."

왜 하필이면 아르까지는 이 시를 한국말로 읊었을까? 몇 가지 생각해볼 수 있다. 아르까지가 고국의 옛날 시[14]를 암송하고 있었다는 것은 그

---

13) 이 글에서 '조선인'은 일제 강점기 이전에 조선을 떠나 해외에서 살아가게 된 사람과 그들의 후예를 뜻하고, '고려인'은 연해주 지방에 가서 살다 스탈린의 강제이주정책으로 중앙아시아 지역에서 살아가게 된 사람들을 가리킨다.
14) 이 시는 최치원의 「秋夜雨中」으로, 원문은 "秋風惟苦吟 世路少知音 窓外三更雨 燈前萬里心"이다.

의 잠재의식 속에 조선을 조국으로 죽 생각하고 있었음을 반증하는 것
이다. 중국에서 생의 대부분을 보낸 최치원이 고향 생각이 나서 쓴 것이
므로 이심전심이 담겨 있는 이 시를 골라서 읊었음을 알 수 있다. 아니
면 아르까지가 어렸을 때 어머니 같은 분이 이 시를 자주 암송하여 자신
도 모르는 사이에 암송하게 된 것이라 상정해볼 수도 있다. 아무튼 넬리
는 자신의 정체성에 대해 거의 생각을 하지 않는 고려인을 대표하고 있
고, 아르까지는 민족의식을 지닌 인물을 대표하고 있다. 박미하일은 아
르까지의 내면을 다음과 같이 묘사한다.

> 나는 조선을 주제로 한 그림을 아직 한 점도 그려보지 못했
> 다. 나는 조선인이고 내가 이 사실에 대해 생각하고 있지 않다고
> 말할 수는 없다. 오히려 그 반대로 나는 끊임없이 이 사실에 대
> 해 생각해왔다. '내가 누구인가?'라는 생각 하나만으로 정신이
> 퍼뜩 들 때가 있다.

　나는 분명히 조선인인데 왜 조선에 대한 그림을 한 점도 그리지 않고
있는가 하고 골똘히 생각하고 있다. 이러한 주인공의 상념은 기실 작자
자신의 상념이다. "종이에다 그 알 수 없는 문자로 내 이름조차 쓸 줄 모
르는 인간"이라고 자탄하는 것은 아르까지이고 「천사들의 기슭」도 자
전적인 소설이므로 박미하일 자신이라고 봐도 무방하다.

> 내가 누구일까라는 질문에 대한 답을 나는 찾지 못했다. 이 사
> 실을 그림으로 한번 그려보는 것은 어떨까? 1863년, 극동 지역의
> 티진해 계곡에 처음으로 정착했던 스무 가구에 대해 그림을 그
> 려볼까? 오래된 과거의 그 시절들에 대해서 내가 또 알고 있는
> 것이 뭐가 있을까? 그 당시 조선인들이 집에서 만든 옷을 입고,
> 발에는 짚신을 신고, 그리고 갈대로 만든 오막살이에서 살고 있

었다는 사실밖에는…….

이와 같이 아르까지는 자신의 정체성 확인에 골몰한다. "1863년, 티진해 계곡에 정착한 스무 가구"는 조선인 최초의 연해주 이민자를 말하는 것이다. 비슷한 시기에 이민 대열에 섰던 5대조 할아버지와 할머니에 관한 이야기라는 것인데, 이 내용을 갖고 쓴 소설 「해바라기 꽃잎 바람에 날리다」는 뒤에 가서 논하기로 한다. 이어서 조선에서의 풍습이 어느 정도 지켜지던 어린 날에 대한 회상이 한참 전개된다.

> 마을사람들은 아기가 일 년을 채우거나, 누군가의 혼례가 있다거나, 혹은 누가 예순 살이 되어 환갑을 맞게 되면, 다들 한 자리에 모여서 잔치를 벌이며 축하를 해주었다. 시조를 읊기도 하고 그 시조를 북장단에 맞춰 노래로 부르기도 했다. 집집마다 갈대나 지푸라기로 만든 돗자리가 따뜻한 방에 깔려 있었다. 마당에는 커다란 솥이 얹혀 있는 나지막한 화덕이 있었는데, 사람들은 그 솥에다가 밥도 짓고 두부와 다시마를 넣은 국도 끓이고 둥그스름하게 생긴 빵을 찌기도 하고 또 전병을 굽기도 했다.

아르까지의 이런 회상은 박미하일의 기억 속에 지워지지 않고 남아 있는 유년기의 추억일 것이다. 연해주 정착민들은 고국에서의 기억을 되살려 아기 돌, 결혼식, 환갑 때면 잔치를 열었다고 하면서 주인공은 그때의 풍경을 비교적 소상히 떠올리고 있다. "시조를 읊기도 하고 그 시조를 북장단에 맞춰 노래로 부르기도 했다"는 것이 상당히 이채롭다. 시조창은 양반계급이 향유했던 고급문화라고 할 수 있다. 그렇다면 1863년에 연해주에 정착한 이민자 중에는 양반계급도 속해 있었다는 뜻이다. 아르까지의 회상은 중앙아시아로 강제이주를 당한 1937년으로 이어진다.

모친이 태어났던 마을에서는 1937년이 될 때까지는 사람들이 그런 식으로 살고 있었다. 그 후 그들은 어떻게 되었던가? 연해주 지역에 있던 다른 조선인 마을 주민들을 포함한 수백 수천 명의 사람들이 어느 추운 가을 날 일제히 집을 비워야 하지 않았던가? 사람들이 버리고 간 집들은 쓸쓸히 남아 있다가 폭삭 무너져 내려 잡초로 뒤덮이게 되었다. 모친을 태운 기차는 고향에서 점점 더 멀어져가고 있었다. (중략) 후에 나는 종종 아우깐에 계시는 노인들의 시선을 눈여겨보고는 했다. 내가 그 시선 속에서 본 것은 한없는 무언의 아픔이었고, 그 아픔은 그저 통상적으로 사람 살아나가는 데에 따르기 마련인 그런 괴로움이라고만은 말할 수 없는 성질의 것이었다.

　　누가, 왜 연해주에 정착해 살고 있던 조선인 '수백 수천 명'(실은 18만 명에 달한다)을 기차에 태우고 '아우깐' 등지로 이주를 시켰는지는 소설 어디에도 나와 있지 않다. 하지만 작자는 아르까지의 기억을 헤집어 1937년에 있었던 사건을 이런 식으로 간접적으로 독자들에게 들려준다. 그들이 '일제히' 비우고 떠나간 집이 폭삭 무너져 내려 잡초로 뒤덮이게 되었다고 표현한 것은 조선인의 이주가 당국의 명에 의한 강제이주였음을 암시하기 위해서이다. 아우깐으로 이주한 노인들의 시선에서 아르까지는 '무언의 아픔'을 읽어냈다고 한다. 고향을 떠나 동토인 연해주에 가서 70여년 갖은 고생을 다하며 논밭을 일궈 살아가고 있던 이들이 이번에는 머나먼 중앙아시아 아우깐 등지로 하루아침에 추방된다. 90회 이상 수송열차가 동원되어 18만 명이나 되는 사람들이 강제 이송된다. 가재도구 하나 챙겨 들고 올 수 없었고, 기차로 이동 중에 많은 이가 죽었다. 이주 후에도 풍토병과 굶주림으로 많은 이가 죽었다.[15] 문서상으로는 이주민들이 농기구, 동물, 소유물을 갖고 갈 수 있고 동산과

---

15) 전경수 편, 『까자흐스딴의 고려인』, 서울대학교출판부, 2002, 18~20쪽 참조.

부동산, 파종 종자 등을 계산하여 보상해준다고 했으나 거의 지켜지지 않았다.16) 박미하일은 낯선 중앙아시아 아우깐에 온 이들이 겪는 아픔의 정도를 "한없는 무언의 아픔"이라고 상징적으로 설명하고 있다.

그럼 연해주 정착민들이 왜 머나먼 중앙아시아 지역으로 추방되었던 것일까? 1990년대 초, 구소련 국립중앙문서보관소에 있던 스탈린 체제의 한인 강제이주에 대한 극비문서가 공개되면서 그 이유가 밝혀졌다. 러시아와 일본과의 국경지역에 있는 남사할린 섬은 러일전쟁에서 승리한 일본이 러시아한테서 할양받은 땅이었다. 남사할린 섬이 일본 영토가 되고 우리나라가 일본의 식민지가 되자 일본은 조선인 징용자들을 이 지역의 광산에 보냈다. 그런데 일본이 태평양전쟁에서 패하여 무조건 항복을 하자 소련은 러일전쟁 직후의 조약을 파기하고 군대를 보내 이 지역의 합병을 선언했다. 순식간에 소련 땅이 되고 만 것이다. 소련의 스탈린은 이 지역에 살고 있는 수많은 조선인이 일본과 협력하면 큰일 날 것이라는 우려를 떨칠 수 없어 결국 '강제이주'라는 극단의 처방을 내린다.17) 아무튼 이민 1, 2세대 조선인들은 궁핍과 수탈에서 벗어나고자 고국을 버리고 연해주로 와서 집도 마련하고 밭도 일구면서 그

---

16) 김영호 역, 『스탈린 체제의 한인 강제이주』, 건국대학교출판부, 1994, 97~100쪽 참조.

17) 러일 전쟁 말기인 1905년 7월에 일본군이 사할린 섬에 진주했다. 그리고 9월 5일에 이뤄진 포츠머스조약으로 일본은 러시아로부터 남사할린 섬을 받았다. 당시 50도선 이북은 러시아령이었지만, 러시아에서 혁명이 일어나면서 혼란에 빠지자 일본군은 잠시 사할린 섬 전체를 장악한 적도 있었다. 혁명으로 러시아 제국이 붕괴한 뒤 탄생한 소련은 당시 사할린 개발에 소극적이었다. 그리고 일본과의 관계 개선을 위해 사할린 섬의 석유 개발권을 일본에게 양도했다. 제2차 세계대전 중에는 일소중립조약으로 전쟁은 일어나지 않았지만 1945년 8월 9일에 소련이 조약을 파기하면서 일본에 선전포고한 다음 사할린 섬 전체와 쿠릴 열도 전체를 소련 영토로 편입했다. 소련은 1946년에 이 지역의 병합을 선언했고, 1947년에 남사할린 섬과 쿠릴 열도를 사할린 주로 편입했다. ―전경수 편, 앞의 책, 11~15쪽 참조. 한국브리태니커회사, 『브리태니커 세계 대백과사전』, 1996(초판 6쇄), 11권(사할린 섬), 23권(포츠머스 조약) 참조.

런대로 안정된 삶을 꾸려가고 있었는데 지배자 스탈린은 중앙아시아 지역으로 하루아침에 강제이주를 시킨다.[18] 이러한 역사적 사실을 밝히기 곤란했지만 박미하일은 이렇게라도 조상의 수난사를 소설에 담고자 했던 것이다.[19] 아르까지는 그때까지 조선적인 것을 화폭에 담지 못한 이유를 이렇게 밝힌다.

강제이주 후 고려인들이 지었던 반지하 오두막(사진 출처 : 이혜승, 최아리따)

어쩌면 내가 이런 모든 것들에 대한 그림을 그릴 수 없었던 것은, 양친으로부터 물려받은 이 아픔이 부끄러움처럼 내 가슴 깊은 곳에 들어앉아 있기 때문이 아닐까? 조선인에게 있어서 상실을 뜻하는 색은 흰색이다. 과연 하얀 화폭에 흰색 물감으로 그림을 그리는 것이 가능할까?

---

18) 강진구, 「중앙아시아 고려인 문학에 나타난 기억의 양상 연구」, 이명재 외, 앞의 책, 45~46쪽 참조. 김영호 역, 앞의 책, 5~13쪽 참조.
19) 고려인들이 강제이주에 대해서 말하는 것은 구소련 치하에서 철저히 금지되었다. 여기에 대한 내용은 최강민의 글에 자세히 나와 있다. ―최강민, 「고려인 디아스포라 문학과 민족정체성의 해체」, 이명재 외, 앞의 책, 85~90쪽 참조.

이렇게 자문하면서 주인공의 상념은 끝난다. 작자가 줄거리 전개에 별 영향을 미치지 않는 부분을 이렇게 상세하게 쓴 이유가 분명히 있을 것이다. 작자 자신 "양친으로부터 물려받은 이 아픔이 부끄러움처럼 내 가슴 깊은 곳에 들어앉아 있기 때문"에 조선적인 모든 것을 화폭에 담을 수 없었던 것이다. 결국 박미하일은 자신의 분신과 다름없는 아르까지의 내면세계 탐색을 통해 자신의 그림에 조선적인 것이 담기지 않은 것에 대해 해명을 한 셈이다.

아르까지는 3중고를 겪고 있다. 조선인 이민자의 후손으로 미술 활동을 하고 있다는 것은 뿌리 뽑힌 삶을 살아가는 것과 진배없다. 공산주의 체제여서 공인된 조직의 일원이 아닌 다음에야 작품의 창작과 전시와 판매가 쉽지 않다. 즉, 생활이 전혀 보장되지 않는다. 그리고 싶은 그림을 그려서는 15년 동안 한 차례도 개인전을 열지 못할 정도로 자유로운 창작 활동이 보장되어 있지 않은 곳에서의 활동도 문제. 박미하일은 아르까지의 아내 넬리가 몸을 팔아서 간신히 남편의 개인전을 성사시키는데 전시회 전날 창고에 불이 나 그림이 몽땅 타는 비극으로 이 소설을 끝맺는다. 이러한 비극적 결말은 그곳에서는 '되는 일이 없는' 고려인들의 운명을 암시하기 위한 장치이다.

이 소설은 카자흐스탄·우즈베키스탄·타지키스탄 등지에서 살고 있는 고려인의 정체성을 정면으로 다룬 최초의 소설이라는 데 의미가 있다. 고려인 중에는 아르까지처럼 민족의식이 강한 이들도 있지만 거의 다 현실 부적응자가 되는데, 이들은 전체 고려인에 견주어 소수에 지나지 않는다. 대다수는 넬리처럼 자신의 민족적 정체성에 대해 별 관심이 없다. 박미하일은 바로 이런 고려인들의 현실을 말하고 싶었던 것이다. 고려인들은 조국에서 너무 멀리 떨어져 있고, 모국어를 죄다 잊어버렸다. 고려인들은 세대가 내려갈수록 언어의 상실과 지정학적 거리 때문에 민족의식이 급격히 회박해지고 있다. 작자는 이런 상황을 평생 그린 그림을 몽땅 잃는 비극으로 상징화한다. 주인공이 암송하는 최치원의 시도 이런 점에서 눈물겨운 상징이 아닐 수 없다.

연해주 이민 1세대와 2세대의 정착 과정

"1864년 6월 10일 저녁, 출렁이는 잿빛 바다의 지평선 위로 탁한 보랏빛 구름들이 뭉게뭉게 피어오르고 있었다."라는 문장으로 시작되는 장편소설 「해바라기 꽃잎 바람에 날리다」는 조선인의 연해주 이민사라고 할 수 있다. 작가는 머리말에서 "나의 고조부께서는 18세기 중반에 조선에서 러시아로 떠나셨다.[20] 그분은 어부이셨다. 나의 증주부와 조부께서도 어부이셨다."라고 했는데 소설에서도 주인공 월국의 아버지 최일수는 어부의 후손이다. 함경북도 경원에서 양반 이성택의 소작인 최일수와 그의 동생 춘소, 옆집의 안상기 등은 마름의 닦달에 견딜 수가 없어 배로 두만강을 건너 러시아 지역에 들어가 삶의 터전을 마련한다. 러시아 쪽으로의 이주는 그 당시 불법이었고 잡히면 사형을 당했다. 소작인이기에 고기를 잡아봤자 대부분 이성택에게 빼앗겨 늘 가난하게 살아가는 현실에 환멸을 느낀 이들은 가족을 데리고 목숨을 건 탈출을 감행한다. 두 대의 배에 나누어 타고 몰래 마을을 떠나지만 이들 뒤에 또 한 척의 배가 따라오고 있었는데 그 배에는 영락한 양반 김철준 일가가 타고 있었다. 김철준은 정착 이후 촌장 겸 교사의 역할을 한다.

세 가족 십수 명은 표트르 대제만灣을 따라 올라가는데, 정착하게 된 곳은 블라디보스토크 근처 알렉산드로브까였다. 그런데 여기에 와서 시치미 마을에 조선인들이 마흔 가구, 양치해 마을에 서른세 가구, 티진

---

20) 18세기 중반이 아니라 19세기 중반임을 앞에서 밝힘.

해 마을에 일흔다섯 가구가 살고 있음을 알게 된다. 그러니까 1864년 이전부터 조선인의 러시아 이주가 드물지 않게 이루어지고 있었던 것이다. 뒤늦게 조선을 떠나온 여섯 가구 스무 명이 최일수 등과 합류한다. 이들도 하나의 마을을 이루게 되는데, 이들의 아이들은 러시아 아이들과 함께 학교에 간다. 따라서 이민 2세대만 되어도 러시아로의 동화는 급속하게 이루어졌고, 이는 자연스러운 현상이었다.

조선은 그 당시 탐관오리의 수탈이 심했고, 그 피해는 평민과 천민의 생활고로 이어졌다. 삼정의 문란도 점점 심해져 갔다. 그리하여 1894년에는 동학농민혁명이 일어났던 것이다. 가뭄이 들면 농산물 수확량이 확연히 줄어드는데 양반 밑의 마름들은 소작농들에게 늘 일정량 이상을 요구해 악착같이 수탈해 갔다. 그래서 농민들이나 어민들은 살 길을 찾아서 국경을 넘었던 것인데, 박미하일은 소설에서 이들이 조선의 관헌에게 잡히면 처형당했다고 한다.

뒤늦게 이민 대열에 선 최일수 일행이 정착하는 과정에서 큰 도움을 주는 이들이 있었다. 그 지역을 수비하는 러시아 군인들이 와서 의식주 마련을 적극적으로 도와주고, 이들 두 민족 간 화합의 과정이 소설의 중반부를 이룬다. 러시아 군인들은 장교 하사관 할 것 없이 온화한 성품을 지닌 지식인으로 나온다. 레자노프 중위 같은 이는 푸시킨, 쥬콥스키 등의 시집을 즐겨 읽는 문학도이다. 당시의 상황을 작가는 아래와 같이 들려준다.

지난달만 해도 삼백 명이 이곳을 거쳐 갔고, 그들은 츠무해와 몽구가이강 계곡 쪽으로 가서 정착을 했다. 아마 겨울이 되어 두만강이 얼게 되면 그만큼의 사람이나 혹은 그보다 많은 사람들이 국경을 넘어올 것이다. 고향 땅에 묶여 있던 이 사람들은 더 이상 버틸 수 없는 삶의 여건으로 인해 가장 필요한 것 몇 가지만을 달랑 든 채로 집을 나설 수밖에 없었고, 추위와 배고픔, 그리고 도적들의 총알 등으로 인해 죽을 수도 있는 위험을 무릅쓰고 보다 나은 운명을 찾기 위해 고향을 버려야 했던 것이다. 그들이 기진맥진하고 허기진 상태로 발을 질질 끌면서 간신히 러시아 국경을 넘어왔을 때, 레자노프와 그 밖의 러시아 관리들은 결코 그들을 되돌려보내야 한다고 생각지 않았다. 되돌아가는 길은 없었다. 도주자들이 고향으로 돌아가게 되면 가혹한 형벌만이 그들을 기다리고 있을 것이기 때문이다.

이민 5세대인 박미하일은 이민 1세대 자기네 조상이 왜 조국을 등지게 되었는지를 소설에서 이렇게 설명하고 있다. 토지가 척박한 함경북도의 북쪽인 종성·온성·경원 지방 사람들은 "보다 나은 운명을 찾기 위해" 고향을 버려야만 했던 것인데, 블라디보스토크는 지척이나 마찬가지였다. 박미하일은 소설에서 그 당시 러시아의 정책에 대해서도 소상히 설명한다. 크림전쟁에서 패배한 러시아는 여러 나라의 압력과 국내의 농노제 반대 여론에 못 이겨 4년 뒤에 농노제를 폐지한다. 그렇게 풀려난 농노들이 사람이 살지 않는 연해주 지역으로 이주할 경우 납세의 혜택을 주었다고 한다.[21] 척박한 연해주가 개발된다는 것은 자기 땅을 가지게 된 러시아 농민들과 러시아 국적을 얻은 조선인들이 힘을 합쳐 식량 생산 지역을 확보하게 되었음을 의미했다. 러시아로서는 낙후된 지역인 연해주에 "농부도 있고, 직공들도 있고, 기술자, 석수장이, 선박 기술자, 선생, 그리고 학자들도 끼어 있는" 조선인 이민자들을 정착시키는 것이 정책적 차원에서도 유리했다.

    그들은 작은 것에 만족할 줄 알았고, 은혜를 은혜로 갚았으며, 무엇보다 가장 중요한 점은 조선인들은 이곳에 뿌리를 내려

---

21) 박미하일, 「해바라기 꽃잎 바람에 날리다」, 전성희 역, 앞의 책, 269~270쪽.

이제 자신들의 앞날을 러시아 정부와 더불어 생각할 각오가 되어 있다는 것이었다.

정착민들은 생활이 안정되자 지위 향상을 꾀하게 되었다. 그러자면 러시아 정부의 국적 인정이 필요했다. 그리하여 정착민들은 러시아 정부와 운명을 함께할 각오까지 하기에 이르렀다. 최월국은 이르쿠츠크로 가서 선박 기술자가 되기 위한 공부를 하지만 그보다는 그림 그리기에 흥미를 갖는다. 이를 보면 국내에 번역 출간된 3편 소설의 주인공은 모두 화가이고, 소설가 자신도 화가이다. 즉, 조상 이

박미하일 장편소설의 표지

야기를 하는 「해바라기 꽃잎 바람에 날리다」도 자전적인 요소가 있는 소설이다.

한편 월국은 러시아 아이들과 함께 공부하면서 러시아 말을 일찍 배워 러시아 외교관 및 군인들과 함께 조선에 통역관의 임무를 띠고 파견된다. 경흥의 군수가 "지난 1월에 러시아 정부로 넘어온 700명의 조선인들을 되돌려 보내달라고 요청"한 서신에 대해 동시베리아 총독이 군수에게 답서를 인편으로 보내면서 협상을 하게 된다. 월국이 그 임무를 수행할 특별사절단의 통역을 맡아 조선으로 가게 된 것이다.

그런데 월국은 조선에 가서 자신의 신분을 속이고 조선인이기는 하지만 중국계라고 말한다. 러시아에서 태어났고 러시아 여자와 결혼도 했다는 등 계속 거짓말을 한다. 조선의 장교가 월국이 조선말을 너무 잘하니까 의심을 갖고서 질문을 해대자 러시아 특별 사절단 대표 싸벨레프는 월국에게 "자네는 러시아 정부 밑에서 일을 하는 러시아 국민"이라고 말하라고 하고 월국은 그렇게 한다. 그러자 조선인 장교는 만일 네

가 도망자였다면, 내가 사살할 거라고 말한다.

경흥 군수는 사절단에게 러시아로 이주해 간 조선인들을 러시아 스스로 조선 땅으로 몽땅 추방하라고 하고 싸벨레프는 그럴 수 없다고 해서 협상은 결렬된다. 헤어지는 시점이 되자 군수는 부하를 시켜 월국에게 조선에 남아 러시아말 통역을 해주면 높은 보수를 주겠다고 제안하지만 월국은 이에 응하지 않는다. 조선을 막 떠나려 하는데 조선인 병사 하나가 월국에게 다가와 "도망자들을 보내지 마세요! 이 자리에서 그들을 모두 사살해버릴 거예요!"라고 귀띔해준다.

여기까지의 내용 전개를 보면 조선은 조국을 등진 이민자들에게 폭력적이고 야만적인 데 반해 러시아는 조국을 떠나온 이민자들에게 인도적이고 우호적이다. 역사적인 사실을 따져볼 때 물론 그랬을 수도 있겠지만 박미하일은 조선조 대원군 때의 북방 정책에 대해서 대단히 비판적인 시각을 갖고 있음을 알 수 있다. 그리고 스탈린이 강제이주 명령을 내리기 전까지는 연해주의 조선인들과 러시아인들이 별 갈등 없이 잘 어울려 살아가고 있었다고 소설에서 주장하고 있다.

소설의 종반부는 월국이 김철준의 딸 윤미와 결혼을 하고 나서 모스크바로 함께 가서 그림 공부를 하는 내용으로 이어진다. 월국이 모스크바로 가는 과정에서, 모스크바에 가서 그림 공부를 하는 과정에서 친절한 러시아 사람들이 다수 등장한다. 이들은 그 어느 누구도 인종적 편견을 갖지 않고 월국이 화가가 되는 것을 바라고 도와준다. 단 한 명, 윤미를 성폭행하려 달려드는 세바스짠 보꼬프라는 사내를 제외하고는 다들 좋은 이미지로 그려진다. 모스크바에서 화가로서의 미래를 꿈꾸며 공부하는 것으로 소설은 마무리된다.

「해바라기 꽃잎 바람에 날리다」는 연해주 이민 1세대와 2세대 이야기지만 이들의 이민사를 수난사로 보기는 어렵다. 러시아인과 조선인들이 화합하여 동토를 개척해가는 과정이 소설의 대부분을 차지하고 있다. 특히 양국의 관리들이 너무나 대조적인 모습을 보여주고 있다. 강제이주가 행해지기 이전 연해주의 조선인들에게 있어서 러시아는 목숨을 구해준 고마운 나라이며 러시아인들은 의식주 해결을 도와준 고마운 사람이라는 인상을 강하게 전해준다.

소설이기에 작품 속 내용이 사실인지 아닌지는 확인할 수 없다. 확실한 것은 박미하일이 모스크바에 정착해 러시아미술가협회 회원으로 활동하고 있으므로 자신의 조국이나 다를 바 없는 러시아에 대해 비판하기란 쉽지 않은 일이었으리라는 점이다. 왕조 시대에 국경을 넘어가 정착을 한 이주민들에 대한 조정의 일벌백계식 태도와 조선인과 러시아인이 힘을 합쳐 연해주를 개발한 점 등은 역사적 고증이 필요한 부분이다. 작자는 조선인의 연해주 정착 과정에서 러시아가 이주민에게 많은 은혜를 베풀었다고 애써 강조하고 있다. 재러시아 소설가로서 러시아 이민사를 다루는 최초의 소설을 쓰면서 이 점을 확실히 해둘 필요성을 느꼈을 것이라는 점은 십분 이해할 수 있다. 한국인의 관점에서 작자의 이런 태도를 비난해서는 안 될 것이다.

혼혈 조선인의 자기 정체성 문제

『발가벗은 사진작가』은 대단히 불친절한 번역서다. 원작이 언제 출간된 어떤 작품인지 책 어디에도 나와 있지 않다. 그래서 원작이 이 제목으로 발표되었는지도 알 수 없다. 13개의 짧은 소설을 모은 연작소설인데 책 앞쪽에 차례도 없다. 원 텍스트가 그럴지라도 번역자가 만들어 제시할 수도 있을 텐데 그런 최소한의 친절도 베풀지 않는다. 책날개의 작가 소개에 이 작품이 2001년 러시아 까따예프 문학상 수상작이라고 나와 있지만 이것만으로는 어느 단체에서 준 상인지 알 수 없으므로 상의 권위도 확인할 수 없다. 수상한 연도가 2001년이니 그해나 그 전해에 발표된 작품으로 볼 수 있다. 아무튼 책은 150쪽인데 22쪽이 작가가 그린 삽화이며 활자가 커 중편소설 분량이다.

주인공 드미뜨리 리-마로프는 모스크바에서 살고 있는 무명의 사진작가다. 그는 어느 날 전철을 탔다가 맞은편에 앉아 있는 알리나라는 여성의 아름다운 손에 매료되어 손을 뚫어지게 쳐다본다. 알리나는 드미뜨리의 시선에 불쾌감을 느끼고서 다른 자리로 옮기려 하고, 드미뜨리가 사과를 하면서 소설은 본격적으로 전개되어 나간다. 드미뜨리는 알리나와의 만남을 통해 그녀와 손이 비슷하게 생긴, 과거에 1년간 동거생활까지 했던 에밀리야라는 사진작가에 대한 추억을 떠올리게 된다. 이 소설의 절반은 주인공과 알리나와의 사랑이야기이고 나머지 절반은 과거의 연인 에밀리야와의 사랑이야기이다.

에밀리야는 이혼녀로서 드미뜨리에게 사진술을 가르쳐준 스승이기도 하고 섹스의 기쁨을 가르쳐준 정부이기도 하다. 드미뜨리가 고등학교를 졸업한 직후부터 학교 졸업앨범을 만들어준 여자 사진작가와 결혼도 하지 않고 동거생활에 들어가자 "부친은 주량이 더 늘었고, 모친은 아들을 만날 때마다 한숨을 내쉬고는" 한다. 드미뜨리는 취직도 하지 않은 채 한편으로는 사진기술을 배우며, 한편으로는 건축공사장의 보조일꾼으로 일하며 나날을 보낸다. 에밀리야는 딸도 하나 있었는데 한참 연하인 드미뜨리와 살자 동네 사람들의 "온갖 종류의 입방아들과 험담"에 시달린다. 에밀리야는 주변의 손가락질을 견디지 못하고 결국 딸을 데리고 미국으로 훌쩍 떠나버리고, 드미뜨리는 그녀의 영상을 계속 떠올리며 울적한 마음으로 살아간다. 그러다 20년 뒤에 알리나를 만남으로써 비로소 다소간 의욕적인 삶을 시작한다. 외국에 나간 친구의 별장에서 근근이 살아가던 드미뜨리가 미국인 사업가 리차드 그로스에게 다수의 사진을 팔아 얼마간의 돈을 손에 쥐게 되는 날, 귀갓길에 불량배들에게 걸려 흠씬 두들겨 맞고 돈도 잃는다. 피투성이가 되어 집에 돌아온 드미뜨리는 아침이 되었을 때 알리나의 손길을 느낀다. 집에 찾아온 알리나에게 "당신이 올지 알고 있었어." "난 괜찮아. 괜찮다구." 말하는 것으로 소설은 끝난다.

이상과 같은 줄거리를 갖고 있는 「발가 벗은 사진작가」에서 논자가 주목한 것은 드미뜨리의 자기 정체성에 대한 언급이다. 알리나와 서로 이름을 묻고 답하는 과정에서 당신은 완전한 러시아인이 아닌 것 같다고 하자 드미뜨리는 "당신 말이 맞아요. 난 혼혈이에요. 아버지는 러시아인이고 어머니는 한국인이죠."라고 말한다. 알리나가 한국말을 할 줄 아느냐고 드미뜨리에게 묻자 일상적인 인사 정도만 할 줄 안다고 대답한다. 이어서 한국말이 어렵냐고 묻자 드리뜨리는 어렸을 때 외할머니께서 가르쳐주셨지만 그분이 돌아가시고 나서는 차츰 잊어버렸다고 답한다.

> 드미뜨리는 잠시 말이 없었다. 그는 외할머니를 머릿속에 떠올려 보았다. 무척이나 금욕적인 생활을 하던 엄격한 그분의 얼굴은 햇볕에 그을려 있었고, 동양적이면서도 묘한 과묵함을 지니고 계시던 분이었다. 그의 모친은 비슷하기는 했지만 할머니와는 좀 다른 부분이 있었다. 모친은 그와 한국어로 말한 적이 한 번도 없었다. 아마도 개인적인 힘겨웠던 운명 때문이리라. 1937년, 연해주에 있던 한국인들을 정부가 중앙아시아로 이주시켰을 당시 모친은 겨우 열 살이었다. 이런 얘기를 드미뜨리는

부친에게서 들었다. 모친은 늘 자신의 국적을 감추는 듯했고, 드미뜨리가 태어났을 때 그가 외형적으로는 그녀를 전혀 닮지 않은 것을 보고는 드러내놓고 좋아했다고 한다. 그녀는 억압과 공포의 흔적들을 안으로 눌러 담고 살았으며, 자기 아들이 열등감에 시달리는 일이 없기만을 간절히 바라고 있었다.[22]

소설의 이 부분은 줄거리 전개에 있어서 중요한 부분이 아니다. 이 부분을 제외하고는 주인공이 자신의 태생이나 과거지사에 대해, 혼혈인으로 태어난 것에 대해 생각에 잠기거나 고민에 빠지거나 하는 일이 없다. 그렇지만 박미하일이 왜 이 부분을 이렇게 소상히 쓴 것일까? 중앙아시아로 강제 이주한 조선인 여성이 이역만리에서 러시아인 남성과 결혼한 경우, 드미뜨리의 어머니처럼 자신의 정체성을 철저하게 부정하고 싶어 한 것이 보편적인 상황이었음을 말해주기 위해서가 아닐까. 러시아인(우즈베키스탄 인이나 카자흐스탄 인이라고 해도 마찬가지다)이 주류 사회인 곳으로 수천 리 밖에서 살다가 추방되어 온 이방인에 지나지 않는 조선인들은 자기를 숨기는 데 급급했고, 소설은 바로 이러한 상황을 말해주고 있다.

주인공의 어머니는 열 살까지 연해주에서 살다가 중앙아시아로 강제 이주를 당했는데, 그 이후 모녀(외할머니와 어머니)는 한국어로 대화를 한 적이 한 번도 없었다고 한다. 납득할 수 없는 대목이다. 왜냐하면 드미뜨리의 어머니와 외할머니가 연해주에서는 한국말을 하면서 살았는데 중앙아시아로 이주한 이후 한국말로는 대화도 나누지 않았다는 것은 어불성설이다. 한 집에서 같이 살면서 말을 하지 않고 살았다는 것인가? 아마도 드미뜨리의 어머니는 학교에 다니면서 러시아말을 조금씩 익혀갔을 테지만 외할머니는 여전히 한국어로 말했을 것이다. 다만 한

---

22) 박미하일, 『발가벗은 사진작가』, 전성희 역, 수산출판, 2007, 83~85쪽(84쪽은 삽화).

국어로 말하면 차별대우를 받는 사회적인 분위기로 말미암아 모녀는 남들 앞에서는 말을 하지 않았을 것이고, 둘만 있을 때는 목소리를 낮추어 말했을 것이다. 그래서 외할머니는 동네사람들로부터 '과묵한' 사람으로 간주되었다. 주인공의 러시아인 아버지는 장가를 든 이후 자신의 아내와 장모가 한국어로 대화를 하는 것을 들어본 적이 없었다고 했지만 자신이 집에 없을 경우 모녀는 한국어로 말을 했을 것이다. 그런데 들어본 적은 없다고 한다. 이렇듯 중앙아시아로 이주한 조선인들에게 한국말은 하루아침에 금기어가 되고 말았다.

　주인공의 어머니가 아이를 낳았을 때 머리카락이 까만 것만 제외하고는 한국인 같지 않은 것을 보고 '드러내놓고 좋아했다'고 한다. 한국인인 자기를 닮지 않고 러시아인 아버지를 닮은 상태로 태어난 것을 보고 그렇게 좋아했다는 것은 한국인이란 자신의 정체성을 부정하려는 의식에서 그랬던 것이 아니다. 러시아에서 살게 된 이상 러시아인화가 중요한 것이지, 한국인으로서의 흔적은 빨리 지우는 것이 좋다는 잠재의식이 이런 마음을 갖게 한 것으로 볼 수 있다. 주인공의 어머니는 "억압과 공포의 흔적들을 안으로 눌러 담고 살았다"고 했다. 그냥 이주가 아니라 강제이주였고, 동족 사회가 아니라 이방인들 사이에 살아가게 된 고려인들의 열등감이 어느 정도였는지, 소설의 이 대목은 잘 말해주고 있다. 열등감이 대물림되지 않기를 바란 어머니의 간절한 소망이 "외형적으로는 그녀를 전혀 닮지 않은 것을 보고는 드러내놓고 좋아한" 사태를 야기한 것이다. 드미뜨리는 부모와 다른 도시에 살면서, 가끔씩 전화만 드릴 뿐 찾아가지도 않는다.

　주인공의 외할머니는 드미뜨리가 어렸을 때 한국어를 가르쳐주었다. 손자가 한국어를 할 줄 알기를 바라서였을 것이다. 하지만 러시아에서 살아가는 드미뜨리는 한국말을 할 기회가 전혀 없다. 외할머니가 돌아가신 이후 한국말을 거의 다 잊어버리고 몇 마디 인사말만 기억하고 있을 뿐이다. 고려인들에게 있어 한국어가 이런 식으로 잊혀져갔음을 박미하일은 이와 같이 간접적으로 말해주고 있다. 박미하일 자신 한국말은 할 줄 모르며, 한글로는 글을 쓸 수 없다. 드미뜨리는 러시아인 쪽에 가깝기 때문에, 사회생활을 하는 데 아무 지장이 없는지 혼혈인이기에 불이익을 당하는 일은 이 소설에서 찾아볼 수 없다. 다만 경제적으로 무능하여 어려움을 겪을 따름이다.

이 소설은 작자의 고민이 상당히 반영된 것이라 할 수 있다. 한글로는 한 줄도 소설을 쓸 수 없고 이민 5세대인지라 자신의 정체성에 대한 의식도 확실하게 이야기할 수 없다. 고려인들에게 고국은 너무나 멀다. 몇 대 선조가 국경을 넘어 연해주로 이민을 갔는데 거기서 다시 중앙아시아로 강제이주를 했다. 자신의 뿌리를 찾고자 하는 귀소본능보다는 자신에 대한 부정의식이 더 강할 수밖에 없는데, 여기에 대한 고민이 「발가벗은 사진작가」에는 투영되어 있다.

한글로 번역이 되어 있는 3편의 단편소설은 '재러시아 고려인 소설가'로서 쓴 작품이 아니라 러시아인들만이 등장하는 작품이므로 이 글에서 다룰 필요성을 느끼지 못한다.

박미하일의 소설은 중앙아시아 지역에서 고려인으로 살아가는 이들의 고민을 본격적으로 다루었음에도 불구하고 국내에서 연구가 거의 되지 않았다. 재러시아 고려인 소설가 김아나톨리에 비해 국내에 덜 알려져 있는 박미하일은 지금까지 한국에서 여섯 차례 이상 개인전을 열었을 정도로 화가로 알려져 있다. 논자는 지금까지 국내에 번역된 연작 장편소설 「천사들의 기슭」과 장편소설 「해바라기 꽃일 바람에 날리다」와 중편소설 「발가벗은 사진작가」가 재러시아 고려인들의 삶과 꿈을 잘 나타낸 작품이라는 점에 주목하여 연구를 진행하였다.

「천사들의 기슭」은 구소련 시절에 화가로서, 조선인으로서, 또 연해주에서 중앙아시아 지역으로 이주한 이민자로서 겪는 고난의 정도가 잘 나타나 있는 소설이다. 고려인으로서 정체성을 갖고 살아가지만 주인공은 그것 때문에 많은 부담을 느끼며 고뇌하게 되고, 결국 최초의 전시회 전날 그림이 몽땅 불타는 비극적 결말을 맞이한다.

이민 1세대와 2세대 조상의 연해주 이주와 정착의 과정을 담은 「해바라기 꽃잎 바람에 날리다」의 주인공 월국(2세대)은 러시아인들의 도움으로 커서 화가의 길을 걸어간다. 이 소설에서 박미하일은 19세기 중반에 함경도 북부의 조선인들이 조선 왕정의 압제를 못 견뎌 연해주로 이주하는 과정에서 러시아인들로부터 많은 도움을 받았음을 강조하였다. 반면 조선의 관헌은 연해주로 간 조선인들을 잡아서 처형하는 잔인함을 보여주었다고 했다.

「발가벗은 사진작가」는 러시아인 아버지와 조선인 어머니 사이에서 난 혼혈인의 정체성을 다룬 작품이다. 특히 연해주에서 중앙아시아로 강제이주한 조선인들은 주류 사회에서 소외당하지 않기 위해 자신을 부정하거나 숨기며 살아갔다는 사실을 들려준다.

이상 3편의 소설은 고려인 소설가가 썼다는 것이 중요한 것이 아니라 모두 러시아(혹은 구소련 하의 중앙아시아 지역)에서 살아간 조선인들의 애환을 그린 작품이고, 자신의 정체성을 확인하거나 부정하는 경우를 말해주고 있어 논의의 대상이 되었다. 박미하일의 소설은 중앙아시아로 강제이주를 한 고려인의 후손들이 어떤 의식을 갖고 있느냐를 살펴보았다는 점에서도 중요하고, 이민 초기의 정착 과정에 대해 고찰해 보았다는 점에서도 중요하다. 혼혈인의 정체성에 대한 고민도 작품의 소재가 되고 있다. 이런 점에서 박미하일의 3편 소설은 고려인 문학의 새로운 경지를 연 작품으로 평가할 수 있다.

카자흐스탄 고려인 시인 강태수의 시세계

국내 문학연구자들 사이에 '디아스포라' 문학에 대한 관심이 늘고 있다.[1] 그 영향으로 중앙아시아 고려인[2]에 대한 연구가 활발히 진행되고 있는데, 도화선의 역할을 한 이는 포석 조명희(1894~1938)였다. 카프의 일원이었다가 1928년에 소련으로 망명해 10년 뒤인 1938년 하바롭스크 감옥에서 총살될 때까지 러시아어로도 작품을 쓴 조명희에 대한 연구는 지금까지도 계속 진행되고 있다. 김아나톨리가 노벨문학상 후

---

[1] 구재진, 『한국문학의 탈식민과 디아스포라』, 푸른사상, 2011; 박덕규·이성희, 『탈북 디아스포라』, 푸른사상, 2012; 서정자 편, 『디아스포라의 한국문학』, 역락, 2012; 임채완 외, 『재일코리아 디아스포라 문학』, 북코리아, 2012; 장사선·우정권, 『고려인 디아스포라 문학 연구』, 월인, 2005; 정은경, 『디아스포라 문학』, 이룸, 2007; 최강민, 『탈식민과 디아스포라 문학』, 제이앤씨, 2009; 하상일, 『재일 디아스포라 시문학의 이해』, 소명출판, 2011.

[2] '고려인'은 구소련에 거주하던 한인동포들이 스스로를 지칭하는 용어이다. 공식적인 용어로는 '고려사람'을 쓰고 있다. —김병학, 『카자흐스탄의 고려인들 사이에서』, 인터북스, 2009, 10쪽 참조.

보에 오르자 그의 소설 다수가 국내에 번역·출판되었으며, 또 한 명의 러시아 거주 고려인 소설가 박 미하일의 중요한 중·장편소설도 국내에 번역·출간되었다. 고려인 시인 가운데 구소련 현지에서 개인시집을 발간한 시인으로 김준·리진·이스따니슬라브 등[3]이, 국내에서 시집을 출간한 시인으로 리진·박현·양원식·이스따니슬라브 등[4]이 있다. 강태수 시인(1909~2001)은 러시아어와 한글로 시를 쓴 시인이지만 국내 문단에는 거의 알려져 있지 않다.

2000년부터 세 군데 책자에 그의 작품에 대한 소개가 이루어졌다. 프랑스 국립동방어문대학교 김필영 교수는 『소비에트 중앙아시아 고려인 문학사』(2004)에서 강태수의 시를 소개하고 시세계를 소략하게 정리하였다. 중앙아시아문인협회에서 한국문화예술위원회의 지원을 받아 발간한 『고려문화』 제2집(2007)은 강태수 특집호로 나왔다. 여기에는 시인의 연보, 21편의 시, 2편의 소설(「그날과 그날 밤」, 「악싸깔」), 고려인 문학인 정상진과 크즐오르다 사범대학 노문학과 우블라지미르의 짧은 평론이 실려 있다. 경희대학교 국문학과 김종회 교수가 편한 『중앙아시아 고려인 디아스포라 문학』(2010)은 제2부가 중앙아시아 고려인 문학 발굴 자료편인데 여기에 강태수의 시 35편과 소설 1편(「그날과 그날 밤」)이 실려 있다.

이런 것들로 미루어보건대 고려인의 시를 논할 때 강태수 시인은 중

---

3) 김준, 『그대와 말하노라』, 알마아따 사수식출판, 1977.
___, 『숨』, 알마아따 사수식출판, 1985.
리진, 『해돌이』, 알마아따 사수식출판, 1989.
이 스따니슬라브는 러시아어로 시집 『이랑』(1995)과 『한 줌의 빛』(2003)을 펴낸 바 있다.
4) 리진, 『리진 서정시집』, 생각의 바다, 1996.
___, 『하늘은 나에게 언제나 너그러웠다』, 창비, 1999.
박현, 『꼴호즈의 들길에서』, 의성출판사, 1997.
양원식, 『카자흐스탄의 산꽃』, 시와 진실, 2002.
이스따니슬라브, 『모쁘르 마을에 대한 추억』, 인터북스, 2010.

요하게 다뤄야 할 필요성이 있다. 국내에 아직 그의 시집이나 소설집이 나와 있지 않지만 이런저런 지면에 실린 작품을 대상으로 하여 강태수의 시를 논할 단계에 이르렀다고 본다. 비록 중앙아시아의 하늘 아래서 카자흐스탄 국적을 가진 시인으로 시를 썼지만5) 그의 작품은 한글로 창작되었으므로 번역상의 어려움도 없다. 강태수의 시를 통해 본고는 한 고려인의 역정과 시세계 변화 과정, 삶과 꿈을 시를 통해 살펴보고자 한다.

필화를 입게 한 작품

1909년 함경남도 이원군에서 빈농의 지식으로 태어난 강태수는 1927년, 더 나은 삶의 조건을 찾아 러시아 원동遠東6) 지역으로 이주한다. 이즈음 조명희를 만나 문학에 심취,7) 공장노동자의 삶을 살아가면서도 문학에 대한 꿈을 버리지 않는다. 1933년 신문 <선봉>8)에 「나의 가르노」라는 제목의 시를 발표함으로써 고려인 문단에 첫선을 보인 뒤 1935년에 블라디보스토크에 있는 조선사범대학 어문학과에 입학한다. 하지만 스탈린이 강제이주정책9)을 실시하자 그도 어쩔 수 없이 카자흐

5) 소연방이 해체되기 전에는 소련 국적으로 살았다.
6) 원동지역은 러시아의 동쪽 끝 하바롭스크와 블라디보스토크 일대를 가리키는 데 18세기부터 조선인들이 많이 이주해 가서 살았다.
7) 강태수는 자기와 조명희와의 교류에 관해 쓴 글 「기억의 한 토막」을 <문학신문>(1957.5.7)에 실었다. 이 글은 『고려문화』 창간호에도 실려 있다. ―강태수, 「기억의 한 토막」, 중앙아시아문인협회, 『고려문화』 창간호, 2006, 108~114쪽.
8) 1923년 러시아 블라디보스토크에서 창간된 한인 신문. 사회주의와 항일운동의 색채를 띠었다.
9) 스탈린은 1937년에 17만1,781명의 고려인들을 카자흐스탄과 우즈베키스탄으로 강제로 이주시켰다. 강제 이주의 원인은 일본이 러시아 극동지역 침략 전략으로 조선인을 이용코자 했기 때문이며, 소련 일본간 전쟁이 발생할 경우 상당수의 조선인이 일본군에 협력할 가능성이 크며, 이미 조선인 일본 스파이가 원동 일대에서 활동하고 있다는 판단에서였다. ―이명재·오창은, 「구소련권 고려인 문학의

스탄의 크즐오르다로 이주하게 된다. 1937년에 조선사범대학도 크즐오르다로 이주했으나 1년 후 폐쇄되었고, 점차 카자흐스탄 각지의 초·중·고교에서의 한국어 교육도 폐지되는 수난을 당하였다. 크즐오르다 사범대학 어문학부 2학년에 다니던 1938년, 학교가 폐쇄되기 얼마 전이었다. 강태수는 학교의 벽보신문10)에 「밭 갈던 아씨에게」라는 시를 발표하는데, 이 시가 화근이 되었다. 떠나온 원동을 그리워한다는 내용을 담았다는 누군가의 밀고로 체포된11) 강태수는 이후 20년 넘게 파란만장한 유형의 세월을 보내게 된다.『고려문화』의 연보에는 그때 상황이 이렇게 적혀 있다.

『고려문화』 창간호, 2호, 3호 표지

재판에 회부된 그는 스탈린의 대숙청 시기에 맞물려 정당한

현황과 특수성」, 이명재 외,『억압과 망각, 그리고 디아스포라』, 한국문화사, 2004, 13쪽; 김종회,「중앙아시아 고려인 문학 개관」, 김종회 편,『중앙아시아 고려인 디아스포라 문학』, 국학자료원, 2010, 23쪽 참조.
10) 강제 이주 후 인쇄시설이나 물자의 부족으로 벽보에 게재하던 소식지. 벽보신문이라도 주필이 있어 게재의 승인이 나야 했다. ─김필영,『소비에트 중앙아시아 고려인 문학사』, 강남대학교 출판부, 2004, 89쪽 참조.
11)「강태수 연보」, 중앙아시아문인협회, 앞의 책, 39쪽.

재판의 절차를 거치지도 못한 채 '당과 인민의 원수'로 몰려 북극 '아르한겔 수용소'에 수감되었다. 이후 복권되기까지 작품발표를 하지 못하였다.[12]

수용소에서 5년 동안 모범적인 수감생활을 함으로써 석방되지만 당국은 아르한겔스크 주의 '우두므르트 삼림사업소'라는 데로 보내 거주지 제한 형태의 벌목공으로 일하게 한다. 그는 여기서 16년 동안이나 국가안전위원회의 감시를 받으며 사회와 격리되어 살아간다.[13] 1959년에 비로소 복권되는데, 복권 전인 1957년에 <레닌기치>에 시「당-어머니」「순희의 노래 소리」등을 발표하여 작품 활동을 재개한다. 복권 전이었지만 우편으로 작품을 투고, 게재되었을 것이라 짐작이 간다. 1958년에 <레닌기치>에 시「새 바다 새 물결」「진정한 웃음」「처녀지의 가을」을 발표하고, 복권된 이후 본격적으로 작품 활동에 나선다. 1975년부터는 시와 소설을 함께 쓴다. 그럼 여기서 과연 그의 시가 어땠기에 21년을 격리되어 살았는지 살펴보기로 하자.

석방 이후의 강태수

밭 갈던 아씨야!
이 가없는 벌판에
땅거미 살며시 기여들어
모두들 거무숙 물들일 무렵
나는 차창에 목을 내밀고
네가 갈던 밭과

---

12) 위의 글, 39쪽.
13) 우블라지미르의 평문을 보면 "아침저녁 하루에 두 번씩 사령부에 찾아가 수표를 두어야 했다"고 한다. ―우블라지미르,「교정노동수용소의 지옥생활을 거쳐」, 중앙아시아문인협회, 앞의 책, 101쪽.

네가 뜨락또르에서 내려
기꺼이 걸어가던 그 모습
다시 한번 보구지여라.
내가 이렇게 차창가에 기대여
속 타는 그리움에 시달리는 줄
너는 아느냐? 모르느냐?
너는 아마 잠 이루지 못하고
비인 머리맡에 눈을 던지면서
말 못하는 베개나 못살게 구느냐?
너는 문을 열지 말어라
사랑하는 사람에겐
따로 문이 없다.

                        ─「밭 갈던 아씨에게」제1연

　나머지 4개 연보다는 상대적으로 좀 긴 제1연이다. 시의 어디를 봐도
반체제나 반이념적인 내용은 나오지 않는다. 화자가 뜨락또르('트럭'의
러시아식 표기)를 몰아 밭을 가는 아가씨에게 연모의 감정을 느꼈다고
볼 수 있는데, 그 아가씨가 낮의 노동 끝에 밤이 되어도 잠을 못 이룬다
고 한 것이 문제가 된 것일까? 내무인민위원부의 한 예심판사가 이 시
에 반영된 여성 뜨락또르 운전사의 형상에서 반혁명적인 내용을 찾아
냈다고 한다.14) 크즐오르다 사범대학 노문학과 우블라지미르 교수의
평문에 따르면 이 이유보다 더 큰 이유가 있었다고 한다. 시는 일종의
구실이었고, 조명희가 강태수의 형인 강경수와 모종의 관계를 갖고 있
었으며, 강태수가 조명희의 영향을 받아 시를 쓰기 시작했다는 것이 실
제 이유였다.15) 조명희가 체포된 직후에 강태수가 이 시를 발표했기에
강태수의 운명도 완전히 바뀌게 된 것이다. 조명희는 총살되지만 강태

─────────────────

14) 위의 글, 같은 쪽.
15) 위의 글, 같은 쪽.

수는 비합법적인 재판을 받고 수용소로 끌려간다. 시는 이렇게 끝난다.

왼쪽이 조명희(사진 출처 : 안윅또르, 김병학)

한밤의 벌판에 외로운 기적소리,
지금 나는 너를 찾아가느냐
너를 두고 떠나가느냐?
우리 마을 뒷산은 보이지 않는다.
밝은 날은 어제일가 그제일가?
북두는 말없이 지평선에 떨어지며
마음은 너를 찾아 달음박질,
아, 아직도 동녘은 껌껌나라,
어서 동이 트고 날이 밝아야 우리는…
　　　　　　　　　　－「밭 갈던 아씨에게」 제5연

마지막 연의 제5행 "밝은 날은 어제일가 그제일가?" 같은 대목을 문제삼을 수는 있다. 소련 당국은 강태수가 소련을 '껌껌나라'라고 은유적으로 표현한 것을 두고 반정부적 시각이 있다고 보았을 수도 있다. 하지만 '껌껌나라' 운운하면서 소련의 정책에 동조하는 내용이 없다고 하여, 노동자의 노동생산성을 제고하는 내용이 없다고 하여, 분위기가 희망적이지 않다고 하여 시 1편을 썼을 따름인데 21년 동안이나 강제수용소와 벌목장에서 일하게 하며, 그간 고향 땅을 한 번도 밟아보지 못하게 한 것은 지나치게 가혹한 처사였다. 설사 이 시에 소련에 대한 부정적인 인식이 다소 담겨 있었다손 치더라도 1편의 시를 쓴 데 대한 형기가 21년이었다는 것은 소련이 얼마나 살벌한 경찰국가였는지 알게 한다.

복권 무렵에 쓴 시

1959년에 복권이 되는데, 그 두 해 전에 강태수는 벌목장에서 <레닌기치> 신문사로 시를 보낸다. 「당 – 어머니」라는 시였다.

> 밤새며 요람을 흔드시는
> 사랑스럽고 거룩하신
> 어머니의 손이여!
> 밤새며 나라의 태평과
> 우리의 행복에 애태우시는
> 어머니의 심정이여!
>
> 어머니의 젖 먹고
> 어머니의 품안에서 자라난 내
> 생각하면 생각할수록
> 애정 깊어지는,
> 내 평생 못 잊을 어머니시여!
>
> —「당 – 어머니」 전문

시간적으로 보아 어머니와 근 20년을 헤어져 있던 시인이었다. 당연히, 어머니에 대한 그리움이 가슴에 사무쳤을 것이다. 어머니의 은혜를 고마워하는 내용이지만 제목을 '당—어머니'라고 붙여 어머니의 은혜와 당의 은혜를 동일시하고 있다. 어머니의 은혜를 잊지 못하고 있듯이 당의 은혜를 고마워하고 있다면서 당에 대한 충성의 맹세를 하는 이 시를 쓴 이유는 뻔하다. 어머니를 만나러 갈 수 있게 해달라는 부탁의 뜻을 시에 은근히 담아놓은 것이다. 연보에 따르면 강태수는 벌목공으로 일한 16년 동안 국가안전위원회의 감시를 받으며 사회와 격리된 생활을 했다고 한다.[16] 이런 처지에 있었기 때문에 시를 쓴다는 것과 시를 신문사로 보낸다는 것 자체가 쉽지 않은 일이었을 것이다. 게다가 또 시가 문제되면 형이 연장될 수도 있었다. 강태수는 아주 조심스레 시를 썼던 것이고, 시의 속내는 그렇지 않을지라도 겉은 '충성 맹세'로 포장하지 않을 수 없었던 것이다.

시인은 복권과 함께 강제이주 후 제2의 고향이 된 크즐오르다로 이주하여 배전소에서 일하게 된다. 그해 12월 31일에 <레닌기치>에 아래의 시를 발표한다. 크즐오르다에 와서 씨르다리야 강을 바라보며 쓴 시는 제목이 '씨르다리야'이다. 21년 전에 봤던, 자신이 대학생이었을 때 보았던 그 강이다.

> 본지 정말 오래구나!
> 나의 반가운 마음은
> 되로 될가 말로 될가?
> 저절로 웃음이 흐른다.
> 너의 한 일 많을 터이지만
> 먹은 마음은 더 크겠지…

---

16) 「강태수 연보」, 앞의 책, 39쪽 참조.

젊은 날의 두터운 정은
아마도 뼈에 새겨지는 양
나는 북 드위나 강가에 서서도
물빛은 어디나 푸르더라만
그래도 네 얼굴이 그립더라.
함께 웃던 네 얼굴이…

―「씨르다리야」 전반부

강도 자기를 보고 웃어주고 자기도 강을 보고 웃어주는 감격적인 재
회의 장면이다. 강을 의인화한 이 시에서 시인은 크즐오르다 시에 있는
강과의 재회를 기뻐하고 감격해 한다. 씨르다리야 강은 자신이 대학 다
닐 때 보았던 강인데 나이 어언 쉰이 다 되어 있었던 것이다. 그래서 강
을 친구나 친척인 양 설정해 만나서 기쁘다고 이야기한다.

체제 옹호의 시

강태수는 1960년대에 들어 누구보다 활발히 시를 발표한다. 해마다
<레닌기치>에 두세 편의 시를 발표하고 1960년에 같은 지면에 단편
소설 「쓰거운 열매」를 발표한 뒤부터 소설도 간간이 발표한다. 학문의
가치보다 노동의 가치를 더 소중히 생각해야 한다고 주장한 「이 마음
그리도 몰라…」는 1963년 작이다.

으흥…글 읽는
방에서 만났더니
함께 벽돌 쌓던
내가 들어온줄 모르는양
책만 들여다보는걸.
너희들은 못하는 일 없고

갖은 재간 다 배우면서도
남의 속 들여다볼 줄은
아직 못배웠구나…

　　　　　　－「이 마음 그리도 몰라…」 마지막 연

　함께 일했던 벽돌공장의 젊은이들 중 일부는 계속 노동의 나날을 보
내야 했지만 일부는 책을 끼고 살아가게 된다. 화자는 세월이 흘러도 여
전히 노동자의 삶을 살아가야 했으므로 백면서생이 된 친구가 못마땅
하다. 그 이유는 신분이 바뀐 그 친구가 자신을 업신여기기 때문이다.
한때 대학생이었던 시인이 21년을 유형지에서 보내고 온 뒤에 대학생
들을, 그리고 이제는 다른 신분이 되어 있는 자신의 동창생들을 보고 착
잡한 심사에 사로잡혀서 쓴 시다. 1965년에 발표한 아래의 시를 보면 강
태수의 인생관과 세계관이 애국적인 것으로 바뀌어 있음을 알 수 있다.

오늘도 어제가 되며
새해도 묵은해가 되지만
날마다 저물어 가는
우리의 하루는
떨어지는 나뭇잎이 아니고
큰 집 쌓는 벽돌이다.

엄숙한 세월의 앞에서
벅찬 희망을 품고
사람들은 세상에서 살아가며
앞길이 멀고 멀수록
희망에 구슬을 곱게 채우나니.

조국과 자유를 위해
희생된 수만 목숨이

내가 파내는 흙에서
내가 돌리는 기계에서

―「우리의 하루」(1965) 전문

이 시는 조국(소련)과 자유를 위해 죽은 수많은 사람의 희생이 헛되지 않게 우리가 오늘 열심히 일하자는 내용이다. 벽돌이 상징하는 것은 노동이고 구슬이 상징하는 것은 희망이다. 오늘 우리가 땅을 열심히 일구고 기계를 열심히 돌리자는 주장은 한자성어 '日新又日新'과 조금치도 다를 바 없다. 러시아 시월혁명 50주년을 맞이하여 지은 행사시[17]인 「내 거문고야, 울려라!」에서도 자신의 처지가 행복하다고 하면서 이를 과장되게 그리고 있다. 강태수는 시 한 편 잘못 쓰면 또다시 끌려갈 수 있다고 생각한 것이 아닐까.

나는 정말 우스워,
일밭에서 돌아온 나는
허리 부러지게 우스워,
우리 막동이-귀동이
또 투정질-트집질.
쌀밥에 고기 반찬에
목이 멘다고
또 투정질-트집질
이놈아, 철이 들어도
분수가 있어야지.

―「내 거문고야, 울려라!」(1967) 제1연

일터에서 돌아온 화자가 집의 막내둥이가 투정을 부리는 것을 보고 있다. 투정의 이유가 별나다. 쌀밥에 고기반찬이라 목이 멘다는 것이다.

---

17) 김필영, 앞의 책, 268쪽.

그 광경을 보고 화자는 허리가 부러지게 웃는다. 우리가 이만큼 잘살게 된 것이 공산당 덕분이라는 고마움을 표시하기 위해 쓴 시이다. 이것이 과연 진정에서 우러나서 쓴 시일까? 제3연에 가서는 더욱더 체제옹호적인 내용으로 전개된다.

> 가시 쇠줄 안에서는
> 남부 월남 아이들이
> 기한에 부들부들 떨며
> 빠드득빠드득 이를 간다네.
> 내 아저씨 계신
> 조선의 남녘 땅은
> 찬밥 한 숟가락 달라는
> 어린이의 울음에
> 서울뿐인가,
> 동래, 부산도 터진다네…
>
> ─「내 거문고야, 울려라!」 제3연

　베트남이 통일되는 것은 1975년이고 이 시는 그로부터 8년 전이며 한창 전쟁 중이던 1967년 작이다. 베트남 남쪽 어린이들이 가시 쇠줄 안에서 기한飢寒에 몸을 부들부들 떨고 있다고 하고선 "내 아저씨 계신" 조선의 남녘 땅 이야기를 한다. 찬밥이라도 한 숟가락 달라며 울음 우는 아이들이 서울, 동래, 부산에 즐비하다는 이야기를 강태수는 천연덕스럽게 하고 있다. 소련 치하에서 한정된 정보만을 접하며 살아서이겠지만 강태수는 자신이 참으로 복된 나날을 보내고 있으며 베트남이나 대한민국에서는 아이들이 굶주리며 살아가고 있다고 하고선 동정심을 드러내고 있다. 이런 시 역시 내켜서 쓴 시라기보다는 당국의 눈에 띄기를 바라면서, 자신의 보신을 위해 썼다고 여겨진다. 1968년 작「그때는 오구말구요」를 보자.

> 오늘의 월남 땅에는
> 중글리의 짐승도
> 화약냄새에 잠들지 못하고
> 봄바람조차 피비리며
> 출렁거리는 메콩의 물은
> 눈물에 짜대요.
>
> 만일 미국 어머니들이
> 아들의 관을 받거든
> 거북하게 울지 말고
> 백악관에 저주를 뿌리라.
>
> ─「그때는 오구말구요」 제6, 7연

미국이 베트남에서 일으킨 전쟁에 대해 항의의 뜻을 담아 쓴 시이다. 베트남 땅에서 전사하는 미군들의 죽음이 헛되니 백악관은 전쟁을 빨리 중단하라고 주장하고 있기도 하다. 강태수는 "백만의 승냥이 떼도 부족해/ 천으로 만으로 보태면서/ 그래도 비위 좋게/ 놈들은 월남을 위한대요."라고 시를 끝맺고 있다. 반미와 반전이라는 주제의식이 확실한데, 시가 여간 거칠지 않다. 김필영은 이 시에 대해 "당시 소련의 시대적 요청을 반영한 것일 뿐 시세계는 오히려 인간적이며 서정적"[18]이라고 했지만 동의할 수 없는 평가다. 이 시의 세계가 인간적이며 서정적이라는 말은 전혀 엉뚱하게 해석한 것이다. 21년 만에 자유의 몸이 된 이후 당국의 눈밖에 다시 나지 않으려는 시인의 눈물겨운 노력이 투영된 것일 뿐 작품 자체로서의 값어치는 찾아보기 어렵다. 고려인 시문학 전반

---

18) 위의 책, 272쪽.

을 훑어본 김낙현은 고려인들의 시작품에서 소련을 자신의 조국으로 형상화하고 소련공민으로서의 삶에 충실할 것을 역설하는 내용이 고려인 문학 전반에 공통적으로 나타나고 있다고 한다.[19] 그는 이런 일종의 아부가 소수민족으로서 탄압의 대상이었던 고려인들이 살아남기 위한 생존적인 방법 차원에서 행한 결과의 산물이라고 보았다.[20] 1960년대의 시 중에서 시인 자신의 개인적 정서를 담아 쓴 시로는 「아버지」와 「잊지 못할 맛이랑」 정도가 있었다.

> 그러시던 아버지가
> 떠듬떠듬 읽는
> 내 첫 글소리에
> 높으게 웃으시던 일이
> 나는 어제인가 하는데
> 벌써 세월은
> 가기도 갔습니다.
>
> —「아버지」(1965) 종반부

> 물에 만 밥맛은
> 우리가 아니면
> 귀신도 몰라요.
> 좋은 흘레브 먹을 때도
> 나는 가만 그 맛이 생각나
> 밥 잘 짓던
> 어머니 생각을 해요.
>
> —「잊지 못할 맛이랑」(1968) 전문

---

19) 김낙현, 「고려인 시문학의 현황과 특성」, 이명재 외, 『억압과 망각, 그리고 디아스포라』, 한국문화사, 2004, 294쪽.
20) 김낙현, 위의 글, 295쪽 참조.

나이로 봐서 시인이 크즐오르다를 떠나 있는 21년 동안에 부모가 돌아가셨을 것이다. 어린 시절, 처음으로 글을 배워 떠듬떠듬 읽자 아버지가 크게 웃었던 일이 있었는지 그 기억을 더듬고 있다. 기억 속의 어머니는 정성스레 밥상을 차려주었던 분이다. 시인은 어머니가 해주던 그 밥의 맛을 잊지 못하고 추억하고 있다. 이런 유의 시도 있지만 1960년대의 시는 대부분 구소련의 체제를 옹호하거나 반미의식을 드러낸 것들이었다.

70년대에 이뤄진 변화

암중모색기라고 할 수 있는 1960년대를 지나 1970년대에 들어서서 강태수는 또다시 유형 생활을 할 일은 없을 거라는 확신을 하게 된 듯하다. 여전히 당국의 눈치를 보며 아부성의 시를 쓰기도 하지만 그 정도가 한결 완화된다.

> 동무여, 말 못할 그때인 양
> 잠자는 거리를 걷고 싶은데
> 별의 노래를 들으면서
> 새벽 이슬에 옷자락 적시면서.
>
> 벌써 열째 5개년 계획이니
> 우리의 나이 얼마인가…
> 그러나 세월의 앞에서
> 조금도 부끄러움 없어라.
>
> ―「벗을 만나」(1971) 제1, 2연

노동자로서 국가의 경제정책에 발맞추어 살아온 자신의 이력을 자랑스러워하고 있다. 1971년이면 시인의 나이 64세 때다. 지나온 생을 회

고해보니 나라를 위해 열심히 노동하며 살아왔음을 자임하게 되고, 그것을 뿌듯하게 생각하고 있다. 이 시에 대해 현지의 문학평론가 정상진은 "시인에게는 이렇게 떳떳이 머리를 쳐들고 말할 깨끗한 량심이 있으며", "그의 시편들에서 필자는 폭넓은 생활의 광야, 그의 들끓는 삶의 노래를 어느 때나 듣는 것 같다."[21]고 고평하였다. 정상진은 러시아로 된 강태수의 시집이 있다고 하는데[22] 1981년, 아 좁씨스 번역으로 알마아따 사수 출판사에서 나왔다. 작시의 의도가 분명한 이런 시세계는 몇 년 지나고부터 약간씩 변화를 보인다.

> 오월에 들어선 지
> 얼마 되지 않건만
> 벌써 응달은 애인의 가슴같이
> 반갑고도 그리워라.
>
> (중략)
>
> 하루 길은 또 나를 기다리고
> 마음엔 새 호기심 움트네
> 여보 랑만은 늙은 몸에도
> 없지 못할 벗이구려.
>
> —「길을 가면서」(1974) 부분

자연의 변화를 새삼스럽게 느낀 화자는 아내에게 '낭만'에 대해 이야기한다. "여보 랑만은 늙은 몸에도/ 없지 못할 벗이구려."의 뜻은 나이

---

21) 정상진은 <레닌기치>(1989.4.29)에 시인의 탄생 80주년을 즈음하여 「시인의 평탄치 않았던 생애」라는 글을 발표하면서 그의 대표작들을 소개하고 약간의 해설을 덧붙였다. —김필영, 앞의 책, 791쪽.
22) 정상진, 『아무르 만에서 부르는 백조의 노래』, 지식산업사, 2005, 194쪽.

를 먹어도 날이면 날마다 또다시 새로운 호기심이 생긴다는 것이다. 이 시를 통해 시인이 말하는 '길'은 인생길이다. 예전에는 계절의 변화도 길의 변화도 무심히 봤는데 나이를 먹고 보니 이런 것들이 다 새롭게 느껴진다고 말한다. 이 시는 서정성을 회복해 나가는 데 있어 단초를 보여준다는 점에서 주목할 만한 작품이다.

　　　해는 이미 나절이나마
　　　해볕이 설핏하여
　　　그늘이 쓸모없으니
　　　백양나무들은 우수수
　　　잎사귀 떨어뜨립니다.

　　　강물이 부르고 불러도
　　　물새들은 듣는 체 마는 체
　　　목가지 날개 쭉지에 파묻고
　　　모래불에 외다리로
　　　용하게 서서 조을고 있습니다.

　　　누르무레한 갈잎들은
　　　강물을 들여다보면서
　　　그림자가 아직 프르러
　　　하늘빛이 아니라
　　　정말 제 몸이 그런가 합니다.

　　　　　　　　　　　　　　　　　─「어느 하루」(1978) 전문

　개인 서정의 작품으로 자연의 변화를 읊조린 것이며, 목적의식이라고는 찾아볼 수 없다. 계절의 변화를 절감하면서 생의 황혼기에 이른 자신에 대한 비애가 감지되는 작품이다. 이 시에 이르러 비로소 당국을 의식하지 않고 강태수 나름의 시적 정서를 구현하는 작품을 쓰게 된 것이다. 복권된 지 근 20년 만에 시인은 누구의 눈치를 보지 않고 자신이 쓰고 싶은 시를 써도 되겠다는 자신감을 갖게 된 것으로 간주할 수 있다.

사회의식 구현에서 내면세계 탐구로

1980년대에 들어서서도 강태수는 굳건한 의지로 자연을 노래하고 인정에 호소한다. 벌목공 생활 16년을 한 시인이 보건대 자연은 개척의 대상이다. 광활한 대자연을 개발하여 새로운 도시를 건설하기 위한 노동의 대열에 우리 모두 함께 나아가야 한다고 주장한다.

> 하늘의 푸른 양산 밑에서
> 만리 볕 거친 별은
> 세월을 베고 누워
> 회상의 필름을 돌리느냐
> 희망의 탑을 쌓느냐
>
> (중략)
>
> 뜨거운 환상의 물결에
> 벌판은 울퉁불퉁하고
> 불 같은 그의 숨결은
> 오늘도 개척자를 기다리거니
> 나라에 한바탕 힘을 떨쳐 보려고
> ─「여기도 끄슬꿈」(1980) 첫 연, 끝 연

이 시에는 노동의 가치가 인정되는 밝은 세상에 대한 꿈이 담겨 있다. "오늘도 개척자를 기다리거니"라는 대목에는 이 세상에는 자연을 개척하는 이가 반드시 필요하다는 뜻이 담겨 있다. 개척자적인 노동자들이

"나라에 한바탕 힘을 떨쳐보려고" 하고, 그들에 의해 거친 벌판에 희망의 탑이 올라간다.

> 늘 깊은 생각에 파묻힌
> 자연이 맨 먼저 발명했어라
> 온갖 삶의 완성을 위해
> 꾸준히 굴러가는 그 바퀴를
> 멈출 줄 모르는 진화의 바퀴를
> ―「멀어만 가는구려」(1983) 제4연

예전처럼 반미와 반전을 부르짖지는 않지만 이런 시에서도 어느 정도의 사회의식과 역사의식은 찾아볼 수 있다. 또한 밝고 진취적인 기상을 보여주고 있다. 분명한 것은 서정성의 회복이다. 날카롭고 거칠기 짝이 없었던 지난날의 시세계에서 벗어나, 주의주장을 담더라도 아주 차분히 독자에게 주제를 말함으로써 설득력을 충분히 갖게 된다. 그런데 1980년대 후반이 되면서 더 큰 변화가 보인다. 소연방의 해체가 이루어진 1991년 직전이던 1987~1989년에 강태수는 어느 시기보다 많은 시를 발표하는데, 그 가운데 몇 편을 살펴보고자 한다. 어느 정도 시적 품격을 갖춘 서정시를 집중적으로 쓴 시기가 바로 1980년대이고, 시인은 고희를 넘긴 나이에 가장 활발하게 시작 활동을 전개하는 것이다.

> 밭을 갈아도
> 마소는 모르며
> 빨래질해도
> 방망이 소리 없고
> 페르마에서 소젖 짜도
> 기계의 놀음판입니다.
> 모두다 기계, 기계화,

자동화,
에 웨 엠…
그러나
시대여, 나는
그대에게 크게 빌여요,
제발 우리의 염통만은
기계로 바꾸지 마세요.

―「제발!!」(1987) 종반부

자동화시스템이 소련 사회에도 도입되어 많은 사람들이 일자리를 잃는 사태가 발생하자 강태수는 이런 시를 통해 사회의 변화에 이의를 제기한다. 문명이 우리 생활에 편리함을 가져다주는 것은 좋지만 사람들을 실업자로 만드는 상황으로 치닫는 것은 바람직하지 않다고 본 것이다. 그런데 이런 시는 개인의 내면을 다룬 시가 아니다. 강태수는 1980년대 말에 가서 몇 편의 중요한 시를 발표한다. 자기성찰의 시는 그간 거의 발표한 적이 없었는데 이 시점에 그는 자신이 걸어온 길을 되돌아보면서 인생을 정리해보려고 하는 자의식이 강해진다.

불행은 늘 행복을 뒤따르어
이런저런 이간질이 아니면
그의 앞길에 덫을 놓지만
행복은 침만 꿀꺽 삽킵니다.

(중략)

나는 행복이라면 비단옷 입혀
님의 방에 세워놓고
불행은 무르게 무르게 물에 풀어
문밖에 쏟아던지겠습니다.

―「불행과 행복」(1989) 제3, 7연

디아스포라의 현장 151

불행과 행복을 의인화시킨 상태에서 전개되는 이 시에서 강태수는 자신의 생을 몹시 불행하게 만든 '불행'의 이간질과 '행복'의 무능함을 동시에 비판한다. 그리고 궁극적으로는 행복을 높이 모시고 불행은 팽개치겠다고 솔직하게 자신의 속내를 드러낸다. 21년 동안 억울한 옥살이와 벌목공 생활을 하게 했던 불행이 저주스럽다는 뜻이다. 그리고 "나는 죽고 죽어/ 아홉 번 죽더라도/ 다시 살아나겠습니다./ 설레는 내 마음/ 마지막 달래려고/ 꼭 일어나겠습니다."(「푸른 쪼각 하나」)라고 하면서 21년 동안에도 결코 꺾이지 않았던 자유에 대한 갈망을 힘주어 말한다. 이 역시 1989년 작이다. 강태수는 같은 해에 제법 긴 시를 한 편 더 발표하는데 제목이 '사람의 한 생', 바로 자기 자신의 이야기였다.

運命은 일찌기 나로 하여금
한푼없이 삶의
길을 걷게 하여
추위도 주림도 모를 바 아니며
학대와 추방의 수레에도
내 자리는 있었더니-
고생과 깔봄을 이기지 못한
사랑은 영영 나를 하직하고
한상에서 술질하던
벗들은 하루아침
깡그리 나를 등졌어라.

—「사람의 한 생」 중반부분

운명, 추위, 주림, 학대, 추방, 고생, 깔봄 등의 낱말을 동원해 쓰면서 강태수는 쓰라렸던 지난 세월을 반추해본다. 그런데 이런 것들보다 더욱 가슴을 아프게 했던 것은 '사랑'과의 영원한 이별이었고 벗들의 배신이었다. 바로 그 이야기를 강태수는 복권이 된 지 정확히 30년 만에야 하는 것이다. 강태수는 장래를 약속한 여인이 있었는데 자신이 북극에 있는 아르한겔 수용소로 끌려가자[23] 다른 사람에게 시집을 가버렸다. 그리고 "벗들은 하루아침/ 깡그리 나를 등졌어라."에 이르면 억울하게 누명을 쓰고 끌려간 이후 벗들도 등을 돌리고 전혀 구명의 손길을 뻗치질 않았음을 알고는 서운한 마음을 가슴에 품어왔음을 고백한다. 야속하고 서운한 감정을 꾹 눌러오다가 30년 만에 시를 통해 이런 식으로 가슴에 맺힌 것을 발언한 것이다. 하지만 시를 마무리하는 시점에 가서는 태도를 달리한다.

> "큰일은 무슨 큰일이야,
> 장미에 가시가 있다고
> 삶이 내 마음대로 되지 않는다고
> 한탄할 것 무엇이냐.
> 우리는 경우를 막론하고
> 사람 그대로 남아있어야지
> 자, 주먹을 불끈 쥐고
> 눈보라를 헤치면서 걸어가자.
> 여전히 씩씩 나아가야 한다!"
>
> 아, 사람의 한생이여…
> ―「사람의 한 생」 끝부분

운명이 일찍이 나로 하여금 그렇게 되게 한 것을 이제 와서 어떻게 할 것인가, 하고 체념하고 있다. 그런 연후에 그는 불행한 운명에 연연해하

---

23) 우블라지미르는 수용소 생활에 대해 "유자철선, 멀건 야채국, 힘겨운 노동(하루 동안 기준 노동량―6평방미터의 목재), 질병, 수용소 관리들과 수위병들의 전횡, 굶주림과 추위에 의한 죽음."이라고 설명하였다. ―우블라지미르, 앞의 책, 101쪽.

지 말고 씩씩하게 살아가자고 자신을 채찍질한다. 지난 시절을 한스러워하며 자꾸 원망을 하느니 앞날을 생각하며 "여전히 씩씩하게 나아가야 한다!"고 스스로 기운을 내는 것으로 시를 끝맺는다. 그런데 이 시만으로는 자신의 파란만장했던 과거지사를 다 말했다고는 생각이 되지를 않았다. 그래서 다시 쓰는 시가 「마음속에 넣어 두었던 글」이다.

마지막 고백

이 시는 100행이 넘는다. 한 편의 시로 과거지사를 모두 회상하여 정리하고, 또 잊어버리고자 결심한 뒤에 쓴 시가 아닌가 여겨진다. 제목부터가 '마음속에 넣어 두었던 글'이며, 1995년, 시인의 나이 87세 때 쓴 시이다. 자신이 체포되어 아르한겔 수용소로 끌려갈 때의 기억을 더듬어 그때의 정황을 아주 드라마틱하게 구성하여 시로 쓴다. 시적 화자가 '너'로 지칭하여 부르는 이는 자신과 결혼하지 못해 타인의 아내가 된 사람이다. 그 사람에게 주는 편지 형식으로 시가 진행된다.

> 드디어 '죄수차'는
> 북을 향하여
> 몸을 내흔들며 움직이니.
> 마치 얼음바다 얼음바람은
> 어느덧 내 얼굴 스치는듯하여
> 나무도 자라나지 못하는
> 툰드라가 눈앞에 어물거린다.
> ―「마음속에 넣어 두었던 글」 부분

강태수는 이 시가 독자들에게 널리 읽히고 고명한 비평가들의 상찬을 들을 생각이 전혀 없었던 듯하다. 죄수 호송 열차에 실려 시베리아

북단으로 이송되어 갈 때의 고난에 대해 시의 형식을 통해서나마 후세에 전하고 싶어서 이 시를 썼을 것이라는 생각이 든다. 그러니까 이 시는 증언의 시 내지는 고백의 시라고 할 수 있다.

> 머리를 수그리고
> 오직 내가 원하는 바는
> 네가 속히 귀여운 아기들의
> 어머니가 되며
> 남편이 던지는 웃음에
> 두터운 정으로 대답하며
> 또 우리에게만 부족되지 않던
> 그 무엇으로 보태면서
> 무한히 행복하기를!
> 그리고 또 하나는!
> 너는 나를 '죄인'이라고
> 절대 부르지 말기를!
>
> —「마음속에 넣어 두었던 글」부분

시적 화자는 네가 속히 귀여운 아기들의 어머니가 되어 달라고 부탁한다. 강태수는 내가 누명을 쓰고 먼 이역으로 끌려가지 않았더라면 너와 결혼하여 아기를 낳았을 것이라는 생각하지만 운명은 이미 호송차를 타고 달리는 것으로 결정이 났다. 가슴은 아프지만 네가 다른 남자와 결혼하여 아기 낳고 행복하게 살라고 기원하고 있다. 그리고 나는 죄인이 결코 아니므로 나를 '죄인'으로 부르지 말아 달라고 부탁하고 있다. 그리고 "네가 낳은 아들딸은/ 내가 한번 품에 안아본다면/ 얼마나 기쁘랴…" 하고 말한다. 내 자식이 아니지만 내 한때의 연인이었던 네가 낳은 아이를 그 언젠가 안아보고 싶다고 말한다. 더없이 간절한 사랑이며 사무치게 비통한 이별을 노래하고 있다. 시는 이렇게 끝난다.

너는 진짜 안해가 되고
너그러운 어머니 되며
참다운 국민이 되어
일 잘 하며 사이좋게 살아가기를
나는 거듭 빌며 바란다.
아무렇던 희망과 믿음은
나를 종내 버리지않아
마음은 날마다 굳어간다…
아, 1938년도 막가는 오늘은
나의 한생에서 괴롭고
무거운 나날 중 하루—

…언제나 동이 트겠는가.
'죄수차'의 밤은 참으로
길기도 하여라…

　　1938년 세모, 아르한겔 수용소로 가는 죄수 호송 열차 속에서의 생각을 시인은 잊지 않고 있다가 1995년이 되어서야 시로 발표한다. 마지막 부분에 가서 또다시 강태수는 '너'에게 기원한다. 좋은 남편 만나서 아기 낳고 행복하게 살았으면 좋겠다고. 희망과 믿음은 종내 나를 버리지 않을 것이라는 말을 덧붙이지만 오늘 하루는 "나의 한 생에서 괴롭고/무거운 나날 중 하루"인 것이다. '죄수차' 속에서의 밤은 길기도 하다면서 말을 줄인다. 강태수에게 이 시는 유언의 성격을 지니고 있었는지 이 시 발표 후 산문 「사실 그대로…」와 회상기 「우리도 뒤돌아보면서」를 쓰고는 숨을 거둔다. 시로서는 마지막 작품이었던 것이다. 정말 하고 싶었던, '마음속에 넣어 두었던 글'을 썼으므로 편안히 숨을 거둘 수 있었는지도 모른다. 향년 93세였다.

지금까지 살펴본 대로 강태수 시인은 소련의 조선인 억압의 대표적인 사례가 된다. 1938년에 벽보신문에 시를 한 편 게재한 것이 빌미가 되어 죄를 짓지 않았음에도 5년 동안 북극 근처 수용소로 보내져 강제노동을 했고, 이후 16년 동안 당국의 감시를 받으며 삼림 벌목공으로 일했다. 1959년에 복권이 될 무렵부터 시를 쓰기 시작하여 마지막 작품 「마음속에 넣어 두었던 글」을 쓸 때까지 36년 정도 작품 활동을 했다. 러시아어로 된 시집은 있지만 한글 개인시집은 아직 카자흐스탄에서도 한국에서도 나오지 않았다.

　본고는 그의 시를 대략 연대별로 나누어 시세계의 변화 양상을 논해 보았다. 강태수 시인은 복권 이후 한동안 당의 눈치를 보며 체제를 옹호하는 데 급급했지만 세월이 지나면서 조금씩 서정성을 회복해 나가는 것을 확인할 수 있었다. 특히 1980년대 말부터는 사회를 향한 비판적 발언을 줄이는 대신 내면세계를 탐구하기 시작하였다. 생의 말년에 가서 「사람의 한생」과 「마음속에 넣어 두었던 글」이란 자기고백적인 긴 시를 발표하는 것으로 한스런 자신의 인생을 정리하였다.

　강태수는 1975년부터 시와 소설 쓰기를 병행하였다. 그런데 지금까지 국내에 소개된 그의 소설은 단편 2편이 전부여서 소설가 강태수에 대한 연구는 일단 후일을 기약할 수밖에 없다. 그의 소설까지 연구가 되어야 온전한 강태수론이 나올 터인데, 이 글은 앞으로 행해질 강태수 연구를 위한 첫 단추의 역할을 한 셈이다.

카자흐스탄 고려인 시인
전동혁의 서사시 「박 령감」

시인 전동혁은 대한제국이 일본의 침략으로 식민지 지배하에 들어가던 1910년, 러시아 통치하에 있던 연해주[1])에서 태어났다. 연해주 우수리스크(소왕령) 시에 있는 소왕령 조선사범전문학교를 졸업하고 1928년 시 「봄」을 신문 <선봉>[2])에 발표하면서 창작활동을 시작했다.

---

[1]) 시베리아 동해 연안인 연해주에는 1930년대에 이르러 러시아 이주 조선인이 20만 명 가까이 살았다. 1937년에 중앙아시아 지역으로 강제이주한 고려인들은 떠나온 고향 연해주를 '원동(遠東)'이라고 불렀다.

[2]) <선봉>은 연해주로 건너간 애국지사들이 삼일만세운동 4주년을 기념하여 1923년 3월 1일 연해주 블라디보스토크에서 창간한 신문이다. 1937년 연해주 고려인들이 몽땅 중앙아시아로 강제이주를 당하면서 탄압을 받아 폐간되었다. 다행히 신문사의 일부 직원이 강제이주 와중에서도 살아남았고 그들이 이주 당시 가져온 활자와 신문 기자재들이 있어서 그것을 바탕으로 1938년 모국어 신문 <레닌기치>를 발간할 수 있었다. ―김병학, 『카자흐스탄의 고려인들 사이에서』, 인터북스, 2009, 12쪽 참조.

1937년 스탈린의 지시로 행해진 연해주 거주 조선인들의 중앙아시아 지역으로의 강제이주[3] 후 우즈베키스탄의 수도 타슈켄트에 있는 타슈켄트사범대학 언어문학부를 졸업했다.[4] 소련작가동맹 회원으로서 신문 <레닌기치>의 기자생활을 하다가 1940년대 중엽에 북한에 들어가 조선문화협회 부회장을 했다. 6·25전쟁 중에는 문화인부 부부장을, 전쟁이 끝난 후에는 북한외무성 참사로 일하다 1957년 우즈베키스탄으로 귀환해 이곳에서 살다 1985년 8월에 사망했다.

본고에서 다루고자 하는 「박 령감」은 <레닌기치> 1967년 11월 8일자 3면 전면에 걸쳐 발표된 장편서사시다. 이 작품에는 러시아 국적을 갖고 살아가게 된 연해주 거주 조선인이 중앙아시아 지역으로 강제이주를 당한 이후의 삶이 잘 그려져 있어 주목을 요한다. 또한 러시아가 1917년 공산혁명 성공 이후 적군과 백군으로 나

뉘어 내전을 전개했을 때 조선인 의용군 부대가 적군을 도와 소비에트연방공화국 탄생에 일조한 내용이 나오므로 역사적인 의미도 있는 작품이다. 연구자는 이 작품이 이룩한 것과 아쉬운 점, 즉 공과 과를 논하고자 한다.

정상진의 회고록에 따르면 전동혁은 북조선에 가서 많은 가사를 창작했고, 이것들이 노래로 만들어져 인민들에게 불리어졌다고 한다.[5] 1962년

정상진이 쓴 북한과 소련의
조선인 예술인들 회상기

---

3) 강제이주는 1937년 9월 10일에 최초의 열차가 출발함으로써 시작되어 90회 이상 수송열차가 동원되었고 12월 말경에 완료되었다. —전경수 편, 『까자흐스딴의 고려인』, 서울대학교출판부, 2002, 18~19쪽.
4) 전동혁 시인에 대한 약력은 정상진의 '북한과 소련의 문학 예술인들 회상기'인 『아무르 만에서 부르는 백조의 노래』(지식산업사, 2005) 195쪽과 김병학 편『재소고려인들의 노래를 찾아서 Ⅱ』(화남, 2007) 392쪽에 나오는 내용을 참고함.
5) 정상진, 위의 책, 195쪽.

에 중앙아시아 고려극장에서 공연한 희곡 「모란봉」은 북한에서도 무대
에 올려졌다. 김필영은 『소비에트 중앙아시아 고려인 문학사』에서 전
동혁에 대해 다음과 같이 짧게 기술하고 있다.

> 전동혁(1910~1985)의 시로 「력서」(1960), 「오월의 절규」(1960),
> 소련 주권을 지키기 위해 기여한 박 영감의 행적을 찬양하는 내
> 용을 담고 있는 서사시 「박 령감」(1967), 소련 청년들의 국제주
> 의자적 정신을 기리는 「새 전설」(1968)이 있다.6)

이 밖의 평가로는 "중앙아시아에서 레닌 당이 있어서 성공적인 삶을
살 수 있었다는 고려인의 삶을 '박 영감'이라는 인물이 체험한 역사적
사실을 회상 구조로 지은 장편서사시 「박 령감」"7)과 "소련 개방 이전까
지 고려인들이 기억하는 '강제이주'를 단적으로
보여주는 작품"8)이라는 언급이 있다. 강진구의
논의는 오류다. 작품에는 강제이주에 대한 내용
이 한 줄도 나오지 않는다. 이상의 책자를 제외
하고는 국내에서 출간된 그 어떤 북한문학사9)
에도 전동혁이라는 이름은 나와 있지 않다. 이
를 미루어보면 전동혁은 연해주와 중앙아시아,
북한 등 드넓은 지역에서 다년간 창작활동을 했
던 시인임에도 국내 학계에는 거의 소개가 되지 않았다고 보아야 한다.

전동혁 시인

---

6) 김필영, 『소비에트 중앙아시아 고려인 문학』, 강남대학교출판부, 2004, 300쪽.
7) 장사선·우정권, 『고려인 디아스포라 문학 연구』, 도서출판 월인, 2005, 78쪽.
8) 강진구, 「중앙아시아 고려인 문학에 나타난 기억의 양상 연구」, 이명재 외, 『억압
   과 망각, 그리고 디아스포라』, 한국문화사, 2004, 60쪽.
9) 김윤식, 『북한문학사론』, 국학자료원, 1995.
   최동호 편, 『남북한 현대문학사』, 나남출판, 1995.
   신형기·오성호, 『북한문학사』, 평민사, 2000.
   김용직, 『북한문학사』, 일지사, 2008.

고려인 의용군의 러시아 내전 참전 묘사

전체 5개 장으로 되어 있는 「박 령감」은 액자형 구조를 지니고 있다. '박 령감'이라는 이의 칠순잔치 장면으로부터 시작되는데 시적 화자가 관찰자가 되어 박 영감의 현재의 삶을 살펴보기도 하고 과거지사 이야기를 듣기도 한다. 박 영감의 과거지사가 펼쳐지는 부분에서는 겹따옴표를 사용하여 본인이 직접 자신의 경험담을 털어놓는다. 즉, 이때 관찰자는 사라진다. 일가친척과 많은 동네사람이 잔칫집에 와서 축하해주는 경사스러운 자리에서 박 영감은 좌중을 향해 "내 심장이 읊는 시를/ 내 심장이 부르는 노래를/ 들어보게, 들어들 봐!" 하고 외친 뒤에 이야기 보따리를 풀어놓는다. 박 영감이 좌중에게 들려주는 이야기는 1922년 2월 10일부터 사흘에 걸쳐 진행된 '볼로차예프카 전투'에 관한 것이다.

무산계급혁명을 성공시켜 세계 최초로 공산당 정부를 세운 러시아 공산혁명군(赤軍)은 한국인 의용군의 도움을 받으며 1918년 6월부터 제정을 옹위하는 차르 신봉자들과 멘셰비키[10]로 이루어진 백군과 치열한 내전[11]을 벌인다. 내전에서 패한 백군의 잔류 병력이 하바롭스크 쪽으로 쫓겨오자 러시아의 어지러운 정국을 틈타 1918년 4월부터 연해주

---

[10] 러시아 마르크스주의 우파. 1903년 러시아사회민주노동당 제2차 대회에서 조직론을 둘러싸고 당이 양분되었을 때 레닌이 이끄는 볼셰비키(다수파)와 대립하던 소수파를 말한다. 지도자는 L. 마르토프였다.

[11] 당시 지휘관 V. A. 포포프는 한인중대의 모습을 이렇게 묘사했다. "2월 10일 영하 40도의 추위 속에 부대들은 공격을 위해 이동했다. 6연대의 한인중대가 가장 먼저 철조망 장애물지대에 도착했고 바로 맹렬하게 돌격을 감행했다. 대부분의 전사들은 철조망절단기를 가지고 있지 않았기 때문에 철조망을 총검 또는 개머리판, 심지어는 자신의 신체로 끊어야 했다. 적군(敵軍)들은 장갑기관총으로 폭풍과 같은 화염을 토해내었다. 거의 전 중대가 철조망에 매달린 채 전사했다. 포포프, 「볼로차예프카로 가는 접근로에서」, 『타이가 원정』, 모스크바, 1936, 270쪽; 보리스 박·니콜라이 부가이, 김광환·이백용 역, 『러시아에서의 140년간』, 시대정신, 2004, 211쪽 재인용.

를 강점하고 있던 일본군이 이들을 돕는다는 명분으로 백군을 받아들여 연합세력을 구축, 적군을 위협하게 된다.[12]

1922년 2월 10일부터 적군은 볼로차예프카(전동혁의 시에는 '월로차옙까'로 표기)에서 대대적인 전투를 벌여 백군과 일본군을 하바롭스크 일대에서 몰아내는 데 성공한다. 이 전투는 적군이 백군을 물리치는 데 결정적인 역할을 한 것으로 평가받고 있다. 하바롭스크의 칼 마르크스 거리에는 승전을 기념하는 거대한 전적비가 세워져 있고, 조형물 옆의 비문에는 "118명의 빨치산이 여기에 잠들어 있다"고 기록되어 있다.

하바롭스크에 있는 승전기념비

그런데 이 전투에는 '고려혁명의용군' 소속 고려인[13]이 다수 참전하

---

12) 이송호 외, 『연해주와 고려인』, 백산서당, 2004, 29쪽 참조.
13) 1863년, 13개 가구가 러시아로 이주해 간 이후 조선인의 연해주 이주는 꾸준히 이루어졌다. 연해주 일대에 사는 조선인을 러시아인들은 '카레이스키'라고 불렀다. '고려인'이라는 뜻이다. 그래서 러시아에 거주하는 조선인은 고려인으로

여 12명의 전사자가 나온다. 우리가 주목해야 될 것은 이 전투의 총 희생자 118명(일본인을 제외한) 중에는 조국의 광복을 앞당기는 일이라 생각하고 참전한 고려인이 상당수 있었으며, 희생자 중 12명은 러시아인이 아니라 고려인이었다는 점이다. 이 전투의 공로로 고려혁명의용군 제6연대는 적기훈장을 단체로 받았다. 이 전투의 승리로 백군 세력은 완전히 궤멸되었고, 1922년 12월 30일 소비에트연방공화국('소련'은 이 명칭을 줄인 것이다)이 탄생하였다.

연해주에서 살아가는 고려인들이 러시아 공산혁명군과 연대하여 하바롭스크의 백군과 일본군을 몰아내는 전투에서 큰 승리를 거두었다는 역사적 사실에 대해 참전했던 고려인들은 큰 자부심을 느끼고 있었다. 전동혁은 이를 토대로 하여 장편서사시로 써보기로 한다.

> "…1922년 2월 10일.
> 출전 명령은 내렸네,─
> 월로차옙까 역을 점령하라
> 최고 사령관 부루헤르의
> 전투 명령은 내렸네.
> 눈은 깊어 허릿등 치고
> 날씨는 고되게 맵짜서
> 숨 콱콱 막히는 새벽
> 우리 중대는 나섰네,
> 적진을 향하여
> 산병선 치면서.
> 내다뵈는 이윤까란 산,
> 여섯 줄로 철조망 두른
> 그 산 뒤엔 월로차옙까 역.
> 그 산비탈엔 참호가 겹겹

불리었다.

참호 속엔 적들의 기관총…
그리고 대포, 땅크까지…
철길에선 장갑차 왔다갔다…
그러나 명령은 명령,
혁명의 시킴이니
승리의 한 맘에 불타는
혁명군 전사들은
눈 속을 뚫고 헤치며
앞으로 앞으로 나갔네.

　박 영감은 전투에 참가했던 젊은 날의 무용담을 이와 같이 펼쳐놓는다. 당시 적군의 최고사령관은 콘스탄치노비치 부루헤르였는데 하바롭스크의 전적비에는 그의 흉상이 세워져 있다.

부루헤르 최고사령관의 흉상

　이 시에서 부루헤르 사령관의 명령을 "혁명의 시킴"이라고 표현하고 있다. 즉, 사령관을 혁명과 동의어로 쓰고 있다. 러시아인 사령관의 명령에 따라 고려인 병사들이 타국에서 어떻게 전쟁을 했는지를, 전동혁은 신바람이 나서, 대단히 실감나게 묘사하고 있다. 서사시의 편수가 많지 않은 우리 시에서 다수의 고려인이 연해주에서 적군과 연합하여 일본-백군 연합군을 물리쳐 승리하는 전투 장면을 박진감 넘치게 묘사한 「박 령감」에 대해서는 시사적인 자리매김이 필요하다. 제1장은 시 전체의 1/3 분량을 차지하고 있는데 대부분을 이러한 전투 장면 묘사에 할애하고 있다.

산 밑에 다가갔을 때
적들은 불을 뿜었네—
기관총, 보총 소리 콩 닦듯
가끔 가끔 대포소리 쿠ㅇ 쿠ㅇ
여기저기 포탄 터지는 곳에
흰 눈이 공중에 날리고
전사가 총탄에 맞은 곳에
흰 눈이 붉은 피로 물들었네.

흩날리는 눈발 속에서 육탄 공격으로 철조망을 끊고 참호를 빼앗는 과정이 이어진다. "쇠떵이로 화한/ 혁명군 전사들의 몸뚱이는/ 그야말로 육탄이 되어/ 철조망 한 겹 두 겹 무찌르며/ 산꼭대기 향해 올라" 마침내 이윤까란 산을 점령한다. 사흘 밤낮으로 철조망을 공격하는 과정에서 희생자를 적지 않게 내지만 전우의 죽음을 슬퍼할 겨를도 없다. 방어기지라고 할 수 있는 이윤까란 산을 점령하고 산 너머에 있는 볼로차예프카 역을 점령함으로써 전투가 끝난다. 전투의 마지막 장면이 아래와 같이 묘사된다.

월로차옙까 역을 향하여
사태같이 밀려 내려갔네,
적들은 주검과 무기를 버리고
혼비백산 도망쳤네,
이때 혁명군 전사들의
사기는 하늘에 뻗쳤고
'우라' 소리 천지를 진동했네,
어느새 산꼭대기와
역사의 지붕 우에선
붉은 깃발이 휘날렸네….

혁명군 전사들이 '만세'라고 외치지 않고 '우라'라고 외친 것, 그리고 태극기가 아니라 '붉은 깃발'을 휘날렸다는 것이 특이하다. 전시에 러시아인과 고려인의 구분이 없다. 하지만 1922년의 볼로차예프카 전투는 고려인 의용군이 주체가 되어 행한 전투가 아니라 어디까지나 러시아 공산혁명군을 도와 참전했던 것이며 공산혁명의 완전한 승리를 위해 일조했던 전투임이 시에 확실히 드러나 있다. 제1부는 이렇게 끝난다.

그때 박 령감 또래들이—
이십 안팎의 청년들이
지금은 김 령감, 리 령감,
최 령감으로 불리우는 이들이—
이만 전투, 올리가 전투,
또 다른 곳 전투에서
쏘베트 주권 위해
로씨야 형제들 도와
백위군, 왜병들 까부신
빨치산이 그 얼마드냐?
전사한 이들껜 묵상 올리고

살아 계신 이들껜 머리 숙인다.

시를 보면 고려인 의용군은 볼로차예프카 전투 외에도 이만 전투, 올리가 전투 등등에 참가하여 "쏘베트 주권 위해/ 로씨야 형제들 도와/ 백위군, 왜병들"을 '까부셨음'을 알 수 있다. 박 영감의 입을 빌려 전동혁은 몇몇 전투에서 다수의 고려인 빨치산이 죽었다고 증언한다. 박 영감은 청중에게 "전사한 이들껜 묵상 올리고/ 살아 계신 이들껜 머리 숙인다"고 고하면서 이야기를 마무리 짓는다. 결론적으로 말해 제1부는 박 영감이 참전한 볼로차예프카 전투 장면을 사실적으로 묘사한 증언의 문학이다. 이 부분은 '장편서사시'라는 타이틀에 걸맞게 역동적이고 웅장하다.

'강제이주'가 금기어가 된 이유

시는 제2부로 가서 일단 현재의 시점에서 다시 출발한다. 기쁜 잔칫날, 박 영감은 연해주에서의 평화로웠던 날들에 대해 회상에 잠긴다. 원동 땅은 "내 몸과 피로 지킨 땅"이며 "내 청장년 시절 흘러간 곳"이고 "내 힘과 땀이 스며든 땅"이며 "내 손으로 매만지던 땅"이다. 이런 곳을 그대로 두고 지역 주민 전부가 몽땅 타의에 의해 제2의 고향 연해주를 떠나 낯선 땅, 그것도 허허벌판으로 떠나야 했다는 것은 누구 봐도 비극이다.

이 사람, 친구들,
이 사람, 젊은이들,
이 기쁜 날 당하고 보니
옛 친구, 옛 전우들 그립구려,
내 살던 땅, 원동 땅이 생각히네─

내 몸과 피로 지킨 땅,
내 청장년 시절 흘러간 곳,
내 힘과 땀이 스며든 땅,
내 손으로 매만지던 땅,
지금도 꿈이면 가보는 곳들;

　오죽 그리웠으면 "지금도 꿈이면 가보는 곳들"이라고 말하는 것일
까. 박 영감은 떠나온 원동의 곳곳, "록등, 지신허－연추땅,/ 허커우, 항
거우－추풍벌,/ 치머우, 시토우－외수청,/ 신영동, 청지동－내수청,/ 리
포, 사만리, 안반, 다반－/ 내 다니던 곳, 살던 곳이라네,/ 해삼, 소왕령,
허발포, 이만－/ 내 가끔 드나들던 도시라네."라고 지명을 나열하면서
연해주 곳곳에 대한 그리움을 감추지 않는다. 1937년 이전까지 연해주
고려인들은 소련 국민으로서 공산주의 체제에 잘 적응해 연해주를 살
기 좋은 곳으로 만드는 데 전심전력했다.

꼼무나, 꼴호스,
토호 청산, 곡물 수매,
벼 농사, 콩 농사,
고기잡이, 목재 준비,
오년 계획, 돌격대원,
'선봉' 신문, 문맹 퇴치,
공산당원, 공청회원,
려자 대표, 소년 탐험대－
별로 길게 말해 뭣인가?
이것이 바로 내 걸어온
평화 건설 열다섯 해
보람찬 력사라네."

제2장의 마지막 연이다. 제2장에서는 박 영감이 화자로 등장, 자기 이야기를 하는 것으로 이루어져 있다. 조선인들은 1922년에 큰 전공을 세우고 나서 15년 만인 1937년에 중앙아시아로 강제이주를 당한 것인데, 그 사이를 "평화 건설 열다섯 해"라고 하였다. '꼼무나'는 '공동 집단'을 뜻하는 북한말이다. '꼴호스'는 모든 생산 수단을 사회화하고, 협동조합 형식에 의해 농민이 집단 경영을 하며, 수익은 각자의 노동에 따라 분배하던 소련의 집단 농장을 뜻한다. 박 영감은 이제 공동 생산, 공동 분배라는 공산주의식 생산 방식에도 익숙해져 그런 체제하에서 곡물을 수매하고 벼와 콩을 수확하고 고기도 잡고 목재도 마련한다. 고려인들은 이 15년 동안 돌격대원으로서 경제개발 5개년 계획에 공을 세우고 『선봉』 신문을 발간하여 문맹 퇴치에도 앞장선다. 성인은 공산당원이 되고 청년은 공청('공산당 청년위원회'의 준말) 회원이 된다. 여자 중에서도 대표가 나오고 소년은 탐험대에 들어간다. 아무튼 박 영감은 '평화 건설'에 힘쓴 1922~1937년까지 15년 동안의 고려인의 삶에 대해 "보람찬 역사"였다고 자화자찬한다. 그런데 작품의 어디에도 왜 이렇게 아무 탈 없이 잘살고 있던 이들이 느닷없이 중앙아시아 쪽으로 가게 되었는지에 대해서는 단 한마디도 하지 않는다. 가장 큰 이유는 소련 당국의 검열 때문이었을 것이다. 더군다나 신문에 실리는 작품인데 지난날의 강제이주나 체제에 대한 비판의 말이 들어갔다면 이 작품은 게재되지 못했을 것이다. 그 다음 큰 이유는 소련 당국에 잘못 보이면 어떻게 하나 하는 자기검열 때문이었다. 소련치하에서 남한과 북한, 중국의 조선족 등 그 누구로부터도 도움을 받을 수 없던 고려인은 스스로 삶의 터전을 개척할 수밖에 없었다. 이미 조국은 일본의 식민지가 돼 버렸다. 이 작품을 쓸 무렵 전동혁은 소련 국적을 가진 이로서 소련을 찬양하는 시를 써야만 했던 것이다. 그런 입장이나 처지가 강제이주에 대한 언급을

회피하게 했을 것이다.

1922년에 고려인이 피를 흘리며 소련 건국에 공을 세웠음에도 불구하고 15년 뒤, 스탈린이 연해주 일대의 고려인을 중앙아시아 쪽으로 몰아낸 이유는 어디에 있었던 것일까? 강제이주의 이유는 첫째, 일본이 소련 극동지역 침략 전략으로 고려인을 이용하고자 했기 때문이다. 둘째, 소련은 소련·일본 간의 전쟁이 발생할 경우 상당수의 고려인이 일본군에 협력할 가능성이 크다고 생각했다. 셋째, 이미 고려인 일본 스파이가 활동하고 있다고 판단을 했다.[14] 강제이주에 대해서는 다른 시각도 있다. 최강민은 이렇게 말하고 있다.

> 강제이주의 원인은 고려인의 간첩행위라기보다 1930년대 일소관계의 악화에서 기인한 것이다. 일제의 간첩이라는 죄목은 강제이주에 따른 고려인들의 반발을 무마하기 위한 정치적 구호였던 셈이다. 강제이주된 고려인들은 집단농장에 귀속되어 일하면서 언제 어떻게 될지 모른다는 극심한 공포와 불안을 경험한다. 이러한 생존의 위협 속에 계급을 내세운 소비에트 정권은 소수민족의 민족주의를 억압하는 정책을 펼친다.[15]

이런 주장도 일리가 있다. 세계대전 발발 이전에 사전 정지작업의 일환으로 일본에 협조할 고려인의 싹을 잘라두자는 의미가 컸을 것이다. 아무튼 연해주에서 살아가고 있던 고려인들은 러시아가 적군과 백군으로 나뉘어 내전을 벌이고 있던 시기에 적군을 위해 수많은 이가 피를 흘리며 죽어갔다.[16] 적군이 최종적으로 승리하여 소비에트정권을 확립했

---

14) 김종회, 「중앙아시아 고려인 문학 개관」, 김종회 편, 『중앙아시아 고려인 디아스포라 문학』, 국학자료원, 2010, 23쪽 참조.
15) 최강민, 「중앙아시아 고려인 시에 나타난 조국과 고향 이미지」, 이명재 외, 『억압과 망각, 그리고 디아스포라』, 한국문화사, 2004, 214쪽.
16) 볼로차예프카 인근에 있는 인 역의 전투에서는 조선인 75명(일설에는 100여

으므로 소련은 사실 고려인들에게 고마움을 느껴야 한다. 그러나 소련의 스탈린은 그런 점에 대해서는 조금도 생각하지 않고 연해주의 고려인이 일본을 도와 반역 모의에 가담할지도 모른다고 우려하여 일본과 국경을 맞대고 있는 연해주에서 수만 리 떨어져 있는 중앙아시아 쪽으로 고려인 주민 전부를 이동시킨다. 스탈린이 하필 불모지에 가까운 중앙아시아 지역을 택한 것은 상대적으로 낙후된 지역을 개발한다는 의미에서 그간에 드러난 조선인들의 부지런함을 고려할 때 이주의 최적지라고 판단했기 때문이다.[17]

소련 당국이 강제이주 전에 한 일은 반대의 목소리를 높일 수 있다고 인정된 2,800여 명의 선진 인텔리들, 학자들, 군 장교들을 체포하여 재판도 없이 총살한 일이었다.[18] 이 와중에 죽은 이가 조명희였다. 1937년 중에 연해주 606개 마을에 흩어져 살고 있던 3만 6,422가구의 17만 1,781명이 중앙아시아로 이주했다.[19] 이들은 가재도구는 물론 곡식 종자나 가축 등을 다 그냥 두고 거의 맨몸으로 열차를 타야 했다. 40일 동안 기차여행을 했는데(이송은 여러 차례 나누어 행해졌다), 기차에서 많은 사람이 죽었지만 그 수는 정확히 알 수 없다. 정상진의 회고담에 따르면 이주 초년 기간에 노약자와 어린아이들이 토질병과 추위로 특히 많이 죽었는데 그 수가 만여 명에 달했다고 한다.[20] 민족의 대이동이 왜 이루어졌는지 그 이유에 대해 아무런 언급 없이 작품의 무대가 한 순간에 연해주에서 중앙아시아로 바뀌는 것은, 소련 체제라는 특수한 상

명)이 전사하고 17명이 중경상을 입었다고 한다. ─박환,『박환의 항일유적과 함께하는 러시아 기행 2』, 국학자료원, 56쪽.

17) 전경수 편,『까자흐스딴의 고려인』, 서울대학교출판부, 2002, 12쪽.
18) 정상진,「내가 직접 겪은 강제이주」, 중앙아시아문인협회,『고려문화』2호, 2007, 197쪽.
19) 윤병석,『해외동포의 원류』, 집문당, 2005, 199쪽.
20) 정상진, 앞의 책, 197쪽.

황 때문이긴 했겠지만 작품의 개연성이나 리얼리티 면에서는 치명적인
약점임에 틀림없다.

소련의 중앙아시아 개발이 시작됨

전체 작품의 2/3 분량을 차지하는 제2~5부의 내용은 고려인들이 중
앙아시아로 이주한 이후 허허벌판을 개척하여 살기 좋은 땅으로 만드
는 건설과 개발의 연대기라고 할 수 있다. 제3장에서는 나라의 보살핌
속에서 "이곳 형제들의 도움 받아/ 새 땅 일구어/ 새 살림"을 꾸려가는
과정이 전개되고 있다.

> 지금부터 서른 해 전,
> 시월의 혜택 받아
> 참된 인간 행복 맞본
> 박 령감, 김 령감들이,
> 당의 부름과 시킴이라면
> 물불을 가리지 않고
> 목숨 걸고 달려드는
> 리 령감, 최 령감들이
> 정든 고향— 원동 떠나
> 낯선 곳에 옮겨 와서
> 나라의 보살핌 속에
> 이곳 형제들의 도움 받아
> 새 땅 일구어
> 새 살림 꾸렸어라.

시를 쓴 시점, 그리고 박 영감이 칠순잔치를 행하는 시점인 1967년부
터 서른 해 전이란 1937년, 바로 강제이주가 있던 해이다. "시월의 혜

택"의 '시월'을 10월 혁명(1917)으로 보면 20년의 차이가 있으므로 강제 이주를 당한 1937년으로 보아야 한다. 즉, 전동혁은 여기서 1937년의 강제이주를 "시월의 혜택"이라고 미화하고 있다. 우리는 연해주에 살던 고려인들의 중앙아시아 강제이주를 우리 민족의 큰 비극으로 간주하고 있지만 고려인으로 불리게 된 자신들도 과연 이것을 비극으로 생각하고 있을까? 속으로는 그렇게 생각했을지 모르겠지만 전동혁은 어디에서도 '강제이주'에 대한 말을 하지 않는다. 중앙아시아로 이주한 이후 이들은 처음에는 고생을 했지만 원주민들의 도움을 받아가며 집단 농장에서 "새 땅을 일구어/ 새 살림을 꾸려" 어느 정도 적응하게 된다. 이어지는 내용은 박 영감의 과거지사 회고담이다.

> "…갈밭, 진펄, 모기, 학질…
> 이것으로 이곳 자연은
> 우리 이주민 맞았다네.
> 그러나 락심치 않고
> 우리 팔 걷고 나서
> 토막 치고 온돌 놓아
> 잠자리 마련하고
> 낫 벼려 갈 베고
> 뜨락또르로 땅 번지고
> 깻드맨으로 두렁 잡고
> 대돌, 소돌 내리워
> 물 끌어다 논 풀고
> 벼씨 뿌려 매다루었네…

수십 년 삶의 터전이었던 원동에서 이곳으로 온 이후의 삶이 얼마나 험난했는지 몇 행에 걸쳐 묘사되고 있다. 낯설고 물선 중앙아시아는 농사짓기에 부적합한 갈밭과 진펄로 되어 있었고, 모기에 물려 학질을 앓는 환자도 속출했던 것이다. 하지만 박 영감은 소련 당국에 대해 원망하는 말은 한마디도 하지 않는다. 전동혁은 박 영감이 집을 마련하고 논밭을 일구는 과정을 묘사할 뿐이다('뜨락또르'는 '트랙터'의, '깻드맨'은 괭이나 가래의 러시아식 표기다). 박 영감은 다음과 같이 회고담을 이어간다.

> 이렇게 삼 년 농사지으며
> 벽돌집도 짓고
> 기와지붕도 이었네.
> 학교도 짓고 구락부도 꾸리고
> 병원도 열고 유치원도 차렸네.
> 채소 심어 김치도 담그고
> 콩 심어 장도 만들었네…
> 우린 시월의 나라에서 살기에
> 우리 뒤엔 레닌 당이 있기에
> 우린 먼 조선 화전민도 아니었고
> 옛 원동 도강민도 아니었네.
> 우리 살림 날로 피져갔고
> 우리 생활 날로 행복해갔네".

처음 한 3년 동안에는 내 집 마련과 내 논밭 일구기에 급급했지만 몇 년 뒤에는 학교, 구락부(마을회관 같은 곳), 병원, 유치원 등을 지어 조금씩 마을의 모습을 갖추어갔다는 이야기를 하고 있다. 그런데 전동혁은 박 영감의 입을 빌려 소련을 "시월의 나라"로 지칭하는 한편 "우리 뒤엔 레닌 당"이 있다고 믿음직스러워하고 있다. 반면 자신의 조상은 조선에서 화전민이었고 조국을 등지고 두만강을 건너 원동 땅에 정착한 불행한 이민자였다면서 신세한탄조의 발언을 하고 있다. 어렵게 살았던 우리 조상들과 달리 이주 이후 우리네 살림은 날로 피어갔고, 생활은 날로 행복해갔다면서 나아진 살림살이에 대해 소련 당국에 고마움을 표하고 있다. 최강민은 여기에 대해 이렇게 말하고 있다.

> 이주한 고려인들의 생활은 정도의 차이는 있지만 일제 수탈
> 에 의해 고통받는 조선 농민의 형편보다 나은 수준을 유지한다.
> 이런 실정이기에 그들은 궁핍한 조선이라는 고향으로 돌아가기
> 보다 이주한 러시아 땅에서 새로운 삶을 건설하면서 상대적으
> 로 만족스러운 삶을 영위한다. 이것은 고려인들이 새로운 고향
> 이자 조국으로서의 러시아를 점차 받아들이고 있는 과정을 보
> 여준다.21)

최강민의 이런 지적은 대단히 중요하다. 지금까지 한국의 연구자는
'중앙아시아 고려인 문학' 하면 '강제이주'와 '디아스포라'를 연결시켜
불행한 처지에 놓인 고려인들과 그들의 후손이 쓴 아픔과 설움의 문학
이라는 선입견을 갖고 대하였다. 그런데 중앙아시아로 이주해 살아간
이들 대다수는 소련 체제에 잘 적응하고 동조하면서 나름대로 살아갈
방도를 마련했던 것이다. 체제에 대한 어떤 비판도 허용되지 않는 공산
주의 국가 소련에서 중앙아시아 고려인들을 생각하며 쓴 작품인 「박 령
감」이기에 한편으로는 과장된 부분이 있을 것이고 한편으로는 어느 정
도 사실에 입각해서 썼을 것이다. 그러므로 강제이주를 '불행'으로만 간
주해온 시각은 교정될 필요가 있다.

이후 화자가 등장하여 박 영감이 "꼴호스의 영예 게시판에선/ 사진
떨어질 줄 몰랐고/ 명절 때, 결산 때/ 상금 받기 례사였다."고 하면서 칭
송을 아끼지 않는다. 이렇게 소련 당국의 인정을 받으며 '오붓하게' 살
림을 꾸려가던 박 영감의 일상에 "고요한 늪 가운데/ 커다란 돌멩이 떨
어지듯/ 큰 파도가 일어났다"고 한다. 아래는 제3장의 마지막 문장이다.

---

21) 최강민, 앞의 글, 213~214쪽.

온 나라 만백성이
원쑤 경멸의 성전에
한결같이 떨쳐나섰다—
당과 정부의 호소 받들고.

중앙아시아 지역 우즈베키스탄·카자흐스탄·키르키즈스탄 등지에서
살아가던 고려인들에게 무슨 일이 일어난 것이 틀림없다. 그 일이란
"원쑤 경멸의 성전"과 연결이 된다. 이것만으로는 무슨 일인지 알 수 없
는데, "당과 정부의 호소 받들고"라는 표현을 보아 단순한 일이 아님이
확실하다.

제2차 세계대전 발발과 고려인의 입장

소련은 제2차 세계대전 때 연합군의 일원으로서 독일과 치열한 전쟁
을 했고 대전이 끝날 무렵인 1945년 8월 8일에 일본에 선전포고를 하기
도 했다. 「박 령감」에는 세계대전 당시 고려인들이 어떤 역할을 했는지
에 대해서도 묘사하고 있다. 시는 제4장으로 연결된다.

"…우리 땅을 짓밟다니
우리 행복 **빼앗**다니
그게 어디 될 말인가!
안 된다, 안 돼, 이놈들아,
이 고약한 파시스트들아!
내 나이는 많지만
아직 총은 들 수 있으니
어느 전선에 보내달라
탄원서 올렸다네,
그래서 로력 전선에 가게 됐네,

가라는 대로 가야지
로력 전선도 전선이니.
우랄 가서 쇳돌을 캤네
쇳돌이 있어야 강철을 뽑지
강철이 있어야 무기를 만들지
무기가 많아야 승리하지…
내 맏아들은 석탄을 캤다네
석탄도 있어야 했지─
기차도 달리고 쇳돌도 녹이려니.
마누라도 며느리도 집에서
벼농사를 했다네
군량도 물론 보태야 했지…
이렇게 전선을 위해,
승리를 위해
나도 우리 집안도
온 나라와 함께 싸웠다네.
힘껏 몸 바쳐 싸웠다네.

　제4장의 도입부다. '우리 땅'을 짓밟은 이들은 독일군이다. 1939년 9월 1일, 독일의 폴란드 침공으로 시작된 제2차 세계대전은 1940년 6월 22일, 독일의 소련 침공으로 확전이 된다. 우리 땅을 짓밟고 우리 행복을 빼앗은 "이 고약한 파시스트들"은 독일군을 가리키는 것이다. 1922년에 있었던 볼로차예프카 전투 경험이 있는 박 영감은 전선으로 보내달라고 당국에 탄원서를 올린다. 하지만 1922년에 박 영감의 나이가 스물두 살이었다고 가정한다면 1940년이면 마흔이다. 지휘관이라면 또 모르지만 현역사병으로 참전한다는 것은 불가능한 나이다. 하지만 탄원서 덕분에 '로력 전선'에 나가는데, 그것은 우랄산맥 쪽에 가서 철광석을 캐는 일이었다. 임금노동자로서 일한 것이 아니라 전시의 자원봉

사 차원이었다는 말이다. 박 영감의 맏아들은 석탄 캐는 일을 하고, 영감의 아내와 며느리는 벼농사를 하여 수확한 것을 전선으로 보내는 일을 한다. 전쟁의 승리를 위해 집안 식구 모두 러시아인들과 함께 힘껏 싸웠다는 무용담이 이어진다.

독소전쟁은 1945년 5월 8일, 독일의 무조건 항복으로 끝이 난다. 전쟁이 끝나서 집으로 돌아온 박 영감은 농사일에 전념하는데, 이제는 농기계도 부리고 화학비료도 쓸 줄 알게 된다. 기계화된 선진 영농법을 배워 더욱더 많은 수확을 냄으로써 소련 당국의 신망을 얻는 내용이 전개된다.

> 박 령감 이곳 온 지 서른 해,
> 전선서 온 지 스물두 해,
> 년금에 나간 지 다섯 해.
> 그새 변한 거 많고 많아—

이 대목을 보면 박 영감이 칠순잔치를 연 해를 짚어볼 수 있다. 강제이주로 중앙아시아로 온 지가 30년이 되었다고 하므로 확실히 1967년이다. 그러므로 박 영감은 1897년생이고 1922년 때 그의 나이는 스물다섯이었다. "전선서 온 지 스물두 해"라는 것은 독소전쟁이 끝난 1945년으로부터 22년이 지났다는 것이므로 박 영감이 칠순잔치를 연 것은 1967년이 맞다. "년금에 나간 지 다섯 해"라는 것은 은퇴하여 연금 수혜자가 된 지가 이제 5년이 되었다는 말이다. 여기서는 모든 시점이 다 맞아떨어진다. 시는 종반부에 이르러 공산당국의 배려에 대해 열렬히 찬양하는 내용으로 전개된다. 박 영감은 "레닌 당의 시책은/ 어머니의 사랑과도 같"다고 하고, 시월혁명은 우리에게 '문명'과 '풍족'을 가져다주었으니 "우린 그 사랑 속에서/ 너나없이 행복"을 누린다고 말한다. 중앙아시아로의 이주 이후 우리가 열심히 일해서 이만큼 살기 좋은 곳으로 만들었다고 말하지 않고 레닌 당과 시월혁명 덕분이라고 공을 돌리고 있다.

전동혁은 시를 마무리하는 과정에서 작품성 제고에 나서지 않고 소련공산당에 대한 충성 맹세로 나아가는데, 이는 소련 체제하에 써 <레닌기치>에 발표한 작품이므로 어쩔 수 없는 현상이라고 보아야 할 것이다. 하지만 제1부 전투 장면의 구체적인 묘사가 가져다주었던 긴장감을 잃고 이런 식으로 후반부로 갈수록 느슨해지는 것은 안타까운 일이다. 긴장감은 인물과 인물 사이의 갈등에서 나오는 것인데 공산주의 체제 아래서 씌어지는 체제순응적인 작품에서 갈등을 기대하기란 쉽지 않은 일이다. 특히 이 시에서는 백군, 일본군 및 독일군이라는 갈등의 대상이 사라지면서 곧바로 공산당국에 대한 예찬으로 이어지므로 작품은 지리멸렬해지고 만다. 마지막 제5장에서는 기계화 영농이 가져다준 풍요로운 삶에 대한 예찬이 극에 다다른다.

> 벼가을도 기계로,
> 목화걷이도 기계로,
> 거름은 비행기로,
> 김은 농약으로…
> 품은 적게 들고
> 소출 많이 나니
> 소득은 불어가고
> 살림은 늘어가네.
> 우리 마을 대처 같고
> 문화 궁전 왕궁 같고
> '행복 회관', '경기장'—
> 이런 말 언제 들어봤나?
> 끼마다 차리는 우리 집 밥상

옛날 임금 밥상 못지않네.
소고기국에 이밥이
새날 지경…

　1960년대에 들어 중앙아시아 지역의 고려인들이 타고난 부지런함으로 집집이 부를 이루어 안정적인 삶의 토대를 구축한 것은 사실이다. 하지만 그것이 고려인 자신의 성실함 덕분이었을지라도 그것에 대해서는 별 말을 하지 않고 공산당에 공을 돌린다. 당의 경제적 지원이 없지는 않았지만 소련에 대한 지원에 비하면 70% 수준이었다.[22] 하지만 박 영감은 모든 문명개화와 경제발전이 당의 은혜로 말미암은 것이라고 예찬한다. 등불 대신 전등불을, 장작불 대신 가스를, 우물 대신 수도를 쓰게 된 것에 대해서도, 라디오·랭동기(냉장고)·세탁기를 사용하게 된 것에 대해서도 고마워하고 감격해한다. 그리고 천민 출신인 자신이 이곳에 와서 신분의 급상승을 이룬 것도 '시월'과 '레닌 당'의 '혜택'이라고 공을 돌린다.

스물 남은 내 손주 가운덴
사회주의 로력 영웅,
학사, 박사도 있고
기사, 의사도 있네
낫 놓고 기역자 모르던
우리 집안 오늘 와선

---

22) 1950~1960년대를 통해서 소련의 총 투자액에 차지하는 중앙아시아의 비중은 5개년 경제계획기마다 확대를 계속했다. 다만 카자흐스탄과 그 외의 중앙아시아 국가들과의 격차는 크고, 그것은 주민 한 사람당 투자액에도 분명히 다르게 나타나고 있었다. 1960년대 후반 카자흐스탄을 제외한 중앙아시아 남부지역 4개 공화국의 투자액은 소련 전체 평균을 밑돌았으며, 우즈베키스탄에서도 소련 평균의 70%대에 머물렀다. ―박창규, 『중앙아시아의 이해』, 써네스트, 2010, 80~81쪽.

유식쟁이 집안 됐네.
미투리 한 켤레 변변치 않던
우리 집안 오늘 와선
입을 것, 먹을 것,
그리운 것 없는 부자집안 됐네.
이건 모두다
시월의 혜택이네,
레닌 당의 혜택이네.

스무 명 넘게 둔 손자 가운데 사회주의 노력 영웅, 학사, 박사, 기사, 의사 등이 나온 것이 박 영감은 더할 나위 없이 자랑스럽다. "미투리 한 켤레 변변치 않던" 극빈자 집안이었는데 이곳에 와서 '유식쟁이 집안'에다 '부자집안'이 되었다고 박 영감은 손님들 앞에서 자랑을 늘어놓는다. 한편으로는 "이건 모두다/ 시월의 혜택이네,/ 레닌 당의 혜택이네." 하면서 고마움을 표한다. 그런 연후에 축배를 들자, 주안상 물리고 춤을 추자고 권하면서 잔칫집 분위기를 한껏 고조시킨다. 전동혁은 마지막 연에 가서 다시 화자를 등장시켜 이렇게 말하게 한다.

묻노니, 이 나라에
박 령감이 몇몇이더냐?
아니다, 우리나라는
쉰 돌 맞는 우리나라는
박 령감들로, 그 후손들로,
묶여진 커다란 한 가정.
여러 인민의 박 령감들로 하여
우리나라는 부강하니라,
또 그들로 하여
우리 사회는 아름답니라.
존귀하신 박 령감,

만수무강하시라!
영광을 지니시라!

　"쉰 돌 맞는 우리나라"라고 한다. 1917년 공산혁명을 하여 새롭게 세
운 나라가 '우리나라'이다. 박 영감 자신의 조국이나 모국이 북한도 남
한도 아니라고 분명히 말한다. 이 점에 대해 우리가 서운해 할 필요는
없다. 다만 시 속에서 화자건 박 영감이건 간에 조금이라도 자신이 조선
인 혹은 고려인이라는 인식이 있었다면 좋았을 것을, 거기에 대해서는
일절 언급이 없는 것이 또한 못내 아쉽다. 피는 못 속인다는 말이 있지
만 이 시에서 계급의식은 느낄 수 있을지언정 민족의식은 느낄 수 없다.
또한 하부구조만 충족되면 행복하다는 사회주의적 사고방식은 문제가
있음을 지적한다. 이 시에는 생활만 풍족해지면 사고의 자유, 인식의 자
유, 행동의 자유는 아무리 억압을 받아도 괜찮다는 주장이 암암리에 숨
어 있다.

　전동혁은 1940년대 중반에 북한에 들어가 공산당 공화국의 건설에
일조하고 6·25전쟁 때도 나름대로 역할을 한다. 전쟁이 끝난 뒤에도 북
한 외무성에서 일하지만 1957년에 중앙아시아 쪽으로 귀환한다. 이것
이 가능했던 이유는 전동혁의 국적이 소련이었기 때문이다. 북한에서
계속 살 수도 있었겠지만 무슨 이유에서인지 우즈베키스탄으로 되돌아
간다(소연방 해체 이전 이곳은 소련 땅이었다). 그 10년 뒤에 자신의 인
생이 많이 투영된 '박 령감'을 주인공으로 하여 서사시를 쓴 것이다. 이
작품이 발표된 이후 소련에서 어떤 평가를 받았는지 확인할 방도가 없다.

　지금까지 1967년 11월 8일자 <레닌기치> 3면 전면에 실린 전동혁
의 장편서사시 「박 령감」의 내용을 살펴보았다. 시적 화자가 박 영감이
이런 사람이라고 독자에게 소개를 하고, 박 영감은 자신의 칠순잔치 자

리를 찾아준 손님들과 집안 식구들한테 과거지사를 털어놓는 식으로 전개되는 이중구조를 지닌 시이다.

박 영감은 1922년의 볼로차예프카 전투에 직접 참가, 적군을 도와 백군과 일본군을 몰아내는 데 공을 세운 '고려혁명의용군' 소속 조선인이었다. 1937년 중앙아시아 쪽으로 강제이주를 당한 이후 농업 생산의 '돌격대원'으로 소련 공산당의 칭찬을 받는다. 박 영감은 독소전쟁이 발발하자 참전하겠다고 탄원서를 내어 우랄산맥 쪽의 광산에 가서 일할 정도로 공산당에 충성하는 인물로 그려져 있다. 전후에는 다시 집단농장에서 가장 열심히 일하는 일꾼으로서 집안을 잘 일으켜 1967년에 칠순잔치를 연다. 그러므로 박 영감은 소련 당국이 가장 바람직하게 생각하는 고려인 모델인 셈이다.

박 영감은 1937년의 강제이주가 고려인들에게는 큰 혜택을 가져다주었다고 믿는다. 박 영감이기도 한 작가 전동혁은 그래서 이주를 당한 고려인 전부가 소련 공산당에게 고마워해야 한다는 마음을 이 시를 통해 드러내고 있다. 이 주제는 강제이주가 연해주에 살던 고려인들이 겪은 참혹한 사건이었다는 그간의 시각을 뒤흔드는 것이다. 우리는 그간 고려인 강제이주를 '디아스포라'의 관점에서 봐왔는데 중앙아시아 현지에서 창작된 작품들을 좀 더 찾아보고 이 문제에 대해 더욱 깊이 있는 연구가 행해져야 할 것이다.

카자흐스탄 고려인 시인
이스따니글라브의 시세계

이 스따니슬라브 찬지노비치는 국내에서 2권의 한글번역시집이 나온 카자흐스탄 거주 고려인 시인이다. 그의 시집 『재 속에서는 간혹 별들이 노란색을 띤다』가 1997년 9월 도서출판 새터에서 양원식 번역으로, 『모쁘르 마을에 대한 추억』이 2010년 3월 인터북스에서 김병학 번역으로 출간되었다. 카자흐스탄에는 러시아어 시집 『이랑』(1995)과 『한 줌의 빛』(2003)이 나와 있다. 김병학이 쓴 『모쁘르 마을에 대한 추억』의 해설을 보면 그의 시편들이 1980년대 말부터 러시아 유수의 문예지 『모스크바』『모스크바 소식』『유노스치(청춘)』『문학신문』 등에, 카자흐스탄의 문예지 『쁘로스또르(광야)』와 저널 <카자흐스탄스카야 프라우다> <고려일보> 등에 실림으로써 시인의 이름이 널리 알려지게 되었다고 한다. 그는 2008년 『현대 러시아 해외』라는 20인 사

화집에 러시아인이 아닌 다른 민족으로서는
유일하게 들어간 시인이고, 카자흐스탄 국
정 문학교과서에도 오래 전부터 시가 실려
학생들 사이에서 널리 애송되고 있다면서
높이 평가하고 있다.[1]

이스따니슬라브 시인

　그러나 이스따니슬라브란 이름은 국내 문
단에 아직 거의 알려져 있지 않고, 별달리 연
구된 바도 없다. 여러 가지 이유가 있겠지만
'중앙아시아 고려인 시인'은 우리에게 낯선 존재이며, 한글로 시를 발표
한 적이 없다는 점이 더 큰 이유일 것이다. 한국 문단이 재외동포문학에
대해 관심을 갖기 시작한 것은 지난 세기 말부터였고, 2000년대에 들어
와서 비로소 한국 문인들이 중앙아시아 지역 고려인 문인들과 교류를
갖기 시작했으니 이 시인의 이름과 작품이 국내에 알려지지 못한 것은
어찌 보면 당연한 일이었다. 한국에서 시집이 나오긴 했지만 고려인으
로서 시를 쓰고 있다는 것 한 가지만으로는 연구 대상으로 삼기가 어렵
다. 하지만 1959년생인 이스따니슬라브는 민족적 정체성 확인에 대한
사유와 고민이 남달라 연구의 필요성을 느끼게 되었다. 고려인 집성촌
모쁘르 마을에서 자란 것이 그의 문학관 확립에 절대적인 영향을 미쳤
다고 보는데, 시집『재 속에서는 간혹 별들이 노란색을 띤다』의 '시인
의 말'에는 이런 대목이 나온다.

　　　나는 37년도에 지어진 토담집에서 자라났다. 그곳에서 나는
　　　오랜 옛날부터 전해 내려오는 조상들의 풍습, 전통을 체험할 수
　　　있었다. 등지고 떠나오게 된 조국 땅, 원동에서의 생활과 이주,

---

1) 김병학,「역사의 진실과 삶의 본질을 찾아 나선 디아스포라의 혼」, 이스따니슬라
브,『모쁘르 마을에 대한 추억』, 인터북스, 2010, 135쪽.

노력전선, 그리고 기타 여러 가지 우리 선조들이 겪어온 고락에 대해 어른들이 들려주었던 이야기들이 기억 속에 생생하다. 이 모든 사연들은 나의 기억 속에 잊혀질 수 없는 흔적을 남겨놓았다. 그 후 세월이 흐르면서 나는 우리 민족이 걸어온 삶의 복잡한 뒤엉킴을 더듬어보고 싶었다.[2]

　여기서 말하는 '37년도'란 연해주 거주 조선인들이 스탈린의 명에 의해 중앙아시아 지역으로 강제이주된 1937년을 가리킨다. 고려인들은 '조국 땅'을 한반도가 아니라 1864년부터 이주를 하기 시작한 원동遠東이라고 생각하고 있다. '시인의 말'에서 그가 왜 시를 쓰게 되었는지, 창작의 의도를 솔직하게 밝히고 있다. 비록 자신이 겪었던 일은 아니지만 "선조들이 겪어온 고락"에 대해 어렸을 때 들었던 이야기와, 그 이야기에 대한 자신의 생각을 시로 나타내고 싶어서 시를 썼다는 것이다. 고국과 모국어에 대한 그의 관심은 한국의 『중세한시집』과 고은의 『만인보』를 러시아어로 번역하는 일에 나서게 한다.

　시인은 카자흐스탄 북부 아크몰라(현재의 수도 아스타나)에서 태어나 모쁘르 마을에서 성장기를 보낸 뒤 알마아티 공업대학을 졸업하였다. 2권 시집에 직업이 밝혀져 있지는 않은데 국립 고려극장 문학분과 주임을 역임한 바 있다. 시와 희곡을 주로 쓰고 있으며 화가로서 수차례 개인전과 단체전을 가졌다. 지금은 카자흐스탄 전 수도이자 최대 도시 알마아티에 살고 있는 고려인 시인 이스따니슬라브의 시세계를 살펴보고 평가해보는 것이 이 글의 목적이다.

---

2) 이스따니슬라브, 『재 속에는 간혹 별들이 노란색을 띤다』, 양원식 역, 도서출판 새터, 1997, 128~129쪽.

숙명론자들의 탄식을 대변하다

총 51편이 실려 있는 『재 속에서는 간혹 별들이 노란색을 띤다』는 「서시」로부터 시작된다.

> 바다가 뾰죽하고 짠 혓바닥을
> 내민 듯한 모습인
> 원동 연해주 땅, 뽀시예트에
> 고려인 마을이 있었고
> 나의 할아버지가 사셨던
> 농가가 있었다
> 놀라운 것은
> 겨우 두 세대만
> 이 초원에서 살았을 뿐인데
> 이 초원보다 더 가까운 곳이
> 세상에는 없는 듯
> 생각된다는 사실이다
> 그러나 할아버지에 대한,
> 뽀시예트에 대한 추억에
> 다시, 또다시 잠기곤 한다
> 뉘의 거칠은 혓바닥 같은 원동땅,
> 그 바다가
> 나의 상처를 핥는 듯하여라
>
> ―「서시」 전문

시인은 할아버지가 1937년 이전에 살았던 땅, "원동 연해주 땅, 뽀시예트"를 얼마나 그리워하고 있는지 잘 알고 있다. 바닷가 마을인 원동 연해주 땅에서 중앙아시아로 삶의 터전이 옮겨진 지 두 세대가 지났는데 1959년 아크몰라에서 태어난 시인은 원동을 본 적이 없다. 그래서 "이 초원보다 더 가까운 곳이/ 세상에는 없는 듯/ 생각된다는 사실"을 잘 알지만, 뽀시예트에 대한 추억에 잠기곤 하는 할아버지에 대한 이야기를 이번 시집에서 해보려 한다는 것이 「서시」의 주제이다. 즉, 성장기 때 할아버지에게 들은 이야기를 밑거름으로 하여 시를 쓰겠다는 의도를 이 시를 통해 밝히고 있는 것이다. '바다'와 '초원'은 대조적인 공간이다. 할아버지의 기억 속에는 바다가 있지만 화자의 기억 속에는 초원밖에 없다. 세대도 성장 환경도 다르고 바다를 본 적도 없는 화자가 바다 이야기를 하는 할아버지의 아픔과 그리움을 깊이 이해하여 시를 쓴다는 것은 놀라운 일이다. 「서시」를 제외한 나머지 50편과 『모쁘르 마을에 대한 추억』에 나오는 70편의 시는 제목이 없고 일련번호가 시의 제목이 되어 있다.

> 주저없이 우리는
> 학교에서
> 모국어를 배웠다
>
> 13년 세월이 흐른 어느 날
> 신상명세서를 채워나가다
> '모국어'란에서
> 망설였다
> —「시2」 전문

　강제이주 후 고려인들은 초기 몇 년을 제외하고는 학교 교육을 통해 조선어를 배울 수 없게 되었다. 중국과 달리 소련은 소수민족의 자기 말 학습을 용인하지 않았고, 러시아어를 학교에서 국어로 가르치게 했다. 1937년 이후 조선어는 집에서 조부모와 부모가 쓰는 말이었고, 학교에

서는 영어를 제외한 모든 과목을 러시아어로 공부해야 했다. 고려인은
이주 후 카자흐스탄, 우즈베키스탄, 우크라이나, 벨라루스 공화국 등에
서 살아가게 되는데, 소연방 해체 이전에는 모두 소련의 위성국가였다.
이스따니슬라브가 '모국어'라고 한 것은 러시아어였다. '13년 세월'이라
고 했으므로 우리나라로 치면 초등학교, 중학교, 고등학교를 마치고 대
학에 들어간 해가 아닌가 여겨지는데, 어느 날
신상명세서를 쓰게 된 모양이다. '모국어'란 글
자 앞에서 망설인 이유는 무엇일까. 시인은 직
접 말하고 있지 않지만 자신의 몸은 고려인인
데 모국어를 '러시아어'로 써야 했으므로 망설이
게 되었다는 뜻이리라. 「시3」에서부터 시인은
할아버지 이야기를 한다.

한글 번역본 첫 시집의 표지

    언젠가 부득불 떠나온
    먼 고장으로
    되돌아갈 수는 없으리

    그러나 가없는 초원이 있으라
    양귀비 꽃밭 눈부시고
    마냥 말무리 달리는 곳
    하도 고요해 절로 취하는 밤
    쟁쟁 귀청을 울리듯
    별찌비3) 떨어지는 곳

    무엇에서인지

3) 유성우를 가리키는 북한말이다. 카자흐스탄에서 나오는 신문 <고려일보>의 주
   필을 했던 고려인 양원식(1932~2006)은 번역하는 과정에서 남한에서 쓰는 '유성
   우' 대신 '별찌비'를 사용하였다.

우리 운명 반복되면서……

—「시3」 전문

이 시는 할아버지에 해드리는 위로의 말로 들린다. '언젠가'는 1937
년이다. 제1연은 그때 부득불 떠나온 그 먼 고장으로 이제는 돌아갈 수
없지 않느냐는 뜻이다. 이곳 가없는 초원으로 왔으므로 이곳의 아름다
운 자연환경에 적응하여 사시라고 시의 화자는 할아버지에게 당부하고
있다. 마지막 연은 반복되는 운명을 수긍하고, 그 운명에 순응하며 사는
것이 추억을 곱씹으며 사는 것보다 낫다는 뜻이다. 사실 연해주도 고향
은 아니었다. 조선에서 첫 러시아 땅 연해주 이민자가 나온 것은 1864
년이었다.[4] 이후 1937년에 이르기까지 이주민은 꾸준히 늘어 연해주
일대에 17만 명이 넘는 조선인이 살게 되었다. "운명 반복"이란 조선에
서 연해주 지방으로 이주해 간 것도 운명이었고, 또다시 중앙아시아 쪽
으로 간 것도 운명이라는 뜻이다. 이 운명에 순응하고 체념하고 살아야
지 운명을 자꾸 원망하면 어떻게 합니까, 하고 화자는 할아버지를 위로
하고 있다. 시인은 자신의 일상을 담담히 노래하다가 21번째의 시에 이
르러 다시금 할아버지를 등장시킨다.

고려인들의 이름이 없어졌다

짧은 성만
우리에게 남았다

여전히

---

4) 1863년 러시아와 조선 사이에 이주에 대한 외교조약이 체결되었다. 러시아의 이
　주허가를 통해 1864년 1월 14가구 65명이 티진해 강 유역에 이주해 와 티진해 마
　을을 세움으로써 공식적인 한인들의 이주와 정착이 시작되었다.

우리 전통음식은 맵디매운데
지난날에 대한 물음에
할아버지는 그저 침묵할 뿐

-「시21」 전문

　이주 후 고려인들은 이스따니슬라브, 김아나똘리, 박미하일 하는 식
으로 성만 남고 이름은 모두 러시아인의 이름을 갖게 되었다. 할아버지
는 손자와 손녀의 이름이 러시아식으로 바뀐 것이 통탄스럽지만 거기
에 대해 입을 봉해버린다. 당국의 한국식 이름 붙이기 불허에 대해 할아
버지가 침묵한 것은 당연히, 불만을 가졌기 때문이다. 시인은 이 말을
하고 싶지만 시에서는 숨기고 있다. 체제 부정이나 당국의 명령에 대한
불복종이 용납되지 않는 공산주의 사회의 단면을 엿볼 수 있다(하지만
소연방 해체 후 시인은 체제 부정을 시를 통해 하는 경우가 있다).

한껏 우리는 부를 수 없어라
-조국이여!
우린 누군가?
이 물음에도 쉽게 답할 수 없어라
우리의 발자취
우리의 뿌리
남쪽, 북쪽에로 널려 있어라

때는 왔다
김은 금을 의미하고
리는 가늘고 흰 오얏나무를 의미한다는
우리의 성의 뿌리를 알고 싶어라

먼 바다가 밀려오는 소리가
저 끝없는 초원에서

우리에게 들리는 듯하여라

—「시24」 전문

　이스따니슬라브는 우리의 발자취와 우리의 뿌리가 한반도의 남과 북에도 있지만 그 두 나라 어디를 향해서도 "조국이여!"라고 부를 수 없음을 안타까워한다. 金이나 李 같은 성씨는 한자로 되어 있으므로 표의문자인 한자에 담긴 뜻을 유추해보기도 한다. "먼 바다가 밀려오는 소리"는 연해주와 한반도를 상징하고, "저 끝없는 초원"은 현재의 거주지 중앙아시아 지역을 가리킨다. 그 소리를 이 초원에서 듣는다는 마지막 연이 상징하는 것은 수구초심이다. 조국은 러시아(혹은 카자흐스탄)이지만 모국은 한국(혹은 북한)이라는 현실의 아이러니가 드러나 있는 작품이다. 이주해 간 곳에서 고려인들은 노래를 부르며 시름을 달랬고,[5] 장구 치며 농악을 즐겼고, 춤도 추었다.

김병학 본인이 채록하고 편한
『재소고려인의 노래를 찾아서』
두 권을 들고

끊임없이 울려라
장고 소리여
겨레의 기쁨과 괴로움
망명과 추방의 쓰라린 사무친……
이 시대의 복받은 장단
울리고 울려라

—「시25」 부분

우리 민족의 춤은

---

5) 김병학은 2007년 도서출판 화남을 통해 『재소고려인의 노래를 찾아서』라는 두 권짜리 책을 편하였다. 한야꼬브가 채보·편곡하고 김병학이 채록·편저한 이 책은 1,000페이지에 달하는 방대한 분량이다.

슬프디 슬프도록 느리고
우리 민족의 노래에는
오로지 하소연, 애원뿐이네

어째서 그러냐 물었을 때
받은 대답은
―숙명

　　　　　　　　　　　　　　―「시29」 전문

　"망명과 추방의 쓰라린 사무친……" 한 행 안에 고려인의 모든 아픔
과 설움이 고스란히 담겨 있다. '망명'에는 한반도를 떠나 연해주에다
삶의 터전을 마련해야만 조상의 아픔이, '추방'에는 연해주에서 살고 있
던 17만여 명이 중앙아시아 허허벌판으로 강제로 쫓겨난 설움이 담겨
있다. 시인이 듣기에 우리네 민요는 오로지 하소연과 애원뿐이었는데
왜 이런 내용이냐고 할아버지에게 물어보았을 때 들려준 대답은 한마
디 말로 '숙명'이라는 것이었다. 우리 힘으로는 어떻게 할 수 없지 않느
냐는 체념이 내포되어 있는 말이 '숙명'이다. 마지막 시에도 '운명'이란
시어가 나온다.

돌풍이 이는
산봉우리를
내 운명으로 받아들였노라

아래에는 범속한 세상만사,
끓어오르는 욕망
그러나 모두 허망할 뿐
선택해야 하노라
저 나락과 저 높은 곳 사이에……

그리고 칼날 같은 예리한 공기

―「시50」 전문

돌풍이 이는 산봉우리가 상징하는 것은 결코 순탄치 않은 삶이다. 무언가 곡절이 있고 파란이 있다. "범속한 세상만사,/ 끓어오르는 욕망"이 있는 '저 나락'과 "돌풍이 이는/ 산봉우리"의 '저 높은 곳' 사이에서 화자는 "돌풍이 이는/ 산봉우리"를 운명으로 받아들인다. 돌풍이 이는 산봉우리가 우리 민족의 운명이었고 우리 조상의 운명이었고 나 자신의 운명이라는 뜻이다. 이 험한 운명, 즉 "칼날 같은 예리한 공기"를 시인은 담담히 받아들이고자 한다. 시인은 강제이주 후 한동안 터전으로 삼았던 모쁘르 마을 이야기를 잠시 하기도 한다.

얼마 전에 나에게 들려주었노라
모쁘르 마을에서
살고 있는 노인들 중에서
네 분만이 살아남아 있다는 말

조만간 그 노인들도 떠나가리라

생각하노니
그이들과 함께
과거와의 거리는
더 멀어질 것이리

―「시31」 전문

'시인의 말'에서 한, 토담집으로 된 모쁘르 마을에 아직도 살고 있는 노인은 네 분이라는 것인데, 머지않아 그분들이 돌아가시면 까마득한 과거인 '1937년'은 묻혀버리게 될 것이다. 시인은 금석지감에 사로잡혀 세월의 무상함을 서러워하고 있다. 「시26」에서도 "그 촌락에는/ 두 채 농가만 남아 있네/ 그리고 수천 채 버려진 집들도……/ 두 과부 쏘냐와 아냐가/ 서럽게 그대들을 바래주리라" 하면서 상전백해를 서러워한다. "수천 채 버려진 집들"로 봐서 모쁘르 마을이 아니라 연해주 606개 마을에 흩어져 살고 있던 3만 6,422가구를 말하는 것으로도 보인다. 아무튼 그 촌락의 "버려진 집들의 지붕은/ 땅과 자리를 같이하고/ 창문들은 텅 비어져 있"다. 연해주이건 모쁘르 마을이건 사람이 살지 않아 황폐해지고 만 마을의 을씨년스런 풍경을 그리고 있는 작품이다.

이와 같이 첫 시집의 정취는 전반적으로 쓸쓸하다. 퇴락한 마을에는 젊은이들이 없고, 늙은이들은 자신의 과거를 반추하며 쓸쓸하게 말년을 보내고 있다. 시인의 눈에 비친 할아버지들은 나이만 많이 먹은 것이 아니라 생에 대한 의욕을 상실한 운명론자이다.

이상 예로 든 시들의 형식적 특징은 간결하고 직설적이라는 점이다. 워낙 짧아 군더더기가 없다는 것이 장점이지만 시를 시답게 하는 각종 비유법이나 반어와 역설, 상징 등을 쓰는 경우가 흔치 않아 대개의 시가 무척 심심하다는 약점을 갖고 있다. 장구한 세월에 걸친 조상의 수난에 대한 인상기도 지나치게 간명하고 단순하다. 바로 이런 약점을 극복하고 제대로 써보고자 하여 낸 시집이 『모쁘르 마을에 대한 추억』이다.

두 번째 한글 번역시집은
인터북스에서 나왔다

강제이주의 아픔을 본격적으로 노래하다

고국에서 시집 『재 속에서는 간혹 별들이 노란색을 띤다』를 발간하고 13년이 지난 뒤, 시인은 유년기 추억담을 본격적으로 펼쳐보기로 한다. 그와 아울러, 할아버지들의 쓸쓸함이 어디에서 연유한 것인지 추적해보기로 한다. 조상에 대해 쓴 시는 첫 번째 번역시집에 나온 시가 번호를 달리하여 두 번째 번역시집에 다 재수록된다. 번역자가 달라져 내용도 조금씩 바뀌지만 대동소이하므로 그 시는 논의의 대상에서 뺀다.

> 강제로 우리는
> 이곳으로 실려왔네
> 그리고 우리는 스스로
> 이제 그 어디로도 떠나가지 않네
> 아, 나리새 덮인 초원아
> 달리고 달려라
> 끝도 가도 없는 땅…
> 채찍을 휘두른 듯
> 울리는
> 장난기 어린 카자흐 처녀의 목소리
> 날 좋아하니?
> 그럼 한번 따라잡아봐.
> 그땐
> 내가 너의 것이 될 테니까.
> 나는 말을 재촉하고
> 또 재촉하네…
> 그리고 기도하며 속삭이네
> 제발 내 준마 좀 붙잡아 주오…
>
> —「시3」 전문

여기서 '우리'는 중앙아시아에서 살게 된 전체 고려인을 지칭한다. "그리고 우리는 스스로/ 이제 그 어디로도 떠나가지 않네"라고 하는 대목은 이곳이 이제 자손 대대로 살아가야 할 삶의 터전이 되었다는 말이다. 시의 중반부와 후반부는 고려인 총각과 카자흐스탄 처녀의 사랑이야기다. 고려인들이 이 땅에 살아가게 된 1937년 이후, 이런 식의 혼인도 간간이 이루어졌을 터, 시인은 그런 현실을 우회적으로 표현하고 있다. '강제로' 이곳에 오기는 했지만 사랑은 꽃이 피고 말이 달리듯이 자연스럽게 이루어진 것임을 말해주고 있다. 시인은 "우리가 이렇게 살아 있는 건/ 1937년 그때에 조상들이/ 살아남았기 때문"(「시4」)이라고 말한다.

> 우슈또베…
> 바스쮸베 언덕.
> 시간도 모래도
> 토굴집의 자취들을
> 평탄하게 지우지 못하리라.
> 감사하는 마음으로
> 조상들의 용감함에
> 무릎 꿇으려
> 우리 자손들이 나아간다.
> 가득히 더 가득히
> 술을 붓게
> 그리고 낮게 더 낮게
> 엎드려 절하게
>
> ―「시4」 부분

　우슈또베와 바스쮸베는 강제이주된 고려인이 제일 처음 정착해 살았던 곳이다. 시는 이곳에 토굴집을 짓고 살면서 척박한 중앙아시아 땅을 개척한 조상들의 고난을 높이 기리는 내용이다. 용감했던 조상들 중 고인이 된 분들의 영전에 술을 올리고 절을 하자면서 우리가 지금 이렇게 살아 있는 건 모진 추위와 굶주림을 이겨낸 그분들의 용감함 덕분이라고 시인은 칭송하고 있다. '조상들의 용감함'은 척박한 황무지를 비옥한 초원으로 만든 개척정신만을 가리키지 않는다.

> 이익도 영광도
> 나는 시로 구하지 않았다
> 그저 어렸을 적부터
> 운명이 이해할 수 없는 것으로 보였을 뿐
> 소련 정권에 대한 불만을
> 어른들로부터 듣곤 하였다.
> 침묵을 참지 못하고 난
> 그것을 말했을 뿐…
>
> ─「시18」 전문

시인의 솔직한 고백이다. 구소련 정권에 대한 불만을 어른들은 간간이 터뜨렸던 것이고, 그것을 글로 쓰는 것은 소연방 체제에서는 금기였다. 그런데 소연방 해체 이후 시인은 그것을 '말'로 한다. 그 어떤 이익도 영광도 구하지 않았다는 각오를 밝힌 뒤 이스따니슬라브는 어른들의 불만을 시로 옮기겠다고 말한다. 어린 시절, 어른들이 불러준 노래의 내용은 "떳떳하게 살고/ 존엄하게 죽어야 한다"는 것이었다고 한다.

> 헌데 그 존엄성을 잃어버린 시절
> 어떻게 떳떳이 살아야 할지는
> 그들도 몰랐지 않았던가?
>
> ─「시14」 끝부분

강제이주는 강제추방이었다. 집과 토지와 농기구와 가축 등 모든 것을 빼앗기고 가재도구 몇 가지만 챙겨갖고 기차에 강제 승차했고 한참을 달려 부려진 곳이 바로 우슈또베와 바스쮸베였다. 이들에게는 이름도 빼앗기고 모국어조차 빼앗기는 시대가 온다. 이토록 "존엄성을 잃어

버린 시절", 어른들은 어떻게 해야 떳떳이 사는 것인지를 몰랐다는 것
이다. 다만 생존하기 위해 땅을 일구어야 했다. 이제 시인은 자기 정체
성 확인에 골몰한다.

> 내가 태어나고 자란
> 이 땅이
> 어찌 타향이란 말인가?
> 또 어릴 적부터
> 어울려 함께 자란
> 사람들이
> 어이 타인이란 말인가?
> 하지만 그래도
> 여기 카자흐스탄 땅과
> 이 시구를 채우는
> 러시아말에
> 용서를 구해야 하리.
>
> —「시23」 중반부

태어나서 자란 땅을 고향이라고 하는데 시인의 출생지 아크몰라나
성장지 모쁘르 마을을 고향이라고 할 수 없는 아이러니를 말하고 있다.
여기는 타향이고, 네 원래의 고향은 원동이라고 어른들은 말해준다. 원
동도 사실은 고향이 아니다. 한반도의 어느 곳이 원래의 고향인데 시인
은 그곳이 어디인지 잘 모른다. 설사 할아버지가 원래의 고향이 한반도
어디라고 들려주었다고 한들 시인은 그곳이 어떤 곳인지 알 수는 없다.
그리고 어릴 적부터 어울려 함께 자란 카자흐스탄 친구들이 알고 보
니 '타인'이다. 동족이 아니라는 말이다. 이곳이 타향이고 그들이 타인
일 수밖에 없지만, 이것은 나의 잘못이 아니다. 기구한 운명 때문이다.

조상들의 고향으로
나 돌아가고 싶어라
오직 시(詩)만 가지고서라도.
머나먼 고국에서
태어나 살아갈
그런 운명 나 받지 못했느니…

―「시23」 끝부분

여기서 말하는 '조상들의 고향'과 '머나먼 고국'은 남한 아니면 북한
이다. 연해주로이주한 조상을 생각해보면 남한 출신보다는 북한 태생
이 많을 것이다. 조상들의 고향으로 돌아가고 싶지만 그것은 불가능한
일이다. 그곳에서 태어나 살아갈 '그런 운명'을 시인은 받지 못했음을
잘 알고 있다. 이제는 고향이 되고 만 여기 카자흐스탄 땅과 모국어가
되고 만 러시아말에 용서를 '구해야' 하는 신세가 되고 말았다. 이제는
'이런 운명'에 순응해야만 한다. 쿠르드인을 보고는 "그대에게는/ 역사
적 고향이/ 두 개나 있지만,/ 내게는 하나도 없으니…"(「시19」) 하고 자
조한다. 한반도도 원동도 '역사적 고향'으로 삼을 수 없는 시인의 슬픔
이 짙게 배어 있는 작품이다. 그리고 들판에서 숨을 거둔 수많은 조상을
생각하면 슬픔이 배가된다.

들판에 차 넘치는
쑥풀의 슬픔을
조금이나마 맛보자
해질 무렵
구름 무리들
하늘에서 겹치는
그 마지막 시각에

발걸음 소리 들어보자
오래 전에 세상 떠난 이들의…

                                                      -「시26」 전문

    시인의 뇌리에서 떠나지 않는 것이 중앙아시아로 강제이주된 이후 고생하다 돌아가신 조상이다. 들판에 차 넘치는 식용 쑥풀을 봐도 시인은 그것을 뜯어먹으며 목숨을 부지했을 조상을 생각한다. 이곳저곳 어디를 가나 조상들의 손길이 닿아 집이 되고 옥토가 되고 농장이 된 것을 고마워하고 있기도 하다. 그런데 간간이 들려오는 '고국'에서의 소식은 시인을 분노케 한다. 남과 북 모두 고국인데 분단의 세월을 이어가고 있다.

나는 고국이 싫어졌다
꾸준히
증오와 공포의 장벽을 세우는
나라
반세기가 넘는 세월을
어머니가 아들을 만나지 못하고
깊은 슬픔에 잠긴 눈으로
숨을 멈추는 곳.
허나 남과 북 사이에
누구의 것도 아닌 땅이 놓여 있다
아, 만일 그 땅의 경계선을
남북 끝까지 넓힐 수만 있다면
모든 사람들에게
그 누구의 땅도 되지 않도록,
그래서 모두의 땅이 되도록.
이런 땅은
사랑하지 않으면 안 된다.

                                                      -「시21」 전문

6·25전쟁을 치르고 휴전협정을 맺은 이후 남과 북은 휴전선을 가운데에 두고 대치만 한 것이 아니다. 1953년 이후 온갖 사건이 다 일어나 시인에게는 고국이 "증오와 공포의 장벽을 세우는/ 나라"로 인식되어 있다. 게다가 고국은 "반세기가 넘는 세월을/ 어머니가 아들을 만나지 못하고/ 깊은 슬픔에 잠긴 눈으로/ 숨을 멈추는 곳"이다. 천만 이산가족이 서로를 그리워하며 늙어가고 죽어가고 있다. 1985년 9월에 첫 번째 남북이산가족 상봉이 이뤄진 이후 몇 차례 상봉이 이뤄지긴 했지만 늘 정치적인 협상의 차원에서 진행되어 이산가족은 더 큰 상처를 입는 경우가 많았다. 상봉을 한 가족도 천만 이산가족 중 극소수였다. 시인은 남과 북 사이에 있는 비무장지대가 경계선을 계속 넓혀 한반도 전체가 평화의 땅, 화합의 땅이 되기를 소망한다. 이런 생각은 신동엽의 「술을 많이 머시고 잔 어젯밤은」은 모티브 면에서 비슷한 부분이 있지만 모작의 흔적은 보이지 않는다. 다만 고국의 땅이 그 누구의 땅이 아닌 모두의 땅이 되기를 소망한다. 우리 고려인 모두가 통일된 고국이라면 사랑할 텐데 남과 북이 분단이 된 채로 계속 으르렁대고 있으니 고국이 싫어졌다고 노골적으로 말한다. 북한에 의한 도발로 인한 사건이 대부분이었지만 남쪽에서 일어난 동백림사건, 김지하 시인 투옥, 광주항쟁 등에 대한 소식이 카자흐스탄에도 전해졌을 것이다. 시인에게는 이처럼 고국에 대한 부정의식을 솔직히 말한다. 역으로 자신이 지금 살고 있는 카자흐스탄 초원에 대한 긍정과 예찬은 시 곳곳에서 차고 넘친다.

회한과 애환의 노래

러시아어로 시를 쓰는 고려인 시인의 시집이 국내에 2권 번역되어 있는 경우는 흔치 않다. 이스따니슬라브의 시집이 2권 번역되어 있는 것은 카자흐스탄에서 유명한 시인이기에 그럴 수도 있지만 그의 시가 연해주에서 중앙아시아로 강제이주된 조상들의 회한을 다루고 있기 때문에 번역되었다고 보아야 할 것이다.

첫 번째 시집에는 고려인들이 '강제이주'를 운명으로 받아들이고 쓸쓸히 늙어가는 모습을 그린 시들이 몇 편 있었다. 조부 세대는 소련 당국에 대해 간혹 볼멘소리를 내뱉기도 했지만 그것은 푸념에 지나지 않았다. 떠나온 연해주(원동)에서의 삶을 그리워하며 때로 잔치마당에서 춤추고 노래하며 애환을 달랠 뿐이었다.

두 번째 시집에서는 조금 더 구체적으로 조상의 아픔을 형상화하지만 내용이 크게 달라지지는 않는다. 특히나 원동보다 더 근원적인 고향인 고국 한반도의 상황에 대한 불만이 전개되기도 한다. 하지만 '고향의식'을 말할 때 시인의 고향은 한반도의 어느 지역도 아니고 원동의 모쁘르 마을도 아니다. 그곳은 조상의 고향이지 내 고향은 어디까지나 카자흐스탄이다. 결국 '모쁘르 마을에 대한 추억'을 지금껏 간직하고 있는 분은 할아버지 세대다. 지금껏 모쁘르 마을을 지키고 있는 할아버지 세대는 네 분에 지나지 않는다. 이들이 죽으면 모쁘르 마을에 대한 추억을 사라지고 말 것이다.

이스따니슬라브의 2권 시집은 할아버지의 뇌리에 남아 있는 원동에서의 추억도 이들의 죽음과 함께 사라짐을 말해주는 장송곡 같은 시집이다. 하지만 이 2권의 시집을 통해 한국의 독자는 원동에서 중앙아시아로 강제이주된 고려인들의 고통과 고뇌를 어렴풋하게나마 짐작해볼 수 있는 것이다.

카자흐스탄 한국인 시인 김병학의 시세계

　러시아 땅 연해주는 우리 민족에게 환상의 유토피아였다. 벌목과 어업으로 살아갈 수도 있었고 토지를 개간하면 농작물 수확량도 척박한 함경도 땅에서 거둬들인 것보다 많았다. 일단 권세 가진 이들이 못살게 굴지 않아서 좋았다. 1861년부터 우리 민족은 두만강을 건너 연해주에 가서 살기 시작했다. 다섯 가구의 이주가 시작이었다. 등 뒤에 두고 온 함경도는 산악지대여서 논밭도 일구기 어려웠고 가뭄이 잦았다. 몇 년 만에 홍수가 찾아오면 그나마 얼마 안 되던 밭작물을 큰물이 휩쓸고 갔다. 여기다 삼정의 문란과 관리와 마름의 수탈에 시달리다 못해 두만강을 건너갔고, 일제 강점기에는 더 많은 사람들이 살길을 찾아 국경선을 넘었다. 지금과는 다른 의미의 '탈북자'가 1930년대에는 근 20만에 달했다. 연해주가 일본과 국경을 맞대고 있었으며 일본이 한때 연해주를 점령했던 것이 화근이었다. 제2차 세계대전의 전운이 감돌고 있을 때 스탈린은 연해주의 조선인들 중 일부가 일본의 간첩 노릇을 한다고 간주하고 이들이 일본의 부추김을 받아 반란을 일으키면 어떻게 하나 고 민하다 특단의 조처를 내리는데, 그것이 바로 '강제이주'였다.

연해주의 조선인 17만 여 명이 1937년 9월 25일부터 수개월에 걸쳐 스탈린의 강제이주정책에 의해 중앙아시아 쪽으로 삶의 터전을 옮기게 된다. 그렇게 이주한 이들은 자신을 '고려인'이라고 불렀다. 고려인의 후예들이 지금의 카자흐스탄, 우즈베키스탄, 키르기스스탄 3국에 뿌리 를 내리고 살아가고 있다. 그런데 지금으로부터 20년 전인 1992년, 이 땅의 한 젊은이가 머나먼 땅 카자흐스탄으로 홀연히 떠난다.

약력에도 나와 있지만 김병학은 전남대학교를 졸업한 뒤 카자흐스탄 에 가서 살면서 알마틔국립대학교 한국어과 강사와 재소고려인신문 <고려일보> 기자 등을 거쳐 지금은 '카자흐스탄 한국문화센터' 소장 을 맡고 있다. 대학 졸업 직후 어떤 연유로 카자흐스탄에 가게 되었는지 는 모르겠지만 1992년 봄에 건너가 모국어 신문사가 있다는 말을 듣고 찾아간 것이 계기가 되어 1995년 9월부터 다음해 6월까지, 2000년 9월 부터 2003년 10월까지 <고려일보> 기자를 하였다. 우스또베 광주한 글학교 교사와 알마아타 고려천산한글학교 교사 및 교장도 하였다. 즉, 그는 대한민국 국적을 가진 그 어떤 외교관보다 카자흐스탄의 과거와 현재를 많이 알고 있는 정보통이다. 그는 그래서 한국인으로서 카자흐 스탄에 대해 알고자 한다면 꼭 읽어보아야 할 책인『카자흐스탄의 고려 인들 사이에서』와 그곳의 역사와 현황을 소개한『중앙아시아의 거인 카자흐스탄』(공저)을 펴내기도 했다. 재소고려인들의 구전가요를 채 록, 2권 합하여 1,000페이지에 달하는 방대한 책자『재소고려인의 노래 를 찾아서』를 펴냄으로써 잃어버린 고려인 민중사를 되찾는 작업도 해 보았다. 번역시집도 3권을 냈다. 고려인 시인 이스따니슬라브의 시집 『모쁘르 마을에 대한 추억』, 카자흐스탄의 국민시인 아바이의 시선집

『황금천막에서 부르는 노래』, 카자흐스탄 현대 9인 시선집인『초원의 페이지를 넘기며』를 번역 출간하기도 했다. 편저도 여러 권 낸 바 있지만 김병학의 꿈은 사실 시인이 되는 것이었다. 2005년에 첫 시집『천산에 올라』를 내고 7년 만에 묶는 제2시집이 바로『광야에서 부르는 노래』이다.

이와 같이 특이한 이력을 지닌 김병학 시인이니 만큼 그의 시세계도 국내 시인들과는 많이 다르다. 먼 이역의 하늘 아래서 조국을 생각하며 모국어의 결을 다듬어 온 김병학의 시를 원고 상태로 읽어보았다. 다 읽은 지금, 고인이 된 고려인들의 울음소리가 들리는 듯해 가슴이 벅차고, 이방인으로서 외로움에 지친 시인의 한숨소리가 들리는 듯해 가슴이 아프다. 권두에 놓여 있는 시부터 읽어본다.

> 살아서 천년 죽어서 천년
> 죽은 몸 흙 위에 누워서 천년
> 삼천 년 세월이 하룻밤 꿈이로구나
>
> 처음 천년은 하늘을 꿈꾸는 고요로
> 다음 천년은 그 꿈을 버리는 고요로
> 마감 천년은 땅과 하나 된 기쁨의 고요로
>
> 살아서도 좋고 죽어서도 좋고
> 죽어 대지에 누우니 더욱 좋구나
> 현자의 삶은 진정 행복한 것이었노라
>
> ─「고목」 전문

인간의 수명은 기껏해야 100년 남짓밖에 되지 않지만 나무는 수종에 따라 몇 백 년씩 사는 것들이 있다. 시인은 그 열 배를 상상한다. 천년을 산 나무가 죽어서 천년, 죽은 채로 흙 위에 누워 다시 천년을 보내니 도

합 삼천 년이다. 그런데 그 긴 세월이 하룻밤 꿈 같으니 이런 꿈을 가리켜 옛 중국인들은 일장춘몽이니 남가일몽南柯一夢이니 한단지몽邯鄲之夢이니 하는 고사성어로 설명을 하였다. 시는 제2연에 접어들어 나무를 화자로 삼는다. 시인은 차분한 목소리로 살아서 천년을 "하늘을 꿈꾸는 고요"로, 다음 천년을 "그 꿈을 버리는 고요"로, 마감 천년을 "땅과 하나된 기쁨의 고요"로 버틴 고목의 인내심을 들려준다. 고목은 하염없이 긴 시간을 지겨워하지 않고 시간에 순응하고 환경에 적응한다. "살아서도 좋고 죽어서도 좋고/ 죽어 대지에 누우니 더욱 좋"다는 자연과의 합일정신은 노장사상과 일맥상통하는 것이며, 시인은 그런 삶이야말로 '현자의 삶'이라고 보았다. 그것은 촌각을 다투며 살아가는 현대인의 태도와는 정반대된다. "현자의 삶은 진정 행복한 것"이거늘 우리는 늘 시간과 다투고, 시간에 쫓기고, 시간이 없다고 발을 구른다. 첫 번째 시는 이렇듯 시간을 체크하며 살아가지만 결국 시간에 갇혀 살아가는 현대인에게 경구에 가까운 말을 전해주고자 쓴 시가 아닌가 여겨진다. 두 번째 시부터는 시간의 확장이 아니라 공간의 확대이다.

오늘도 가슴이 시리도록 눈이 내려
날선 추위가 몸을 눕히고
카자흐스탄 초원의 늑대울음 소리가
겨울의 정적을 할퀴고 지나갑니다

어머니 나 땅이 끝나는 곳을 찾아
홀로 밤과 낮 사이를 걸었습니다
지난날을 아쉬워할 겨를도 없이
다가오는 날에 마음 설렐 여유도 없이

그러니 방랑한다 나무라지 마세요

나 이미 산을 넘었으니까요
고요를 찢는 기억의 바람 따라
이제 꿈의 해변이 깨어날 거니까요
—「광야에서 1」 제2~4연

카자흐스탄 초원의 겨울, 늑대들의 울음소리가 정적을 할퀴고 지나
간다. 이 시의 화자는 초원을 방랑하는 나그네이다. 이윽고 찾아온 대륙
의 무서운 한파, 그에게 밀려오는 것은 "가눌 길 없는 그리움"만이 아니
다. 대륙의 저 끝, 바다를 향한 꿈을 화자는 줄곧 꾸고 있다. "바람의 언
어가 다 내게서 생겨나/ 그토록 푸르게 바다를 물들이는" 것이었으니,
북만주와 연해주를 떠돌던 어느 독립운동가의 혼이 그에게 지폈던 것
은 아닐까. 시는 이렇게 끝난다.

어머니 나는 오늘도 광야에 나가
푸른 바다의 숨소리를 듣습니다
어디선가 가눌 길 없는 그리움이 밀려와
고요한 춤으로 광야를 덮습니다.
—「광야에서 1」 마지막 연

광야의 끝은 바다를 볼 수 있는 원동(고려인들은 그들의 원래의 이주
지인 연해주를 '遠東'이라고 부른다)이 아니면 조선반도이다. 광야, 즉
중앙아시아에 나가 푸른 바다의 숨소리를 듣는다는 것은 화자를 고려
인으로 하면 원동을 그리워하는 것이 되고, 자신으로 하면 한국을 가리
키는 것이 된다. 1937년 고려인의 이주는 타의에 의한 것이었고 1992년
시인의 이주는 자의로 행한 것이었다. 이들은 모두 중앙아시아 초원지
대 광야에서 푸른 바다를 그리워한다. 광야에서 부르는 우렁찬 노래는
이렇게 이어진다.

날 그냥 내버려두라
그대에게 그대의 길이 있다면
나에게는 나의 길이 있다

(중략)

헐벗고 굶주린 광야 행여 세월에 지쳐
빛바랜 꽃으로 옷 입고 눕는 날이 오거든
나도 죽어 누리의 혼불로 피어나리라.
　　　　　　　　　　　　　－「광야에서 2」 첫 연, 끝 연

　"헐벗고 굶주린 광야"라고 하니까 이제 알겠다, 강제이주 이후 광야에서 뿌리를 내리기까지 수많은 나날을 오로지 생존을 위해 일하고 또 일해야 했던 우리 선조의 굵은 땀방울과 피눈물의 의미를. 화자는 어느덧 고려인의 후손으로 변신한다. 고조할아버지 세대나 증조할아버지 세대가 "세월에 지쳐/ 빛바랜 꽃으로 옷 입고 눕는 날이 오거든", 즉 숨 거두는 날이 오거든, 자신도 죽어 그 누리의 혼불로 피어나고 싶다고 한다. 시를 보면 허허벌판 광야에서 풀뿌리나 캐 먹으며 이주 초창기를 살아갔을 고려인의 삶이 얼마나 비참했을까, 미루어 짐작할 수 있다. 고려인 1세대는 영양실조에 전염병과 풍토병으로도 많이 죽었지만 그들의 후손은 손에 괭이를 쥐었다. 이주 전에도 총을 쥔 적이 있었고 이주 후에도 총을 쥔 바 있었다.

긴 여름 가뭄에 모든 초목이 마르고
드센 쐐기풀마저 고갤 숙이니
네 곁을 지키던 까마귀조차 떠났구나
메마른 바람은 네 살갗을 벗기고 있구나

사방에서 창과 칼이 부딪치는 소리
또 곳곳에서 포탄이 날리고……
광야야 너 언제부터 혼을 빼앗기고 넘어져
격노한 자들의 놀이터가 되고 말았느냐
　　　　　　　　　　　　　　－「광야에서 3」 제2, 3연

　광야는 이런 곳이다. '낙원의 보금자리'라면 얼마나 좋을까만 척박하
기 이를 데 없는데 사방에서 창과 칼이 부딪치는 소리, 곳곳에서 포탄이
날리고 창과 칼이 부딪친다. 식민지가 된 탓에 조국을 떠난 우리 민족
은 흑하사변, 청산리전투, 봉오동전투, 볼로차예프카 전투, 독일의 침
공……. 이역만리에서 피를 흘렸다. 낯설고 물선 중앙아시아의 황무지
를 일구었다. 소련 당국이 조선인의 농업생산능력을 고려하여 중앙아
시아 황무지로 강제이주를 시켰다는 설이 있다. 그곳에서 조선인들은
우리는 고려인이라고 자랑스럽게 부르며 자식새끼를 낳아 길렀다. 화
자는 광야에게 당부한다. "나를 불살라 먹고 어서 다시 일어나거라"고.
「광야에서」 연작 5편에 이어 시인은 강제이주 열차를 떠올리며 아래와
같은 시를 쓴다.

별무리 쏟아지는 중앙아시아
새 하늘 아래서도
고이 자거라
자다가 말 울음소리 들리거든
눈뜨고 일어나
눈부신 빛을 맞이하거라
부디 깨어 일어나
어른이 되거라.
　　　　　　　　　　　　　　－「부르지 못한 자장가」 끝 연

1937년 당시 606개 마을에 흩어져 살고 있던 3만 6,422가구의 17만 1,781명이 중앙아시아로 이주하는 과정은 눈물겨웠다. 짐 싣는 화물열차에 소나 말처럼 실려 몇 날 며칠을 달려갔다. 가는 도중에 노약자와 아이들이 많이 죽었고, 그해 겨울에 중앙아시아 허허벌판에서 굶주림으로 더 많은 이가 죽어갔다. 그런 과거를 잘 알고 있기에 시인은 그 당시의 아기들을 생각하며 자장가를 불러본다. 17만 명 중 아기도 수천 명은 되었을 것이다. 열차마다 울려 퍼졌을 아기들의 울음소리를 떠올리며 시인은 그 당시에는 들려주지 못했을 자장가를 만들어 불러보는 것이다. 고려인 강제이주 70주년에 부친 시도 있다.

바스쮸베 언덕에 가을바람 불어
까마귀 떼 하늘 가득 날아오네
양만리 연해주에서 중앙아시아까지
이름 없이 피었다 쓰러져간 꽃 넋들
모질게 다시 일어나 이 언덕에
질긴 목숨 뿌리내렸건만
돌보는 이 하나 없이 일흔 해를
눌리고 찢기고 밟히고 묻혀
이리도 풀 한 포기 없이 붉은가
하늘 아래 흰옷 입고 살아온 것이
그 무슨 해를 가리는 죄였던가

해골처럼 야위어가는 언덕아
누굴 기다리다 망부석이 되고 말았더냐
삼각철판 묘비마다 부릅뜬 눈
시퍼런 울음으로 가슴을 찔러
강제이주열차 바퀴 아래 깔린 얼굴들
또렷한 늦가을 조각달로 떠오름에
나 아직 꽃다발 엮어드릴 수 없네

술잔 아직 여기 부어드릴 수 없네
다만 심장의 피 한 움큼
혼백에 담아 망향가로 바치네.
　　　　　　　　　　　—「바스쮜베 언덕에서」 전문

　각주에서 잘 설명해주고 있듯이 바스쮜베 언덕이란 강제이주 열차의
종착지, 즉 고려인들이 부려진 곳이었다. 고려인 중 일부는 당장 거주할
집이 없어 그 언덕을 바람막이 삼아 경사면 아래에 토굴을 파고 이듬해
4월까지 살았다고 한다. 삶의 터전이자 죽음의 장소였던 그곳을 고려인
들은 자기네 묘지로 삼았다. 지금까지 한국인이 쓴 시 가운데 고려인 강
제이주를 이렇게 애절하게 노래한 시가 또 있었던가. 70년 이주 역사가
이 한 편의 시에 응축되어 있다. 시인은 '망향가'라고 했지만 이 시는 졸
지에 맞닥뜨린 혹독한 상황과 싸우다 비참하게 죽어간 고려인들을 위
해 올리는 한 편의 훌륭한 조문이다. '디아스포라의 길'이나 '고려인 디
아스포라를 기억하며', '카자흐스탄 고려인들에게', '중앙아시아 고려인
을 위하여' 등을 부제로 삼은 다른 시도 그날의 아픔과 슬픔을 되새기게
한다.

천 길 낭떠러지 위에
어미와 아비를 파묻고
아이는 가슴에 품은 채
위로만 앞으로만 올라간 길

얼마를 더 걸어야
그곳에 이를 수 있을까
얼마를 더 넘어져야
제 발로 일어설 수 있을까
　　—「계단에 서서―고려인 디아스포라를 기억하며」 후반부

이 시는 중앙아시아에서 삽질과 곡괭이질에 나선 70년 개척사를 다룬 것이다. 원동을 바라보며 눈물만 흘리고 있을 수는 없었다. 천 길 낭떠러지 위에 어미와 아비를 파묻고 죽은 아이는 가슴에 품은 채 밭을 일구고 씨를 뿌려온 세월이 70년이었다. 한 계단 한 계단 위만 바라보며 올라간 고려인의 용기와 슬기, 그리고 끈기를 시인은 이렇게 높이 기리고 있다. 고려인의 부지런함은 이곳 원주민들에게 좋은 인상을 주었다. 공산주의 체제에서 달리 방법이 없었다. 협동농장에서 알찬 수확고를 올리자 생활수준이 전반적으로 향상, 어느 정도의 풍족함을 누릴 수 있게 되었다. 소련 당국도 고려인들의 성실함을 십분 인정해주었다. 그 과정이 압축되어 있는 시가 「러시안 목각인형」이다.

> 첫 가면을 벗기니 나타난 모습은 소련사람
> 그대들은 강제이주의 아픔을 딛고
> 중앙아 처녀지에서 일군 다수확의 기쁨으로
> 협동농장 창고를 가득히 채우는구나
> ─「러시안 목각인형─카자흐스탄 고려인들에게」 제2연

카자흐스탄 고려인들은 하지만 속으로는 울고 있다. "제 말도 제 노래도 제 꿈도 잊어버리고/ 몸뚱이는 남북으로 찢겨 피를 흘리고 있"고, "백년 세월의 고통쯤 아무것도 아니라며" "아무렇지 않은 듯 웃고 있지만/ 속으로는 항상 울고만 있었"다고 한다. 한반도를 떠나 이역만리 연해주에서 간신히 밭을 일구고 가축을 기르며 살아가던 17만 이주민이 집도 없는 상태로 풀포기뿐인 벌판에 버려졌으니 그 고충이야 오죽했으랴. 원주민과는 말도 통하지 않는 이방인이 바로 고려인이었다. 고려인의 중앙아시아 정착 과정과 조상들의 노동의 세월, 설움의 세월의 이 한 편이 시에 응축되어 있다.

제2부 '방랑자의 노래'는 20년 동안 카자흐스탄에서 살아온 시인 자신의 이야기이기도 하고, 연해주에서 중앙아시아로 강제이주된 고려인들의 이야기이기도 하고, 조국을 떠나 타국에서 살다 죽었거나 살아가고 있는 모든 한민족 디아스포라의 이야기이기도 하다. 또한 고향 떠나 객지에서 살아가는 모든 이방인들의 심정을 대변해서 부르는 노래이기도 하다.

> 길은 끝이 없어 길이다
> 걷고 걸어도
> 한없이 멀어져만 가서 길이다
> 가던 길
> 차마 멈출 수 없어 길이다
>
> 아련히 손짓하는 바다에 이끌려
> 어디선가 부르는 소리에 귀 기울여
> 기억의 산 넘고 세월의 물 건너
> 오랜 목마름으로 길을 걷는다
> ─「끝이 없는 길」 제1, 2연

옛사람들은 흔히 사주에 역마살이 낀 사람은 고향을 떠나 떠돌며 살아간다고 했는데 김병학 시인의 삶이 그러하였다. 그런데 옮겨 심어져 뿌리를 내린 곳이 공교롭게도 고향을 떠난 디아스포라들로 이뤄진 카자흐스탄의 고려인 사회였다. 그곳에는 강제이주로 온 이들의 후손도 살아가고 있지만 한국에서 간 이민자도 적지 않다. 원주민이나 러시아인들은 물론 이들도 다 낯선 이방인이요 집 떠난 나그네들이다. 집 떠난 자는 다 눈물 젖은 빵을 씹으며 고생하게 마련이다. 말도 잘 통하지 않지만 음식도 입에 맞지 않고 잠자리도 불편하다. 물이 달라지면 배탈이

나거나 변비에 걸린다. 그래서 "기억의 산 넘고 세월의 물 건너/ 오랜 목마름으로 길을 걷는" 것이다. 그 길에서 수많은 조상이 겪었던 시련을 나 또한 겪고 있다.

> 날빛조차 어두운 벼랑의 끝에서
> 차가운 날들을 맞는다
> 혼백마저 얼어붙은 몸을 추스르며
> 아득한 산을 넘는다
> 넘어지고 쓰러졌다 다시 일어나
> 넘던 산 기어이 마저 넘는다
> 넘고 넘어 재로 덮인 평원에 눕는다
> 겨울나무처럼 홀로 견디기 위하여
> 견디다 바위처럼 부서지기 위하여
>
> ―「시련」 전문

이 시는 강제이주를 염두에 두고 읽어도 되고 그것과는 무관한 것으로 읽어도 상관없다. 시인 자신이 이역에서 살아간 20년 세월을 염두에 두고 감상해도 좋고 이 세상의 디아스포라라는 광의의 의미로 해석해도 무방하다. 분명한 것은 시의 길고 짧음에 상관없이 김병학의 시는 대륙적인 기질을 갖고 있다는 점이다. 「절정」을 쓴 이육사의 시를 연상시킨다. 호방함, 위풍당당함, 웅혼함……. 소월과 영랑 이래 우리 시를 지탱해온 것은 비감과 애상이 아니면 체념이나 원망의 정조였는데 카자흐스탄에서 20년을 살아서 그런지 원래 시인의 기질이 그러한 것인지 모르겠으나 김병학의 시는 견인불발의 기상이 있고 칠전팔기의 의지가 있다. 시련을 두려워하지 않고서 넘어져도 또 일어서는 불굴의 정신은 상황이 변한다고 변하지 않는다. 휘어지느니 부서지겠다는 기백을 해설자는 황현黃玹의 시에서 본 적이 있었다. 이런 시를 보라.

차가운 흙 위에 아무도 몰래
무수한 실핏줄 뻗어나간 듯
땅속 깊은 곳 어딘가에
누군가가
뜨거운 심장 한 조각 숨겨놓아
쉼 없이 고동쳐온 듯
그 심장의 피
언 지면 위로 솟구쳐 오르며
붉은 피를 토해내는 듯

―「대지의 심장」 후반부

쿵쾅쿵쾅 대지의 심장이 뛰고 있다. 섬세하고 유약한 여성 화자를 내
세운 우리 서정시의 주류와는 다른 이런 시에 대해서는 문학사적인 새
로운 평가가 필요하다고 본다. 제2부의 여타의 시에 대한 감상은 독자
의 몫으로 돌린다.

제3부 '님에게 바치는 노래'의 어떤 시는 한용운의 『님의 침묵』의 시
편을 연상시킨다. 겉으로는 님에게 바치는 사랑 고백시인데 의미의 심
층부에는 시공을 초월한 형이상학적인 비원이 깔려 있다.

누구의 염원이 고인 샘인가
누구의 갈망이 남긴 창문인가
사라진 육신의 흔적들 모여
닫힌 세계의 오솔길을 여느니
시간에 갇힌 기억의 강물 넘쳐
뭇 별로 물결치는 사념의 하늘바다
한꺼번에 쏟아지는 앎의 빛다발아
너 하나가 만물을 보듬고 있구나
세계가 여기서 열리고 닫히는구나
영혼이 너 자신을 이렇게 표현했구나

―「눈동자」 전문

순간이 모여 영원이 되고 티끌이 모여 우주가 되지 않는가. 인간이 모여 인류가 되고 사건이 모여 역사가 되지 않는가. 누구의 염원이 고인 샘을, 누구의 갈망이 남긴 창문을 일단 생각해본 시인은 "시간에 갇힌 기억의 강물 넘쳐", "뭇 별로 물결치는 사념의 하늘바다"로 나아간다. 그곳에는 "한꺼번에 쏟아지는 앎의 빛다발" 그 하나가 만물을 보듬고 있다. 세계가 여기서 열리고 닫히고 있다. 이처럼 시인의 상상력은 시간과 공간의 제약을 뛰어넘고 있다. 그것을 가능케 하는 것이 우주만물에 대한 절대긍정과 타자에 대한 하염없는 사랑이다. 하지만 김병학의 시에서 불교적인 깨달음의 경지는 거의 보이지 않는다. 오히려 자연신에 대한 신앙을 바탕으로 한 노장사상과 무속신앙에 상상력의 뿌리가 닿아 있다.

> 비나이다 비나이다
> 세상 모든 절대자님들께 비나이다
> 이제 그만 돌아가 주옵소서
> 당신들이 너무나 오래도록 살아계시니
> 당신 계보에 입적한 자들 권능의 여의봉을 쥐고
> 다른 가문의 자손들을 내치고
> 그러면 순교자의 후손은 피 묻은 칼을 물고
> 이교도와 거룩한 전쟁을 선포하나이다
> 이제 그만 돌아가 주옵소서
> —「비나이다」제1연

> 어허 물렀거라 썩 물렀거라
> 여기는 네 살 곳 아니다
> 너 예서 천년만년 배회한들
> 허깨비야
> 죽어버린 이념아 사상아

예전에 입던 옷 여기는
다시 입을 수 없는 곳
떠나거라 어서 떠나거라

—「제령(除靈)」 제1연

이런 시를 보니 우리나라 무당이 푸닥거리를 하거나 밤새 목을 놓아 무가를 부르는 장면을 연상하지 않을 수 없다. 앞의 시에서는 신을 내세워 수도 없이 전쟁을 벌인 기독교인과 회교도에 대한 비판의식을 엿볼 수 있다. 힌두교나 불교, 조로아스터교 등은 그렇게까지 많은 전쟁을 불씨 역할을 하지 않았는데 이웃사촌이라고 할 수 있는 그리스도교와 마호메트교는 서로 티격태격, 지금도 중동에서 폭탄테러와 양민학살을 자행하고 있다. 문제는 신에게 있는 것이 아니라 신의 뜻을 저버리고 신을 이용하는 인간에게 있는 것이다. "당신들께는 아무런 허물도 없음을/ 당신들은 항상 선하심을 믿지만/ 사람들의 땅에는 당신들의 이름으로 죽은 자/ 죽인 자의 피가 강이 되어/ 흐르"고 있다. 무릇 이 세상 모든 종교는 죽음에 대한 해석이라고 할 수 있다. 끝인가 시작인가. 영생인가 윤회인가. 구원인가 구법인가. 유일신인가 다신인사. 영생 불사하는가 유한한 목숨인가. 시인은 죽음에 대해 이렇게 생각한다.

끝 날까지 오직 홀로 기다려줄
가슴 떨리도록 보고 싶은 연인이시여
허나 당신 얼굴 한 번도 뵌 적 없어
알현하기가 너무나 두려운 절대자여
당신은 완전한 상실과 슬픔의 주관자요
모든 물음과 수수께끼의 알파와 오메가
알며 사랑하며 배우며 넘어졌다 일어나
마침내 답을 찾아 마지막 시험장으로
담대히 나아가도록 일깨우는 스승이시니

오소서 때가 차면 바람처럼 임하소서
　　　　　　　　　　　　　　　　　　　－「죽음이시여」 전문

　시인은 절대자 자체를 부정하는 것은 아니다. 나의 생로병사를 관장
하는 초인적이고(전지전능하고) 초월적인(절대적인) 존재에 대한 경외
심을 분명히 갖고 있다. 그래서 그분더러 "때가 차면 바람처럼 임하소
서"라고 말한다. 흡사 예수 죽음과 부활 이후에 수많은 기독교인들이
"주여 제 뜻대로 하지 마시고 당신 뜻대로 하옵소서"라고 예수의 말을
본받아 하게 되었듯이. 시인은 지구 종말에 대해서도 생각해본다.

　　　두려움이 강물로 넘칠 종말의 역사
　　　그 천지 가득할 비탄을
　　　불멸의 혼아 그냥 버려두지 마라
　　　너의 존재가 끝으로 치달을 때마다
　　　죽어가는 심장에 화살로 꽂혀
　　　한 숨 한 숨 새로운 숨결로 살아났으니,
　　　분출하는 화산의 불덩어리
　　　뜨거운 열망의 빛다발로 날아와
　　　활활 타오르는 횃불이 되었었느니
　　　외면하지 마라 천지 가득할 비탄을
　　　　　　　　　　　－「지구 종말에 부칠 희망」 마지막 연

　"신들마저 탄식하며 눈물을 흘리"게 될 종말의 날이 왔을 때, 시인이
해야 될 일은 무엇일까. 단말마의 비명을 지르거나 하느님을 외치며 눈
물 흘릴 보통사람과는 달라야 한다. '희망'은 재생이나 부활에 대한 희
망만은 아닐 것이다. 절망하여 비명을 질러본들 종말은 이미 기정사실,
진행이 막 되고 있을 때를 예상하여 김병학은 장엄한 장송곡을 들려준
다. 그는 이런 시에서도 호방함과 위풍당당함과 웅혼함을 잃지 않고 있

다. 시간의 폭도 넓지만 공간의 폭은 또 얼마나 넓은지 부처님 손바닥 같다. 시인은 중앙아시아의 초원에서 하늘과 지평선을 번갈아 바라보며 이런 시들을 구상했을 것이다.

제4부의 시는 시인의 상상력의 산물이 아니라 대개 체험의 산물이다. 형이상학적인 드높은 차원에서 일상의 낮은 차원으로 내려와 있다. 제일 앞의 시에는 '병드신 아버지를 뵈려 부두에서 배를 기다리며'란 부제가 붙어 있다.

> 한평생 섬이 되어
> 비바람을 맞으신 당신 세월
> 시하바다를 달구어
> 뜨거운 파도로 부서져오는데
>
> ─「고향 가는 길」제2연

시인의 고향은 전남 신안군 암자도이니 아버지를 뵈려면 배를 타야 한다. 시적 화자와 시인을 동일시하지 않을 수 없다. 카자흐스탄에서 비행기를 타고 귀국해 버스를 타고, 나중엔 배를 타야 하는 먼 거리를 달려 아버지를 만나지만 숨을 거둔 이후다. 아버지 사후에 고향에서 처음으로 맞이하는 가을, 그 쓸쓸함이 어떠했을까.

> 부질없이 가을 오니
> 때 없이 찬바람 일어
> 아버지 무덤 위에
> 뭇 별처럼 낙엽이 쌓이네
>
> 서해바다 하얀 섬
> 햇볕 드는 고향집에는
> 어머니만 홀로 앉아

빛바랜 추억을 다듬고
―「가을」 제1, 2연

아버지를 여읜 슬픔이 찬바람과 낙엽, 쪽빛 하늘과 무덤 위의 잔디와
어울려 한 폭의 고졸한 풍경화를 이룬다. 시인이 아버지와의 추억을 더
듬으며 쓴 시 「무덤 가는 길」 「소풍」 등도 감동을 주지만 제4부의 시 가
운데 특별히 논의하고 싶은 시는 「모국어」다.

자동차 굴러가는 소리
에어컨 도는 소리
도심 한가운데서
시끄럽게 울리는 포클레인 소리
외국어가 모국어를
점령해버린 지 너무나 오래다

오늘
새가 울고 비가 오고
천둥이 울고 바람이 불고자 하건만
때때로 강물이 범람하며
마음껏 소리치려 하건만
모국어는
도시에서 쫓겨나버린 지 너무도 오래
―「모국어」 제1, 2연

장장 20년을 카자흐스탄에서 산 김병학 시인이니 만큼 외국어가 모
국어를 점령해버린 지 너무 오래되었고, 모국어가 도시에서 쫓겨나버
렸다는 말이 실감이 난다. 그 사회에서 한글로 기사를 쓰고 그쪽 학교에
가서 한글을 가르치기도 했지만 어쨌거나 그곳은 카자흐스탄이다. 모

국어를 구사하는 이는 그 사회에서 소수자이다. 모국어는 기억의 한 귀퉁이로 점차 내몰리고, 그 자리를 카자흐스탄어가 채워나간 지난 20년 세월이었다. 그래서 김병학은 국내 시단에 정식으로 등단한 시인이 아님에도 불구하고 시를 썼던 것이 아닐까. 국내 시단의 눈치를 보지 않아서 오히려 대륙적인 웅혼한 기백의 정서를 갖게 되었던 것이 아닌지 모르겠다. 모국어는, 즉 시인 자신은 "멀리 한 줌 숲속에 몸을 숨긴 채/ 마지막 숨통이 끊어져가는 야수마냥/ 가냘픈 목소리로 구슬프게 울부짖는다". 야수의 이 울부짖음이 바로 시집『광야에서 부르는 노래』이다. 김병학에게 시 쓰기는 음풍농월이 아니었다. 그 땅에서 죽어간 수많은 사람들의 영령을 위로하는 장송곡이면서 풍찬노숙으로 대륙을 전전한 독립운동가의 발자취를 찾아다닌 취재기자의 취재노트였다. 아버지의 삶과 죽음을 다루기도 하였고 시를 쓰면서 자신의 죽음과 인류 최후의 날도 생각해보았다. 고향과 조국에 대한 그리움도, 이방인으로서의 외로움도 진하게 느껴진다. 이 모든 시세계의 기본은 대륙적인 호방함이다. 언젠가 반드시 고국으로 돌아가리라는 김병학의 이런 시는 682만 한인 디아스포라의 마음을 대변해준 것이 아닐지.

> 나는 돌아오리라
> 가버린 곳에서 다시 돌아오리라
> 지나간 계절과 함께 바람이 되어
> 구름이 되어 비가 되어
> 놀라운 천둥이 되어 돌아오리라
>
> ―「귀환」부분

김병학 시인이 머지않아 '놀라운 천둥' 소리를 내며 귀환하기를 바란다. 그럼 "흔들리다 넘어지고 말지라도/ 다시 일어설 춤꾼"으로, "스스로 등불을 밝히는 지혜로움으로/ 넉넉한 강인함으로" 한국 시단의 부족함을 메우게 될 것이다. 부족함이란 서정시 일반의 유약함이다. 한국 시단에 이제 비로소 중앙아시아 드넓은 초원의 시원한 바람이 불어오고 있어서 기분이 아주 상쾌하다.

알마아티 고려극장에서 이스따니슬라브의 시 「조상들의 고향으로」를 낭독하는 김병학 시인

아쿠타가와상 수상
재일교포 작가의 소설에 나타난 조국과 모국어

　일본의 수많은 문학상 가운데 신인급의 작가가 중·단편소설로 받을 수 있는 대표적인 문학상이 아쿠타가와상[芥川賞]이다. 이 상은 아쿠타가와 류노스케(芥川龍之介, 1892~1927)가 젊은 나이에 자살로 생을 마감하자 절친했던 친구 기쿠치 칸(菊池寬)이 그를 길이 기리기 위해 문학상 제정을 발의함으로써 시작되었는데 제1회 수상자를 낸 1935년부터 지금까지 문예춘추사가 주관, 2012년 하반기에 제148회 수상자가 나왔다(태평양전쟁 패전 때문에 1945년부터 1948년까지는 상이 중단되었다). 일본의 대표적인 시사월간지 『文藝春秋』에는 수상작이 재수록되고 심사에 임한 당대 1급의 소설가와 문학평론가들 각자가 쓴 심사평과 수상자의 수상소감이 게재된다. 이 상을 받은 유미리는 수상 소식이 전해진 후 집의 전화기를 팩스로 전용해놓았더니 취재를 요청하는 내용

『문예춘추』에 실린 유미리의
수상소감

의 용지가 '끝없이' 흘러나왔다고 수상소감에서 밝힌 바 있다. 이처럼 아쿠타가와상 수상을 언론에서는 스타 탄생으로 간주하여 대서특필하고 있다. 아쿠타가와상은 중견급에게 주는 나오키상(直木賞)과 함께 일본에서 가장 유명한 문학상으로, 이 상을 받아 일약 유명해진 작가는 부지기수다.[1] 이 상을 재일교포 소설가 네 명이 받은 바 있는데 그 명단은 아래와 같다.

제66회(1971년 하반기) : 이회성, 「다듬이질하는 여인」
제100회(1988년 하반기) : 이양지, 「유희」
제116회(1996년 하반기) : 유미리, 「가족 시네마」
제122회(1999년 하반기) : 현월, 「그늘의 집」

이들 네 명은 일본어로 작품을 발표하기는 했지만 모두 재일교포[2]로서 이씨, 유씨, 현씨 성을 갖고 작품 활동을 하다가 수상자로 선정되었다. 즉, 한국인이라는 의식을 확실히 갖고서 작품 활동을 하던 중 일본 최고 권위의 문학상을 수상했던 것이다. 본고는 네 편 수상작의 특성을 논하는 것과 함께 왜 일본의 문학상을 재일교포가 받게 되었는지에 주

---

1) 아쿠타가와상은 우리에게도 잘 알려져 있는 이노우에 야스시(井上靖, 22회)·아베 고보(安部公房, 25회)·마쓰모토 세이초(松本淸張, 28회)·엔도 슈사쿠(遠藤周作, 33회)·이시하라 신타로(石原愼太郎, 34회)·오에 겐자부로(大江健三郎, 39회)·마루야마 겐지(丸山健二, 56회)·나카가미 겐지(中上健次, 74회)·무라카미 류(村上龍, 75회)·하나무라 만게츠(花村萬月, 119회)·히라노 게이치로(平野啓一郎, 120회)·요시다 슈이치(吉田修一, 127회)·나카무라 후미노리(中村文則, 133회) 등이 탄 상이기에 더욱 그 권위를 인정받고 있다.
2) 거의 같은 뜻으로 쓰이고 있는 재일동포, 재일교포, 재일조선인, 재일한국인 가운데 본고에서는 '재일교포'를 쓴다.

목, 작품에 대한 검토와 함께 심사평을 살펴보면서 수상의 이유를 밝혀보려고 한다. 다시 말해 일본인 심사위원들이 재일교포가 쓴 작품을 어떤 관점에서 이해하고 평가했는지에 초점을 맞춰 연구해보려고 한다. 국내에 거주하는 외국인이 많지만 그들이 한글로 소설을 써 발표한 경우는 거의 없었고, 더구나 문학상을 수상한 예가 없었기에 그렇지 않은 일본과의 비교는 우리 문학의 세계화를 위해서도 필요한 작업이라고 생각한다.

왼쪽부터 이회성·이양지·유미리 작가

최초 후보자의 선구자적 작업

이회성은 재일교포 중 처음으로 아쿠타가와상을 받고 수상소감에서 "왠지 김사량을 대신해 받은 듯한 기분이 든다"고 썼는데 이는 김사량 같은 선구자가 있었기에 자신이 수상할 수 있게 되었다며 감사의 뜻을 밝힌 것이다. 1936년 동경제국대학 독일문학과에 입학한 김사량은 1939년에 쓴 「빛 속에」로 조선인 최초로 아쿠타가와상 후보에 올랐었다. 이회성은 김사량이 길을 닦아놓았기에 자신이 수상하게 되었다는 겸양의 뜻을 담아 수상소감을 썼던 것인데, 어쨌거나 일제 강점기 때

25세의 조선인 유학생이 쓴 소설이 아쿠타가와상 후보에 오른 것이 당시로는 큰 사건이었다. 김사량이 아쿠타가와상 후보에 오른 일은 일본에서 활동하게 된 작가들에게 고무적인 일이었고, 다들 큰 용기를 얻었음에 틀림없다. 「빛 속에」외에 김석범의 「만덕유령기담」이 1945년에, 정승박의 「벌거벗은 포로」가 1972년에, 이기승의 「잃어버린 도시」가 1985년에 아쿠타가와상 후보에 올랐다. 김학영은 1966년 「얼어붙은 입」을 발표하면서 등단한 이후 「돌길」, 「여름의 균열」, 「겨울의 빛」, 「끝」이 후보에 올랐지만 끝내 수상은 하지 못했다.

「빛 속에」가 아쿠타가와상 후보에 처음 오른 것은 매우 상징적인 일이었다. 왜냐하면 이 작품은 '재일교포의 자기 정체성 확인'을 주제로 내세웠기 때문이다. 이 주제는 이후 일본에서 활동한 상당수 재일교포 작가에게 영향을 주었다. 비록 수상은 못했지만 일본인들 속에서 한국인으로 살아가는 일의 어려움을 다룬 소설을 일본인 심사위원들이 주목했던 것임에 틀림없었다.

「빛 속에」의 화자이면서 관찰자 역할을 하는 남씨 성을 갖고 있는 조선인은 일본에서 '미나미 선생'이라는 이름으로 통하고 있다. 그는 S협회의 대학생 교사로서 근로자들에게 영어를 가르치고 아동부 학생들도 가르친다. 아동부에는 악명 높은 소년 야마다 하루오가 있는데 화자인 남선생은 이 소년에게 각별히 관심을 보인다. 남선생이 조선인임을 알게 된 하루오는 처음에는 그 이유로 남선생을 멸시하는데, 남선생이 진심을 갖고 대하자 점점 마음을 열고 나중에는 존경심을 갖고 따르게 된다. 남선생을 따르게 되는 가장 큰 이유는 어머니의 나라 조선에서 온 선생이기 때문이었다. 소년은 폭력을 행사하는 일본인 아버지를 무서워하면서도 그의 권위에 이끌리고, 폭력을 당하며 살아가는 어머니를 불쌍히 여기면서도 아버지를 비롯한 자기 주변의 일본인들을 의식해 어머니를 멸시해왔었다. 어머니는 일본말이 서툰 외톨이 신세의 조선인이었기 때문이다. 남선생은 소년을 자기 방에 재우기까지 하면서 따뜻하게 대해주고, 그 과정에서 소년의 내면심리를 파악해낸다.

> 그는 내놓고 어머니의 가슴에 안길 수 없다. 그러나 '어머니의 것'에 대한 따뜻한 숨결은 맥박치고 있을 것이다. 그가 조선사람을 볼 때마다 거의 충동적으로 목소리를 높여 조선사람, 조선사람 하고 말하지 않을 수 없었던 심정을 나는 어렴풋이나마 이해하게 되었다. 하지만 그는 나를 본 첫 순간부터 조선사람이 아닌가 하고 의심을 품으면서도 내내 나를 따라다니지 않았는가. 그것은 확실히 나에 대한 애정일 것이다. '어머니의 것'에 대한 무의식적인 그리움일 것이다. 그리고 그것은 나를 통해서 어머니에 대한 사랑을 보여주는 하나의 굴절된 표현임에 틀림없다. 사실 그는 어머니가 누워 있는 병원으로 찾아갈 대신 나 있는 곳으로 왔는지도 모른다. 어머니를 찾아가는 심정과 무엇이 다르겠는가.[3]

의식은 어머니를 거부하지만 무의식은 어머니를 사랑하는 묘한 상태로 살아가는 하루오를 이해하면서 남선생과 하루오는 정을 쌓아간다. 하루오는 아버지의 폭력으로 병원에 입원한 어머니에게 담배를 선물한다. 평소에 아버지에게 맞아 피를 흘리면 그 부위에 "그 여자의 고향에 사는 농민들이 그런 식으로 상처를 치료하는 것처럼" 담배를 침으로 짓이겨 상처 부위에 붙이고 있으라고 건넨 것이다. 조선인 남선생이 보내주는 신뢰에 힘입어 소년은 어머니에게 이처럼 사랑을 표시하고, 이것은 결국 피(혈연)의 이끌림 때문이라는 것이 이 소설의 주제라고 할 수 있다. 소년이 남선생을 만나지 않았더라면 자기 몸 안에 흐르는 조선인

---

3) 김사량, 「빛 속에」, 이상경 편집, 『노마만리』, 동광출판사, 1989, 51쪽.

의 피가 끝내 부정의 대상이었을 테지만 남선생을 만남으로써 긍정을 넘어서 애정의 대상으로 바뀐다. 남선생도 일본인 아이들을 못살게 굴며 살아가는 이 소년에게 연민의 정을 더욱 강하게 느끼게 된 계기가 그의 어머니가 일본에 시집와서 불행하게 살아가는 조선인임을 알고 나서부터이다. 남선생은 자신이 조선인임을 숨기고 살아가고 있었는데 하루오와의 만남 이후 더 이상 부끄러움을 느끼지 않는다.

이런 내용의 소설을 쓴 김사량 덕분에 재일교포 작가들은 이런 주제를 다루는 데 아무런 제약을 느끼지 않게 되었다. '재일교포의 자기 정체성 확인'을 주제로 삼아도 별 문제가 안 될 것이라는 생각은 재일교포 작가들에게 일종의 용기와 자극을 준 것이다.

또 다른 후보작 김석범의 「만덕유령기담」은 제주도 4·3사건을 배경으로 하고 있다. 제주도 관음사에서 불목하니로 살아가던 만덕이 시대의 회오리바람에 휘말려 처형되기까지의 기구한 사연을 담은 소설이다. 정승박의 「벌거벗은 포로」는 태평양전쟁 말기에 징용으로 산중의 발전소 토목공사 현장으로 강제 이송된 재일 청년이 공습을 피해 살아가는 가혹한 현실과 불안한 심리를 '도망자의 미학'으로 묘사한 소설이다.[4] 이기승의 「잃어버린 도시」는 평론가 이소가이 지로(磯貝治良)로부터 "재일 세대의 자기 찾기 이야기를 우울한 심상과 강한 의지가 뒤섞인 세계를 묘사하여 박진감이 있다"[5]는 평가를 받았다. 김학영은 등단작 「얼어붙은 입」에서부터 작품세계가 일관성을 유지하는데, 북조선을 찬양하는 폭력적인 재일교포 아버지 밑에서 자라면서 아버지 살해

---

[4] 김환기, 「재일 코리언 문학의 계보」, 김환기 편, 『재일 디아스포라 문학』, 새미, 2006, 28쪽 참조.
[5] 이소가이 지로, 「신세대 재일 작가의 지형도」, 김환기 편, 위의 책, 458쪽. 이소가이 지로는 이기승의 「서쪽 마을에서」와 「여름의 끝에서」에 대해 "재일 청년의 신변을 묘사하고 재일 사회의 누습과 자기 자신에 대한 위화감, 콤플렉스나 아이덴티티의 불안이라는 어려운 문제를 쓰고 있다"고 평가했다.

를 마음으로만 꿈꾸는 나약한 소년 내지 청년을 화자로 내세우는 작품이 대부분이었다. 김환기는 김학영 소설의 특징이 '내향적 소외감'과 '이방인 의식'에 있다고 하면서 "가족과 민족을 주제로 한 사소설성을 유지하면서도 그러한 주변 문제를 철저한 내면적 자의식으로 승화시킨다"[6]고 평했다. 김석범의 작품이 예외였을 뿐 아쿠타가와상 후보에 오른 작품은 대개 일본에서 살아가는 조선인이 자기 정체성 문제로 혼란을 겪고, 그것을 극복하려 애쓰는 내용이 주조를 이루고 있음을 알 수 있다.

의복을 매개로 한 한국적인 것의 형상화

이회성은 「다듬이질하는 여인」으로 수상하기 이전에 네 번이나 아쿠타가와상 후보에 올랐으므로 심사위원들에게는 이미 낯익은 작가였다. 그래서 니와 후미오(丹羽文雄) 같은 이는 "굳이 욕심을 말하자면 이 작품이 아닌 다른 작품으로 수상을 했으면 했다"[7]고 심사평에 썼다. 나카무라 마츠오(中村光夫)는 "소중히 간직해온 재료를 숙련된 방법으로 써내려간 것일 뿐, 등장인물들은 선명히 묘사하고 있지만 너무 막힘없이 써내려간 인상을 전해준다. (…) 지나친 완성도가 오히려 실패작처럼 보인다"[8]고 반대의사를 적었다. 하지만 수상에 찬성한 심사위원들은 이구동성으로 한국적인 것의 형상화를 이 소설의 장점으로 거론하였다.

반도에 살았던 그 시기의 사람들—조부, 조모, 아버지를 각각

---

6) 김환기, 「중간세대의 민족의식과 자기구제의 모색 : 김학영론」, 김환기 편, 위의 책, 280쪽.
7) 「芥川賞選評」, 『文藝春秋』, 文藝春秋社, 1972.3, 317쪽.
8) 위의 글, 314쪽.

잘 새기고 있다. 결코 서정에도 감상에도 흐르지 않는다(이노우에 야스시).

그의 작품에는 재일조선인이 본 재일조선인의 생활이 묘사되어 있다. 이것은 지금까지의 일본문학에 없었던 것이다. 재일조선인이 포착한 일본의 현실에 우리들의 생각이 미치지 않는 점이 있다는 것에 감복했다(오오오카 쇼헤이).

모국의 흙뿐만 아니라 풍속도 문화도 잃어버린 아련한 여인을 남의 일이 아닌 듯 우리들에게 느끼게 해주는 부분이 주목을 끈다(야스오카 쇼타로).9)

「다듬이질하는 여인」은 자전적인 내용이다. 아홉 살 때 돌아가신 어머니에 대한 회상기로 전개되는 이 소설에는 건장하고 폭력적인 아버지와 나약하고 자상한 어머니가 등장하고, 아버지를 닮아 씨름을 잘하는 두 형이 나온다. 두 명의 누이동생도 언급된다. 이런 가족 구성원과 가족의 면면에 대한 묘사는 다른 소설 「人面岩」에도 한 치 어긋남 없이 그대로 나온다. 두 소설에서 어머니는 여섯 번째 아이를 제왕절개로 출산하다 잘못되어 일본 땅에서 임종을 맞는다.

「다듬이질하는 여인」에는 한국적인 생활풍속이 군데군데 나온다. 화자의 외할머니(어머니의 의붓어머니)는 딸 장술이가 시집가기 전, 널을 뛰거나 그네타기할 때의 모습을 상기하면서 다음과 같이 죽은 딸을 그리워한다.

그건 홀딱 반할 살결이었어. 그렇고말고, 단옷날에는 창포물로 몸을 씻고, 매년 때 묻지 않게 키운 술이었어. 어미인 내가 반했지, 왜 동네 총각이 가만히 있을 턱이 없지. 이놈도 저놈

---

9) 위의 글, 313~315쪽.

도…… 아이고 총각들이 들일이 손에 안 잡힐 지경이었어. 논두
렁길에서 마주치는 날이면 모두 쭈밋쭈밋해서 아무 말도 못했
지. 황소를 멈추고, 멍청하게 바라보며, 나중에는 한숨뿐이었어.
그렇고말고.10)

화자의 어머니는 적극적인 여성이었다. 열여덟 나이에 경기가 좋다
는 일본에 돈을 벌러 갔다가 탄광촌에서 조선인 남자와 결혼하고 아이
셋을 둔다. 거의 십 년 만에 친정에 다니러 온 것이 1939년이었다. 고향
방문에 그치지 않고 자신의 아버지와 의붓어머니(친어머니는 정신이상
자가 되어 집을 나갔다)를 일본으로 모시고 간다. 화자의 어머니는 두
노인과 남편 사이의 심각한 갈등으로 말미암아 점차 불행한 삶을 살아
가게 된다. 외할머니는 훗날 갓 마흔에 죽은 딸을 애통해 하면서 이렇게
한탄한다.

"팔자가 뭐야. 이렇게 된 것도 나라가 망했기 때문이야. 아이
고, 귀신에게 홀린 거야, 왜 도둑놈나라에 갈 생각을 했을까. 나
라는 뺏긴데다 딸애까지 뺏기고…… 이왕지사 화전민이라도 되
는 것이 나을 것을! 아이고, 내 팔자야, 술이야……"11)

외할머니는 일본을 '도둑놈나라'라고 지칭하면서 맹렬하게 비난한
다. 일본에서 살게 된 화자의 외할아버지가 흰색 한복을 입고 나갔다가
헌병에게 혼이 나는 장면에 대한 회상은 이들의 대일본 감정을 적나라
하게 보여준다. 재일교포가 한국에서의 복장을 하고 집 밖에 나갔다 눈
에 띄면 혼이 나는데도 외할아버지는 늘 흰색 바지를 입고 지냈던 것인
데, 이 소설에서 이렇듯 한복은 민족성을 나타내는 상징기재의 역할을
한다.

10) 이회성, 『다듬이질하는 女人』, 이호철 역, 정음사, 1972, 29쪽.
11) 위의 책, 29쪽.

화자는 어린 날의 고국 방문에 대해 기술하면서 다듬이질에 대한 희미한 기억 하나를 끄집어낸다. 어머니는 일본에 와서도 빨간해 마른 옷가지를 접어서 땅땅거리며 다듬이질을 했던 것인데 개울을 건너면서 이와 비슷한 것을 본다. "다듬이질하는 여자들의 하얀 옷을 본 것같이 생각된다"는 묘사는 아마도, 개울가에서 빨래하는 아낙들이 빨래방망이를 쓰는 것을 보고 한 것이 아니었을까. 고국 방문 때의 일 중 기억나는 것으로는 자전거 탄 사나이가 집 근처에 사는 아이의 발을 친 것과 개울가에서 빨래하던 여자들이 입고 있던 하얀 옷, 그리고 그 여자들이 내려치던 빨래방망이다. 아래는 한국의 시골 풍경을 묘사한 대목이다.

> 활짝 갠 맑은 날씨다. 멀리 구릉은 푸르스름하고, 포플러나무는 졸린 듯 개울가에 나란히 서 있다. 동넷가의 길에는 쇠똥이 말라 뒹굴고 있다. 햇살을 녹이고 있는 개울은 뻐쩍뻐쩍 춤추며 흘러가고, 어디에선가 다듬이질하는 소리가 들려오는 날의 일이었다.[12]

양반이 전통 복식을 갖춰 입으려면 풀을 먹인 옷이 다듬이질이 되어야 한다. 일본에서는 어머니만이 자기한테 다듬이질 소리를 들려주었는데 한국에 와보니 아낙네들이 빨래터에서 너나없이 다듬이질을 하고 있다. 즉, 다듬이질 소리는 가장 한국적인 소리였던 것이다. 그와 동시에 기모노는 소설에서 타기의 대상이 된다. 일본에서 결혼해 기모노를 입고 나타난 딸을 보고 두 노인은 기절초풍한다.

이 소설의 주요 등장인물인 어머니와 외할아버지와 외할머니의 공통된 생각은 고국에서의 삶은 행복했는데 일본에 건너가서 불행해졌다는 것이다. 노모는 십 년 만에 일본서 온 딸에게 "너도 차차 고국에서 살 궁

---

12) 이회성, 위의 책, 30쪽.

리를 해야지. 왜놈 옷 같은 걸 입고 오지 말고 말이다"라고 말한다. 그래서인지 어머니는 훗날 신세타령을 할 때 자신의 '잘못된' 복장을 탓한다. 일부러라도 한복을 구해 입고 갔어야 했는데 기모노를 입고 고향에 찾아간 자신의 행동이 잘못된 것이라며 두고두고 후회하는 말을 한다. 어머니의 한복에 대한 애착은 남편한테 심하게 손찌검을 당해 입술이 찢어져 병원에서 두 바늘 꿰매고 와서 기모노를 발기발기 찢어버리는 장면에서 잘 나타난다.

어머니가 고국에 들른 것은 1939년이라고 앞서 말했는데 이때는 일제의 식민지 조선에 대한 수탈이 노골적으로 자행되던 시기였다. 10년 만에 고향에 온 딸이 요즘 조선에서의 살림살이가 어떠냐고 아버지에게 묻자 아버지는 "왜놈이 동네 개울에 다리를 놨지. 쌀가마를 자동차로 운반할 수 있게 말이다"라고 답한다. 중일전쟁 이후 대륙 침략에 본격적으로 나선 일본이 조선반도에서의 무자비한 공출로 군량미를 조달했던 시대상이 나타나 있는 대목이다.

「다듬이질하는 여인」은 이처럼 민족적인 성향이 뚜렷한 작품이다. 한국적인 것은 따뜻하고 그리움을 불러일으키고 향수를 자극하는데 일본적인 것은 그와 반대로 원망의 대상이 된다. 소설의 화자는 일본에서 나서 일본에서 자란 재일교포 2세인데 어머니와 관련된 것은 다 좋으므로 자연히 한국을 옹호하는 입장에서 사건과 사물을 관찰한다.

이런 작품이 아쿠타가와상을 탔다는 것은 놀라운 일이다. 일본인 심사위원들은 이런 내용을 담은 작품을, '일본에 와 있는 재일교포 자기네들의 문제를 다루고 있으니 우리가 상관할 바 없다'고 생각하지 않고 작품성만 좋으면 설사 '정체성 문제'를 다루더라도 그것이 결격사유가 되지 않았다. 오히려 그것의 문제의식을 높이 사주어 수상을 결정했던 것이다.

언어를 모르는 상태에서 이뤄진 고국에 대한 인식

1955년생 이양지는 와세다 대학에 들어갈 때까지만 해도 일본에 귀화한 아버지가 지어준 이름 다나까 요시에(田中樂枝)로 살았다. 1975년에 이 대학을 중퇴하고 1982년에 「나비 타령」을 발표한 이후 작가로서의 삶을 살아가게 되면서 이름을 한국명으로 바꾸었다. 서울대 국어국문학과를 졸업

『문예춘추』에 실린 이양지의 수상소감

한 1988년에 「由熙」로 아쿠타가와상을 타고 이화여대 무용학과 대학원을 졸업한 1992년에 심근경색으로 타계하였다.

네 번째로 후보에 올라 수상한 「由熙」도 이회성의 작품처럼 자전적인 색채가 짙다. 작가 자신 언어의 장벽을 넘어서고자 다니던 대학을 중퇴하고 한국에 와서 국어국문학과에 다니고 한국의 문화를 체득하고자 고전무용을 배우는데, 소설의 주인공격인 '유희'도 한국에 와서 대학에 다니는 재일교포 유학생이다. 이 작품은 두 나라 사이에서 '언어' 문제로 고민을 겪는 유희의 심리에 대한 묘사가 뛰어난데, 심사위원들도 이 점을 주목하여 심사평에서 언급하였다.

일본과 한국 민족에 걸쳐 있는 문제를, 개인의 아이덴티티를 시야의 근원으로 다룬 작품은 이양지 씨의 이전의 작품을 포함해서 몇 개인가 읽어왔지만, 그것이 '말'의 영역의 드라마로서

이것만큼 날카롭게 돌출한 소설은 없었다. 유희가 애처롭게 말을 더듬는 것에서 말의 근저에 있는 원초적인 느낌을 생생하게 새기고 있다. 한국을 무대로 하고 한국어로 말하고 있는 세계가 일본어로 묘사되고 있는 점을 생각할 때, 뭐라고 설명할 수 없는 복잡하고 미묘한 감개에 직면한다(쿠로이 센지).

이국에서의 언어, 자란 환경에 따른 언어, 민족, 개인의 경험으로서의 길고 긴 문화를 배후에 안은 언어의 문제는 그 자체가 문학의 본질에 닿는 것이다(오오바 미나코).

읽는 도중, 나는 말의 생리성을 처음 배우는 말[13]의 문제로 느낄 수 있었다(코노 타에코).

이국간의 피와 문화의 문제, 그리고 이 문제를 언어의 '음(音)'으로 한숨 돌리며 파악한 감각은 정말 신선하다(타쿠보 히데오).[14]

유희는 재일교포 2세[15]로서 몸은 한국인이지만 한글은 외국어에 지나지 않고 일본어가 모국어이다. 여기서 오는 정체성 혼란으로 힘들어하는 유희의 입장을 십분 이해하고 그것에 높은 점수를 준 심사위원들의 심사평도 있었지만 인물의 언어상의 분열에 곤혹스러움을 느끼며 오히려 그것 때문에 수상작으로 밀지 않은 경우도 있었다.

다루고 있는 언어의 문제가 복잡한 탓인지, 잘 납득할 수 없는 부분이 적지 않다. 작중의 '나'가 왜 그렇게까지 '유희'에게 구애

---

13) 심사평에는 'はじめ言葉'로 되어 있다.
14) 「芥川賞選評」, 『文藝春秋』, 文藝春秋社, 1989.3, 432·433·436·437쪽.
15) 이양지의 아버지는 1940년 일본으로 건너가 1964년에 일본에 귀화한 이로 이양지의 태생으로 봐서는 2세대이지만 연령이나 문단 데뷔 시기, 작품 성향 등이 이회성, 김학영과 같은 2세대 작가와는 뚜렷이 구분되므로 3세대 작가로 파악한다. —유숙자, 『재일 한국인문학 연구』, 월인, 2000, 117~118쪽.

되는지, 그 이유도 잘 이해할 수 없었다(미우라 테츠오).

　주인공의 방어와 분열은 그 육체에까지 미쳐, 군데군데에 표
현되어 있다. 한 언어를 통해 다른 언어를 암송하며 파악하지 않
으면 안 되는 말의 궁지(窮地)는, 실로 같은 언어를 쓰는 마을에
서도 말에 있어서는 이방인의 입장이 아니더라도 다 알 수 있을
것이다. 테마의 절실함으로 시작해서 문장도 훌륭하다. 그러나
마지막 부분에, 재일한국인의 언어 분열로 인해 한 사람의 순수
한 한국인을 가구(仮構)라고 말하면서 인물상이 혼잡해졌다. 이
것으로 인해 나는 이 가치 있는 작품을, 한국어 때문에라도, 일
본어 때문에라도 수상작으로 채택하지 않았다(후루이 요시키
치).16)

　심사평을 보면 이 소설이 가장 크게 다루고 있는 언어의 문제가 당선
작으로 민 주된 이유도 되고 당선작으로 밀지 않은 주된 이유도 됨을 알
수 있다. 도대체「由熙」는 어떤 소설인가.

　소설의 화자는 한국인 '나'다. 나의 숙모는 남편을 잃고 딸을 미국으
로 보내고 홀로 남아 있는 외로운 처지여서 나는 숙모 집에서 회사를 다
닌다. 직장생활을 하는 나는 집에 늘 없는 사람이나 마찬가지여서 숙모
는 하숙생을 한 명 들인다. 소설은 나와 숙모가 재일교포로서 S대 유학
생이자 유일한 하숙생이었던 이유희와 6개월 동안 같이 지내면서 겪은
일들을 추억하는 식으로 진행된다. 즉, 이 소설의 특징은 화자를 재일교
포가 아닌 한국인으로 설정했다는 것이다. 한국인의 눈에 비친 유희의
모습은 끊임없이 괴로워하는 현실부적응자이다.

　졸업을 한 학기 앞둔 유희는 나의 만류를 뿌리치고 자퇴서를 낸 뒤 일
본으로 돌아간다. 한국에 대한 그녀의 인상은 환멸과 절망뿐이다. 동포

---

16)「芥川賞選評」, 『文藝春秋』, 文藝春秋社, 1989.3, 436·437쪽.

인 한국인을 평생 욕하며 살다 간 자기 아버지의 전철을 밟지 않고자 일본의 W대학(이양지가 중퇴한 대학과 영문 이니셜이 같다)을 중퇴하고 찾아온 조국, 그 조국의 모습은 어떠했는가. 유희는 나에게 조국의 이런 점 때문에 실망했다고 털어놓는다.

> 이 나라 학생은 식당 바닥에도 침을 뱉고, 쓰레기를 쓰레기통에 버리려 하지 않는다고 유희는 말했다. 화장실에 들어가도 손을 씻지 않는다. 교과서를 빌려주면 볼펜으로 메모를 끄적인 채 아무렇지도 않게 돌려준다. 이 나라 사람은 외국인임을 알면 비싼 값으로 팔려 한다. 택시에 합승을 해도 인사 한번 없다. 발을 밟고 부딪쳐도 아무 말도 없다. 금방 호통을 친다. 양보할 줄 모른다…….17)

이런 한국인을 이해할 수 없던 유희는 동질성 회복을 결국 포기하고 조국을 등진다. 내 조국을 부정하는 것일 수도 있지만 유희의 의식은 완벽한 일본인인 것이다. 이것은 지금 일본에서 살고 있는 재일교포 대다수의 마음일지도 모른다. 한밤중에 소주를 마시고 울며 "저는 위선자입니다. 저는 거짓말쟁이입니다.", "우리나라/ 사랑할 수 없습니다."라고 종이가 찢어지도록 펜을 눌러 쓰는 유희의 고뇌는 작가 자신의 고뇌였을 것이다. 특히 자신의 한국어 능력에 대한 나의 지적에 유희는 자존심에 큰 상처를 입고 절망하고 만다.

> 유희, 그렇게 얘기했는데 어째서 띄어쓰기를 못하는 거야. 글에서 이것 좀 봐, 여기도 또 여기도 제대로 사이를 띄어야 할 것 아냐, 여기도, 여기도. 지나치게 띄었구나 싶게 띄어서 쓰라구. 띄어쓰기 버릇을 빨리 길러야겠어. 일본글처럼 줄줄이 써 나가

---

17) 이양지, 『유희』, 김유동 역, 삼신각, 1989, 54쪽.

기만 하면 안 되는 거야, 알겠지. 유희가 쓰고 있는 건 일본말이
아니야. 이런 리포트는 첫눈에 진저리가 나버리지 않겠어.[18]

화자는 재일교포로서 한국에 와서 공부하면서 늘 일본책만 읽고 있
으면 안 된다고 충고도 하는데 유희는 이 충고를 수용하지 못하고 혼자
있게 해달라고 말한다. 언어로 말미암은 부적응은 유희가 자신을 지나
치게 한국인이라고 의식하고 있어서이다. 나는 한국인임에도 한국말을
못한다면서 자책하고 자학한다.

학교에서나 거리에서 사람들이 말하는 한국어가 나에게는
최루탄과 마찬가지로 자꾸만 들리는 거예요. 맵고, 쓰고, 들뜨
고, 듣기만 해도 숨막혀요. 하숙엘 가도 모두 내가 싫어하는 한
국어를 쓰고 있었죠.[19]

한국에 대한 유희의 혐오감은 이와 같이 한국말에 대한 혐오감으로
이어진다. 작가 자신 한국문학을 공부하겠다고 서울대 국문학과에 들
어가서 졸업했고 소설 속 유희도 S대에 언어학을 공부하러 온 유학생이
므로 동일인이라고 볼 수 있다. 이양지의 이 소설도 이회성의 수상작처
럼 자전적 요소가 강하다. 작가가 국문학과를 졸업하고 한국어 습득에
어느 정도 자신감을 가졌더라면 대학원도 국문학과로 갔겠지만 그녀는
무용학과로 갔다. 이는 소설에 그대로 반영된다. 유희의 한국어에 대한
혐오감은 자신이 한국어를 공부해도 도무지 늘지 않기 때문이다. 말을
하는 것도 글을 쓰는 것도 익숙하지 않아 유학 생활이 힘들고 사람들 앞
에 서기가 몹시 불편하다. 그런데 한국에서의 유학 생활은 더욱 힘들게
하는 것은 한국인의 생활 습관이다.

---

18) 위의 책, 43쪽.
19) 위의 책, 69쪽.

책상을 사러 나온 유희와 내가 버스를 타고 가면서 겪는 일은 이 소설의 클라이맥스다. 토요일 오후, 버스 안은 만원인데 운전사는 라디오의 볼륨을 올린다. 승객들 틈에 끼어 외판원이 올라와서 휴대용 칼을 꺼내들고 큰소리로 선전을 하자 유희는 괴로움을 참다가 울음을 터뜨린다. 우리나라 사람 같으면 아무렇지도 않은 버스 안 풍경이다. 버스의 손잡이를 어렵게 잡는 것부터 시작해서 운전사의 난폭한 운전, 라디오의 굉음과 장사치의 목소리가 총체적인 고통을 주어 유희는 울음을 터뜨리는 것인데, 이런 문화상의 부조화를 견디지 못하고 유희는 달아나듯 일본으로 돌아간다. 한국인으로 태어났기에 "한국인의 생활에 익숙해지기 위해 하숙을 전전"한 유희한테서 화자는 "같은 피, 같은 민족에서의 자기의 위치를 찾으려는 의지를 절절하게" 느끼지만 유희의 노력은 수포로 돌아간다. 문화와 언어의 장벽을 끝내 넘어설 수 없었기 때문이다. 나는 유희가 언어 능력을 향상시키기 위해 별다른 노력하지 않음을 다음과 같이 비판한다.

> 언어학을 전공하는 푼수치고는 유희의 발음이 너무나 불확실하고 문법적으로도 초보적인 잘못이 눈에 띄는 등 자꾸만 신경에 거슬렸다. ㅋ, ㅌ, ㅍ 같은 파열음도 전혀 되지 않는데다가 ㄲ, ㄸ, ㅃ 등도 분명치 않아, ㄱ, ㄷ, ㅂ과 구별이 되지 않은 채 발음되고 있었다.[20]

성인이 된 이후에 외국어를 습득하려고 한 것 자체가 무리였음을 이양지는 유희라는 인물을 통해 일본인 독자에게 말했던 것이다(유희의 경우 이민 2세대이지만 아버지가 일찍 이혼하여 새어머니와 배다른 형제들과 사는 바람에, 또 한국인이 살지 않는 지역에서 자라났기 때문에

---

20) 위의 책, 36쪽.

어렸을 때 한국말을 배울 기회가 없었다). 소설에서는 내가 유희를 비난하지만 작가의 본심은 유희의 경우를 옹호하는 것이었다. 유희는 작가 자신의 분신이므로 이양지는 유희의 선택이 옳았다고 보고 있다. '글'과 '말'이 다르다는 점도 고려되어야 한다. 글을 배우는 것과 말을 배우는 것은 차원이 다르다. 즉, 외국어로 된 책을 읽는다는 것과 외국인과 대화하는 것은 다른 차원이다. 유희는 말의 벽 앞에서 절망하고 만다. 이양지는 유희의 입장을 이해하고 그를 변호하기 위해 이 소설을 쓴 듯한데, 사실은 자신의 한국에서의 대학 생활 중에 겪은 절망을 소설을 통해 피력했다고 본다.

이 소설이 시사하는 바는 이회성의 소설과 많이 다르다. 발표 연도도 17년 뒤이고 이회성이 1935년생, 이양지가 1955년생인 것도 고려되어야 한다. 부모가 이민 1세대이고 자신은 일본에서 태어난 재일교포 2세이지만 어느덧 일본인화(化)가 되어 있는 제일교포 2세에게 민족적 동질성을 요구할 수 없다는 것을 이 소설은 말해주고 있다. 「나비타령」에서 '나'는 "한국에 안 가면 죽어버릴 것 같아요. 일본에서 도망치는 거예요. 이젠 모두가 넌더리가 나 싫어요, 일본은……" 하고 말하지만 한국에 가서는 금방 이방인의식으로 괴로워한다. 유희는 한국말을 배우겠다고 일본을 떠났지만 고국에 대해서는 환멸감만 느낄 뿐, 일본이 고국이라고 새롭게 인식하는 것이 이 소설의 결말이다. 부모님의 나라이므로 모천회귀를 하는 연어처럼 태생을 확인하고 조상을 찾아본다는 마음으로 오긴 했지만 결국 자신의 정신적 정체성은 완전히 일본인임을 확인하고 일본으로 돌아가는 것이다. 조국의 숨결을 느끼고 문화를 배우고자 한국에 갔다가 쓰라린 경험만 하고 돌아가는 유희는 바로 작가 자신이었다.

지명현은 재일 한국인에 대해 차별적인 일본 사회로부터 자유로울 수 있는 '한국'이 그에게 가장 편안하고 안일한 상태로 있을 수 있는 공간이지만 유희는 '재일 한국인으로서 유학생'이라는 장치로 양분되어 있다고 보았다. '재일 한국인으로서 유학생'이라는 신분이 한국인이 되려는 나의 공간에 끊임없이 침범하고 있다는 것이다.[21] 재일교포가 일본에서 차별을 받았다고 해서 조국이 편안하고 안일한 상태로 있을 수 있는 공간이 될 수는 없다. 「유희」는 결국, 언어를 제대로 익히지 않은 상태에서 조국을 찾으면 고통만 엄청나게 겪게 된다는 것을 일깨워준 소설이다. 바로 이 점이 심사위원들의 마음을 움직여 아쿠타가와상을 수상할 수 있었던 것이다.

가족의 해체와 파편화의 양상

이양지가 수상한 지 8년 뒤에 다시 재일교포 아쿠타가와상 수상작이 나오는데, 유미리의 「가족 시네마」이다. 이 소설의 주제에 '재일교포로서의 정체성 확인'은 포함되지 않는다. '가족의 해체와 화합'이라는 보다 보편적인 주제를 지향했는데, 소설 내용이 상당히 비현실적이라 심사위원들 사이에 이 점이 논란이 되었다.

　　가족이 즉흥적으로 영화를 찍는다고 하는 설정으로, 고명한 희곡의 영향 하에 있는 것은 조금도 상관없으나, 기본적인 설정에 여러 가지 무리가 있다. 예를 들어 제작 비용은 어떤 자본에 따른 것인가. 영화의 배급은 어떻게 할 전망인가. 그 외 이것저것 알 수 없는 부분이 많지만, 독자는 불안해도 어쩔 수가 없다 (마루야 사이이치).
　　전체의 설정이 매우 연극적이라 소설로서의 매력을 깎고 있

---

21) 지명현, 「이양지 소설 연구」, 『국제한인문학연구』 제2호, 국제한인문학회, 2005, 176쪽.

다. 나는 전에 그녀의 각본을 읽고 이 사람은 소설을 쓰는 편이 좋지 않을까 하고 말한 적이 있다. 하지만 결코 이러한 메타픽션의 경향을 띠는 구성을 기대한 건 아니었다(이시하라 신타로).

각각의 장면은 재미있었지만 그 효과가 연결되어 하나의 흐름을 형성하지 않는다. 가족이 영화를 찍으러 내려가고, 각자 간의 전혀 맞물리지 않는 대화는 웃음을 자아내게 하지만, 배후에 있는 작자는 이 대화를 통해 어떤 스토리를 전달하려고 하는지 잘 모르겠다. 후반에 나오는 후카미라고 하는 늙은 조각가와의 관계도 정도는 심하지만 의미를 파악하기 어렵다. 전체적으로 마음에 와 닿지 않는다(이케자와 나츠키).[22]

이처럼 심사위원 일부는 「가족 시네마」에 대해 가혹한 비판까지 서슴지 않고 있다. 이케자와 나츠키(池澤夏樹)의 심사평을 보면 유미리의 작품은 공동수상을 한 츠지 히토나리(辻仁成)의 「해협의 빛」과 같은 수의 표를 얻었지만 기권자가 있어 과반수(5명)에도 미치지 못했다고 밝히고 있다. 후보작이 6편이었으므로 아마도 3표씩을 얻어 두 사람이 공동수상을 한 것 같다. 운도 좋아 수상을 하게 되었지만 유미리를 강하게 지지한 심사위원의 평을 보자.

유미리 씨는, 드물게도 생략을 통해 표현상의 효과뿐만 아니라 독자의 눈을 고정시키고 새로운 발상에 자극을 주고 있다. 유미리 씨의 수상작 「가족 시네마」의 서두 4행은 새로운 글쓰기 방식을 보여주고 있고 마지막까지 흥미롭게 읽힌다(고노 타에코).

유미리 씨의 「가족 시네마」는 일가가 모여 생활하는 가정의 붕괴를 그린 작품이 아니라, 해체되고 분산된 끝에 역으로 빛을

---

22) 「芥川賞選評」, 『文藝春秋』, 文藝春秋社, 1997. 3, 397·399·401쪽.

받는, 소멸하지 않는 가족의 연결고리와 장녀인 주인공의 생의 행방을 탐색하려는 소설로서 주목을 끈다. 이를테면 광선 속에 떠오르는 가족의 뒷모습은 어둡고 그로테스크함과 동시에, 익살스럽고 애절한 그림자를 띠고 있다. 자기들의 영화를 만들기 위해 가족이 재회한다고 하는 스토리도 뛰어나다. 연기와 현실과의 교차가 비춰내는 것은, 게임성을 넘는, 생생한 가족의 있는 그대로의 모습일지도 모른다고 생각하게 한다(쿠로이 센지).

소설이라기보다 희곡에 가까운 취향의 작품이지만 장면의 전개, 유연한 대사, 소도구의 사용 방법은 혀를 내두를 정도로 신선하다(미우라 테츠오).[23]

"무대를 보고 있는 듯한 착각에 **빠질 정도**"(미우라 테츠오)로 연극적 구성을 갖고 있다는 것이 이 소설의 큰 특징인데, 보는 이의 관점에 따라 이것이 단점이 되기도 하고 장점이 되기도 한다. 아무튼 지나치게 극적이기에 개연성이 떨어지기도 하지만 이것에 오히려 매력을 느낀 심사위원도 있어 유미리의 소설이 수상까지 하게 되었음을 알 수 있다. 아무튼 113, 114회에 후보작에 오른 유미리는 116회에 수상자로 결정된다.

「가족 시네마」는 부모와 3남매가 '다큐멘터리도 아니고 픽션도 아닌, 그 경계를 넘어서는 획기적인 영화를 만들어보자는' 연출가의 제안을 받아들여 뿔뿔이 흩어져 살다가 20년 만에 만나 영화 촬영에 들어가면서 벌어지는 몇 가지 에피소드가 기둥 줄거리이다. 줄거리가 전개되면서 왜 이들이 흩어져 살게 되었는지 이유가 밝혀진다. 파친코 지배인을 하다 망해버린 아버지, 유방확대수술까지 하며 연하의 남자와 사는 어머니, 꽃 상품 기획자로서 조각가 노인 앞에서 누드모델이 되는 장녀(소설을 이끌어가는 관찰자), CM 엑스트라 배우로서 성인 비디오 포르

---

23) 위의 글, 396·400·401쪽.

노 배우로 나선 여동생, 테니스를 낙으로 삼고 있는 대학생 남동생으로 이뤄진 가족은 이른바 '콩가루 집안'이다. 영화를 찍고 출연료를 받자는 목적으로 모였지만 카메라 앞에서만 화합하는 척할 뿐 사소한 일로 갈등의 골이 금방 깊어진다. 다섯 명 가족이 같이 살면 서로에게 상처를 줄 뿐이므로 헤어져 살아야만 그나마 충동 없이 살아갈 수 있다.

이들은 카메라 앞에서는 다정한 척 포즈를 취하지만 그것은 가식이요 허위다. 연극을 할 따름인 것이다. 이들 가족 간에 사랑이나 상호신뢰는 거의 없다고 봐야 한다. 있다면 약간의 걱정과 연민뿐이다. 가족 구성원 각자가 상대방에게 무관심하므로 남과 다를 바 없다. 이런 관계를 상징적으로 보여주는 것이 주인공 모토미와 후카미라는 노년의 조각가다. 모토미는 꽃다발 상품에 관한 기획안이 회의에서 통과되자 후카미를 만나는데 후카미는 사진에 취미를 갖게 되었다며 모토미의 엉덩이를 찍고 싶어한다. 모토미는 이를 허락하여 누드모델이 된다. 후카미는 모토미의 엉덩이에 집착하지만 만지려 들거나 섹스를 요구하지 않는다. 상대방을 인격적으로 대하고 배려해주며 육체적 접촉을 하지 않는 둘 사이가 어찌 보면 가족적이다. 한편으로는 가족 상호간의 관계에 있어서건 모토미와 후카미의 관계에 있어서건 무덤덤하기만 하다. 다섯 가족은 싸움이나 갈등조차도 피하고자 흩어져서 살고, 후카미는 모토미의 엉덩이에서 미를 발견할 뿐 욕망의 대상으로 삼지는 않는다.

유미리의 수상작은 현대 사회에 있어서 가족의 의미를 묻고 있다. 일본에서 살기에, 혹은 재일교포로서 일본에서 살기에 문제가 되는 것이 아니다. 가족이지만 함께 살면 안 되는 것을 현실로 받아들이는 과정을 아주 불쾌하게 그림으로써 가족의 의미를 독자들에게 되묻고 있다. '당신네들은 왜 서로를 증오하면서 한 집에서 살고 있습니까?' 하고. 소설 속 다섯 명 가족은 카메라 앞에서 행하는 가족 화합의 시도가 시간이 지날수록 가식임을 깨닫는다. 오히려 20년 만에 만나서 아픈 과거의 기억을 떠올리며 괴로워할 뿐이다.

> 아버지의 폭력에도, 어머니의 성적 방종이 초래한 치욕에도, 우리는 그럭저럭 견디어왔다. 비굴할 정도로 순순히 받아들였다고 해도 좋다.
> 나나 요코나 가즈키 또한 단단히 뿌리내린 아버지와 어머니에 대한 증오심을, 바깥으로 향하게 할 수밖에 없었다. 그저 타인과 타협하지 못하여, 미워했을 뿐이다. 부모를 증오하는 죄에 비하면, 값싼 대가라 해야 할 것이다.[24]

부모와 자식 간의 불화는 가족공동체 안에서 단절을 초래하는 것으로 끝나지 않음을, 자식들이 커가면서 사회성을 키워 인간관계를 형상하는 데 방해를 한다는 점을 말해주는 대목이다. 부모를 증오하는 것을 '죄'라고 표현을 하기는 했지만 오히려 헤어져 사는 것이 각자를 위해 바람직한 선택이었음을 암시하는 대목이기도 하다. 이들은 촬영이 끝나갈 무렵 가족이 타인보다 훨씬 더 먼 존재임을 확인한다.

이 소설에도 작가의 불행한 가족사가 그림자를 깊게 드리우고 있지만[25] 한국인이라는 것이 큰 문제가 되지는 않는다. 사회를 이루는 세포라고 할 수 있는 가족의 해체 및 파편화는 일본 내 한국인 교포들의 문제가 아니라 전체 일본인의 문제가 되었다. 유미리는 일본 사회가 심각하게 앓고 있는 가족 해체 문제에 천착했기에 아쿠타가와상을 받은 것이다.

---

24) 유미리, 『가족 시네마』, 김남주 역, 고려원, 1997, 106쪽.
25) 소설집 『가족 시네마』의 권말에 실려 있는 작가연보에는 "1981. 아버지와 어머니의 별거로 여동생과 함께 분가해 생활하기 시작. 1984. 잦은 자살미수로 여러 차례 정학처분을 받아오다가 고등학교 1학년 때 전통 있는 명문 미션스쿨 요코하마 공립고등학교에서 퇴학처분 당함."이라고 되어 있다.

인간의 원초적 폭력성에 대한 연구

1965년생인 현월은 한 인터뷰 자리에서 재일교포로서의 자기 정체성 확인 문제는 이미 자기 세대 소설가들의 관심사에서 벗어나 있다고 말한다.

> 적어도 나의 경우는, 재일동포들의 지나간 고난의 역사를 그려야 한다는 사명감에서 벗어나 있다고 생각합니다. 물론 나 자신 재일한국인이라는 의식은 강하지만, 창작자의 입장에서는 그러한 의식에서 자유롭게 해방되어 있는 셈이지요. 양석일 씨나 유미리 씨도 같은 재일동포 작가이지만 앞 세대 작가들과는 다르지요.26)

현월은 '사명감'이라고 말하지만 강박관념인 셈인데 그것으로부터 벗어나 있고, 동세대 다른 작가들도 마찬가지라고 한다. 그는 자신의 소설 세 편이 수상작 '그늘의 집'이란 이름으로 한국에서 번역·출간될 때 머리말에다 한국의 문화는 낯설고, 자신의 모국어는 일본어라고 분명히 말한다. 이양지보다 열 살 어린 현월인데 이 점에 있어 두 사람의 의견은 한 치 다를 바가 없다.

> 일본에서는 흔히들 우리 재일동포가 한국문화에 정통할 거라고 여기지만 현실은 다르다. 나를 포함한 2세 이후의 많은 재일동포들은 거의 대부분 한국어를 모르기 때문에, 조국인 한국을 만날 때도 일본, 특히 일본어라는 필터를 통할 수밖에 없는 것이 현실이다. 그런 우리가 한국의 참모습을 이해하는 데는 상

---

26) 신은주·홍순애·현월, 「인간의 보편성을 그리고 싶다」, 『그늘의 집』, 문학동네, 2000, 229쪽.

당한 시간과 노력이 필요하다. 또 설혹 귀국해서 영주할 만큼 노
력을 한다 하더라도, 우리들의 모어(母語)가 일본어라는 건 바뀔
수 없는 사실이다.[27]

　이양지가 일본어를 모국어로 해서 소설을 쓴다는 것에 대해 큰 부담
을 느꼈던 데 반해 현월은 "국가와 민족을 초월한 인간의 보편성에 접
근"하겠다는 각오로 소설을 쓴다고 한다. 현월은 오사카 태생이고 소설
의 무대도 오사카 동부에 있는 이천오백 평 대지에 이백여 채의 바라크
가 밀집해 있는 조선인 집단촌이지만 그런 지역은 역사적으로 없었다
고 인터뷰에서 밝혔다. 소설의 무대가 가상공간이긴 하지만 매우 현실
적인 이야기를 전개하고 있는 소설이 「그늘의 집」이다.

아쿠타가와상 수상작임을 강조한 이양지·유미리·현월의 소설집 표지

　주인공 서방은 75세의 노인으로, 태평양전쟁에 일본군으로 참가해
오른팔을 잃고 이 지역에 68년째 살고 있다. 서방을 포함한 조선인 이주
민들은 이 지역을 연고로 한 아마추어 야구팀 응원을 통해 결속을 다지

27) 위의 책, 8쪽.

기도 하는데 이들의 이면에서 나가야마(이도 조선인이다)라는 인물이 보스로 군림하며 폭력으로 이 세계를 지배하고 있다. 곗돈을 떼어먹은 여인(숙자)에게 주민들이 나서서 끔찍하게 린치하는 장면이나 도둑질을 한 중국인 노동자 셋을 동료들이 펜치로 엉덩이 살점을 떼어내며 고문하는 등 소설에는 폭력이 난무한다. 나가야마의 폭력성은 서방을 돌봐주는 일본인 사회복지사 여성 사에키 씨를 성폭행하는 데까지 나아간다. 그러니까 이 소설은 오사카 조선인 집단촌 뒷골목에서 벌어지는 폭력 상황에 대한 치밀한 묘사라고 할 수 있다. 조선인이 일본에 집단을 이루어 사는 곳이 공간적 배경이지만 어떤 특정한 공간이 이 소설의 핵심 사항은 아니다. 이 작품에 대한 심사위원의 견해는 극과 극이다.

> 일본인이 안고 있는, 재일조선인을 향한 일종의 자각을 주는 제재에 독자들이 민감하게 반응한다는 것을 안다. 물론 이 작품이 그러한 마케팅에 의존하는 것이라고도 생각하지 않지만, 도대체 작자가 무엇을 호소하려고 하는 것인지 알 수 없다. 이로 인해 이 작품은 단지 풍속소설의 한계를 벗어나지 못한다(이시하라 신타로).[28]

「태양의 계절」로 1955년에 아쿠타가와상을 받는 이시하라 신타로는 유미리의 「가족 시네마」에 대해서도 비판을 가했는데 이 작품에 대해서는 더욱 강도를 높여 비판한다. 이시하라는 문학판을 떠나 정치계로 가서 국회의원을 여러 차례 한 일본 정계의 거물이다. 훗날 일본의 역사 교과서와 독도와 관련하여 망언을 여러 차례 일삼게 되는 이시하라가 현월의 수상작에 대해 심사평을 쓰면서 '마케팅' 운운한 것은 소설에서 한국인과 일본인 사이에서 발생하는 문제가 다뤄지는 것 자체를 짜증

---

28) 「芥川賞選評」, 『文藝春秋』, 文藝春秋社, 2000.3, 362쪽.

스러워한다는 증거이다. 심사위원의 입장에서는 재일교포 작가가, 일본인들이 재일교포에 대해 갖고 있는 좋지 않은 감정에 대해 다루는 것을 다소간 비판적으로 볼 수도 있다. 즉, 가난한 너희 나라를 떠나 여기와서 잘살면서 무슨 불평이 그렇게 많으냐고 말할 수 있는 것이다. 36년 동안이나 식민지로 지배했던 나라이니 그런 고압적인 자세를 취할 수도 얼마든지 있다. 하지만 그는 「그늘의 집」에 대해 상당한 반감을 갖고 풍속소설의 한계를 벗어나지 못한다고 단정하고는 올해는 수상할 만한 작품이 없다며 기권하고 만다. 이는 재일교포가 쓴 소설이 아쿠타가와상 후보에 오른 것에 대한 강한 불만 표시로 보아야 할 것이다. 한편 현월의 작품을 지지한 심사위원은 묘사력의 생생함을 칭찬한다.

> 정공법의 현실적인 필치로, 오사카의 재일조선인의 살아 있는 증인 같은 노인을 착실히 묘사해내고 있다. 공업지대 슬럼가의 취락과 그곳에 출입하는 다양한 인물상도 선명하고 불법체류 중인 중국인에게 행하는 집단폭행 등에 살아 있는 생생함이 있다(타쿠보 히데오).

> 문장에 필력이 갖춰져 있다. 오사카의 재일 한국·조선인이 집중해 있는 마을에 사는 인물들에 대한 묘사, 다루는 방식에 강한 창작력이 느껴진다(코오노 타에코).

> 재일조선인의 역사도 긴 세월과 시대의 변화에 의해 어김없이 처세관도 변하고 세대교체도 거부할 수 없는 흐름으로 나아가고 있다. 이와 같은 민족관에서 오는 갭을 디테일하게 묘사했다. 연설도 설명도 아닌 '묘사'한 점을 높이 사고 싶다(미야모토 테루).[29]

---

29) 위의 글, 362·364·365쪽.

이 소설은 등장인물들이 거의 대부분 재일교포이고 한국의 상황도 여러 차례가 묘사된다. 예컨대 베트남 한국군 파병의 문제가 거론되고, 서방의 친구이며 내과 개업의인 다카모토는 전후 보상 문제30)를 언급한다. 중국인들이 조선인 집단 거주지에 들어와 사무실을 허락 없이 만들었다고 나가야마 일당이 경찰에 연락하고선 사무실을 부숴버리는 장면 등 정치적인 이슈도 종종 제기된다. 하지만 현월은 이런 것들을 정치적인 관점에서 접근하지 않고 세대적 단절을 표현하는 데 중점을 둔다.31)

그래서 김환기는 현월이 현재의 일본 사회가 안고 있는 병리현상의 하나로서 마이너리티의 삶의 현장을 묘사하고, 그렇게 함으로써 자신들의 존재성을 피력하는 것으로 만족한다고 보았다.32) 김환기는 또, 유미리가 가족의 해체라는 일본 사회의 보편적인 문제를 화두로 삼았다면 현월은 "현대 사회의 단절된 인간관계 속에서 깊숙이 파고드는 폭력성을 조명하면서 한편으로는 인간성 본질에 대한 자아성찰을 진단"33)하고 있어 아쿠타가와상을 탄 것으로 보았다.

이소가이 지로도 현월의 소설이 이념 혹은 개념으로서의 '조국'이나 '민족'에는 의존하지 않는 밑바닥 감각을 살려, 헐벗은 삶을 참고 살아가는 사람들의 기존 '윤리'를 거부하는 장을 그리는 것으로 보았다.34)

아무튼 현월은 자신이 재일교포라는 데 대한 자의식에서 비교적 자유로운 상태에서 소설을 쓰고 있는 작가이다. 그가 관심을 갖고 있는 것

---

30) 서방 자신, 상관의 명에 의해 부정 횡령 물자인 줄 모르고 선적 작업을 하다가 미군의 총에 맞아 오른팔을 잃었다. 그래서 자신의 상처가 불명예스런 상황에서 일어났음을 부끄럽게 생각하고 보상 청구를 망설인다.
31) 현월 자신 이 점을 인터뷰 자리에서 강조하였다.
32) 김환기, 「신세대의 감각과 실존으로의 이행 : 현월론」, 김환기 편, 앞의 책, 409쪽.
33) 위의 글, 419쪽.
34) 이소가이 지로, 앞의 글, 439쪽.

은 인간이라면 대체로 갖고 있게 마련인 집단의식, 동포애, 성적 욕망, 부에 대한 갈망 등과 인간의 내면에 도사리고 있는 폭력성이다. 이 소설에서는 폭력성이 더욱 강조된다. 이 지역을 나가야마라는 인물이 폭력에 의지해 지배해 나가는데, 나가야마가 재일교포라는 것은 소설에서 그다지 중요한 것이 아니다. 어느 집단에서나 폭력이 필요악처럼 존재하는 것을 작가는 중국인들 상호간의 폭력 장면을 보여주면서 증명하려고 한다. 하지만 폭력의 끝은 파멸이다. 나가야마는 최후의 승리자가 아니다. 75세 노인의 초인적인 반항을 통해 악이 이 세계를 지배할 수는 없다는 것을 말해준다. 어느 곳에서나 선과 악이 공존하지만 악이 선에게 연전연승하지는 않는다는 것을 현월은 작품의 주제로 삼았다. 바로 이런 보편적인 주제가 심사위원의 마음에 들었던 것이고, 재일교포 작가 수상작의 경향도 어느덧 이렇게 바뀌어 있었던 것이다.

현월의 아쿠타가와상 선정
발표가 난 『문예춘추』 표지

77년 역사에 147명의 수상자를 낸 일본의 대표적인 신인문학상인 아쿠타가와상을 받은 재일교포는 모두 네 명으로, 이회성·이양지·유미리·현월이 그들이다. 일본이 민족성을 내세우며 이 상을 운영했더라면 수상자가 나오지 않았을 테지만 1939년에 일본 유학생 김사량이 처음으로 이 상 후보에 오른 후 후보에 오른 이가 열 명에 이르고, 네 명의 수상자가 나왔다는 것은 재일교포 작단에 고무적인 일임에 틀림없다.

이 가운데 이회성은 「다듬이질하는 여자」에서 일본으로 이민 가서 살아가는 재일교포 1세대의 비애를 흰옷으로 상징되는 한민족의 관점에서 다뤘다. 자전적인 요소가 강한 이 소설은 일제 강점기 시절에 고난에 찬 생을 살다 간 한 여자의 초상을 감동적으로 그렸다는 데 의의가 있다.

이양지의 「由熙」는 모국어 습득의 과정 없이 조국을 이해하고 조국의 문화를 배운다는 것이 불가능함을 말해주는 소설이다. 일본에 귀화한 이민자의 2세인 이양지는 한국에 유학을 와서 문학을 공부하지만 소설은 일본어로 썼고, 그 과정에서 겪은 고통을 소설로 써 아쿠타가와상을 수상하였다. 이유희의 모국은 한국이되 조국은 일본임을 뼈아프게 확신하는 과정을 소설로 썼던 것이다. 한국인 '나'와 숙모는 유희가 떠난 뒤에 유희가 일본에 가서 제일 먼저 할 일이 텔레비전을 볼 것이라고 말하는 부분은 몸이 아니라 마음이, 피가 아니라 언어가 삶을 규정한다는 작가의 소신을 반영하고 있다.

유미리의 「가족 시네마」는 20년 만에 모인 가족이 영화를 찍는다는 극적인 상황을 설정, 소설이 연극적으로 전개된다. 이들 가족이 재일교포라는 것이 이 소설에서 별 의미를 갖지 않는 대신 가족이면서도 한 집에서 살 수는 없는 파편화된 가족 구성의 일본적 현실을 보여준다. 앞서 이 상을 수상한 두 작가가 자신의 정체성 확인을 위해 고심한 것과 달리 유미리의 작품은 가족 해체라는 보편적인 문제를 다뤘다는 점에서 의미가 있다.

현월의 수상작 「그늘의 집」은 작품의 공간적 배경을 오사카의 조선인 집단촌으로 삼았지만 재일교포 사회의 문제를 다룬 것이 아니라 인간이라면 누구나 갖고 있는 보편적인 속성을 다루고 있다. 인간을 폭력을 행하는 자와 폭력에 노출되어 있는 자로 나누어 폭력을 인간의 원초적 속성으로 다룬 현월의 작품은 앞서 이 상을 수상한 세 작가가 모두 사소설의 경향을 지니고 있었던 데 반해 그러한 경향에서 벗어났다는 데 작품의 의의를 둘 수 있다. 사소설은 일본 소설의 뿌리 깊은 전통으로서 작품의 주인공이 곧 작가 자신이라는 형식을 지향하고 있어서 작가 자신의 신변잡기를 일기라도 적듯이 있는 그대로 이야기하는 것이다.[35] 현월의 소설은 주인공을 75세 노인으로 설정하고 '내면'보다는 '사건' 중심으로 끌어감으로써 앞서 이 상을 수상한 세 명 소설가와는 달리 사소설의 영향을 벗어난 데 의의를 둘 수 있다. 게다가 지극히 비현실적인 오사카의 조선인 집단촌에 리얼리티를 부여하였기에 현월은 교포문학의 새 경지를 연 작가로 기억될 것이다.

　일본에서 가장 높은 권위를 인정받고 있는 상을 재일교포 소설가가 네 명이나 받았다는 것은 우리 문학의 외연을 넓히는 데 일조한 일이라고 보아야 할 것이다.

---

35) 히라노 겐, 「전후의 사소설」, 이토 세이 외, 『일본 私小說의 이해』, 도서출판 소화, 1997, 266쪽.

재일교포 작가의 소설에 나타난
민단·조총련 간의 갈등 양상

  일제 강점기 36년은 조선인의 일본 이주 역사가 진행된 36년이기도 하다. 한일합방 전인 1909년 일본 거주 조선인의 수는 790명에 불과했지만 36년 뒤인 1944년에는 193만 6,843명의 조선인이 일본에 거주하고 있었다.[1] 이 수에는 강제징용으로 끌려가 있던 노동자 28만 명이 포함되어 있긴 했지만 여러 가지 이유로 36년이라는 긴 세월에 걸쳐 일본 땅에 가 살게 된 조선인 중 해방 이후에도 조국으로 돌아가지 않고 60만 이상이 일본에 머물게 됨으로써 '재일교포' 집단을 형성하게 된다. 해방된 조국에 38도선이 놓이고 남한 단독정부인 대한민국 정부가 1948년 8월 15일에, 다음달 9일에 조선민주주의인민공화국이 수립됨으로써 재일교포들은 떠나온 조국이 두 개로 갈라지자 기묘한 상태에 놓이게 된

1) 김상현, 『재일한국인』, 어문각, 1969, 26~27쪽, 「일본 내무성 경보국 조사」 참고.

다. 게다가 3년 동안의 6·25전쟁이 휴전협정 조인으로 끝나면서 분단 상황으로 돌입하자 재일교포들은 나의 조국이 어디냐는 정체성 혼란을 겪게 된다. 대개 자신의(혹은 부모의) 고향이 어디인가에 따라, 또 이념의 지표를 어디에 두느냐에 따라 남·북한 중 하나를 택일하게 되는데, 이 택일은 재일교포사회의 분열을 가져온다. 이른바 '민단'과 '조총련'으로의 분열은 1940년대 중반부터 시작되어 오늘날까지 이어지고 있다.

1946년 10월 3일, 그 해 2월에 결성된 신조선건설동맹이 해체되면서 새롭게 박열을 단장으로 하는 재일조선인거류민단이 결성된다. 이 명칭은 후에 재일본대한민국거류민단(줄여서 '민단'으로 씀)으로 개칭되었다. 이승만 정권은 민단을 재일교포를 대표하는 유일한 단체로 인정하였다. 이승만 정권이 몰락한 후에 민단은 박정희 정권과 돈독한 관계를 맺었고 한국 정부는 1977년부터 해마다 10억 엔씩을 지원하였다. 이런 지원에 보답코자 민단은 88올림픽 때 100억 엔을 모금해 보냈다.[2]

재일조선인총연합회(줄여서 '조총련'으로 씀)가 결성된 것은 1955년 5월 25일이지만 이미 8년 전인 1947년 3월에 결성된 재일조선민주청년동맹과 이후의 재일조선민주통일전선을 모체로 하고 있다.[3] 휴전 이후 대한민국 정부는 민단을 후원하게 되었고 북한은 조총련을 후원하면서 오늘에 이르고 있다. 두 단체는 반목하는 상태로 조용히 지내다가도 조국의 정치 상황에 따라 상호비방을 일삼기도 했다.

한반도가 남과 북으로 분단된 이후 민단과 조총련은 더욱 적대적인 관계가 되었다. 특히 일본 거주 조선인의 북한 송환은 민단과 조총련의 갈등을 심화시켰다. 민단 측의 북송 저지는 끈질겼지만 별 소득이 없었다. 1959년 9월 21일은 조총련과 일본적십자사가 북송 업무를 개시한

---

2) 김태기, 「분단의 갈등을 넘어 통일의 민족 단체로」, 한일민족문제학회 엮음, 『재일조선인 그들은 누구인가』, 삼인, 2003, 44~45쪽 참조.
3) 김상현, 앞의 책, 80~81쪽.

날인데 이날 도쿄의 히비야 야외대음악당에서 도쿄 및 간토오 일원에서 모여온 3천 명이 북송 반대 민중대회를 개최하였다. 오후 6시부터는 민단계 인사 52명이 무기한 단식투쟁에 돌입하였다. 이 단식투쟁에 호응하여 민단계 사람들이 일본 관계기관에 항의문과 진정서를 송부하기도 했다.[4] 1959년 12월 10일 북송재일교포 제1진이 도쿄에서 니가타 항으로 출발하던 날, 600여 명 민단의 행동대원이 역으로 몰려가 열차가 출발하지 못하도록 철로에 뛰어들어 드러눕는 소동까지 벌였지만 일본경찰과 조총련계의 실력 저지로 실패한 적도 있었다.[5] 결국 14일에 제1진 975명이 배를 타고 북한으로 떠났다. 이후 협정 만료 시한인 1962년 11월 12일까지 북송된 재일교포의 수는 7만 7,288명에 달했다. 이 무렵 재일교포사회의 분위기를 대단히 사실적으로 그린 양석일의 소설 『밤을 걸고』를 보면 흡사 육하원칙으로 쓴 신문 기사를 옮겨놓듯이 무렵의 상황을 상세하게 기술하고 있다.

      1959년 6월 25일, 한국전쟁 기념일에 조총련과 민단은 각각 집회를 열었다. 이날 민단은 3천 명을 동원해 도쿄 히비야(日比谷) 공원에서 북한 송환을 반대하는 민중대회를 개최했다. 한편, 조총련도 3천 명을 동원해 시부야(渋谷)에 있는 미야시타(宮下) 공원에서 남조선에 주둔하는 미군의 즉각 철수와 북한 송환을 촉구하는 중앙집회를 열었다. 조총련과 민단은 오사카(大阪), 나고야(名古屋), 교토(京都), 히로시마(廣都), 후쿠오카(福岡) 등지에서도 집회를 통해 열기를 고조시켜, 정세는 일촉즉발의 상황으로 치달았다. 길을 걷고 있던 조총련 사람이 민단 사람에게 습격당하거나, 반대로 민단 사람이 조총련 사람에게 습격당하는 사건이 빈번히 발생했다. 곳곳에서 '눈에는 눈, 이에는 이'라는 식

---

4) 민단 30년사 편찬위원회, 『민단 30년사』, 재일본대한민국거류민단, 1977, 157쪽 참조.
5) 위의 책, 158쪽 참조.

의 보복행위가 자행되었다.[6]

북한과 조총련은 이후에도 협정의 연장에 합의하여 계속해서 재일교포의 북송을 추진했지만 북송교포의 비참한 생활상이 알려지면서 그 수가 현저히 줄어들게 된다. 1962~1967년의 5년 동안 1만 3,000여 명으로 줄어들고 이후에는 고작 5,000~6,000명밖에 북송되지 않았다는 사실이 이를 단적으로 말해준다.[7] 아무튼 60만 재일교포 중 약 10만이 북한으로 갔다.

대한민국 정부도 조총련계 동포들을 포용하기 위한 사업을 추진하였다. 1975년 9월 15일 조총련계 교포 모국 방문 추석 성묘단 1진이 김포공항을 통해 입국한 이후 수차에 걸쳐 수천 명의 조총련계 교포를 초청하였다. 당시 한국에서는 가난한 조총련계 교포의 모국방문 돕기 모금운동이 전개되었고, 한국 정부에서는 '재일동포 모국방문 추진위원회'를 발족하고 재일교포를 위한 공원 묘역을 충청남도에 조성하기도 했다. 모국 방문으로 인해 조총련 내부에서는 심각한 갈등이 빚어지기도 했다. 경제성장을 바탕으로 재외교포에 대해 적극적인 정책을 시행해나간 한국 정부의 시책은 어느 정도 성과를 거두었다.

재일교포들이 일본에서 겪은(겪는) 고충 가운데 민단과 조총련 사이의 갈등 양상은 지문날인 못지않게 심각한 것이었다. 하지만 재일교포 문학의 대표적인 연구자인 김환기가 편한 『재일 디아스포라 문학』[8]에 실린 13편의 글 가운데 '민단과 조총련 간의 갈등 양상'에 대해 언급한 글은 1편도 없다. 전북대학교 재일동포연구소에서 편한 『재일 동포문학과 디아스포라 1』에 실린 11편의 글과 『재일 동포문학과 디아스포라

---

6) 양석일, 『밤을 걸고 2』, 김성기 역, 태동출판사, 2001, 60~61쪽.
7) 『브리태니커 세계 대백과사전 18』, 한국브리태니커회사, 681쪽.
8) 김환기 편, 『재일 디아스포라 문학』, 새미, 2006.

2』에 실린 14편의 글, 『재일 동포문학과 디아스포라 3』9)에 실린 13편의 글 중에도 '민단과 조총련 간의 갈등 양상'을 다룬 것은 1편도 없다. 이들 책자에 수록된 대부분의 글이 작가론 내지는 작품론인데 재일교포들로서는 아주 심각한 이 문제를 다룬 것이 없을 뿐만 아니라 재일교포문학을 연구한 석·박사 논문 중에도 이 문제를 거론한 글은 찾을 수 없었다. 연구자는 재일교포들의 소설을 폭넓게 찾아본 결과 이회성의 단편 「死者가 남긴 것」, 양석일의 단편 「제사」와 장편 『밤을 걸고』를 찾아낼 수 있었다. 이들 소설은 재일교포들이 그간 민단과 조총련으로 나뉘어 어떻게 반목·갈등했는지를, 또 경우에 따라서는 어떤 식으로 화해를 모색했는지를 알 수 있게 한다. 허구인 소설을 통한 재일조선인사회의 갈등 양상 연구인지라 근본적인 한계가 있겠지만 이 3편의 소설을 통해 민단과 조총련의 뿌리 깊은 갈등과, 그 갈등을 해소하기 위한 화해 모색을 미루어 짐작할 수 있는 기회를 갖게 될 것이다.

민단과 조총련의 공동장共同葬 풍경 :「死者가 남긴 것」

최초의 재일교포 아쿠타가와상 수상 작가인 이회성(1936~)의 「死者가 남긴 것」10)은 1970년, 그의 나이 35세 때의 작품이다. 그는 2년 뒤인 1972년 「다듬이질하는 여인」으로 아쿠타가와상을 받게 되는데, 이 소설이 어머니의 죽음으로부터 시작되는 반면 「死者가 남긴 것」은 아버지의 죽음으로부터 시작된다. 재일교포 작가들의 작품은 대체로 사소설적인 경향이 강한데, 이 작품도 예외가 아니다. 폭력가장인 아버지 밑

---

9) 전북대학교 재일동포연구소 편, 『재일 동포문학과 디아스포라 1』, 재인앤씨, 2008; 전북대학교 재일동포연구소 편, 『재일 동포문학과 디아스포라 2』, 재인앤씨, 2008; 전북대학교 재일동포연구소 편, 『재일 동포문학과 디아스포라 3』, 재인앤씨, 2008.
10) 이 소설은 이호철 번역으로 『문학사상』 1973년 4월호에 발표되었다.

에서 기를 못 펴고 살아가는 세 형제 사이의 묘한 갈등이 「다듬이질하는 여인」과 「人面岩」에서도 전개되고 「死者가 남긴 것」에도 똑같이 나오는 것 자체가 이 소설을 자전적인 소설, 혹은 사소설로 간주하게 한다.

도쿄에 사는 주인공 나(동식)는 큰형 태식이 아버지의 부고를 전해오자 난생 처음 비행기를 타고 급히 귀향한다. 작은형 명식은 부드러운 성격의 소유자로 중재자 노릇을 어릴 때부터 해왔는데 성격이 강한 나는 권위적인 큰형과 계속 부딪히는 사이였다. 게다가 태식이 민단에, 내가 조총련에 소속되어 있기에 성인이 된 후로는 사이가 더욱 멀어져 연락도 하지 않고 1년에 한두 번 고향에서 만나도 대화조차 나누지 않는 서먹서먹한 사이가 되었다. 이렇게 사이가 멀어진 데는 태식의 아내에 대한 폭력이 가장 큰 역할을 했다. 아버지는 무학이어서 가족에 대한 폭력 행위를 지성으로 조정할 수 없는 사람이라고 이해하는 측면이 있지만 태식은 최고학부를 나온 지성인이어서 동식은 큰형을 증오하고 경멸한다. "왜 폭력을 걸핏하면 구사해요. 아버지가 더듬어 간 길을 그대로 따르려는 겁니까." 하고 따진 적도 있었다.

고인이 된 아버지는 수완이 좋은 식당 주인이었다. 평소 대인관계의 폭이 넓어 민단과 조총련 쪽 인사를 가리지 않고 사귄 데서 문제가 발생한다. 장례식장에 조총련 T지부 부위원장과 분회장이 조문하러 와서는 고인이 평소에 대인관계에 있어 아무런 격의가 없었으므로 조총련과 민단이 최초로 힘을 합쳐 '공동장'을 치를 것을 제안한다.

> 아시다시피 춘부장께서는 살아계실 때 늘 조국의 통일을 기다리고 있었지요. 그 간절하신 소망에는 우리들도 항상 경복해 마지않았어요. 헌데 불행하게도 그만 그날을 못 보시고 세상을 떠나셨군요. 참으로 애도의 염을 금할 수가 없습니다.[11]

---

11) 이회성, 「死者가 남긴 것」, 이호철 역, 『문학사상』, 1973.4, 78쪽.

부위원장이 동식 아버지의 애국심을 높이 사는 발언을 한 뒤 공동장 제의를 하면서 그 이유를 이렇게 설명한다.

이러한 동포 분열의 비극을 없애 가기 위하여 이참에 아버님의 장의를 공동장으로 하고 싶습니다. 이것은 어디까지나 숭고한 동포애의 정신에서 출발된 제안이어서, 나는 여러분이 이 취지를 십분 이해하시고 아무쪼록 긍정적인 의사 표시를 주실 것을 믿어 의심치 않습니다.[12]

T지부 부위원장이란 사람의 제안은 논리상 하등 문제될 것이 없다. 문제는 이 집안의 형제가 민단과 조총련으로 나뉘어 그간 반목하고 있었다는 데 있다. 장례식장에서도 민단 사람과 조총련 사람은 다른 방에 모여 앉아서 서로 상대방을 의식, 상대방 인사들의 동태에 신경을 곤두세운다. 태식은 부위원장의 이런 제안 자체가 '장례에 정치를 개입시키는 일'로 간주하여 공동장으로 치르는 것을 거절한다. 부위원장의 간곡한 청이 이어지고, 세 형제는 회의를 통해 이 문제를 해결하고자 따로 시간을 갖는다. 아버지 살아 계실 때부터의 구원舊怨이 얽혀 있는데다가 이념상의 차이가 워낙 커 회의는 화합적인 분위기에서 진행되지 않는다. 보다 못해 명식이 "왜들 이러지, 둘 다…… 이게 대체 뭐하는 짓들이야. 아버지가 돌아가셨는데." 하면서 제지하기에 이른다.

맏상제인 태식은 민단 사람인지라 조총련계 사람의 권유를 받아들이기가 대단히 곤혹스럽다. 태식은 두 동생과 함께 대화를 한참 나누긴 했지만 아무런 결론을 못 내린다. 태식은 외출 좀 하고 오겠다고 하고는 장례식장을 떠난다. 한나절이 다 지나도록 자기가 맏상제 역할을 해야 할 장례식장에 나타나지 않아 모든 사람의 발을 동동 구르게 한다. 각방

---

12) 위의 글, 79쪽.

을 쓰고 있던 민단과 조총련 사람들 사이에는 더더욱 이상한 기류가 흐른다. "수자상으로 열세인 민단계 동포들은 어느 구석인가 떨떠름한 표정으로 연방 유족 쪽으로 눈을 돌리고 있었"고, 안을 내놓았던 조총련 사람들도 착잡한 심정에 사로잡혀 유족의 눈치를 살핀다. 더 이상 기다릴 수 없어 태식이 없는 상태에서 입관이 이루어지려는 찰나 태식이 민단의 사무국장을 대동하고 나타난다. 이렇게 긴 시간 동안의 태식의 부재는 민단 쪽 사무국장을 설득하여 공동장으로 거행할 장례식장으로 데리고 나오는 것이 그만큼 힘들었다는 것을 뜻한다. 민단 소속 인사가 민단의 간부 한 사람을 일시적인 화해의 자리에 불러내기 위해 설득하는 시간이 한나절이나 걸린 것이다. 이것은 두 단체 사이의 반목이 그동안 얼마나 뿌리 깊었던가를 말해주는 것이기도 하다. 공동장을 위한 회의 자리에서의 갈등이 이 소설의 클라이맥스다. 민단의 간부는 조총련 간부가 내미는 손을 잡지 않는다. 즉, 이회성은 소설에서 조총련 인사들을 보다 원만하고 합리적인 인간으로 그리고 있다.

부위원장은 상대방 사무국장을 보자마자, 뒷짐 지었던 것을 풀고 퍽이나 친근한 듯이 두 손을 내밀었는데 상대는 보일 듯 말 듯 눈으로만 인사를 했을 뿐 그 손을 잡으려고도 하지 않았다. 일순 부위원장은 얼굴이 굳어지는 것이었는데, 서로의 타협이라는 것도 그런 분위기 속이어서 스무드하게 진척되지는 않았다. 장의위원의 구성 한 가지만 하더라도, 공동장을 이해하는 방식부터 의견이 안 맞고 자칫하면 감정적으로 치닫고는 하였다. 그러한 상태를 태식은 그냥 묵묵히 비아냥거리는 듯한 표정으로 보고 있었다. 도중에서부터 늙은 분회장이 자리에 껴들었다. 겨우 밤샘 준비를 끝내고 돌아온 것이다. 곡절은 계속되었다. 절충이 난국에 부딪쳤을 때, 늙은 분회장은 깊이 얼굴을 드리우면서 입을 열었다.
"자아, 이 이상 여기만 앉아 있어서는 고인의 영혼이 뜨지를 못합니다. 동포들이 밤샘 자리에서 기다리고 있습니다. 가서 안심을 시키도록 해야지요. 장, 그쪽으로 가서 얘기들을 합시다. 이대로 끌면 유족 되시는 분들에게도 미안한 일이 아닙니까."[13]

  양쪽은 공동으로 장례식을 치르자는 대의에만 동의했을 뿐 서로의 입장을 고수하면서 팽팽히 맞선다. 여기서는 일본에서 함께 고생하고 있는 한민족이라는 공동체의식이나 동류의식 같은 것을 찾아볼 수 없다. 동포의 장례식을 치르기 위해 상의차 머리를 맞댄 자리에서 두 단체 사이의 반목이 그간 얼마나 뿌리 깊었었나를 새삼스레 확인하게 된다. 이회성은 두 단체의 줄다리기가 끝까지 이어가게 해서는 안 된다는 생각에서 소품 하나를 내세워 화해의 길을 모색한다. 일본에서는 장례식 행사 중, 화장장으로 운구 행렬이 가기 전에 마을사람들이 집회장(우리나라로 치면 마을회관 같은 곳)에 와서 고인의 영정 앞에서 예를 갖추는 예절인 '고별식'이라는 것을 갖는다. 우리는 병원 영안실에서 이 절차가 이뤄지지만 일본에서는 집회장에서 이 절차를 갖는다. 재일교포들은 유족의 집에서 유족과 함께 밤을 샜지만 일본인 마을사람들은 집회장에 있는 영정 앞에다 헌화하며 조문하는 것이다. 그 집회장 벽 위에 걸려 있는 사진 한 장이 작가가 제시한 소품이다. 사진틀 속에는 천황이 백마를 타고 있는 모습의 사진이 들어 있었고, 이것을 떼어내야 한다는 데 양쪽은 의견의 일치를 본다.

  그러자 그때까지 대립해 있던 두 사람이 비로소 얼굴을 마주 대고 똑같이 끄덕이었다.[14]

---

13) 위의 글, 100쪽.
14) 위의 글, 103쪽.

일본의 어느 지방 집회장 벽에 붙어 있는 천황의 사진이야 전혀 어색할 것이 없지만 그 집회장이 재일교포의 장례식 중 고별식 행사를 치르는 장소가 된 이상 그 사진은 재일교포들에게 좋지 않은 감정을 불러일으킬 수 있었다. 분회장은 마침 집회장에 와 있던 이 마을의 유력자(일본인)에게 걸어가 사진을 떼어줄 수 없겠느냐고 말하였고, 유력자는 마을사람을 시켜 그 사진을 떼어내게 한다. 이 장면에는 민단과 조총련이 결국 동족이라는 점을 환기시키려는 작가의 의도가 잘 드러나 있다. 작가는 이 장면을 보여주려 이 소설을 쓴 것일 수도 있다.

형제간의 갈등도 이 시점에서 화해국면으로 접어든다. 그런데 이 부분에 대한 묘사는 아무래도 어색하다. 밤에 동식에게 다가가 모포를 덮어준 이가 태식임을 작가는 암시하는데, 구태여 이런 장면을 넣어서까지 형제간의 화해를 보여주어야 했을까 하는 생각이 든다. 물론 이회성의 작가정신이 '조국이 분단된 것만 해도 한스러운 일인데 일본에 와서 사는 우리는 형제간임에도 왜 이렇게 상대방을 미워해야 하는가, 그렇게 하지 않을 수는 없는가' 하는 데 다다라 있기는 하다. 그래서 두 단체의 일시적인 화해와 형제간의 해묵은 악감정도 해소되는 두 겹의 화해를 보여주려 한 것인데, 아무래도 후자는 설득력이 떨어진다. 아무튼 두 겹의 화해 과정이 결코 쉽지 않다.

> "우리들 일인데요……형, 한 번 얘기를 나누어야 하지 않을까요. 그렇게 생각하지 않습니까."
> "얘기를? 무엇을 말야. 그럴 필요가 있냐. 서로 정치적인 입장도 확실히 있고 살아가는 방식도 정해져 있다. 너는 뭔가 감상적으로 되고 있는 건 아냐."
> "나에게는 이유가 있습니다. 형님을 미워해온…… 하지만 이대로는 안 될 것 같아서. 물론 내 생각은 굽히는 건 아녀요. 반대할 점은 반대해요. 형이 민족반역자가 된다면 용서할 수 없을 것

이고, 허지만 우리들이 입장을 돌리더라도 서로 잘 될 수는 있을
것 같은데요."

  "그만두자. 그 얘기는⋯⋯"15)

이 소설에서 두 사람이 나누는 마지막 대화 내용이다. 민단 소속인 태
식은 완강하고 조총련 소속인 동식은 유연하다. 이들의 대화 중 중요한
것은 '민족반역자'라는 용어이다. 분단된 조국의 어느 한쪽을 지지하고
다른 한쪽을 반대하는 것이야 얼마든지 가능한 재일교포들이지만 민족
을 배신하면 형제라도 용서할 수 없다는 뜻이 내포된 용어이다. 그만큼
일본에서 사는 교포들에게는 이 무렵까지만 하더라도 '민족'이라는 개
념이 얼마나 중요한 것이었나를 알게 한다. "입장을 돌리더라도"는 이
념이야 다를 수도 있고 바뀔 수도 있는 것이지만 민족을 배신하면 안 된
다는 뜻이다. 민족의식을 가장 강하게 드러낸 용어가 바로 '민족반역자'
이다.

고별식은 좀처럼 진행되지 않는다. 조총련 부위원장과 민단 사무국
장이 추도사의 순번을 두고 실랑이를 벌이기 시작했기 때문이다. 소설
은 민단과 조총련 어느 쪽에서 먼저 추도사를 하기로 했는지, 어느 쪽이
양보를 했는지 밝히지 않은 상태로 끝을 맺는다. 동식이 이제 막 도착할
아내와 자식을 기다리는 것이 소설의 마지막 대목이다. 즉, 이 소설은
조총련 쪽에서 먼저 손을 내밀어 화해를 시도하기는 했지만 화해가 이
루어지지 않은 상태에서 끝난다. 형제간에는 미미하게나마 화해의 조
짐이 보이지만, 두 단체는 끝끝내 화합할 수 없다. 그래서 이 소설은 역
설적으로, 민단과 조총련의 반목·질시를 지양해보려는 작가의 눈물겨
운 노력의 산물이라고 보아야 한다. 이회성은 같은 민족임에도 두 단체
가 끝끝내 화해하지 못하는 재일교포사회의 모순점을 직시하고 있었다.

---

15) 위의 글, 101~102쪽.

이 소설이 발표된 1970년은 남북적십자회담이 실시되기 전이었다. 냉전의 기류가 싸늘하게 흐르고 있던 시절, 이회성이 이 소설을 쓴 이유는 민단과 조총련 사이에 화해 무드가 조성되기를 바란 작가의 소망이 간절해서였다. 하지만 그것이 얼마나 어려운 일인가는 이 소설 한 편만 보아도 알 수 있다.

남한과 북한에 대한 잘못된 인식 : 「제사」

1981년에 일본 가마서방筑摩書房에서 간행된 양석일(1936〜)의 연작 소설집 『狂躁曲』에는 단편 「제사」가 실려 있는데 이 책의 한글 번역본 제목은 '달은 어디에 떠 있나'[16]이다. 「제사」는 『在日동포작가 단편선』에도 실려 있다. 「제사」는 이회성의 「死者가 남긴 것」과 비슷한 점이 있다. 주인공이자 관찰자인 '나'가 육촌형 박씨의 안내로 먼 친척뻘 되는 이씨 집안의 제사에 동행해 가는 것으로부터 소설은 시작된다. 제사 자리에 집안사람들을 초대한 주인 이태수라는 자는 성공한 사업가로 "민단에 속해 있었으나 총련에도 기부를 하고 있는 것 같은" 사람이다. 그래서 민단과 조총련 양쪽 사람들이 제사 자리에 다 모이는 것이 「死者가 남긴 것」과 같은 점이다. 「死者가 남긴 것」은 장례식장 풍경이고 「제사」는 제사라는 것이 다르지만 양쪽

젊은 날의 양석일

---

16) 양석일, 『달은 어디에 떠 있나·Ⅰ』, 백태희 역, 인간과예술사, 1994. 실은 『광조곡』과 『택시기사의 일지』(1984) 등을 각색한 영화의 제목이 '달은 어디에 떠 있나(月はどっちに出ている)'이다. 『광조곡』과 『택시기사의 일지』에 실려 있는 소설은 재일교포 택시기사를 주인공으로 한 것이 많아 연작소설이라고 보아야 한다. 본고는 『在日동포작가 단편선』의 것을 참고. 양석일 외, 『在日동포작가 단편선』, 이한창 역, 도서출판 소화, 1996.

사람들이 한 자리에 모여 조문한다는 설정이 비슷하다. 민단계 동포와 조총련계 동포가 밤늦은 시각에, 그것도 술에 취한 상태로 만난다면 충돌이 있게 마련이다. 양석일은 이 충돌 장면을 구체적으로 묘사함으로써 양쪽이 왜 화합할 수 없는가, 그 사정을 들려준다.

초대받은 사람 중 졸부가 있다. 주위 사람들에게 오른쪽 새끼손가락과 왼손 약지에 다이아 반지를 끼고 자랑하는데, 넥타이핀도 1캐럿쯤 되는 다이아다. 라이터에도 다이아가 박혀 있고 혁대 버클의 네 모서리와 중앙에도 커다란 다이아가 박혀 있다. 그의 아내도 몸에 온갖 보석으로 치장하여 그는 두 사람의 다이아를 돈으로 계산하면 시가로 1억 엔을 밑돌지는 않을 것이라고 자랑하는 속물이다. 그는 고향 제주도에 갔다가 고향사람들에게 가진 돈과 입고 있던 코트, 손목시계, 라이터는 물론 내의까지 털리고 왔다고 한 뒤에 "고향사람들은 죄다 알코올중독자예요. 집에서 빚은 조악한 술의 해독으로 눈이 빨갛게 짓무르고 백내장이 된 사람도 있었어요." 하면서 과장하여 비난한다. 고향사람들의 가난함을 강조함으로써 자신의 부를 과시하려는 속물근성의 발현에 다름아니다. 그는 "저 미개의 땅에" "문명의 빛을" 비춰주어야 한다고 주장한다. 졸부는 민단과 조총련과 별다른 관련을 맺지 않고 있는 인물이다.

뒤이어 등장하는 '거한'은 도쿄올림픽 때 한국의 레슬링 헤비급 선수로 참가하여 비록 예선에서 패했지만 박정희 대통령으로부터 한국 스포츠 진흥의 공적을 인정받아 표창까지 받았다고 자랑한다. 거한은 졸부의 남한 비판에 분노하여 북한을 비난하고 나선다. 아직도 사회주의 사회는 중노동으로 속박당하고 자유도 없고 최저의 생활을 강요당하고 있다면서 북한의 실상을 자기가 아는 대로 말해준다. 이 말을 듣고 대노한 것은 조총련의 활동가 박씨였다. 조총련 인사들의 일반적인 남한 이해가 이 소설에 이렇게 묘사되어 있다.

한국은 세계 각국에서 마구 돈을 빌려오고, 또 외화를 벌어들이기 위해서는 노동자와 처녀도 태연히 팔아먹고 있지 않은가. 더구나 극소수의 몇몇 인간들이 민중을 수탈하고 막대한 이권을 멋대로 남용하고 있다. 경제원조라는 허울 아래 오직(汚職)이 판을 치고 정계와 재계는 뼛속까지 썩어 있다. 아이들은 제대로 학교에 가지도 못하고, 누더기를 걸치고 배를 주리고 있으며, 길거리에 나와 구두닦이와 껌팔이를 하고 있다. 하지만 부모들은 따끈따끈한 잠자리에 배 깔고 누워 여자와 맛있는 음식으로 마음껏 호사하고 있다. 우리 공화국의 부모는 검소한 생활을 하고 있으며, 위대한 김일성의 주석의 배려로 힘써 일하며 또한 아이들은 근검 성실한 부모의 보호 아래 청결한 옷과 배부른 식사와 좋은 교육을 받고 있다. 공화국은 폐허가 되었을 때에도 구두닦이를 하거나, 껌을 팔거나 하는 아이는 한 명도 없었다.[17]

박씨의 주장에 따르면 남한은 부정부패가 심하고 계층간 빈부격차가 심한 곳인 반면 북한은 정부가 인민의 행복추구권을 최대한 책임지는 평등하고 살기 좋은 곳이다. 재일교포 졸부가 제주도에 가서 고향사람들에게 입고 간 코트는 물론 내복까지 벗어주고 왔다는 것은 개연성의 측면에서 과연 그랬을까 하고 의구심이 간다. 양석일 소설의 이 부분은 대다수 조총련계 사람들의 남한 이해 수준으로 보면 될 것이다. 조총련 활동가인 박씨는 북한의 선전을 그대로 믿고서 이렇게 열변을 토한 것인데, 이를 보면 민단과 조총련이 오랜 세월을 두고 왜 그렇게 반목해왔는가를 대충 짐작할 수 있다. 민단은 북한의 실상에 대해, 조총련은 남한의 실상에 대해 올바른 이해를 하지 못한 채 적개심만 키워온 것이다. 거한은 박씨에게 "이 분수도 모르는 놈! 벌레만도 못한 주제에……" 하고 욕하고, 박씨는 거한에게 "잘난 체하지만 네 애비는 종달리鐘達里 상

---

17) 양석일 외, 위의 책, 18~19쪽.

놈 아니냐! 어디서 굴러먹던 개뼈다귀인지도 모르는 시골 촌놈인 주제에…… 내 앞에서 함부로 떠들지 마라!" 하고 응수한다. 이태수 씨의 아들이 거한을 말려 이들의 충돌이 주먹다짐으로는 가지 않는다.

밤이 깊어가고, 주인과 가까운 순서대로 차례상 앞에서 절을 하는 제사도 끝난다. 술자리가 이어지는데, 한 청년이 사업가에게 왜 일본인으로 귀화했냐고 따지듯이 물으면서 분위기가 다시 살벌해진다. 청년은 사업가의 조카다.

> "너는 모른다. 일본에서 살아간다는 것이 얼마나 힘든 일인지. 나도 뭐 좋아서 귀화한 건 아니잖니."
> "귀화했다고 해서 일본인이 될 수는 없어요. 호적등본에는 언제까지고 귀화라는 글자가 따라다닙니다. 결국 나중에까지 고통받는 것은 아이들뿐이죠."[18]

재일교포의 일본국적 취득인 '귀화'는 1952년 232명 이후 1994년까지 총 18만 4,397명이었는데 해마다 늘어나는 추세이다. 21세기에 들어와서는 대략 1년에 1만 명 재일교포가 일본인으로 귀화하고 있다. 1985년부터 일본의 국적법이 바뀌어 일본인을 부나 모로 하는 모든 자식에게 일본 국적을 부여키로 함에 따라 일본인과 어떤 혈연관계만 있어도 일본인이 될 수 있게 되었고, 재일교포 2~4세대는 내가 조선인이라는 의식이 희박해져 귀화를 더 많이 하고 있다.[19] 소설은 일본사회가 귀화자를 진정한 일본인으로 받아들이지 않는 사실을 지적한다. 대부분의 귀화자는 자신의 귀화자라는 사실을 숨기고 다닌다. 그들이 자신의 출신이나 국적을 은폐하게끔 하는 것은 사회가 그들에게 차별을 강요하

---

18) 위의 책, 23쪽.
19) 정인섭, 『재일교포의 법적 지위』, 서울대학교출판부, 1996, 173~178쪽 참조.

고 있기 때문이다. 귀화자는 결국 재일교포사회와 일본인사회 어느 쪽에도 속하지 못하는 주변인이 되고 마는 것이다.[20] 양석일은 이 문제를 소설에서 잘 지적하고 있다.

박씨는 두 사람의 대화를 듣더니 조국이 통일돼 있으면 저런 일이 없을 거라고 생각하고는 하루빨리 조국 통일을 실현하기 위해 박정희 정권을 타도해야 한다고 부르짖는다. 이 말을 듣고 거한이 가만있지 않는다. 좀 전에도 일촉즉발의 위기를 맞았던 두 사람이 다시 충돌한다.

> "내가 언젠가는 조총련 본부 건물에 폭탄을 장치해서 산산조
> 각으로 날려버리겠어. 내 이 손으로 김일성 앞잡이들을 모조리
> 죽여버리겠어!"
> "할 테면 해봐! 그 전에 네 모가지를 도끼로 쳐주마."[21]

막 육탄전이 벌어지려는 찰라, 옆방에 있던 중년여성이 나타나 두 사람의 충돌을 보고 "조선도 북조선도 난 다 싫어요. 당신네들은 그저 주정뱅이들일 뿐이라구요. 이래 가지고 어찌 조국통일이 되겠어요." 하며 빈정거리고, 이때 그녀의 남편이 뒤따라와 아내한테 "당신은 잠자코 있어!" 하며 제지하고 나선다. 이어지는 부부의 말다툼이 거한과 박씨의 충돌을 막아준다. 소설의 화자인 나는 이런 다툼을 보고 "우리 동포들에게 두드러진 특징은 두 사람이 모이면 의견이 다르고, 세 사람이 모이면 분열 상태를 초래한다는 것"이라는 생각에 사로잡힌다. 이런 식의 분열이 지긋지긋한 것이다. 이 부분이 소설의 끝이다.

이 소설에서 중년여성이 등장하여 "이래 가지고 어찌 조국통일이 되겠어요"라고 말하는 것은 중요한 의미를 갖는다. 민단과 조총련의 오랜

---

20) 위의 책, 175쪽 참조.
21) 양석일 외, 앞의 책, 23쪽.

반목에 대해 재일교포 중에는 지겨움을 느껴 상관치 않으려는 사람들도 적지 않게 되었다. 그래서 일본인으로 귀화하여 양쪽 중 어느 쪽과의 관계하지 않으려는 이도 틀림없이 있었을 것이다.

양석일은 이들의 입장과 태도를 중년여성의 등장을 통해 상징적으로 보여주고 있다. 사실 소설에서 박씨와 거한이 말다툼하는 내용을 잘 살펴보면 별다른 근거도 없고 논리상의 타당성도 없는 궤변이다. 조총련계 인사는 남한이 경제개발에 박차를 가하는 1970년대의 모습을 1950년대 전후의 모습 그대로라고 생각하고 있다. 남한에서 살다 일본으로 간 레슬링 선수 출신 재일교포는 반공교육을 받았기 때문에 북한을 생지옥으로만 알고 있다. 서로가 남한과 북한에 대해 올바르게 이해하지 못하고 있으므로 대화가 제대로 이뤄질 수 없다. 재일교포 일부의 왜곡된 남한 이해와 왜곡된 북한 이해에 대해 올바로 이해하라고 양석일은 촉구하고 있는 것이다.

북송에 대한 비판과 양비론적 관점 : 『밤을 걸고』

1994년 작 양석일의 장편소설 『밤을 걸고』가 국내에는 2001년 2권짜리로 번역·출판되었다. 번역본의 제1권과 제2권의 45쪽까지가 제1부 '아파치족의 전쟁'이고 나머지가 제2부 '애절한 여심'이다. 제1부는 36만 평 부지에 세워진 동양 최대의 병기공장이 있던 '오사카 조병창造兵廠 터'를 무대로 하고 있다. 일본의 무조건항복 하루 전에 미군은 무려 1,000대의 B29기를 띄워 맹폭을 퍼부음으로써 병기공장을 철저히 파괴한다. 완전히 폐허가 된 조병창 터 밑으로 엄청난 양의 고철이 묻히게 되지만 전후에 이곳은 사람이 살지 않는 채로 방치되어 있었다. 큰 강이 가로막고 있어 가는 것도 쉽지 않은 곳이었다.

10년도 더 지난 1958년 무렵, 네코마 강 건너에 집단으로 살고 있던 조선인들이 여기에 묻힌 고철을 파내어 짭짤한 수입을 올리자 다른 지역의 조선인들과 출감한 전과자들, 불법체류자들이 대거 몰려들어 이 일대가 거대한 한인촌을 이루게 되고, 언론은 이 마을을 '아파치 부락'이라고 부른다. 우범지대가 되어가는 이곳을 조사하러 찾아갔던 경관이 살해당하자 경찰은 이곳을 방치해두지 않기로 한다. 무장한 경관 350명이 들이닥쳐 대대적인 진압작전을 펴 아파치 부락민들을 일망타진하기까지 8개월 동안 이들 부락민의 삶의 모습과 진압 과정을 그린 것이 제1부 '아파치족의 전쟁'이다. 이 소설은 자료 조사나 상상력의 산물이 아니라 작가의 직접적인 체험을 바탕으로 한 것이다. 이 전쟁의 전말은 자서전 『파멸의 젊음』22)의 제3부 '표류하는 청춘'에 나오는 「'아파치족'의 투쟁」에 잘 묘사되어 있다. 그 당시 129명이 체포되었다고 한다. 양석일은 20대 초반이었던 그 시절의 체험을 바탕으로 상상력을 가미하여 재구성, 『밤을 걸고』를 썼다.

제2부 '애절한 여심'은 주된 무대가 오무라(大村) 수용소이다. 제1부의 주요 인물 중 한 사람인 김의부는 제2부에서 그를 연모하는 젊은 처녀 아라이 하쓰코(新井初子)와 함께 주인공으로 부상한다. 김의부는 아파치족의 일원으로 고철을 팔다 경찰의 일망타진 작전 때 잡혀 집행유예를 받았음에도 불구하고 오무라 수용소에서 기약 없는 나날을 보내게 된다. 미해결된 몇몇 사건에 연루된 사상범이라는 오해를 사 일본인 경비계장과 경비원이 김의부를 지속적으로 괴롭힌다. 수용소 구성원은 북쪽 조직 사람, 즉 북한으로의 송환을 기대하고 있거나 조총련과 관계를 맺은 사람이 56~57명이고 남쪽 조직 사람은 200명쯤 된다. 나머지 수용자 800명 정도는 북이나 남과는 관계없는 한국인이다. 조총련에서 활동한 적이 있는 김의부는 자기를 미워하는 일본인 경비계장의 농간

---

22) 양석일, 『파멸의 젊음』, 이규조 역, 도서출판 명경, 1996.

으로 남쪽 조직 사람들이 수용되어 있는 시설로 들어가는 바람에 집단 폭행을 당해 갈비뼈 세 대가 부러지고 왼쪽 정강이에 금이 가는 중상을 입는다. 얼굴 모습이 바뀔 정도의 지독한 린치였다. 조총련계라고 할 수 있는 김의부가 억울하고 불쌍한 처지에 놓이는 주인공이고 남쪽 조직 사람들이 악인으로 나오므로 작자 양석일이 조총련 쪽에 가까운 사람이라고 생각해볼 수 있다. 하지만 꼭 그렇지는 않다.

역사적으로 보면 오무라 수용소는 주로 일본으로 밀항하여 범법행위를 한 한국인 밀항자를 수용, 대기시키는 곳이었다(밀항 자체가 불법이었다). 밀항자뿐만 아니라 일본 내에서 범죄를 저지른 한국인이 형기를 마치면 여기다 몇 달 혹은 몇 년 동안 재수감해놓고, 한국으로 송환될 때까지 머물게 하기도 했다. 한국으로의 강제송환 대상자들을 머물게 한 곳이라 보면 될 터인데, 소설에는 이곳이 보통의 감옥보다 훨씬 심한 인권 사각지대로 그려져 있다. 일단 일본인 간수들이 한국인 수감자들에게 온갖 비인간적인 악행을 일삼고, 수감자들 중 힘있는 자들이 힘없는 자들을 못살게 군다.

하쓰코는 원래 조선인인데 자신의 신분을 속이고 김의부를 옥바라지하겠다고 오무라에서 그리 멀지 않는 나가사키의 클럽에 종업원으로 나가면서 돈을 모은다. 수용소에서는 좀처럼 면회를 시켜주지 않아 김의부를 1년에 한두 번 정도밖에 못 만나면서도 지극정성으로 기다림은 물론 일본인 변호사의 도움을 받으며 석방운동을 벌여 결국 4년 11개월 만에 김의부를 가석방시키는 데 성공한다. 석방 후 두 사람이 맺어짐으로써 이 소설의 결말을 해피엔딩으로 볼 수 있다.

이런 소설의 줄거리가 중요한 것이 아니고, 이 소설에는 북송교포문제가 아주 상세하게 다뤄지고 있기에 논할 가치가 있다. 이 부분은 소설이라기보다는 완전히 르포르타주이다. 양석일은 제2부의 서두 부분에서 왜 재일교포 북송과 오무라 수용소가 관련이 있는지 길게 설명하는데, 아래는 그 일부.

> 오무라 수용소에는 이미 1951년경부터 북한으로 귀국하기를 희망하는 사람들이 줄을 이었다. 한국에서 밀입국한 뒤에 붙잡혀 오무라 수용소에 수감된 자들과 일본 국내에서 범죄를 저질러 실형을 살았음에도 불구하고 다시 오무라 수용소로 보내진 자들에게 한국으로의 강제 송환은 그야말로 생사가 걸린 문제였다. 따라서, 그들은 국제법으로 정해진 국적 선택의 자유를 내세우며 북한으로 귀국하기를 희망했다. 그러나 일본 정부는 국제연합의 인권 규약과 난민 조약에 가입하지 않았다는 이유로 국적 선택의 자유나 망명을 인정치 않으려고 했다. 말하자면, 귀국운동은 어느 날 갑자기 일어난 게 아니라, 오무라 수용소에서 생사를 건 길고 고된 싸움과 수많은 희생을 치르면서 비로소 실현된 셈이다.[23]

오무라 수용소에 있던 사람들의 청원이 실현된 것이 북송이라고 보면 된다는 것이다. 인용한 부분을 보면 양석일은 재일교포의 북송에 찬성하는 입장을 취하고 있었던 듯이 보인다. 1950년대 말에서 1960년대 초에 걸쳐 8만 명에 가까운 재일교포가 남과 북 중 북한을 택해 귀국했던 것인데, 왜 그럼 양석일 자신은 북한으로 가지 않았던 것일까. 자서전 『파멸의 젊음』를 보면 재일교포의 '북조선 귀국 운동'에 대해 상세하게 말하고 있지만 자신이 북한으로 가지 않은 이유에 대해서는 "왜 귀국하지 않았는지 지금 생각해도 분명치가 않다. 아마 내가 너무 현실에 속박되어 있었기 때문일 것이다."[24]라고만 말하고 있다. 살아가는 일에 급급하다 보니 귀국의 시기를 놓쳤다는 뜻인 듯한데, 1960년대 초

---

23) 양석일, 『밤을 걸고 2』, 김성기 역, 태동출판사, 2001, 51쪽.
24) 위의 책, 155쪽.

부터는 북한에서 오는 편지가 재일교포의 북송을 가로막는 역할을 한다. 주로 생필품을 보내달라는 내용이었다. 재일교포들은 지상천국인 양 선전을 해댄 북한 인사나 조총련 간부들의 말을 그대로 믿고 귀국했던 것인데, 가서 보니 일본에서의 삶보다 훨씬 궁핍한 처지에 놓이게 된 것이었다. 1959년 12월 14일에 일본을 방문한 북한 적십자사 부단장 김주영의 담화문이 소설에 일부 나온다. 제시한 담화 내용 4개 가운데 2개를 인용한다.

> —정부가 정착금을 지급해 모든 의식주를 해결해주므로, 일본에서 한 푼도 없이 귀국하는 사람도 걱정할 필요가 없다. 병이 들어도 보험으로 해결할 수 있다. 농사가 기계화되기 때문에 농민도 편안해질 것이다. 영화 산업도 발달해 있으며, 머잖아 텔레비전도 보급된다.

> —귀국자를 받아들이기 위해 도시와 농촌에 만 가구의 주택을 준비해놓고 있는데, 귀국자가 늘어나면 계속 건축할 계획이다. 모두 블록으로 쌓아올린 아파트와 농촌주택인데다 조립식이기 때문에 건축 속도가 빠르다. 8분에 한 채 꼴로 건설되고 있다.[25]

이런 약속이 지켜졌는지 어떤지는 알 수 없다. 북한 당국이 처음 재일교포들을 받아들일 때는 이런 약속들을 지키려고 했을지도 모른다. 하지만 북한의 경제사정이 수만 명 북송 재일교포들의 충분히 먹여 살리고 일자리를 주고 교육과 의료 지원까지 할 만한 정도는 아니었을 것이다. 오히려 북송 재일교포들의 노동력을 필요로 할 상황이 전개됨으로써 1960년대에 들어 북으로 가는 인원이 현저히 감소한다. 북한에 간 재일교포들이 일본에 있는 일가친척에게 생필품을 보내달라고 편지를

---

25) 위의 책, 61~62쪽.

하자 북한을 지상천국으로 생각했던 조총련 사회에 동요가 온다. 양석일은 소설의 종반부에서 북송교포들의 실상을 자세히 전해주면서 조총련의 죄과를 질타한다. 『밤을 걸고』는 소설, 즉 허구이지만 북송교포의 참상에 대해서는 있는 그대로 전해주려고 한다. 그러니까 이 소설에서 주목해야 할 부분이 북한과 조총련의 선전이 거짓으로 밝혀지는 장면이다.

김의부는 오무라 수용소에서 가석방된 이후 오사카 조병창 터에서 생사고락을 같이했던 장유진이란 자를 만나 그를 통해 북한의 실상을 듣는다. 장유진은 아들이 단신 북한으로 간 8년 뒤에 청진에 있는 방문단 전용 호텔에서 아내와 함께 아들을 만난다. 그런데 아들은 그간에 몰라볼 정도로 말라 있었다. 듣고 보니 북한은 거주이전의 자유가 없는 곳이 아닌가.

> 그 아인 김일성대학에 들어가려고 귀국했는데, 대학은커녕 청진에서 한 발자국도 나간 적이 없다는 거야. 청진을 벗어나라면 허가증이 필요한데, 어지간한 이유가 아니면 허가증을 발급해주지 않는 거지. 아내는 그 충격 때문에 북한에서 돌아온 뒤로 3일 동안 자리에 누워버렸네. (중략) 한국전쟁이 끝난 지 40년이 지났는데도 아직까지 거주지를 마음대로 벗어나지 못한다는 게 말이나 되나? 아무리 생각해도 이해가 안 되는 일이야. 근데 조총련 놈들은 한국전쟁은 휴전상태일 뿐 끝난 게 아니라는 거야.[26]

8년 만에 만난 장유진의 아들은 부모에게 뭔가 말하고 싶어하는 눈치인데 좀처럼 입을 열지 않는다. 감시와 처벌에 대한 두려움 때문일 것이다. 아들의 일본 귀환은 불가능한 일이 되었고, 부모는 눈물을 머금고 일본으로 돌아갈 수밖에 없었다. 장유진의 입을 빌려 양석일은 북한의

---

26) 위의 책, 236쪽.

실상을 다음과 같이 전해준다.

> 북한 인민들은 쫄쫄 굶주려가며 생활하고 있는데, 그 따위 김
> 일성 동상이나 으리으리하게 세워놓고 말이야. 나보고도 거기
> 에 절하라고 하더군. 그게 언제까지나 그렇게 세워져 있을 거라
> 고 생각하는 모양이야. 금강산에 가보면 바위 곳곳에 '위대한 수
> 령 김일성 만세'라든지 '주체사상 만세'라고 시뻘건 글씨로 새겨
> 져 있는데, 그게 3천여 군데나 된다니, 미친놈들 아닌가.[27]

김의부는 장유진에게 자신의 숙부 김두훈의 경우를 이야기하며 조총
련에 대해 계속해서 비난을 퍼붓는다. 숙부는 일자무식이지만 금융업
으로 돈을 벌어 조총련에게 버스까지 기부하는 등 해마다 많은 돈을 갖
다 바쳤다. 그런데 그에게 언제부터인가 느닷없이 '수정주의자'라는 딱
지가 붙여졌다. 기부를 잘 안 해서 그런 것인지, 조총련에게 무슨 잘못
을 저질렀는지는 나와 있지 않다. 하루는 젊은이들 네댓 명이 들이닥쳐
야산으로 끌고 가 삽을 주며 땅을 파라고 하는 것이다. 흡사 조폭영화의
한 장면처럼 자기 무덤을 자기가 파라는 것이었는데 그러자 숙부는 무
조건 "김일성 수령님 만세!"를 되풀이해 외침으로써 가까스로 위기를
모면한다. 숙부는 나중에 북한으로 송환되고 만다.

김의부는 "그런 놈들이 통일을 왈가왈부할 자격이 있다고 생각해? 아
무리 맑은 강물이라도 흐름이 멈춰버리면 탁해지기 마련이야. 그러다
가 썩어서 악취를 풍기게 되지." 하면서 북한의 세습 통치와 조총련의
과대 선전을 싸잡아 비판한다. 하지만 양석일은 김의부의 입을 통해
"자본주의든 사회주의든 상관없어. 권력은 모두 똑같아. 다들 말은 그
럴싸하게 늘어놓지만, 결국에는 인민들의 희생 위에 걸터앉아 자기만

---

27) 위의 책, 236~237쪽.

혼자 살아남겠다고 발버둥치고 있어. 난 이제 절대로 속지 않을 거야. 암, 속을 수 없지." 하면서 남과 북의 어떤 과장된 선전이 있어도 앞으로는 절대 속아 넘어가지 않겠다고 결심한다. 이와 같이 양석일은 『밤을 걸고』라는 소설을 통해 남한도 북한도 신뢰하지 않는 재일교포 일부 주민의 의식을 대변해준다. 이들이 바로 일본으로 귀화하는 주체가 된다. 양석일은 재일교포를 대하는 태도가 남한과 북한 모두 잘못되어 있고, 남과 북의 극한대립 또한 잘못된 것이라는 주장을 이 소설을 통해 하고 있는 것이다.

양석일의 소설 중 영화화된 것들의 포스터

양명심은 이회성의 「死者가 남긴 것」이란 소설의 의의를 "민단계와 조통련계로 나뉘어 소속되어 있던 형제들이 '공동장례식'이라는 낯선 제안을 받고 화해를 맞이하게 되는 내용을 그리고 있다."[28]고 한 데서 찾았다. 형제 간에는 화해가 어느 정도 이루어졌다고 볼 수 있지만 두 단체 간의 화해는 끝내 이루어지지 않았음을 양명심은 놓치고 있다.

송하춘은 이 소설의 의의를 "돌아가신 아버지가 후손에게 물려주

---

28) 양명심, 「'재일' 작가로서의 이회성과 그의 문학세계」, 전북대학교 재일동포연구소 편, 『재일 동포문학과 디아스포라 3』, 제이앤씨, 2008, 187쪽.

신 유산은 민족 대화합의 불씨"29)에서 찾을 수 있다고 보았지만 불씨는 지펴지지 않고 사그라지고 만다. 공동장을 했다는 것 자체는 의미 있는 민족 화합의 장을 열었다고 볼 수도 있다. 그러나 고별식이 시작되지 않은 상태로 소설이 끝나는 것은 단지 양쪽이 만나기만 했을 뿐 화합을 이루지 못했음을 뜻한다. 일본에서 두 단체의 화합 시도가 있었는지, 있었다면 어떤 방식으로 시도되었는지 이 소설만으로는 알 수 없다. 만약 이 소설에서와 같은 일이 있었다면 화해를 이룬다는 것 자체가 불가능에 가까운 일임을 이회성은 이 소설을 통해 말해주고 싶었던 것이다.

양석일이 「제사」라는 소설을 통해 궁극적으로 말하고 싶었던 것은 무엇일까. 민단과 조총련이 서로 소통의 통로가 없었기 때문에 각자 상대방을 원수처럼 생각하며 살아온 것을 지적하고 싶었던 것이다. 기나긴 분단의 세월 동안 남한과 북한이 서로 으르렁거리며 살아왔듯이 민단과 조총련도 서로를 무시하거나 비방하면서 살아왔다. 양석일은 이것이 잘못된 일임을 소설 속 등장인물들의 설전을 통해 보여주고 있다. 재일교포사회가 민단과 조총련으로 양분되어 일본에서, 일본인들 틈바구니에서 서로 상대방에게 흑색선전을 일삼아온 것을 이제는 부끄러워해야 한다고 생각하여 양석일은 이 소설을 썼다.

양석일의 『밤을 걸고』는 북송의 실상, 북송 당시의 북한 당국과 조총련 선전의 실상, 북한의 실상을 구체적으로 그리고 있다는 점에서 '반공'을 주제로 내세운 소설로 볼 수도 있다. 하지만 작가는 북한은 옳지 못하고 남한은 옳다는 식의 이분법적인 구분을 지양한다. 김일성의 거대한 동상이나 금강산 바위마다의 김일성과 주체사상 찬양 문구가 북한 인민들을 '노예'30)로 만들었다고 비난하지만 남한도 자유와 평등이

---

29) 송하춘, 「역사가 남긴 상처와 민족의식—이회성론」, 김현탁 외, 『재외한인작가 연구』, 고려대학교 한국학연구소, 2001, 257~258쪽.

실현되는 낙원은 아니라는 양비론을 견지한다. 작가 스스로 소설 속에 나타나서 "어느 체제든 권력의 본질은 똑같다는 김의부의 말은 진실이리라."[31]라는 말이 이를 증명한다. 재일교포이기에 오히려 객관적으로 남·북한이 안고 있는 문제점을 꿰뚫어보고 있다.

이상 3편의 소설을 보면 이회성이나 양석일이나 재일교포 사회가 민단과 조총련으로 나뉘어 반목을 일삼아온 데 대해 부정적인 인식을 갖고 있음을 알 수 있다. 그러나 이념의 차이도 차이지만 남과 북이 서로 대치하고 있는 상황에서 민단과 조총련의 화합은 결코 쉽지 않음을 확인케 해주었다. 두 재일교포 작가에게 교포사회의 분열은 좀처럼 해결할 수 없는 고민거리였던 것이다. 민단과 조총련의 화해는 남·북한이 계속 대치하고 있는 한 이뤄지지 어려운 난제임을 두 작가는 누구보다 알고 있었기에 이런 소설을 썼다고 본다.

양석일 초청강연 자리에서. 좌로부터 문학평론가 고명철, 양석일, 소설 번역가 김응교

---

30) 소설에는 "폴란드 영화감독인 안제이 바이다가 『김일성 퍼레이드』라는 소책자에서 '북한 인민은 인류 역사상 전무한 노예다. 어떻게 그런 완전무결한 노예를 만들어냈을까'라고 썼더군"이라는 대목이 나온다. ―양석일, 앞의 책, 237쪽.
31) 위의 책, 240쪽.

다문화 시대,
외국인이 쓴 한글 시의 의미와 가치

한국에 거주하는 외국인의 수나 대한민국의 국민이 된 외국인의 수가 기하급수적으로 늘고 있다. '한민족'이니 '배달민족' 같은 용어는 이제 역사의 뒤안길로 사라지고 있다. 이러한 때, 외국인이 한글로 쓴 시가 여러 지면에서 보임은 자연스러운 일이다.

일본인 사이토우 마리코(齋藤眞理子)가 『입국』이라 시집을 낸 것은 선구자적인 작업에 속한다. 그 이후 이 땅에 와 있는 이주노동자들 가운데 방글라데시인 비토르히 타고르나 케엘 레벤처럼 한글을 익혀 직접 한글로 시를 쓴 이들이 있다. 자신의 모국어로 시를 쓰는 이주노동자 범라우티(네팔), 단비르 하산 하킴(방글라데시) 같은 이들도 있다. 2007년에는 다문화 가정의 주부 여섯 사람이 한글과 시를 공부해 한글로 쓴 시집 『들국화는 그리움으로 핀다』를 펴내기도 했다. '창작21작가회'에서는 2009년부터 해마다 '다문화 외국인 시낭송회'를 개최하고 있다.

재일조선인 아쿠타가와상 4회 수상의 예를 보건대 앞으로 외국인이 한국에 와서 살면서 한글로 작품을 써 한국의 권위 있는 문학상을 타지 말라는 법은 없다. 재중국 조선족은 국적은 중국이지만 한글로 작품을 쓰는 경우가 대부분이며, 이들 작품에 대한 연구도 거의 안 되어 있는 편이다. 본고에서는 외국인이 한글로 쓴 시를 수집하여 이들 작품의 특성과 작품성을 논해보고자 한다.

일본인 한국 유학생이 낸 시집

1960년 일본 니가타에서 태어난 사이토우 마리코는 1979년 메이지 대학 문학부 역사학과에 입학하여 고고학을 전공하다가 한국에 흥미를 느껴 한국어를 공부한 뒤 훗날 한국어 시집까지 낸다. 1983년에 일본의 시전문지 『현대시수첩』으로 등단한 사이토우는 1990년에 일본에서 첫 시집 『울림 날개침 눈보라』를 내고 1991년, 한국으로 건너와 연세대학 교와 이화여자대학교에서 언어교육원을 다닌 후 1993년에 민음사에서 시집 『입국』을 냈다. 한국에서 낸 시집이 그녀의 제2시집이 되는 셈이다. 사이토우는 서울 사람과 수도 서울이 준 인상이 무척 강했는지 이를 주제로 일련의 시를 쓴다.

시집 『입국』의 표지

> 아프면 아프고
> 억울하면 소리 지르고
> 외치고
> 이마에 주름살 짓고
> 쿵쿵 구르는
> 대지,
> 적재량 초과

붉은 토사물
나라 사랑

-「서울 사람 1」 전반부

이 나라에서 꽃은 속삭이지 않는다
이 나라에서 꽃은 외친다
그 외침 속에서
사람들의 母音은 한 덩이 되고
子音은 산산이 흩어져 갔다
모음 덩어리는 한번 증발해
싸락눈이 되어 다시 내려온다 마치
고생 많아 버림받은 엄마의 비탄처럼
이 나라에서 꽃은 속삭이지 않고
딸들은 언제나 싸락눈을 맞으며
출발했다 언제나 멀리
吃音의 벼락 맞아 떨리면서

-「서울 사람 2」 전문

서울 사람들에 대한 인상이 잘 드러나 있는 시다. 아프면 아프다고 바로 이야기하고 억울하면 큰소리를 지르는 것이 일본 사람과 다른 점이었나 보다. 서울의 도로에는 적재량 초과의 차량이 달리고, 길에는 붉은 토사물이 뿌려져 있다. 그러면서도 '나라 사랑'을 부르짖는다. "이 나라에서 꽃은 속삭이지 않는다/ 꽃은 외친다"로 시작되는 시에도 서울 사람들의 큰 목소리에 질린 일본인의 고통이 담겨 있다. 사이토우는 자신의 시야에 들어온 서울을 다음과 같이 묘사한다.

이 거리는 어깨만으로 남아 서 있다
사람들이 어깨만이 되며 부딪쳐 간다
버스 기사님이 어깨만이 되며 우리를 버리러 달려간다

연인들이 어깨만이 되며 넘어져 간다

이 거리는 어깨만 남아 짖는다
어깨 너머 잊혀진 달이 헐떡거린다

―「서울」 제2, 3연

왜 서울에서는 날마다 이렇게 많은 유리들이 깨지는가
차의 유리, 부서진 소줏병,
거기에 있었다는 것조차 깨닫지 못할 뻔한
유대 모르는 유릿조각들
홀로 밤길을 다녀올 때
반짝거렸던 야한(?) 유릿조각들

―「유릿조각」 제2연

　앞의 시에서 서울은 희한하게도 '어깨'가 된다. 사이토우는 서울에서 살면서 사람들과 어깨를 부딪친 경험이 유독 많았던 것이 아닐까. '어깨만이 된다'는 것은 사람들이 어깨만으로 존재하는 뜻일 터이니, 그녀는 어깨를 부딪칠 때마다 고통을 겪었고, 그때마다 제대로 사과를 받은 적이 없어서 이 시를 썼다고 본다. 한편, 어깨가 상징하는 '폼'이나 '허세'를 떠올려볼 수도 있다. 아무튼 서울 사람들에 대한 시인의 좋지 않은 감정이 이 시에서 감지된다. 서울의 길거리에 방치되어 있는 유리조각도 나쁜 인상을 주었음에 틀림없다. 사이토우는 비분강개한 어조로 "나중에 서울이 생각날 때/ 덕수궁도 63빌딩도 남산타워도/ 생각나지는 않으리라", "가을이 되면 그러나/ 밤마다 길마다 반짝거린/ 유릿조각들이 더 생각날 거다"라고 하면서 서울의 지저분함과 무질서를 비판한다. 서울의 특정한 곳을 묘사할 때도 시인의 시선은 결코 곱지 않다.

　사람을 경멸하면

가슴에 금세 시큼한 꽃이 피고
하룻밤 자도 그것이 안 시들 때
햇님이 녹색으로 보인다

저 산 가서 이 꽃을 도려내
매장하고 싶다
약수 받으러 가는 사람들 따라
아침의 통근시간 학교도 회사도 빠지고
저 산으로, 약수 받으러 가는 사람들 따라

하지만 이 좁은 길 하나를 건너갈 수 없다
—「新村 부근」 전문

　신촌은 시인이 다닌 연세대와 이화여대가 자리잡고 있는 곳이다. 시내 중심가여서 꽤 번잡하지만 근처에 산도 있는 곳인데 신촌도 그녀에게 결코 유쾌한 인상을 주지 않았다. 이 시에서는 녹색조차도 밝은 이미지를 전하지 않는다. 어느 시어, 어느 표현 하나도 불쾌한 감정을 전해주지 않는 것이 없다. 정신병원이 있던 청량리도 마찬가지다.

　닫혀 있을 때 문은 그림자가 없다. 문은 그림자를 인질로 삼아
자기 입장을 지킨다.
　골목 도중으로, 횡단보도 도중으로 없는 척하면서 닫혀 있는
많은 문.
　두 번 절망하면 이 문을 열고 들어오라고 씌어져 있다.
—「淸凉里」 끝부분

　청량리 하면 '청량리 정신병원'으로 인식이 되어서 그런지 시의 끝부분에 묘사되어 있는 문은 소통의 문이 아니라 단절의 문으로 여겨진다. 청량리에 대한 역사적 문맥은 아랑곳하지 않고 닫혀 있는 문, 그림자 없

는 문, 혹은 '인질', '절망' 등 부정적인 이미지로 일관하고 있다. 또 다른 시에서는 진도에서 사는 진돗개의 목소리를 빌려 '서울개'를 욕하면서 그와 함께 서울의 범죄율과 개고기 식용을 함께 비판하고 있다.

> 친구집에 도둑이 들었다. 이사를 가장한 근사한 수법으로 몽땅 말끔히 가져갔다. 새로 산 비디오의 소프트도 하드도 남김없이 가져간 김에 TONY도 데리고 가고 말았다. 10만 원짜리 테리어 개 새끼. "TONY만이라도 두고 갔었으면." 텅 빈 방에서 친구는 이제라도 곧 올 것 같으며 개라면 꼭 꼬리를 흔들었을 걸?
>
> "왜 욕할 때 개새끼 하는 거지? 한국 사람은 개 싫어하는 거야?"
> "좋아하지. 되게 사랑하잖아, 먹기도 하고."
> 그런 것도 있구나 하면서 골목을 빠져나가면 자꾸 날 보는 하얀 놈이랑 눈이 맞았다. 개에겐 개의 운명이고 사람에겐 사람의 운명이지. 인사해라. 살아 있을 때 인사해라, 나한테도!
> ―「서울개」 제3, 4연

우화시의 형식으로 쓴 이 시에서 사이토우는 '서울의 개'를 비난하고 있기보다는 서울 사람들과 수도 자체를 싸잡아 비난하고 있다. 비난의 강도는 마지막 연에 가서 더욱 높아져 "너희들아, 멍청한 서울개들아! 진돗개 만나면 말해주어라. 이 거리만큼 우리는 지치고 눈에는 눈곱이 끼어 있지만, 비싸게 안 팔리는 덕분으로 멀리 볼 수도 있단다." 하면서 서울에서 살면서 느낀 환멸감을 노골적으로 표현하고 있다. "이 거리만큼 우리는 지치고 눈곱이 끼어 있지만"이란 표현은 서울의 거리들이 죄다 지치고 눈곱이 끼어 있다는 의미이니, 비난의 강도가 여간 높지 않다.

『입국』은 일본 국적의 시인이 한글을 익혀 국내 출판사에서 펴낸 최초의 시집이다. 그런데 한국의 문화유산이나 자연환경에 대한 예찬은 한 줄도 보이지 않고 이렇듯 서울의 이모저모와 서울 사람들에 대해 때로는 은근히, 때로는 노골적으로 비난하고 있다. 그런데 일본인 시인의 이런 비난에 대해 우리는 어떤 자세를 취해야 할까. 자국의 문화 관습으로 타국의 현실을 보면 못마땅한 것투성이일 것이다. 사이토우의 비난에 화를 낼 것이 아니라 국제화, 세계화를 부르짖는 우리가 그녀의 시를 읽으며 반성도 하고 고칠 것은 고쳐나가야 할 것이다. 유학생으로서 오죽 분통터지는 일이 많았으면 이런 시집을 냈을 것인가 곰곰이 생각해 보아야 한다.

이주노동자들이 쓴 시

방글라데시인 비토르히 타고르는 1996년, 스물셋의 나이로 한국에 온 이주노동자이다. 그러니까 이제 한국에 온 지 17년이 된다. 그가 한국에 온 것은 본국에서 민주화운동에 참여하다 방글라데시 정부 당국의 블랙리스트에 올랐기 때문이다. 방글라데시에서는 일자리를 얻을 엄두를 낼 수 없던 터에 한국에 산업연수생으로 와 있던 친형이 한국행을 권했고, 몇 해만 고생하면 큰돈을 벌어 돌아갈 수 있으리라는 생각에 한국행을 결심했다. 그리하여 부모가 어렵사리 마련한 600만원을 브로커에 넘겨주고 한국으로 왔다. 산업연수생 비자를 받아 한국에 왔을 때만 해도 비토르히는 몇 년 열심히 일해서 방글라데시로 돌아갈 생각이었다. 하지만 한국은 그에게 슬픔과 절망만을 안겨주었다. 연수생 비자 기한이 종료되면서 불법체류자 신세가 됐기 때문이다. 그는 본국의 2년제 대학에서 경제학을 공부했지만 아마추어 시인이었다. 한국에서는 생업에 쫓겨 한동안 시를 잊고 살았다. 그러다 공장에서 함께 일하던 방글라데시 노동자가 프레스에 양손이 잘리는 것을 본 후 다시 시를 쓰기 시작했다고 한다. 한글을 익히면서 처음 접한 시인이 박노해였다.

줄줄 비 내린다
튀김 먹고 싶어서 엄마 생각난다
비 맞으면 감기 걸린다고 한국사람 짐 못
싣는다
외국사람에게 짐 실으라고 사무실에서 지
시 내렸다
비 맞으면서 짐 싣는데
이과장 막대기 들고 와서
'이 새끼들아 빨리 못해!'
우리 이주노동자 모두 그 막대기에 맞았다
아파서 잠 못 자고 아침에 일어났더니
열여섯 살 아가씨처럼 날이 밝고 있었다.

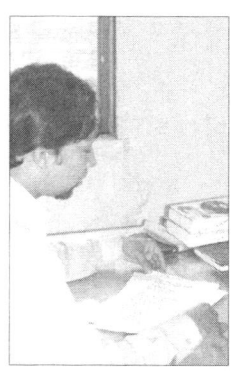

방글라데시에서 온 시인
비토르히 타고르

—「70년대 노동자」 부분

시어도 단순하고 표현도 밋밋하다. 그러나 시의 내용은 분노에 차 있
다. 제목을 '70년대 노동자'라고 한 것은 한국에서는 1970년대 노동자들
이나 이렇게 매를 맞으며 일했다는데 지금(2005년 발표)도 자기는 매를
맞으며 일하고 있다고 이주노동자들의 노동현실을 강도 높게 고발한다.

이곳에 자유는 없다
무지한 이 세상에서
나는 자유를 원했다
가난의 굴레로부터 자유를 얻기 위해
조국을 등졌다
어렵고, 힘들고, 더러운 일을
개새끼라는 욕을 들으며
우리는 노동을 했다.

—「이곳에 자유는 없다」 부분

'이곳'은 대한민국이다. 가난의 굴레로부터 자유를 얻기 위해 조국을 등졌는데 대한민국은 그에게 자유를 주지 않았을 뿐 아니라 어렵고, 힘들고, 더러운 일을 '개새끼'라는 욕을 들으며 했다고 한다. 거듭 말하거니와 이런 시는 형식이 대단히 거칠고 내용은 단순 소박하다. 박노해의 『노동의 새벽』을 읽고 같은 제목으로 시를 쓴 적도 있는데, 박노해에 미치지는 못하지만 현실에 대한 고발의식을 그로부터 배워서 썼음을 알 수 있다.

> 착취와 억압으로 사람들이 괴로워하는 사이
> 일어나는 마음 고통의 바다
> 그 가슴에 붉은 빛이 비치어
> 억압 받는 이들의 기다리는 태양
> 동녘 하늘에 엿보이네
>
> 숲속에 새들이 노래하며 즐기고
> 의지할 데 없는 이들이 마음의 눈을 떴네
> 바람이 불어 퍼지는 따뜻한 햇살
> 피 빨아 먹는 이의 이마에 주름이 생기네
> 악법으로 말아 묶고 결국
> 그들에게 죽음의 협박을 한다
> —「노동의 새벽」 부분(이석봉 옮김)

　이런 시는 본국의 언어로 썼기 때문인지 시적 형상화가 한결 잘 되어 있다. 하지만 1980년대에 우후죽순같이 나온 노동시의 미비점을 보완하여 새로운 경지를 개척한 작품은 분명 아니다. 그렇다고 해서 이 시의 가치가 훼손되는 것은 아니다. 이주노동자들이 처해 있는 현실을 이보다 더 상징적으로 구현할 수는 없다. 이주노동자들이 부당한 대우를 받지 않을 수 없게 하는 국내법을 그는 '악법'이라고 했다. 이 법이 결국 이주노동자들을 죽음으로 몰아가는 현실을 그는 고발하고 싶었던 것이다. 같은 나라 사람인 카엘 레벤은 좀 더 보편적인 시각에서 노동자들의 위상에 대해 말하고 있다.

> 당신이 가장 힘들 때
> 혹은 기쁠 때
> 물 위를 함께 건널 수 있는
> 나에게 두 다리 있다.
> 그러나 나는 사람 아니다.
> 아마 나는 사람 아니다.
> 나는 노동자이다.
> 어디인가.
> 노동자의 위치가 어디인가.
> —「노동자의 위치가 어디인가」 부분

'이주노동자'가 아닌 '노동자'로서 대우를 받으며 살고 싶다는 소박한 꿈을 담아서 쓴 시이다. 현실을 타개하려는 의지는 보이지 않지만 한 명 사람으로, 한 명의 노동자로 대접받고 싶다는 간절한 소망이 담겨 있다.

> 새벽같이 일하고 기숙사에 갈 때
> 하늘 끝에 달 보며 눈물 흘린다
> 엄마 생각난다
> 엄마 생각난다
>
> 이슬 맺히는 눈으로
> 달 보며 물어본다
> "우리 엄마 건강하니?"
>
> 나를 꿈꾸던 어머니

잠이 깨서 달 보며 대답한다
"아가야, 나 걱정하지 마라
너는 건강하니?
새벽까지 일하니 힘들지 않니?
힘들어도 힘내라
추운 나라에서 감기 조심해라
엄마 없이 아프지 말아라
밥은 꼭 많이 먹어야 한다"

새벽같이 일하고 기숙사에 갈 때
하늘 끝에 달 보며 눈물 흘린다
엄마 생각난다
엄마 생각난다

—「달 전화기」 부분

카엘은 이주노동자들이 처해 있는 노동현실에 대해 항의의 목소리를 높이는 대신 고국에 계신 어머니에 대한 애틋한 그리움을 노래함으로써 보편성을 확보하는 동시에 시적인 값어치를 획득한다. 이런 시는 고향을 떠나 객지의 공장에서 일하고 있는 한국의 다른 노동자들에게도 감동을 줄 수 있을 것이다.

아직 한글로 시를 쓸 만한 실력이 못 되는 네팔인 범 라우티의 시 4편과 방글라데시인 단비르 하산 하킴의 시 4편이 『작가들』 2006년 가을호에 실린 적이 있다. 그 가운데 각 1편씩만 감상해본다.

네팔의 이주노동자
시인 범 라우티

수많은 꿈속의 건물들 안
꿈을 살인하는 것을 보았다.

법의 사원 안에서

기본권을 받지 못한 후
인간의 마음 사원 안에
인권을 못 받은 후
아픈 상처에 치료를 못 받은 후

오호 나는 낮에 보는 꿈에
내가 낯설다.

—범 라우티, 「무제 2」 후반부

오늘 너에게 좋아한다고 느낀 것이 잘못이다
왜냐면 너는 다른 나라의 꽃
갑자기 생각했다 나는
지금도 왜 나는 생각하는가
너는 나의 사람이라고
그러나 지금은 혼자가 아니다 너는
너의 삶에 왔다 새로운 애인
왜 내가 혼자 살아야 하나

—단비르 하산 하킴, 「이제 그만 이별」 전반부

앞의 시는 자신의 불우한 처지를 한탄하는 내용이고 뒤의 시는 타국에서 느끼는 외로움을 절절히 토로하는 내용이다. 어떤 정황을 구체적으로 이야기하고 있지는 않은데, 왜 이런 시를 썼는지는 충분히 이해가 간다. 이주노동자이기 때문에 법의 사원 안에서는 기본권을, 인간의 마음 사원 안에서는 인권을 인정받지 못했음을 토로하고, "아픈 상처에 치료를 못 받은 후" 낮에 보는 꿈에 내가 낯설다고 한다. 이 땅에서의 삶이 너무나 각박하니 살아갈 자신이 없다. 꿈을 살인한다는 것도 비관적인 발언이 아닐 수 없다. 단비르의 시는 가족과 애인과 헤어져 낯선 땅에 와서 노동의 나날을 보내는 자신에 대해 비애를 느끼고 있다. 게다가 한국인과의 사랑도 이 땅에서 금지되어 있는 것이나 마찬가지다. "오늘

너에게 좋아한다고 느낀 것이 잘못이다/ 왜냐면 너는 다른 나라의 꽃"
에서의 '꽃'은 타국의 여성이다. 한국 국적의 여성에게 사랑을 느껴도
잘못이라는 자의식이 미리 이별을 하게 만든다. 이 또한 이주노동자들
이 겪고 있는 비극인 것이다. 아래의 시는 단비르 하산 하킴이 제2회 다
문화 외국인 시낭송회 사화집에 발표한 것이다.

다문화 외국인 시낭송회 책자 표지

피부가 까맣거나 하얗거나 가난하거나 부자거나
그 누구 그 어디서라도 나에겐 다르지 않네
사람 피는 다 같이 빨갛고 우리는 모두 한 사람에게서 왔다
나는 이미 알고 있네
한 하늘 아래 살고 있는 우리 모두는 그 하늘 구름처럼
같은 바람에 춤을 추며 살아가네
하나의 태양에서 나오는 햇살에 몸을 맡기고 있지만
누구는 행복하고 또 누구는 슬픈 현실
모든 사람이 사람에게 모든 나라가 나라에게

아껴주며 돕고 살아야 하는 한 하늘의 운명
지구에 사는 우리는 모두 가족

ㅡ「인생의 노래」 전문

이 시의 주제를 한마디로 말하면 사해동포사상이다. 피부색이 다르고 빈부격차가 있다고 해서 차별하는 것은 옳지 못하고, "지구에 사는 우리는 모두 가족"이니 서로 돕고 살아야 한다는 것이다. '한 사람'은 조물주일 터인데, 우리는 모두 인류의 일원이라는 생각을 이상론이라고 폄하할 수는 없다. 지금도 지구상 곳곳에서 끊임없이 전개되고 있는 종족 분쟁, 종교 분쟁, 내전과 침략전쟁을 상기해본다면 이 시의 주제는 만만한 것이 아니다.

이상 네 사람의 시를 살펴본 바, 노동현실을 증언하고 비판한 시가 있는가 하면 인간의 보편적 정서에 가 닿으려고 한 시, 자신의 처지를 가슴아파하면서 쓴 시들로 나눠볼 수 있다. 앞으로 이주노동자들이 노동현장을 공간적 배경으로 삼아서 쓴 시들은 더욱 많이 발표될 것이다.

다문화 가정을 이룬 여성의 시

여성 결혼이민자들에 대해 한국문화교육사업을 하고 있는 음성군 노인종합복지관에서는 2007년에 뜻 깊은 시집을 한 권 펴냈다. '한국 아줌마'가 된 여섯 명 이민자의 합동 시집 『들국화는 그리움으로 핀다』가 그것으로, 이들은 음성군 노인종합복지관에서 한글만 배운 것이 아니라 시작법을 공부하여 시를 6~9편씩 써내 시집을 묶어낸 것이다. 제일 앞에는 몽골 출신 어트건톡스의 시가 실려 있다.

봄바람이 쓸쓸해요

언제라도 비올 것 같아요
산 밑에 있는 길을 따라가는 사람들
논밭에서 일하는 사람들을 보면
고국의 봄이 생각나요
봄에 처음으로 피우는 꽃은 얼마나 예쁜지
그것을 보면 다시 어린이가 되지요
매일매일 이 길을 다니고 싶어요

―「봄길」전문

어트건톡스의 작품 중에는 망향가가 많다. 인용한 시처럼 고국의 봄과 고향사람들에 대한 그리움을 토로한 시가 있는가 하면 어머니에 대한 그리움(「들국화」), 고향 산 밑에 있는 작은 연못에 대한 그리움(「고향 연못」)을 나타낸 시도 있다. 필리핀에서 온 낸시 데이모스가 쓴 9편의 시 중에는 한국의 자연에 대한 느낌이 주류를 이루고 있고, 예외적인 작품으로 아들을 낳는 과정과 아들에 대한 바람을 쓴 「아들아」가 있다. 또 다른 필리핀 출신 라브린 아구로의 9편 시 중에서 고향에

'바다 건너 그리움을 둔 한국아줌마들의 시집'이라는 부제가 재미있다.

대한 그리움을 다룬 시는 5편이다. 한국의 자연에 대한 인상기가 2편이고 아기를 키우는 힘겨움과 보람을 노래한 시가 1편, 현재의 삶을 다룬 시가 1편 있다. 이 가운데 현재의 삶을 다룬 시를 살펴본다.

남편 아들 딸 시어머니
함께 삽니다
크지 않은 집이지만

웃음은 큽니다
이웃에 공원도 있습니다
아이들은 어려서 유모차에 태웁니다
나무가 많아 공기가 좋습니다
사람이 많습니다
꽃도 많습니다
아름다운 공원 행복도 많습니다

─「우리 집에」 전문

    대다수 이주노동자의 시가 한국에서 겪는 부당한 대우에 대한 분노의 감정을 숨기지 않고 있는 데 반해 라브린의 이런 시는 현실에 대한 시각이 대단히 긍정적이다. 그녀의 시집은 대가족이라고는 할 수 없지만 시어머니를 모시고 사는 집인데, 웃음꽃이 피어나는 집안 분위기를 잘 전하고 있다. 사는 곳 근처에 공원이 있어 두 아이를 유모차에 태우고 자주 산책을 나가 맑은 공기를 호흡하며 행복을 느끼고 있다는 내용이다.

    또 다른 필리핀 출신 디안도 고국에 대한 그리움과 한국 산천의 아름다움과 색다름에 대해 5편의 시를 썼는데 1편은 예외적이다.

할머니가 웃는다
왜 웃는지 궁금하다
뭐가 재미있는지 궁금하다
자꾸 웃는다
궁금하다
할머니는 웃는데
나는 울고 싶다

─「할머니」 전문

이 시에서 디안은 아직 한국말을 제대로 못 알아듣고 있다고 고백한다. 의사소통이 잘 안 되고 있는 가운데 할머니는 웃고 화자는 그 웃음의 뜻이 궁금하다. 궁금하다 못해 울고 싶다. 언어와 문화적 차이에서 오는 이질감을 다룬 시는 앞으로 더욱 많이 발표될 것이다.

캄보디아 출신 트리닝 수아는 「아토피성 있는 딸」과 「내 아가」에서 자식에 대한 사랑과 연민의 정을 잘 표현했다. 그런데 9편의 시 중에서 주목할 만한 시는 다른 유의 작품이다.

> 나는 한국어가 좋다
> 왜냐하면
> 공부할수록 알 것이 많다
> 한국어는
> 입으로 말하고 글로 쓰면
> 내 마음속 생각이 그대로 나타나서
> 알리기 쉽기 때문이다
> —「나는 한국어가 좋다」 전문

한국어 공부의 재미를 느끼게 된 주부 트리닝은 왜 한국어를 공부하는 것이 좋은지, 지식 습득과 의사 표현의 측면에서 말하고 있다. 이들 주부들에게 한국은 부정의 대상, 불법의 땅이 아니다. 아이를 낳고 키우고, 가족의 일원으로 가사노동을 하는 삶의 터전이다. 하지만 머나먼 고국을 하염없이 그리워하는 점에 있어서는 예외가 없다. 중국에서 온 허은경도 고국의 산천에 대한 그리움에 있어서는 다른 이들에 조금도 뒤지지 않는다. 하늘의 새를 보면 "국경의 경계선 없이 날아가는 너/ 내 고향 소식 좀 전해다오" 하면서 향수에 젖고 만다. "뼈를 깎는 듯한 출산의 고통은 어디로 갔을까/ 엄마와 아기의 마음이/ 모든 사람에게 있다면/ 행복해질 수 있을 것이다"(「엄마와 아가」)가 지향하는 세계도 다른 이들과 크게 다를 바 없다. 눈길을 끌어당기는 것은 또 다른 유의 작품이다.

커피 한 잔에 아낙네들의 수다가
한판이다
순이네 집에는 땅값이 올라 부자가 되었다네
영자네 집에는 복권 당첨이라네

꿈에도 그리는 부자 되기
돈에 울고 웃는 사람들
그렇지만
가족을 위하여 열심히 뛰는 당신이야말로
세상에서 가장 풍요로운
부자인 것을

―「부자」전문

동네 아낙네들의 수다가 한판이지만 중국에서 시집 온 허은경은 남편 자랑이 한창이다. 이웃집 순이네는 땅값이 올라 부자가 되었다고 하고 영자네는 복권이 당첨되었다고 하는데 화자는 그런 것들이 부럽지 않다. 참된 부자는 화자의 남편이다. "가족을 위하여 열심히 뛰는 당신이야말로/ 세상에서 가장 풍요로운/ 부자"이기 때문이다. 남편에 대한 신뢰감이 한 편의 시를 쓰게 했다.

이상 6명의 여성은 결혼이민자인데 시만을 갖고 본다면 한국에서의 삶에 아주 많이 적응하였고, 아이를 하나 내지 둘 낳고 비교적 행복하게 살아가고 있음을 시를 통해 짐작할 수 있다. 물론 공동 시집이

제2회 다문화 외국인 시낭송회에서 자작시 「나의 아버지」를 읽는 베트남인 등터융

라는 제한된 지면에 시를 발표하다 보니 현실긍정적인 측면이 부각된 것이라고 할 수 있겠지만 이민자 중에는 한국 생활에 잘 적응하여 살아가고 있는 이들도 적지 않음을 이런 시를 통해서 짐작해볼 수 있다.

이주노동자와 결혼이민자가 한글로 시를 발표하기 시작한 지는 이제 겨우 7년 정도밖에 되지 않았다. 이들 작품의 수준은 아직 걸음마 단계이다. 낱말 구사도 극히 제한적이고 비유법 같은 기교의 동원은 아직 요원해 보인다. 소재와 주제도 지극히 한정적이다. 하지만 5년 뒤, 10년 뒤에도 계속 이 수준에 머물러 있지 않을 것이다. 시를 보는 안목이 넓어지면서 시를 쓰는 실력도 분명히 늘 것이다. 소재는 다양해지고 주제는 보편성을 띨 것이다. 한국 체류의 기간이 늘면 늘수록 한국어 실력이 늘 터인데, 특히 결혼이민자는 많은 경우 자녀 교육을 위해서 한국어 학습에 스스로 열과 성을 다하고 있다. 앞으로 이들이 한국문학의 한 축을 담당하지 말라는 법이 없다. 이주노동자와 결혼이민자의 시가 일정한 수준에 이른다면 우리 문학으로서도 원군을 얻는 셈이 된다. 그들의 문학적 역량 향상에 우리는 힘찬 박수를 보내야 할 것이다.

미얀마 문학의 과거와 현재

－미얀마[1] 작가 초청 국제문학 심포지엄 참관기

2008 만해축전의 일환으로

2008 만해축전 행사가 8월 11일부터 14일까지 나흘 동안 강원도 백담사 인근 만해마을에서 있었다. 이미 6월 14일과 15일에 시조문학 심포지엄(1)이, 7월 8일에 종교자유정책 심포지엄이 만해축전의 일환으로 행해졌으므로 만해축전은 3개월에 걸쳐 진행된 것이었고, 하이라이트가 8월 12일에 있은 입재식과 만해대상 시상식이었다.

마침 2008년도는 건국 60주년, 현대시 100주년, 만해축전 10년째가 되는 뜻 깊은 해이다. 만해축전 본 행사가 행해진 8월 중순은 중국 베이징에서 올림픽이 한창 진행되고 있던 때로서 연일 대한민국 선수들의 승전보가 전해지고 있었다. 축전의 일환으로 창작21작가회에서는 국제

---

1) 원래의 국가명은 '버마'이다. 1989년 집권 군사정권이 국가명을 '미얀마'로 바꿨다.

문학 심포지엄을 주관하게 되었는데 심포지엄의 주제는 '미얀마 불교 사상과 문학의 전통과 현대'였다.

창작21작가회 대표 문창길 시인은 미얀마를 2월과 7월에 두 차례 방문하여 대사관 관계자와 교민작가 김모 씨의 도움을 받아 현지 문학인들과 만남의 시간을 가진 뒤 3명의 작가를 초청했다. 이 글은 8월 13일 오후에 있은 미얀마 작가 초청 국제문학 심포지엄의 내용을 정리한 것이다.

미얀마와 한국과의 관계

미얀마는 우리나라와는 가깝고도 먼 나라이다. 1961년에 영사관계를 수립했으며 1975년에 정식으로 수교하여 상주대사관을 설치했다. 국교 수교가 쉽게 이루어진 것은 두 나라 다 군인 출신의 정치가가 통치하는 '군사정권'이라는 공통분모를 갖고 있었기 때문이다. 무역협정과 항공협정을 체결하는 등 양국의 관계가 꽤 우호적으로 전개되던 중 큰 사건이 하나 일어나게 된다. 1983년의 '미얀마 아웅 산 묘역 폭파 사건'이 그것이다.

전두환 대통령이 아시아 순방 중 미얀마에 들렀을 때 일어난 일이었다. 미얀마가 자랑하는 독립의 영웅 아웅 산 장군의 묘역에 들러 참배하던 중 폭탄테러사건이 일어나 부총리·외무부장관·동력자원부장관·비서실장·대통령 경제수석 등 17명이 순직하고 15명이 중경상을 입게 된다. 미얀마인도 4명이 죽었다.

이 사건은 북한 정찰국 소행으로 미얀마 정부는 특별재판부를 열어 테러범들을 엄벌에 처했다. 북조선 국적의 범인 3명 가운데 신기철을 사건 난 해에, 진모씨를 이듬해에 사형시켰다. 무기징역에 처한 강민철은 미얀마에서 복역하던 중 2008년 5월 18일 53세를 일기로 중증의 간

질환으로 사망했다. 사건 직후 미얀마는 북조선과는 국교를 중단했다.

아웅 산은 미얀마가 영국으로부터 독립하는 과정에서 큰 공을 세운 독립전쟁의 영웅인데 1947년에 정적의 손에 암살당했다. 우리들의 귓가에 자주 들려오는 아웅 산 수지 여사는 아웅 산 장군의 딸이다.

수치 여사는 1988년 반정부 시위대를 향해 무차별 총결을 가한 군부에 맞서 야당을 결성, 국회의원 선거에 나가 의석 81%를 차지했다. 하지만 군부는 야당을 불법단체로 규정하고는 당원들을 무더기 체포하고 군사정권을 이어갔다. 수지 여사는 1991년에 노벨평화상을 수상했는데 미얀마 군사정권은 전 세계의 비난에도 불구하고 수지 여사를 장기 감금상태로 두면서 바깥 세계와 소통을 철저하게 금하였다. 1989년 7월부터 감금상태에 들어가 장장 15년을 가족과도 만나지 못하며 감금되어 있었다. 2012년 4월 보궐선거에서 하원의원에 당선되어 국회에 입성했다는 외신이 전해진 바 있다.

우리도 4·19혁명이 종식시킨 이승만 정권의 부정부패, 5·16쿠데타로 집권한 박정희 정권의 유신통치, 5·18광주민주화운동을 무력으로 진압하고서 집권의 명분을 공고히 한 5, 6공화국 군사정권의 민주탄압을 뼈저리게 경험한 바 있다. 아직도 이 땅에 민주주의가 제대로 정착되지 않았다는 사례를 수도 없이 보게 되는데, 그런 점에서 미얀마의 현실과 일맥상통하는 점이 있다고 생각된다.

미얀마는 원래 왕국이었다. 1824~1855년에 걸쳐 전개된 세 차례의 미얀마·영국 전쟁을 통해 영국의 식민지가 되었다가 제2차 세계대전 동안에는 일본의 식민지가 되었다. 전쟁이 끝나고서 1948년부터 다시 영연방이 아닌 식민지로 환원되는데, 독립운동을 거쳐 공화국을 세우게 된다. 최근까지도 외부세계와 단절한 채 살아가고 있었지만 우리와는 그런대로 사이가 좋은 편이었다. 1983년의 아웅 산 묘역 폭탄테러사건 덕분인지도 모른다.

대한민국과 미얀마의 정식 수교 37년째이고 일제 강점기 경험도 공유하고 있으며 오랜 세월 군사독재에 시달린 경험도 공유하고 있다. 하지만 문학인들끼리의 교류는 거의 전무하였다.

동남아 여러 나라 중 베트남은 한국의 베트남전 참전 덕분인지 활발한 교류가 이루어지고 있고, 베트남 문학작품도 상당수 번역되어 있다. 구엔 반 봉의 『사이공의 흰옷』, 응웬반봉의 『하얀 아오자이』, 바오닌의 『전쟁의 슬픔』이 번역되어 있고, 최근에도 응웬옥뜨의 『끝없는 벌판』 같은 작품이 번역되기도 했다. 인도네시아의 대표적인 작가 목타르 루비스의 『자카르타의 황혼』은 이미 1977년에, 프라무디아 아난따또르의 『조국이여 조국이여』는 1986년에 번역된 바 있다. 타이완의 작가 황춘명의 소설집 『사요나라, 짜이젠』은 우리나라에서 꽤 많이 읽혔다. 그런데 지금까지 미얀마 작가들의 소설과 그곳 시인들의 시는 번역된 바가 없는 것 같다.

미얀마에서는 2007년 11월에 반정부 시위가 일어나 많은 사람이 죽었다. 일본인 기자가 총탄에 맞아 사망함으로써 국제사회로부터 많은 비난을 받았지만 당국은 오불관언으로 일관했다. 게다가 사이클론 피해가 심해 10만 명 이상의 사망자가 나왔음에도 국제 구조대원들의 손길을 거부해(나중에 제한적으로 입국을 허용했다) 군사정권의 악명을 세계에 널리 알렸다.

세 사람의 초청 작가

심포지엄의 통역을 맡은 이는 비구니인 범라 스님으로, 한국마하시 선원의 고문이며 동두천 생연암의 주지로 있다. 미얀마에 1989년 1년 동안 가 있었고, 그 후 1993년부터 2002년까지 10년 동안 미얀마에 머물면서 수도를 했다. 미얀마의 불교경전을 한글로 번역하기도 했다. 미얀마어만 잘 구사하는 것이 아니라 오래 체류한 덕에 그곳 사회의 실상을 잘 알고 있어 택하게 된 통역자인 모양이다. 범라 스님이 자세히 설명해준 세 분 작가의 이력이다.

치 우 뇨(남) : 대학에서 철학을 전공했는데 역사학과 불교교양 문학에 대한 학위도 있다. 소설을 60편 쓴 소설가로 시나리오와 연극 대본도 다수 있다. 지금은 양곤문화대학 희곡과 고문으로 있다.

미야 니홍 뇨(여) : 소설가이면서 의사이다. 장편 25편, 단편 200편을 발표했다. 직업이 의사인지라 의학 관련 소설을 많이 쓰고 있다.

윈 윈 민트(여) : 단편 200편, 시 50편 이상을 발표한 시인 겸 소설가이다. 동화도 쓰고 있다. 미국과 일본 등으로 많은 작품이 번역되어 있다. 외국인들에게 미얀마어를 가르치는 강사로도 활동하고 있다.

이기형 시인 등 문단 원로의 축사

축사를 해준 이는 창작21작가회 고문 이기형 시인이었다. 만해마을에서 열리는 행사라서 그런지 이런 말씀을 하셨다.

"저는 1938년 가을에 만해 선생을 성북동 자택으로 찾아뵌 적이 있습니다. 그때는 자택을 심우장이라 부르지 않았습니다. 그보다 앞서 몽양 여운형 선생을 만나 조선 독립 이야기를 들었고 뒤이어 선생을 만났습니다. 선생은 '조선의 청년 학생은 우리 역사를 알아야 한다'고 역설하였습니다. 다음에는 이광수를 만나 내선일체를 따졌습니다. 그때로부터 70년이 지났습니다. (…) 오늘 우리들은 어떻게 해야 할까요? 분단 종식, 통일 완성의 글을 피눈물로 써야 하지 않을까요?"

이와 같이 한용운과 이광수를 직접 만나보았을 때의 일화를 들려준 이기형 시인은 1917년 함경남도 함주 태생이다. 약력을 살펴보니 12세 때 야학을 통해 독립운동에 눈을 떴고, 한설야·여운형·임화·이기영 등을 만나 조선 독립과 문학의 역할에 대해 모색했다. 1938년 함흥고보를 졸업했으며, 1942년 도쿄 일본대학 예술부 창작과에서 2년간 수학했다. 1943년부터 1945년까지 지하협동단사건, 학병거부사건 등 지하 항일투쟁 관련 혐의로 수차례 피검되어 1년여 동안 복역했고, 1945년부터 1947년까지 <동신일보>와 <중외신보> 정치부·사회부 기자로 일하면서 김구 선생을 비롯한 임정 요인과 이승만·박헌영·김삼룡·이주하 등도 만났다. 한국 현대사의 산 증인이라고 할 수 있는 이기형 시인은 올해 92세이다. 높은 연세에도 불구하고 목소리가 시종일관 카랑카랑했고, 청중은 모두 숙연한 얼굴로 노익장의 불호령 같은 축사를 들었다.

그 다음으로 축사를 해준 분은 한국문인협회 김년균 이사장이었다.

미얀마 작가 초청 국제 문학 심포지엄에서 축사를 하는 김년균 문협회장. 앉은 이는 좌로부터 이승하·치 우 뇨·미야 니홍 뇨·윈 윈 민트

"저희 문협에서는 200명의 회원이 엊그제 민통선 안 통일촌에서 문학작품에 나타난 평화를 주제로 세미나를 가졌습니다. 어제는 1군 사령부 영내에서 현역 사병들과 함께 시낭송과 사물놀이 공연, 백일장 시상식 등 문학 행사도 다채롭게 가졌습니다. 미얀마에서 온 작가분들을 보니 작년에 왔던 팔레스타인 시인이 기자회견 자리에서 한 말이 생각납니다. 문학이란 어둠 속에서 빛을 캐내는 작업이라고 했었지요. 빛을 만드는 것이 문인이고 바로 그 빛이 작품이라고 한 말도 기억납니다. 그런 좋은 문학적 대화가 이 자리에서 이뤄지기를 바랍니다."

토론자 박정애 교수와 치 우 뇨와의 대화

첫 번째 기조 발제는 치 우 뇨의 '소설과 소설가'였다. 발제문은 소설의 구성 요소 일곱 가지에 대한 짧은 설명과 소설의 주제에 대한 간단한 논의, 그리고 한 편의 소설로 이루어져 있었다. 문학심포지엄의 방향과 걸맞지 않은 색다른 발제문인데 강원대 스토리텔링학과 박정애 교수가 토론문을 잘 작성했다. 소설·청소년소설·동화·비평·에세이·번역 등 전방위적으로 활동 중인 박 교수는 일단 치 우 뇨 씨의 소설 일부를 다음과 같이 인용하면서 질문을 했다.

겨울은 소설이 되기 전에 그 자신의 철학을 갖고 있다. 소설가는 자신의 철학으로 겨울이라는 '왕국'을 이해한다. 그가 겨울을 바라보고 이해하는 방식으로 말이다. 철학이란 무엇인가? 소설가가 '왕국'을 바라보는 방식이다. 이것은 매우 미묘하고 어려운 문제이다.

이상 소설 속 문장을 제시한 뒤, '겨울'은 사계절 중 가장 추운 계절이므로 작가가 쓴 '겨울'도 한국어의 의미 맥락에서처럼 '엄혹한 시대'를 상징하는가를 물었다.

대답은 전혀 엉뚱한 것이었다. 미얀마에서는 '작가의 날'이란 것이 겨울에 있어 그렇게 썼다고 했다. 양성우의 시 「겨울 공화국」을 염두에 두고서 한 이 질문에 대한 답은 그야말로 동문서답이었던 것. 치 우 뇨는 미얀마의 정치적 상황에 대한 질문임을 눈치 채고는 이런 식으로 넘어가려고 한 것이 아니었을까. 아닌 게 아니라 전날 저녁 간담회에서 범라 스님은 미얀마의 정치적인 상황에 대한 답변을 요하는 질문이 나와서는 절대로 안 된다고 사회자인 나에게 신신당부를 했다. 이것이 3명 작가의 뜻인지, 미얀마 당국의 뜻인지는 알 수 없는 노릇. 범라 스님 자신이 이 문제를 터부시하고 있었는데 성직자여서 그런 것일 수도 있겠지만 통역자 본연의 일보다는 세 작가의 안전을 위해 더 많은 역할을 하고 있다는 강한 의지를 시종 보여주었다.

박 교수는 다소 당황해하며 다음 질문을 했다. 소설의 1인창 화자가 누구인지 정확히 이해하지 못했는데 밤새 잠들지 않는 화자인 '나'는 마헤인다 박사의 새로운 논문 자체인지 아니면 논문 원고를 고정시키고 있는 클립들인지를 물었다. 또한 겨울 왕국을 극복하는 방법에는 유쾌한 노래, 기쁨에 찬 춤, 욕망을 잠재우는 지혜 등이 있다고 본 것 같다면서 자세한 설명을 부탁드렸다.

작가는 소설의 1인창 화자가 자기 자신을 지칭하는 것이라고 답했다. 소설에 나오는 '로카나트'에 대한 질문에 대해서는 세상을 보호해주는 천신이라는 답변. 결국 박정애 교수가 애써 한 질문에 대한 미얀마 작가의 답변에서 건질 수 있었던 것은 한마디도 없었던 셈. 두 나라의 문화적 차이와 정치적 상황의 차이를 절감케 하는 시간이었다.

토론자 박찬두 시인과 미야 니홍 뇨와의 대화

미야 니홍 뇨의 발제문은 미얀마의 문학적 현실과 미얀마 작가들의 참여의식인데 내용은 이 제목과 무관하게 6세기 몬 왕국부터 시작되는 미얀마의 문학사였다. 토론자는 중앙승가대 외래교수인 박찬두 시인이었다.

　박찬두 시인은 미얀마의 문학작품을 읽어본 것이 없음을 아쉽게 생각하고 있다고 밝힌 뒤 몸 왕국 시기 → 바간 왕조 시기 → 고전문학 → 식민문학 → 식민지 후의 문학 → 독립 이후 문학 → 현대문학으로 이어지는 발표문의 시기 구분을 언급한 뒤 식민지 시대의 작가 중 킨 코도 호민이 우리나라의 만해와 마찬가지로 사회참여의식이 짙은 작품을 썼다고 했으므로 두 사람의 참여의식 양상을 비교해주기를, 나아가 킨 코도 호민의 작품 세계에 대해서도 말해줄 것을 부탁했다.

　이 질문도 미얀마어로 제대로 전달이 되지 못한 듯했다. 미야 니홍 뇨의 대답은 이랬다. 미얀마에서는 대다수 사람들의 생활과 생각의 밑바탕이 불교이고 부처님이다. 부처님의 수행록인 바라밀 10가지 이야기 중에서 6개를 번역해놓기도 했는데 미얀마에서 나오는 작품은 거의 다 부처의 가르침, 즉 인과응보와 선업선과란 주제가 밑바탕에 깔려 있다고 보면 된다. 16세기에 불교문학이 특히 성했다고 답변을 했다. 여기에 대해서는 발제문의 일부를 인용해놓는 것이 좋겠다.

　　　승려들 역시 미얀마 문학의 발전에 영향을 주었다. 신 아가탐 마디는 자카타 설화를 운문으로 고쳤으며, 이 시기에 신 마하 틸라운타(1453~1520)는 불교의 역사에 대한 연대기를 서술하였다. 그와 동시대 인물이었던 신 오마타 교는 유명한 서사시 「톨라」를 썼으며, 계절, 숲, 방랑의 아름다움을 예찬하였다.

　18세기에 태국을 두 번째로 정복한 이후 많은 전쟁문학이 미얀마 궁정에 소개되었다고 한다. 산스크리트어로 된 인도의 대서사시 「라마야나」가 소개된 것도 이 시기였다. 박찬두 시인은 미지의 세계였던 미얀마의 문학에 대해 개략적으로나마 접할 수 있는 기회를 갖게 된 것에 대해 감사의 뜻을 표한다면서 토론을 끝마쳤다.

토론자 엄경희 교수와 윈 윈 민트와의 대화

윈 윈 민트의 발제문 역시 미얀마의 문학사이다. 하지만 미야 니홍 뇨의 글이 통론이라면 이분의 글은 각론이라고 할까, 미얀마인들의 특성, 미얀마의 언어, 글쓰기 시스템 및 문법, 문학과 민족적 정체성, 문학적 장면, 현재의 미얀마 운문, 현재의 출판계 상황 등 미얀마의 문학적 현실을 보다 상세하게 알 수 있는 글이다.

문학평론가인 숭실대 국문학과 엄경희 교수는 한국에서 요즘 동아시아 문학과 문화에 대한 연구가 활발하게 진행되고 있음을 환기시키면서 토론을 시작했다. 이는 서구 제국주의에 의해 담론화되었던 오리엔탈리즘으로부터 동아시아를 분리해냄으로써 우리의 동질성과 정체성을 보다 객관적으로 탐구하고자 하는 노력의 일환으로 판단되는데, 이런 상황에서 미얀마의 문학에 대해 알게 되어 기쁘다고 했다.

엄경희 교수의 질문은 이랬다. "한국과 미얀마는 식민지 지배하에 있다가 해방된 나라이다. 미얀마는 영국과 일본에게 국권을 빼앗긴 적이 있었으므로 민족주의문학 경향이 강한 듯한데 미얀마는 식민지 시대를 어떻게 기억하고 있는가?"

윈 윈 민트의 답변은 이러했다. 일본의 식민지 지배는 4년밖에 되지 않았고, 그렇게까지 큰 어려움은 없었다. 그 이전 영국 식민지 때도 그랬었고 일제 강점기 시대에도 지하문학이 성행하였다. 국민들로 하여금 독립의 의지를 다지게 하고 민족의식을 고취시키는 문학이 적지 않게 씌어졌다.

엄경희 교수의 다음 질문은 미얀마의 문학적 뿌리가 궁정문학이라고 발제문에 적혀 있는데 궁정문학의 양식적 특성이 현대문학과 비교할 때 어떤 차이를 가지며, 현시점에서 어떤 의의를 가질 수 있는지 설명을 부탁했다. 이 질문도 통역자가 제대로 이해하지 못했는지 전달이 제대로 안 된 듯했다. 그래서 신통한 답변이 나오지 못했다. 발제문의 일부를 인용한다.

> 미얀마 문학사의 새로운 전기는 1752년, 북부 미얀에 콘 바웅 왕조가 들어서면서 시작된다. 옛 형식이 여전히 잔존하긴 했지만 드라마와 시가를 중심으로 다양한 문학적 혁신이 일어났다. 더 자유로운 운율과 패턴과 더 길어진 구절 등이 그 특색이었으며, 태국에서 유입된 서사시 「라마야나」 같은 비불교적 소재들이 자주 사용되었다. 문학 활동은 여전히 궁정 중심으로 전개되었지만 오락 및 계몽을 위한 작품들도 씌어지기 시작했다.

윈 윈 민트는 제대로 답변을 해주지 못한 데 대한 미안한 마음을 억누를 수 없었던지 자작시 한 편을 낭송했다. 코끼리 인형을 갖고 율동까지 해가며 시를 읊었고 통역을 통해서 듣기도 했지만 시의 내용에 대한 이해는 쉽지 않았다.

종합토론에서 나온 이야기들

제2부 종합토론은 동원대 교수로 있는 고명수 시인이 맡아서 진행하였다. 우선 토론을 해준 세 분에게 발제문이나 토론문과 상관없이 한 가지씩의 질문을 더 해줄 것을 부탁했다.

박정애 교수는 외국의 문학인들 가운데 누구의 작품을 좋아하는가, 또 어떤 작가를 존경하는가를 물었다. 치 우 뇨와 윈 윈 민트는 인도의 시인 타고르를 들었고 미야 니홍 뇨는 마가렛 미첼의 『바람과 함께 사라지다』를 말했다. 왜 좋은가에 대한 설명은 이어지지 않았다.

박찬두 교수는 미얀마에서의 세 작가의 상호 교류에 대해 물었다. 자주 만나고 있는지, 작가들 상호간 교류가 활발한지. 워낙 폐쇄적인 사회라서 이런 질문이 나왔을 터인데, 이들의 답변은 작가들 간의 교류는 비교적 자유롭고 활발히 이뤄지고 있다고 했다. 한국 방문이 어떻게 이뤄졌냐는 질문에는 한국대사관 쪽의 연락을 받고 문창길 주간과 만날 수 있었다고 했다. 다시 말해 이들은 반체제작가가 아닌, 관에서 인정해준 작가인 것이다.

식민지 치하에서의 문학에 대한 질문이 다시 나왔다. 영국과 일본이 지배하던 시절, 지하에서 출간한 작품들은 독립과 자유에 대한 비유적인 표현을 한 것일지라도 당국의 눈에 뜨이면 압수가 되곤 했다니 식민지 지배 국가의 검열은 이 땅에서만 행해진 것이 아니었다. 하지만 책 출간의 권수가 19세기 때까지는 많지 않았고, 1915년부터 책들의 활발히 출간되기 시작했다고 한다.

대한민국의 문학작품을 읽은 것이 있는지, 작품을 통해 알게 된 작가가 있느냐는 질문에 대한 답변은 단호했다. 미얀마어로 번역된 한국문학 작품은 없다. 그래서 전혀 알지 못한다.

어떤 언어를 쓰고 있는지, 미얀마의 언어에 대한 질문도 나왔다. 127개 부족이 살고 있는 미얀마는 말도 다르고 풍습도 다르다고 한다. 하지만 언어의 기원은 모두 지나 티베트어족이고 각기 일정한 수준의 언어학적 동일성을 공유하고 있다고 한다. 바간 왕조에서부터 미얀마어가 정치·사회·문화 발전의 수단이 되면서 미얀마어는 나라 전체에 걸쳐 일상적 담화의 매체가 되었다. 즉 미얀마어가 표준어이며, 수많은 지방어가 있는 셈이다.

바간 왕조 때 왕 국가의 종교로 상좌부 불교를 수용했으며, 실론으로부터 많은 팔리어 문헌을 입수했다. 인도의 원시불교가 미얀마에 전해진 미얀마는 불교국가가 되었는데 영국의 침략으로 기독교 문화가 이식되었다. 많은 부족들이 기독교도가 되었고, 몇몇 부족은 가톨릭을 몇몇 부족은 침례교를 받아들였다. 영국의 식민지 기간이 길어 영어가 많이 침투되어 있지만 일본의 식민지 기간은 짧아 일본어의 영향은 그리 많이 받지 않았다고 한다. 이것은 책을 통해 얻은 지식이다. 4년 동안의 짧은 지배 기간이었지만 태평양전쟁이 한창일 때라 일본의 공출이 극도로 심했다. 수확되는 쌀과 콩 대부분이 공출되어 많은 사람이 굶어죽었다고 한다.

그 다음 질문은 미얀마의 베스트셀러에 대한 것이었다. 어떤 책이 독자들의 인기를 끌고 있는가, 몇 권 정도가 팔리면 베스트셀러라고 하는가. 대답이 재미있었다. 미얀마에서는 귀신 이야기가 제일 인기를 끌고 있는데 10만 권은 너끈히 팔린다고 한다. 그 다음 많이 팔리는 책이 러브스토리들. 그 다음 인기를 끄는 소설이 역사물인데 내용의 깊이가 있는 높은 수준의 책이며 자기네들이 쓰는 소설이 바로 이런 부류라고 했다.

그 다음 질문은 '미얀마에서의 작가의 사회적 지위가 어느 정도인가'였다. 미얀마에서는 예술가를 작가와 영화배우, 연극인, 무희로 나눌 수 있는데 작가가 가장 많은 존경을 받고 있다. 하지만 영화배우가 가장 큰 인기를 누리고 있는 것은 사실이다(연극인에 화가, 작곡가 등이, 무희에 가수 등이 포함되어 있는 듯했다). 한국의 TV 드라마는 너무나 인기가 있어 재방송, 세 번째 방송을 한다고.

처음에 답변을 한 '작가의 날'(Sarsodaw day)에 대한 설명이 이어졌다. 나라 전체가 이날을 대대적으로 기념하는데, 70세 이상의 원로작가에게 선물을 드리면서 공로를 치하하고 각종 행사를 하는 문단의 큰 축제라고 설명했다. 이날은 국가문학상과 14개 문학 장르에 대한 최고상 시상식이 거행된다고 한다. 그런데 이 행사의 주체가 '관'인지 '민'인지가 궁금했지만 질문은 나오지 않았다.

우리나라와 비슷한 등단제도가 있는지를 묻는 질문이 나왔다. 우리나라는 신문사에서 공모하는 신춘문예와 문예지에서 운영하는 신인상 제도가 있는데 미얀마는 어떤지? 신춘문예는 없고, 문예지나 문학단체에서 상금을 내걸고 공모하는 신인상 제도가 여러 개 있는데 상금의 고하에 따라 수준이 결정된다고 한다. 상금은 꽤 높은 편이라고.

오늘날 미얀마에서는 매달 40가지의 문학잡지가 발간되고 있고 정기 간행 잡지에는 어김없이 시가 발표되고 있다. 이 시들은 사랑, 민족주의, 애국애족사상, 인생과 휴머니즘을 노래하고 있다. 현재 미얀마에서는 2,000명 남짓 되는 시인이 있는데 절반 정도는 정기적으로 작품 발표를 하고 있다고 한다. 근대문학의 대표적인 세 작가는 자카타 설화집을 산문으로 고친 승려작가 우 오바타, 고전적인 시가를 창작한 수상 우 사, 당대의 정치적 사상을 문학적으로 향상화한 수상 요민 기가 있다고 한다.

미얀마에서 온 세 작가는 심포지엄이 끝난 뒤 참석자들에게 작은 인형과 부엌에서 쓰는 수건 등을 선물했다. 물론 주최측에서도 민속화를 그린 예쁜 액자를 선물했다. 이어 함께 사진을 찍으며 따뜻한 친교의 시간을 가졌다.

만해축전의 일환으로 이루어진 미얀마 작가 초청 국제문학심포지엄은 역사적인 사건이라고 할 수 있다. 양국 간 문인들의 첫 대면 첫 대화가 아닌가 싶다. 미얀마의 문학이건 한국문학이건 문학에 관한 한 문외한인 스님이 통역자로 나서 의사소통이 제대로 되지 못한 것이 아쉽기는 했지만 미얀마의 문화와 문학을 이 기회에 조금이나마 알게 되었기에 이번 심포지엄은 양국 간의 거리를 좁히는 계기가 되었을 것이다. 일행은 저녁 공양을 든 뒤에 서울로 가는 버스에 몸을 실었다.

II.

재미 시인과
소설가를 찾아서

재미 시인 마종기에 대해 쓴 두 편의 글

시집 『새들의 꿈에서는 나무 냄새가 난다』를 읽고

우리는 모두 죽는다. 생명공학이 제아무리 발달한다 해도 사람이 임종을 거부할 수는 없을 것이다. 태어난다는 것이 곧 죽음을 예비하는 것인데 신이 아닌 이상 어떻게 죽음을 뿌리친단 말인가. 냉동인간이니 사이보그니 하는 것도 영원한 삶과는 차원이 다르다. 우리는 지금 살아 있으나 때가 되면 육신은 다 땅의 일부가 된다. 길을 가는 젊은 여인의 아름다운 종아리를 볼 때, 나는 울고 싶어진다. 내가 죽고 없을 때, 저 여인도 많이 늙어 있거나 죽어버렸을 것이다. 내가 내일 죽는다면 저 여인은 모레 죽을 것이다. 죽음을 생각하면 허망함을 느끼게 되지만 예술은, 특히 문학은 죽음을 뛰어넘는다. 주검이 이 세상에 만재해 있기에 살맛이 난다. 얼마나 많은 인간의 죽음이, 아니 생명체의 생로병사가 노래되어

왔던가. 그래서 사이버 시대인 지금도 문학은 여전히 생명력을 지니고 있는 것인지 모르겠다. 문학의 영향력이 미약해지긴 했지만 더욱 진지하게 영원에 대한 꿈을 키우고, 존재의 신비를 파헤치고, 생명의 의의를 탐색하고 있다.

마종기는 예전에 낸 시집의 톤을 그대로 유지하고 있다. 그의 시는 길이에 있어서나, 사물을 표현하는 방법에 있어서나, 주제의식에 있어서나, 파괴적이거나 모난 데가 없어 안정적이었다. 젊은 날, 『평균율』이라는 제목으로 공동 시집을 냈던 황동규와 김영태가 변화무

마종기 시인

쌍한 시 세계를 보여주었던 데 반해 마종기의 세계는 한결같았다고 해도 크게 틀린 말이 아닐 것이다. 그러나 36년이나 고국을 떠나 산 이의 애환과 고국에 대한 그리움, 인생의 황혼기에 접어든 자의 서글픔, 늙음과 죽음에 대한 명상이 이전 시집에서보다 더욱 짙게, 쓸쓸히 배어 있어 주목하지 않을 수 없다.

> 일시 귀국을 마치고 돌아온 첫날 밤,
> 지구 반 바퀴의 시차 때문이었겠지만
> 새벽 세시에 잠이 깨었다.
> 밖에는 빗소리 부산하게 들리고
> 다시 잠들지 못하는 몇 시간,
> 밤이 어둡고 무겁게 나를 짓눌렀다.
> 내일 당장 돌아가서 살고 싶다는,
> 이제는 그만 끝내고 싶다는
> 늙어가는 내 희망을 짓눌렀다.
>
> ―「첫날 밤」 제1연

시인은 새 시집을 내는 소회를 자서에서 이렇게 말하였다. "만 36년 간의 미국 의사 생활을 끝내면서 몇 해 이른 은퇴를 하였다."고. 지난 36년간 시인의 고국행은 언제나 일시 귀국이었다. 미국으로 되돌아간 날이면 그날 당장 고국으로 돌아가 살고 싶었지만 의무는 발목을 잡고 놓아주지 않았다. "이악스런 핑계의 식솔"(「목화밭에서」)에 대한 의무, 의사로서의 의무, 미국 시민으로서의 의무. 시인은 그 모든 의무를 팽개치고 영구 귀국을 꿈꾸며, "이제는 그만 끝내고 싶다"고 고백한다. 끝내고 싶은 것은 미국에서의 생활이다. 고국에 오니 "여든을 훨씬 넘기신" 어머니가 "먼 데 눈길 보내시며/ 환갑 넘은 아들의 손을 쓸어주신다"(「저녁 풍경화」). 바로 이런 것이 시인을 자책하게 하고 자학하게 한다.

> 떠나지 말았어야 했나,
> 정말 참고 견뎌냈어야 했나,
> 매질과 욕질에 질리지 말고
> 그냥 당하고 삼켜버렸어야 했나.
> 실망과 모멸감과 억울함보다
> 나라와 친구가 중하다는 것을
> 내가 그때 정말로 몰랐던 것일까.
>
> ―「저녁 풍경화」 부분

자기 감정에 너무 충실한 나머지 감춤의 미학을 망각해버린 단점은 있지만 시인의 육성이 오롯이 담겨 있고, 그래서 절실하게 와 닿는다. 조국을 떠나지 않았더라면 실망과 모멸감과 억울함을 느끼며 이 땅에서 살아갔겠지만 그간의 자초지종이야 어떠했던지 간에 참으로 중요한 나라와 친구를 버렸으니 나는 그때 정말 생각을 잘못한 것이었다. 자책과 자학이 담긴 말은 시집 여기저기서 종종 볼 수 있다. 향수병은 이런 시도 쓰게 한다.

지난 가을, 나흘 동안 일시 귀국을 했습니다.
산소에도 못 가고 햇살 넓은 금요일 아침,
40년 만에 정문으로 창경궁에 들어갔었습니다.
입장권 7백 원, 오랜만에 혼자서 걸었습니다.
가슴 메게 아버님, 당신이 보고 싶었습니다.
                              —「창경궁 편지」 앞부분

온천장 금정사 밑 우리 외할머니,
마당 끝 치자나무 드문 흰 꽃 옆에
노방 깨끼저고리 맵시 있게 입으시고
낮은 사투리로 나를 찾으시던
외할머니 그 은근한 손짓이 매해
내 어린 여름방학을 치장해주셨네.
                              —「외할머니」 앞부분

　앞의 시는 돌아가신 아버님에 대한 그리운 마음을, 뒤의 시는 돌아가
신 외할머니에 대한 애틋한 정을 담아서 쓴 시다. 이런 시에서는 시적인
형상화, 즉 은유화니 상징화니 낯설게 하기니 하는 '기교'가 배제되고
있다. 그저 내 어린 날의 추억 속에 담겨 있는 두 분을 보고 싶어하는 마
음을 그렸을 뿐이다. 세월이 흘러 60대 중반에 이르는 동안 마종기 시인
에게서 모더니즘의 색채는 이렇게 지워지고 없다. 그의 시는 이렇듯 별
긴장감을 안 주는 대신 탄탄한 짜임새를 갖고 있다. 시인은 자신의 연륜
을 의식하고서 종종 죽음에 대한 상념에 잠기기도 한다.

피붙이의 황량한 묘지 앞에 서면
생시의 모습이 춥고 애잔해서
눈 오시는 날에도 가슴 미어지는구나.
살고 죽는 것이 날아가는 눈 같아
우리가 서로 섞여서 어디로 간다지만

그 어려운 계산이 모두 적멸에 빠져
오늘은 긴 눈발 속에 아무도 보이지 않네.
─「겨울 묘지」 제1, 2연

피붙이는 "우리가 서로 섞여서 어디로 간다지만"이라는 표현으로 미루어 앞서 예시했던 시에 나오는 아버님이나 외할머니가 아니고, "사순절 동안에 죽은 동생"(「부활절 전후」)인 듯하다. 겨울날 피붙이의 황량한 묘지 앞에 서서 시인은 가슴이 미어진다. 아무리 독실한 기독교인일지라도 죽음에 대해 초연할 수는 없는 모양이다. 『새들의 꿈에서는 나무 냄새가 난다』(2002)는 단독 시집으로는 여덟 권째인데 늙음과 죽음에 대한 명상을 이번 시집에서처럼 짙게 한 적이 없었다. 늙음과 죽음에 대한 명상은 대개, 처절하고 비통하다.

어디였지? 내가 어느덧
늙은이의 나이가 되어
호수도, 바람도, 다리도
대충 냄새로만 기억이 날 뿐,
아무도 없는 곳에서 가끔
귓속의 환청의 아우성,
아무도 우리를 말릴 수 없다는
상처의 나이의 아우성.
─「상처 1」 끝부분

이런 시에서는 노인을 가리키는 그럴듯한 표현들, 예컨대 노숙이니 노익장이니 완숙미니 중후함이니 하는 낱말을 떠올릴 수 없다. 시인은 노년을 '귓속의 환청'과 '상처의 나이'로 규정하고 있다. 인생의 절반은 노년이라는 말도 있고 노년이 좋아야 인생이 아름답다는 말도 있지만 시인에게 노년이란 추락하는 나이이다. 희망이나 의욕을 찾아보기란 거의 불가능하다. 「가을에 대한 의견」에서 묘사한 나뭇잎은 "사는 것이 꿈이고/ 죽는 것은 꿈에서 깨어나는 것이라며/ 멀리 떠나는 정신 나간 나뭇잎"이며 "자유롭기 위해서 마지막 고집을 모아/ 겨울의 외로운 병사를/ 찾아가는 나뭇잎"이다. 쇠락은 죽음을 향해 가는 도정이고, 죽음은 곧 생명체의 끝이다. 죽음 이후의 세계가 천국이 아니다.

혹자는 말할지 모른다. 미국에서 삼십 몇 해 의사를 하며 보낸 인생, 한국문학작가상·미주문학상·편운문학상·이산문학상 수상에 빛나는 시인, 문학과지성사의 대표격인 시인으로서 부와 영예를 다 누렸는데 뭐가 아쉬우냐고. 하지만 시인의 노년에 접어들어 쓸쓸함과 추위를 느낀다. 일에 치어 산 이국에서의 생활을 돌이켜 생각하니 회한만 남았기 때문일까.

> 큰 절의 풍성한 지붕을 따로 부르던 이름이 있었지.
> 이름도 지워진 채 서까래마다 때묻은 눈을 이고
> 속세를 떨쳐버리지 못한 축축한 어깨의 곡선으로
> 하늘을 향하는 이마가 쓸쓸해 내 몸이 더욱 춥더구나.
>
> (중략)
>
> 늙어가는 친구들과 어깨 움츠리며 사진 한 장 찍고
> 그렇지, 사진에나 보이는 부처님 한숨 소리나 들으면서
> 그 한숨 다 끝나기도 전에 큰 바다를 다시 건너리.
> 이제 언 손 녹이며 내 죽음의 한 쪽을 놓아야 할 시간,
> 쓰레기가 되지 않도록 거기 느린 진혼곡 하나를 덮으리니
> ―「겨울의 기쁨」 부분

이 시에서 시인은 영구 귀국을 암시하고 있다. 「겨울의 기쁨」을 나는 진지한 자기 고백으로 믿고 싶다. 시인은 하늘을 향하는 이마가 쓸쓸해

몸이 더욱 추웠기 때문에, 큰 바다를 다시 건너리라고 결심하게 된 것이리라. 아래의 시 역시도 노년의 쓸쓸함을 못 견뎌 하는 시인의 자기 고백임을 알 수 있다.

> 그래서 혼자 남았구나.
> 중년을 지우면 노년이 곧 나온다.
> 피곤한 날개를 멈추는 인터넷
> 새보다 가벼운 날들이 지나간다.
> 그래서 혼자 남았구나.
>
> ―「다시 찾을 때까지」 부분

이번 시집에 '따뜻한 시'가 없지 않아 있기는 있다. '따뜻한'이라는 형용사가 나오는 시가 몇 편 있기 때문에 시집 날개에 "그리움의 정서를 노래하면서도 특이하게 외롭고 쓸쓸한 정서보다는 긍정적이고 따뜻한 정서가 가득하다"고 한 것인지 모르겠으나 나의 생각은 그렇지 않다. 외롭고 쓸쓸하며, 따뜻하지 않고 을씨년스럽다. 시인은 줄곧 춥기 때문에 따뜻한 것을 찾고 있는 것이다.

> 시들어 고개 숙인 꽃까지
> 따뜻하다.
> 임신한 몸이든 아니든
> 혼절의 기미로 이불도 안 덮은 채
> 연하고 부드러운 자세로
> 깊이 잠들어버린 꽃.
>
> ―「축제의 꽃」 부분

시들어 고개 숙인 꽃까지 따뜻했지만, 결국은 혼절의 기미로 이불도 안 덮은 채 깊이 잠들어버린 꽃이다. "세상을 채우는 따뜻한 기적의 하루"에도 "얼굴 화끈거리는 지상의 눈물을 본다"(「그레고리안 성가 3」). "따뜻한 당신의 눈물 한줄기"(「저녁 풍경화」)로 기억하는 시인의 어머니이므로 "한세월의 목화가 되어 따뜻해지고 싶다"(「목화밭에서」)고 고백한다. 따뜻하다면 따뜻해지고 싶다고 말할 턱이 없다. 이 고백은 진실이라고 생각되지만 힘이 실려 있지 않다. 마종기 시인이 앞으로 발표할 시들은 덜 외로워하고 덜 쓸쓸할 것이다. 그럼 따뜻해질 것이다. 마종기 시인은 너무 오래 고국을 떠나 있었다. '안 보이는 사랑의 나라'를 그리워하며 시를 쓰던 시인이 그린 조국은 늘 추억 속에서만 있었다. 화가가 현실을 도외시하면 추상화를 그릴 수밖에 없듯 마종기 시인은 36년 이상 조국의 현실을 그리지 못하였고, 그리더라도 추상적으로 그릴 '수밖에' 없었다. 앞으로도 계속해서 발표될 그의 시에 이 땅, 이 시대 사람들의 외로움과 고통, 체취와 땀 냄새가 배어 있기를 바라는 마음이 간절하다.

시 「잠시 전에」와 「溫柔에 대하여」를 읽고

잠시 전에 내 몸이었던 것이
땀이 되어 나를 비집고 나온다.
표정 순하던 내 얼굴들이
물이 되어 흘러내려 사라진다.
내 얼굴은 물의 흔적이다.
당신의 반갑고 서글픈 몸이
여름 산백합으로 향기로운 것도
세상의 이치로는 무리가 아니다.

반갑다, 밝은 현실의 몸과 몸이여,
아침 풀이슬에서 너를 만나고
저녁 노을 속에 너를 보낸다.

두 팔을 넓게 펼치면, 어디서나
기막히게 네가 모두 안아진다.
언제고 돌아갈 익명의 나라는
지금쯤 어디에서 쉬고 있을까.
잠시 전에 내 몸이었던 것 또, 떠나고—.
　　　　—「잠시 전에」 전문(『문학사상』 2002년 8월호)

온유에 대하여 이야기하던
그 사람 빈집 안의 작은 불꽃이
오늘은 더욱 맑고 섬세하구나.
겨울 아침에 무거운 사람들 모여서
온유의 강을 조용히 건너가느니
주위의 추운 나무들 눈보라 털어내고
눈부신 강의 숨결을 받아 마신다.

말과 숨결로 나를 방문한 온유여,
언 손을 여기 얹고 이마 내리노니
시끄러운 사람들의 도시를 지나
님이여 친구가 어깨 떨며 운다.
그 겸손하고 작은 물 내게 묻어와
떠돌던 날의 더운 몸을 씻어준다.

하루를 마감하는 내 저녁 속의 노을,
가없는 온유의 강이 큰 힘이라니!
나도 저런 색으로 강해지고 싶었다.
불타는 뜬구름도 하나 외롭지 않구나.
　　　　—「溫柔에 대하여」 전문(『문학동네』, 2002년 여름호)

　최근에 간행된 문예지에서 읽은 마종기의 시는 12편이다. 미국에서
영어를 쓰며 살아가는 해외동포 시인, 매일 환자 사이에서 부대끼며 살

아가는 의사 시인 마종기의 시심이 조금도 느슨해지지 않고 있는 비결은 무엇일까. 너무 큰 욕심을 부리지 않고 자신의 마음을, 아니 시 자체를 물의 생리에 맡겼기 때문이 아닐까. 최근작 가운데 물의 상상력을 선보인 시 두 편이 있어 함께 감상해보고 싶다.

까마득한 시절의 우리 조상은 물에 얽힌 노래를 만들어 불렀다. 「공무도하가」에서 바다는 죽음의 바다였다. 백수광부가 술에 취해 헤엄쳐 건너다 빠져 죽은 바다, 술도 바다도 모두 물이었는데 그 물은 죽음을 재촉한 물이었다. 하지만 서사무가 「바리공주」에서는 물이 죽은 사람을 살아나게 하는 소생의 기능을 한다. 천대받던 막내딸 바리공주는 부왕이 병들자 멀고먼 서천서역국에 가서 약수를 구해온다. 이미 죽어 있던 왕을 약수로 살려내고 공주는 저승을 관장하는 신이 된다. 여기서 약수는 뒷동산 약수터의 약수가 아니라 죽을 고비를 넘기며 구해온 생명수이다.

그렇지 않은가. 홍수가 나고 해일이 왔을 때의 물은 죽음의 물이지만 오랜 한발의 땅과 사막에서의 물은 소생의 물이다. 중국 전국시대 초나라의 굴원이 몸을 던진 멱라강은 죽음의 강이었지만 그 강에서 고기를 잡아 살아가던 어부들에게 멱라강은 그 전이나 그때나 생활의 터전이었다. 물은 생명의 근원이며 풍요의 원천이었고 우리 옛 이야기 속에서 만나게 되는 물의 여인은 한두 명이 아니었다. 박혁거세의 왕비 알영, 동명왕의 어머니 유화부인, 수로부인, 여옥, 제주도 설문대할망……. 모두 물과 관계가 있는 인물이었다. 서구에서 불이 중요시되어온 것만큼 우리나라에서는 물이 신성시되었다.

우리는 모두 양수 속에서 영양분을 공급받으며 자라나 자궁 바깥으로 나와, 생애 내내 몸의 3분의 2를 물로 채운 채로 살아간다. 불도 생명의 근원이긴 하지만 소각장과 화장터의 불을 생각해보라. 우리는 모두

물에서 태어나 불로 사라지는 목숨들이 아닌가.

시인은 말한다. 잠시 전에 내 몸이었던 물이 땀이 되어 나를 비집고 나온다고. 물은 단순히 수소와 산소로 이루어진 것도 아니오, 식사 때마다 마시는 그 물도 아니다. 얼굴조차도 물로 이루어져 있었으니, 내 얼굴은 몸에서 빠져나간 물의 흔적이다. 자, 이렇게 물과 더불어 살다가 죽는다면? 내가 죽어도 뼈는 남을 수 있지만, 물의 흔적일 따름인 얼굴은 사라진다. 내 몸은 그렇다 치고 당신의 몸은 어떠한가.

> 당신의 반갑고 서글픈 몸이
> 여름 산백합으로 향기로운 것도
> 세상의 이치로는 무리가 아니다.

왜 하필이면 반갑고 서글픈 몸일까. 오랜만에 만났기에 반갑고 당신의 몸이 이제는 젊지 않아 서글픈 것이리라. 그런데 그 몸은 여름 산백합으로(여기서 '으로'라는 조사가 잘 쓰인 것 같지는 않다) 향기롭다. 그 향기가 세상의 이치로는 무리가 아닌 것이, 물이 머물다 간 사람의 몸에서 나오는 향기이기 때문이다.

시인은 제2연에 가서 죽음과 삶을 이야기한다. 밝은 현실의 몸을 만나서 반갑지만, 내 몸 안에 잠시 전까지 있다 사라진 물처럼 나는 언젠가 사라진다. 제2연 2, 3행의 '너'는 '물'로 바꿔 읽어도 큰 무리는 없을 듯하다. 우리는 살아가면서 물을 마시고, 물을 내보낸다. 또 하나의 생명과 상봉하고, 또 하나의 생명과 결별한다. "두 팔을 넓게 펼치면, 어디서나/ 기막히게 네가 모두 안아진다"에서는 물=생명이 확실히 감지된다.

6, 7행이 조금 이해하기 어렵다. "언제고 돌아갈 익명의 나라"는 죽음의 나라일 텐데, "어디에서 쉬고 있을까"라니? 죽음의 나라가 (나에게로) 오다가 쉬고 있다는 것은 내 목숨이 아직은 경각에 다다르지 않았기

때문일까. 나로서는 조금 모호한 부분이 각 연마다 한 군데씩 있다.

물은 또 몸 바깥으로 배출된다. 땀과 오줌으로. 죽어서는 추깃물로. 잠시 전에 내 몸이었던 것이 떠나고 또 떠나고, 그리하여 언젠가 나는 익명의 나라에서 오래오래 쉬게 되리라. 익명의 나라에도 물이 있을까.

「溫柔에 대하여」란 시도 물의 이미지로 충만해 있다. 온유의 사전적인 의미는 ① 성질이 온화하고 유순하다, ② 따뜻하고 부드럽다란 것인데 여기서는 전자를 취하는 것이 좋을 듯하다. 제1연은 각각의 행이 은유라서 그런지 뜻이 잘 통하지 않는다. 첫 번째 문장은 글쎄, 나의 인지 능력으로는 이해가 쉽지 않다. 두 번째 문장과도 잘 연결이 되지 않는다. 아무튼 겨울 아침, 조용히 흘러가는 강물 위로 한 떼의 사람이 배를 타고 건너고 있나 보다.

제2연에서 말과 숨결로 나를 방문한 온유라고 하는데, 말은 복음이며 숨결은 성령인가? 온유라는 말 자체가 기독교적인 내포를 지니고 있기에 종교적 의미를 캐내고 싶어진다. 하지만 시인은 손쉬운 해석을 허락하지 않는다. 세상살이에 지친 친구가 찾아와 무엇에 대해 하소연을 하며 운다는 말은 수긍할 수 있다. "그 겸손하고 작은 물"이란 아마도 눈물이리라. 그 눈물이 "내게 묻어와/ 떠돌던 날의 더운 몸을 씻어준다."고 한 것은 몸의 정화가 아니면 마음의 정화일 것이다. 그리스도가 세례자 요한으로부터 물로 세례를 받는 성경의 장면을 연상하면 온유의 뜻은 보다 확실해진다. "물과 성령으로 새로 나지 않으면 아무도 하느님 나라에 들어갈 수 없다"고 적혀 있는 요한복음 3장 5절을 생각해보면 이 시의 뜻은 보다 선명하게 다가온다. 제1연에 나오는, 맑고 섬세한 그 사람 빈집 안의 작은 불꽃도 기독교적인 의미를 지니고 있다고 보아지는데, 그렇다면 불은 신의 이미지이다. 분명한 것은 기독교에서 물은 정화의 상징이요 그리스도의 표상이라는 것이다. 『삼국유사』 소재 설화

노힐부득과 달달박박의 이야기를 떠올려보면 불교에서도 물은 정화의 상징물이다.

이 짧은 시에 등장하는 인물이 참 많은데, 시적 화자를 제외하고도 그 사람, 무거운 사람들, 시끄러운 사람들, 님, 친구 등이 나와 혼란을 가중시킨다. 이 시의 가장 큰 문제점이다. 어느덧 마지막 연에 이르러 "가없는 온유의 강이 큰 힘이라니!" 하는 영탄법을 쓴 구절에 눈길을 주게 된다. 온유의 강은 조용히 흘러가지만, 달리 말해 눈물은 조용히 흘러내리지만, 그것은 큰 힘을 발휘한다. 진정한 종교인은 신앙심을 자랑하지 않는 법이려니. 자신의 죄를 눈물로 참회하고 타인의 죄를 눈물로 용서하리니.

노을이 지는 시각, 온유의 강이 지닌 색은 강하고, 화자는 저런 색으로 강해지고 싶다. 붉은 색은 물론 강하다. 불타는 뜬구름도 하나 외롭지 않노라는 마지막 행은 어떤 뜻을 지니고 있을까. 한 사람의 감정이 눈물을 통해서 다른 사람에게 전해지면 노을에 물든 구름도 외롭지 않게 여겨진다는 뜻일까…… 애매하다. 이 시가 조금만 더 구체성을 확보했더라면 일반 독자가 읽고 큰 감동을 받을 수 있을 텐데 하는 생각에 아쉬움이 남는다. 마종기의 시는 얼른 보아 쉬운 듯하지만 뜻을 음미하며 읽어나가다 보면 결코 쉽지 않다. 문장과 문장 사이, 행과 행 사이, 연과 연 사이에 건너뛰는 거리가 너무 멀지 않았으면 좋겠다는 바람을, 까마득한 선배시인께 아주 조심스럽게 전하고 싶다.

재미 시인 송석증에 대해 쓴 두 편의 글

인간에 대한 사랑과 현실에 대한 비판

미국에서 활동하고 있는 한인 시인들의 활동이 눈부시다. 전에는 한국 문단을 먼발치에서 바라보며 부러워하기도 하고 흉내를 내기도 했었지만 지금은 그렇지 않다. 미국 거주 한인 시인들도 이제는 다들 당당하게 자기 목소리를 내고 있다. LA에서는 1982년에 미주한국문인협회가 결성되어 『미주문학』을, 뉴욕에서는 1991년에 미동부한국문인협회가 결성되어 『뉴욕문학』을 계간으로 발간해오고 있다. 그밖에도 크고 작은 문예지와 동인지를 내면서 문학적 역량을 쌓고 있는 한인 문학인이 미국 내에만 해도 아주 많다. 캐나다와 호주에도 한인 문단이 형성되어 있다. 영어권에서 활동하고 있는 대표적인 한인 시인의 이름만 거론해도 한정이 없을 테니 생략하고, 세대간의 특색을 먼저 말해보고자 한다.

송석중은 이민 1세대이다. 일제 강점기 초기에 미국에 건너간 한인들을 이민 1세대라고 지칭하는 경향이 있는데, 건너간 연대를 갖고 구분하기보다는 그가 몇 살에 미국에 갔는지를 갖고 구분하는 것이 좋다. 즉, 한국에서 태어나 교육을 중학교 이상까지 받고 이민간 세대를 1세대로 보아야 한다. 즉, 1세대는 모국어 구사에 아무런 어려움이 없다. 1.5세대는 어렸을 때 부모를 따라 이민간 세대로, 모국어 구사 능력이 부모의 교육에 따라 크게 달라진다. 집에서 모국어를 쓰게 함은 물론 한국어 책을 읽히고 한글로 글을 쓰게 하는 부모도 있겠지만 그런 예가 그렇게 많지는 않을 것이다. 말 정도는 웬만큼 할 줄 알지만 자유로운 한글 쓰기를 하기는 힘든 것이 1.5세대이다.

1세대는 한글로도 영어로도 글을 쓸 수 있지만 1.5세대부터는 웬만하면 영어로 작품을 쓴다. 미국에 이민 간 부모가 미국에서 낳은 자녀는 이민 2세대가 된다. 사고방식이 한국인 같지 않다고 하여, 모국어 구사 능력이 현저히 떨어진다고 하여 이민 2세대를 비난할 수는 없다. 이들은 미국에서 태어났으므로 엄마, 아빠라는 말과 함께 마마, 파파라는 말을 배웠다. 당연히, 집 바깥에서는 엄마, 아빠라는 말을 쓰지 않는다. 학교에 가서는 영어를 배우니 모국어는 영어이며 한국어는 외국어가 된다. 지금 미국 사회의 한인 문단을 형성하고 있는 세 개의 축이 하나는 1세대, 하나는 1.5세대, 또 하나는 2~3세대이다.

미국 문단에서 이름을 크게 떨친 김용익·강용흘·김은국은 한국에서 학교 교육을 웬만큼 받은 뒤에 미국으로 갔기에 한국의 생활 습속을 잘 알고 있는 이민 1세대이다. 영어로 작품을 쓰기까지 이들은 각고의 노력을 했을 것이다. 고국에서 교육을 받기는 했지만 한글보다는 한문과 일본어 교육을 더 많이 받고 유학생의 신분으로 미국으로 간 김용익의 소설은 영어 구사에 어색한 곳이 상당히 많다. 하지만 더욱 젊은 나이에 미국에 간 강용흘과 김은국의 소설은 언어 장벽의 문제를 꽤 잘 극복한 것으로 보인다. 그래서 그가 몇 살에 이민을 갔느냐 하는 것은 대단히 중요한 문제이다.

이들이 초석을 다진 이후에 미국 문단에서 이름을 떨친 1.5세대인 차학경·노라 옥자 캘러·이창래·수지 킴 등은 영어로 소설을 쓰는 데 어려움이 없었을 것이다. 아주 어릴 때 미국에 가서 영어로 교육을 받았기 때문이다. 2세대인 김난영과 수잔 최, 3세대인 돈 리 등은 더욱 확실하게 영어가 모국어가 되었다. 이들에게 한국, 한국인, 한국적 상황, 한국의 습속과 풍토, 풍경과 인심은 부모 세대 혹은 조부 세대로부터 들은 '이야기'일 따름이다. 이야기이므로 나 자신에게는 절실할 수가 없다.

지금 미국에서 가장 활발히 창작되고 있는 것은 이민 1세대의 작품이다. 한국인의 미국 이민은 일제 강점기 때뿐만이 아니라 6.25전쟁 후에도, 1960년대에도 1970년대에도, 1980~1990년대에도 지속적으로 행해졌기 때문이다. 이번에 네 번째 시집을 발간하는 송 시인의 경우도 30대 말에 미국에 이민을 갔으므로 한글이 모국어이다. 그는 앞으로도 영어로는 시를 쓰지는 않을 것 같다. 이러한 이민 1세대의 수많은 시는 비록 미국 땅에서 씌어지기는 했지만 한글로 창작되었고 그 정신과 정서는 한국인의 것이기에 한국문학의 일부로 평가되어야 할 것이다. 60대 초반의 나이에 이르도록 머나먼 이국에서 펜을 벼리어 모국어로 시를 쓰고 있는 시인의 작품이기에 더욱 엄숙한 마음으로 읽어야겠다는 생각이 든다.

저마다 아메리칸 드림을 품고 간 미국은 어떤 나라일까. 시인이 이민을 떠난 1983년은 전두환 장군이 대통령이 되어 무소불위의 권력을 휘두르던 이른바 '5공 시절'이었다. 국민 개개인에게 정치적인 억압이 십자가의 무게로 짓누르던 시절에 찾아간 미국은 어떤 곳이었을까.

도시 질주하는 빨간 자동차
놀라움, 위험함의 전조등 되었다
번쩍거리는 저것들은 찰나를 정지시킨다
미국 제2의 도시를 불안하게 하는, 도시
테러분자들의 분신이다
도시의 빨간색은 온통 전율이다

　　　　　　　　　　　　　　－「LA시는 빨갛다」부분

　　LA는 어원을 따져보면 천사의 도시이지만 시인이 맞닥뜨린 LA시는 경찰 순찰차의 빨간 불빛, 구급차의 뻔쩍이는 경광등, 소방차의 사이렌 소리로 어지럽기만 하다. 요란하게 번쩍거리며 달려가는 이런 차들이 LA에 살게 된 시인을 불안케 하였나 보다. 순식간에 눈앞에서 사라지기는 하지만 시인의 마음은 "참을 수 없는 불안감, 강박"으로 변한다. 어린 날 "시골 우체국 앞의 빨간 우체통"은 "반가움, 그리움의 신호등"이었는데 LA에 와서 쉴새없이 만나는 빨간 차나 차의 빨간 불빛은 사람을 깜짝깜짝 놀라게 한다. 하지만 뭐니뭐니 해도 가장 큰 어려움은 언어 소통이 잘 안 되는 데서 온다.

여기 머문 지 어언 23년 되었습니다
공항에 내리고 다음날부터 문제가 된 혓바닥
뻣뻣한 혀끝 아직도 굳어 있습니다.
(중략)
미국 머문 지 오래되어, 너무 오래되어
스스로 파진 구덩이, 내 마음 상한 덫
정말 두렵습니다.
빨간 루게릭 병에 신음하는 민족 앞에
바보들 난투극의 연속극
바보상자만 바라보고 서 있는 내가

　　　　　　　　　　　　　　－「미국에서」부분

시인은 "미국 머문 지 오래되어, 너무 오래되어"라고 말하고 있다. 20년도 넘는 세월을 미국에서 보냈다면 그래도 미국에서의 삶에 꽤 익숙해졌을 터인데 시인은 '너무' 오래 미국에 머물고 있다고 한다. 이 말은 즉, 몸은 미국에 있지만 마음은 떠나온 고국에 가 있다는 뜻이 아닐까. "바람처럼 들려오는 고국 소식/ 듣기만 할 뿐 보지 못하는 비애 앞에 절망"하는 이유도 이방인이기에 느끼는 설움 때문일 것이다.

> 햄버그 먹은 것이 몇 개인가
> 왜? 아직도 치즈 맛이 역겨운지
> K 타운 못 떠난 혀, 올림픽街에 머문 내 입맛
> 허리 쭉 펴고 보무도 당당히 입성했어야 할
> 주류사회 속, 결단코 무너짐이 없는 백인사회 앞에서
> 남루한 차림 맨발의 패잔병 같은 내 삶이
> 무릎 피딱지 아물지 못하게 변호하고 있다
> 오금 못 편 혀, 오그라들어 혀짜래기 되고
> 한때 유학생들 Dog Food 쇠고기 통조림으로 착각하듯
> 혼돈과 착각의 사막을 헤매는 내 새우잠이
> 어젯밤 팜 트리 허리 꺾은 바람에
> 꿈과 희망 시민권과 지긋지긋 영주권 날려보냈다
>   ─「이민 애가」 전반부

　미국으로 삶의 터전을 옮긴 지난 23년 동안 시인이 겪은 만고풍상이 여실히 드러나 있는 작품이다. 앞에서도 언급했지만 학교 교육을 이미 다 받은 30대 말에 이민 대열에 합류했으므로 말이 잘 통하지 않아 시인은 종종 난처한 일을 겪었을 것이다. 이 시에서는 "오금 못 편 혀, 오그라들어 혀짜래기 되고"라는 한마디로 처리되어 있지만 그간 겪었을 당혹감, 낭패감, 좌절감, 절망감, 환멸감 등이 여기에 다 들어 있다. "결코 무너짐이 없는 백인사회"와 대조되는 것은 "남루한 차림 맨발의 패잔병

같은 내 삶"이다. 주류사회는 견고하게 성을 쌓은 채 시인의 입성을 허락하지 않는다. 그간 시인이 성을 오르고자 노력을 하지 않았을까? 아니다. 피눈물 나는 노력을 했을 테고, 무릎에 피딱지가 아물지 않는 날이 없는 힘들고 서러운 나날이었다. "꿈과 희망 시민권"과 "지긋지긋 영주권"을 바람(에 날려보냈다는 표현 속에도 미국 이민자의 고충이 잘 나타나 있다. 이 둘을 받아야 온전한 미국인이 되는데, 그것은 결코 쉬운 일이 아니다. 이 두 가지를 받는다는 것은 미국인이 된다거나 미국으로 귀화한다는 것을 의미하기보다는 미국인으로 대접받을 수 있다는 뜻이다. 인종차별이나 신분차별의 굴레를 벗고 떳떳하게 미국에서 생활하고 자식 교육을 시킬 수 있는 자격을 얻는 것이 그렇게 어렵다는 뜻이다. 시인은 자신을 향수병자로 간주하면서 깊이 탄식하기도 한다.

> 인종은 191개국 다 있지만
> 신분은 서류 한 장이 차별하고 시민권자, 영주권자
> 영주하는 사람들은 합법과 불법으로 체류되고
> 미시민권은 누구나 미합중국의 성조기를 흔들게 함
> 자유와 평등 기회는 사내답게 살게 하지만
> 의무와 차별 막막함 함께 동거하는 사내가 많음
> 이민은 편리한 세상 풍요로운 나를 관리하지만
> 창 없는 감옥 속 빈곤한 나를 향수병자로 방치하기도 함
> ―「LAX의 경고」 종반부

이 작품은 수십 만 미국 거주 한인의 고충을 대변한 것으로 보아도 무방할 것이다. 미국에 영주하는 사람들은 일단 합법 체류자와 불법 체류자로 분류된다. 삶의 터전을 허락해준 시민권자에게 미국은 성조기를 흔들게 한다. 미국이란 나라가 '자유와 평등', '기회'의 나라임에는 틀림없지만 '의무와 차별', '막막함'이 늘 따라다닌다. 또한 편리한 세상, 물

질적인 풍요는 미국에 견줄 나라가 없겠지만 묘하게도 그런 미국이 "창 없는 감옥 속 빈곤한 나"로 만든다. 한 가지 예만 들면 미국에서는 술에 취해 밤거리를 비틀거리며 돌아다녔다가는 작은 코를 크게 다친다. 한국과 같이 심야에 영업하는 포장마차가 어디 있으며 여자를 옆에 앉히고 밀실에서 술을 마실 수 있는 룸살롱이 어디 있으며 심야 노래방이 또 어디 있는가. 한국에서 살다가 미국으로 간 시인으로서야 자신을 "창 없는 감옥 속 빈곤한 나"로 표현하는 것이 당연한 일이다. 그래서 향수병자가 되어 고국을 그리워하는 것이다. 이제부터는 시인이 떠나온 고국을 어떻게 그리워하는지 살펴보기로 하자.

> 길을 가다가
> 한국 여자를 마주치면
> 투가리를 든 된장찌개 맛을 보듯
> 어머니, 누이, 누이동생, 떠올라
> 마음이 푸근해지네.
> ―「미국에서」 부분

시인은 길에서 한국 여자만 봐도 어머니나 누이(누나), 누이동생이 떠오른다고 한다. 이번 시집의 시 가운데 가장 아름다운 작품은 어머니와 아내를 묘사한 것일 터인데, 가족공동체(혹은 혈연공동체)를 중요시하는 유교적인 세계관을 갖고 있는 우리로서는 이런 마음을 아름답게 여기는 것이 당연한 일이리라. 어머니를 등장시킨 시는 아름다움을 넘어서 가슴 벅찬 감동을 전해주기도 한다.

> 뜨거운 여름 햇살 아래
> 온몸에 흙을 묻힌 채 오이 밭에 쪼그리고 앉아
> 순 잘라 주고 계시던

오이 쪽빛보다 아름답던
이슬 젖은 애순보다 여리던 새아씨가
날 저물어 허리 꼬부라진
노란 오이꽃 떨어지듯
오이지로 늙어가시던 어머님 생각에
내 가슴은 오늘도 소금물에 절여진다.

　　　　　　　　　　　　　　　　　—「오이지」 종반부

　한여름 뙤약볕 속에서 오이 밭의 순을 잘라 주고 계시던 어머니의 초상이 미국 땅에서인들 어찌 잊혀질 것인가. 오이 쪽빛보다 아름답고 이슬 젖은 애순보다 여리던 새아씨 어머니는 가혹한 노동의 나날 속에서 "노란 오이꽃 떨어지듯/ 오이지로 늙어"갔다. 참으로 애절한 사모곡이다.「외갓집」이란 시를 보면 시인의 어머니는 십 남매를 낳아 기르셨다. 먹을 것이 변변찮았을 그 시절, 아이를 낳는 것 자체가 중노동이었다. 농촌에서는 산후조리를 하기도 어려웠다. 남편은 논으로 밭으로 일하러 나갔으므로 집안의 온갖 일을 산후의 아낙이라도 하지 않을 수 없었다. 게다가 "이민 초년병 시절 날아든 아버님 부음"(「동백꽃」)이니 홀로 된 이후 어머니의 고생은 말하지 않아도 능히 알 일이다. 그 "어머님마저 떠나신 이승"에서 시인은 "영원한 마음의 집"(「외갓집」)인 어머니를 하염없이 그리워한다. 이런 시도 독자의 눈시울을 뜨겁게 할 수 있을 것이다.

어머니 저녁밥 푸신다.
시부모님, 아버지, 흰쌀밥 골라 푸시고
나머지 훌훌 섞어 잡곡밥으로 푸신다.

잡곡밥 싫어 투정부렸다 누이들 타박 속에
어머니가 미워 눈 흘기며 구시렁거렸다.

나도 이밥 한번 먹는 것이 소원이라고.

요즘은 잡곡밥만 먹는다.
수수 알에 박힌 여름 햇살
콩깍지 속에 든 소 울음소리
보리알 속에 보인 어머니 얼굴
잡곡밥 먹을 적마다 컥컥 목이 메인다.

―「잡곡밥」 제2~4연

그 옛날 시인이 먹었던 잡곡밥 속에는 어머니의 가족 사랑과 희생정신이 뒤섞여 있었다. 그때는 그것을 몰라 눈을 흘기곤 했었지만 어머니가 부재한 지금 시인은 그것을 깨닫고 목이 메는 것이다. 수구초심이라고, 이국의 밥상 앞에서 간절히 생각하는 어머니요 아련히 떠오르는 조국 산천이다. 게다가 저녁을 혼자서 먹을 때라면 온 가족이 밥상머리에 옹기종기 둘러앉아 밥을 먹던 대가족제도 하의 저녁 풍경이 떠올라 아련한 향수에 잠기게 될 것이다.

혼자 먹는 저녁은 모래알이다
(중략)
현대의 텅 빈 부재를 뼈 시리게 젓가락질하며
혼자 저녁 먹는 사내는
우울마저 수랏상이므로 고독과 함께 설거지하면서
삶에 지친 쓴 소주 한 잔 데친 오징어 한 점과 함께
숨조차 버거운 좁은 목을 넘긴다.

―「혼자 저녁 먹는 사내」 부분

먼 이역에서 저녁을 혼자 먹을 때 느끼는 고독감을 실감나게 표현한 대목이다. 사실은 대한민국에도 혼자 저녁 먹는 사내들이 많다. 속칭

'기러기 아빠'들이다. 그래서 시인은 "자식 교육 위한 기러기 아빠들 감사하라/ 한국에 가족 두고 온 나 홀로 불체자 신세한탄은 말라"고 말하는 것이다. 헤어져 있기는 하지만 가족이 그래도 살아 있기에 일정 기간 헤어져 있다가 만날 수 있지 않은가. "작은누이 수의 입히던 날"(「양파」), "할아버지 (…) 몇 달 후/ 그 자리에서 낙상하시어 돌아가셨다고"(「외갓집」) 등의 시구를 보면 이산의 아픔보다 더욱 아픈 것이 사별의 슬픔이다. 만날 수 있으리라는 희망을 버리게 하니까.

이번 시집에 아내가 등장하는 시는 거의 10편을 상회한다. 아내도 어머니 못지않게 고생을 한 전형적인 한국 여인, 한국의 '아줌마'이다. 시인이 묘사한 아내는 다음과 같다.

> 골육 나누려 생살 찢어지는 아픔 감내한 사람
> 똥 묻은 속옷 빨아주는 유일무이한 사람
> 휘뚜루마뚜루 저지레해도 들떼놓고 타박 않던 사람
> 부천하고 자발없는 성정 에둘러 모르쇠하던 사람
> 잡살뱅이 살림살이 벌충하며 젖은 손으로
> 오체투지하며 살림하던 사람
>
> ─「조강지처」부분

아내에게 바치는 헌사이기도 한 이 시 속에는 고생시켜 미안한 마음, 잘 해주지 못해 죄스런 마음, 잘 해주어 고마운 마음 등이 두루 담겨 있다. "댓잎처럼 파랗게 언 손 꼿꼿하게 희망 심던 사람"이라는 표현 속에는 화자가 좌절하거나 절망했을 때 옆에서 격려를 아끼지 않은 사람이 아내였다는 뜻이 내포되어 있다. 또한 험한 일 마다하지 않고 해내어 가장의 역할을 일부 떠맡았다는 뜻도 포함되어 있다. 자신의 생일날 조갯살 넣은 미역국을 끓여준 아내에게 시인은 미안하다고 큰소리로 외친다. 고마운 마음에 눈물을 흘리기도 한다.

서럽고 외로워서 울고 싶었던 밤, 밤, 밤,
가슴속 줄기로 남아 뚝뚝 부러지는 오늘
아내여! 미안합니다!
소금기 없는 건미역 같은 지난날 살림살이
그래도 미역국 속 조갯살 건져 먹여주던
살 따스하게 마주 비벼댈 수 있던 운명 앞에
오늘도 내 눈물이 뜨겁습니다
　　　　　　　　　　　　　　　－「미역국」부분

　이런 시를 보면 시인을 전폭적으로 신뢰하는 것도 아내이고 시인이
전적으로 믿는 존재도 아내임을 알 수 있다. 그래서 부부를 일심동체라
고 하는 것일 게다. 「대못」같은 시에서도 아내에 대한 고마움과 미안
함이 짙게 묻어난다.

타인의 가슴에 못 박던 세월이
아내의 눈물에 피 섞던 시간이
녹슬고 구부러져
된서리에 널부러진 고추밭의
대못이

(중략)

손등에 못 박힌 사람이여!
　　　　　　　　　　　　　　　－「대못」부분

　결국 송 시인의 시 세계는 어머니에 대한 하염없는 그리움과 아내에
대한 심심한 감사의 마음으로 대표될 수 있다. 이 두 가지 시적 소재는
어찌 보면 지극히 한국적인 것이다. 미국인이 쓴 작품 중에 사모곡이나
아내에게 바치는 노래가 없지는 않겠지만 송 시인의 시처럼 애절하게

펼쳐지지는 않았을 것이라는 생각이 든다. 23년을 미국에서 살았지만 시인은 미국에 조금도 동화되지 않고 한국적인 정서를 지닌 채 시를 써 온 셈이다.

송 시인의 이번 시집에 드러난 두드러진 특징 중 하나는 순우리말의 활달한 구사이다. 위에는 21행으로 된 「조강지처」라는 시의 6행이 예 시되어 있는데 이 부분에만 해도 '휘뚜루마뚜루' '저지레해도' '들떼놓 고' '부천하고' '자발없는' '에둘러' '모르쇠하던' '잡살뱅이' 등 8개에 달 하는 우리말이 나온다. 간간이 잘 쓰지 않는 한자어가 나오기는 하지만 시집 전체에 나오는 순 우리말만 모아도 시어 사전 몇 쪽은 거뜬히 만들 수 있을 것이다. 미국에서 활동하고 있는 송 시인이 왜 이렇게 순수한 우리말을 가려내어 시를 쓰는 것일까. 모국어를 잘 갈무리하여 후손에 게 물려주어야 하는 것이 시인 본연의 임무임을 잘 알고 있기 때문일 것 이다.

이번 시집의 또 하나의 특징은 신실한 신앙인으로 종교적 명상에 의 해 쓴 시와 교계의 현실을 예리하게 비판하는 종교개혁가로서의 시가 상당수 있다는 것이다. 시집의 제일 앞머리에 자리잡은 「목숨」을 보자.

땅에 떨어지는 그 날까지
날개 펄럭이는 새들처럼
창공 날고 있는 동안은
팽팽하다
진리를 사모하는 기도 안에서
진리 안에 있는 모든 것을 안고 살아야 할 텐데
배려한 만큼의 빛 속에서
덤으로 사는 목숨을 감사한다오

오늘 하루도

찬란했다오, 햇빛 아래 내 목숨
                                        ―「목숨」 전문

"배려한 만큼"의 숨어 있는 주어는 '신' 혹은 '하나님'이다. 신이 내게
베풀어준 만큼의 목숨이어서 나는 덤으로 살 수 있고, 그래서 신에게 감
사하는 기도를 올릴 수 있다.

        신앙으로 때우지 않는다면
        이 세상에서 채울 수 있는 것이
        녹두 반쪽만큼도 없다
        (중략)
        제 몸에 삼베 한 장 걸치고 삶을 땜질한
        청년 예수는, 그리스도는
        그 자신이 우리 인생의 삼베이며 납덩이다
                                        ―「초상집으로 가라」 부분

        신새벽 아침마다 사람이
        두 손 모아 기도하는 것은
        자신도 어쩌지 못하는
        유혹의 죄악으로부터 탈출하려는
        처절한 피눈물 회개의 자세입니다
                                ―「사람은」 부분

참된 신앙인의 자세는 바로 이런 것이리라. "제 몸에 삼베 한 장 걸치
고 삶을 땜질한/ 청년 예수"라는 구절에는 예수의 무욕함과 수도 정진
하는 자세에 대한 존경심이 깃들어 있다. 「사람은」이라는 시는 우리가
왜 '믿음'을 가져야 하는가, 그 이유에 대한 시인 나름의 성찰이 담겨 있
다. 그저 습관적으로 기도를 할 것이 아니라 "유혹의 죄악으로부터 탈

출하려는/ 처절한 피눈물 회개의 자세"가 필요함을 역설하는 시인에게
는 교세의 확장을 통해 부의 축적을 꾀하는 일부 종교단체의 움직임이
영 못마땅하다. 그래서 「新 전도서」 「뾰족 성당」 「허영은 위선을 찬송
하고」 「종교」 등의 시를 통해 이런 현실을 매섭게 비판한다. 시인이 무
신론자가 아님은 "내 무릎 꿇고 고뇌하는 그 시간/ 툇마루 걸레 같은 마
음의 잔주름"(「내 기도하는 그 시간」), "33년간/ 겸손히 황무지 경작해/
알알이 영글어 숙성된/ 말씀"(「포도주」) 등의 시구로 보아 알 수 있는
데, 아래의 시들에서 시인은 교계의 현실에 정문일침의 비판을 가하고
있다.

목사는 떴다가 지며 부흥했던 이름
(중략)
이전 목사를 기억함이 없으니
지금 목사도 그 후 세대에 기억함이 없으리라.
—「新 전도서」 부분

신부 수녀 검은 휘장에 가리어 사람의 눈빛 피한 채
높은 종탑만 얼굴을 내민 채 그렁그렁 울고 있을 뿐
사람들의 번잡함 사라지자
육중한 문 무덤처럼 입을 다물었다
—「뾰족 성당」 부분

교회당 울리는 통성 기도 소리
주여! 은혜의 전신갑주 위에 은총의 허리띠 띠고
우리 아이만 좋은 학교에, 사업 잘 되어 돈 많이……
허영은 위선을 찬송하고 축도는 치부를 기도한다
교회 떠나는 차량들 매연이 심각하다
—「허영은 위선을 찬송하고」 부분

「新 전도서」는 복음을 전하는 일에 전념하지 않고 교세의 확장에만 신경을 쓰는 목회자에 대한 비판의식이 담겨 있는 작품이다. 「뾰족 성당」에는 천주교 일부의 배타의식에 대한 비판의식이, 「허영은 위선을 찬송하고」에는 '기복'에 집착하는 교인들의 세속적인 신앙심에 대한 비판의식이 담겨 있다. 송 시인이 교회에 나가는 신앙인이라면 종교단체의 부패와 비리를 비판하기가 쉽지 않은 일일 것이다. 대단한 용기라는 생각이 든다. 아래 같은 시는 광야에서 외친 세례자 요한의 목소리를 방불케 한다.

> 오! 대─한민국의 기독교여!
> 아! 서울의 대형 교회여!
> 아으! 재벌 된 목사들이여!
>
> ─「종교」 마지막 연

현생에서 사랑을 실천함으로써 하늘나라를 예비하지 않고 지상에 부를 쌓기에 급급한 종교단체에 대해 시인은 목소리를 높여 성토하고 있다. 시인이 꿈꾸는 것은 원시기독교의 순수한 신앙 공동체 정신, 신앙 공동체 생활이다. 바람직한 교회의 모습을 시인은 이렇게 제시한다.

> 흔적도 없이 파먹은 먹이, 그물 위 파편들
> 허공에 메아리 되돌아오는 천국의 복음
> 껍질만 매달려 대롱거리는 축복의 계단
> 말씀만 햇살에 영롱하게 빛나고 있다
>
> ─「교회」 마지막 연

교회에 재물을 쌓을 것이 아니라 '말씀'을 통해 마음에다 믿음을 쌓아야지 올바른 교회가 된다는 내용이다. 송 시인의 이런 시들은 이 땅의 목회자나 신앙인이 꼭 읽었으면 좋겠다. 구미 각국에서 기독교의 교세가 급격히 약화되고 있는 현상황에서 이런 비판의식은 꼭 필요했던 일인데 재미 시인이 시를 통해 했다는 것은 대단한 용기라고 다시 한번 말하지 않을 수 없다.

이번 시집에서 빈번히 만날 수 있는 시어가 있으니, 바로 '잎새'이다. 생명체의 생명의식, 생존본능, 생체리듬 등을 복합적으로 상징하는 시어이다. 오 헨리의 소설 「마지막 잎새」의 '잎새'처럼 조락과 죽음의 이미지를 지닌 「잡초」 「12월이면」 같은 시도 없지 않지만 '잎새'를 가져오면 대부분 밝고 역동적인 이미지를 지닌 시가 된다. "봄비에 잎새 돋아나듯 피던 내 청춘"(「동백꽃」), "무성하게 자라난 곁가지 피운 잎새/ 언제나 바람에 스쳐 왔다"(「바람에 스쳐 왔다」), "무성하게 펼치는 잎새의 분방함"(「분재」) 등 생명력의 발현을 나타내는 데 동원되는 시어가 '잎새'이다.

한여름 내내 잘 살았잖아
원줄기 쭉쭉 위로 자라났고
나뭇가지 사방 뻗어 튼실하고
푸른 잎새 무성하게 달아
햇살에 반짝반짝 빛이 났잖아
온갖 새들이 노래하고
가진 꽃 다 달고 외제차 고속도로 휘날리며
꽃방석에 앉아 각종 호사 다 누려봤잖아
그런데 지금에 와서 이게 뭐하는 짓이야?
대중이 곡학아세에 휘말려 구리지언에 놀아나고
가얏고 줄을 잘못 매어
잎새들 단풍 들어 제 색깔로 풍비백산
　　　　　　　　　　－「단풍나무」 전반부

이런 시에서도 시인은 자연 예찬에 머물지 않고 현실 비판의 차원으로 나아간다. 잘 읽어보면 단풍나무는 정치인과 대중을 풍자한 것이다. 봄에는 사시사철 푸를 것처럼 잎을 틔우고 여름에는 푸른 잎새를 무성하게 피우면서 자랑하지만 가을에는 "대중이 곡학아세에 휘말려 구리지언에 놀아나고" 만다. 정치인의 표리부동과 대중의 부화뇌동을 함께 비판하고자 단풍나무의 잎새를 가져온 것으로 보인다. 이와 같이 송 시인이 자연 상관물을 갖고서 쓴 시도 자세히 읽어보면 현실비판정신 내지는 현실참여의식이 깃들어 있다. 「개미 떼」 「새 떼」 「잡초」 「석류」 「동백꽃」 「그믐」 「지평선」 「양파」 「분재」 「겨울나무」 같은 시도 마찬가지이다. 독자는 시의 겉에 드러나 있는 '외연'만 볼 것이 아니라 안에 숨어 있는 '내포'를 읽어야 한다.

> 비록 더럽고 죄 많은 인생
> 수렁 속에 몸을 묻고 살아도
> 혼돈한 이 세상을 향하여
> 순결하고 거짓 없는 하얀 연꽃
> 한 송이 피워낼 수 있는 사람
>
> 여태 출렁대며 고랑 많은
> 수면 위에 몸을 투탁하고 살아도
> 부박한 사바세계를 향하여
> 꿈 많은 희망 펼친 초록의 연잎
> 배돌아 물 한 방울 묻지 않는 사람
>
> 연밥 한 그릇 짓지 못하는 시인이여!
>
> —「시인」전문

해맑은 물에서는 연꽃이 하얀 연꽃을 피워내지 못한다. 물 속이 안 보이는 더러운 황톳물에서 "순결하고 거짓 없는 하얀 연꽃" 같은 시를 피워낼 수 있는 사람이 시인이다. 하지만 시인은 그 연꽃 그 연잎으로 연밥 한 그릇을 짓지 못한다. 사실 그렇지 않은가. 시인은 시를 쓸 따름, 사람들을 혁명의 대열로 내몰 수는 없다. 시로써 사람들의 허기를 달래줄 수도 없다. 현상계에서는 가장 무능할지도 모르는 시인이지만 언어로 하얀 연꽃을 피워낼 수 있는 사람이 바로 시인이다. 이 시인의 길을 송석중은 생명현상이 끝나는 날까지 걸어갈 것이다. 그가 가는 길을 뭇 독자와 더불어 지켜볼 따름, 나도 한 명 독자의 입장에서 송 시인의 시편을 이상과 같이 읽어보았다.

죽음의 계곡에서 삶과 죽음을 생각하다

송석중 선생님께

잘 지내고 계십니까? 미주한국문인협회의 여러분들도 다들 잘 계시는지요? 지금 이 땅은 경제가 IMF 때보다도 더 어려운데 미국 경제도 불황에서 벗어날 기미를 좀처럼 안 보이고 있다고 하지요? 교민들의 생활도 많이 어려워졌으리라 여겨지는데 빨리 이 경제 한파가 끝났으면 좋겠습니다.

미주한국문인협회가 결성된 지도 어언 30년이 다 되어가는군요. LA를 중심으로 결성된 협회는 계간 『미주문학』을 올해 봄에 46호째 발간하면서 활발하게 작품 활동과 인적 교류를 하고 있는 것으로 압니다. 제가 송 선생님과 인연을 맺게 된 계기가 바로 『미주문학』이었습니다. 여러 해 계간평을 맡아서 쓰는 과정에서 선생님 시의 허물을 지적한 적이 있었고, 그 덕(?)에 미주한국문인협회의 초청으로 두 번 미국에 갔을 때 선생님을 뵐 수도 있었습니다.

선생님은 이번에 다섯 번째 시집 출간을 준비하면서 시집 원고를 제게 보내오셨는데 머나먼 미국에서 이렇게 열과 성을 다해 시작에 매진하고 있으니, 무사안일의 나날을 보내고 있는 제가 깊이 반성하게 됩니다. 그런데 『미주문학』에 계간평을 쓸 때 거의 매호 어느 한 분은 '데스밸리(Death Valley)'를 작품의 소재 혹은 공간적 배경으로 하여 시를 쓰는 것이었습니다. 저는, 데스밸리를 보고 온 이라면 그 인상이 무척 강해 시를 쓰지 않을 수 없나보다고 생각했습니다. 미국에 갈 때마다(고작 두 번이 다였지만) 몇몇 시인이 저더러 데스밸리 안내를 해주고 싶은데 지금이 8월 한여름이라 안 되겠고, 다른 계절에 오면 꼭 보여주고 싶다고 하더군요. 그 이유를 물어보면 말로는 설명하기 어렵다, 직접 봐야지 알 수 있고, 가보면 엄청난 충격을 받으면서 시를 몇 편 꼭 쓰게 될 거라고 말해주는 것이었습니다. 그래서 데스밸리에 대한 궁금증이 한층 증폭되고 있던 터에 시집 원고를 읽어보니 한두 편

이 아니라 태반이 데스밸리를 소재로 쓴 작품이네요. 이번 시집은 제목부터가 '늙은 황야의 유혹'이며, 제1부의 제목 '사막 길'은 데스밸리로 가는 바로 그 길이겠지요. 제2부의 제목은 아예 '죽음의 계곡'입니다. 자, 지금부터 선생님의 내면에 커다란 감명과 충격을 주었을 것임에 틀림없는 데스밸리로의 여행을 보내주신 시와 함께 떠나볼까 합니다.

송석증 제5시집 표지

　데스밸리는 미국 캘리포니아 주 동남부에 있는 구조분지構造盆地로, 남북 길이 225km, 동서 길이 8∼24km에 달한다고 하지요. 북아메리카에서 가장 덥고 건조한 지역이며, 해수면보다 82m 낮은 지역도 있다고요. 여름 기온은 보통 50℃가 넘고 지표 온도

가 88℃를 기록한 적이 있다고 합니다. 시집은 「가는 길」이란 시로부터 출발합니다.

> 모래 위의 폭주족
> 네 발 오토바이
> 흙먼지 바라보며
> 아모르 아모르 내 연인 찾아간다
>
> 갑가지
> 눈앞에 활짝 열리는
> 장다리 사촌(?) 유채꽃 군락
> 홀딱 반한 곁눈질에 차는 가리산지리산
> 느침 닦은 손등, 다시 힘주는 손목
> 꼬드기는 봄 길이었다
>
> ―「가는 길」 제1, 2연

　여기서 말하는 내 연인은 데스밸리겠지요. 연인을 만나러 차를 몰고 가는 길에는 유채꽃이 피어 있습니다. 선생님은 흙먼지 일으키는 모랫길에서 미국 청소년들이 모래 위를 달릴 수 있는 네 발 오토바이로 경주를 하며 노는 광경을 보았을 것입니다. 그들이 일으키는 흙먼지가 여행객들이 가는 길에까지 뒤덮여 옵니다. 그러지 않아도 순탄할 리 없는 여행길입니다. "하루에도 시시각각 변하는 모래언덕"과 "곧장 맞은 볼기짝 같은/ 붉으락푸르락 성난 산판 돌아"서 가야 합니다. 그래서 그 길은 "변화난측 인생길"과 같습니다.

> 아지랑이 아롱아롱
> 바람결에 수런대는 모래밭
> 태곳적 파랑새 찾아

내 사랑 내 사랑 내 연인 찾아간다
―「가는 길」 제5연

하지만 바람결에 수런대는 모래밭 길은 이상하게도 소풍 전날 어린 아이의 마음처럼 기대감에 부풀게 합니다. '태곳적 파랑새'는 이상(향)일 터인데, 그는 내 사랑 내 연인이고 나는 그를 찾아서 "비련의 꿈길"을 달려갑니다. 데스밸리 가는 길에는 테코파 온천이 있습니다. 사막 한 가운데에 자리한 테코파 온천에는 미네랄 약탕이 있는데 그 물에 몸을 담그면 만병이 다 낫는다는 소문이 나 인파가 벌떼처럼 몰려든다고요? 그런데 선생님께서는 그 온천수에 몸을 담그고 어머니 양수 속에 있던 태아 때 생각을 하시는군요.

기억되지 않는 세상
어머니, 돌기 같은 나를 수태하사
열 달 길러내신 자궁 속 양수
이곳에 들어보니 알겠다
잠시 오던 길 지우고 무위에 드니
황야 중심에서 단절된 세상
비로소 세속과 멀어졌다는 안도감
(중략)
기억하지 못했던
마르지 않는 온천수 같은 은혜
어머니 생각할수록
양수처럼 뜨거운 눈물만 흐른다
―「테코파 온천 2」 부분

모처럼 세속과 떨어져 푸근한 시간을 가지면서 선생님께서는 '진자리 마른자리 갈아 뉘시며' 키워주신 어머니 생각에 눈물을 흘리셨나 봅니다. 어머니에 대한 송가는 뒤에 가서 다시 읽어보기로 하겠습니다. 데스밸리로 가자면 사막을 한참 달려가야 합니다. 드넓은 데스밸리 자체가 사막을 포함하고 있기도 하겠지요.

미국의 데스밸리 풍경

알몸 다 드러낸 채
오늘날도 창세기를 꿈꾸고 있는
모래밭에 들면 내 발길 자꾸 발목 빠지고
생각도 푹푹 모래에 묻혀 무릎 꺾는다
로마 병사의 채찍 맞은 자리 같은
저 붉은 산허리 드러난 상처 보니
아직도 선혈이 낭자한
내 영혼의 넝마 같은 죄 추레하고 수통하다
　　　　　　　　　　　　　　　　ㅡ「사막에 들다 1」부분

수목뿌리처럼 숨어 있는 요정처럼
보이는 것이 없는 여자
그 텅 빈 생멸의 세계
홀랑 벗어던진 채
질펀히 누워 태고의 원죄 말리고 있다
유혹에 나약해 뱀 대가리에 현혹당한 이브
금단의 선악과 그 먹음직스러움에
에덴 밖 죽음으로 내몰린 운명
　　　　　　　　　　　　　　　　―「사막에 들다 2」 부분

　　사막을 지나 데스밸리로 가면서 성경에서 읽은 내용을 떠올렸나 봅
니다. 선인장의 가시를 보니 예수가 처형될 때 썼던 가시 면류관이 생각
난 것이고, 사막의 붉은 산허리를 보고 로마 병사의 채찍을 맞으며 골고
다 언덕을 걸어간 예수를 떠올려보기도 합니다. 황야는 너무 고요하고
막막해 머리칼이 쭈뼛 서는데, 천국인지 지옥인지 독수리도 선뜻 내려
서지 못하는 험한 곳이어서 예수가 숨을 거둔 골고다 언덕이 생각난 것
입니까? 사막은 아담과 이브가 쫓겨 내려온 곳이기도 합니다. 사막에
대한 묘사는 세 번째 시에서 보다 구체적으로 전개되고 있군요.

예가 인간 상상 초월한 태곳적 모습 간직한
사람의 발길 닿지 않던 협곡
갈대 군락지 보이고
오아시스의 샘물 생명 기르는 곳
어리바리 두 눈 뜬 채
고의춤 추스르고 돌아서는 발길
눈에 밟히는 백옥 같은 피부 하얀 모래
사보텐 가시 찔려 피범벅한 구름 떼
　　　　　　　　　　　　　　　　―「사막에 들다 3」 부분

사막은 죽은 땅이 아닌가요? 계곡에는 갈대 군락지가 보이고 오아시스에는 생명체들이 살고 있나 봅니다. 아, 그리고 사막에는 사보텐이 있지요. 이곳에서 마약 취한 듯 주술 걸린 듯 몽롱해 우두커니 서버리고 말았다고 했습니다. 사막은 "백옥의 속살 내보이고 있는/ 저 눈모시의 눈부심"(「사막에 들다 4」)을 자랑하기도 하지만 사막의 넓은 지평을 보고 "어머니 사랑보다 더 넓은 지평을/ 나는 아직 본 일이 없다"(「사막에 들다 5」)며 어머니를 느끼기도 했었네요.

> 쭈그러진 젖꼭지 어머니 가슴
> 낮이면 불볕더위
> 밤이면 시린 추위
> 한 생애 견딘 인고의 세월
> (중략)
> 가진 것 하나 없이 평생 내주기만 하더니
> 빈 사막이 된 우리 어머니
>
> ―「사막에 들다 5」 부분

자기희생의 생을 살아온 어머니와 인고의 나날을 보내는 사막을 동일시한 이 시는 사막에 인격을 부여했다는 데 의의가 있습니다. 테코파 온천에서도 느낀 어머니를 사막에 와서도 느낀 것이니, 선생님에게 있어 어머니가 어떤 존재인가를 새삼 알 수 있습니다. 모든 것을 포용하고 모든 것을 관용하고 모든 것을 사랑하는 거룩한 존재인 사막—그래서 「낙타」라는 시에서 "앞만 보고 묵묵히 걷고 있는/ 낙타의 끈질긴 인내를 보면서/ 가도 가도 끝없는 사막 길 감내하신/ 가사노동의 낙타였던 어머니 생각했다"고 표현하신 것이겠지요.

> 그래도 울 엄니 낙타 육봉처럼

자식 들쳐 업고 도 닦듯 기도하듯
논 매고 밭 매고 발톱 빠지도록
한 뉘를 앞만 보고 걸어가셨던
낙타 같았던 우리 어머니

　　　　　　　　　　　　　　　　－「낙타」 부분

　주인이 시키는 대로 사막 길을 앞만 보고 묵묵히 걸어가는 낙타를 봐
도 송 선생님은 어머니를 떠올립니다. 어머니에 대한 가슴 아픈 추억은
제4부의 시를 검토할 때 다시 말씀드리도록 하겠습니다. 낙타 외에도
이곳에서 서식하는 동물들을 형상화한 시편들이 이어지고 있습니다.
「코요테」 「방울뱀」 「도마뱀」 「사막거북」 등이 그것입니다. 이들 시에
대한 감상은 독자의 몫으로 돌리겠습니다.
　이색적으로, 인디언의 운명을 슬퍼한 시가 한 편 있습니다. 이 척박한
사막지대에 살던 원주민 인디언은 다 어디로 간 것일까요?

평화를 추수하던 자연주의자들
시냇물 같은 가난과 창세의 소박한 마음
둥 둥 둥 차고 시린 새벽이슬 털고
그믐 밤 하늘에 빌던 청순한 눈빛
하늘 우러러 한 점 부끄럼도 없던 태고지민

제 타작마당 모두 빼앗기고
사막의 물기 마르듯 어디로 증발했나?
철책 안의 동물처럼 총질해 쓸어 모아
머리카락 보인다 꼭꼭 숨긴 사람들
'인디언 보호구역' 울짱 안에 갇힌 수형자들

　　　　　　　　　　　　　　　－「그리운 인디언」 제2, 3연

사막의 원래 주인은 분명히 인디언이었지요. 평화를 추수하던 자연주의자들을 '인디언 보호구역'으로 내민 이들은 백인이었습니다. 백인은 인디언들을 짐승으로 취급, 총질을 해대며 철책 안으로 쓸어 넣었습니다. 죄도 없이 '울짱 안에 갇힌 수형자들'의 삶을 살게 된 인디언들을 향한 동정적인 시선이 느껴지는 시입니다. 미국사회에서는 지금도 인디언에 대한 처우가 그렇게 나쁘다면서요?

　　　　가시나무새 가리 찔려 피나는 사랑처럼
　　　　뜨거운 사막 질러 모래바람 거슬러서
　　　　뾰족한 사랑으로 화끈한 동정을
　　　　따끔한 포옹으로 혼절한 쾌감을
　　　　땀국 흘리며 한 판 펼쳐보고 싶다
　　　　얼음장 같은 인정 빙하 같은 세속 피해
　　　　땀띠 나는 세상 침묵하는 그대여!

　　　　　　　　　　　　　　　　　－「사보텐 3」 부분

　사막의 선인장을 보고서 묘한 에로티시즘을 느껴보았던 것인가요? 사보텐은 가시가 여간 많지 않을 텐데 가시투성이 사보텐을 여인으로 보고서 농도 짙은 러브신을 연출해보고 싶은 충동을 느끼기도 했나 봅니다. 물론 상상 속에서지요. 자동차 바퀴가 사막에 빠졌을 때, 수렁논 깊숙이 빠져들게 하는 사막 길의 속성을 체험하고는 "헤어 나오려고 하면 할수록" 사내를 더 깊이 빨아들이는 '名妓' 여자를 떠올려보기도 합니다.

　　　　한 번 붙으면 피를 봐도 떨어지지 않는
　　　　미나리 밭 찰거머리 같은 여자
　　　　바투 잡아당겨 꼼짝달싹 못하는 진절머리
　　　　한사코 살을 부비며 붙들고 놓아주지 않는
　　　　빠지면 주저앉고 마는 갯벌 같은 여자

그런 명기 그립다, 보고 싶다
　　　　　　　　　　　　　　　　　　　－「사막 길」 제3연

　이런 여자에게 걸려들어 신세를 망쳐버리더라도 그런 '죽고 못 사는' 사랑 한번 해보고 싶어 하는 마음이야말로 시인의 마음인 게지요. 멋있습니다. 사막의 봄꽃을 보고 쓴 다음과 같은 시는 사막에서 피어나는 꽃들의 생명력에 대한 감탄이요 예찬입니다. 데스밸리에는 선인장은 물론이고 염분기에 내성이 있는 골풀과 염습지식물이 자라고, 피클위드도 피어난다고 합니다. 메스키트는 사료로 쓴다고 하지요. 크레오소트 관목은 사력층 선상지에서 번성하고, 고도가 낮은 지역에서는 사막호랑가시나무가 자라는 걸로 알고 있습니다. 사막 야생초들도 봄에 비가 좀 오면 눈부시게 피어난다고 했습니다.

　　　바람이 시샘했나
　　　꽃대궁 흔들고 지나가는 모래바람아!
　　　분지르지는 마시게 저 갸륵하고 애절한 모습
　　　이 거칠고 메마른 세상 사막 땅에서
　　　잎 열고 꽃 피는 미소 어찌 그리 쉬운 줄 아는가?
　　　　　　　　　　　　　　　　　　　－「사막의 봄꽃」 제3연

　사막에서 "잎 열고 꽃 피는 미소"를 보여주는 식물들은 끈질긴 생명력으로, 자연환경과의 투쟁을 통해 생명을 보전하고 있음을 선생님은 알고 계시는군요. 우리 인간도 저 사막의 봄꽃에게서 생존을 위해 부단한 노력하는 생명력을 배워야 하거늘. 사막에서 살아가는 900여 종 생명체에 대한 감탄은 「목숨은 고귀하다」에서 절정을 이룹니다. 백과사전을 찾아보니 미국 데스밸리에는 영양다람쥐·캥거루쥐·데저트우드쥐를 비롯한 설치류와 토끼들이 서식하는데 이들을 잡아먹고 사는 것들로 코요테·킷여우·스라소니 등이 있다고 합니다. 소규모 양떼가 종종 보이는데 그중 큰 놈들은 데스밸리가 원산지인 사막큰뿔양이라고요. 탐광자와 광부들이 버린 당나귀가 야생에 적응하여 야생당나귀가 되고, 종수가 늘어나면서 풀을 먹어치워 다른 초식동물을 위협하고 있다고 하네요. 조류만 78종이 조사되었다니 900여 종 생명체가 있다는 것이 틀린 말이 아닐 듯합니다. 엄청나게 많은 까마귀 중에서 목쉰소리 큰까마귀라고 있다는데 혹시 그 울음소리를 들어보셨는지요?

> 메마른 세월이 숨쉬는 열풍으로 일어서는 대지
> 태양 숨겨둔 비밀금고 달칵 문 여는 소리에
> 금시 고개 내밀고 기지개 펴는 구백여 종의 생명체들
> 마른 슬픔 같은 돌무더기 사이 듬성한 야생초 미소
> 이 독한 열지熱地에서도 함부로덤부로 죽지 않는 고귀한 목숨들
> —「목숨은 고귀하다」 마지막 연

900여 종 생명체들에 대해 경외심을 갖는 이유는 그렇게 독한 태양열과 지열을 받으면서도 "함부로덤부로 죽지 않는" 생명력 때문이겠지요. 낱낱의 생명체에 대해 "고귀한 목숨들"이라는 경외심을 표하며 이윽고 당도한 곳—바로 데스밸리입니다.

제2부는 데스밸리에 도착해 그곳을 눈으로 보고 가슴으로 느낀 것을 묘사한 부분입니다. 첫 번째 시가 죽음의 계곡을 일목요연하게 보여줍니다.

> 사막에 갇힌
> 더위
>
> 황야에 박힌

소금밭

오롯이 가부좌 튼
정적

아! 상상 초월한
데스밸리

ー「죽음의 계곡 1」 전문

제1연은 데스밸리의 높은 기온을, 제2연은 이곳이 예전에는 바다여서 지금도 소금밭임을 말해주고 있습니다. 제3연은 인적이 없어 정적만이 감도는 대자연의 모습을 보여주고 있고, 제4연은 상상을 초월한 곳이라고 감탄하는 부분입니다. 흔히 하는 말로 '입이 딱 벌어지는' 광경을 보았나 봅니다. 이어지는 시는 데스밸리에 대한 보다 구체적인 묘사입니다. 사막은 "한없이 바라보아도 주니가 나지 않는/ 하얗게 발가벗은 여인의 몸"으로 느껴지고, 크고 작은 산봉우리들은 "옛 홍수와 바람의 손길에 다듬어져/ 극심한 풍화작용이 빚어놓은 설치미술관"(「죽음의 계곡 2」)으로 느껴집니다. 데스밸리의 암벽들은 바다 밑에서 발견되는 수성암으로 이루어져 있다는데, 그것을 보면 바다였던 곳이 지각작용으로 융기한 것임을 알 수 있습니다. 그래서 일대가 온통 소금밭인 게지요.

아직도 해수면보다 282피트 낮은 최저지점
첫눈 내린 초등학교 운동장처럼
밑바닥 일천 피트 하연 소금밭 거칠고 딱딱한 껍질로
긴 여정의 닻 부드러운 모래 속에 밀어 넣고 있다

ー「소금밭」 제3연

인용한 부분에 잘 드러나 있듯 오랜 세월의 풍화와 침식으로 움푹 팬

곳에 펼쳐져 있는 소금밭…… 그 풍경이 황량하고 삭막하긴 하겠지만 얼마나 장관일까요. 산 암벽들의 색깔은 한두 가지가 아닌지 「미술가의 팔레트」에서 "붉으락푸르락 흥분했는지 분노했는지/ 노랗게 질린 면상 제 막막함을 향해 기울어진 산"이라고 참 절묘하게도 묘사했습니다. 분화구를 다룬 시를 그냥 지나칠 수 없네요.

> 데스밸리 치부인가
> 젊어 한때 폭발한 자리
> 주변 온통 흙색이고
> 잡초마저 칙칙하다
>
> 천 년 전 어느 날
> 붉은 속 다 내보이고
> 이제 오는 발길 잦추는
> 홍합 벌린 듯한 땅 구덩이
>
> ─「분화구」제1∼2연

　화산 활동을 통해 바다가 육지가 된 것일 테니 분화구가 있게 마련이지요. 사진을 보니 꽤 큰 모양인데, 실제 크기는 감을 잡기 어렵습니다. 사람들은 호기심으로 달려와서 보고는 "민둥산 펑퍼짐한 빈 구멍"이라 실망을 하기도 하나 봅니다. 데스밸리에 가서 볼 수 있는 것들, 예컨대 「스코티스 캐슬」「남근석」「사막 바위」같은 것도 세심하게 관찰하여 시로 새겼습니다. 그리고 데스밸리를 둘러싸고 있는 자연 풍경을 보고 「하늘과 산과 달」「달빛」「햇살과 사막」등을 씁니다. 제2부의 마지막 시는 '데스밸리'라는 이름에 대한 명상입니다.

　데스밸리

이름이 무겁다
죽음을 이고 선 고인돌 같다 스톤헨지 같다
(중략)
작은 겨자씨라도 발아되어 떡잎 키우면
키 넘긴 초본 되어 뭇 새들 깃들이듯
이름에는 펄럭임도, 번쩍임도, 크고 작음도 없다
데스밸리
명불허전名不虛傳이다

　　　　　　　　　　　　　　　　　　　　　─「이름」 부분

　데스밸리라는 이름을 붙인 이는 당연히 인디언이 아니라 백인이었지
요. 1849년, 동부에서 서부로 가는 이주 개척민들이 이곳을 통과하면서
엄청난 고통을 겪었습니다. 사람도 많이 죽었을 것입니다. 금광이 있다
는 소문이 개척민들을 끌어들인 것은 아닌지 모르겠습니다. 금광 발견
여부는 잘 모르겠고, 1880년대에 붕사광硼砂鑛이 발견되어 이 일대는 붕
사 개발의 중심지가 되었다고 합니다. 그 명성 그대로 여기에 와보니 바
로 죽음의 계곡이더라는 말로 제2부는 끝납니다.
　데스밸리를 보고 와서 선생님은 삶과 죽음에 대해 평소보다 더 많은
것을, 또 더 심각하게 생각하게 되지 않았을까요. 그래서인지 제3부의
제목이 '삶과 죽음'입니다.

내 영혼의
십자가 쓰러지고
내 육신의
선악과 싹싹 먹었습니다

저 무한천공 위에
물한년 스스로 존재하신

　　　　나의 하나님

　　　　　　　　　　　　　　　－「흙에서 흙으로」제1~2연

　데스밸리에 다녀와서 선생님 자신이 유한자임을 더욱 뼈저리게 느꼈
고, 창조주인 신의 존재를 더욱 절감했기에 이 시를 쓴 것이 아닐까요?
제3부의 이런저런 시에서 '하나님'이나 '신'에 대해 말씀하시는데, 이것
도 광활한 대자연을 보고 자신의 왜소함을 더욱 뼈저리게 느낀 결과가
아니겠습니까.

　　　　이지러진 토담 위에
　　　　간지게 매달린 늙은 호박
　　　　하늘엔 하나님 계시니
　　　　들메는 소리 듣고 있나요

　　　　　　　　　　　　　　　－「듣고 있나요 2」마지막 연

　　　　태어나고 죽는 일, 내 의지 무관한 불가항력
　　　　처음부터 확정된 길, 제대로나 도착하자 니르바나에
　　　　안개 거친 태양처럼 神의 축복을 감사하자

　　　　　　　　　　　　　　　－「비우는 일 축복이다」부분

　이지러진 토담 위에 간지게 매달린 늙은 호박도 예사롭게 보이지 않
습니다. 보이지 않는 손길이 닿아서 싹이 나고 잎을 틔우고 호박을 키우
고…… 생명체의 생명현상이 어찌 저절로 일어나는 일이겠는가, 무에
서 유가 창조될 수 있단 말인가, 하고 생각한 선생님은 태어나고 죽는
일도 내 의지와는 무관한 불가항력이라고 고백합니다. "제대로나 도착
하자 니르바나에"는 불교적 용어이기는 하지만 신의 예정조화로 삼라
만상이 운용되는 것에 대한 깨달음이 담겨 있고, "안개 거친 태양처럼
神의 축복을"은 신에게 늘 감사해야 한다는 기독교인의 신앙심의 발로

가 아닌지요. "이 한 몸 빈 독처럼 깨끗이 비워야 한다"는 비움의 철학도 데스밸리 여행 이후에 가지게 된 것이라 여겨집니다. "지상은 경부선 대전역이다"라는 시행은 재미있기도 하고 의미심장하기도 합니다.

> 지상은 경부선 대전역이다
> 우동 한 그릇에 배 채우고 떠나야 하는
> 생명 영원히 먹을 수 없는 곳
> 산책길 잠시 땀 들인 휴게소
>
> ―「지상의 삶은」 제2연

지상에서의 삶이란 대전역에 잠시 내려 우동 한 그릇 후딱 먹고 일어나는 시간처럼 짧고 덧없는 것이라는 말이지요. 시간의 흐름을 누가 막을 수 있단 말입니까. 사회적 강자에게도 약자에게도, 부자에게도 빈자에게도, 식자에게도 무식자에게도, 운동선수에게도 병자에게도 공평하게 주어지는 것이 시간입니다. 일찍 죽지 않는다면 그 모든 인간에게 노쇠와 병마는 찾아오게 마련이지요.

> 사랑하는 내 청춘아!
> 해가 지면 눕자
> 양로병원 저 할멈처럼
> 현손녀가 밀어주는
> 휠체어는 타지 말자
>
> ―「내 청춘아!」 전문

늙고 병들었을 때 누구의 도움을 받으며 목숨을 부지하는 것보다는 잠자리에 들었다가 숨을 거두는 것이 백 번 낫지요. 하지만 이런 소망이 이뤄지는 사람은 드물고 그런 사람은 그야말로 천복을 타고난 것입니다. 그리고 생명에 대한 애착은 "순식간에 물드는 노을빛 사막 해거름 속에/ 가시 세우고 살던 오기"(「명목」), "와락 움켜잡아야 하는 내 것" (「내 것」) 같은 구절에 잘 나타나 있습니다. 가버린 청춘을 아무리 아쉬워한들, 내 것에 대한 집착이 누구보다 강한들, 저승사자가 찾아오는 것을 막을 수는 없습니다. 때가 되면 반드시 죽어야 하는 것이 우리 유한자의 정해진 운명임을 선생님은 이제 담담히 받아들이고 있습니다.

> 기별하지도 않고 연락하지도 않고
> 까마득하게 잊고 살아도
> 문득 온다 너는
>
> —「죽음」 부분

> 까막까치 우지질 때 울지 마
> 노란 꽃잎 휘날릴 때 날리지 마
> 갈대로 흔들리는 당신 꺾이지는 마
> 믿으면 들리는 하늘말씀 귀 기울이면 돼
>
> —「나, 떠난 뒤」 부분

죽음에 대한 이러한 명상은 삶에 대한 반성을 촉구합니다. 어차피 죽게 되어 있는 것이 정해진 인생길이라면 지금 이 시간을 어떻게 사는 것이 중요하지 않겠습니까. 그래서 선생님은 '사랑하겠다'고 맹세합니다.

> 쨍 햇볕 아래 하루만 더 살 수 있다면
> 사랑하리라 나는 사랑하리라
> 금잔디에 들꽃 피고지고 멧새 우지지고
> 바람 가고 구름 가고 인생 가는 이생
> 오늘도 봄볕만 따뜻하네
>
> —「북망산」 끝부분

아마도 사랑할 첫 번째 대상은 내 주변 사람들, 그 다음이 내 주변의 자연과 사물이겠지요. 죽음을 인식하면 할수록 삶을 더욱 보람차게 영위할 수 있으리라는 선생님의 말씀에 전적으로 동의합니다. 「소풍」 「고별이라 말하지 마세요」 「귀뚜라미」 「사랑과 평화」 「저승 입양」 등도 어떻게 살아야 할 것인가와 어떻게 죽음을 준비할 것인가가 다른 게 아니라는 믿음이 낳은 시편이라고 생각합니다. 제3부 후반부의 시편 가운데 눈에 확 들어오는 시가 있습니다.

> 밤하늘이 아름다운 것은
> 이름 가진 몇 개의 별 때문이 아니고
> 이름 없는 수만 개 별빛 때문입니다
>
> 밤하늘이 아름다운 것처럼
> 세상은 나로 인해 아름답습니다
>
> —「세상은 나로 인해」 전문

그렇지요, 내가 있어서 밤하늘의 저 별들이 있는 것입니다. 내가 세상에 빛을 뿌리는 존재가 되느냐 빛을 빨아들이는 블랙홀 같은 존재가 되느냐는 내 의지에 달린 것이지요. 내 비록 이름 없는 별처럼 무명의 시인이지만 내가 저 이름 없는 별빛의 아름다움을 노래한다면 밤하늘은 나로 말미암아 아름다워질 수 있는 것입니다. 그런 의지와 소망으로 우리는 남은 인생을 살아가야 하는 것입니다.

제4부의 '가족과 이웃'은 제목이 이미 많은 것을 말해주고 있습니다. 사모곡과 아내에게 바치는 노래 등이겠지요. 매일 아침 건강식으로 먹는 사과에서 또르르 새까만 씨앗이 8개 튀어나온 날, 선생님은 어머니 생각이 났던가 봅니다.

우리 어머니도 8남매 두셨는데……
이 사과 8개의 씨앗을 익히기 위해
얼마나 모진 세월을 헤쳐왔을까?

―「사과」 부분

　이어지는 내용은 어머니가 어떤 세월을 헤쳐왔는지에 대한 설명입니다. 8남매라면 20년 세월은 족히 아이를 낳고 키우는 데 바쳤을 것입니다. 그 과정을 선생님은 농부가 사과나무를 잘 가꿔 사과를 수확하는 것에 빗대면서 전개시키고 있습니다. 「플라타너스」라는 시에서는 "장맛비 맞으며 가셨다는 기별 듣고도/ 비행기 표 살 돈 없어 장례식 못 간 불효" 하면서 스스로를 책망하고 있습니다. 「연어 2」에서도 이민생활 23년 동안 제대로 찾아보지 않다가 임종도 못 지키고 뒤늦게 서울행 비행기를 탄 자신을 반성하고 있습니다. 그때 정말 그랬었던 것이겠지요. 이 두 편은 어머니의 임종을 못 지킨 한이 쓰게 한 시라고 생각합니다. 선생님은 어머니를 가지 끝 화사한 주황색 꽃을 한 송이 피운 히비스커스에게서 느끼기도 하고, 찬장 구석구석 남은 음식 잔반 부스러기를 삭삭 먹어치우는 바퀴벌레한테서 느끼기도 합니다. 어머니를 떠올리면 숯불을 피워 그 열기로 옷을 다리던 고물 다리미 생각이 나지 않을 수 없지요.

울 엄니 밀고 당기시던 숯다리미 숯불 꽃
철없는 시절 숯내 난다고 몽니 많이 부렸지만
숯불 없는 지금은 그리움의 불꽃만 타오릅니다

―「다리미」 마지막 연

　매캐한 냄새가 난다고 멋모르고 불평을 발하던 자신 역시 지금 생각하니 후회가 되는 것입니다. 어머니에 대한 그리움이 가슴에 사무치는 것입니다. 돌아가신 어머니에 대한 이런 그리움의 시편에 이어지는 것은 아내에 대한 고마움을 고백하는 시편입니다.

> 지금은 아이들 엄마가 되고
> 뱃사람처럼 검고 주름진 얼굴에
> 참새가슴 할딱이며 내 곁에 잠들어
> 내 가슴 울컥하게 하는 몸집 작은 여인이여!
>
> —「아내 1」 마지막 연

> 나는 당신 설한풍으로 할퀴고
> 당신은 꽃샘바람으로 꽃피웠습니다
>
> —「아내 3」 제3연

이민생활의 모진 고통을 함께 나누며 살아오는 동안 뱃사람처럼 검고 주름진 얼굴이 된 아내에 대한 고마움과 안타까움이 묻어 있는 시입니다. 미국으로 데리고 와 고생만 실컷 시킨 미안함이 느껴지는 이런 시에 공감하는 한국 남성분이 많으리라 여겨집니다.

이어지는 시편에는 선생님의 과거지사와 현재의 삶의 모습이 투영되어 있습니다. 「초라한 밥상」과 「아버지의 날」에서는 고국에서 보낸 지난날들의 모습에 대한 사실적인 묘사에 집중하고 있습니다. 「한탄하다」에는 이민생활의 어려움이 녹아나 있습니다. 이들 시편에 대한 감상은 줄이도록 하겠습니다.

자, 이렇게 하여 저는 선생님이 근년에 쓰신 69편 시를 주마간산격으로 읽어보았습니다. 저도 한 명 독자일 따름이니 시의 면면을 제대로 파악하지는 못했을 것입니다. 제가 못 본 부분을 읽어내는 현명한 독자들이 있으리라 생각합니다. 한국에서 발간하게 되는 이번 시집이 한국은 물론 그곳 미주 문단에서도 많이 읽히기를 바랍니다. 한국에서 교육을 받을 만큼 받고 간 이민 1세대나 1.5세대는 물론이거니와 한글을 잘 모르는 2세대가 이 시집을 읽기를 저는 바랍니다. 이번에 내는 송석중 선생님의 시집에는 정말 좋은 우리말이 소복하게 나옵니다. 몇 개 예를 들어볼까요.

느침 : 끈적끈적하고 길게 흐르는 침(「가는 길」).

똘기 : 채 익지 않은 과실(「타코파 온천 2」).

수통하다 : 부끄럽고 분하다(「사막에 들다 1」).

궤란쩍다 : 행동이 건방지거나 주제넘다(「사막에 들다 1」).

사발허통 : 주위가 막힌 곳이 없이 훵하게 터져 매우 허전함(「사막에 들다 2」).

언죽번죽 : 조금도 부끄러워하는 기색이 없고 비위가 좋아 뻔뻔한 모양(「사막에 들다 3」).

어리마리 : 잠이 든 둥 만 둥한 모양(「사막에 들다 3」).

들떼리다 : 남의 감정을 건드려 덧나게 하다(「사막에 들다 3」).

주니 : 1.몹시 지루함을 느끼는 싫증. 2.두렵거나 확고한 자신이 없어서 내키지 아니하는 마음(「사막에 들다 4」).

눈모시 : 잿물에 담갔다가 솥에 쪄 내어 빛깔이 하얀 모시. 백저(白苧)(「사막에 들다 4」).

밑절미 : 사물의 기초가 되는, 본디부터 있던 부분(「도마뱀」).

츠렁바위 : 험하게 겹쌓인 큰 바위(「미술가의 팔레트」).

짓둥이 : 몸을 놀리는 모양새를 낮잡는 뜻으로 이르는 말(「하늘과 산과 달」).

겨끔내기 : 어떤 일을 번갈아 하는 상태(「목숨은 고귀하다」).

더뻑 : 앞뒤를 헤아리지 않고 마구 행동하는 모양(「듣고 있나요 1」).

도사리 : 자라는 도중에 떨어진 과실. 낙과(「듣고 있나요 1」).

물한년하다 : 햇수에 제한이 없다. 영원하다(「흙에서 흙으로」).

던적스럽다 : 아주 치사하고 더러운 데가 있다(「비우는 일 축복이다」).

답치기 : 질서 없이 함부로 덤벼드는 짓. 또는, 생각 없이 덮어

놓고 하는 짓(「명목」).

　　몽동발이 : 딸려 붙었던 것이 다 떨어지고 몸뚱이만 남아 있
는 물건(「소풍」).

　　잦추다 : 잰 동작으로 잇달아 재촉하다(「바퀴벌레」).

　　앤생이 : 잔약한 사람이나 보잘것없는 물건(「연어 2」).

　　더그매 : 지붕과 천장 사이의 공간(「이웃」).

이런 좋은 우리말이 이렇게 많이 나오는 시집을 저는 읽어본 적이 없
습니다. 미국에서 수십 년을 살면서 오히려 우리말을 더 많이 구사하고
있으니, 절로 고개가 수그려집니다.

　송석중 선생님!

　부디 오래오래 건강한 몸으로 좋은 시 많이 써 고국에 저희들에게 계
속 보여주시기를 바랍니다. 데스밸리를 주로 노래하고 있기는 하지만
선생님의 시는 참으로 한국적입니다.

재미 시인 박만영에 대해 쓴 두 편의 글

살아 있는 것들을 더 사랑하기 위하여

92세 연세의 재미시인 박만영 선생의 다섯 번째 시집 원고 앞에서 옷깃을 여미고 정좌한다. 집과 병원을 오가며 펜을 들어 시를 쓰고 계신 노시인의 떨리는 손을 생각해본다. 생의 마지막 순간이 그다지 멀리 느껴지지 않을 터인데, 생명을 태워 시의 촛불을 밝히고 있는 노시인의 집념은 이 땅과 미주의 모든 시인들에게 귀감이 되고도 남는다. 시를 향한 열망이 저승사자의 방문을 허락하지 않았던 것이리라. 박만영 시인에게 있어 시는…… 그렇다, 목숨을 바쳐 쓰는 것이며, 목숨을 걸고 쓰는 것이었다. 시 쓰기를 그저 취미생활이나 심심파적으로 생각하는 사람이 있다면 저 태평양 건너 미국에서 모국어를 돌보고 있는 우리 시의 양치기 박만영 시인을 생각해보아야 한다. 그런데 그가 시를 쓰는 장소는 대개 병상이다. 그래서인지 시의 공간적 배경이 병동인 경우가 많다.

박만영 시집 표지

할머니든 누구든
입원하면
기저귀 차고
애기가 된다.

아들 딸 다 키워
시집 장가 보낸
중늙은이 딸은
먹거리 사 들고 와
엄마가 되어,

기저귀가 젖었으면
사람을 불러야지,
틀이 끼워주고,

체할라 꼭꼭 씹어 먹어, 엄마!

―「기저귀」 전문

　이 시에 나오는 할머니와 중늙은이는 모녀지간이다. 그런데 중늙은
이 딸이 병원에 입원한 자기 엄마에게 문병을 가서 마치 딸 대하듯이 말
한다. "기저귀가 젖었으면/ 사람을 불러야지"라며 꾸중하기도 하고, "체
할라 꼭꼭 씹어 먹어"라고 잔소리하기도 한다. 이 우스꽝스런 광경을
떠올리며 코끝이 시큰해지는 감동을 받는 한편, "체할라 꼭꼭 씹어 먹
어, 엄마!"라는 마지막 말에 이르러 미소를 짓지 않을 수 없다. 아들 딸
다 키워 시집 장가까지 보낸 중늙은이이지만 병상의 할머니는 자기 엄
마이기에 "엄마!"라고 외쳐 부르는 것이다. 병원에서 직접 목격한 일을
갖고 쓴 시가 아닌가 여겨지는데, 별다른 시적 형상화의 노력이 행해지
진 않았지만 아주 담백하게 써 긴 여운을 남기는 한 편의 시로 만들었다.

어디서 무엇을 하든지
살아가지야 못할까마는
하필이면
소리 없는 아비규환
노인 병동.

아…… 하고
치매환자 입 벌리게 하여
밥 먹여주는
자상한 손길
데생으로
별에 붙여놓고 싶다.

―「희생」 전반부

재미 시인과 소설가를 찾아서　369

노인 병동의 치매환자가 등장하고 그를 돌보는 사람이 등장한다. 간호사일까? 아니면 환자의 가족? 그가 누구든지 간에 화자는 "밥 먹여주는/ 자상한 손길"을 보고 감동한다. '긴 병에 효자 없다'는 말이 있듯이 자식이라도 오랜 시간 정성껏 부모를 간병하기란 쉬운 일이 아니다. 게다가 월급 받고 일하는 간호사나 일당을 받고 일하는 간병인이 헌신적으로 치매노인을 돌봐주는 것이 가능한 일일까? 화자는 그러나 치매환자를 돌보는 '자상한' 손길을 보고 그 장면이 너무 아름다워 데생을 하여 별에 붙여놓고 싶다는 생각을 한다. 그런데 시간은 두 사람을 반드시 헤어지게 한다. 아무리 기도를 열심히 해도 저승사자는 환자의 주변을 맴돌다가 어느 날 작심하고 찾아온다.

> 되풀이되는 참회의 기도
> 매트리스는 움푹 파지고,
> 영혼은 더욱 맑아져도
> 육신은 폐허가 된
> 어느 날.
>
> 부르심 있어 둘이 갈라질 때
> 활동하던 손에서는
> 힘이 빠지리.
>
> —「희생」 후반부

시인은 투병의 긴 시간을 "매트리스는 움푹 파지고"라고 표현했고, 임종의 날을 "영혼은 더욱 맑아져도/ 육신은 폐허가 된/ 어느 날"이라고 했다. 저승사자의 부르심이 있어 두 사람이 갈라질 때 아픈 사람을 돌보았던 사람이 더 아파한다. 열심히, 자기희생적으로 간병하던 그 어떤 사람의 "활동하던 손에서는/ 힘이 빠지리"라. 이 세상에는 이렇게 자기희생적인 삶을 살아가는 사람들이 있다. 우리는 그를 의인義人이라고 하기도 하고 이타주의자라고 부르기도 한다. 바로 인류의 멸망, 지구의 종말을 막고 있는 사람들이 이들이 아닌가 싶다. 환자들에게는 직접적인 도움을 주는 사람이 중요하지, 선교사는 별로인가 보다. "꺼져가는 환자들 앞에서" 춤을 추는 새파란 선교사가 나오는 시를 보자.

> 팔다리 머리 허리
> 70년대 재즈를 반주로 하여
> 율동은 신나게 펼쳐져도
> 깡마른 몸들에게
> 불은 붙지 않는다.
>
> —「허무한 춤」 제2연

선교사와 환자들 사이에 교감이 잘 이뤄지지 않는다. 선교사가 설교만으로 환자들을 하나님 앞으로 인도해 가기가 어렵다고 생각하여 환자들 앞에서 춤까지 추지만 반응이 없으니 허무한 춤인 것이다. 간호사의 친절봉사는 직업의식일 수도 있겠지만 환자들은 그들을 믿고 의지한다.

> 기괴하게 자란
> 한 그루 선인장,
> 싱싱하게 자라고 있었다.
> 환자와의 호흡을
> 꺼리는 기색이라
> 사무실 카운터에 두게 했다.
>
> 거기에는
> 다정한 간호사들과

조명과 공기 소통이 있어
기갈을 잘 견디는 선인장은
길이 살 것 같았다.

—「선인장」제2, 3연

　친구가 선물하고 간 선인장은 생명력이 대단하여 병실에 두기가 곤
란할 정도이다. 그래서 사무실 카운터에 두었는데, 거기에는 '다정한 간
호사들'과 '조명과 공기 소통'이 있어 선인장이 오래 살 것 같았기 때문
이다. 화자는 자신이 죽은 뒤에도 그 선인장이 아무 탈 없이 오래 푸르
기를 바란다. 선인장도 생명인 것이다. 생명체에 대한 이런 마음을 기독
교에서는 사랑이라고 하고 불교에서는 보시라고 한다. 생명을 가진 것
들을 가엾게 여기는 마음이 잘 드러나 있는 또 한 편의 시는 「우리 개」
이다. 집에서 키운 아주 영특한 진돗개는 염소가 녹아 있는 수영장 물에
는 혀도 대지 않았다고 한다. "예방주사 맞히려고/ 차에 태우는데/ 현대
의 이기인 차를/ 절대로 거부하던" 줏대 있는 진돗개였다. 기름진 값싼
사료만을 먹여 간에 혹이 생겨 끝내 안락사를 시키고 만 그 개를 못 잊
어하는 시인의 마음을 기독교에서는 연민의 정이라고 하고 불교에서는
측은지심이라고 한다. 「환경파괴」에서는 거위와 오리가 대조적으로 나
온다.

거위 한 마리가 없어져
먼 곳에서 짝을
안고 온 딸.
두 마리가 한꺼번에
없어지는 일도 있었다.

탄천은 2급수

큰 잉어들이 오르내리고
개울 언덕에 알을 낳고도
오리들은 내 몰라.

─「환경파괴」 제3, 4연

거위는 연민의 대상인데 새끼들을 안 돌보는 오리들은 좀 밉상이다. 그래서인지 몇 번이고 그물이 이들을 덮쳐 생명을 모두 앗아갔다고 한다. 하지만 화자는 "조상 때부터 내려오는/ 수렵 본능을 억눌러야지" 하고 생각한다. 생명을 가진 것들의 생명을 빼앗을 자격을 우리 인간은 갖고 있다고 생각하지만 사실 우리 인간이 뭐 그리 대단한 족속인가. 환경 파괴와 동물 남획으로 수많은 동물을 멸종시키고 있는 나쁜 족속인 것을. 시인의 생태환경과 자연보호에 대한 관심은 「희망사항」「무태장어의 미래」「오리 한 쌍」 등을 쓰게 한다.

강철 와이어가 돌고 돌아
돌을 무너뜨린다.
장방형 돌들이 도열해 있다.
이 돌들은 건축에 쓰이나요?
'질이 좋아
백인들 몸 담글 욕조로 수출됩니다.'

(중략)

사람이 걷고, 차가 달리려면
통행료를 거둬야겠군요?
'그럴 생각은 없습니다.
민도가 높아지면 너구리, 고라니, 토끼
늑대들의 산책로가 되는 거죠.'

─「희망사항」 첫 연, 끝 연

재미 시인과 소설가를 찾아서 373

채석장에 가보면 돌들의 몰골이 처참하다. 자연 상태로 있던 것들이 사람 손에 뽑히고 깎여 여기저기로 팔려간다. 대한민국에는 사방팔방 길은 잘 닦여 있지만 동물보호는 전혀 이뤄지지 않고 있다. 올무며 덫에 걸려 죽고 차에 치어 죽고 독극물로 죽는다. 이 시의 화자는 "물을 마신 돌의 무늬가 아름다워/ 조물주가 숨겨둔 초상화"라고 하지만 오히려 늘어나는 것이 로드 킬로 마감하는 야생동물들이다. 이 시보다는 "멀지 않아 불볕더위와/ 너희들은 모르는 이산화탄소의/ 농도"(「오리 한 쌍」)나, "한라산을 휘감는 구름에도/ 납이 검출된다는 이곳 분석표"(「무태장어의 미래」) 같은 적극적인 표현에 주목한다. 「관음보살상」에서는 "여기는 첨단 과학의 나라/ 기계와 소음과 경쟁심으로/ 점령된 곳"이라고 하면서 문명에 대해 강하게 비판하기도 한다. 박만영은 "시월의 낙동강 잉어/ 살의 붉고 투명한/ 탄력의 맛을/ 혀는 아직도 기억한다."(「되새김질」)고 하며 옛날에 즐겨 먹던 낙동강 잉어의 맛을 떠올려보기도 한다. 흰머리 독수리와 물개 가족이 공존하는 북극에서는 "순결한 삶터가 알려준/ 이 (공존의) 미덕"을 "기계 구르는 소리와/ 총소리가 있는 곳에서는/ 찾아볼 수 없다"(「북극의 사랑」)고 한다. 생태환경에 대한 이러한 관심은 우리 인류의 앞날을 걱정해서일 텐데, 재미시인의 작품에서 보게 되니 아주 색다른 느낌을 받는다.

이번 시집에는 여성성에 대한 남다른 인식을 보여주는 시편들이 있다. 「여자」「모성애」「치맛바람」「여인상」「여신의 알몸」 등이 아닐까 하는데 이런 시에 대한 이해는 독자의 몫으로 돌리고, 시인의 우리 전통문화에 대한 관심을 살펴보기로 하자. 시인의 출생지가 신라의 수도 서라벌, 경북 경주인 것을 상기할 필요가 있겠다.

> 겹겹이 구르는 돌들
> 하나하나 들어내니

상하지 않고 견딘
자작나무 껍질
아직도 천마를
하늘로 날리고 있다.

—「천마총」 제2연

　일본과 미국에서 오랫동안 살아서 그런지 시인은 이 땅의 어느 시인
보다 강한 애국심을 갖고 있다. 지석이 발견되지 않은 천마총 발견 소식
을 미국에서 접하고 시인은 그 이유를 옛날 석공이 "왕위도 성도 땅바
닥에 동댕이치고/ 천마 타고/ 하늘을 훨훨/ 나르라는 것"으로 이해한다.
이름을 숨김으로써 그 석공은 훨훨 자유롭게 신라의 하늘을 지금까지
도 날고 있으리라. '아사녀의 넋'을 노래한 「찾을 수 있나」 같은 시도 경
주 태생이기에 쓸 수 있는 것이려니.

마흔 해를
탑신 쪼아도
영지에 그림자
비칠 리 없고,
아사녀의 넋은
달무리 되어 떴더라.

—「찾을 수 있나」 제3연

　아사녀는 혹, 서른 해 동안 미국에서 살며 고향을 그리워한 시인 자신
의 초상이 아닐까? 여기서 아사달 아사녀 설화를 잠시 살펴볼 필요가
있다. 석가탑을 창건할 때 김대성은 당시 가장 뛰어난 석공이라 알려진
백제의 후손 아사달을 불렀다. 아사달이 탑 공사에 온 정성을 기울이는
동안 한 해 두 해가 흘렀다. 남편과 재회할 날만 고대하며 그리움을 달
래던 아사녀는 기다리다 못해 불국사로 찾아왔다. 그러나 탑이 완성되

기 전까지는 여자를 들일 수 없다는 금기 때문에 남편을 만나지 못했다.
그래도 천리 길을 달려온 아사녀는 남편을 만나려는 뜻을 포기할 수 없
어 날마다 불국사 앞을 서성거리며 먼발치로나마 남편을 보고 싶어했
다. 이를 보다 못한 스님이 꾀를 내었다. "여기서 얼마 떨어지지 않은 곳
에 자그마한 못이 있소. 지성으로 빈다면 탑 공사가 끝나는 대로 탑의
그림자가 못에 비칠 것이오. 그러면 남편도 볼 수 있을 것이오." 그 이튿
날부터 아사녀는 온종일 못을 들여다보며 탑의 그림자가 비치기를 기
다렸다. 그러나 무심한 수면에는 탑의 그림자가 떠오를 줄 몰랐다. 상심
한 아사녀는 고향으로 되돌아갈 기력조차 잃고 남편의 이름을 부르며
못에 몸을 던지고 말았다. 탑을 완성한 아사달이 아내의 이야기를 듣고
그 못으로 한걸음에 달려갔으나 아내의 모습은 볼 수 없었다. 아내를 그
리워하며 못 주변을 방황하고 있는데, 아내의 모습이 홀연히 앞산의 바
윗돌에 겹쳐지는 것이 아닌가. 웃는 듯하다가 사라지고 또 그 웃는 모습
은 인자한 부처님의 모습이 되기도 하였다. 아사달은 그 바위에 아내의
모습을 새기기 시작했다. 조각을 마친 아사달은 고향으로 돌아갔다고
하나 뒷일은 전해진 바 없다. 후대의 사람들은 이 못을 '영지'라 부르고
끝내 그림자를 비추지 않은 석가탑을 '무영탑'이라 하였다. 박만영은 시
를 이렇게 마무리 짓는다.

> 거울 들고
> 검은 머리 찾아 아쉬워한들……
> 살기등등한 이국에 살아
> 어찌 그 밤의 달무리 찾나?
>
> —「찾을 수 있나」 제4연

  아사달 아사녀 설화에 빗대어 사실은 '살기등등한 이국'의 '사막의 도

시'에서 살면서 고향을 그리워하다가 늙고 만 자신의 슬픈 신세를 하소연하고 있다. 시인은 과연 달무리의 밤을 찾았을까? 시의 석가탑은 확실히 세웠다고 본다. 어느 날에는 북해도에 사는 사촌누이에게 "고향은/ 신라 천년의 고도/ 경주임을/ 잊지 말아 다오."라고 부탁하기도 한다. 시인이어서 그럴 터인데, 조상이 물려준 유형 무형의 전통문화 가운데 최고로 치는 것은 한글이다.

> 스물일곱 해를
> 일본말에 시달리다가
> 뜻밖에 맞이한 해방
> 이듬해,
>
> 거친 갱지로 인쇄된
> 우리말 사전을 만나게 되어
> 입이 닫히지 않았다.
> 경상도 시골에 살아
> 표준말과는 거리가 먼 내게
> 좋은 길잡이였다.
>
> ─「우리말 사전」 제1~3연

우리말 사전을 처음 손에 쥐었을 때의 감격이 그대로 전해져 온다. 3·1운동이 일어난 다음해에 태어난 시인이기에 스물일곱 해 동안 일본말을 하면서 산 것을 두고 '일본말에 시달렸다'고 표현했다. 시인은 "두들겨 맞고 투옥되어도/ 뜻을 굽히지 않던/ 한글어학회 분들의/ 나라 사랑 덕분"임을 잘 알고 있다. 시인은 한글이 일제 강점기 때 어떻게 연구되고 지켜진 것인지 잘 알고 있다. 1942년 10월 일제는 조선어학회 회원 및 관련 인물들에게 치안유지법의 내란죄를 적용해 검거, 투옥하였다. 한글을 연구해 사전 편찬을 준비하고 있었을 뿐인데 모두 33명이 검거

되어 모진 고문을 당해 이윤재와 한징은 옥중에서 사망하였다.

> 산화가 어려운 종이에 인쇄되고
> 가죽으로 장정된
> 우리말 사전을 앞에 두고,
> 고마움의 묵념을
> 가신 분들에게 올린다.
>
> ─「우리말 사전」 마지막 연

　그렇게 지켜진 우리말임을 잘 알고 있기에 조선어학회 분들에게 고마움의 묵념을 올린다고 한다. 1945년 1월 16일에야 판결이 나서 이극로 징역 6년, 최현배 징역 4년, 이희승 징역 2년 6개월, 정인승·정태진 징역 2년, 김법린·이중화·이우식·김양수·김도연·이인이 각 징역 2년 집행유예 3년을 선고받아 복역하던 중 광복이 되어 비로소 풀려난 사건이 바로 조선어학회 사건이다. 광복이 늦어졌더라면 이 가운데 여러분이 돌아가셨을 것이다.

　한글 혹은 모국어에 대한 사랑을 드러낸 또 다른 시로 「말이 음악보다」가 있다. "이들 1세가 가면/ 말의 곡예도 따라가서/ 남을 것은 삭막한/ 미국말뿐,// 우리나라의 어느 곳에서 온/ 사람들인지/ 물어볼/ 길도 없다."는 시구 속에는 이민 1세대가 그나마 구사하고 있는 한글에 대한 사랑이 세대가 내려갈수록 희박해지는 데 대한 안타까운 마음이 담겨 있다.

　박만영 시인은 젊은 시절에 일본에 가서 문학 공부를 하기도 했는데 63세 나이인 1982년 6월, 미국으로 이주하게 된다. 우리말 사전에 대해 남다른 애착을 갖고 있던 시인이 미국에 가서 살면서도 하고 싶은 일은 시를 쓰는 것이었다. 그래서 그간 4권의 시집을 펴내기도 했던 것이다.

지금도 박만영 시인의 간절한 소망은 "우리 민족의 넋이 깃들어 있는 시"를 한 편이라도 쓰는 것이다.

> 향가의 서동요
> 고려가요의 정읍사처럼,
> 우리 민족의 넋이 깃들어 있는 시
> 단 한 편이라도
> 써지기를 기다려
> 살고 있다.
>
> —「살고 있다」 마지막 연

시인이 현재 처해 있는 상황은 "먹지도 못하고/ 마시지도 못하고/ 유동식 공급을 받아/ 연명하고 있"는 것이지만 "다만/ 시를 쓰기 위해", 우리 민족의 넋이 깃들어 있는 단 한 편의 시라도 써지기를 기다리며 살고 있다. 그런 시를 아직 못 썼기 때문에 눈을 감을 수 없는 것이다. 시에 대한 각오를 피력한 몇 편의 시를 더 보자.

> 돈과 권력을 쥔
> 여든 살 난 시인이
> 18세 처녀를 탐내다가
> 상사병에 걸려 죽었다는
> 추문을 남겼지만,
>
> 나는 깨끗한 우리말로
> 시를 쓰다가
> 펜대를 잡고
> 죽으리라.
>
> —「펜대를 잡고」 후반부

여든 살 난 시인이 18세 처녀를 탐냈다는 것은 조금 과장되었다. 독일의 문호 괴테가 일흔두 살 때 열일곱 처녀 울리케 폰 레베초프에게 반해 고민하다가 2년 뒤에 청혼을 한 적이 있었던 것은 사실이다. 괴테의 청혼에 결사반대한 이는 괴테의 아들이었다. 아버지가 정말 그 결혼을 성사시키면 창피해서 이 도시에서 살 수 없으므로 베를린으로 이사를 가겠다고 펄펄 뛰었다. 괴테가 상사병에 걸려 죽은 것인지는 모르겠지만 세상 사람들의 손가락질에 많이 괴로워했고 실연의 아픔에 더욱 괴로워했던 것도 사실이다. 박만영은 괴테가 추문을 남겼든 어떻든 간에 깨끗한 우리말로 시를 쓰다가 펜대를 잡고 죽겠다는 각오를 피력한다. 시시각각 죽음이 다가오고 있음을 느끼면서도 시를 쓰겠다는 무서운(?) 집념을 드러낸 시가 「시를 쓴다」이다.

> 활동하던 자율신경이
> 멈추는 것을 두려워하면서,
> 황반이 탈이 나
> 보는 것이 불편하고
> 조명이 부실해도
> 강박관념 환자가 되어
> 시를 써 모은다.
>
> —「시를 쓴다」 제1, 2연

92세인 만큼 몸과 마음이 다 시를 자유롭게 쓸 상태가 아닐 것이다. 하지만 박만영 시인은 지금 이 순간에도 촌각을 아껴 시를 쓰고 있다.

> 종말이 가까움을 느껴
> 평생 쓰던 우리말을
> 더욱 갈고 닦아,

요행히 몇 편의 시가 살아남으면
이 시대의 사회상을 남기고자
애써 시를 쓴다
죽음의 무서움도 잊고.

―「시를 쓴다」 제4, 5연

시가 '죽음의 무서움'도 잊게 한다니, 대단한 각오와 집념이 아닐 수 없다. 지금 이 시대에 이런 각오와 집념으로 시를 쓰고 있는 시인이 몇 명이나 될까? 우리 모두 반성해야 하고, 또한 본받아야 할 일이다. 박만영 시인은 책과 시집에 대한 애착도 대단한데, 2편의 시가 화려한 영상매체의 시대에 경종을 울리고 있다.

미디어
거대한 전자문명이
시집 소설을 산산조각 내어도,
조금씩 변화하면서 살아가는
각 민족의 언어가 있는 한
책은 죽지 않는다.

―「책」 제2, 3연

많은 사람들이
시인으로 태어났는데도,

시를 쓰는 사람은
점점 줄어들고
시집을 내는 사람은
더욱더 없어지는 세상.

―「시집이 없는 세상」 제5, 6연

오늘날에도 책은 여전히 쏟아져 나오고 있지만 책에 대한 애착은 예전과 많이 달라졌다. 각종 전자매체가 "시집 소설을 산산조각 내"고 있는 시대이다. 하지만 시인은 항변한다. "각 민족의 언어가 있는 한/ 책은 죽지 않는다"고. 모국어를 빼앗겼다가 다시 찾은 경험을 했던 시인이기에 이런 '말씀'을 할 수 있는 것이리라. 「시집이 없는 세상」에서는 시를 쓰는 사람과 시집을 내는 사람이 줄어들고 있는 현실에 대해 개탄하고 있다. 이런 현실이 안타까워 더 열심히 시를 써온 것이 아닐까.

　시집은 이외에도 자신의 추억담, 세계의 이모저모에 대한 고찰, 현실에 대한 비판의식, 사물에 대한 사색, 민족의식의 전개 등으로 확대된다. 여러 가지 식물들에 대해 시를 쓰면서 생명체들의 생명의식을 고양시키는 작업도 해나가고 있다. 이 가운데 이해하기가 쉽지 않은 시 한 편을 감상해본다.

어지러운 세밑 거리
눈마저 흩날려
겨울잠 청하는 내 온실을 희게 덮고,
익은 혼기를
흰 솜털로 감싼 양떼
긴 행렬이 바삐 지나간다.

성에 어린 온실
못다 자다 시들은 이야기를 담은
화분들
쌓여만 가는 사이사이, 계절 어긴
흰독말풀만 한으로 꽃피어
냄새의 역겨움.

약삭빠른 양떼들 눈 속에서

침 돋친 열매, 검은 씨앗 알칼로이드
냄새 맡고는
모두 피해 갔다.

항히스타민제를 처방하던 약사도
눈이 쌓인 가운을
카운터에 걸쳐둔 채
갈등 이룬 분자구조식엔
아예 붉은 줄을 긋고
머리 자르러
미장원으로 가더라.

눈은 온실을
더욱 어둡게 하는 저녁나절
여체에 덮인 눈을
양털로 착각한 나의 헛 가위질.
약사는 웨딩드레스로 갈아입는
어수선한 세밑.

―「온실을 지나간 양떼」 전문

이 시는 자신의 지난날과 현재의 상태에 대한 회한을 담고 있다. 하늘
에서 내려오는 눈은 희고 곱게 보이지만 양털 위에 쌓이면 녹아서 양들
을 불편하게 한다. 무정한 세월은 자신을 눈 맞은 양으로 만들었다. 흰
가운을 입은 의사는 세밑이라고 양털(가운)을 벗고 미장원에도 간다. 온
실이며 화분은 병실을 상징한다. 자유롭게 다닐 수가 없다. 갇혀 있는
것이다. 게다가 꽃 냄새가 고약한 흰독말풀이 나오는데, 이것을 먹으면
미친다는 말이 있다. 이 시에서는 성적 상징으로 쓰였다. 알칼로이드는
안과에서 동공을 확대하는 데 사용된다. 정념은 마음에만 있고 육체는
따라주지 않는다. 자각하기를, 내가 어느새 사람들이 피해 가는 존재가

되고 말다니. 인간의 생로병사에 대한 뼈아픈 인식이 해설자의 가슴을 아프게 한다. 나 또한 '병'과 '사'의 날이 오겠지만 이처럼 한 편의 시로써 그 심정을 그려낼 수 있을까. 병원 주소가 현주소가 되어 있는 박만영 시인의 현실이 안타까울 따름이다. 이 모든 시편이 살아 있는 것들을 더욱 사랑하기 위해서임을 알겠다. 시 쓰기는 사실 사랑의 실천이었던 것이다. 특히나 「교감」에 나오는 옥순이가 누구인지, 인기척도 없이 내 침실로 들어왔다고 하는데, 어떤 관계였는지 무척 궁금하다. 일본을 무대로 한 시들, 예컨대 「패전 속의 퇴폐」「목숨」 같은 작품의 창작 배경에 대해서도 여쭤보고 싶다. 하지만 내게 주어진 지면을 거의 다 썼으므로 이제 마지막 한 편만 거론하고 글을 끝맺을까 한다.

> 못 다한 하직의 말
> 올올이 베로 짜서
> 꿈속의 네 울음
> 적셔줄까?
>
> 어디쯤이냐?
> 아직도 이곳
> 뒤돌아보나?
>
> 남긴 말과 몸짓
> 줄줄이 꿰어
> 돌려주고 싶다.
> 눈물에도 뜨는
> 배가 있다면.
>
> —「막내에게」 제3~5연

「유언」이라는 시도 있긴 하지만 이 시야말로 막내에게, 아니 이 세상

사람들에게 하는 시인의 마지막 말 같다는 생각이 든다. 애착이 가는 많은 것들, 사랑하는 많은 사람들과 이제 하직할 시간이 다가왔음을 시인은 잘 알고 있다. 박만영 시인은 그렇다, 이 한 편의 시로써 유언을 하고 있다. 못 다한 하직의 말도 시요 남긴 모든 말과 몸짓도 시인 것이다. 언젠가는 가족 상호간에 서로 울면서 이별의 슬픔을 나누게 되겠지만 시집이 있으니 이별이 아니다. 살아 있는 자들은 시집을 통해 언제라도 박만영 시인을 만날 수 있고, 시인은 또 독자들의 시집 읽기를 통해 얼마든지 부활할 수 있다. 시집이 있기에 회자정리會者定離가 아니다. 눈물에도 뜨는 배가 있으니, 그것이 바로 이번에 내는 제5시집 『여기에 살고 있다』이다. 시집을 통해 영원한 삶을 이어가고 계신 박만영 시인의 각고의 노력에 대해 태평양 건너 이곳 대한민국에서 까마득한 후학이 응원의 박수를 보낸다. 부디 건강하시고 건필하소서.

모든 생명체에 대한 사랑과 연민으로

박만영 선생님께

작년 10월에 제5시집 『여기에 살고 있다』를 내신 지 넉 달 만에 다시 원고 뭉치를 보내 해설의 글을 부탁하니 솔직히 기겁을 하게 됩니다. 올해 춘추가 아흔셋, 요양병원 침상에서 나날을 보내면서 어떤 경우 목숨이 경각에 다다르는 위기의 순간도 넘기곤 하신다는데 68편의 시를 또다시 보내오니 이는 거의 기적적인 일이라, 제가 '기겁'이라는 실례되는 표현을 했습니다.

이번에 보내주신 원고가 지난 몇 달 동안 쓰신 것인지, 예전에 써 두었던 것 중 지난번 시집에 누락된 것을 챙겨 보내주신 것인지 저는 모릅니다. 지난번에는 떨리는 볼펜 글씨로 편지지에 쓴 시를 이용우 소설가가 병원에 출근하다시피 하면서 이게 무슨 글자냐고 여쭤본 뒤에 타이핑을 했다고 합니다. 이번에는 한길수 시인이 컴퓨터 입력 작업을 해서 제게 보내주었습니다. 주변에 선생님을 존경하고 따르며 도와드리는 이들이 적지 않은 것은, 선생님의 인품과 시에 대한 열정에 감복했기 때문이겠지요.

참, 선생님의 시집을 보고 재미시인들이 모여 문학상 '문정 시인상'을 제정, 제1회 수상자로 선생님을 결정지어 시상식까지 했다면서요. 병원에 재미시인 수십 명이 모여 한 마음 한 뜻으로 박수를 치는 감동적인 장면을 머릿속으로 그려봅니다. 이민 간 지 30년 만에 다섯 번째 시집을 묶어낸 노시인의 분투에 모두 감격하였고, 93세 시인의 수상 소식은 교포사회에 큰 반향을 불러일으킨 것으로 압니다. 뒤늦게 수상을 축하드립니다.

놀랍게도, 그리고 뜻밖에도, 이번에 보내주신 시집 원고는 지난번에 봤던 원고와 많이 다릅니다. 비슷한 내용의 시라면 제가 덧붙일 말이 없을 테고, 다른 분께 해설을 부탁하시라고 완곡히 거절할 생각이었는데 시를 죽 읽어보니 주제적 측면에서 지난번 시집과 많이 차이가 나기에 다시금 선생님의 시를 논해보고 싶은 마음이 생겨났습니다. 저는 아직 선생님을 한 번 뵙지도 못했는데 이번 시집의 해설도 오직 제가 써주었으면 하고 간청하신다니 부끄럽기 이를 데 없습니다. 제일 앞머리의 시부터 볼까요.

　　　　땅강아지를 손바닥에 얹어
　　　　귀여움을 눈여겨본 어린이가
　　　　몇이나 될까.

　　　　다칠세라 논두렁에 내려놓으면

좋아라, 흙을 헤집고
숨어버리던 곤충.

이 예쁜 친구가
통조림이 되어
동경 식료품상 선반에
진열됐다는 소식.

—「땅강아지」제1~3연

　어렸을 적에 흔히 보았던 땅강아지라는 곤충은 무척 귀여웠을 뿐 아
니라 부끄럼이 많았던 놈으로 기억하고 계시나 봅니다. "이 예쁜 친구"
가 통조림이 되어 동경의 식료품점에서 팔리고 있다는 소식을 접하고
선생님께서는 무척 화가 나신 겁니다. 떼죽음을 당하고 있으니까요. 게
다가 그 귀엽고 수줍음 많은 곤충의 시체를 사람들이 수십 마리씩 썹어
삼키고 있으니까요.

미식가들 맛을 찾아 헤매는
방랑벽
사람도 삼키는 보아 뱀의
질긴 근육은 아예 맛볼 생각도 없는
겁쟁이들이다.

살 길이 없어
해충이라는 오명을 쓰게 된 내 친구를
입가심으로 하는
비겁한 사람들도 있다.

—「땅강아지」제4~5연

　해충이라는 오명을 쓰고 있는 '내 친구'인 땅강아지를 입가심으로 하

는 자들을 선생님께서는 '비겁한 사람'이라고 했습니다. 큰 입으로 사람도 삼킬 수 있는 보아 뱀의 질긴 근육은 아예 맛볼 생각도 없는 '겁쟁이들'이니까요. 생명체 중 사람이 식용으로 삼지 않는 것이 없는 세상이니 땅강아지라고 해도 예외가 될 수는 없겠지요. 중국에 가보니 정말 못 먹는 게 없고 안 먹은 게 없더군요. 다른 동식물 종의 멸종에 대해서도 무관심한 우리 인간이 아닙니까. 사람들은 하물며 땅강아지쯤이야 하고 언론보도를 무심히 접하곤 잊어버렸는데 선생님께서는 땅강아지를 키워서 통조림으로 만들어 판매하고 그것을 사먹는 인간에 대한 비판과 풍자를 병상에서 하고 계십니다.

문명이 발달하기 전에는 이 세상 모든 동식물이 약육강식과 적자생존의 법칙에 따라 개체를 유지하고 있었습니다. 산업혁명 이후 인간은 대량생산하여 대량소비하게 되었고 개발이다 건설이다 하면서 자연의 법칙을 제멋대로 파괴하기에 이르렀습니다. 선생님 자신의 목숨에 대한 집착보다는 작은 생명체의 생명 유지가 더 관심 가는 일인가 봅니다. 매미는 벌레로 땅속에 7년을 있다가 지상에서 겨우 일주일 남짓 살다 가는 것으로 알고 있는데 그 짧은 생애마저 개똥지빠귀가 낚아채 갑니다(「낚아챈 노래」). 문명세계에서는 목숨을 부지하기가 더 어렵지요.

> 어쩌다 미아가 돼
> 이 도시 한복판으로 날아왔나?
> 고추잠자리 한 마리.
>
> 다급하여 이 수영장 저 수영장으로
> 날아다니며
> 꼬리로 달랑달랑 물 쳐봐도
> 염소 냄새뿐
> 알 하나 깔 곳은 못 된다.
>
> —「고추잠자리」 전반부

미국 LA에는 호수나 연못이 별로 없고, 그 대신 비버리 힐스 같은 데는 수영장이 집집이 있나 봐요. 고추잠자리는 염소를 풀어놓은 수영장에 알을 놓을 수 없어 돌아다니다 지치고 맙니다. 선생님께서는 "누가 이 고추잠자리/ 물풀 우거진 냇가로 이끌어/ 만삭인 몸 풀어/ 쉬게 할 수 없을까?" 하면서 혀를 차고 계십니다. "어디서 와서 어디로 가는지/ 겨울 나비는/ 짙은 매연 속에/ 싱싱한 춤을 추"(「겨울 나비」)는 것도 안타깝기 짝이 없는 일입니다. "오늘의 문명에는 끝장이 있겠지만/ 영원할 저 춤"이라고 했습니다. 선생님은 인간이 이룩한 문명이 영원무궁 발전만 할 거라고 생각하지 않고 계시지요? 하지만 이 지구를 구성하고 있는 생명체 중 나비는 죽는 순간까지 날갯짓을 할 것이고, 선생님은 사람들이 나비의 날갯짓에서 무엇을 배웠으면 하는 바람을 갖고 있습니다.

새장을 뛰쳐나와 자유를 얻는 앵무새는 방향감각이 없어 도시의 상공을 헤매다가 까마귀들에게 에워싸여 공중전을 하다가 추락하고 맙니다(「영원한 자유」). 초파리는 인간을 위해 DNA 염기 서열을 알게 해준 공로자인데 현실세계에서는 "내 팔과 얼굴에 중압감을 주는/ 작은 벌레들"이어서 부채로 날릴 뿐 손으로 건드릴 수는 없나 봅니다(「초파리들」).

이렇듯 곤충과 조류가 나오는 일련의 시에는 생명을 갖고 태어나 지상에 잠시 머물다 가는 것들의 운명에 대한 선생님의 상념이 전개되고 있습니다. 사람들 중에도 불의의 사고로 비명횡사하는 경우가 있지만 이 세상에는 제 수명대로 못 하는 미물과 짐승들이 너무 많은 것이 안타까웠던 것이겠지요. 선생님의 생명의식이 가장 잘 집약되어 있는 시는 「목숨의 탄도」가 아닌가 싶습니다.

맞바람
앙가슴으로 가르며
펄렁펄렁 인력을 박차는

강행군.

장도에 보내는 축포
하늘 번쩍 휘황한 속
세찬 날개들
번개의 세례에
진정 불사도 되어라!

서로 찾아 외쳐
피 토하는 부르짖음
어둠에 걸치고
흐르는 구름
흔들거리는 항로에
갑시는 저항의 날갯짓.

서로 날개 맞대고 쉴
삶터를 향한
새들의 목숨의 탄도
거친 하늘에 그린다.

―「목숨의 탄도」 전문

　'탄도'란 평탄한 길이란 뜻으로 쓸 때는 한자 탄도坦途이지만 발사된 탄환이나 미사일이 포물선을 그리면서 목적물에 이르는 길이란 뜻으로 쓸 때는 탄도彈道지요. 시의 내용으로 봐서는 후자의 뜻으로 쓰신 듯합니다. 하지만 이 시에서는 전쟁의 의미가 사라지고 「오리 한 쌍」이나 「봄을 등진 백조」처럼 철새의 이동을 다룬 것이 아닌가 싶습니다. 어떤 새는 수천 킬로미터를 이동하는데 기상 상태가 나빠진다고 해도 비행을 멈추지 않습니다. 번개의 세례를 받으면서도 날개를 세차게 퍼덕이며 날아가는 새떼의 장엄한 이동을 보면서 선생님은 "진정 불사도 되어라!" 하고 감탄해 마지않고 있습니다. 새들은 맞바람도 앙가슴으로 가르며 "펄렁펄렁 인력을 박차는/ 강행군"을 하고 있습니다. 수십 혹은 수백 마리가 하늘을 나는 동안 비가 퍼붓는다면 무리에서 이탈하는 새들도 있겠지요. 제3연에서는 이탈하지 않고 끝까지 무리지어 가려는 새들의 분투가 돋보입니다. "흐르는 구름/ 흔들거리는 항로에" 갑시는(세찬 바람이나 물 따위가 갑자기 목구멍에 들어갈 때, 숨이 막히게 되는) '저항의 날갯짓'이니 이동 과정이 여간 힘들지 않습니다. 하지만 "서로 날개 맞대고 쉴/ 삶터를 향한/ 새들의 목숨의 탄도"가 거친 하늘에 그려집니다. 흡사 미사일이 수천 리 상공을 날아가듯이 새들도 자기네들의 탄도로 쉬지 않고 날개를 펄럭입니다. 날개를 펄럭이지 않으면 추락하고 말겠지요.

선생님은 어느 날 병원 정원에서 해바라기를 하면서 하늘을 보았는지 모르겠습니다. 저렇게 무리를 지어 새들이 도대체 어디로 가나 생각해보았을 것입니다. 사람의 팔뚝 크기도 안 되는 저 새들이 무얼 먹었기에 저렇게 기운차게 하늘을 날고 있나 생각해보지 않았습니까? 새들도 저렇게 제 목숨 유지와 먹이 확보를 위해 수천 킬로미터를 나는데, 비바람을 뚫고서 나는데, 나는 지금 무엇을 하고 있나 반성해보지 않았는지 모르겠습니다.

제1부의 시 가운데 특히 눈에 띄는 또 한 편의 시는 시대가 그들을 사지로 몰아넣어 죽게 한 젊은이들입니다.

> 개가 울려 퍼져 땅을 휘감을 때
> 난 꽃 한 아름
> 물불 가리지 않던 넋들에게
> 바치려던 약속
> 꽃과 함께 져버렸다.

태일아! 종철아!

―「자살한 젊음에게」 제1, 2연

이 시의 '태일'이는 전태일일 거고 '종철'이는 박종철이겠지요. 전태일은 자살한 것이 틀림없지만 박종철은 고문치사사건으로 죽은 서울대학생이지요. 박종철이 자살해 죽지 않은 것을 잘 알지만, '억울한 죽음'이었기에 함께 외쳐 부른 것이겠지요? 선생님께서 미국으로 이민 간 것이 1982년 6월이니 박종철이 죽은 1987년 1월은 미국에 계실 때였습니다. 그런데 미국에서도 분노를 참을 수 없었던가 봅니다.

아무리 문질러도
교문 앞 보도블록의 기억을
지울 수 없다
모진 항쟁의 흔적을
숨통이 막혀 후퇴하던
젊은 뒤통수를 치던
최루탄의 수법을

긴 세월을 속으로만 울어
가슴 가득히 고인 눈물 속
아직도 타고 있는 젊은 항쟁
광장에 오월이 오면
축제를 대신하여
씻김굿 한 판
장한 넋들 불러 보아
북 치고 피리 불자.

종철아! 한열아! 제호야!

―「자살한 젊음에게」 제3, 4, 5연

"교문 앞 보도블록의 기억"이 나이 마흔에 겪은 4·19혁명 때의 기억인지 예순에 겪은 1980년 광주항쟁 때의 기억인지 모르겠습니다. "모진 항쟁의 흔적을/ 숨통이 막혀 후퇴하던/ 젊은 뒤통수를 치던/ 최루탄의 수법"을 보니 3·15부정선거 반대시위에 참가했다가 사망, 1960년 4월 11일 마산 앞바다에서 발견된 김주열 학생인 것도 같고, 1987년 6월 9일 연세대 정문 앞에서 시위하다 죽은 이한열 학생인 것도 같습니다. 두 사람 다 최루탄에 맞아 사망한 경우인데, 시의 마지막 행에 가서 "종철아! 한열아! 제호야!" 하고 부르짖습니다. ('제호'는 광주에서의 사망자가 아닌지 모르겠습니다.) "광장에 오월이 오면/ 축제를 대신하여/ 씻김굿 한 판/ 장한 넋들 불러 모아/ 북 치고 피리 불자"고 하면서 민주화 과정에서 죽어간 젊은 넋들을 위로하고 계시네요. 멀고먼 미국에서, 당신의 거처는 병원이면서 이 땅의 민주화 '열사'들을 위해 시로써나마 씻김굿 한 판을 벌인 선생님의 마음 앞에 고개를 수그립니다.

시집의 제2부에는 꽃과 나무가 대거 등장합니다. 곤충과 동물의 세계에서 식물의 세계로 이동한 것이지요. 유칼립투스한테 다가가서는 "둥 치는 불 뿜는/ 익은 허벅지" 하면서 에로티시즘을 느끼다가도 "내 시를 두둔하는 향내"를 맡습니다. 호박은 유년기의 향수를 불러일으킵니다. "어린 꽃순은 따서/ 된장국을 끓이고/ 어린 잎은 밥솥에 쪄서/ 없는 반찬을 대신했었"다구요. 패랭이꽃은 "바람 타고/ 향기 다가와도/ 사는 일 바빠/ 거들떠보지 않는 사람" 같은 꽃이라 하셨지요. 1992년의 LA 흑인 폭동사건을 배경으로 한 시도 있습니다.

입방아와
매스미디어 지나친 억측은
되레 폭도들의 궐기를 부추겼다.

한인들 삶 밀집한 곳
웨스턴과 8가 쇼핑몰 모퉁이
유칼립투스 세 그루
봄이 와서 가지 서로 휘감았다.
　　　　　　　　　　　　 ─「살아난 유칼립투스」 제2, 3연

　　백인 경관들의 흑인 청년 로드니 킹 집단 구타사건과 한국계 미국인 두순자의 가게에서 시비가 붙은 흑인 소녀를 두순자 씨가 권총으로 살해한 사건이 겹쳐 LA의 한국인 가게가 흑인들에게 약탈당하는 폭동이 일어났었지요. 선생님께서는 그때 그 사건이 사람들의 입방아와 매스미디어의 지나친 억측이 겹쳐 사건을 키웠다고 보시는지요? 유칼립투스 세 그루가 가지를 서로 휘감는다는 표현은 황색인(아시안, 히스패닉), 흑인, 백인이 공존하는 사회를 가리키는 것이 아닙니까? 다 LA에 "뿌리내려 살겠다고/ 발버둥치는 가슴"이므로 "진한 향내/ 가득 채워주어라", 즉 서로 베풀고 돕고 살아가야 한다는 사해동포사상을 담은 시라고 여겨집니다. LA는 특히 인종박람회장 같은 도시이므로 모진 화상을 입고도 유칼립투스는 훤칠하게 살아났으니 앞으로는 세 나무처럼 공존공영해야 한다는 것이 선생님의 생각인 듯합니다.

　　「상부상조」는 자두나무와 다람쥐들의 친교를 다룬 시입니다. "동물과 식물의 친교를 보면/ 인간들의 차가운 반면이 떠올라/ 상판이 찌그러진다"고 하셨습니다. 종이 완전히 다른 식물과 동물도 상부상조하는데 우리 인간은 인간끼리 헐뜯고 해코지합니다. 이런 동식물보다 못하다는 말이지요.

　　선생님께서는 다른 시들을 통해서도 식물의 특성을 거론하면서 예찬하고 있습니다. "여름이면 그늘을 드리워/ 버스를 기다리는 사람들에게/ 쉼을 주는" 것은 가로수이고, "꽃은 엉켜 큰 송이 이루어/ 더불어 사는 미덕"을 보여주는 것은 자카란타 꽃입니다. 목숨 있는 것들이 그늘을 찾을 때, "온몸을 흔들어/ 삼위일체를 부르짖는" 꽃은 부겐빌레아입니다.

이와 같이 선생님이 생각하시기에 식물들 또한 끈질긴 생명력을 갖고 있고, 더불어 살아갈 줄 아는 유대의식 혹은 공동체의식을 갖고 있는 존재입니다. 선생님은 주변의 이런저런 나무들을 통해 많은 것을 배우고 깨닫고 계시는데, 우리 범인凡人은 "바람 따라 허리 굽혀/ 사는 세상/ 꺾인들 휜들"(「갈대」) 지조도 없고 자존심도 없는 것인가요. 아무튼 식물은 대체로 이 세상에 산소를 공급하는 존재이고 동물은 대체로 이산화탄소를 내뿜는 존재입니다. 한 명 인간으로서 식물에 대한 겸허한 마음가짐으로 쓴 시가 제2부의 시들을 수놓고 있습니다.

제3부의 시는 앞의 시들과 성격을 달리합니다. 3부에서는 선생님의 죽음의식이 죽 전개됩니다. 「꿈에 본 막내」에서는 불치병 루퍼스와 패혈증으로 죽은 막내동생에 대한 안타까운 추억을 더듬고 있습니다. 막내한테 아비 구실을 못한 데 대한 자책감이 커 저승에 가서는 "여기저기 찾아 헤매다 만나면/ 꼬옥 껴안고 싶다"고 합니다. 이승에서 제대로 이루지 못한 형제간의 우애가 가슴을 아프게 합니다. 우주비행 중에 폭사한 '오니주까'라는 일본인의 죽음을 애도하기도 했지요. 집안의 하녀(?)였던 '찌찌야'에 얽힌 추억은 가슴을 뭉클하게 합니다. 「진달래 꽃다발」에도 나오는 찌찌야는 농사일을 도맡아 보았는데 세월이 많이 흐른 어느 날, "바쁜 일손 놓고/ 문병 와주는 고마운 손"을 지닌 이로 표현했습니다.

사고무친 혈혈단신
할머니 분부에 고분고분해야
살아갈 수 있어
하루 세 끼니

부엌 바닥에 앉아
보리밥 세 그릇

숙제를 마치고
집신 삼는 찌찌야 방에 가면
이순신 장국과 사명대사 일화를 들려주어
내 기틀을 마련해주신 찌찌야.

아내도 친구도 다 가버리고
나만 남았습니다, 찌찌야
저승으로 가면
다시 찌찌야를 만나
친구가 될는지요.

—「찌찌야」후반부

  하루 세 끼니 보리밥을 부엌 바닥에 앉아 먹었던 찌찌야는 저녁이면
집신을 삼았고 선생님께 이순신 장군 얘기며 사명대사 얘기를 해주었
나 봅니다. 그분은 이미 세상을 뜨고 안 계셔서 저승에 가면 만날 수 있
기를 희망하고 계시네요.

  "넌더리나는 나라 떠나/ 카지노에서 놀았을 뿐/ '파리'에서 청와대에
안착한 김 아무개/ 바른 말 한 죄과로 지하실에서/ 칼날은 그의 목을 날
렸다."(「억울한 목숨들」)는 전 중앙정보부장 김형욱을 모델로 한 것 같
습니다. 우리나라는 2001년에 국가인권위원회가 발족하여 과거 군사정
권 때의 억울한 주검들을 달래주는 일을 하고 있습니다. 먼저 간 사람들
에 대한 생각도 자주 하게 되지만, 선생님께서는 자신의 마지막 날에 대
한 상념에도 자주 잠기게 되나 봅니다.

  혈압계 수은주는 내려가고

간호사는 청진기를 뗐다.

약병들의 무색해진
상업주의 효능서
의사들의 오랜 경험도 권위도
무릎을 꿇는 순간.

쥐었던 손을 펴
완전한 포기를 의미한다.
굳어져가는 단백질 덩어리 하나
무한에 참여하는
절대의 날.

분향에 취한 꽃들
고개 떨어뜨리고
흰 수의 속에 주검은
꽃과 밀회한다.

—「절대의 날」 전문

생명체로서의 마지막 날은 '절대의 날'이라고 했습니다. 절대로 거역할 수 없는 날이면서 절대적인(반드시 올) 최후의 날이란 뜻입니까. 선생님은 그날을 예상해봅니다. 이날 간호사는 청진기를 대보고 임종을 확인할 것이고, 의사들도 더 이상 처방할 것이 없다고 고개를 숙이겠지요. 선생님은 자신의 몸에 대해 지나칠 정도로 냉정하게 말합니다. "굳어져가는 단백질 덩어리 하나/ 무한에 참여하는/ 절대의 날"이라고요. 이제 남은 일은 "분향에 취한 꽃들/ 고개 떨어뜨리"는 일, 그리고 "흰 수의 속에 주검은/ 꽃과 밀회하"는 일뿐입니까. 우리는 사실 자신의 임종날을 웬만하면 생각하지 않지요. 내가 살아 숨쉬는 생명체인데 생명현상이 멎게 되는 날을 생각하고 싶겠습니까. 하지만 선생님께서는 이윽고 저승길을 향해 가는 상여를 상상해보는 것입니다.

상두꾼 짚신 발은
땅에 춤추고
상여는 하늘에 피었다.

(중략)

금호강 강둑 따라
상여는 두둥실
산으로 간다.

—「상여」제1, 5연

　장례일은 일반적인 통념으로는 비극적인 날이지만 선생님께서는 상
여 떠나는 그날을 아주 흥겹게 묘사하고 있습니다. 심지어 "북을 둥둥
울려/ 저승길 그리도 좋은가" 하고 말씀하고 계시네요. 임종의 순간을
생각하며 불안해하지 말고 언젠가는 올 그날을 의연히 맞자는 선생님
의 죽음에 대한 철학이 제 가슴을 뜨겁게 울립니다. 아, 박만영 선생님
이 아니고서야 쓸 수 없는 시가 바로 이런 시가 아닐까요. 그런데 시집
의 대미를 장식하는 2편의 시는 자신의 죽음에 대한 시가 아니라 '전쟁',
즉 대량살상에 대한 시입니다.

고지를 붕대한 눈이 녹아
토치카를 흘러내리는 물은
이제는 잊음의 빛깔.

전쟁은 소리쳐 지나가
남은 공백 지대
흩어진 억울한 뼈들
"매운 깍두기 쪼각이나 싸각 베게 하라"고
오도도 갈던 이빨은

어처구니없는 휴전을
웃고 있다.
　　　　　　　　　　—「무도화가 짓밟고 싶은 휴전선」 제1, 2연

　그렇지요, 남과 북은 지금도 휴전 중이지요. 그렇게 많은 전선에서 그렇게 많은 병사들이 피를 흘리며 죽어갔는데 1953년 7월 27일에 전쟁이 끝난 것이 아니라 정전협정, 즉 휴전협정을 체결했던 것입니다. 시의 도입부를 보니 "눈 녹인 산골짝에 꽃이 피누나/ 철조망은 녹슬고 총칼은 빛나"로 시작되는 최갑석의 흘러간 노래 「삼팔선의 봄」이 떠오릅니다. 분단된 조국의 현실을 생각하면 미국의 병실에서도 마음이 아픈 것입니다. "정전협정은 체결돼도/ 여전히 배는 고파/ 눈꺼풀 파랗게 칠하고/ 'DOLLAR'의 이채異彩/ 커지길 바란다"(「전쟁은 멀어도」)는 전쟁중에, 또 전후에 '양공주'와 '혼혈아'가 많이 나타난 이 땅의 슬픈 현실을 들려주려 한 것이겠지요. 이민 간 이후로 조국에서 계속 들려온 KAL기 폭파사건, 강릉무장공비 침투사건, 천안함 사태, 연평도 사건……. 얼마나 속이 상하고 걱정이 되었을까요. 전쟁시에도 그렇게 많이 죽었는데 계속해서 죽고 있으니까요.

불려온 일선 병사
무도화가 억지로 맞출 수 없는
군화와의 스텝
차라리 지뢰밭 건너뛰어
휴전선 짓밟으며
소년병들의 넋을 위해
굿 한 판 벌리고 싶다.
　　　　　　　　　　—「무도화가 짓밟고 싶은 휴전선」 마지막 연

육이오 때 죽은 병사들 중에는 나이 스물도 안 된 소년병들도 많았습니다. 그들은 그 아까운 목숨을 통일을 위해 바쳤는데(국군이든 북한군이든 학도병이든 간에) 조국의 현실은 분단의 고착화요 이질감의 심화지요. 선생님께서는 그때 죽어간 소년병들을 위해 한 판 굿이라도 벌이고 싶다고요? 특히나 전쟁터에 억지로 끌려나온 소년병들이 참으로 불쌍하게 여겨졌던 것이겠지요. 영화 「태극기 휘날리며」나 「고지전」의 장면들이 눈앞을 스쳐갑니다. 분단현실이 오죽 답답했으면 이런 시를 썼을까요. 마지막 시는 제목이 '전쟁은 죄악'입니다.

> 명령에 따라
> 불 지르고 총질했을 뿐
> 죽은 공산군보다
> 우익도 좌익도 아닌
> 민간인 피해가 많았다.
>
> 고엽제에는 한도가 있고
> 끝이 없는 밀림에 밀려
> 뒷걸음질 친 장병들
> 독약의 후유증에 시달리는
> 환자들 아직도 많다.
>
> ─「전쟁은 죄악」제2, 3연

제2연은 육이오전쟁을, 제3연은 베트남전을 다룬 것임을 금방 알 수 있습니다. 우리는 일종의 내전인 육이오전쟁을 치르면서 수백 만 명이 죽었고, 베트남에 가서도 5천 명이 죽었습니다. 전쟁터에서 살아남은 이들은 "전쟁의 참상과 죄악감을/ 동료들에게 털어놓지도 못해/ 미치는 사람도 있고/ 더러는 술과 마약으로 달래는 나날"을 보내고 있습니다. 전쟁의 후유증은 전쟁고아, 과부, 굶주림, 정신적 상흔…… 이루 말할 수 없는데 세계 어느 곳에서는 반드시 전쟁이 있고, 조국은 언제나 풍전 등화 같습니다. 참전했던 귀환병도 "거리로 뛰쳐나가/ 전쟁은 죄악이라고/ 외칠 용기도 없"는데, 선생님은 외칩니다. 전쟁은 죄악이라고. 그러므로 전쟁이 일어나서는 안 된다고. 이 이상 가는 반전시反戰詩가 또 어디 있겠습니까.

박만영 선생님!

지금까지 선생님이 쓰신 시 잘 읽어보았습니다. 미국 LA의 요양병원 병실에서 투병중에 쓴 시편이 저의 심금을 울립니다. 이 땅의 많은 독자들이 생의 마지막 순간에, 목숨의 불꽃을 활활 피워 모국어로 쓴 시를 읽기를 바랍니다. 읽고 느끼기를 바랍니다. 우리는 무엇을 하려고 살고 있는가를. 무엇을 위해 죽어가고 있는가를.

선생님께서 빨리 쾌차하시라는 말씀은 못 드리겠습니다. 이 밤에도 시를 쓰고 싶어 전전반측하고 계실 선생님을 생각하며 옷깃을 여미고 정좌합니다. 삼가 건강과 건필을 빌며 붓을 여기서 거두겠습니다.

박만영 시인의 문정시인상 제1회 수상을 축하하기 위해 모인 재미 시인들(2011.12.23)

세월의 갈피 속에 접힌 이민자의 아픔

― 조옥동론

 21세기인 지금 시를 쓴다는 것은 무슨 의미가 있을까. 미국에서 살면서 한글로 시를 쓴다는 것은 또 무슨 의미가 있을까.

 지금 이 시간에도 정말 많은 사람들이 기계 앞에 앉아서 게임을 하고 있다. 각종 온라인 게임, 인터넷 포커와 바둑, 사설 경마와 경륜, 슬롯머신……. 우리는 기계의 힘을 빌려 정보를 입수하고, 의견을 교환하고, 오락을 하고, 책을 읽고, 글을 쓴다. 물건을 사고 팔고, 돈을 벌고 쓴다. 기계는 모르는 것이 없는 척척박사이고 없는 것이 없는 백화점이며 볼 만한 영화가 즐비한 영화관이고 마음껏 뛰놀 수 있는 운동장이다. 우리의 삶은 일거수일투족이, 아니 요람에서 무덤까지 완전히 기계에 종속되어 있다고 해도 크게 틀린 말이 아닐 것이다. 로봇까지 다양하게 개발이 되고 있으니 우리는 점점 더 기계의 노예가 될 것이다. 기계에 의존하는 우리의 삶이 과연 풍요로운 삶일까. '편리한 세상'을 만들기 위해, '여유로운 삶'을 영위하기 위해 우리 인간이 주로 하는 것은 자연 파괴이다. 개발과 건설의 논리를 따르면 길이 뚫리고 멋진 집이 세워지겠지만 밭이 사라지고 숲이 사라진다.

　이 세상의 하고많은 사람 중에서 시인은 이런 개발과 건설의 논리를 배격하고 우직하게 원시적 삶을 고집하는 존재이다. 비록 컴퓨터 앞에 앉아 시를 쓰기는 하지만 기계적 삶이 아닌 깊이 있는 영혼의 삶, 진리를 추구하는 삶, 인간 생로병사의 비의를 탐색하는 삶, 인생의 희로애락을 표현하는 삶, 일상적 언어의 한계를 넘어서는 삶, 시간과 공간을 초월하여 사는 삶……. 뭐 이런 삶을 살고자 하는 현대의 원시인이 바로 시인이다. 시인이 시를 쓰고 문예지에 발표하고 시집을 묶어내는 행위도 어찌 보면 자본주의의 논리와는 무관한 전근대적인 삶의 방식이다. 조옥동 시인의 시집 원고를 읽으면서 이런 생각을 한 것은 미국에서도 LA 같은 큰 도시에서 사는 시인이 미국의 첨단 문명을 노래하지 않고 광활한 미국의 자연 풍광과 한국에서의 궁핍했던 생활상에 큰 비중을 두고 이를 집중적으로 탐색하고 있기 때문이

조옥동 시집 표지

다. 게다가 시인은 미국에서 일자리를 마련했으므로 영어를 일상적으로 쓰겠지만 집에 돌아와 시를 쓸 때는 모국어를 지키는 한글 파수꾼으로서의 역할을 한다. 국내 시인들은 넘쳐나는 문예지에 앞을 다투어 시를 발표하고 있는 데 반해 미국 거주 시인들은 연중 발표할 기회도 많지 않다. 그럼에도 불구하고 꾸준히 시를 써 시집을 묶어낸다는 것은 시에 대한 열정이 보통 불타서는 될 일이 아니다. 시집 앞머리에는 미국 이민 생활 초기의 고생담이 몇 편 실려 있다.

마미, 마미, 마미……
아이들은 열심히 재미있어 하고
엄마란 소리가 온전히 바뀐 식탁에서
아이들의 고국은 아득히 멀어져가 어미는
음식을 씹어 삼키어도 그리움은 소화되지 않았고
                                                   ―「이민 초기」 제2연

　아이들은 영어도 빨리 배우고 미국 생활에 적응도 빨리 하지만 엄마
인 화자는 그렇지 않다. 음식을 씹어 삼켜도 그리움이 소화되지 않았다
는 것은 고국에 대한 그리움이 거의 향수병의 수준에까지 이르렀다는
뜻이 아닐까. 상당히 긴 「남겨진 노래」는 시인 자신의 일대기이면서 가
족의 이민사이기도 하다. 미국으로 이민을 가서 그곳에서 삶의 터전을
개척한 이민자들이 대개 그러하듯이 시인 역시도 무진장 고생을 했다.

W. U. 의과대학 7층 애비오리 박사 내분비과 연구실
누런 피부색의 내 옆을 스치는 백인들 친절하게
코리아는 어디에 붙은 땅이냐 묻는 멸시의 시선을
'무식한 것들' 고개 돌려 흘겨주었지
서러움과 고달픔의 과녁을 뚫어 날려보낸 화살
하늘 끝을 울며 서성이던 이국의 겨울은 눈물조차 얼어붙어
눈 속에 파묻히는 설한雪寒의 엄동에도 가슴에 지닌
꿈 보따리는 놓치지 않으려 꼭 껴안고 뒹굴었지
                                                   ―「남겨진 노래」 부분

　현재 UCLA 의대 생리학연구실에 재직하고 있는 시인이 지난날 얼마
나 많은 고생을 했는지 알 수 있는 구절이다. 미국은 사람 위에 사람 없
고 사람 밑에 사람 없다는 자유민주주의의 종주국 역할을 자임하고 있
지만 인종차별이라는 고질병을 앓고 있기도 하다. 차별의 서러움과 생

업의 고달픔을 겪으면서도 시인은 가슴에 지닌 꿈 보따리를 놓치지 않으려 꼭 껴안고 뒹굴었다고 한다. 꿈 보따리는 시에 대한 열망이 아니었을까. 머리말에 나와 있는 그대로, 미주로 이민을 온 후 20여 년이 지나고 있을 때 끊긴 테이프처럼 어두운 곳에 주저앉아 있던 그녀에게 다가온 한 줄기 빛이 바로 시였다. 그래서 「남겨진 노래」의 끝을 "목숨이 질겼던 슬픔의 빛/ 온전히 산화하지 못한 언어들 불러모아/ 하늘 높이 향기로 사르고 싶다"고 끝맺은 것이 아니겠는가. 시의 씨앗이 된 것들은 뇌리에 남아 있는 어린 시절 고향 마을의 모습, 그리고 그때 그 마을 사람들이었다.

> 초가집들 사립문은 사철 열려 있고
> 가을엔 시루떡 겨울엔 얼음 동동 띄운 동치미국수
> 여름엔 햇감자 찰옥수수 광주리째 디밀어 정을 나눠 먹느라
> 이웃집 개구멍도 크게 뚫린 샛터 마을엔
> 전쟁에서 죽은 남편의 나라를 사랑한 일본각시
> 나막신 끄는 소리 먼 샘물을 길어 나르고
> 축 처진 치마허리 위에 진예 어미 가슴은 항상 노브라
> 물동이 아래 마른 검정콩 두 개 달라붙어 있었지
> ―「씨앗이 된 것들」제2연

미국에서의 삶에 조금씩 적응해갈수록 더욱 선명히 떠오르는 것이 어린 시절의 풍경이니 알다가도 모를 일. 그것은 모천으로 회귀하는 연어의 본능과도 같은 수구초심首邱初心 때문이었다. 시인의 수구초심은 로키산맥을 지날 때도 여전하다. 산허리 잡고 돌아가다가 흰 눈 덮인 바위들 틈에서 고향 겨울의 기침 소리를 들었으니 말이다(「로키산맥을 지나며」). 아마도 시인이 미국으로 가지 않고 국내에서 계속 살면서 시를 썼더라면 고향에 대한 그리움이 이 정도로 사무치지는 않았을 것이다.

여름엔 햇감자와 찰옥수수를, 가을엔 시루떡을, 겨울엔 얼음 동동 띄운 동치미국수를 먹었고, 그 맛은 미국에서 수십 년을 살아도 잊을 수가 없다. 집의 아이들도 엄마 손으로 직접 해주는 김치찌개와 떡국, 파굴전을 좋아하는가 보다. 피자를 잘 먹던 아이들이 장성해 다른 도시에서 살다가 오랜만에 집에 와서는 이런 음식을 찾는다.

　미국에서 살기 때문에 더욱 절실하게 고향 생각이 나는 것인가. 시인은 「어느 묘비 앞에서」라는 시에서 "부여군 구룡면 금사리 샛터 마을"이라고 자신의 고향을 밝히고 있고, 「금사리 초겨울」에서는 고향의 모습을 한 폭의 아름다운 풍경화로 복원해낸다.

　　　　산허리 뼈마디를 세우고
　　　　낮은 들판이 잔털을 밀어내던
　　　　산마을 한나절이 총총히 떠나면
　　　　동구나무 위 까치 울음 속엔
　　　　기다리는 소식들이 바람에 흔들리고
　　　　갈잎들 그리는 이의 발자국 소리를 낸다

　　　　들국화 자지러진 들길이 허전하여
　　　　재 너머 노을이 삼태기째 쏟아지고
　　　　외딴 샘 별빛을 헹궈내는 긴긴 밤 지샐 때
　　　　빨랫줄 하얗게 그려 논 눈썹을
　　　　참새부리 황금빛 햇살 물어 지우고 지우면
　　　　은총으로 열리는 다스운 아침

　　　　금사리金寺里 두른 안개 강엔
　　　　바람으로 씻기어 바랜 꿈
　　　　하얀 징검다리 하나 하현달이 놓인다
　　　　　　　　　　　　　　　－「금사리 초겨울」 전문

제목 그대로, 산촌 금사리의 초겨울 모습이 사실적으로 그려져 있다. 시의 소재와 주제가, 내용과 표현이 모두 지극히 한국적이며, 전통 서정시의 진수를 보여준다. 시인의 기억 속 금사리 초겨울 풍경은 전혀 을씨년스럽지 않고 따뜻하기만 하다. 고향 금사리는 시인에게 미국에서 살아가기 때문에 더욱더 그리운, 마음속의 천국이 되었다. 아래의 시는 이효석과 이태준의 소설을 방불케 한다. 이 시 역시 고향 샛터 마을을 그린 풍경화이다.

숯검정 가득 띄운 장독 속에 사위의 어둠을 담아놓은 거대한 항아리, 그 입 크게 벌린 샛터 마을, 입술로 잔잔한 하늘을 핥아내면 솜사탕처럼 녹아지는 은하수 건너편 입 속으로 곤두박질하는 별똥별의 세상은 뼈마디까지 부러지며 흐느낀다

먹고개를 지나 펴지는가 하면 굽어지고 돌아가면 또 막히는 고단한 길 위에서 새까맣게 박음질한 긴 문장들의 요점을 찾아 내려는지 밤을 쪼아 두려움을 털어내는 새들과 조각달의 창백한 얼굴이 풀잎 끝에 매달린 이슬보다 긴장하여 또 한 차례 초조하다

―「옛 기억 중에서」 부분

시인의 밤 풍경 묘사는 세밀화를 그리듯이 붓 터치가 아주 정교하다. 시인이 그린 그림을 보고 있노라면 이상한 나라의 앨리스처럼 그림 속으로 빨려 들어가는 느낌이 든다. 신라의 화가 솔거가 그린 그림에 새들이 날아왔다고 하는데 조옥동의 풍경화 시도 사실성이 대단히 뛰어나다. 「달이 있는 가을밤」 같은 정靜의 세계도 아름답지만 「미시령고개 너머 아침은」 같은 박진감 넘치는 동動의 세계도 무척 아름답다. 이런 몇 편 시의 사실성은 언어로 그리는 시인의 그림 실력이 보통이 아님을

말해준다. 다시 말해 시인은 풍경 묘사에 비상한 재능을 보여준다.

시인은 미국에서 간간이 여행을 다니는데 「맨해튼의 하루」 같은 도회지 여행기도 있지만 대부분의 시가 시원始原의 모습을 그대로 지니고 있는 미국 서부의 대자연을 보고 쓴 것이다. 시인은 데스밸리라는 곳에 대한 인상이 특히 깊었는지 연작시 3편 외에도 2편을 더 쓴다. 데스밸리라면 죽음의 계곡이라는 뜻인데 그곳은 시인에게 도대체 어떤 인상을 주었을까.

> 끝내 지우지 못한 욕심의 점 하나마저 죽어
> 바람의 품에 모래알로 누우면
> 억 년을 달려온 별빛
> 전생의 내 영혼을 만나는 곳 사막은
> 꿈속처럼 포근한 땅 기다림이 숨쉬는 곳
>
> —「데스밸리 1」 부분

> 살고 싶은 욕망이 죽고 싶도록 괴로울 때는
> 죽음이란 휴식의 뿌리에 숨소리가 달싹이는 곳
> 주검의 색이 아름다워 생명을 부끄럽게 만드는
> 나는 죽어 묻어놓고 살아 나오는 땅으로 간다
> 삶은 죽음을, 죽음은 삶을 업고 세월의 무게 겨워
> 짓눌린 자락마다 피 흘리는 땅
>
> —「데스밸리 2」 부분

시인은 불모의 땅에 와서 삶과 죽음의 차이를 비로소 깨닫는다. 억겁 세월 동안 수없이 죽어간 생명들의 주검을 안치하고 있는 데스밸리에 오니 인간의 생이란 참 얼마나 짧은 것인지, 얼마나 덧없는 것인지를 새삼스레 깨달으며 전율한다. 「사구」와 「이방인」 같은 작품도 생로병사의 비의를 묻고 있는 의미심장한 작품이다. 시간은 이 세상 모든 목숨을 거두어 가는 저승사자이다. 시인은 그렇기 때문에 허무주의에 사로잡히기도 하지만 데스벨리의 모래언덕에 와서는 생명의 역동성을 느끼며 삶의 의지를 불태우기도 한다.

> 골짜기마다 부화하는 또 다른 생명들
> 내 잊어버린 소망도 거기
> 질기게 꽃 피고 싶다
>
> —「사구」 부분

> 허공을 뚫고 모래 속에 뿌리를 내리는 별빛은 밤마다
> 허망한 생명의 시를 쓴다 생존은 어차피 질기게 살아남는
> 연습의 반복인 것이라고, 장엄한 교향시 탄주하는
> 사막은 벌거숭이가 아니다
> 모래는 밤낮 날실과 씨실로 무늬를 짜 사막을 감싼다
>
> —「이방인」 부분

사막에서 꽃은 선인장처럼 끈질긴 생명력을 지닌 나무에서만 피어난다. 멀리서 보면 모든 것이 죽어 있는 듯하지만 사막에 가서 모래를 파헤치면 끈질기게 살아남은 것들이 있다. 우리도 그와 같이 생존을 하기 위해 "질기게 살아남는/ 연습의 반복"을 해야 한다고 시인은 힘주어 말한다. 그래서 옛사람들은 하늘은 스스로를 돕는 자를 돕는다고 말했을 것이다.

시인이 로키산맥에 가서나 캘리포니아 국립공원의 세쿼이아 숲, 기氣가 세다는 세도나, 캐나다 요호 국립공원에 있는 에메랄드 호수, 옐로스톤 공원 등에 갔을 때 느끼는 것은 대동소이한 것 같다. 자연의 유구함과 인간의 유한함이다. 자연의 건강함과 인간의 허약함이다. 자연의 정직함과 인간의 교활함이다. 문명비판과 자연예찬을 표나게 하지는

않지만 자연이란 인간의 관점에서 '보호'해야 할 대상이 아니라 제 스스로自 그러한 것然이니 원래 있던 그대로 두어야 할 대상임을 알게 된다. 사막은 벌거숭이가 아니라 겹겹이 옷을 입은 변신술의 천재이다.

시인이 시집의 후반부에 가서 집중적으로 다루는 시의 소재는 시간이다. 시간은 바위가 모래가 되게 하고(풍화작용), 땅이 층을 쌓게 한다(지층). 뽕나무밭을 푸른 바다로 만들며, 홍안의 소년을 백발노인으로 만든다. 「황혼」이란 시부터 보자.

<blockquote>
온종일 건너온 고해를
피안의 테두리 안으로 밀어 넣는
이승과 저승이 만나는 곳

수평선 위에
바닷새 한 마리
불타고 있다

하루의 제물을 바치고 있다
</blockquote>

―「황혼」 전문

황혼이란 흔히 인생의 황혼과 일몰 시각 두 가지를 의미한다. 시인은 이 시간대를 이승과 저승이 만나는 공간으로 설정했는데 수평선 위에서는 바닷새 한 마리가 불타며 하루의 제물을 바치고 있다. 황혼의 시각이 신화적인 공간으로, 또 환상적인 세계로 탈바꿈하는 놀라운 전이를 보여주는 시가 「황혼」이다.

<blockquote>
열광하는 느낌표
함성 쏟아지는 경기장을 떠나야 한다
잊혔던 마침표가 희미하게 나타나
</blockquote>

침묵의 시간이 밤하늘 별빛으로 흐르면

때로는 '돌아서 가라'는 표지판을 읽어도
빨강 불이 끔벅이는 건널목에서 바쁜 길
멈출 수 없는 진행형의 오늘은
기쁨과 슬픔의 자리에 붉고 굵은 밑줄을 그으며
의미 있는 웃음을 입술에 칠한 후
무거운 어깨로 밀치고 들어서는 문
하루를 닫는다
　　　　　　　　　　　　　　－「기다림은 ( ) 속에 묶어두고」 부분

　　시간은 결코 멈추지 않는다. 우주라는 공간이 빅뱅 이래 점점 팽창하고 있는 것처럼 시간도 태초 이래 앞으로만 가고 있을 뿐이다. 타임머신은 상상 속의 기계일 뿐이다. 우리 인간은 시간의 진행에서 자유로울 수 없다. 시간이 지나면 함성 쏟아지는 경기장을 떠나야 하고, '돌아서 가라'는 표지판을 읽어도 멈출 수 없다. 오늘이라는 시간은 언제나 현재진행형이다. 하지만 인간은 내일을 기다릴 줄 아는 존재이다. 내일이 있기에 너그러운 용서의 청구서를 띄우고 화해의 영수증을 건넬 수 있지만 "미움의 손바닥에서/ 기다림은 아직도 ( ) 속에 묶어두고" 있다. 조금 난해한 표현인데, 인간은 시간을 헤아려 쓸 줄 아는 존재, 내일을 설계할 줄 아는 존재라는 이야기가 아닐까. 그렇다면 인간은 시간의 설계사라고 할 수 있을 것이다.

　　　　하루살이의 화려한 배설물은
　　　　영원이란 언어의 바다 속에 퇴적되는데
　　　　우주는 팽창하고
　　　　죽은 갈릴레오는 계속 지구를 회전시켜
　　　　휴식을 절대 잃은 하루살이의 본능은

계속 순간순간 시간을 자르고 있다
―「하루살이」부분

하루살이가 딱 하루만 살지는 않겠지만 그만큼 빨리 죽는 미물이다. 하지만 시인은 하루살이의 화려한 배설물이 영원이란 언어의 바다 속에 퇴적되고 있다고 했다. 과장이 심한 것이 아니라 역설의 방법이 멋지다는 생각이 든다. 죽은 갈릴레오가 지구를 계속 회전시킨다는 발상도 그렇지만 휴식을 잃고 일하는 하루살이의 본능이 "계속 순간순간 시간을 자르고 있다"는 표현도 기상천외한 상상력의 축제이다.

> 시계 하나
> 벽에는 거울 한 개 빈 자리 지키고
> 아무도 찾지 않는 하루
> 울적한 고요가 방안을 채워도
> 거울은 표정이 없고 나른한 햇빛 한 줄기
> 문틈을 엿보다 돌아서는 꼬리도 잘리고
> 어둠이 밀려들면
> 갑자기 크게 울려오는 초침 소리
> 준비되지 않은 이별로 가슴에 못을 친다
> ―「시간은 두 발에 징을 박고」제1연

시간은 우리에게 이별을 선물하기도 한다. 회자정리會者定離라고, 만나면 반드시 헤어지게 마련이다. 시간은 만남을 선물하기도 하지만 내 곁에 있는 가장 가까운 사람을 빼앗아가기도 한다. 이별할 때는 다시 만날 기약이라도 할 수 있지만 사별하면 저승에 가서야 만날 수 있는 법. 하지만 시간만은 억만 번 회를 치며 아득한 곳에서 나를 향해 달려온다. 이 시의 제3연은 눈이 부신 공감각적인 표현이다.

오늘은 어제의 매듭 풀고 이별을 재촉하나
내일의 만남을 향해 두터운 벽 뚫는 소리
옛 시간의 부스러기 떨구는 소리
접어 내릴 수 없는 세월의 두 팔 위엔
억만 번 홰를 치며 아득히 달려올
파랗게 빛나는 새 시간들
눈부시게 매달려 온다

　　　　　　　　　　　−「시간은 두 발에 징을 박고」 제3연

시계를 본다
무얼 먹을까
무얼 입을까
무얼 할까
시계가 나를 쳐다본다

(중략)

시계는 두렵다
시계는 뛰고 있다
고여 놓은 사랑 오직 한 길을 향해
샘물 떠 그에게 드릴 시간 기다리는 인내가
새벽안개같이 주검같이 어디쯤에서 끝날 것인가

　　　　　　　　　　　−「시계는 두렵다」 부분

　물론, 시간의 흐름이 두렵기는 할 것이다. 하지만 우리 모두 시간의
흐름을 두려워해서는 안 된다. 나이를 먹을수록 더 시간 아까운 줄을 알
아, 시간을 잘 쪼개어 써야 하는 것이다. 「시계는 두렵다」는 시계를 의
인화한 작품으로, 발상의 참신함이 정수리를 때린다. 시계가 나를 쳐다
본다는 것도 그렇고, 시계가 두려움을 느껴 뛰고 있다는 표현도 무척 신
선하다. 아닌게아니라 시계는 초침과 분침이라는 다리로 부지런히 걸

어가는 놈이니까. 시계는 뛰다가 때가 되면 멈추는 존재이고 조옥동이라는 이름의 시인도 때가 되면 숨쉬기를 멈출 유한자이지만 시를 씀으로써 영원한 생명을 구가할 수 있다. 문학의 생명력은 시공을 훌쩍 뛰어넘을 수 있는 것이니까. 뭐 이런 시구를 떠올려본다. '시계는 시간 가는 두려워 바삐바삐 걸어간다.' 시인은 늙는다는 것에 대해서도 곰곰이 생각해본다.

> 늙는다는 것 세월을 향한 약속입니다
> 약속의 층계를 열심으로 오르내려
> 붉은 신호들 예서 제서 번쩍이고
> 실핏줄 끝에서 신음하는 밤마다
> 청보리밭 이랑에 물결치던 어린 봄바람은
> 이마의 잔주름을 간지럼 핍니다
>
> (중략)
>
> 허술하게 늙는 것 아니라고
> 씨앗이 씨앗을 얻기까지 계절의 속살거림 모두 새겨
> 도드라진 상처로 단단한 껍질 때문에 그 약속 아름답고요
> 늙어 가는 일은 세월과의 약속입니다
> 어제와의 탯줄을 끊고 새것으로 태어나는
> 이 약속을 지키려 계속 몸살을 합니다
>
> ―「약속」 부분

어린 봄바람이 이마의 잔주름을 간지럼 핀다는 제1연 마지막 부분이 재미있다. 제3연의 네 번째 행 "늙어 가는 것은 세월과의 약속입니다"라는 부분은 의미심장하다. 씨앗이 씨앗을 얻는 데는 많은 시간이 걸리는 법인데, 그것이 무의미할 턱이 없다. 단단한 껍질을 얻는 데는 인고

의 시간과 기다림, 성숙과 세월과의 약속이 필요하다. 개체만 갖고 말한다면 늙고 병들어 죽는 인생이 허무하겠지만 그 개체는 살아생전에 사랑을 했고, 새로운 생명체 탄생의 기쁨을 누렸고, 세월과의 약속을 지켰다. 거기에 예술을 함으로써 영원한 삶을 비축해두는 지혜까지 발휘했으니 그 인생은 완성된 것이 아니랴. 시인은 욕망하기도 한다. 내 삶의 절정을 만지고 싶다고. '이 나이에 뭘……' 하면서 귀찮아할 것이 아니라 멀리 숨은 술래를 찾아 나서는 적극적인 삶을 살아가기를 시인은 독자들에게 권유하고 있다. 사실 그렇지 않은가. 두드려라, 그러면 열리는 것이고, 공든 탑은 결코 무너지지 않는다. 시인의 연륜은 삶의 지혜를 설파하는 철학자의 면모를 지니기도 한다.

> 손끝의 감촉 하나로 행복하다
> 눈썹과 패인 눈자위 속 눈망울을 만지면
> 이리저리 피하는 네가 있다
> 꼭 잡아보려 해도 피하는 너
> 멀리 숨은 술래를 찾아 나선다
>
> (중략)
>
> 차츰 눈과 귀가 철이 나
> 나와 너의 경계가 보이던 날
> 너는 멀고 먼 소리였다 보이지 않는 향기였다
> 지치고 무거운 몸을 일으켜준 미소
> 이제 무엇인지
> 내 삶의 절정을 만지고 싶다
> 그 고운 발가락 손가락 그리고 입술의 언어까지
> > —「나는 너를 만지고 싶다」 부분

이 시의 화자는 헬렌 켈러처럼 눈도 잘 안 보이고 소리도 잘 안 들리는 모양이다. 그렇다고 해서 우울의 늪에 빠져 허우적거리지 않는다. 손끝의 감촉 하나로 행복감을 느끼는 화자는 멀리 숨은 술래를 찾아 나선다. 오랜 고행은 차츰 눈과 귀에 철이 나게 하였다. 멀고 먼 소리였던 너, 보이지 않는 향기였던 너를 인식하게 된 것이다. 그런 연후에 화자는 일갈한다. 이제 무엇인지 내 삶의 절정을 만지고 싶다고. 삶의 절정을 만지기 위해서는 시시포스처럼 줄기차게 시도하는 끈질긴 노력이 중요한데 조옥동 시인은 그것을 감당할 수 있을까. 시종일관 그리해 왔으니 앞으로도 그럴 것이라 믿는다. 시의 마지막 행 "그 고운 발가락 손가락 그리고 입술의 언어까지"에서 시인은 긴 순례를 마치고 언어의 연금술사가 되어 돌아와서 이제는 거울 앞에 앉은 누님(서정주)의 자세를 보여준다. 시인은 마침내 자기 뼈 속의 악기로 아픔과 슬픔을 조율한다. 아픔과 슬픔의 조율사인 시인은 존재의 흔적을 남긴다.

> 흔적 없는 시냇물 소리 간간이 들리고
> 빗물 질척하게 고여 피고름같이 조려지는
> 희미한 옛 얼굴 떠올리는
> 먼지 낀 유리를 훔쳐내는 굵어진 손마디
> 어쩌다 어루만져 깊은 상처 보듬어
> 세월의 갈피 속에 접힌 아픔을
> 따뜻한 슬픔을
> 나는 만나고 싶기 때문이다
>
> —「흔적」 부분

세월의 갈피 속에 접힌 아픔을, 따뜻한 슬픔을 만나고자 하는 시인의 소망은 반드시 이뤄질 것이다. 앞에서도 말했었지만 시인은 인간의 희로애락을 다루는 사람이 때문이다. 상처가 아물면 딱지를 남기고, 딱지가 떨어지면 흔적(흉터)이 남는 법이다. 그 흔적이 상처뿐인 영광일지라도 시인이기에 다 감내할 수 있을 것이다. 세월의 갈피 속에 접힌 아픔을, 따뜻한 슬픔을 만나기 위해 시를 쓰고 있는 조옥동 시인의 새 시집에 대한 글쓰기는 여기서 끝을 맺는다.

고향에 대한 향수와 가족에 대한 사랑

    미주 문단의 시인들이 한국 국내 문단의 인정을 받고 있다. 이것은 국내 학계에서 '디아스포라'에 대한 관심이 증가된 데 힘입은 바 크지만 그보다는 미주 문단의 시인들이 2000년대에 들어와 자기정체성을 더욱 확실히 느끼고서 문학적 영토를 넓혀가고 있기 때문이다. 물론 이민문학의 토대를 다진 고원, 박남수, 마종기 같은 분들의 공로를 무시해서는 안 될 일이다. 그들이 다져놓은 토대 위에서 활동하고 있는 재미 시인들의 역량이 어느덧 어느 정도 상향평준화된 느낌을 받는다. 이것은 언제부터인가 국내 문단의 눈치를 보지 않고 각 단체별로 계간지와 동인지를 발간하면서 실력을 다져온 데 힘입은 바 크다. 그래서 이제는 재미 한인문학을 연구하는 국내 학자들이 점점 많아지고 있는 추세이다.

    '대한민국 국적을 가진 이가 국내에서, 한글로 써 발표한 문학작품이어야 한국문학이라 할 수 있다'면서 한국문학의 '범주'를 주장하는 이는 이제 거의 없다. 일단 한글로 쓴 문학작품을 한국문학이라고 한다면 가장 먼저 거론되어야 할 것이 재중국 조선족의 문학과 재미 교포시단의 문학이다. 특히 미국으로 이민을 간 이들에 의해 창작된 문학은 작품 생산의 수와 작품의 질적 함량에 있어서 국내 문단에 적지 않은 자극을 주고 있는 것이 사실이다. 미국에서 간행되는 문예지로는『뉴욕문학』『미주문학』『시카고문학』『워싱톤문학』『한돌문학』등이 있다. 이 가운데 가장 많은 회원을 거느리고서 활발히 대외적인 활동을 하는 것은 LA를 중심으로 모인 미주한국문인협회 회원들이며, 이들이 내고 있는 것이『미주문학』이다. 『미주문학』을 중심축으로 삼아 활동을 하고 있는 차신재 시인의 첫 시집을 읽어보기로 한다.

차신재 시집 표지

늦깎이로 등단한 차신재 시인의 경우, 젊은 시절에는 시상을 떠올릴 겨를이 없었을 것이다. 1970년에 결혼하여 1975년에 이민을 왔다는 말을 들은 바 있는데, 이민생활은 그에게 차분한 사색과 지속적인 습작의 시간을 허락하지 않았다.

> 네 살짜리 첫아이를 데리고
> 공부하겠다는 남편 따라
> 겁 없이 태평양을 건너왔다
>
> 서른 살 마흔 살이
> 썰물처럼 빠져나가는 사이
> 빛과 어둠으로 교차하던
> 수많은 날들
>
> ―「이민생활 2」 부분

아주 사실적으로 그린 위 시에서 시인은 번잡하고 각박하기 짝이 없었던 지난날을 회상한다. 직업이 있어 온 것도 장사를 하러 온 것도 아니고 공부하러 온 남편을 따라와 가게 일을 하면서 뒷바라지에 보낸 세월이 어느덧 35년이 되었다. "비빌 언덕 하나" 없었지만 "무섭다 허무하다 울지도 못했다"(「이민생활 1」). 이민자로서의 삶 자체가 너무 힘겨워 정신없이 보낸 것을 "빛과 어둠으로 교차하던/ 수많은 날들"이라고 표현하였다. 그러다 문득 생각해본 날이 있었던가 보다. 30년 넘게 산 여기가 이제는 나의 고향인가? 한 번 가기가 너무나 어렵게 된 내 성장기의 땅 강원도가 고향인가?

> 아버지 어머니 강원도에서 태어나셨고
> 나 강원도에서 태어났으니
> 태어난 곳이 고향이라면
> 대한민국 강원도가 고향인 것은 틀림없는데
>
> 대한민국에서 30년 채 살지 못하고
> 미국에 온 지 30년이 훌쩍 지났으니
> 가장 오래 살았던 곳이 고향이라면
> 단연코 미국이 고향일 텐데
> 아무리 생각해도
> 고향이 아닌 것 같다
>
> ―「고향을 찾습니다」 앞 2연

시적인 장치를 마다하고 솔직하게 술회하고 있는 이 시에서 시인은 고향 없는 자의 정체성을 새삼스레 확인하고 있다. 30년을 채 살아보지 않고 미국에 와서 30년 이상을 살고 있지만 여기는 아무리 생각해도 고향이 아닌 것 같다고 한다. 다시 말해 여기도 거기도 고향이 아니다. 한국에 가면 "그리웠던 사람들"도 만나고 "정겨운 모국어"도 들어 가슴

찡하도록 반갑지만 나는 어느 틈엔가 낯선 하늘을 날아온 철새처럼 이방인이 된 기분을 느낀다. 한편 미국으로 다시 돌아오면 "익숙하게 감겨오는/ 낯익은 삶의 이끼들"이 있어 마음이 푸근하다. 하지만 미국은 나의 고국도 아니고 고향도 아니다. 그래서 "언제나/ 목마른 철새처럼/ 바람 속에 서성이는 나"를 느끼게 된다. 고국이 낯설고 미국이 낯익은 사회가 되었기 때문에 자신을 이방인으로 생각하며 "도대체 나의 고향은 어디일까?" 하고 자문하고 있다. 이런 감정은 미국에서 10년 이상 삶을 영위한 대다수 미국 이민자들이 느끼고 있을 것이다.

> 내
> 서쪽 하늘은
> 언제나
> 붉다
>
> 거기
> 두고 온 것들이
> 충혈된 눈으로
> 나를 바라보고 있기 때문이다
>
> ―「향수」 전문

'두고 온 것들'은 시인이 고국에 두고 온 가족이 아닐까. 부모형제, 일가친척, 친구와 선후배……. 시인은 그들이 나를 충혈된 눈으로 바라보고 있을 거라고 했지만 실은 시인이 그들을 충혈된 눈으로 바라보고 있다. 향수를 느끼는 주체는 미국에 와 있는 자신이기 때문이다. 시인의 뇌리에는 고향 풍경이 다음과 같이 선명하게 남아 있다.

> 앞마당 가득 고여 있던

한낮의 하얀 적막
사금파리 속에서 익어가던
내 유년의 풀꽃 김치

시골 변소 잿더미 옆에
똬리 틀고 앉아
겁 많은 나를 까무러치게 하던
덩치 큰 얼룩 구렁이까지

　　　　　　　　　　　　－「두고 온 여름」 부분

　시인은 유년의 어느 여름날을 떠올려본다. 정적이 감도는 여름날 한
낮, 앞마당은 햇살을 받아 하얗다. 소꿉놀이를 하다가 팽개치고 온 "사
금파리 속에서 익어가던/ 내 유년의 풀꽃 김치"도 떠오르지만 변소 잿
더미 옆에 있던 커다란 구렁이에 대한 기억은 수십 년이 지난 지금까지
도 조금도 퇴색되지 않았다. 여름만 되면 "어스름 초저녁 풀벌레 소리/
거기 함께 했던 이름들/ 자꾸 불러보고 싶"은 것이야말로 진정한 향수
이다. 이제는 한국이며 고향 자체가 낯선 곳이 되고 말았지만 뇌리에 남
아 있는 고향의 풍경은 이렇게 줄기차게 시인의 마음에 그리움을 불러
일으킨다. "쑥부쟁이 모깃불로 타던/ 고향의 여름밤/ 앞마당 멍석 위에"
서 어린 차신재는 봉숭아 꽃물을 들이기도 했었다(「봉숭아」). 그 시절
에야 다들 가난했고 가난의 굴레를 벗어날 수도 없었겠지만 고향은 여
름만 되면 자꾸 되돌아가고 싶은 곳이다. 그렇다. 고향은 생각만으로도
가슴을 저리게 하고, 고향의 쑥부쟁이는 그 이름만으로도 늘 내 목을 마
르게 한다(「쑥부쟁이」).
　시집에는 고국에 대한 향수와 함께 고국에서의 추억도 종종 나오지
만 미국에서의 삶도 빠뜨릴 수 없는 부분이다. "10여년 전/ 내 가게가 있
던/ 뉴욕 브로드웨이"라는 시구에는 이민생활의 애환이 살짝 비친다.

몇 해 전에는 소방차 여섯 대가 주인 없는 내 집을 다녀가기도 했었던가 보다(「전율」). 타자들 중에도 시간의 물결을 거슬러 올라가며 사는 사람이 있을까? "한때는 무역회사 사장이었다는 그 사람"도 "날마다 용달차에/ 푸른 밭 가득 펼쳐놓고/ 배추, 무 있어요!/ 파, 마늘, 각종 야채 있어요!" 하고 외친다. 어찌 보면 자본주의의 종주국인 미국은 꿈과 기회의 땅이기도 하지만 프라이버시 존중이 우선시되는 아주 비정한 사회인지도 모른다. 그래서 시인은 고국을 더욱더 그리워하고 있는지도 모를 일이다.

미국에서 30년 이상을 살아도 변하지 않는 것은 입맛이고 그것을 기억하고 있는 이는 고국의 어머니다.

> 파도소리 매미소리
> 생미역 깻잎 옥수수 냄새까지
> 흠뻑 젖어 있는 걸 보니
> 어머니가 보내신 게 분명하다
>
> 옥수수 생미역 유난히 좋아하던 나
> 팔십이 넘으셔도 잊지 않으시고
> 먼 길 떠나는 까치 날개에
> 고향을 얹어 보내셨나 보다
>
> —「까치 소식」 부분

아마도 시인의 어머니는 팔십 넘은 나이에도 미국으로 이민 간 딸이 먹고 싶어하는 것을 알고 고국에 들렀다 가는 길에 옥수수나 깻잎, 옥수수 등을 싸서 보냈었나 보다. 그것을 시인은 "먼 길 떠나는 까치 날개에/ 고향을 얹어 보내셨나 보다"라고 표현했다. 어머니는 아주 근년에 돌아가신 것 같은데 "어느 봄날/ 할아버지 손잡고/ 아버지 산소에 갔었지/ 열

살 무렵이었나 봐"(「할아버지의 성묘」)와 "아무리 눈을 크게 떠도/ 가물 가물/ 기억도 희미한 아버지"(「진달래 꽃 속 아버지」)란 구절로 봐서 시 인의 아버지는 퍽 일찍 돌아가신 것으로 여겨진다. 즉, 남편이 부재한 상태에서의 어머니의 삶은 간난고초의 나날이었을 것이다. 그 어머니 와 함께했던 마지막 시간이 다음과 같이 묘사되어 있다.

> "엄마 저 왔어요"
> "뭐하러 또 왔냐"
> 그렇게 아침저녁 한 달여
> 30여 년 쌓인 그리움
> 그것으로 다 풀어내신 걸까
> 내 손을 잡으신 채
> 외갓집으로 가시듯 떠나가신 어머니
> ―「내게 무슨 일이 일어난 걸까」 부분

화자는 시인 자신이다. 대학병원 중환자실에 한 달 이상 출퇴근하며 지킨 어머니의 병상. 그 병상에서 시인과 어머니는 30여 년 동안 태평양 을 사이에 두고 각자 쌓은 그리움의 돌탑을 허문다. 시인은 구안와사로 고생하고 있음을 시에서 밝히고 있는데, 딸의 그 얼굴을 어루만지며 눈 물 글썽이는 것이 어머니의 마음이다.

> 아픈 내 얼굴 어루만지며
> '에구! 이 이쁜 얼굴,
> 아까워 어쩌나'
> 나보다 더 아파 글썽이시던
> ―「어머니 2」 부분

아무리 의술이 발달해도 유한자인 인간이 시간의 물결을 거스를 수

는 없다. 늙고, 병들고, 또 언젠가 죽는 것은 스스로自 그러한然 자연의
순리이다. 그렇기 때문에 영원을 지향하는 시가 이 지상에서 계속 씌어
져야 할 이유가 있는 것이다. 인간의 생로병사는 당연한 것인지만, 신과
시인은 '死'가 끝이 아님을 말해주는 존재이다. 신은 예수를 통해 구원
을 약속했고, 시인은 언어를 통해 영원한 감동을 전한다. 병든 시아버지
의 발을 씻겨 드리는 장면은 참으로 감동적이다. 아마도 「어느 따뜻한
날」은 이번 시집에서 가장 아름다운 시가 아닐까.

> 제가 누구예요?
> 내 며느리
> 아버님 똑똑하시네요
> 더 똑똑해 볼까?
> 이쁘고 똑똑한 내 큰며느리, 하하하
>
> 치매 증세를 넘나드는 중에도
> 오늘은 유난히 맑은 정신으로
> 5년 만에 만난 며느리와
> 농담을 주고받는 시아버님
> 이 순간이 고마워 목이 메인다.
>
> —「어느 따뜻한 날」 부분

　　5년 만에 만났다고 했으니 5년 만의 귀국이었을 것이다. 시아버지는
정신이 들어왔다 나갔다 하는 상태가 되어 있다. 며느리는 시아버지의
발을 씻겨 드리면서 대화를 나누는데, 그 내용은 분명히 희극적인데 시
는 전체적으로 비극적이다. 독자에게 웃음을 선사하지만 그 바탕에는
회한과 연민, 쓸쓸함과 그리움이 두텁게 묻어 있다.
　　시인은 남편 사랑이 좀 유별난 것 같다. 결혼 40주년에 부부는 산타
모니카 해변에 갔던 것일까, "물처럼 서로에게 스며들어/ 나보다 더 나

같은 당신과/ 당신보다 더 당신같이 되어버린 내"가 산타모니카 하늘 끝에서 사과 빛 노을로 타고 있다(「산타모니카 해변에서」). 차신재 시인의 남편은 "내 시 읽으면서/ 무작정 박수를 쳐주는" 사람이다(「기쁨」). 남편이 치통으로 밤새 잠을 못 이루며 괴로워하자 화자는 비몽사몽 꿈길을 드나들며 "제각기/ 따로 아팠다"고 말한다(「치통」). 부부 싸움을 하고서도 "여보, 이거 봐요/ 꽃들이 정말 예쁘게 피었어요" 하면서 먼저 말을 건넨다(「화해」). 참 보기 좋은 금슬이다.

시인의 가족 사랑이 극명히 드러난 시는 「씨앗」이다. 다섯 살 난 손자 세훈이와 세훈이의 아비와 세훈이의 할아버지가 손바닥으로 코를 문질러대는 같은 버릇을 갖고 있다. 3대가 같은 버릇을 갖고 있는 것을 알고는 온 식구가 포복절도하는 이 광경 묘사는 사실 혈육에 대한 시인의 진한 사랑의 표현에 다름 아니다.

그런데 근래 가족만큼이나 소중한 존재가 나타났다. 바로 시詩다. 시는 놀랍게도 시간의 물결을 거슬러 올라가며 살아가게 한다. 그 물결은 무진장 빠른 속도로 흘러가는데, 속도에 아랑곳하지 않게 하며 한밤에 홀로 깨어 자신과 만나게 한다.

> 모두가 잠든 밤이면
> 내가 날개를 달고
> 몰래몰래 하늘을 나는 걸
> 아무도 모를 거다
>
> 밤마다 자유가 되어
> 가슴에 품고 있던 별 하나씩
> 하늘 복판에 심어놓고 오는 건
> 더더욱 모를 거다
>
> ─「아무도 모르는 일」 부분

전에는 '아무도 모르는 일'이었겠지만 첫 시집을 내세 되었으니 이제
는 누구나 아는 일이 되었다. 젊음은 비록 폐선처럼 삭아버렸지만 시를
쓰게 된 이후, 시간의 물결 위에 사랑이 떠다니고 그리움은 빗방울처럼
하늘에서 떨어져 내린다(「시간 속에서」). 시인은 시를 쓰면서 세월을
초월할 힘을 발휘하고자 한다. 즉, 영원을 염원하기 때문에 이는 도자기
빚는 일과 흡사하다. "많은 먼지의 입자들이/ 빛과 바람과 눈물로 범벅
된/ 길을 걸어와/ 한 덩이 진흙이 되는"(「도자기를 빚으며」) 것과 마찬
가지로 시는 '많은 말의 입자들이/ 충격과 깨달음과 감동으로 범벅된/
언어의 집에서/ 찬란한 성찬'을 맛보게 한다. 신은 데스밸리를 만들었겠
지만 그 죽음의 계곡을 「나는 본 적이 없다」는 절창으로 노래할 수 있
는 사람이 바로 시인이다(개인적으로 이 시를 이번 시집에 실린 작품 중
최고의 작품으로 꼽고 싶다). 시인은 무엇도 무엇도 보지 못했다고 하지
만 실은 "탄성이 침묵으로 되돌아오는/ 광활한 神의 솜씨"를 비롯해 데
스밸리에서 많은 것을 보았음을 역설적으로 말하고 있다. 본 것이 많았
지만 언어로 표현하기가 너무 어려워, 그것을 "나는 본 적이 없다"라고
표현한 것이다. 그렇다면 차신재 씨는 시인으로서 앞으로 어떤 말을 하
고 싶은 것일까.

> 가슴에 떨어진
> 풀씨 한 톨
> 키워내는 일이
>
> 한 세상
> 살아내는 일보다
> 더 절실합니다
>
> —「시인의 말」 전문

삶보다 시가 중요한 것이라고 하니 웬만한 각오가 아니다. 자, 이런 당찬 발언을 하고 있으니 차신재 씨는 이제 비로소 진정한 시인이 된 것이다. 가슴에 떨어진 풀씨 한 톨을 앞으로 잘 키워 언어의 풀꽃을 아름답게 피워내기를 기원한다.

이민자가 꾸는
꿈속의 아름다운 고향

―정국희론

미국 LA에 살고 계신 교포시인이라는 것 외에, 그대에 대한 정보를 아는 것이 전혀 없는 상태에서 원고를 받았습니다. 한 달 동안 가방에 넣고 다니며 지하철에서고 버스에서고 수시로 꺼내 들고 읽었습니다 (저는 아직 운전을 하지 못합니다). 한 달이 지나니까 겨우 쓸 수 있겠다는 마음이 생겨 책상 앞에 앉았습니다. 하지만 지금도 그대가 여성이라는 것 외에는 아는 것이 없어 답답한 마음 금할 길이 없습니다. 저는 정시인의 나이도 모르고, 미국에 가기 전 한국에서의 삶도 모르고, 몇 년에 미국에 갔는지도 모릅니다. 미국에서 그간 어떻게 생활해 오셨는지도 저는 알 길이 없습니다. 연락을 취해 궁금한 것들을 물어보려다 포기하고, 오로지 그대의 시만을 갖고 해설의 글을 써보기로 했습니다. 시인의 의도를 골똘히 생각해보아야 겨우 감이 잡히는 시도 있어 텍스트와의 싸움이 만만치 않았음을 먼저 고백합니다.

디아스포라의 꿈

　시집의 제일 앞머리를 장식하고 있는 시는 대단히 중요합니다. 그 시집을 이해하는 데 있어 실마리의 역할을 하는 시가 대개 제일 앞에 놓이거든요. 제목이 '디아스포라의 밤'인 걸로 봐서 이민자로서의 감회를 다룬 시가 아닌가 싶습니다. 화자는 새벽 1시에 광장에 서 있습니다. 그 시간에도 광장은 네온사인으로 휘황한가요. LA나 뉴욕 같은 대도시는 인종 전시장이라 "더 이상 색의 경계를 논하지 않는"가 봅니다.

> 서로 다른 뿌리로부터 건너온 인파 속
> 너는 누구인가
> 달리다 갑자기 멈춘 사슴처럼
> 문득 공중에 정지한 나
> 끊어진 듯 연결된 소음이
> 제자리로 가기 위한 정지임을 알려오고
> 빛의 후예였구나
> 다투며 피어나는 불꽃에서
> 일순 환속한 나를 발견한다
> 　　　　　　　　　　　　　ー「디아스포라의 밤」 제4연

　화자는 "너는 누구인가" 하고 자문합니다. 그런데 생각해보니 나는 "달리다 갑자기 멈춘 사슴처럼/ 문득 공중에 정지한" 존재입니다. 새로운 삶의 터전이 된 미국에서 자신의 정체성을 '정지' 이미지로 파악한 것이겠지요. 그러나 나는 빛의 후예이므로 "다투며 피어나는 불꽃에서/ 일순 환속한 나를 발견"합니다. 이미지는 금방 정지에서 파동으로 바뀝니다. "캄캄한 밤의 장막을 걷어낸 디아스포라의 밤"에 어찌하여 "LG

광고 간판이 심장처럼 박동하고 있"는 것일까요? 화자, 아니 시인의 고국이 대한민국이기 때문이겠지요. 새벽 1시경, 광장의 어둠을 몰아낸 것이 LG 광고 간판이라고 하니 애국까지는 아니더라도 그대의 마음은 늘 고국을 향해 있던 것이었습니다. 이 시를 보니 미국에서 살면서 무슨 생각을 하고, 무엇을 갈망하고, 무엇을 그리워하는지 대강은 알 것 같습니다. 아메리칸 드림을 좇아 미국에 와서 무진장 고생하는 이민자 중 한 사람인 그대이기에 이런 아바타를 만든 것일까요.

> 날개도 없으면서
> 무사히 둥지 튼 천사의 땅
> 로스앤젤레스
> 텃세 센 잡수풀 휘저어
> 꺾꽂이로 꽂은 몸에 뿌리가 내린 것은
> 순전히 부자로 만들겠다는
> 꿈의 의도가 나의 아바타를 조정했기 때문이었다
> ―「나의 아바타」 마지막 연

　미국에서의 삶은 속된 표현으로, '맨땅에 헤딩하기'지요? 한인들이 많이 모여 사는 LA라고 하여 이들 한인이 다 이웃사촌일 수는 없을 것입니다. 오히려 동포가 더 힘들게 했을 때도 있었겠지요. 인종이 다른 경우 또 어떤 차별이 있었을지 짐작하기 어렵지 않습니다. "텃세 센 잡수풀 휘저어/ 꺾꽂이로 꽂은 몸에 뿌리가 내린 것"은 미국에서 감당하기 힘든 세파를 헤쳐 왔다는 뜻일 것입니다. 꺾꽂이로 꽂은 몸에 뿌리가 내릴 정도였으니 미국 시민으로 살아가기란, 고국에서의 삶보다 몇 배 힘든 고통을 이겨내야 가능했겠지요. LA에서 몇 시간을 가면 '데스밸리'라는 곳이 나오지요? 다음 시는 그곳을 무대로 삼은 것이 아닐까 여겨집니다.

이국땅, 휑한 사막
썩은 이처럼 자라다 만 나무 한 개와
몇 개의 선인장이 긴 침묵으로 서 있는
길도 아닌 척박한 땅
누가 올려놨나
돌탑이 서 있네

—「책임」 첫 연

사막 한가운데 돌탑을 세운 것은 무엇인가 '비원'이 있었기 때문일 겁
니다. 그대는 이것을 "간절히 남겨진 소망"이라고 했습니다. 시의 내용
보다도 제목이 더욱 의미심장합니다. "한 칸 한 칸 올라앉은 꿈들이/ 두
고 간 약속 이행하느라/ 이글이글 모을 제물로 태우고" 있다고 했습니
다. 아메리칸 드림이 황금빛 꿈이 아님을 알 수 있습니다. 이국까지 와
서 '책임'을 진다는 것은 그만큼 어려운 일이었겠지요.

빈과 부가 극도로 교차되는 이곳, 길 하나를 사이에 두고 희망
과 절망이 나란히 공존하는 거리, 어쭙잖게 그날그날 살아가는
인생들도 부자와 똑같은 햇빛을 이고 다른 환경에서 다른 이미
지로 도심 속 일상을 보내고 있는 오후, 습기 찬 냄새를 탐하듯
"헤이 맨!" "횟츠 업?" 반짝 건네받는 날카로운 순간 슬그머니 피
하고 대신 한들거리며 걸어가는 아가씨의 허벅지를 쳐다보는
시큐리티의 민첩한 눈이 대낮보다 더 밝은 빛을 쏟아내고 있다.

—「엘에이 다운타운」 후반부

제목 그대로 엘에이 다운타운의 점경點景입니다. 길 하나를 사이에
두고 부자 동네와 가난한 동네가 갈라지는군요. 넥타인 맨 '인재'와 노
숙자가 공존하는 세상의 불공평함과 불합리를 따지고 있기에는 내 코
가 석 자입니다. 희망과 절망이 공존한다면 응당 희망을 좇아가야지요.

인정보다는 자본주의 논리가 더욱 잘 통하는 사회에서는 재력을 키워야 하겠지요. 그렇지요, 이 시의 화자는 낭만주의자가 아니라 현실주의자입니다. 내 앞가림도 못하면서 다른 사람의 처지에 혀를 차고 있을 수는 없습니다.

> 한정된 땅을 밟고
> 주는 물만 먹고도
> 넌
> 온 주위를
> 향기로 채우는 데
>
> 이 넓은 땅을
> 밟고 다니며
> 온갖 것을 다 먹은
> 나는, 지금
> 무슨 향기를 내고 있나
>
> —「蘭」 전문

'이 넓은 땅'은 미국일 것입니다. 난초는 그 자리에서 생의 전부 혹은 대부분을 보내는데 화자는 이 넓은 땅을 밟고 다니며 온갖 것을 다 먹습니다. 그런데 난과 비교해보니 난은 자기 주위를 향기로 채우는데 나는 무슨 향기를 내고 있는지, 생각하면 한심합니다. 바로 그런 자기반성의 의도를 담아 쓴 시가 「蘭」입니다. 그러고 보니 그대는 미국에서의 나날에 대해 크게 만족하며 살아가고 있는 것 같지는 않습니다. "미국말 물 흐르듯 줄줄 할 줄 몰라／ 자존심을 근으로 달아 팔아버린 곳"이 미국이라고 하니까요.

> 몇 날을 앓아누워 운신을 못해도

알맞게 간한 죽 한 그릇 들고 와
한술 떠보라며 입바람 후우 불어주는
인정스런 이웃 없는 곳
                  ―「달이 시를 쓰는 곳」 제2연

　미국에서의 외로움은 바로 이런 것 때문이 아니겠습니다. 그대는 대
문만 나서면 이웃이 있고 차만 한 번 타면 친척이 사는 곳에 갈 수 있는
고국을 떠나 먼 이역에서 살아가게 되었습니다. 이민의 대열에 섰기에
그대는 달을 보며 시를 쓰고 있는 것이겠지요. 생활의 고달픔보다도 인
정스런 이웃이 없는 것이 이민자로서의 나날을 더욱 서럽게 한 것이 아
닐까요. 하지만 시는 서러운 것이 있을 때 나오는 희한한 것입니다.

고향을 향해 열려 있는 마음

　그대 의식의 지향점은 유년기 혹은 성장기의 한국이 아닐까, 짐작케
하는 시들이 있습니다.

일 년 중 책 말리기에 가장 좋다는
칠월 칠석 다음날
책 대신 하늘 밀어내고
눅눅한 이불을 넌다

(중략)

휘모리장단으로 퍼붓던 열기에
벌써 몸이 개운해진 듯
여기저기 붙어 있는 머리카락
고슬고슬 떨어내고 있는

금세 화사해진 얼굴이라니

—「포쇄」제1, 4연

우리 조상은 음력 칠월 칠석이 지나면 서적들을 햇볕에 내놓고 쪼이는 포쇄曝曬라는 행사를 가졌지요. 아마도 그대의 어린 시절, 고향마을에서 이런 행사를 했었던가 봐요. 기억의 창고 깊은 데서 그 일을 끄집어내 제게 보여주시는군요. 책만 널어 말리는 것이 아니라 우리의 몸과 마음도 햇볕에 말리는 포쇄 날의 의미가 시에 잘 나타나 있습니다.

「향수」하면 정지용이지만, 저는 정국희 시인의 「향수」를 들어보고 싶습니다.

손님 없는 계산대에 앉아
깜박 졸음이 들라치면
아득하게 먼 샛길이 보인다
그러면 두 눈 그대로 감고
맨드라미 싸리나무 육모초
옹기종기 줄지어 선 돌담길로
찰랑찰랑 걸어가는 어린 소녀 본다

사시장철 풍치 좋은 산 아래
사대부 집 후손으로 자리잡은 집
마당에서 놀던 감빛 햇살
불썬바위로 넘어가면
부녀자들 빌미 만들어 모여들던 집

—「향수」제1, 2연

"손님 없는 계산대에 앉아/ 깜박 졸음이 들라치면"은 미국에서의 생활을 엿보게 합니다. 가게를 보다가 깜박 졸음이 와 어린 시절로 타임머

신을 타고 날아간 것이겠지요. 그곳에서는 맨드라미, 싸리나무, 육모초
가 옹기종기 줄지어 선 돌담길이 보입니다. "찰랑찰랑 걸어가는 어린
소녀"는 당신 자신이 아닙니까? 제2연에서 묘사된 집은 작은할머니가
계신 집인 듯한데, 맞습니까? 그대는 제3연에 가서 작은할머니를 등장
시킵니다.

> 전생은 어쨌든 간에
> 후생은 구렁이 되었다는
> 택호가 영암댁인 작은할머니
> 당골네 말이 영험 있었던지
> 뒷간이나 곳간까지 구렁이 얼씬거려 쌓더니
> 끝내는 할아버지 데려가 불고
> 가산이 차츰차츰 반으로 줄어들었던 집
>
> 구렁이 같은 년이라고
> 눈꼬리 사납게 흘겨쌓던 울 할머니
> 큰 굿하며 잘못했다고 싹싹 빌던 그 집으로
> 함마니 함마니
> 쪼르륵 달려가는 어린 소녀 본다
>
> ―「향수」 제1, 4연

택호가 영암댁인 작은할머니 얘기를 들려주고 있습니다. 당골네 말
이 영험 있었던 것이 아니라 영험이 없어서 가산이 줄어든 것이겠지요?
당골네를 구렁이 같은 년이라고 욕하는 할머니의 모습이 입가에 미소
가 머물게 합니다. 할머니가 큰 굿을 하며 싹싹 빌었던 그 집으로 '함마
니 함마니' 하고 부르며 달려가던 어린 소녀는 역시 시인 자신이지요?
완도에서의 추억도 한 편의 시를 이룹니다.

청해진 맑은 물 찰랑찰랑 휘돌아
생물내 흥건한 해안선 끝
태고의 신비 머금고
수억 년 절경으로 떠있는
섬 안에 섬 주도
갈매기들 한바탕 춤사위 벌일 때마다
청아한 물결 서편제로 추임새 넣는

물을 열어 해상길 만들고
돛 올려 뱃고동 울렸던
천혜의 비경 정도리 깻돌밭
장보고의 옛 영광이
미역 말리는 아낙네의 콧노래로
물결마다 박혀 있는

一「완도」 제2, 3연

이 땅에서 탄생한 수많은 시 가운데 완도의 역사와 풍광을 이렇게 아름답게 그려낸 시가 또 있을까 싶습니다. 완도에 이 시가 적힌 시비가 서면 완도 주민들이 대단히 좋아할 거라는 생각도 해보았습니다. 서정과 서경이 조화를 잘 이루고 있는 좋은 시라고 평가하고 싶습니다. 고향 언저리 사람들에 대한 추억담은 「사주팔자」「어느 일생」「헬멧」「꿈」 같은 시에 잘 나타나 있습니다. 비록 가난하기는 했지만 정이 무엇인지 알고 살았던 그때 그 사람들. 그대의 성장기 회상 장면 중에는 버스터미널 풍경이 있습니다.

흔들리는 차창마다
젖은 추억 환각처럼 달고
달릴수록 허전한 균형 잃은 눈
슬픈 연기 오르는 어느 외로운 창을 지나

별똥받이 재밭 넘으면
처음 만났던 예의 그곳에 닿겠지
느닷없이 누군가가 기다릴 것처럼
마치 그럴 거라고 믿으며 창밖을 보는데
어느 사이 종착역 가까워 왔나
경사진 노선의 처량한 엔진 소리
너는 하행선
나는 상행선
철 지난 유행가로 막바지 오르막길
꺼억꺼억 오르고 있다

　　　　　　　　　　　－「아름다운 회상」 제2, 3연

　이런 것을 가리켜 수구초심이라고 할까요, 몸은 먼 이역 미국 땅에 있어도 마음은 늘 한국을 향해 있음을 이런 시를 읽으면 알게 됩니다. "슬픈 연기 오르는 어느 외로운 창"이니 시골 마을입니다. '별똥받이 재밭'을 제 낮은 국어실력으로는 알아내지 못했는데, 아마도 산촌의 풍경을 묘사하기 위한 방편으로 가져온 시어가 아닌가 싶습니다. 버스는 하염없이 달려 목적지에 거의 다 온 듯합니다. 가난은 "흔들리는 차창마다/ 젖은 추억 환각처럼 달고/ 달릴수록 허전한 균형 잃은 눈"을 갖게 합니다. 하지만 세월이 많이 흐르고 보니 그 을씨년스러웠던 풍경도 아름답게 회상이 되나 봅니다. 「바람 휑한 날은」이란 시도 우리네 농촌의 정서를 물씬 풍기는 고운 작품입니다. "군불 땐 아랫목으로/ 찰진 밥 한 상 걸게 차려내면// 그때서야 목에 걸린 설은 밥알은 못 이긴 척 그렁그렁 넘어간다"는 대목은 영어로 번역하는 것이 불가능하지 않을까요. 한국적인, 너무나 한국적인 작품입니다. 이밖에도 우리 정서를 십분 살린 시로 「오냐」와 「등을 내준다는 것」이 있습니다.

세상의 첫 글자 엄마 다음으로 배운 말
글자체가 각지지 않고 단정하여
입을 작게 오므렸다 놓으면
저절로 웃으면서 새나오는 말
　　　　　　　　　　　　　－「오냐」 제3연

　그대는 '오냐'라는 말에는 "무엇이든 다 들어줄 것 같은 넉넉함"이 있고, "나는 네 편이라는 든든함"이 배어 있다고 했습니다. 맞습니다. 할머니가 썼고 어머니가 썼고 이제는 화자가 쓰고 있는 이 '오냐'라는 말은 자식에 대한 사랑과 믿음이 없으면 쓸 수 없습니다. "이보다 더/ 안심되고 편안한 말이 또 있을까요"라고 시를 끝맺었는데, 생각해보니 정말 우리말 중에 이보다 더 사람을 안심시키는 말은 없네요. 동년배끼리는 '맞아'라는 말을 쓰고 있지만 어른이 아랫사람에게는 '오냐'라고 하는 것이지요. 이상하게 젊은 세대는 '정말?' '진짜?' 하고 반문하는 경우가 많은데 그만큼 서로를 믿지 못하는 세태를 반영한 것이 아닌지 모르겠습니다.

어부바 하고 등 내밀면
좋아라 업히는 아이를 생각하다가
단풍잎 같은 세 살 이쁜 손 어깨 위에 얹히면
몸에서 풍금소리 퍼지는 걸 생각하다가
다른 말로는 도저히 표현될 수 없는
어부바라는 뜻이
어와둥둥 내 사랑일 거라고 결론 내린다
　　　　　　　　　　　　　－「등을 내준다는 것」 제3연

　'어부바'라는 말도 그렇지만 등을 내주어 업는 행위도 지극히 한국적인 행위입니다. 사람의 등이 이때는 전폭적인 사랑, 완전한 헌신을 보여주는 것이지요. 그래서 그대는 누군가를 업고 가는 것을 "등에 가슴을 대고/ 같은 쪽을 보며 한 몸으로 간다는 것"이라고 했고, "애틋한 정이 없으면 안 되는 일"이라고 했습니다. 우리가 누군가를 업을 때, 그것은 단순히 보행을 돕는 것만이 아닙니다. 사랑한다는 말 백 번을 할 것을 한 번의 행위로 보여주는 것이 바로 등을 내준다는 것, 업는다는 행위입니다. '어부바', 참 얼마나 정겨운 우리말입니까.

우리말 구사의 달인

그대의 이번 시집에서 제가 세 번째로 주목하는 것은 우리말과 사투리의 풍부한 구사입니다. 우리말과 사투리의 아름다움을 살린 시가 10편은 족히 됩니다. 미국에 가서 살면서 어쩌면 이렇게 순우리말을 잘도 구사하는지, 시집 원고를 읽는 내내 감탄을 금치 못했습니다. 우리말은 우리 정서를 살려내는 데 큰 역할을 합니다. 이 땅의 시인들이 그대한테서 크게 배워야 할 점이 바로 이것입니다.

> 입은 말을 기억하지 못한다
> 몇십 년 밥 먹듯 해온 말을
> 고분고분 정갈하게 하지 못하고
> 일랑절랑 너픈너픈 딴말을 내뱉는다
> ―「나이 값」 제2연

'일랑절랑'은 도저히 무슨 말인지 모르겠고, '너픈너픈'은 '너푼너푼'의 사투리가 아닌가 합니다. '너푼너푼'은 엷고 넓은 물건이 자꾸 가볍게 날리어 흔들리는 모양이나 가볍게 너부시 자꾸 움직이는 모양을 가리키므로 '대수롭지 않게' 딴말을 한다는 뜻이 아닌가요? 또 다른 시를 봅니다.

눈에 촉수를 세우고
마른자리만 오지게 딛고 다녔어도
밤을 등에 기대면
진자리만 회창회창 더트고 다닌 듯
결린 어깨로 두엄 냄새 넘어오는 밤이면
그리운 쪽으로 돌아누워도
원추리 꽃 같은 허연 헛것이
차란차란 보이는 곳

―「달이 시를 쓰는 곳」 제4연

　'회창회창'은 '휘청휘청'의 작은 말인 것 같고, '더트다'는 무엇을 찾으려고 손으로 더듬는다는 뜻의 전라도 사투리입니다. '차란차란'은 액체가 그릇에 가득 차 가장자리에서 넘칠 듯 말 듯한 모양이거나 물건의 한쪽 끝이 다른 물건에 가볍게 스칠 듯 말 듯한 모양을 가리킬 때 쓰는 부사이므로 '찰랑찰랑'과 '치렁치렁'에 가까운 듯싶습니다. 이런 사투리와 순우리말은 '오지게', '무덤 냄새', '원추리 꽃' 등과 잘 어울려 토속적인 분위기를 멋지게 연출하고 있습니다. 저로 하여금 낱말 공부를 하게 한 시를 좀 더 볼까요.

　「바람」에 나오는 '느자구'는 '싹수'(어떤 일이나 사람이 앞으로 잘될 것 같은 낌새나 징조)의 전남 방언이고, '속창아리'는 '철'(사리를 분별할 수 있는 힘)의 전남 방언입니다. 「사주팔자」에 나오는 '서털구털'은 말이나 행동이 침착하고 단정하지 못하며 어설프고 서투른 모양이지요. 「질투」에 나오는 '뽀닥뽀닥'은 북한 말인데, 물기가 있는 물건의 거죽이 말라 매우 빳빳하게 굳어진 모양을 뜻하지요. 「이삿짐을 싸면서」에 나오는 '기신기신'은 게으르거나 기운이 없어 느릿느릿 자꾸 힘없이 행동하는 모양이거나 굼뜨게 눈치를 보며 반기지 않는 데를 자꾸 찾아다니는 모양을 뜻하지요. 하지만 「눈빛」에 나오는 '꼽발'과 「이삿짐을 싸면서」에 나오는 '뻣쌔지게'는 끝내 그 뜻을 알아내지 못했습니다. 「일상의 길목」의 '까란 것'도 모르겠습니다.

우리말과 사투리를 애써 시어로 쓰는 이유를 모르지 않습니다. 미국에서는 영어를 쓸 일이 많을 테고, 모국어는 점점 기억에서 희미해져 갈 것입니다. 언어란 쓰지 않으면 금방 잊어버리게 됩니다. 그래서 더더욱 열심히 어렸을 때 썼던 우리말과 사투리를 기억해내(혹은 찾아내) 시어로 쓴 것이 아닌가 여겨집니다. 애국애족이 뭐 거창한 행동을 하는 것이 아니라 미국에서 한글로 시를 쓰는 것 자체가 애국애족이며 모국어 사랑인데, 여기에 순우리말과 사투리까지 열심히 시어로 새기고 있으니, 그 노력에 대해 존경의 뜻을 표하지 않을 수 없습니다. 이 땅의 시인 중한 사람으로서 부끄러움을 느낍니다.

시를 위한 각오

그대는 이번 시집에 자전적인 내용과 현재의 생활에 대한 시도 몇 편실었습니다. 「아내」에는 "생전에 돈 많이 못 벌어다 준 게 한이 된" 아버지가 나옵니다. "처자를 아끼고 술에 정겨워하던/ 온화한 선비상을 가진 남편"(「그늘」)도 허구의 인물이 아니라 실재하는 남편이라고 생각합니다. 「동창회」는 현실풍자를 너무 재미있게 하여 너털웃음을 터뜨리게 됩니다. 「집으로 가는 길」과 「모녀」는 미국에서 만난 사람에 대한 섬세한 묘사가 돋보입니다. 그런데 이런 자전적인 시와 생활시도 좋지만 제 눈길을 확 끌어당긴 것은 「시를 품고 살아서」란 한 편의 시입니다. 시의 전반부는 가슴에 시를 품고 살아서 작년보다 더 여물어진 몸으로 봄을 맞게 되었다는 내용입니다. 가슴에 시를 품고 살게 된 이후 달라진 것은 이것뿐만이 아니군요.

책을 포개 놓고
밤을 까맣게 새운 지식은
시가 되지 못했지만
어느 연민에 뒤채이던 여린 시어는
부족함을 끌어올려
세상은 아름답다고 쓰게 했다
감성이 저 먼 곳까지 닿았는지
그게 시가 되었다
가난한 영혼 위에
생명의 언어를 잉태해준 신실하심이
시를 영글게 만들어주셨다
할렐루야

―「시를 품고 살아서」 후반부

    시는 지식의 차원이 아니지요. 감성 혹은 영혼의 차원입니다. 공감 혹은 감동의 차원입니다. 시는 때때로 충격을 주고 깨달음도 줍니다. 우리를 전율케 하고 번민케도 하지요. 그런 시에 대한 정국희 시인의 열망을 저는 이 시에서 읽을 수 있습니다. 가난한 영혼 위에 생명의 언어를 잉태해준 신실하심이 시를 영글게 해주었다고 시에 감사하고 있군요. 할렐루야! 외치면서 말입니다. 이 시는 그대의 시론이라고 여겨집니다.

    이제 시를 품고 살아가게 되었으니 나날의 삶이 더욱 풍요로워질 것입니다. 물론 고민과 좌절도 수반될 테지만 말입니다. 두 번째 시집을 내는 각오가 이렇게 남다르니 앞으로 더욱 좋은 시를 쓸 수 있으리라 생각합니다. 모국어를 잘 돌보며 키워 나가리라고 각오를 단단히 하고 있는 그대이니 만큼 앞으로의 활동에 더욱 큰 기대를 해보게 됩니다.

    늘 건강하시기를 아울러 기원합니다.

2010년 12월 13일
이 승 하 올림.

시인 – 울음소리를 듣고 웃음소리를 내는 자

　물론, 시를 쓰는 사람을 시인이라고 부른다. 그런데 작곡가·화가·소설가·건축가·방송작가 등 어느 분야의 전문가를 가리키는 '家'를 붙여주지 않고, 변호사·간호사·운전사·바둑기사처럼 달인에 가깝다고 '士'를 붙이지 않고 '人'을 붙였던 것일까? 아마도 시인은 보통사람들보다 더욱 인간적인 사람이기에 '詩人'이라고 일컬었던 것이 아닐까. 인간을 뜻하는 '휴먼'을 어원으로 하는 휴머니즘은 인문주의나 인도주의로 번역이 되고, 인본주의와도 먼 거리에 있지 않다. 인간의, 인간을 위한, 인간에 의한 문학을 하는 사람이기에 먼 옛날 중국인들은 시를 쓰는 이들을 가리켜 시인이라고 불렀던 것이 아닐까, 생각해본다.

　2천 년 전에도 시가 있었다. 지금부터 1700년 전, 중국 진나라의 진수가 쓴 역사책 『삼국지 위지 동이전』에는 까마득한 옛날 우리 조상이 어떻게 살았는지 잘 설명되어 있다. 부여의 영고, 동예의 무천, 고구려의 동맹, 마한의 오월제·시월제 등은 제천의식에 붙여진 이름이다. 농사를 시작하고 수확할 때 종교적 의식이 음주가무와 함께 행해진 것은 당연한 일이었다. 제천의식 때는 반드시 춤과 노래가 있었으며, 노래는 시가 되었다. 음악과 무용과 시가가 분리되지 않은 원시종합예술은 삼국시대에 들어와 일단 구분이 된다.

「황조가」는 고구려 유리왕 3년(B.C. 17년)의 작품으로『삼국사기』에,「귀지가」는 가락국 때의 작품으로『삼국유사』에,「공무도하가」는 고조선 때의 작품으로『고금주』에 한시로 적혀 전해지고 있다. 원래는 우리말로 불렸으나 우리말 가사는 소실되고 후대에 이를 한문으로 번역한 것이 다행히도 그 유래와 함께 전해지고 있다.

「황조가」는 실연의 슬픔을 담은 노래다. 왕비 송씨가 죽은 후 한꺼번에 맞아들인 두 왕비 화희와 치희는 사이가 좋지 않았다고 한다. 치희는 중국 한나라 사람이었는데 화희의 질투를 참지 못해 왕이 사냥을 나가 있는 동안 고국으로 돌아가 버렸다. 왕은 상심하여 "펄펄 나는 꾀꼬리는 자웅이 노니는데 외로운 이 내 몸은 뉘와 더불어 돌아갈꼬" 하며 노래를 지어 불렀다.

「귀지가」는 가락국 때(A.D. 42년)의 작품으로, 임금을 맞이하려고 부른 일종의 희망적인 노동요다. "거북아 거북아 머리를 내밀어라, 내밀지 않으면 구워서 먹으리라"는 내용으로, 현전하는 최초의 집단 무요舞謠다.

「공무도하가」는 고조선 때, 즉 A.D. 2세기경의 작품이다. 머리가 하얗게 센 미친 남편白首狂夫이 술에 취해 강을 건너다 죽는 광경을 보고 그의 아내가 부른 노래 "당신은 물을 건너지 마오. 당신이 물을 건너다가 빠져 죽으면 어쩌자는 말인가"를 들은 이는 뱃사공 곽리자고였다. 이 노래를 곽리자고에게 들은 그의 아내 여옥에 의해 채록되어 후세에 전해진 「공무도하가」는 원시적인 서사문학에서 서정문학으로 옮아가는 시기의 작품이다.

지금까지 전해지고 있는 3편의 고대가요 중 「황조가」가 이별의 아픔을, 「공무도하가」가 사별의 아픔을 노래했다는 것은 시사해주는 바가 있다. 마음이 아프기에 시가 나왔던 것이다. 시인은 마음이 무한정 기쁠 때도 시를 쓰기는 하지만 대개의 경우 마음이 아플 때 시를 쓰게 된다.

아무튼 이런 고대가요에서 출발한 시가詩歌는 서구 모더니즘의 세례를 받으면서 '歌'가 떨어져나가고 '詩'가 남은 것인데, 오늘날 많은 시는 감흥이나 감동을 주지 않는다. '感興'이나 '感動'이라는 한자어 속에는 마음 심心자가 들어 있다. 마음을 고양시키고 움직이는 것이 시였는데 오늘날의 시는 신기한 것을 추구하거나 암호 풀이 및 미로학습을 시키는 것이 많다. 우리 시가 지금의 위기에서 벗어나기 위해서는 노래정신의 회복과 함께 독자의 마음을 움직이는 시인 본연의 임무와 역할에 충실해야 할 것이다.

재미시인으로서 국내 문단에서 가장 많은 독자를 확보하고 있는 곽상희 시인의 새 시집 원고를 받고 떠오른 생각은 이상하게도 시라는 것 자체, 시인 그 자체였다. 시인은 말솜씨가 뛰어난 달변가가 아니라 인정에 쉽게 좌우되는, 감정이 풍부한 사람이다. 보통사람보다 감수성이 예민하여 소사에 크게 기뻐하고 흉사에 몹시 슬퍼한다. 희로애락에 대한 표시를 몸으로는 잘 못하더라도 글로는 확실히 하는 사람이 바로 시인이다.

서울대 불문과를 졸업하고 미국 오하이오대학 언어학과를 나와 미국에 정착한 곽상희 시인

유리왕이나 백수광부의 처가 무뚝뚝한 사람이었다면 시를 쓰거나 노래를 부르지 않았을 것이다.

곽상희도 감정이 풍부한 시인임에 틀림없는 것이, 이번에 내는 시집에는 유독 '울음'과 '눈물'과 '웃음'이라는 시어가 많이 나온다. 일단, 시인은 울음소리에 대단히 민감하다.

> 길을 가다가
> 새 울음소리 듣는다
> 언제나 들어온 그 소리가
> 그렇게 당돌할 수 없네
> 긴 고요를 찢고 들려오는 소리는
> 고고하고 고혹적인 것이,
>
> 나는 뒤돌아서서 한참 동안
> 새 울음소리 귀에 담네
>
> —「길을 가다가」 앞 2연

  보통사람들은 새가 울면 그러려니 하고 흘려듣는데 시인은 그렇지 않다. "마치 관목이 제 몸 흔드는/ 뼈마디 소리같이" 새가 아파서 외치는 소리로 듣는다. 그야말로 우는 소리로 듣는 것이다. 유리왕은 꾀꼬리 소리를 암수가 어울려 서로 희롱하며 노는 소리로 들었지만 곽상희 시인은 모든 새소리가 울음소리이다.

> 허드슨 강변 갈매기 울음소리에
> 멍멍해진 내 귀가 활짝 열린다.
>
> —「공해」 마지막 연
>
> 묻음 속에는 동박새 울음 울어
> 영혼들 오랜 잠을 깬다
>
> —「나팔꽃 향수」 제4연
>
> 지금 나는

내 안에 우는 새소리의
깊은 음표에 귀를 기울인다.

—「꽃잎 하나에도」 마지막 연

세상의 모든 새는 울고 있고, 그 새들이 내는 소리를 듣는 시인의 마음도 울고 있다. 새들이 인간처럼 감격해서 울고, 너무 기뻐 울고, 슬퍼서 울고, 사랑해서 울고, 아파서 울까? 물론 그렇지는 않을 것이다. 언제나 슬퍼하고, 슬퍼서 울지는 않겠지만 시인은 새가 내는 모든 소리를 '울음소리'로 파악한다. 생명 가진 것들의 슬픔을 아주 민감하게 받아들이는 자가 바로 곽상희 시인이다.

한국 사람이 하는
찻집 창가에 앉아
한국 사람이 만든 빵과
커피를 마시며

지나가는 사람들을 보며
자꾸만 어디로 가고 있는
저들을 보며

공연히 눈물에 젖으며
손 내밀지 못하는 나란 존재를
불쌍히 생각하며
내가 가엾고
저들이 가엾고
어쩌다 잘못 그으진
아이들 그림 연습지 같은
경계를 생각하며

—「눈물의 지우개」 앞 3연

화자는 지금 찻집 창가에 앉아 행인을 바라보고 있다. 남녀노소 많은 사람들을 보며 화자는 자기연민을 느낀다. "공연히 눈물에 젖으며/ 손 내밀지 못하는 나란 존재를 불쌍히 생각하며/ 내가 가엾고"……라고 하면서. 이것은 '경계', 즉 타인과의 거리감을 자책하는 것이지 자기를 불쌍히 여기는 자기연민이 아니다.

> 눈물의 지우개를
> 눈물은 인간이 누리는
> 최고의 선물이라
> 생각하며
>
> 눈물보다
> 진한
> 죄 없는 사람을 생각하며.
>
> ─「눈물의 지우개」 뒤 2연

시인이 생각하기에 눈물은 지우개 같은 것이다. 눈물을 흘림으로써 나쁜 기억이나 아픈 기억을 지울 수 있다. 그래서 인간이 누리는 최고의 선물이라고 생각하는 것이다. 마지막 연에서 말한 "눈물보다/ 진한/ 죄 없는 사람"은 누구일까? 창밖으로 지나가는 행인들인데, 나름대로 아픔을 갖고 살아가는 장삼이사張三李四라고 할 수 있겠다. 나도 이방인이지만 저들도 이방인이고 나도 유한자이지만 저들도 유한자이다. 때가 되면 다 늙고 병들고 죽어갈 존재이다. 「물의 길」이란 시의 첫 문장 "가는 길이 보이는 것은/ 자유보다도 행복보다도 아름다운 눈물이다"는 문법적으로는 맞지 않지만 생각해볼 여지를 준다. 내가 갈 길이 보이게 된 것이 삶의 최고의 가치로 치는 '자유'나 '행복' 덕분이 아니라 '아름다운 눈물' 덕분이라는 것이니, 눈물을 얼마나 소중히 여기고 있는지 알 수 있다. 시인은 창밖으로 지나가는 행인 같은 막연한 대상이 아니라, 구체적인 어떤 대상의 울음소리를 듣고 눈물짓기도 한다.

> TV 뉴스 시간 사막 한복판
> 검은 옷 입은 여인 피 강물에 누워 있네요
> 까만 히잡(hijab) 하얀 이마 햇살 타고
> 옆구리에는 검붉은 아이 손짓 발짓,
> 찢어진 깃발 같네요,
> 바다 건너 파도 타고 오는
> 그의 울음
> 난 아이와 여자 사이에서
> 아이의 울음 되고
> 여인의 신음소리 되고……
> 내 안에서 칼춤을 추는
> 여인의 신음소리
> 둥, 둥, 아이의 울음소리
>
> —「모래가 된 별」 제1연

시인은 텔레비전 뉴스 시간에 놀라운 장면을 본다. 중동의 어느 나라이리라. 여인은 총상을 입고서 피를 흘리고 있고 여인의 옆구리에 앉은 아이는 울음을 터뜨리며 구원을 요청하고 있다. 여인의 신음소리와 아이의 울음소리 사이에서 화자는 다만 구경꾼일 따름이다. 그런데 전장에서 이런 상황에 처한 민간인이 이들뿐이겠는가. "수많은 유성들 피의 울음소리"를 들으며 화자는 가늘게 운다.

> 검붉은 모랫바닥
> 여자와 아이와 함께 우는
> 수많은 유성들 피의 울음소리,

더욱더 가늘게 떠는
내 부끄러운 울음 한 자락……

—「모래가 된 별」 제2, 3연

　화면으로 그런 처절한 장면을 보고 화자는 "가늘게 떠는/ 내 부끄러운 울음 한 자락"밖에 해줄 수 있는 것이 없다. 하지만 바로 이런 마음이 시인의 마음이다. 진정한 휴머니즘의 결과물이 「모래가 된 별」이다. 휴머니즘은 사실 불가에서 말하는 측은지심과 보시, 기독교에서 말하는 '원수도 사랑하라'는 말과 크게 다르지 않다. 불행한 처지에 놓인 사람을 도와주고자 하는 마음은 착한 사마리아인과 지장보살의 마음과 한 치 다를 바 없다. "신문에는 아프가니스탄의/ 소년 하나가 벗은 채/ 벌건 들판에 서 있"고, "쉬지 않고 총소리 들려온다"(「찻잔 한 잔」). "너희들은 너무 많고/ 내 이불은 너무 좁"다. 이불의 의미는 보호막이나 안전장치인데 이불이 너무 좁아 도와줄 방도가 없다. 도와주고 싶은 마음이야 굴뚝같지만 바람에게 떼밀린 낙엽처럼 나는 "이러지도 저러지도 못하고/ 뱅뱅 돌"며 "지구의 무게 견디려" 홀로 버틴다. 내가 할 수 있는 일이랑 고작 "차디차게 식은/ 내 미안한 차 한 잔"을 내미는 것이다. 시인은 휴머니즘 정신으로 충만해 있지만 약간의 구호기금을 내놓는 정도로밖에 돕지 못하는 것이 안타깝고, 그 안타까운 마음이 이런 시를 쓰게 했다. 울음의 미학이라고 할 수 있을까, 시인은 다음과 같은 울음의 시를 쓴다.

울음소리 들려온다
창밖의 길거리 늦은 시간
어느 어미 잃은 새가 울고 있는지,
언젠가 오래 전 새벽 2시쯤
찢어진 치마폭 부둥켜안고

슬픔이 오라지도록 절망하며
울어대던 동포 아가씨
그는 지금 어디서 무엇이 되어 있을까

창틈에 귀를 붙이고
알아들을 수 없는 어느 방언 같은
울음소리에 귀를 기울인다
심장에 총알이 박힌 어린 새의 울음
먼 유년의 산골짝 물소리 같다

—「밤은 왜 울지?」 앞 2연

　　화자는 깊은 밤에 새의 울음소리인지를 듣고 오래 전 새벽 2시쯤에 "찢어진 치마폭 부둥켜안고/ 슬픔이 오라지도록 절망하며/ 울어대던 동포 아가씨"를 떠올린다. 새의 울음소리는 "심장에 총알이 박힌 어린 새의 울음"과 "먼 유년의 산골짝 물소리"를 연상시킨다. 하늘을 쳐다보니 별은 하나도 안 보이는데 울음소리가 또 들리고, 화자는 "형태 없이 끝없는 밤이 우는 것 같다"고 느낀다. 이 세상은 비극적인 일이 끝없이 벌어지는 곳이어서, 시인은 눈물짓지 않을 수 없다. 시집의 제일 마지막 시가 32명의 젊은이들을 저승길 길동무로 삼은 조승희 사건을 다룬 시여서 더욱 의미심장하다.

고의로 떨어트린 물감 같다
나뭇가지 사이에는 바람이
울고 간다
바람이 돌아와
또 운다, 또 울고 간다
다시 돌아와 머뭇거린다
머뭇거리면서 오래 오래 거기 있다

—「4월, 그 슬픔의 자화상, VT」 제3연

이 시에서 'VT'는 사건이 일어난 현장인 미국 버지니아 폴리테크닉 주립대학교의 두문자이다. 시인은 이 끔찍한 사건을 울음으로 풀어낸다. 바람은 왜 자꾸만 우는가. 바람은 잔잔하다가도 무시무시하게 불고, 또 언제 폭풍우가 있었던 양 잠잠해지기도 한다. 바람도 자꾸 다시 와서 울고, 나도 거듭 눈물을 흘린다. 시인은 교포 학생을 살인마로 내몬 현실이 너무나 안타까운 것이다. 이미 이 세상 사람이 아닌 조승희에게 죄를 물을 수도 없다. 우리 어른의 관심 부재와 사랑 부재가 초래한 현실이라는 생각에 시인은 자신의 가슴을 치면서 33명 젊은이의 넋을 위로한다.

눈물에 어린 눈동자가 바라보는
세상은 너무나 멀다

(중략)

어디선가
눈물 한 방울 그렁그렁, 하며 온다
                    ―「살아가는 것들의 빛깔」 부분

이 시에서도 시인의 기본적인 심성에 동정심이 있고, 가련한 것들에 대한 연민의 정이 남다름을 알 수 있다. 혹시, 아래의 시는 시인의 체험담이 아닐까. 살아 있는 것들에 대한 연민의 정이 어디에서 연유한 것인지, 약간의 힌트를 제공한 시라고 생각되기에 주목을 요한다.

2009년 마지막 날
마음 허공을 떠돌다
이것도 저것도 아닌 때
시를 든다
내 속에 알곡 하나 빛나기를,

간밤 헛구역질하며
배 속에 아기를 키우느라
몸부림 친 젊은 임부처럼
피 토하며 똬리 치는 화사,
오늘 아침 저주의 팽팽한 꼬리
휘저어 허공으로 사라진다

　　　　　　　　　　　　　　　—「아들의 골수」전반부

　날짜까지 명시되어 있는 것으로 보아 자신의 경우를 시로 쓴 것으로
볼 수도 있겠지만 시는 체험만으로도 상상력만으로도 쓰는 것이 아니
기에 다른 사람의 경우(추체험)를 갖고 썼을 수도 있겠다. 아무튼 화자
는 2009년 세모에 아들을 백혈병으로 잃는다. 소아백혈병으로 고생하
다 죽는 아이들이 세계적으로 엄청나게 많은 사실을 감안하면 아주 일
반적인 상황이라고 할 수도 있겠다. 이들 중에는 골수이식으로 소생하
는 수도 있지만 이 시의 화자는 아들을 잃는 것 같다.

내 아이는 새롭게 태어날 제 2의 인생을
골수에 푸른 하늘의 빗물을
가득 채우고, 엄마 나 배고파,
세상에 없는 밥 한 술, 아이야,
어미는 짜부러진 젖통에서 짜내는
배냇 젖줄 콸콸 먹이고
눈물 가득 하늘 게운다
엄마는 너를 두고 슬퍼야
아이야, 온 세상 메아리치는
새소리 들리는 거야.

　　　　　　　　　　　　　　　—「아들의 골수」후반부

　인간이 겪는 고통 중 가장 큰 고통을 자식의 죽음을 눈앞에 두고 지켜

봐야 하는 심정이라고 하고, 이를 가리켜 '참척慘慽의 고통'이라고 한다. 죽어가는 자식에게 엄마는 젖이라도 마음껏 먹이고 싶어한다. 그녀는 상상한다. 짜부러진 젖통에서 배냇 젖줄을 '콸콸' 먹이고, 자신은 "눈물 가득 하늘 게운다"는 것을. 아이를 결국 잃고 엄마는 "온 세상 메아리치는/ 새소리"를 듣는다. 새소리는 인간세상에서 일어나는 온갖 비극적인 일에 대해 슬퍼하는 천상의 목소리였던 셈이다. 세상에는 슬픔만 있는 것이 아니다. 기쁜 일도 간간이 있기에 우리는 숨을 쉴 수가 있다.

> 착각이었다
> 슬픔이
> 거리를 낙엽처럼 휘몰아치며
> 시위를 한 후
>
> 지나온 발자취마다 기쁨이
> 오뉴월 수풀처럼 뒤따르리란 것은
>
> —「슬픔과 기쁨」 제1, 2연

그렇다. 슬픔이 휩쓸고 간 뒤에는 그 발자취마다 기쁨이 오뉴월 수풀처럼 일어나리라고, 시인은 희망의 메시지를 전하고 있다. "가만히 있어도/ 전쟁은 언제나 일어나고/ 캄캄한 먹구름 천둥을"(「심리학 교실」) 쳤지만, 시인은 그 비극 속에서도 웃음을 찾아내려 애쓰고 있다. "사람들 이별하고 미워하고 웃었다/ 꿈을 꾸었다 절망했다 사랑했다"(「여기에도」)란 두 행을 보면 이별과 미움 뒤에 웃음을, 절망 뒤에 사랑을 배치하고 있다. 희로애락이라고 하지 않는가, 비극적인 날들을 잘 참고 견뎌내면 활짝 갠 날을 맞이할 수 있는 것이 세상의 이치다. 새옹지마塞翁之馬라는 한자성어도 그런 뜻에서 생겨난 것이리라. 시인은 시집 중간중간에 웃음의 미학을 펼쳐 보인다.

당신은 바다 건너

그 해변에서 손 흔들고

진한 웃음 푸르게 흔들고

나는 이편 바닷가 모래 땅

신발 벗은 채 서 있네

(중략)

텅 빈 내가 웃고 있네

너는 가득하네

가득한 당신의 품에서

차오르는 시냇물 가

어제의 이끼 낀 자물쇠가 웃으며

손을 내미네.

─「뼈 안의 그리움」 부분

그리움은 이별을 전제로 한 것이다. 그런데 뼈 안의 그리움이므로 사별을 전제로 한 것으로 생각해볼 수 있는데, 정작 당신을 그리워하는 나는 웃고 있다. 「공무도하가」와는 완전히 반대되는 상황이다. 뼈 안의 그리움을 갖고 있는 이가 이렇게 웃고 있으니 골계미라고 해야 하나? 하지만 이 시는 골계미를 보여주는 것이 아니라 시간이 많이 흘러갔음에도 불구하고(이끼 낀 자물쇠), 그리움이 조금치도 퇴색되지 않았음을 보여준다. 어느덧 "고통이 배시시 웃으며/ 새의 눈망울 같은/ 열쇠 하나 골라 살포시 내 손에/ 건넨다"(「그믐달과 열쇠」)는 달관의 경지에까지 도달한다. 자신의 귀가 먹는 비극적 상황에서 '환희의 송가'를 작곡한 베토벤의 경우처럼 비극은 차라리 인간을 정화시킨다. 시인은 이렇듯 한편으로는 웃음의 세계를 지향한다.

> 가슴을 활짝 열어놓고 보는
> 세상, 그때 세상도
> 너를 향해 속가슴 열고
> 함박꽃웃음 피리라
>
> 그때 닫혀 있던 세상의 문들이
> 모처럼 답답하던 숨 훌훌 내쉬며
> 기지개를 펴고
> 즐거운 몸짓을 하리라
>
> (중략)
>
> 어둔 곳에서만 피는 꽃들이
> 시도 때도 없이 웃음을 터뜨린다
>
> 꽃대 깊숙이 숨죽여
> 꿀물을 빨던 애벌레도
> 네 활개를 화들짝 펴리라.
>
> —「가슴 열어놓고 보면」 부분

　이런 시를 보면 시인은 비관론자가 아니다. 세상의 수많은 비극적 상황에 대해 가슴아파하면서도 궁극적으로는 희망을 찾아 떠나는 단테 같다. 단테의 순례 여행도 지옥→연옥→천국의 차례가 아니었던가.

> 우리는 속에 짐승 하나씩 끌어안고
> 물, 하고 웃으며 말한다.
>
> —「물, 하고 말했을 때」 마지막 연

햇빛보다 더 새하얀 여자
머리에는 흰 파뿌리
치렁치렁 하늘에 뿌리내리며
허리 반듯 걸어온다
고향의 텃밭에서 날라 온
속과 겉 조금도 다름없는
여자는 무명실 불심지 같다
떼 몰려오는 중국인들 사이
미소로 밟는다
환하게 웃는다

—「푸른 파 여자 2」 제2연

전자는 관념상의 웃음이지만 후자는 생활 속의 웃음이다. 즉, 구체적인 웃음이어서 실감이 더 난다. 아마도 '푸른 파 여자'는 이민 온 지 40년이 된 한국의 여인이 아닌가 싶다. 어느새 할머니가 다 되었지만 사람들을 보면 웃음으로 인사하는 당당함을 보여주어 시인에게는 푸른 파의 이미지로 다가왔나 보다. 나무들도 봄이 오면 "웃음을 터트리며/ 서로를 향해 팔을 벌리"(「나무들의 옷 갈아입기」)고, 동물이든 식물이든 자식이든 친척이든 "내가 홀로 키운/ 저 흔한 무엇이라는 것도/ 동그라미 하나씩 행복처럼/ 그리며 내 곁에서 웃고 있다"(「너는 내 곁에서」). 그리하여 이제는 "웃음이 패인 주름살까지/ 내 손바닥의 손금처럼 가깝고 멀게/ 보인다"(「다른 달」)는 경지에까지 이른다.

하지만 코리아타운에서는 웃음소리보다 울음소리를 더 자주 듣게 된다. 떠나온 조국이 예나 지금이나 분단 상황이기 때문이다.

그날 내가 들은 대나무 울음소리는
세상에는 없는 방언,
38선 너머 먼 길을

쩔룩이며 걸어온
당신의 잘린 허리와 무르팍 연골에서
피어나는 푸른 기침소리였을까
　　　　　　　　　　　－「코리아타운」 제3연

　외국에 나가 있으면 한국에서 벌어지는 일들이 더욱 큰 비극으로 다가오게 마련이다. 근심걱정이 귀를 쫑긋 세우게 하고 교회에 다니게 한다. 동포를 만나게 하고 동포를 위해 일하게 한다. 시를 쓰게 하고 시 동인을 만들게 한다. 모국어를 잊지 않게 하고 나 자신의 정체성을 확인하게 한다.

챗바퀴 돌아가는 언어의 복합지대
눈치 빠른 사람들 안 보이는
억지로 이방언어로 꿰맞춘 이름표
가슴에 달고
모국어로 시를 써야 속 시원한 시인은
돌배나무 가로수 길 지나
집으로 돌아와
모국어여 시(詩)여 소리치네
　　　　　　　　　　　－「꽃이 모국어로 말한다」 제2연

　미국사회는 다인종사회이면서 영어문화권이다. 영어를 못하면 살아가기가 어렵다. 집 바깥에서는 생업을 위해 영어를 쓰지만 귀가해서는 모국어로 시를 쓴다. 애국애족을 시를 쓰면서 실천하는 것이다. 이런 점에서 국내에 거주하며 시를 쓰고 있는 우리가 재미시인들을 본받고 반성해야 한다. 지금 국내 시단에서는 문법 파괴와 시어 오용이 무슨 유행처럼 번지고 있는 중이니.

어제 저녁 하늘
귀향하는 기러기 떼들
끼룩끼룩 울음소리는
동료를 밀어주는 사랑의 장조(長調)임을
알았다

그 소리가 몹시 길고 요란했다

그렇게 잘 익은 사랑이
                              —「기러기들 시 쓰다」 후반부

　이 시를 읽으며 유리왕의 「황조가」를 다시 떠올린다. 시란 울음소리
이며 사랑노래이다. 기러기들도 몸으로 시를 쓰고 있으므로 나는 무엇
을 할 수 있으며 무엇을 분명히 할 것이다. 시인은 "지구 한쪽 귀퉁이/
점보다 작은 자리 하나 차지하여/ 시를 쓴다"고 한다. 시를 쓰면서 자신
의 존재를 확인하는 것이다. 살아 있음을.

찢어진 옷깃 사이 피 묻은
살[肉] 너덜너덜 내비치며
나를 찾아왔는가.
삐걱거리는 문밖에서
동동거리는 네 발 소리는 점점 다급해지고,
칠흑 같은 시간, 너와 동행하여

지쳐버린 열흘 굶은 몸 추스르다가,
얼른 소리를 찾아간다.

네 피 묻은 손이 피워내는
색과 향의 그늘,

별처럼 차갑고 아득한 눈동자……

고통이여
너를 안는다

고통이 녹아져
흔적도 없이 사라진다

내 안에서.

—「시」 전문

그 어떤 고통도 시를 쓰면 잊게 된다는 것이 이 시의 주제이리라. 시란 이런 것이다. 하지만 시 쓰기란 이렇게 처절할 정도로 고통스런 것이다. 시인 되기란 이렇게 가혹하게 힘든 것이다. 그러므로 시인이 시를 쓰지 않고 있을 때, 그는 산 주검이며 죽은 생명이다. 시를 쓸 때 보람과 고통을 함께 느낀다. 울면서 웃고 웃으면서 운다. 곽 시인은 시 쓰기를 이렇게 정의하고 있다. "고통이 녹아져/ 흔적도 없이 사라진다// 내 안에서."라고. 영어를 쓰는 사람에 둘러싸여 살면서 모국어를 지켜 시를 쓰는 행위는 사실 고국에서 시 쓰는 것보다 몇 배 힘든 일이리라. 이 힘듦을 힘들게 생각하지 않고 시인의 길을 걸어온 곽상희 시인의 또 하나의 매듭을 지금까지 울음과 웃음으로 풀어보았다.

그렇게 울어도 마르지 않는
강이 있었는데
그토록 퍼내어도 끝나지 않는
강물 하나 있었는데.

—「육체 꽃」 마지막 연

지금으로부터 1900년 전 고조선 시대에 백수광부의 처는 술에 취해 강을 건너는 남편을 보며 목을 놓아 울었다. 지금 이 시대에는 곽상희라는 시인이 온몸으로 울고 있다. 때로는 푸른 파 여자처럼 환하게 웃고 있다. 그 울음소리와 웃음소리가 미주 시단을, 나아가 우리 한국 시단을 밝게 비춰줄 것이다.

뿌리 뽑힌 자들이 꾸는 아메리칸 드림

―박경숙론

1994년 미주한국일보 소설 당선을 등단 시점으로 잡는다면 박경숙 씨는 미국에서 18년째 소설가로 살아온 셈이다. 지금까지 두 권의 장편소설과 한 권의 소설집을 발간하였고 이제 두 번째 소설집 발간을 준비하고 있다. 국내 기준으로 보면 과작의 작가라고 해야 할 것이다. 하지만 작품 활동을 하기에는 제반 환경이 데스밸리처럼 척박한 미주 한인 문단에서 네 권의 저서를 갖는다는 것은 쉬운 일이 아니다. 『미주문학』 등 몇 종의 문예지가 나오고 있지만 1백 명이 넘는 회원에게 골고루 지면이 돌아가야 하므로 한 해 한 편의 소설 발표도 쉽지 않다. 그리고 한인 타운에서 한인들만을 상대로 하여 살아가지 않는 한 미국에서의 생활언어는 영어가 될 수밖에 없다. 모국어가 한국어이기에 한글로 생각하고 한글로 글을 쓸지라도 집 바깥에서는 영어를 해야 살아갈 수 있는 미국사회의 일원이다. 게다가 집의 아이들은 한국말보다는 영어를 훨씬 잘 구사한다. 모국어는 미국에 발을 디뎌놓는 그 순간부터 기억에서 조금씩 퇴색해가는 아주 먼 곳의 언어이다. 미국에서 이 모국어로 사고하고, 이야기를 구상하고, 작품을 쓰고, 발표지면을 찾는다는 것은 국내에서 활동하는 소설가들보다 몇 배 어려운 일이다. 그 어려움을 감내하며 9편의 소설을 써 또 한 권의 소설집을 묶고자 하는 박경숙 씨의 각고의 노력에 찬사를 보내며, 작품 읽은 소감을 몇 마디 말해보려 한다.

박경숙 소설집 표지

1992년에 미국행 비행기를 타고 LA국제공항에 내려 '재미교포'의 대열에 선 박경숙 씨는 20년 동안 고국을 떠나 있었다. 씨의 소설이 그 어떤 의미를 지니고 있고, 다소라도 의의를 갖고 있다면 탈향과 재미在美, 이산離散과 20년 동안의 간극間隙을 논의의 대상에서 제외할 수 없다. 하지만 재미교포로서 한글로 소설을 쓰면 두 가지 큰 어려움을 감내해야 한다. 첫째, 국내 문단에서는 재미교포의 한글 소설을 도무지 인정해주지 않는다는 것이다. 즉, 소설의 독자는 재미교포 중에서도 한글 해독이 자유로운 이민 1세대에 국한된다. 따라서 비평적 조명을 거의 받을 수 없다. 둘째, 영어로 쓴 것이 아니기 때문에 미국 주류문단의 인정도 전혀 받지 못한다. 미국에서 영어로 작품을 써 평가를 받은 강용흘·김용익·김은국·차학경·노라 옥자 켈러·수잔 최·김난영·이창래·돈 리 등과 달리, 이쪽저쪽 모두에서 인정을 못 받는 이중의 불리함을 감내해야 하는 것이다. 과연 재미교포가 한글로 쓴 소설이 지구별 저쪽에서 벌이는 '그들만의 리그'일까? 해설자는 그렇지 않다고 생각하며, 그 이유를 밝혀보고자 한다.

제일 앞에 놓인 「눈물」은 꽤나 충격적인 장면에서부터 시작한다. 한인 교포 남자가 무단 침입한 흑인 늙은이에게 칠면조 고기를 자를 때 쓰는 긴 칼로 처참하게 살해된다. 유체 이탈한 교포 '나'의 영혼이 피를 철철 흘리며 죽어 있는 자신의 몸을 보다가 흑인 늙은이의 낡은 깡통 밴에 동승해 그의 집에까지 따라간다. 집에 도착한 늙은이는 웬 한인 노파를 마마! 오 마마!하고 부르며 받들더니 성행위를 갖는다. 이런 기이한 내용이 중반부에 접어들면 한국에서의 과거로 뒤바뀐다. 의정부 산언덕 아래 교회당의 교회지기 아범과 그의 어린 딸, 그리고 교회의 큰 잔치 때 부엌일을 돕는 신도信徒 어미와 그의 아들은 '불륜'과 '윤간', '배신' 등의 치욕적인 상처를 지닌 채 긴 세월을 건너뛴다. 교회지기 아범의 딸과 신도 어미의 아들은 각자 헤어져 살다가 재미교포가 되지만 딸은 과거의 치욕과 배신을 결단코 잊을 수 없다. '어린 딸'은 훗날 '노숙자들의 어머니'가 되고, 이 노파의 치욕적인 과거지사를 듣고 흑인 늙은이는 '마마'를 대신해 마마의 원수를 응징하겠다고 결심하고 이를 실행한다. 노파는 거리의 노숙자들에게 수프와 빵을 나눠주며 찬송가를 불러주는 천사 같은 존재였다. 마마의 복수를 대신 해주는 흑인 늙은이에게 양심의 가책은 조금도 없다. 그럼 흑인과 마마가 죄인인가? 반드시 그렇지만은 않다. 오히려 죄의 불씨는 한인 남자가 지니고 있던 것이었다. 죄의 불씨를 흑인이 껐으므로 그 살인 행각은 어찌 보면 인과응보나 사필귀정으로 볼 수도 있겠다.

대충 이런 줄거리를 지닌 이 소설의 의미는, 인간은 미래지향의 동물이 아니라 과거집착의 동물이라는 작가 나름의 인간 연구의 결과물이라는 데 있다. 미국에서 50년을 넘게 살아도 한국에서 입은 상처는 여전히 흉터로 남아 있다. 인간은 교회에 가서 매주 기도를 하고 참회를 하지만 잠재의식 깊숙이 숨어 있는 뼈저린 과거지사에서 헤어날 수가 없다. 인간은 어찌 보면 벌레보다 나약한 유한자인 것을.

연변소설가협회에서 주는 두만강문학상을 수상한 박경숙 작가

　미국 교민사회에서 상당한 신망을 얻고 있는 웬 명망가의 장례식에
다녀오는 화자의 복잡한 내면의식을 그린 소설 「아무것도 아닌 사람」
은 화자가 글 쓰는 사람이다. "낡은 노트북의 자판이나 두들기며 살아
가는 아무것도 아닌 사람"이 화자인데, 글을 쓰기 때문에 겪었던 고초
가 적나라하게 펼쳐진다. 화자가 끊임없이 '아무것도 아닌 사람'이라고
자신을 일컫는 것은 자신에 대한 겸양의 뜻에서일까? 그보다는 생활의
방편이 될 수 없는 글을 쓰기 때문에 서로 적대시하면서 사분오열을 일
삼는 교포문단에 대해 문제 제기를 하기 위해서일 것이라고 생각한다.
글을 쓴다는 것이 사실은 남들과 더 잘 소통하기 위해서인데 우리는 많
은 경우 글을 쓰기 때문에 어떤 이들과 등을 지고 살게 된다. 죽은 이와
화해를 하는 과정이 섬세하게 묘사된 이 소설은 과거 '참여'와 '순수'로
나뉘어 싸움을 일삼은(지금도 지방 곳곳에서 '문협파'와 '작가회의파'로
나뉘어 으르렁대고 있다) 이 땅의 문인들에게 반면교사의 역할을 할 수

있을 것이다.

「집」은 두 친구의 기이한 운명의 쌍곡선이라고 할 수 있겠는데, 언필칭 '집 없는 시대의 소설'이다. 한국에서 화자는 '하꼬방'에서 부모의 교성을 들으며 살았고, 친구 영배는 지붕과 벽이 제대로 되어 있는 '집'에서 살았다. 우리 집은 못살았고 영배네 집은 잘살았던 것이다. 영배의 어머니는 물지게를 져야 하는 우리 집에 와서 어머니에게 "내가 담 너머로 호스를 대어줄 테니 물을 받아서 써요." 하며 선심을 쓴다. 미국으로 이민을 가도 나의 삶은 좀처럼 역전이 되지 않는다. 은행에서는 압류 통고장이 날아온다. 두 친구는 수십 년 만에 미국에서 만나는데 만난 지 얼마 안 되어 영배는 미국에서의 파산을 감당하지 못하고 가족 동반 자살로 생을 마감한다.

미국으로 이민을 가는 사람들은 대개 '아메리칸 드림'에 사로잡힌다. 가서 뭐라도 하자, 산 입에 풀칠할까, 열심히만 하면 기회는 얼마든지 있을 것이다, 무한한 기회의 나라, 아이들 교육……. 그런데 화자의 미국에서의 삶은 작은 실패의 연속이고, 그의 옛 친구 영배는 큰 실패를 경험해본 적이 없어서 감당을 못해 그만 방아쇠를 당긴다. 미국에 가지 않았더라면 죽지 않았을 세 사람이다. 장례식장에서 초로의 부부가 나누는 대화는 아메리칸 드림의 허상을 잘 설명해준다.

> "참 미국은 이상한 나라지. 내 나라에서 물 건너오면 가난뱅이가 부자 되고, 부자가 가난뱅이가 되고……."
> "저 사람도 한국서는 잘살았다는데……. 가난도 이력이 없으면 못 견디는 법이지."

꿈에 부풀어 갔다가 미국행 비행기를 탔다가 큰코다치게 하는 것이 바로 아메리칸 드림이다. 나는 한국에서 일이 영 안 풀렸다. 뿌리를 못

내려 미국으로 갔는데 계속 한심한 나날을 보내고 있고, 영배는 돈을 갖고 와서도 뿌리를 내리지 못하고 일가족 동반자살로 생을 마감한다. 이민자 중 자살자가 대단히 많은데, 작자는 이런 현상이 어디에서 연유한 것인지 한 사례를 짚어보고 있다. 한국에서 산전수전 다 겪은 사람은 미국에 가서도 어느 정도 적응해서 살아가지만 실패를 모르고 살다가 더 큰 꿈을 갖고 미국에 가서 사업이 잘 안 되고나 파산을 하면 견디지 못한다는 것이다. 결국 집 한 채 지니고서 살자고 미국에 간 것인데, 집도 절도 없는 신세가 되는 사람들이 많다. 더구나 자살이나 가족 살해 같은 끔찍한 파국에 이르는 사람들도 꽤 있다는 것을 작가는 이 소설을 통해 말해주고 있다.

「검은 파도」와 「블랙리스트」는 미국 내 한인 화이트 칼라의 일상을 조명한 작품이다. 「검은 파도」에는 신문사 객원기자가 화자로 나온다. 그밖에 제 잘난 맛에 사는 치과의사 김철진, 또 다른 신문사의 객원기자이며 화자의 대학 후배인 강민수, 편집국장, 두 여기자 등이 나오는데 이 소설은 어찌 보면 '소문'이 소재이고 주제이다. 강민수가 하는 말, "어쩌면 모두들 너무 외로워서 소문을 먹고 사는지도 몰라요."라는 말에 공감할 교포가 많을 것이다. 교포사회가 워낙 좁다 보니 사람들이 소문에 흔들리고 소문에 절망한다. 사실과 다른 소문이 꼬리에 꼬리를 물고 일어나 사람을 오해의 늪에 빠뜨려 옴짝달싹못하게 한다. 화자는 두 여기자를 보면서 이런 생각을 하는데, 이 소설의 또 다른 주제가 함축된 부분이다.

> 젊은 날 이민을 왔다는 그들이 이 사회에 부대끼며 어지간히 빛이 바랬다는 게 느껴진다. 문득 나는 결코 빛이 바래고 싶지 않다는 생각을 한다. 곱지는 않아도 내 빛깔을 고스란히 간직하고 싶다고…….

소문의 벽을 넘어서서 살아가기란 그 사회에서 쉽지 않겠지만 '빛이 바래고 싶지 않다'고 소망하는 화자의 분명한 마음가짐은 줏대 있는 인간상의 한 구현이 아닌가 싶다. 미국 교민사회에서는 지식인일수록 자아를 상실하기 쉽다는 것을 작가는 말해주고 싶었던 것이 아닐까.

한편 범죄소설적인 분위기를 지닌 「블랙리스트」는 중편의 분량으로, 도입부부터 무척 흥미롭게 이야기가 전개된다. 화자인 미스터 정은 버클리 대학을 중퇴한 건장한 노총각이다. 화자가 젊은 한국 유학생 창녀를 사서 하룻밤 정사를 가지려다가 창녀가 눈물로 좀 봐달라고 호소하자 돈만 200달러를 주어 보낸 앞머리의 에피소드는 독자가 소설 안으로 빨려 들어가게 하는 힘을 발휘한다. 그 후, 화자는 살인자로 둔갑하여 직장 상사 엔젤라 킴 여사를 목을 꺾어 살해한다. 미스터 정의 연락을 받고 엔젤라의 집에 온 김 사장은 엔젤라의 사체를 보고 충격을 받아 협심증 발작으로(고혈압도 있었다) 죽는다. 화자가 사장의 주검을 보고도 냉정하게 방치하는 대목에 이르면 엘러리 퀸이나 반 다인의 추리소설을 읽는 기분이 든다. 소설은 중반부에 접어들어 화자가 왜 고국을 떠나 미국행 비행기에 몸을 싣게 되었는지, 또 어찌하여 한국에서 교통사고로 몸과 정신에 이상이 온 아버지를 미국의 '무료 한국인 양로병원'에서 돌보게 되었는지, 그 과정이 죽 이야기된다.

그런데 이 중반 부분의 이야기가 소설의 중심이 되었더라면 좋지 않았을까. 살해 현장에 최 과장을 오게 해 연쇄살인으로 끌고 가는 장면을 만들면서 소설은 플롯이 흐트러지고 만다. 회사의 막내인 20대 중반의 헬렌이 엔젤라 여사의 딸이라고 고백하는 충격적인 장면이 나오고, 곧이어 이 모든 회사 관련 인물들과의 사건이 전부 화자가 소주 두 병을 마시고 취해서 꾼 꿈속의 일인 것으로 드러난다. 어린 창녀에게 속아 200달러를 날리고 홧김에 술을 마셨고, 그래서 쓰러져 잠들어 꾼 꿈이라니, 너무나 허망한 결말이다. 중편소설이 이런 플롯상의 난점을 보이면 어쩌나 걱정이 되는데, 화자가 비록 꿈속에서이지만 최 과장에게 부르짖는 다음과 같은 말은 우리의 폐부를 찌른다.

> "미국엔 왜 왔어? 왜 여기 정착하려고 하는데? 너희 같은 인간들 때문에 여기 이민사회 물이 흐려지는 것 알아? 열심히 살고 있는 사람들 앞에 쉽게 살아가는 너희 모습 참으로 보기 추해! 알아? 난 먹고살기 위해 당신들한테 온갖 수모를 당해왔어. 당신들 눈에 내가 그렇게 우습게 보이니? 김 사장은 늘 멸시하고, 엔젤라는 호시탐탐 내 옷이나 한 번 벗길 기회를 노리고. 당신 최 과장과 강 과장은 날 잘 상대도 안 해주지. 왜? 난 당신들보다 젊고 잘났어. 돈 없는 것 빼고는 말야. 미국인과 말 한마디 섞지 못하는 당신들에 비한다면 난 영어도 유창해. 그런데 왜 날 무시해? 왜? 당신은 노골적으로 날 무시하지만 강 과장 그치는 내가 뭘 물어도 대답도 잘 안 하잖아. 에이 씨! 기분 나쁜 놈!"

이들이 몸담고 있는 회사는 이민 알선이나 유학 알선, 체류 알선, 정착 알선 등의 일을 하는 유령회사다. 불법적인 일을 합법으로 가장하니 유령회사인 셈인데 같은 한국인들끼리 서로 반목질시하는 회사에서 화자는 끔찍한 일인시위를 한 것으로 보인다. 그런데 그것이 꿈속의 일들이라고 하니 허망하기 짝이 없다. 이 소설은 두 편으로 나누고, 또한 살해 장면을 꿈속의 일이 아니라 현실 상황으로 그렸더라면 어땠을까?

「블루 칼라」에는 미국 이민을 간 일가의 갈등 상황이 스피디하게 전개된다. 일단 이민을 간 여성 화자가 이민 대열에 합류했던 이유를 다음과 같이 밝힌다. '그'는 화자의 남편이다.

> 나는 적어도 생존 그 자체를 위해 이 땅을 찾은 건 아니었다. 와글거리는 서울이 싫었고, 빠르게 변하는 유행과 들쑥날쑥한

교육제도를 따라갈 수 없었다. 어쩌면 나는 몹시 현실 적응력이 부족한 사회적 열등인인지도 모른다. 이 땅에 와 또 이렇게 헉헉대고 있는 걸 보면. 서울의 매연에도 무감각하게 잘 견디던 그를 부추겨 이 땅에 와, 나는 그를 나와는 또 다른 열등인으로 만들어버렸다. 의기소침한 그의 얼굴을 대할 때면 바늘 끝 같은 죄의식이 가슴을 찌른다.

　서울이란 도시의 특징이랄 수 있는 복잡다단함과 과도한 속도감, 그리고 이상한 교육제도는 조국을 등지게 한 요인들이었다. 그리하여 찾아간 미국이지만 미국이 지상의 천국이 아닌 것은 금방 판명된다. 아내의 부추김을 받아 미국에 간 남편은 생활에 헉헉대고, 어느새 의기소침한 열등인이 되어 있다. 화이트 칼라였던 남편은 트럭 운전사가 되었고, 아내는 살림을 산다. 남편은 "너희는 나를 이용해서 살고 있는 거야. 나를 노동자로 전락시킨 대가로 너와 아들놈은 서울에서와 똑같이 살고 있잖아!"라고 외치고, 아들은 "왜 아빠만 고생시키는 거야? 내 친구 엄마들은 다 일해. 엄마는 뭐야? 엄마가 공주야?" 하면서 공박한다. 이렇듯 엄마의 가사노동은 정당한 노동으로서의 가치를 인정받지 못한다. 화자는 하는 수 없이 한국 사람이 운영하는 세탁소의 에이전시 카운터 일을 본다. 이와 같이 이민 간 집의 아이들은 "어느새, 이 땅의 이민 부모들이 개처럼 일해야 자신들의 정승 같은 미래가 보장된다는 것을 깨달은" 것이다. 아들이 엄마를 집 밖으로 내몰았다고 볼 수도 있겠지만 이 비정한 일이 현실인 것을 어떻게 하랴.

　　아이는 개처럼(?) 일하는 제 아비의 모습에도 화를 내고, 방관하는 나에게도 화를 냈다. 그리고 이 이중구조 안에 들어선 자신의 청춘에 대해서도 분노했다.
　　다 때려 쳐! 때려 쳐!

일찍 좀 다니라는 내 말소리가 다소 앙칼지게 나오긴 했지만,
아이의 눈빛엔 순식간에 악마의 그림자가 드리운 듯했다.
엄마도 아빠도 다 때려 치고 나도 학교 때려 칠 거야.

아마도 이들 일가는 경제적으로 좀 잘 살고, 아이를 좀 더 나은 환경에서 교육시키려고 있는 집 없는 땅 다 팔아 돈을 모아 이민을 갔을 것이다. 그런데 남편은 터럭을 몰면서 연일 자신을 비하하고, 아들은 학교고 뭐고 다 때려치우겠다고 한다. 화자는 미국인 손님 스티브에게 마음을 주지만 그것은 그야말로 백일몽이다. 게다가 스티브가 오지 않자 화자는 그곳에서 일할 마음을 잃어버린다. 아들은 한때 마리화나를 하는 듯하지만 그 세계에서 스스로 빠져나온다. 소설 말미에서 의미심장한 문장 하나를 발견했다. "아이는 언젠가부터 엄마 아빠처럼 바보같이 살지 않기 위해선 제 스스로 이 땅을 헤쳐 나가야 한다는 걸 깨달은 것 같다." 자, 이렇게 되면 아이는 미국 사회에 적응하게 되는 것이다. 즉, 부모 세대와 분리되어 미국 시민이 되는 것이다. 다시 말해 이 소설은 이민 간 가족이 어떻게 분열되는지 하나의 사례를 보여준 것이라 할 수 있다.

「전생을 봐드립니다」는 미국에 이민 갔다 돌아온 화자의 이모가 '전생카페'를 열게 되는 이야기를 기본 축으로 하고 있다. 이 소설에서 제일 흥미를 끄는 것은 수면제를 갖고 다니는 이모의 묘한 성격이다. 어디에도 정착하지 못하는 역마살을 지닌 이모라는 인물의 형상화에 성공한 것이 가장 큰 수확이라고 본다. 이 소설에는 다음과 같은 의미심장한 대목이 나온다.

미국이란 나라에 대해선 이모와 내 뇌세포에 저장된 기억의 차이가 있다. 이모는 친미를 교육받은 세대지만, 나는 때때로 일어나는 서울 복판의 시위대로부터 반미를 세뇌당했다. 친미사상으로 떠났던 이모는 10년 만에 더 외로운 모습으로 돌아왔고,

미국을 미워하는 나는 아직 한 번도 갈 수 없던 그 나라에 대한 요상한 선망을 안고 있다.

미국에 이민을 가는 사람은 조국을 떠났던 그 시점의 상황까지만 한국을 기억할 수밖에 없다. 제3공화국 시절에 미국에 간 이민자는 한국의 1960~1970년대 상황을 기억하고, 제5, 6공화국 시절에 이민을 간 사람은 1980년대까지의 상황을 기억한다. 이모는 미국에 대한 환상을 가득 품고 갔을 것이다. 하지만 미국은 뿌리를 내리고 살 만큼 안온한 보금자리가 아니었다. 10년 만에 더 외로운 모습으로 돌아온 이모는 화자에게 이렇게 말한다.

> "자신에 충실하지 않으면 우린 세상에 아무것도 남기지 못하고 죽게 돼. 아무것도 아닌 채 떠나고 마는 거지. 우린 모두가 다 무엇인가로 의미지어 여기 왔지만, 사람들은 자기가 누구인지도 모르고 떠나는 사람들이 많단다."

이런 큰 깨달음을 얻고 돌아왔지만 이모는 또다시 전생카페도 그만두고 어디론가 떠난다. 타고난 역마살을 제어할 수 없었던 것이다. 이 소설은 해외이주자 중 상당수가 운명론자가 아닌가 하는 생각을 하게 한다. 디아스포라의 삶을 살아가는 사람은 이미 전생에 그런 운명이 점지되어 있는 것이 아닐까 하는. 「돌아오지 않는 친구」에도 운명론자들이 나온다. 1953년 봄에 아홉 살이었던 연식이와 홍이와 나는 친구였다. 나의 꽃고무신이 문제가 되어 지뢰가 터져 홍이는 죽고 연식이는 불구가 된다.

훗날 화가가 된 연식은 내게 청혼을 하여 둘은 부부가 되지만 죽은 홍이가 이들의 결혼생활에 훼방꾼 노릇을 한다. 나는 계속 유산을 하고 연식은 줄곧 이상한 열등의식에 시달린다. 그 사고 이후 너는 계속 홍이를 그리워하고 있지 않느냐고 따지는 연식은 결국 비극적인 최후를 맞는다. 소설은 아주 일찍 한국을 떠나 모국어가 서툰 오드리와 그의 미국인 남편 데니어 길든 시인과의 이야기가 이중나선구조 형식으로 진행된다. 오드리의 느닷없는 죽음을 보며 독자들은 인간의 운명, 그 불가항력적인 힘에 망연자실하게 될 것이다. 중편 분량의 이 소설은 「블랙리스트」와 달리 플롯을 잘 짰다는 느낌이 든다. 소설은 6·25를 전후로 한 한·미 두 나라의 역사적인 배경을 밑바탕에 깔고, 미군들이 온갖 것을 사고 파는 동두천을 공간적인 배경으로 하여 이야기가 무척 흥미롭게 전개된다. 홍이 아버지의 기구한 사연까지 곁들여 여러 사람의 운명이 얽히고 설키면서도 무리가 가지 않게 잘 끌고 나가, 작가가 이야기꾼으로서의 솜씨를 십분 발휘한 작품이 아닌가 한다.

제일 뒤에 자리잡은 「오빠를 묻다」는 자전적인 요소를 강하게 지닌 작품으로 여겨진다. 동기간의 정을 진하게 느끼며 자란 오누이는 생을 함께 조율하며 살아가지 못한다. 누이동생은 별다른 사랑 없이 한 남자와 결혼하여 미국에 가서 살고, 오빠는 중년의 나이에 병사한다. 미국에 가서 소설가가 된 동생 은희는 불행한 결혼 생활에 괴로워하며 글쓰기에 매진한다. 은희의 이런 말은 미국에서 문학작품을 한글로 쓰고 있는 많은 문인들의 속내를 대변한 것이 아닐까.

> "뿌리가 없잖아. 여기에 이렇게 뿌리를 두고 나 홀로 절단당한 채 떠나간 그곳에서 내가 자생하는 길은 홀씨식물이 되는 것이었어. 남의 나라 땅에서 내 나라 말로 글 쓰는 일, 당연히 음지의 일이야. 어쩌면 우리가 사는 삶 자체가 그 나라의 음지인지도 모르지만."

남의 나라 땅에서 내 나라 말로 글 쓰는 일을 두고 은희는, 아니 작가 박경숙 씨는 '음지의 일'이라고 한다. 누가 알아주지도 않고 벌이도 안 되고 힘만 드는 일, 그 일을 은희는 밤낮으로 하면서 남편과의 거리감을 절감한다. 은희의 입을 통해 박경숙 씨가 하는 말에 귀를 기울일 필요가 있다.

> (상략) 누가 그러더구나. 이민사회 사람들은 다 정상이 아니라고. 어딘가는 다 정신이 나간 허전한 사람들 같다고 말야. 하긴 그래. 본국의 빠른 변화 속도를 따라잡지도 못하고, 그렇다고 주류사회에 적응하기도 힘들어. 그 틈새에 낀 사람들은 내가 밤새 피워낸 버섯을 냉큼 따 한 순간에 먹어버리지.

아메리칸 드림의 실현이 결코 쉽지 않다. 한국을 떠났을 때 이미 그는 뿌리 뽑힌 나무이며 태풍에 가지 꺾인 나무이며 열매를 맺지 못하는 나무이다. 은희와 구윤모의 만남의 과정에서 오빠 은철이 관여했었다는 비밀도 소설 종반부에 가서 밝혀진다. 하지만 운명은 엇갈리고, 은희는 문학의 미음자도 모르고 소설의 시옷자도 모르는 이와 형식상의 결혼 생활을 유지한다. 이 또한 운명의 엇갈림이라고 할 수 있을 것이다.

이상 아홉 편 소설은 대부분, 미국으로 이민을 간 이들의 방황과 좌절에 대한 섬세하고도 예리한 관찰기록이라고 할 수 있다. 미국사회에 잘 적응하고 미국에서의 사업에 성공하는 경우도 없지 않은데, 예컨대 「검은 파도」의 치과의사 같은 인물이다. 하지만 이 사람은 여자관계가 대단히 문란한 인물로 나온다. 미국에서 삶의 터전을 마련한 사람들 대다수가 작가가 보건대 현실부적응자이다. 물론 미국에서 '잘 먹고 잘살았다'고 하는 경우도 있겠지만 소설은 성공사례에 대한 보고서일 수 없다. 한국에서 상처를 입고 미국으로 가서 그 상처를 잊고 살려고 하지만 좀처럼 그것이 안 된다고 작가는 말해준다. 오히려 그 상처가 덧나 더욱 큰 고통을 겪는 사람들의 이야기를 주로 들려주고 있다.

독자에 따라서 소설이 좀 더 밝기를 바랄 수 있을 것이다. 하지만 문제적 인물들이 겪는 갈등에 대한 연구가 소설일진대 박경숙은 자신의 소설을 해피엔딩으로 처리하지 않는다. 아직도 수많은 사람들이 꾸고 있을 아메리칸 드림이 얼마나 허황된 꿈일 수 있는지, 그 꿈의 실상과 허상을 케이스별 상황극으로 꾸며 보여준 씨의 노고에 박수를 보내고 싶다. 네 번째 저서 출간을 계기로 더욱 왕성하게 작품을 써 미주 한인 소설가 가운데 가장 중요한 작가로 자리매김 되기를 바란다. 이 소설집은 미주 한인 소설의 수준을 한 단계 끌어올렸다고 생각한다. 바라건대, 태평양 이쪽과 저쪽 모두에서 『눈물』이 주목을 받았으면 좋겠다. 그럴 값어치가 충분한 소설집이다.

■참고문헌

연변 조선족 중·고교 개편 교과서에 수록된 시

김정훈·노철, 「중국조선족 시문학」, 정덕준 외, 『중국조선족 문학의 어제와
　　오늘』, 푸른사상, 2006.
송희복, 『한국 서정시의 이해』, 예하, 1991.
연변교육출판사조선어문편집실 편, 『교수참고서』 7학년 상권, 2004. 8.
오상순, 『개방개혁과 중국조선족 소설문학』, 도서출판 월인, 2002.
윤윤진, 「중국조선족문학」, 신동욱 편, 『한국 현대문학사』, 집문당, 2004.
이명재 외, 『억압과 망각, 그리고 디아스포라』, 한국문화사, 2004.
이숭원, 『교과서 시 정본 해설』, Human & Books, 2008.
이승하, 「연변 조선족 중·고교 교과서 수록 시 연구」, 『한국 시문학의 빈터
　　를 찾아서』, 푸른사상, 2006.
황송문, 『중국조선족 시문학의 변화양상 연구』, 국학자료원, 2003.
小島晋治·丸山松幸, 『중국근현대사』, 박원호 역, 지식산업사, 1998.

연변 조선족 시인들의 시에 나타난 '두만강'

강련숙 편, 『중국조선족100년문학예술 대사기』, 길림인민출판사, 2001.
김동진, 『백두산에 가서는』, 흑룡강조선민족출판사, 2001.
_____, 『두만강 새벽안개』, 연변인민출판사, 2007.
김해룡, 『불취옹영언선』, 연변인민출판사, 2010.

리성비,『이슬 꿰는 빛』, 연변인민출판사, 1997.

리해선 책임편집,『연변작가협회 대사기』, 연변인민출판사, 2006.

문예편집실 편집,『연변우수작품선집』, 연변인민출판사, 1992.

박장길,『짧은 시, 긴 탄식』, 연변인민출판사, 2010.

석화,『나의 고백』, 연변인민출판사, 1989.

설인,『들국화』, 연변인민출판사, 2009.

심예란,『아침은 호주머니속에서 새 길 꺼낸다』, 연변인민출판사, 2008.

이용악,『낡은 집』, 기민사, 1987(1938).

장덕순,「이규보와 영웅서사시 <東明王>」,『한국 고전문학의 이해』, 일지
　　사, 1973.

정덕준 외,『중국조선족 문학의 어제와 오늘』, 푸른사상, 2006.

조룡남,『그리며 사는 마음』, 연변인민출판사, 1995.

중국조선족문학우수작품집 編委會,『2005 중국조선족문학우수작품집』, 흑
　　룡강조선민족출판사, 2006.

『연변문학』, 2001.2, 연변문학사.

<연변일보>, 2011.10.21.

연변 조선족 시인들의 시에 나타난 민족의식과 국가관

김학천,『꿈 많은 봇나무 숲』, 연변인민출판사, 1998.

리상각,『까마귀』, 료녕민족출판사, 1999.

석　화,『세월의 귀』, 흑룡강조선민족출판사, 1998.

　　　,『연변』, 연변민족출판사, 2006.

중국조선족문학우수작품집편집위원회,『2005 중국조선족문학 우수작품집』,
　　흑룡강조선민족출판사, 2006.

박태상,「연변 시인 리성비의 작품세계」, 국제한인문학회,『국제한인문학
　　연구』 창간호, 2004.

소재영 외,『연변지역 조선족 문학연구』, 숭실대학교 출판부, 1992.

윤윤진,「중국조선족문학」, 신동욱 편,『한국 현대문학사』, 집문당, 2004.

정덕준 외,『중국조선족 문학의 어제와 오늘』, 푸른사상, 2006.

최웅구,『김철과 그의 시』, 흑룡강조선민족출판사, 1981.

황송문,『중국조선족 시문학의 변화 양상 연구』, 국학자료원, 2003.

재러시아 고려인 소설가 박미하일의 작품세계

강진구,「중앙아시아 고려인 문학에 나타난 기억의 양상 연구」, 이명재 외,
　　『억압과 망각, 그리고 디아스포라』, 한국문화사, 2004.

김병학,『카자흐스탄의 고려인들 사이에서』, 인터북스, 2009.

김명호 역,『스딸린 체제의 한인 강제이주』, 건국대학교출판부, 1994.

김종회,「구소련지역 고려인 문학의 형성과 작품세계」, 중앙아시아문인협
　　회,『고려문화』제1호, 2006.

박미하일,「천사들의 기슭」, 전성희 역,『해바라기 꽃잎 바람에 날리다』, 새
　　터, 1995.

_____,「해바라기 꽃잎 바람에 날리다」, 전성희 역,『해바라기 꽃잎 바람
　　에 날리다』, 새터, 1995.

_____,『발가벗은 사진작가』, 전성희 역, 수산출판, 2007.

이정숙,「중앙아시아 고려인문학의 보편성과 개별성」, 김종회 편,『중앙아
　　시아 고려인 디아스포라 문학』, 국학자료원, 2010.

장사선·우정권,『고려인 디아스포라 문학연구』, 월인, 2005.

전경수 편,『까자흐스딴의 고려인』, 서울대학교출판부, 2002.

최강민,「중앙아시아 고려인 시에 나타난 조국과 고향 이미지」, 이명재 외,
　　『억압과 망각, 그리고 디아스포라』, 한국문화사, 2004.

_____,「고려인 디아스포라 문학과 민족정체성의 해체」, 이명재 외,『억압
　　과 망각, 그리고 디아스포라』, 한국문화사, 2004.

한국브리태니커회사, 『브리태니커 세계 대백과사전』, 1996(초판 6쇄), 11권
    (사할린 섬), 23권(포츠머스 조약).

카자흐스탄 고려인 시인 강태수의 시세계

강태수, 「기억의 한 토막」, 중앙아시아문인협회, 『고려문화』 제1호, 2006.
「강태수 연보」, 중앙아시아문인협회, 『고려문화』 제2호, 2007.
김낙현, 「고려인 시문학의 현황과 특성」, 이명재 외, 『억압과 망각, 그리고
    디아스포라』, 한국문화사, 2004.
김병학, 『카자흐스탄의 고려인들 사이에서』, 인터북스, 2009.
김종회, 「중앙아시아 고려인 문학 개관」, 김종회 편, 『중앙아시아 고려인 디
    아스포라 문학』, 국학자료원, 2010.
김필영, 『소비에트 중앙아시아 고려인 문학사』, 강남대학교 출판부, 2004.
우블라지미르, 「교정노동수용소의 지옥생활을 거쳐」, 중앙아시아문인협회,
    『고려문화』 제2호, 2007.
이명재·오창은, 「구소련권 고려인 문학의 현황과 특수성」, 이명재 외, 『억
    압과 망각, 그리고 디아스포라』, 한국문화사, 2004.
정상진, 『아무르 만에서 부르는 백조의 노래』, 지식산업사, 2005.

카자흐스탄 고려인 시인 전동혁의 서사시 「박 령감」

강진구, 「중앙아시아 고려인 문학에 나타난 기억의 양상 연구」, 이명재 외,
    『억압과 망각, 그리고 디아스포라』, 한국문화사, 2004.
김병학, 『카자흐스탄의 고려인들 사이에서』, 인터북스, 2009.
김병학 편, 『재소고려인의 노래를 찾아서 Ⅱ』, 화남, 2007.
김종회, 『디아스포라를 넘어서』, 민음사, 2007.
_____, 「중앙아시아 고려인 문학 개관」, 김종회 편, 『중앙아시아 고려인 디

아스포라 문학』, 국학자료원, 2010.

김종회 편,『중앙아시아 고려인 디아스포라 문학』, 국학자료원, 2010.

김필영,『소비에트 중앙아시아 고려인 문학사』, 강남대학교출판부, 2004.

박창규,『중앙아시아의 이해』, 써네스트, 2010.

박　환,『박환의 항일유적과 함께하는 러시아 기행 2』, 국학자료원, 2002.

보리스 박·니콜라이 부가이,『러시아에서의 140년간』, 김광환·이백용 역, 시대정신, 2004.

윤병석,『해외동포의 원류』, 집문당, 2005.

이명재 외『억압과 망각, 그리고 디아스포라』, 한국문화사, 2004.

이송호 외,『연해주와 고려인』, 백산서당, 2004.

장사선·우정권,『고려인 디아스포라 문학 연구』, 도서출판 월인, 2005.

정상진,『아무르 만에서 부르는 백조의 노래』, 지식산업사, 2005.

_____,「내가 직접 겪은 강제이주」, 중앙아시아문인협회,『고려문화』제2호, 2007.

전경수 편,『까자흐스딴의 고려인』, 서울대학교출판부, 2002.

전동혁,「박 령감」, <레닌기치>, 1967.11.8.

최강민,「중앙아시아 고려인 시에 나타난 조국과 고향 이미지」, 이명재 외, 『억압과 망각, 그리고 디아스포라』, 한국문화사, 2004.

아쿠타가와상 수상 재일교포 작가의 소설에 나타난 조국과 모국어

유미리,『가족 시네마』, 김난주 역, 고려원, 1997.

이양지,『유희』, 김유동 역, 삼신각, 1989.

이회성,『다듬이질하는 女人』, 이호철 역, 정음사, 1972.

현　월,『그늘의 집』, 홍순애·신은주 공역, 문학동네, 2000.

「芥川賞選評」,『文藝春秋』, 文藝春秋社, 1972.3.

「芥川賞選評」,『文藝春秋』, 文藝春秋社, 1989.3.

「芥川賞選評」,『文藝春秋』, 文藝春秋社, 1997.3.

「芥川賞選評」,『文藝春秋』, 文藝春秋社, 2000.3.

김사량, 「빛 속에」, 이상경 편집, 『노마만리』, 동광출판사, 1989.

김환기, 「재일 코리언 문학의 계보」, 김환기 편, 『재일 디아스포라 문학』, 새
　　미, 2006.

_____, 「중간세대의 민족의식과 자기구제의 모색 : 김학영론」, 김환기
　　편, 『재일 디아스포라 문학』, 새미, 2006.

_____, 「신세대의 감각과 실존으로의 이행 : 현월론」, 김환기 편, 『재일 디
　　아스포라 문학』, 새미, 2006.

신은주·홍순애·현월, 「인간의 보편성을 그리고 싶다」, 『그늘의 집』, 문학동
　　네, 2000.

유숙자, 『재일 한국인문학 연구』, 월인, 2000.

지명현, 「이양지 소설 연구」, 『국제한인문학연구』 제2호, 국제한인문학회, 2005.

이소가이 지로, 「신세대 재일 작가의 지형도」, 김환기 편, 『재일 디아스포라
　　문학』, 새미, 2006.

히라노 겐, 「전후의 사소설」, 이토 세이 외, 『일본 私小說의 이해』, 도서출판
　　소화, 1997.

재일교포 작가의 소설에 나타난 민단·조총련 간의 갈등 양상

양석일, 「제사」, 『在日동포작가 단편선』, 이한창 역, 도서출판 소화, 1996.

_____, 『밤을 걸고 2』, 김성기 역, 태동출판사, 2001.

이회성, 「死者가 남긴 것」, 이호철 역, 『문학사상』, 1973.4.

김상현, 『재일한국인』, 어문각, 1969.

김태기, 「분단의 갈등을 넘어 통일의 민족 단체로」, 한일민족문제학회 엮음,

『재일조선인 그들은 누구인가』, 삼인, 2003.

김환기 편, 『재일 디아스포라 문학』, 새미, 2006.

민단 30년사 편찬위원회, 『민단 30년사』, 재일본대한민국거류민단, 1977.

송하춘, 「역사가 남긴 상처와 민족의식―이회성론」, 김현탁 외, 『재외한인 작가 연구』, 고려대학교 한국학연구소, 2001.

양석일, 『달은 어디에 떠 있나·Ⅰ』, 백태회 역, 인간과예술사, 1994.

_____, 『파멸의 젊음』, 이규조 역, 도서출판 명경, 1996.

양명심, 「'재일' 작가로서의 이회성과 그의 문학세계」, 전북대학교 재일동포 연구소 편, 『재일 동포문학과 디아스포라 3』, 제이앤씨, 2008.

전북대학교 재일동포연구소 편, 『재일 동포문학과 디아스포라』 1, 2, 3, 제 이앤씨, 2008.

정인섭, 『재일교포의 법적 지위』, 서울대학교출판부, 1996.

국학현대문학총서 11

집 떠난 이들의 노래
— 재외동포문학 연구

초판 1쇄 인쇄일	2013년 3월 22일
초판 1쇄 발행일	2013년 3월 25일

지은이	이승하
펴낸이	정구형
출판이사	김성달
편집이사	박지연
편집/디자인	정유진 신수빈 윤지영
마케팅	정찬용 권준기
영업관리	한미애 심소영 김소연
인쇄처	태광
펴낸곳	**국학자료원**

등록일 2006 11 02 제2007-12호.
서울시 강동구 성내동 447 − 11 현영빌딩 2층
Tel 442 − 4623 Fax 442 − 4625
www.kookhak.co.kr
kookhak2001@hanmail.net

ISBN	978-89-279-0230-0 *93800
가격	34,000원